DER RAUM WESTFALEN

DER RAUM WESTFALEN

Band IV

Wesenszüge seiner Kultur

Vierter Teil

Im Auftrage des Landschaftsverbandes Westfalen-Lippe

herausgegeben von

Dr. Hermann Aubin †
ord. Professor der Geschichte (em.) an der Universität Hamburg, Dr. jur. h. c., Dr. rer. pol. h. c.

Dr. Franz Petri
ord. Professor der Geschichte (em.) an der Universität Bonn

Dr. Herbert Schlenger †
ord. Professor der Geographie an der Universität Kiel

Dr. Peter Schöller
ord. Professor der Geographie an der Universität Bochum

Dr. Alfred Hartlieb von Wallthor
wiss. Direktor im Provinzialinstitut für Westfälische Landes- und Volksforschung Münster

Schriftleitung:

Provinzialinstitut für Westfälische Landes- und Volksforschung, Münster Westfalen

Wissenschaftliche Hauptstelle

VOLKSKUNST IN WESTFALEN

von

WALTER BORCHERS
Museumsdirektor i. R.

4. Auflage

ASCHENDORFFSCHE VERLAGSBUCHHANDLUNG
MÜNSTER WESTFALEN

Gesamtherstellung: Aschendorffsche Verlagsbuchhandlung GmbH & Co., Münster, 1986

ISBN 3-402-05551-1

Inhaltsverzeichnis

Vorwort

In der Gesamtkonzeption des Werkes „Der Raum Westfalen", die sich zunehmend den Wesenszügen des Westfälischen zugewandt und dabei die Mannigfaltigkeit der kulturellen und gesellschaftlichen Erscheinungsformen Westfalens und seiner Teilräume betont hat, kommt dem weiten Gebiet der bildenden Kunst ein besonderes Gewicht zu. Dem Forschungsstand entsprechend konnte zunächst die hohe Kunst eingehend bearbeitet werden: Kurt Wilhelm-Kästner behandelte den Raum Westfalen in der Baukunst des Mittelalters (Band II, 1), Karl E. Mummenhoff die Profanbauten des westfälischen Herrenstandes (Band IV, 2) und Paul Pieper untersuchte das Westfälische in Malerei und Plastik (Band IV, 3). Auch die Hausforschung war in Westfalen so weit vorgeschritten, daß Josef Schepers mit seinem Beitrag zur Geschichte des nordwestdeutschen Bürger- und Bauernhauses eine umfassende Darstellung vorlegen konnte, die mit den volkskundlichen Beiträgen des Bandes IV, 2 verbunden wurde. Dagegen erforderte die Bearbeitung des thematisch zugehörigen Beitrages über die Volkskunst längere Zeit. Denn für diesen breiten und vielgestaltigen Bereich fehlten weithin Grundlagen und Vorarbeiten. Als der von den Herausgebern für die Aufgabe gewonnene Osnabrücker Museumsdirektor Dr. Walter Borchers in den Vorbesprechungen sein Programm, die Fülle seines Materials und die Vielfalt der sich abzeichnenden Ergebnisse darlegte, zeigte es sich, daß dieser Beitrag einen eigenen Band beanspruchen werde.

Die nun vorliegende Darstellung der Volkskunst in Westfalen hebt sich aus der Reihe der bisherigen Beiträge des Werkes in bemerkenswerter Weise heraus. Sie ist kein zusammenfassender Ergebnisbericht, keine konzentrierte Problemuntersuchung, sondern ein weitgespannter Überblick mit faszinierenden Einsichten, gleichsam ein eigenes erstes Museum westfälischer Volkskunst, geordnet und durchdrungen von einem feinsinnig wertenden Urteil, dabei in Reichtum und Fülle des Materials Einladung und Herausforderung an den Leser zu eigenen Entdeckungsfahrten in einen noch weithin unerschlossenen Bereich der Volkskunde.

Der Band birgt die intensive Arbeit von Jahrzehnten. Er ist in echtem Sinne ein Lebenswerk, das kein Vorbild und keinen Vergleich hat. Dabei konnte es nicht ausbleiben, daß die Teilgebiete in ihrem Forschungsstand, in ihrem Ertrag und in ihren Wertungen nicht gleiches Gewicht besitzen. Der Verfasser hat sich jedoch nicht entschließen können, gewisse Überarbeitungen des Textes vorzunehmen oder zuzulassen. So haben die Herausgeber im Herbst 1969 zugestimmt, den Beitrag unverändert in der vom Verfasser vorgelegten und gewünschten Fassung anzunehmen und zu veröffentlichen. Sie möchten ihrerseits nur einige Bemerkungen vorausschicken, welche die Bedeutung der Volkskunstforschung für die Fragestellung des Raumwerks erläutern sollen.

Bis auf den heutigen Tag fehlt es an einer allgemeingültigen Bestimmung des Begriffes der Volkskunst. Die Auffassungen differieren dabei nicht so sehr über den Inhalt als über den Platz und Rang, der der Volkskunst im Ganzen des Kunstschaffens zukommt, und insbesondere über ihr Verhältnis zur hohen Kunst. Während die Werke von anerkanntem künstlerischen Rang vorzugsweise der schöpferischen Initiative von Einzelpersönlichkeiten entspringen und in ihren Ausdrucksformen meist in hohem Maße dem allgemeinen künstlerischen Zeitstil entsprechen, geht die bildende Volkskunst aus dem Schaffen der vielen handwerklich „Kunstfertigen" in Stadt und Land hervor und wird stärker von der örtlichen Kulturtradition sowie vom Bedarf und Geschmack der breiten Schichten des Volkes bestimmt. Zum Sachgebiet der Volkskunst rechnen wir Formgestaltung und Ausschmückung von Haus und Wohnraum, Möbel, Gerät und Werkzeug, dazu Textilien, Kleidung und Schmuck, aber auch die Gegenstände der religiösen Verehrung und des brauchtümlichen Lebens.

Unverkennbar für alle diese Bereiche ist eine gegenüber der hohen Kunst stärkere Raumgebundenheit, welche die frühere Forschung gern aus den ursprünglich-wesenhaften Verschiedenheiten der einzelnen Volksgruppen zu erklären suchte, während die modernere Betrachtungsweise die Verbreitung bestimmter Formen mehr auf die konfessionellen Gegebenheiten, die unterschiedlichen Wirtschafts- und Sozialentwicklungen oder die verkehrs- und kulturgeographisch wechselnden Zuordnungen der einzelnen Räume zurückführt.

Als man um die letzte Jahrhundertwende die Volkskunst, ausgehend von der aufkommenden Sachgütererforschung der Volkskunde und einem erwachenden Interesse für die sogenannte Primitivkunst, als eigenes Forschungsfeld zu entdecken begann, glaubte man, bäuerliches Formengut bis in die Vor- und Frühgeschichte zurückführen zu können. Man betrachtete es im Gegensatz zur Stilkunst der Oberschichten als elementaren, zeitlosen Eigenbesitz des Volkes. Noch in den dreißiger Jahren sah man in der Volkskunst „eine vom internationalen Stilwechsel mehr oder weniger unabhängige, bodenständige, ererbte, gewissermaßen geschichtslose bäuerliche Kunstschicht"[1]. Diese Auffassung, die, wenn auch abgeschwächt, bis in die Zeit nach dem Zweiten Weltkrieg in der Wissenschaft fortlebte[2], wird auch durch die nachfolgenden Untersuchungen in mancher Beziehung in Frage gestellt. Denn immer wieder sind der Stilwandel in den einzelnen Landschaften und die engen Verbindungen mit dem Zeitstil zu beobachten.

Die Frage nach der Kontinuität landschaftlicher Eigenart im Wandel des Zeitstils, nach unterscheidenden Merkmalen zwischen den Einzellandschaften und schließlich nach gemeinsamen Wesenszügen der Volkskunst im Raum Westfalen bildete den Ausgang der Untersuchungen von Walter Borchers. Es wäre jedoch vermessen, bei der Fülle des noch weithin unerschlossenen Materials und der Vielschichtigkeit des Forschungsgegenstandes in allen Bereichen abschließende Antworten zu erwarten. Sind doch die Sachgüter der Volkskunst bisher noch kaum unter kulturräumlichen Gesichtspunkten aufgearbeitet worden. Von seiten der Kunstgeschichte hat Rudolf Uebe eine erste Einführung in die westfälische Volkskunst gegeben[3]. Seine knapp gehaltene Darstellung, die angesichts des damaligen Forschungsstandes als große Leistung angesehen werden muß, bot mit der Zusammenstellung der wichtigsten Volkskunstgüter Westfalens bereits viele noch heute gültige Wertungen und Einordnungen. Zu einer weitergehenden raum-zeitlichen Betrachtung und landschaftlichen Gliederung vermochte sie verständlicherweise nicht zu gelangen.

Das Werk von Walter Borchers führt allein durch die Fülle des neu erschlossenen Materials weit darüber hinaus. Es hat durch die glückliche Verbindung von volkskundlichem und kunsthistorischem Wissen ein tieferes Eindringen in den Stoff ermöglicht, neue Ergebnisse erbracht und Forschungslücken aufgedeckt. Es stellt Fragen und wird zu weiteren Untersuchungen anregen. Dabei würde es dann sehr wesentlich darauf ankommen, noch stärker als bisher die volkskundlichen Aspekte durch sozial- und wirtschaftsgeschichtliche Erkenntnisse und sozial- und wirtschaftsräumliche Problemstellungen zu bereichern und zu differenzieren. Aus einer brieflichen Stellungnahme von Professor Dr. Ernst Schlee[4] kann folgendes Beispiel zu diesen Gedanken angeführt werden:

„So ist nach meiner Vorstellung das Aufleben einer eigenartig bäuerlichen Wohnkultur in der zweiten Hälfte des 18. Jahrhunderts als Folge eines historisch bedingten Wohlstandes und eines besonders ausgeglichenen Verhältnisses zwischen Stadt und Land zu begreifen. Die rasche Entwicklung von handwerklichen Tätigkeiten spezieller Art auf dem Lande für einen Vertrieb über große Entfernungen ist dagegen auf das rasche Anwachsen der nichtbäuerlichen Landbevölkerung zurückzuführen – eine

[1] Konrad Hahm, Grundzüge der deutschen Volkskunst. In: Die deutsche Volkskunde, hrsg. v. Adolf Spamer, 1. Bd. 2. Aufl. Leipzig 1934, S. 412.

[2] Vgl. etwa Oswald A. Erich, Richard Beitl, Wörterbuch der deutschen Volkskunde. 2. Aufl. neu bearb. v. Richard Beitl. Stuttgart 1955, S. 811: Innerhalb gewisser Stilgrenzen ist „Zeitlosigkeit" ein Merkmal der Volkskunst.

[3] Rudolf Uebe, Westfalen. Deutsche Volkskunst. Bd. IX. Weimar 1927.

[4] Brief vom 28. 5. 1969.

Parallele zu den in den Städten aufkommenden Manufakturen, den Vorläufern der späteren Fabriken. Die Rolle des Handwerks läßt sich differenzierter betrachten, besonders dort, wo es, wie auf dem flachen Lande, den Regeln des Zunftwesens nicht unbedingt unterworfen ist bzw. sie einfach umgeht. Es stellt sich die Frage nach dem Verhältnis zwischen Auftraggeber und Hersteller. Reiche Bauernlandschaften wurden vielfach von einem eigens für die Bauern tätigen Handwerk, etwa von Möbeltischlern, beliefert; sie waren an Ort und Stelle ansässig. ... Wo die Verhältnisse auch der Bauern bescheidener waren, konnten entferntere Werkstätten, die eine Art Massenware produzierten, den Bedarf über die Märkte decken. Wo die bäuerliche Bevölkerung sich mehr als konsumierender Abnehmer, weniger als Auftraggeber im eigentlichen Sinne verhielt, konnte das Gesamtbild ihrer Kultur weniger einheitlich sein als dort, wo etwa komplette Aussteuern auf Bestellung eigens angefertigt wurden. Daraus ergibt sich die Frage, wieweit in den Landschaften mit aufwendigeren Möbeln diese ein einheitliches Gesicht tragen.

Da es in der 2. Hälfte des 18. Jahrhunderts an größeren aufnahmefähigen Märkten noch weitgehend fehlt, bildet sich das von Möser so gescholtene Hausierertum, das Bedürfnisse erst weckt.

Diese Andeutungen sollen zeigen, zu welchen weiteren Untersuchungen die Darstellung von Walter Borchers anregen kann. Es würde sich alsbald ergeben, daß die das 19. Jahrhundert kennzeichnende Entwicklung, die, wie Borchers nach alter Konvention feststellt, die Volkskunst absterben ließ, keineswegs nur von außen, als fremdes, feindseliges Wesen in die dörfliche Welt eindrang, daß vielmehr in der ländlichen Bevölkerung selbst der Schritt zur moderneren Lebens- und Wirtschaftsform auf lange Hand vorbereitet war. Aus dem Zusammenspiel der Kräfte entsteht das Bild einer künstlerischen ‚Blüte' namentlich in der Spätzeit des 18. Jahrhunderts. ... Untersuchungen dieser Art vermögen unter Umständen auch die Herausbildung eigenartiger und mehr oder weniger geschlossener Kulturlandschaften und damit ein Hauptanliegen des Raumwerks verständlich zu machen."

Bereichert durch derartig vertiefte Einsichten wären künftig neue Erkenntnisse und Aussagen über die kulturräumliche Gliederung Westfalens zu erwarten: über den territorialgeschichtlichen und konfessionellen Zusammenhalt von Räumen, verkehrs- und wirtschaftsräumliche Bindungen, Zentrenbezogenheit und Grenzlage der Regionen, Traditionsbewußtsein und Innovationsbereitschaft von Gesellschaften. Die hier angedeuteten Gesichtspunkte neu aufzunehmen und im Rahmen eines kulturräumlichen Vergleiches zu bewerten, wird Aufgabe eines abschließenden Raumwerkbandes sein.

Die Befriedigung über den vorliegenden Band wird überschattet von der Trauer um Hermann Aubin und Herbert Schlenger. Beide haben als Herausgeber des Raumwerks am Entstehen des Beitrages viele Jahre hindurch regen Anteil genommen. Es ist hier nicht der Ort, im einzelnen darzulegen, was sie für das Gesamtwerk bedeutet haben. Ohne Hermann Aubin, den letzten aus dem ursprünglichen Herausgebergremium und die geistig tragende Kraft des Unternehmens während vier Jahrzehnten, dürfte es kaum gelungen sein, das Werk über alle politischen Umbrüche und tiefgreifenden geistigen Wandlungen der so bewegten jüngsten Epoche unserer Geschichte hinweg zielbewußt weiterzuführen[5].

Wie keiner der vorangehenden Bände zeichnet sich die Arbeit von Borchers durch den Umfang seines Tafelteils aus. Der Autor hat von Anbeginn großen Wert auf die Sammlung und Zusammenstellung des Bildmaterials gelegt. Die reiche Ausstattung mit Bildtafeln wäre indes nicht möglich gewesen, wenn nicht zahlreiche Persönlichkeiten und Institutionen Rat und Hilfe gegeben hätten, entweder durch Hinweise auf bestimmte Gegenstände, durch Herstellung bzw. Überlassung von Fotos oder durch die Erlaubnis zur Reproduktion, ja sogar durch die Stiftung wertvoller Farbklischees.

Besonderen Dank schulden wir der Volkskundlichen Kommission des Landschaftsverbandes Westfalen-Lippe. Vor allem die Damen und Herren der Geschäftsstelle der Abteilung Allgemeine Volkskunde in Münster haben sich stets in den Dienst unserer Sache gestellt. Zahlreiche Fotos und Bilder stammen

[5] Vgl. F. Petri, Westfalen im Lebenswerk Hermann Aubins. Rhein. Vierteljahrsblätter 34. Jg. 1970, S. 43–56.

aus dem Bildarchiv der Kommission, die auch die Kosten einer Farbabbildung übernahm. Weitere Klischees und Fotos wurden von den Museumsdirektoren Dr. h. c. Wilhelm Hansen und Dr. Josef Schepers aus den Sammlungen des Lippischen Landesmuseums und des Westfälischen Freilichtmuseums für bäuerliche Kulturdenkmale in Detmold beigesteuert.

Auch das Landesmuseum für Kunst und Kulturgeschichte in Münster war uns bei der Beschaffung von Bildunterlagen behilflich. Aus den wertvollen Beständen des Museums für Kunst und Kulturgeschichte der Stadt Dortmund in Cappenberg stellte uns Museumsdirektor Dr. Horst Appuhn wiederholt Klischees und Fotoaufnahmen zur Verfügung. In großzügiger Weise half die Kreisverwaltung Wiedenbrück, indem sie uns mehrere Klischees von Farbabbildungen aus einem Band ihrer Monographien zur Reproduktion überließ.

Die Stellung des Verfassers als Direktor des Städtischen Museums in Osnabrück brachte es mit sich, daß eine Vielzahl von Abbildungen aus Katalogen und Veröffentlichungen des Museums in den Bildteil dieses Bandes aufgenommen wurde. Für diese Hilfe sind wir der Stadt Osnabrück aufrichtig dankbar. Wärmsten Dank möchten wir auch Herrn E. A. Titgemeier in Osnabrück aussprechen, der eigens zur Veröffentlichung in diesem Werk mehrere Klischees für Farbabbildungen hat herstellen lassen.

Daß nicht nur die hier namentlich aufgeführten, sondern viele Fachleute in Westfalen und den Nachbarländern wertvolle Hilfe geleistet haben, geht aus dem Umfang des Bildnachweises im Tafelanhang hervor. Allen, die am Gelingen des Werkes beteiligt waren, möchten wir, auch im Namen des Autors, noch einmal unseren Dank zum Ausdruck bringen.

Franz Petri Peter Schöller Alfred Hartlieb von Wallthor

Einführung

Das Sammeln und Sichten, das Ordnen und Erforschen von Volkskunstgütern in Westfalen setzte erst um die Jahrhundertwende in einem stärkeren Maße ein. Im wesentlichen wurden Trachtenstücke, Bauernmöbel und Hausrat, Kleingerät aus Holz, Ton, Glas, Eisen, Messing und Zinn der Sammlung für würdig befunden. Der Einbruch des Industriezeitalters, das ganze Landstriche Westfalens in ihrer Struktur verändert und der traditionellen Volkskultur entfremdet hat, und diese späte Besinnung auf Denkmäler, die nicht unter den Begriff „hohe oder Stilkunst“ einzureihen sind, setzen der heutigen Volkskunstforschung bestimmte Grenzen.

Forschungsstand

Niemals ist in den vergangenen Jahrzehnten der Versuch gemacht worden, zentral und umfassend alle volkskundlichen Denkmäler Westfalens – wohlgemerkt der Sachkultur – aufzunehmen und zu untersuchen; ob sie nun zur Volksmedizin, zum Volksglauben oder Aberglauben, zum Brauchtum, zum Volksrecht gehören, ob sie das Thema Arbeitsgerät berühren, man hat immer in einer bestimmten Sicht, mit einer bestimmten Auswahl gearbeitet, die kunstgeschichtlich gefiltert und von dem Begriff der Qualität ausgehend, absolut verbot, Forschungs- und Sammlungsmethoden im Sinne des volkskundlichen Ganzheitsprinzips der Skandinavier zu übernehmen. Das Ergebnis ist, daß wir in den Fragen der westfälischen Sachkultur höchst unwissend sind. Es liegt daher die Gefahr nahe, aus der Unkenntnis dessen, was nicht mehr vorhanden oder im verborgenen privaten Besitz ist, falsche Schlüsse auf die gesamte Situation zu ziehen.

Die Volkskunst eines so bedeutenden Raumes zu ergründen, wie ihn Westfalen darstellt, sollte die Arbeit einer größeren Gemeinschaft sein und sich über einen längeren Zeitraum erstrecken. Auf einen einzelnen gestellt, vermag eine solche Untersuchung, die sich nicht auf größere Vorarbeiten stützt, nur ein Beginn zu sein, ein erstes Abtasten, Einordnen und Sichten eines gewaltigen Materials, das eine Zeitstrecke von mehreren Jahrhunderten umfaßt. Dabei sei die Hoffnung ausgesprochen, daß das Thema, das hier in seiner vollen Breite aufgerollt wird, vielleicht neue Bearbeiter findet, die weiterforschen und neue Aufschlüsse erzielen werden.

Der Autor hat auf vielen Reisen kreuz und quer durch die Provinz Westfalen und die anliegenden Provinzen und Länder seine Beobachtungen machen und Erkenntnisse gewinnen können. Fast alle Museen Westfalens, die Staatsarchive Münster und Osnabrück, das Stadtarchiv Soest, verschiedene Schloßarchive, das Landesamt für Denkmalpflege und vor allem das Archiv der Volkskundlichen Kommission in Münster sowie die Sammlungen des Westfälischen Freilichtmuseums und des Lippischen Landesmuseums in Detmold haben ihm bei seinem Bemühen geholfen. Zu danken hat er unendlich vielen Bauern und Heuerleuten, Ackerbürgern und Handwerkern, die ihm ihre Häuser bereitwillig geöffnet, die ihn geführt, ihm ihre Schätze gezeigt und handwerkliche Techniken erklärt haben. Zu danken hat er ferner Privatsammlern in verschiedenen Städten und Schlössern, auch außerhalb der heutigen Grenzen Westfalens; schließlich haben ihm auch Antiquitäten- und Produktenhändler wichtige Fingerzeige geben können. Sie alle gestatteten ihm, frei und ungehindert ihr Hab und Gut zu untersuchen. Der Landschaftsverband Westfalen-Lippe zeigte sich großzügig bei allen Forschungsfahrten durch die westfälischen Lande, ihm sei deshalb ebenso herzlich gedankt, ferner interessierten Laien, die dem Autor bei jeder neu auftauchenden Frage weitere zusätzliche Fahrten ermöglichten: ins Oldenburger Land, nach Friesland, Holland, in die Rheinlande, nach Niedersachsen und Hessen. Dank ihrer aller Hilfe war es möglich, einigen Volkskunstproblemen nachzugehen, die sonst nie hätten in Angriff genommen werden können.

Volkskunst als Einzel- oder Gemeinschaftsleistung

Das künstlerische Schaffen eines einzelnen oder einer Gemeinschaft, in Beziehung zu einem gesonderten Raum gesetzt, heißt, zwei Größen aufzeigen, die in einem inneren Spannungsverhältnis stehen. In einem langen Werdeprozeß hat dieses Schaffen, das raum-zeitgebunden eine eigene Entwicklung durchgemacht hat, Kräfte geboren und Gesetze herauskristallisiert, teils sichtbar, teils verborgen, die in vielen Schichten sich niederschlagend, von besonderer Bedeutung wurden. Wie weit ein solches Schaffen eines gesonderten Raumes seinen eigenen Gesetzen folgt und wie weit es wiederum einem größeren, ihm über- und zugeordneten Raumkomplex angehört und sich diesem einfügt, welche Wertmaßstäbe es sein eigen nennt, von welchen inneren Verpflichtungen es bestimmt und von welchen äußeren Einflüssen es wiederum abhängig ist, das soll am Beispiel Westfalens gezeigt werden.

und ihre Beziehung zum Raum

Westfalen, ein typisches Binnenland mit verschiedenen Natur- und Kulturräumen, umfaßt in seiner äußeren Erscheinungsform Flachland, Hügelland und Gebirge, offene Agrarlandschaften, siedlungsferne Waldgebiete und Industrieräume, es verfügt über bedeutende Bodenschätze; in seiner historischen Erscheinung hervorgegangen aus einer Anzahl von geistlichen und weltlichen Herrschaften, dabei kurkölnisch-rheinisches und hessisches Gebiet umgreifend, ist dieser Raum nicht so leicht zu deuten. Westfälisch war ehemals auch das Fürstbistum Osnabrück, das heute politisch Niedersachsen zugehörig ist.

Die Schlagader dieses Landes ist nicht ein Strom, sondern war lange Zeit der Hellweg, eine Landstraße zwischen Rhein und Weser, also eine Querverbindung zwischen den beiden großen Flüssen an den Flanken dieses Raumes. Durch diese beiden Ströme, aber vor allem durch den Hellweg, werden Bewegungs- und Richtungstendenzen im Austausch wirtschaftlicher und kultureller Güter des Raumes Westfalen vorgezeichnet. Die Grenzlage im Westen gegen Holland, die Nachbarlage zu Friesland-Oldenburg, zu Niedersachsen, Hessen und zum Rheinland haben viele Möglichkeiten des Wirtschafts- und Kulturaustausches geboten.

bilden die Fragestellung

Aus dem Zusammenspiel Mensch-Raum-Zeit ergeben sich für die Erforschung der Volkskunst im Raume Westfalen gewichtige Fragen, die die landschaftliche Verbreitung der verschiedensten Volkskunsterzeugnisse, die Zentren und Grenzen, ihre geschichtliche Entwicklung, Blüte und Verfall, ihre Verbindung oder Abhängigkeit von der Stilkunst berücksichtigen und damit ganz allgemein das Gesetzmäßige, das Besondere des in dieser Landschaft üblichen Nach- und Umschaffens von Vorbildern bzw. des Neuschaffens klären. Verschiedene Schaffenskreise und Landschaften stehen zur Debatte, ihre Dynamik und ebenso ihre Sterilität. Die Probleme: Volkskunst und Stand, Volkskunst und Lebensalter, Volkskunst und Territorial- bzw. Regionalmacht, Volkskunst und Brauchtum, schließlich Volkskunst und Konfession, bezogen auf den Raum Westfalen, wollen diskutiert sein und drängen nach einer Klärung, Fragen nicht nur der Formgestaltung, der dekorativen Behandlung, der Farbgebung zwingen zur Überprüfung ihres Gehaltes, sondern auch Fragen der Besonderheit der Motivgebung, des ikonographischen Elements. Es geht darum, die Charakteristika dieses Schaffens, seine immanenten Kräfte, seine Sende- und Aufnahmebereiche, seine Eigenarten zu umreißen, zu begreifen und zu bestimmen, es geht mit einem Wort um den Begriff „westfälisch" in der Volkskunst des Raumes Westfalen.

Zur Eigenart der Volkskunst

Volkskunst tendiert nach anderen Gesetzen als die hohe oder Stilkunst, sie ist deshalb auch nicht mit den gleichen Wertmaßstäben zu messen. Schon der Qualitätsbegriff spielt eine andere Rolle. Nicht die Einzelschöpfung eines überragenden Künstlers, sondern mehr die Gemeinschaftsleistung steht zur Erörterung. Diese Kunst ist alogisch betont. Der Begriff des Stils steht nicht so zur Debatte, ist nicht zwingend: man wählt aus, was gefällt. Die Grenzen der Volkskunst sind deshalb fließend, sie können natürlich die der hohen Kunst berühren. Kennzeichnend ist so ein stetes Nehmen, Abstoßen und Umformen von Vorbildern, Vorlagen stil- und zeitgebundenen Kulturguts, kennzeichnend ist auch ein immerwährendes Fließen und Quellen zeitloser Menschheitsformen und -formeln, die über das Nationale, das Stammliche hinausgehen.

Die Geschichte der deutschen Volkskunst ist recht jung, ihre Forschungsmethoden sind nicht so entwickelt und ausgebildet wie die der hohen Kunst[1]. Es fehlen einfach die nötigen Vorarbeiten und Spezialuntersuchungen; das gilt insbesondere für Norddeutschlands, natürlich auch für Westfalens Volkskunstgeschichte. Diese ist knapp ein halbes Jahrhundert alt, sofern man das westfälische Trachten-

[1] Vgl. Herbert Schwedt, Zur Geschichte des Problems Volkskunst. Zeitschr. f. Volkskunde 65. Jg. 1969, S. 169–182.

buch von Franz Jostes[2], das 1904 erschien und über das eigentliche Thema hinaus das gesamte Kulturgut und Kulturleben erfaßte, zu einem Vorläufer der westfälischen Volkskunstwissenschaft zählen will. Abgesehen von der Bauernhaus- und Trachtenforschung ist es in dem allgemeinen westfälischen Bemühen um den Begriff Volkskunst zunächst nur zu Ansätzen einer wirklich geschichtlichen Betrachtungsweise gekommen.

Mangel an Vorarbeiten

Man blieb mehr im Aufzählen, im Registrieren, im additiven Betrachten eines letzten Zustandes stecken, wobei die Entdeckerfreude eines bisher unbekannten Forschungsgebietes viele Erscheinungsformen in einem flachen national gefärbten, romantischen Licht erscheinen ließ.

Da das Sammeln volkskundlicher Sachgüter eigentlich erst im 20. Jahrhundert einsetzte in Verbindung mit der Heimatmuseumsbewegung – im Grunde genommen ist es ja die Voraussetzung jeglicher Volkskunstforschung –, so ist es selbstverständlich, daß wir heute zu einer wahrhaft umfassenden Schau der heimischen Volkskunst, zu einer genauen vertikalen und horizontalen Gliederung, zu einer landschaftlichen, stammlichen und historischen Sichtung, zu einer psychologischen, ästhetischen, typologischen wie phänomenologischen Würdigung nur mit Mühe gelangen, da ihre Denkmäler verschwunden, zerstört oder häufig nur in Resten auf unsere Zeit überkommen sind.

[2] Franz Jostes, Westfälisches Trachtenbuch, die jetzigen und ehemaligen westfälischen und schaumburgischen Gebiete umfassend. Bielefeld, Berlin und Leipzig 1904.

I. Übersicht über die Volkskunstliteratur Westfalens

Gesamtdarstellungen größerer Räume,

In den Gesamtübersichten[1] über deutsche Volkskunst erscheint Westfalen nur am Rande oder gar nicht, ohne tieferes Eingehen und ohne wirkliche Kenntnis seines künstlerischen Schaffens. Man bringt hier und da wichtige Einzelheiten, auch wertvolles Bildmaterial, doch ist diese Volkskunst häufig unter dem einseitigen Vorzeichen Bauernkunst deklariert; das handwerkliche Schaffen des Klein- oder Ackerbürgers, des Arbeiters wird nur am Rande erwähnt. Einmal wird der summarische Versuch unternommen, die Abhängigkeit oder innere Verbindung von Bodenbeschaffenheit und Eigenart des stammlich betonten Bauens aufzuzeigen, so in der Soester Börde, im Sauerland, im märkischen Bergland[2]. Otto Lehmann spricht vom hessisch-fränkischen Einfluß im Hausbau[3], nennt z. B. die auffallend starken Eckpfosten und die bezeichnende Seitenstrebe und versucht, das Kennzeichnende der Volkskunst Niedersachsen-Westfalens als eine Gemeinsamkeit des Konservativen, Erdgebundenen, Flächenhaften und Spielerischen herauszustellen. Diese Formulierung erscheint uns heute doch sehr vage, ebenso wie die Begriffsbestimmung eines Schwindrazheims, der als die wichtigsten Merkmale der Bauernkunst die Verwurzelung im Germanischen und im Handwerklichen sah. Die Hypertrophie der germanophilen Einstellung, insbesondere was die Ikonographie anbelangt, feierte in dem Buch von Langewiesche[4] wahre Triumphe, das wir hier als Kuriosum und als Phantasterei eines Germanenliebhabers erwähnen, das aber wichtige Abbildungen zur reichen Kultur des Ravensberger Landes bringt. 1927 erschien in der von Edwin Redslob herausgegebenen Reihe Deutsche Volkskunst als Band IX Westfalen von Rudolf Uebe[5], ein noch heute gültiges Werk, das in 11 Kapiteln „Siedlung und Hof, Bauernhaus, Volkskunst im Hausbau, das Hausinnere, die Feuerstelle, die Möbel, Geräte, Keramik, Tracht und Schmuck, religiöse Volkskunst" und den „Stil der Volkskunst" behandelt. Es ist aus der Sicht der damaligen Zeit geschrieben und in einem Rahmen, für den der erste von Pessler herausgebrachte Band das Vorbild abgab. Natürlich ist unser Wissen durch einzelne Untersuchungen, Aufsätze heute bereichert, einzelne Aussagen müssen korrigiert werden, doch muß dieses Buch nach wie vor als erste Einführung in die westfälische Volkskunst gewertet werden, da es bisher keine Nachfolge gefunden hat.

Westfalens

und seiner Teilgebiete

Das Thema „Westfälische Volkskunst" wurde zwar auf einigen Ausstellungen in Dortmund und Münster[6] behandelt – es erschienen auch Führer[7] und Kataloge mit beschreibendem Text und neuem Bildmaterial. Für den Volkskunstforscher war die Aussstellung „Volkskunstschätze aus dem Kreise Höxter" in dem Museum Höxter-Corvey von besonderer Bedeutung, weil hier unbekanntes Kulturgut gezeigt wurde. Auch der Verfasser versuchte, in einer Ausstellung im Osnabrücker Museum die Grundzüge der bäuerlichen Kultur und Kunst des Osnabrücker Landes herauszuarbeiten. Zu diesem Behuf waren Volkskunstdenkmäler aus allen Kreisen des Regierungsbezirks zusammengetragen worden[8]. Bauernkunst im Münsterland, ein regionalistisch betontes Bilderheft von Paul Engelmeier, gibt eine knappe Übersicht über wesentliche Volkskunstdenkmäler einer bestimmten Landschaft[9]. Ein Teilgebiet

[1] Konrad Hahm, Deutsche Volkskunst. Berlin 1928. – Derselbe, Deutsche Volkskunst. Breslau 1932. – Derselbe, Grundzüge der deutschen Volkskunst. In: Adolf Spamer, Die deutsche Volkskunde I. Leipzig 1934, S. 400–413. – Oskar Schwindrazheim, Deutsche Bauernkunst. Leipzig 1937. – Derselbe, Bauernkunst. In: Wilhelm Hansen, Das deutsche Bauerntum. Seine Geschichte und Kultur. Berlin 1938, S. 213–282. – Hans Karlinger, Deutsche Volkskunst. Berlin 1938. – Oswald Ad. Erich, Volkskunst und Volksindustrie. In: Wilhelm Pessler, Handbuch der deutschen Volkskunde. Potsdam 1941, Bd. III, S. 17–20. – Erich Meyer-Heisig, Deutsche Volkskunst. München 1954.

[2] Otto Lehmann, Deutsches Volkstum in Volkskunst und Volkstracht. Altona 1937, S. 102.

[3] Ebda., S. 102.

[4] Fr. Langewiesche, Sinnbilder germanischen Glaubens im Wittekindsland. Eberswalde 1935.

[5] Rudolf Uebe, Westfalen. Deutsches Volkskunst Bd. IX, Weimar 1927.

[6] Westfälische Volkskunst. Museum für Kunst- und Kulturgeschichte Dortmund. Burg bei Magdeburg o. J. – Ausstellung „Westfälische Volkskunst". Museum für Kunst- und Kulturgeschichte Dortmund. 1949.

[7] Volkskunst in Westfalen. Landesmuseum Münster, Dortmund 1955.

[8] Walter Borchers, Bäuerliche Kultur und Kunst des Osnabrücker Landes. Katalog Osnabrück 1953.

westfälischer Volkskunst wurde geradezu vorbildlich erforscht, nämlich die bäuerliche Architektur. Aus dem Hauskundekreis von Professor Trier in Münster wuchsen viele wichtige Arbeiten, insbesondere das Buch von Josef Schepers über das Bauernhaus in Nordwestdeutschland[10]. Aus der neuen Zielsetzung, das bäuerliche Haus nicht vom Ästhetischen her zu sehen, sondern in seiner historischen Entwicklung und geographischen Verbreitung vom Bautechnischen her zu erklären, entstand ein grundlegendes Werk. In die Flächigkeit und Statik des bisherigen Sehens wurde eine Bresche geschlagen. Ein zeitliches Moment offenbarte sich, und man konnte eine Entwicklung nachweisen, die das Bauschaffen des 17. Jahrhunderts deutlich von dem des 18. und 19. Jahrhunderts unterscheidet. Bauernhaus

Ja, es zeigten sich plötzlich bewegende Kräfte innerhalb einer Landschaft. Die gleichen Gesetze deckte auch das Buch von Wilhelm Schmülling[11] auf über Hausinschriften in Westfalen und ihre Abhängigkeit vom Baugefüge. Die Dissertation von Hans Ernst über das Bauernhaus in Nordostwestfalen[12] untersuchte die Entwicklung und Verbreitung der Gerüstformen des Hauses, die Arten der Balkenverbindung, ferner die Entstehung und Verarbeitung der Gerüstformen. Wesentliches Ergebnis dieser Arbeit ist, daß Neuerungen im Osten entstanden sind und in den Westen ausgestrahlt haben, daß Landschaften mit geschlossener dörflicher Siedlung solche städtischer Herkunft eher übernommen haben (Lippe) als Gebiete mit lockerer bäuerlicher Siedlung. Diese verhielten sich konservativer. Kartographisch zeigt sich diese Übernahme in der Bildung von Staffellandschaften an. Weiter wird die graduelle Abstufung des Übernehmens und Abwandelns einzelner Hausglieder, der Richtungsstrom der Neuerungen klar herausgearbeitet.

Mit dem Buch „Westfalen-Lippe, Haus und Hof deutscher Bauern" von Schepers[13] ist nunmehr eine sorgfältige, historisch fundierte Arbeit der Öffentlichkeit übergeben worden, die gewissermaßen die Krönung seiner Erforschung des Bauernhauses im westfälischen Raum in allen seinen Spielarten im Verlauf mehrerer Jahrhunderte bedeutet. Annemarie Wurmbach[14] verfeinerte und vertiefte mit ihrer Dissertation unsere Kenntnisse über das Siegerländer Haus, deckte die vielfachen Verflechtungen mitteldeutscher und niederdeutscher Bauweisen auf.

War bisher das Bauernhaus allein Gegenstand aller Untersuchungen, so bedeutet die Arbeit von Roswitha Poppe[15] über das Osnabrücker Bürgerhaus ein Vordringen in die Bezirke städtischer Fachwerkbauweise auf altwestfälischem Boden. Die von ihr gewonnenen Erkenntnisse berühren sich eng mit denen des Münsteraner Hauskundekreises. Josef Schepers gelang dann die Synthese zwischen Bauern- und Bürgerhausforschung, deren Ergebnisse er in seinem Beitrag zum Werk „Der Raum Westfalen" zusammenfaßte[16]. Bürgerhaus

[9] Paul Engelmeier, Bauernkunst im Münsterland. Münster 1940.

[10] Josef Schepers, Das Bauernhaus in Nordwestdeutschland. Schriften d. Volkskundl. Kommission im Prov.-Inst. f. westf. Landes- u. Volkskunde H. 7. Münster 1943. – Vgl. dazu Gerhard Eitzen, Die älteren Hallenhausgefüge in Niedersachsen. Zeitschr. f. Volkskunde 51. Jg. 1954, S. 37–76.

[11] Wilhelm Schmülling, Hausinschriften in Westfalen und ihre Abhängigkeit vom Baugefüge. Münster 1951. – Vgl. dazu J. Vincke, Die Hausinschriften des Kirchspiels Belm. Eine Einführung in das Hausinschriftenwesen des Osnabrücker Landes. Osnabrücker Mitt. 1948, S. 152–250. – Anton Tumbrägel, Hausinschriften des Oldenburger Münsterlandes. Rhein-Westf. Zeitschr. f. Volkskunde Bd. VI 1959, S. 1–56.

[12] Hans Ernst, Das Bauernhaus in Lippe, Minden-Ravensberg und im Kreis Melle. Diss. Münster 1946.

[13] Josef Schepers, Westfalen-Lippe. In: Haus und Hof deutscher Bauern. Hrsg. v. Gustav Wolf. Bd. II Münster 1960. – Derselbe, Fachwerkgestaltung am westfälischen Bauernhaus. Zeitschr. Westfalen 20. Bd. 1935, S. 49–61. – Derselbe, Hausformen im Ruhrgebiet. Westf. Forschungen 2. Bd. 1939, S. 318–324. – Derselbe, Die hausgeschichtliche Stellung des Oberwesergebietes. Westf. Forschungen 3. Bd. 1940, S. 135–144. – Derselbe, Stand und Aufgaben der nordwesteuropäischen Hausforschung. Rhein. Jahrb. f. Volkskunde 4, 1953, S. 7–68. – Vgl. dazu auch G. Eitzen, Das Bauernhaus im Regierungsbezirk Osnabrück. Ausstellungskatalog „Bäuerliche Kultur und Kunst des Osnabrücker Landes". Osnabrück 1953, S. 19–47.

[14] Annemarie Wurmbach, Das Bauernhaus des Siegerlandes als baugeschichtliches Denkmal einer Grenzlandschaft. Diss. Münster 1955. Ms.

[15] Roswitha Poppe, Das Osnabrücker Bürgerhaus. Oldenburg i. O. 1944.

[16] Josef Schepers, Westfalen in der Geschichte des nordwestdeutschen Bürger- und Bauernhauses. In: Der Raum Westfalen, Bd. IV, 2. Münster 1965, S. 125–228, Tafelanhang.

Die Fachwerkgestaltung ist gleichfalls Gegenstand der Untersuchungen gewesen, ebenso die Bedachung und Wandschieferung. So lenkt der Aufsatz von Heinrich Schauerte „Schieferbergbau im Sauerland"[17] auf dieses bisher vernachlässigte Thema hin. Wir lernen die altdeutsche Deckung bis 1800 und die neuere Schuppendeckung kennen, ebenso die Unterschiede der künstlerischen Setzung der Gebinde, der Schichten, die ihre höchste Blüte in der Zeit des Rokoko erfährt.

In den großen Fragenkomplex bäuerlicher Architektur in Westfalen mündet letzten Endes auch ein gewichtiger Aufsatz von August Meier-Böke[18] über Türsäulenlandschaften, wenn er auch nur dekorative Elemente des bäuerlichen Eingangstores im östlichen Westfalen an der Weser behandelt. Dieser Aufsatz ist geradezu von fundamentaler Bedeutung für ähnlich gelagerte Forschungsprobleme in raumzeitlicher Sicht. Er schildert das Übertragen, Nachahmen und Umbilden der Türsäule als Architekturform auf das bäuerliche Eingangstor aus den Sandsteinportalen der Wasserburgen und Schlösser der Weserrenaissance in all ihren Phasen bis zur Schwundstufe und stellt diese Bewegung in Karten dar, die Staffellandschaften mit Kern- und Saumlandschaften ergeben.

Noch ist auf eine Arbeit hinzuweisen, die den Fachwerkbau im Oberweserraum untersucht. Wilhelm Hansen[19] sagt unter anderem, daß das Hallenhaus in den Schmuckformen der Giebelschnitzereien von niedersächsischer Holzarchitektur beeinflußt ist und daß Hochkunst und Volkskunst – „ein sozialgeschichtlicher Vorgang von großer Spannweite" – in dieser Landschaft in fruchtbarem Kontakt stehen.

Möbel, allgemeine Werke

Neben der bäuerlichen Architektur haben das ländliche Möbel, die Wandtäfelung, die Einbauten eine gewichtige Rolle in dem Schrifttum gespielt. Neuen Auftrieb hätte die Volkskunstforschung durch die Karten des deutschen Volkskundeatlasses erhalten können, dessen Bearbeitung leider durch den Zweiten Weltkrieg ins Stocken geriet. Noch waren die Methoden der Erforschung des Sachgutes nicht zur letzten Vollendung gediehen; wenn wir ein Beispiel herausgreifen, so die Karte der Verbreitung der Wiegenformen[20] in Deutschland. Sie sagt vielleicht etwas über die absolute Form aus, gibt aber keine Auskunft über die Entstehung und historische Entwicklung des Verbreitungsbildes.

Auf Möbeltypen, die soziologisch bedingt sind, machte uns Jostes[21] aufmerksam, nämlich auf sechsschläferige Betten. Sie haben sich an keiner Stelle erhalten, so daß wir nichts über ihr Aussehen aussagen können. Im gleichen Jahr, in dem dieser Aufsatz erschien, schrieb Werner Lindner[22] seine lesenswerte Arbeit über die bäuerliche Wohnkultur in der Provinz Westfalen und ihren nördlichen Grenzgebieten, ein Bericht, der heute nach wie vor Ausgangspunkt für alle modernen Untersuchungen auf dem Gebiet der Wohnkultur in Westfalen bleibt. Wiederum als eine besondere Leistung ist das Buch von Rudolf Uebe[23] über deutsche Bauernmöbel anzusprechen, das 1924 erschien und in einer gerafften Übersicht die wichtigsten Möbeltypen in allen deutschen Landschaften von der Truhe bis zum Stuhl besprach.

Otto Schulze[24] gab 1924 in Elberfeld ein reichbebildertes Tafelwerk über bäuerliche Holzschnitzereien und Kleinmöbel aus Norddeutschland heraus, eine Art Anschauungswerk, das norddeutsche gemeinsame Züge nachweist. Truhenformen des ehemaligen deutschen Lebensraumes hat O. Bramm[25] vom Kon-

[17] Heinrich Schauerte, Schieferbergbau im Sauerlande. Rhein.-Westf. Zeitschr. f. Volkskunde Bd. V 1958, S. 47–75.

[18] August Meier-Böke, Türsäulenlandschaften an der Weser. Germanenerbe. 8. Jg. 5/6 1943, S. 85ff.

[19] Wilhelm Hansen, Fachwerkbau im Oberweserraum. In: Kunst und Kultur im Weserraum 800 1600. Corvey 28. 5.–15. 9. 1966. Münster 1966, S. 303 und 312.

[20] Heinrich Harmjanz und Erich Röhr, Atlas der deutschen Volkskunde 1. Lief. 1937, Nr. 17: Formen der Kinderwiege.

[21] Franz Jostes, Sechsschläferige Betten. Zeitschr. Westfalen 4. Bd. 1912, S. 103/104.

[22] Werner Lindner, Die bäuerliche Wohnkultur in der Provinz Westfalen und ihren nördlichen Grenzgebieten. In: Beiträge zur Geschichte des westfälischen Bauernstandes. Hrsg. von Engelbert Freiherr von Kerckerinck zur Borg. Berlin 1912, S. 635–840.

[23] Rudolf Uebe, Deutsche Bauernmöbel. Berlin 1924. – Derselbe, Bauernmöbel. Heimatblätter der Roten Erde. Jg. 3, 1922, S. 282–288.

[24] Otto Schulze, Bäuerliche Holzschnitzereien und Kleinmöbel aus Norddeutschland. Elberfeld 1924.

[25] Otto Bramm, Truhentypen. Volkswerk. Jena 1941.

struktiven her gewürdigt und die wichtigsten Typen kartographisch erfaßt, westfälische Truhen haben Werner Büddemann[26], Wiegen Heinrich Ottenjann[27] und Rudolf Uebe[28] untersucht. Albert Schroeder[29] machte in seinem Buch „Bemalter Hausrat in Nieder- und Ostdeutschland" auf bemalte ostwestfälische Möbel um Herford, Bünde, Bielefeld aufmerksam, versuchte die Wesensmerkmale zu abstrahieren, ohne eine wirkliche Kenntnis des gemalten westfälischen Bauernmöbels zu haben. Aus der rein kunstgeschichtlichen Betrachtungsweise heraus führt uns ein Aufsatz von Wilhelm Pessler[30] im Volkskundeatlas Niedersachsen mit dem Titel „Gebräuchlichkeit der Kinderwiege", der ehemals westfälisches Gebiet (das Osnabrücker Land) in Verbindung mit dem niedersächsischen Raum in dieser Frage überprüft. Mit einem ostwestfälischen Möbeltypus, der Truhenbank, beschäftigte sich Gertrud Angermann[31] und bereicherte unser Wissen um Mindener Beispiele.

Bauernmöbelwerke von Konrad Hahm, Joseph Maria Ritz und Bernward Deneke sind eigentlich nur kluge Zusammenfassungen und Übersichten[32], ohne daß sie für Westfalen wirklich Neues bringen. Das gilt auch für die Arbeiten von Alexander Schöpp[33] und Erich Meyer-Heisig[34] über die deutschen Bauernstuben, ihre Art und Entwicklung. Für Westfalen ist nur zu sagen, daß alle gezeigten Beispiele von Bauernstuben nur museale Aufstellungen sind und nicht der Wirklichkeit entsprechen.

Einzelerforschung kleinerer Gebiete

Der erste Versuch, systematisch Möbelformen eines kleinen Gebietes zu erforschen und zu sammeln, wurde von Heinrich Ottenjann unternommen und in seinem Buch „Alte deutsche Bauernmöbel"[35] dargelegt. Der Titel ist nicht ganz richtig gewählt, da nur Möbel des Oldenburger Münsterlandes, des Osnabrücker Artlandes, des Hümmlings und des Emslandes behandelt werden. So wesentlich und wichtig, so lobenswert dieses Buch eines passionierten Sammlers ist, so weist es doch verschiedene Mängel auf. Der Verfasser hat absolute Aussagen über die geographische Verbreitung von Möbelformen machen wollen und hat dabei die kunstgeschichtliche und typologische Entwicklung des einzelnen Bauernmöbels übersehen. Er hat Konstruktion, Aufbau und Form auf der einen und ihre dekorative Behandlung auf der anderen Seite voneinander getrennt. Dabei wird er mit seinen absoluten Aussagen über geographische Verbreitung dem einzelnen Möbel in seiner Gesamterscheinung als einem kunstgeschichtlichen Phänomen nicht gerecht. Die Begriffe Zeit und Stil kommen zu kurz. Seine Ergebnisse müssen daher kunstgeschichtlich noch einmal überprüft und in einen größeren raumzeitlichen Zusammenhang mit niedersächsischen und westfälischen Möbeln gebracht werden. Als wichtige Quelle erweist sich für den volkskundlichen Möbelforscher das Buch von Maria Schmidt über das Wohnungswesen der Stadt Münster im 17. Jahrhundert, das an Hand von Testamenten und Rechtsentscheiden des 17. Jahrhunderts erarbeitet wurde[36].

Zwei Bücher vermögen dem Volkskunstforscher auf dem Gebiet der westfälischen Möbelforschung für die Abgrenzung des Westfälischen nach Westen wertvolle Dienst zu leisten, das Werk von Wolfgang Schwarze: „Wohnkultur des 18. Jahrhunderts im Bergischen Land"[37] und die Arbeit von Annaliese Ohm:

[26] Werner Büddemann, Westfälische Truhen. Die Heimat. Jg. 7, 1925, S. 49–55.

[27] Heinrich Ottenjann, Münsterländische Bauernwiegen. Oldenburger Jahrb. 39, 1935, S. 67–71.

[28] Rudolf Uebe, Westfälische Wiegen. Die Heimat. Jg. 9, 1927, S. 17–21.

[29] Albert Schroeder, Bemalter Hausrat in Nieder- und Ostdeutschland. Leipzig 1939, S. 33, Abb. 25–31.

[30] Wilhelm Pessler, Gebräuchlichkeit der Kinderwiege. Volkstumsatlas von Niedersachsen. Lief. 1 1939, S. 24.

[31] Gertrud Angermann, Truhenbänke aus Friedewalde, Kr. Minden. Rhein.-Westf. Zeitschrift f. Volkskunde. Bd. III 1956, S. 217–223.

[32] Konrad Hahm, Deutsche Bauernmöbel. Jena 1939. – Joseph Maria Ritz, Deutsche Bauernmöbel. Darmstadt 1957. – Bernward Deneke, Bauernmöbel. München 1969.

[33] Alexander Schöpp, Alte deutsche Bauernstuben. Berlin 1934.

[34] Erich Meyer-Heisig, Die deutsche Bauernstube. Art und Entwicklung der Stube im deutschen Bauernhaus. Nürnberg 1952.

[35] Heinrich Ottenjann, Alte deutsche Bauernmöbel. Hannover 1954.

[36] Maria Schmidt, Das Wohnungswesen der Stadt Münster im 17. Jahrhundert. Schriften d. Volkskundl. Kommission d. Landschaftsverbandes Westfalen-Lippe H. 15. Münster 1965, S. 85–119.

[37] Wolfgang Schwarze, Wohnkultur des 18. Jahrhunderts im Bergischen Land. Wuppertal-Barmen 1964.

„Volkskunst am unteren rechten Niederrhein"[38]. Beide Bücher geben uns die Möglichkeit des schärferen Erkennens westfälischer Eigenart gegenüber dem bergischen und niederrheinischen Raum.

Die Geschichte der westfälischen Volkskunst weist viele Kapitel auf, die absolut terra incognita sind, sowie andere, die nur oberflächlich behandelt und falsch gesehen sind. Es fehlen Spezialuntersuchungen, die auf volkskundlichen und kunstgeschichtlichen Methoden aufbauen. Leider stellt man immer wieder das Fehlen kunsthistorischen Wissens fest. Ohne das Rüstzeug der deutschen Kunstwissenschaft sind viele Fragen nicht zu lösen, oder man kommt wie in der Motivforschung zu phantasievollen Schlüssen und Ergebnissen, die jeglicher historischen Realität entbehren.

Schmiedearbeiten
Metallguß

Es fehlen uns wichtige Untersuchungen über das westfälische Handwerk und seine Erzeugnisse, über Schmiede, Schlosser, Zinngießer. Das Land, das wohl den größten Anteil an der Erzeugung von schmiede- und gußeisernem Hausgerät innerhalb des deutschen Lebensraums hat, kennt nicht sein Hausherdgerät, weiß nichts von den Meistermarken, die seine Hahle aufweisen, hat niemals das mannigfache Kupfer- und Messinggeschirr typologisch oder kunstgeschichtlich geprüft. Natürlich sind auch die Meister- und Standmarken der Zinngießer nicht erforscht. Es ist daher unbekannt, was diese Handwerker für die städtische und ländliche Bevölkerung geschaffen haben, das alles läßt sich nur erahnen. Franz Krins[39] hat hier den ersten Schritt getan und das Zinngießerwerk in Minden-Ravensberg im 18. Jahrhundert untersucht. Renate Brockpähler berichtet in einem kleinen Aufsatz von Zinngießern und Zinngeschirr in Coesfeld[40]. Der Verfasser[41] selbst hat in einem Aufsatz: „Bäuerliches Zinn in Westfalen und im angrenzenden Niedersachsen" den ersten Generalangriff auf dieses unbekannte Kapitel westfälischer Volkskunst gewagt. Auf dem Gebiet der Messing- und Kupferbearbeitung verdanken wir Gustav Pfingsten[42] einen ersten Einblick in die Geschichte der Iserlohner Tabaksdosenerzeugung. Der Verfasser hat sich ebenfalls mit dieser Materie befaßt[43]. Alfred Schubert[44] hat in seinem Buch über die Kunst am Niederrhein zum erstenmal auf sonstige Iserlohner Messingerzeugnisse hingewiesen.

Keramik und Glas

Zu dem Themenkreis „Keramik und Glas in Westfalen" sind vereinzelte Aufsätze erschienen, wie der von Wilhelm Zuhorn: „Die Tonwarenfabrikation der Familie Rensing, eine eingegangene Warendorfer Industrie"[45] aus dem Jahre 1910, immer wieder diskutiert, abgelehnt, dann befürwortet und häufig abgeschrieben. Die Warendorfer Steinzeug- wie die Ochtruper Irdenwaren verdienten eingehende Monographien. Erich Meyer-Heisig[46] versuchte in dem Ausstellungskatalog „Mit Drehscheibe und Malhorn", ebenso in seinem Buch „Deutsche Bauerntöpferei, Geschichte und landschaftliche Gliederung", den Ochtruper Erzeugnissen gerecht zu werden, und ordnete sie in einen größeren Zusammenhang mit rheinischer Ware ein. Heinrich Ruhkamp und Wilhelm Elling[47] haben die Töpferei in Vreden untersucht. Rheinisches Steinzeug hat hier zweifellos Pate gestanden. Stangen- und Bartmannskrüge, sogenannte „Kölsche Potten", werden in Vreden nachgemacht. Der Autor selbst hat das Wagnis unter-

[38] Annaliese Ohm, Volkskunst am unteren rechten Niederrhein. In: Werken und Wohnen. Volkskundliche Untersuchungen im Rheinland, Bd. III. Düsseldorf 1960.

[39] Franz Krins, Der Versuch zur Bildung des Zinngießergewerks in Minden-Ravensberg im 18. Jahrhundert. Ravensberger Blätter 1956, S. 164–167

[40] Westfälischer Heimatkalender 1961, S. 174–177.

[41] Walter Borchers, Bäuerliches Zinn in Westfalen und im angrenzenden Niedersachsen. Rhein.-Westf. Zeitschr. f. Volkskunde Bd. V 1958, S. 175–183.

[42] Gustav Pfingsten, Iserlohner Tabaksdosen des 18. Jahrhunderts. In: Iserlohn 700 Jahre. Städt. Festschrift. Iserlohn 1937, S. 105ff.

[43] Walter Borchers, Iserlohner Tabaksdosen. Westfalen 45. Bd. 1967, S. 193–198.

[44] Alfred Schubert, Alte Volkskunst am Niederrhein. Düsseldorf 1938, S. 229.

[45] Wilhelm Zuhorn, Die Tonwarenfabrikation der Familie Rensing, eine eingegangene Warendorfer Industrie. Warendorfer Blätter für Orts- und Heimatkunde 1910, Nr. 8, S. 30ff.

[46] Erich Meyer-Heisig, Mit Drehscheibe und Malhorn. Ausstellung volkstümlicher Töpferarbeiten aus drei Jahrhunderten. Germanisches Nationalmuseum Nürnberg 1954, S. 35 u. S. 46–48. – Erich Meyer-Heisig, Deutsche Bauerntöpferei. Geschichte und landschaftliche Gliederung. München 1955, S. 31ff.

[47] Heinrich Ruhkamp und Wilhelm Elling, Töpferei in Vreden. Westf. Heimatkalender 1964, S. 158–63.

nommen, in einem Aufsatz den ganzen Umkreis dieser westfälischen Produktion, ob Irdenware, Steinzeug oder Fayence, abzustecken und auf seine Geschichte, ebenso auf die Importware einzugehen[48].

Mit dem Thema „Westfälisches Glas" steht es noch schlechter. Hier ist nur die Arbeit der Ursula Wichert-Pollmann[49] zu nennen. Auch auf diesem Gebiet hat der Verfasser[50], soweit es ihm möglich war, Material gesammelt und auf seine Problematik aufmerksam gemacht. Wesentliche Aussagen zu der Frage des bemalten Glases, der sogenannten Fensterbierscheibe, verdanken wir Otto Lauffer in seinem Büchlein über niederdeutsches Bauernleben in Glasbildern[51].

Volkstrachten

Die Volkstrachtenforschung Westfalens hat in Franz Jostes einen Bearbeiter von ungewöhnlicher Belesenheit, großem Wissen und innerer Verbundenheit zu der bäuerlichen Lebenshaltung gefunden, der, selbst vom Lande stammend, um die Bindungen von Tracht, Bauernkultur und Brauchtum wußte. Sein Buch[52], das noch im Zeichen alter, allgemeiner, rein gefühlsmäßig betonter Trachtenschilderungen steht, unterscheidet sich stark von dem kostüm- und trachtengeschichtlich fundierten Werk eines Rudolf Helm[53], das die Männertrachten Deutschlands nach den Beständen des Germanischen Nationalmuseums in Nürnberg untersucht, unter anderem auch auf westfälische eingeht und eine Männertracht aus Wietersheim abbildet. Wichtige Einzeluntersuchungen sind auf dem Gebiet der Trachten und der Textilkunde Westfalens erschienen. Von prinzipieller Bedeutung ist der Aufsatz von Otto Bramm[54] „Deutsche Brautkränze und Brautkronen", der auch westfälische Verhältnisse berührt. Die formengeschichtliche Entwicklung lehrt uns, daß Kranz und Krone sich im Laufe der Zeit vermischt haben, der ursprüngliche Sinngehalt aber nicht angetastet wurde, vielmehr unverändert bestehen blieb. Maria Rörig[55] untersuchte westfälische Haubenformen und kommt über das rein Trachtenkundliche, über Schnitte, Dekorationselemente, Stickmuster und ihre geschichtliche Entwicklung zu wesentlichen Aussagen über geographische Verbreitung der Zwei- und Dreistückmützen, die z. B. in der Münsterländer Tellerhaube und der Osnabrücker Goldkappe repräsentiert werden.

Wichtig scheint uns ihre Bemerkung in dem Aufsatz: „Aufgaben der westfälischen Trachtenforschung". Westfalen steht unter zeitlich wechselnden und räumlich verschieden ansetzenden Kultureinflüssen, die bald Zusammenhang mit den nördlichen Niederlanden und den friesischen Provinzen, bald mit dem Wesergebiet, bald mit dem weltoffenen Rheinland und mit Flandern aufweisen. In einem dritten Aufsatz untersucht sie Hauben und Falgen (Regentücher) im Sauerland und legt die südniederländische Herkunft der Falge offen[56].

Über das Problem „Tracht und Volkskunst" berichtet einprägsam Martha Bringemeier[57]. Sie führt uns in die Werkstätten der Schaumburger Trachtenstickerinnen, macht uns mit ihrer Arbeit vertraut und läßt uns an dem Prozeß der Entstehung von neuen Mustern teilnehmen. Ein weiteres Verdienst kommt der gleichen Autorin zu. Sie deckt die Wesensgrenzen, die Lebensformen und Funktionen der Abend-

48 Walter Borchers, Zur bäuerlichen Töpferkunst Westfalens. Rhein.-Westf. Zeitschr. f. Volkskunde Bd. II 1955, S. 155–164.

49 Ursula Wichert-Pollmann, Das Glasmacherhandwerk im östlichen Westfalen. Eine volkskundliche Untersuchung. Schriften der volkskundlichen Kommission des Landschaftsverbandes Westfalen-Lippe, H. 13. Münster 1963.

50 Walter Borchers, Glashütten und bäuerliches Glas in Westfalen und dem westlichen Niedersachsen. Rhein.-Westf. Zeitschr. f. Volkskunde Bd. II 1955, S. 39–52.

51 Otto Lauffer, Niederdeutsches Bauernleben in Glasbildern der neueren Jahrhunderte. Berlin und Leipzig 1936.

52 Franz Jostes, Westfälisches Trachtenbuch. Vgl. Einführung Anm. 2. 2. Aufl. bearbeitet und wesentlich erweitert von Martha Bringemeier. Münster 1961.

53 Rudolf Helm, Die bäuerlichen Männertrachten im Germanischen Nationalmuseum zu Nürnberg. Heidelberg 1932, S. 66 (Konfirmandentracht aus Wietersheim bei Minden) u. Taf. 9.

54 Otto Bramm, Deutsche Brautkränze und Brautkronen. Jahrb. f. hist. Volkskunde III./IV. Bd. Berlin 1934, S. 163–185.

55 Maria Rörig, Zur westfälischen Haubentracht des 19. Jahrhunderts. Ein Arbeitsbericht. Westfalen 24. Bd. 1939, S. 178–193. – Dieselbe, Stand und Aufgaben der westfälischen Trachtenforschung. Westf. Forschungen 4. Bd. 1941, S. 69–73.

56 Dieselbe, Hauben und Falgen im Sauerland. Zeitschr. Westfalen 25. Bd. 1940, S. 118 u. 119.

57 Martha Bringemeier, Stickerinnen und Stickereien der Schaumburger Tracht. Volkswerk, Jena 1943, S. 199–211. – Dieselbe, Näherinnen der Schaumburger Tracht. Westf. Forschungen 4. Bd. 1941, S. 180–189. – Dieselbe, Volkstracht in ihrem Endstadium. Rhein.-Westf. Zeitschr. f. Volkskunde Bd. II 1955, S. 73–83.

mahlstracht der Frauen und Mädchen in den Schaumburger und Mindener Trachten auf[58]. Die Trachten werden vom kirchlichen Brauchtum her gedeutet. Vorrang hat die Abendmahlskleidung, und von ihr aus regeln sich im Gefälle des Gemeinschaftslebens alle anderen Trachtenausstattungen. Neue Erkenntnisse über die Mindener Tracht verdanken wir Wilhelm Brepohl[59], der sorgfältige langjährige Studien über die Friller Tracht gemacht hat. Über die Delbrücker Tracht werden wir durch Agnes Brirup[60] unterrichtet. Rose Julien[61] lenkt die Aufmerksamkeit auf die Verwandtschaft der westfälisch-ravensbergischen mit den hessischen Hauben. Die Bentheimer Trachten, ihre Geschichte und Problematik, ihre enge Verbindung zu den reformierten Niederlanden sind immer wieder Gegenstand von Untersuchungen gewesen[62].

Schmuck

Das Thema des westfälischen Schmucks, seiner Herkunft, seines Alters, seiner geschichtlichen Entwicklung und Verbreitung wurde von dem Verfasser behandelt[63]. Helmut Plath hat einen wichtigen Beitrag zur Typologie der Schaumburger und Stader Spangen geliefert[64], der uns in der Erforschung auch des westfälischen Schmucks weiterhilft.

In ein wesentliches Kapitel westfälischer Textilkunst führt uns das Buch von Eduard Schoneweg[65]: „Das Leinengewerbe, ein Beitrag zur niederdeutschen Volks- und Altertumskunde" ein. Westfalen gehörte zu den klassischen Ländern der Leinwanderzeugung, und seine Leggen waren weltberühmte Marken. Das Büchlein von Wilhelm Schmitz „Westfälischer Blaudruck"[66] interessierte in der damaligen Zeit so, daß es zweimal verlegt werden mußte. Allgemeine Bücher über Weberei, Nadelwerk und Zeugdruck von Erich Meyer-Heisig[67] und deutsche Textilkunst in ihrer Entwicklung bis zur Gegenwart von Renate Jaques gehen nur wenig auf westfälische Verhältnisse ein. Um so wichtiger ist eine Münsteraner Dissertation von Emminghaus[68], die sich mit den westfälischen Hungertüchern aus nachmittelalterlicher Zeit befaßt und ihre liturgische Herkunft untersucht.

Textilhandwerk

Nach seiner Definition sind Hungertücher „zwar keine handwerklichen Erzeugnisse, sondern bei aller durch Technik und Gegenstand auferlegten Zurückhaltung und bei aller ländlichen Rückständigkeit doch ernst zu nehmende Erzeugnisse einer echten künstlerischen Bemühung". Für ihn bedeutet „Volkskunst das Schaffen des guten Handwerkers auf dem Lande oder in der Kleinstadt für bäuerliche oder kleinbürgerliche Abnehmer." Er beschreibt und klassifiziert die noch heute auf westfälischem Boden vorhandenen Leinentücher dieser Art. Er geht auf die Filettechnik dieser Tücher ein, untersucht sie stilistisch und ikonographisch. Er weist auf die Beeinflussung durch die hohe Kunst hin. Paul Engelmeier[69] schreitet auf diesem Weg fort in seiner Veröffentlichung über die westfälischen Hungertücher

[58] Martha Bringemeier, Die Abendmahlskleidung der Frauen und Mädchen in der Schaumburger und Mindener Tracht. Rhein.-Westf. Zeitschr. f. Volkskunde Bd. I 1954, S. 65–91. – Dieselbe, Schaumburg-Lippe. In: Wolf Lücking, Trachtenleben in Deutschland. Berlin 1958.

[59] Wilhelm Brepohl, Volkstracht im Mindener Lande. Mindener Heimatblätter. Jg. 28, 1956, Nr. 8/9, S. 92, Nr. 3: Friller Tracht (alte Frau mit Bindkemüssen).

[60] Agnes Brirup, Delbrücker Tracht. Die Warte 4, 1936, S. 40–42, 60–62, 83–86, 137–139, 208–210, 230–237. – Dieselbe, Von der Tracht im Delbrücker Land, Rhein.-Westf. Zeitschr. f. Volkskunde Bd. X 1963, S. 140–153.

[61] Rose Julien, Deutsche Trachtengruppen im Reich nach dem Abzeichen weiblicher Kopftracht. Petermanns Mitt. 66, 1920.

[62] Walter Borchers, Bäuerliche Kultur und Kunst des Osnabrücker Landes, Katalog Osnabrück 1953, S. 8ff. – Jan Jeurink, Trachten der Heimat. Grafschafter Nachrichten 1949. – Elisabeth Evers, Trachten der Grafschaft Bentheim. Jahrb. d. Heimatver. d. Grafsch. Bentheim 1956, S. 5–15.

[63] Walter Borchers, Bäuerlicher Schmuck in Westfalen und im angrenzenden Niedersachsen. Rhein.-Westf. Zeitschr. f. Volkskunde Bd. VI 1959, S. 69–86.

[64] Helmuth Plath, Zur Typologie der Schaumburger und Stader Spangen. In: Heimat und Volkstum. Bremer Beiträge zur niederdeutschen Volkskunde 1959/60, S. 45–61.

[65] Eduard Schoneweg, Das Leinengewerbe in der Grafschaft Ravensberg. Ein Beitrag zur niederdeutschen Volks- und Altertumskunde. Bielefeld 1923.

[66] Wilhelm Schmitz, Westfälischer Blaudruck. Münster 1936 und 1942.

[67] Renate Jaques, Deutsche Textilkunst in ihrer Entwicklung bis zur Gegenwart. Berlin 1942. – Dieselbe, Deutsche Textilkunst. Krefeld 1953. – Erich Meyer-Heisig, Weberei, Nadelwerk, Zeugdruck. München 1956.

[68] Johannes Emminghaus, Die westfälischen Hungertücher aus nachmittelalterlicher Zeit und ihre liturgische Herkunft. Diss. Münster 1952. Maschinenmanuskript.

[69] Paul Engelmeier, Westfälische Hungertücher vom 14. bis 19. Jahrhundert. Münster 1961.

vom 14. bis zum 19. Jahrhundert. Er baut auf den gewonnenen Erkenntnissen von Emminghaus auf und bringt ein Bestandsverzeichnis mit künstlerischer Würdigung der auf uns überkommenen 32 westfälischen Hungertücher aus dem 14. bis 19. Jahrhundert.

Religiöse Volkskunst

Die religiöse Volkskunst Westfalens – das Telgter Hungertuch ist gewiß ein Beispiel – gibt als Spiegelbild der Frömmigkeit eines geschichtlich geformten Raumes viele Fragen auf. Gerade was dieses Thema angeht, können wir nur auf einige wenige populäre Arbeiten hinweisen. Es fehlen wissenschaftliche methodische Untersuchungen, die größere oder nur Teilgebiete dieses höchst wichtigen und interessanten riesigen Problemkomplexes behandeln. Wir denken nur an Andachtsbilder, an Krippenfiguren, Grabdenkmäler. Das Kapitel „Religiöse Volkskunst Westfalens" ist noch nicht geschrieben. Im wesentlichen haben die Katholiken daran Anteil, weniger die Protestanten und am wenigsten die Reformierten. Ungewöhnlich groß ist die Zahl der überlieferten religiösen Volkskunstdenkmäler, leider aber im allgemeinen deutschen Schrifttum so gut wie unbekannt. Besonders ist auf die Tatsache hinzuweisen, daß das religiöse Volkskunstschaffen im Gegensatz zum weltlichen nicht zum Erliegen gekommen ist, vielmehr auch in unseren Tagen blüht.

Natürlich gibt es in Westfalen Votivbilder, silberne Devotionalien, Prozessionsfahnen, Heiligenkapellen, Wegekreuze. Die Protestanten z. B. können auf Totentafeln hinweisen, auf Grabdenkmäler mit typisch protestantischen Motiven, die Reformierten haben ihre Gesangbücher mit kostbaren Silberschließen. Einblicke in das religiöse Leben eines bestimmten westfälischen Landes, nämlich des Fürstentums Paderborn, in viele Sonderbräuche und ihren künstlerischen Niederschlag gibt Chr. Völker[70]. Paul Michels[71] und W. Tack[72] verdanken wir Aufsätze über Hilligenpöstkes (Bildstöcke) im Kreise Höxter und im Paderborner Land, über Hof- und Wegekreuze, Hofkapellen im Delbrücker Land. Wer das Inventar der Bau- und Kunstdenkmäler Westfalens[73] zur Hand nimmt und die einzelnen Kreise auf diese Themenstellungen untersucht, wird eine Fülle von Erscheinungsformen vorfinden, die sich der Katholizismus barocker Prägung in Westfalen geschaffen hat. Auf Mord- und Sühnekreuze an Wegen und im Walde, auf Hofkreuze, Wetter- und Hagelkreuze, Gedenkkreuze, Kreuzsteine haben in einzelnen Aufsätzen Marell und Brockpähler hingewiesen[74].

Schließlich hat Wilhelm Brockpähler[75] das Thema: „Steinkreuze in Westfalen" umfassend in einer selbständigen Veröffentlichung behandelt, die allen Merkmalen und Eigenarten dieser Denkmäler nachgeht.

Der Verfasser selbst hat versucht, in zwei Aufsätzen auf die Probleme Kirche und Volkskunst in Westfalen und bäuerliche Andachtsbilder im westfälischen Raum aufmerksam zu machen[76]. Paul Engelmeier hat sich immer wieder mit dem Thema Weihnachtskrippe befaßt, hat sich aber nicht nur um die historischen Denkmäler in Westfalen und darüber hinaus in den deutschen Landen bemüht, sondern gerade das zeitgenössische Schaffen herangezogen[77]. In vielen Ausstellungen hat er die moderne Weihnachtskrippe herausgestellt und damit auf das verborgene Volkskunstschaffen unserer Zeit hingewiesen. Doch auch hier muß betont werden, daß unser Wissen um die Geschichte der Weihnachtskrippe in ganz Westfalen

[70] Chr. Völker, Aus dem religiösen Volksleben des Fürstbistums Paderborn. Paderborn 1937.

[71] Paul Michels, Hilligenpöstkes. In: Heimatbuch des Kreises Höxter. 1. Bd. 1925, S. 123–128.

[72] Paul Michels, Bildstöcke des Paderborner Landes. Westf. Heimatkalender 1954, S. 161–163. – W. Tack, Hof- und Wegekreuze, Bildstöcke und Hofkapellen im Delbrücker Land. In: Philipp Schniedertüns, Hövelhof. Paderborn 1952.

[73] Bau- und Kunstdenkmäler von Westfalen, Kreis Warendorf 1936; Kreis Brilon 1952; Kreis Borken 1954.

[74] B. Marell, Mord- und Sühnekreuze an Wegen und im Walde. Heimatblätter der Roten Erde 5. Jg. 1926, S. 486–488. – Wilhelm Brockpähler, Kreuze an unseren Wegen. Westf. Heimatkalender 1961, S. 46–50.

[75] Wilhelm Brockpähler, Steinkreuze in Westfalen. Schriften der volkskundlichen Kommission des Landschaftsverbandes Westfalen-Lippe H. 12. Münster 1963.

[76] Walter Borchers, Kirche und Volkskunst in Westfalen. Zeitschr. f. Volkskunde 54. Jg. 1958, S. 239–252. – Derselbe, Bäuerliche Andachtsbilder und silberne Votivgaben im westfälischen Raum. Beitr. z. deutschen Volks- u. Altertumskunde 2/3. Hamburg 1958, S. 123–134.

[77] Paul Engelmeier, Die Weihnachtskrippe in der Münsterländer Volkskunst. In: Die Weihnachtskrippe. Jahrb. 12. Regensburg 1936, S. 1 ff.

sehr bruchstückhaft ist. Das gilt in Sonderheit für das 16. und 17. Jahrhundert. Heinrich Wefelscheid[78] unterrichtet uns in seinem Buche „Ruhrländische Grabsteine aus vier Jahrhunderten" über Form, Dekoration und Ikonographie von bisher kaum beachteten Denkmälern westfälischen Kunstschaffens. Zu gleicher Zeit weist er auf die eingemeißelten Hofmarken der hier Verstorbenen hin. Jeder, der sich mit diesem Thema beschäftigt und daraufhin das Inventar der Bau- und Kunstdenkmäler Westfalens betrachtet, stößt auf viele westfälische Eigenheiten: auf Eisenplatten, Holzkreuze, Holzpfähle, Grabwangen aus Sandstein, Schiefer und anderes mehr.

In jüngster Zeit ist ein umfangreiches Werk über volksfromme Kreuzverehrung erschienen, das gerade die verschiedenen Erscheinungsformen der Volksfrömmigkeit untersucht, das nicht nur den Denkmälern einer hohen Kunst nachgeht, sondern gerade Wegekreuze, Feldkapellen und anderes in seine Untersuchungen einbezieht[79].

Westfalen hat sich als tiefreligiöses Land seine Andachts- und Wallfahrtsbilder und -kirchen mit ihren bestimmten Strahlungsbereichen – erinnert sei nur an Werl, Stromberg, Telgte[80] – geschaffen. Votivbilder, Votivgaben hat es gleich den süddeutschen katholischen Landschaften[81] aufzuweisen. Die Qualität dieser Volkskunstdenkmäler ist vielleicht zweitrangig, sie sind Ausdruck eines volkstümlichen Frömmigkeitsschaffens; aber keines der allgemeinen Bücher auf dem Gebiet der religiösen Volkskunst kennt sie. So werden Andachtsbilder, in Warendorf und Münster gedruckt, zur Massenkunst herabsinkend, in keinem Werk des 20. Jahrhunderts über das kleine Andachtsbild erwähnt, auch nicht in dem umfassenden Werk von Adolf Spamer[82].

Natürlich muß die Tatsache erwähnt werden, daß Westfalen von vielen religiösen Volkskunstdenkmälern nichts weiß, wie sie uns in anderen katholischen Ländern begegnen, z. B. von Votivtieren aus Wachs, Eisen, Holz und Ton[83]. Wohl aber sind wieder sogenannte Johannesschüsseln gegen Kopfkrankheiten verbreitet, die leider nicht in ihrer Gesamtheit erforscht sind. Heinrich Schauerte[84] hat in seinem Buch „Die volkstümliche Heiligenverehrung" westfälische Verhältnisse intensiver berücksichtigt. Westfalen hat wie viele andere Landschaften teil an den zwischen- und hintergründigen Verehrungsformen, die jenseits des dogmatisch Anerkannten stehen, zwar häufig in die Bereiche des Aberglaubens verdammt – wir denken nur an Himmelsbriefe[85], die, in Münster gedruckt, durch das ganze Land zirkulierten, ebenso an Haus- und Schutzbriefe.

Brauchtümliche Volkskunst

Zu dem Fragenkomplex „Westfälisches Brauchtum und Volkskunst" liegen einige wenige Aufsätze vor, so von Franz Krins[86] und Irmgard Simon[87] über Fastnacht in Westfalen – wir lernen so die Fastnachtsbritschen kennen –, von Franz Krins[88] über Tremse und Pfingstkronen im niederdeutsch-niederländischen Raum, von August Meier-Böke[89] über das Erntebrauchtum in Lippe, von Wilhelm

[78] Heinrich Wefelscheid, Ruhrländische Grabsteine aus vier Jahrhunderten. Beitr. z. Landeskunde d. Ruhrgebietes H. 1. Essen 1929.

[79] Georg Wagner, Volksfromme Kreuzverehrung in Westfalen. Schriften d. Volkskundl. Kommission d. Landschaftsverbandes Westfalen-Lippe H. 11. Münster 1960. – Derselbe, Barockzeitlicher Passionskult in Westfalen. Forschungen z. Volkskunde H. 42/43. Münster 1967.

[80] Paul Engelmeier, Maria Telgte, Münster 1954. – Münsterländisches Muttergottesland, Ausstellung, Telgte 1954.

[81] P. Kriss u. L. Rettenbeck, Wallfahrtsorte. München 1950. – Leopold Schmidt, Das deutsche Votivbild. Erscheinung und Geschichte eines Volkskunsthandwerkes. In: Handbuch der Geisteswissenschaften, 4. Lieferung, Wien 1948, H. 2, S. 103–126. Lenz Kriss-Rettenbeck, Das Votivbild. München 1958.

[82] Adolf Spamer, Das kleine Andachtsbild vom XIV. bis zum XX. Jahrhundert. München 1930.

[83] Wolfgang Brückner und Werner Braun, Einführung in die Ausstellung „Bildwelt und Glaube, volkstümliche Kult- und Verehrungsform". Frankfurt am Main 1958.

[84] Heinrich Schauerte, Die volkstümliche Heiligenverehrung. Münster 1948.

[85] Carl Füngling, Himmelsbriefe. Rhein.-Westf. Zeitschr. f. Volkskunde Bd. VI 1959, S. 248–249.

[86] Franz Krins, Fastnacht in Westfalen. Zeitschr. Westfalen 24. Bd. 1939, S. 194: s. Fastnachtsbritschen.

[87] Irmgard Simon, Fastnachtsbräuche in Westfalen, Quellen und Arbeiten. Rhein.-Westf. Zeitschr. f. Volkskunde Bd. VI 1959, S. 56–69.

[88] Franz Krins, Tremse und Pfingstkronen im niederdeutsch-niederländischen Raum. Zeitschr. Westfalen 23. Bd. 1938, S. 290.

[89] August Meier-Böke, Das Erntebrauchtum in Lippe, Mitt. a. d. Lipp. Geschichte u. Landeskunde, Detmold 1954, Bd. 23 S. 258.

Quincke[90] über bemalte und geschnittene Frigge-breiwekes (Hochzeitsbriefe), von Lydia Tilgner[91] über Brautgeschenke im alten Westfalen. Wichtiges Material wird uns in dem Büchlein „Westfälisches Schützenwesen" über Schützenkleinodien von Paul Pieper[92] in einer Übersicht vorgelegt.

Auf ein bisher vernachlässigtes Kapitel wurde in einer Ausstellung des Landesmuseums Münster über Erntegerät und Erntebrauch hingewiesen, dazu wurde ein beschreibender Katalog von Annemarie Wurmbach[93] verfaßt.

Es folgte ein ergänzender Aufsatz der gleichen Autorin in der Zeitschrift für Rheinisch-Westfälische Volkskunde[94]. Zu diesem Thema konnte das Volkskundliche Archiv in Münster wesentliche Hilfestellung geben. Das Brauchtum eines Dorfes der Osnabrücker Landschaft untersuchte gewissenhaft August Suerbaum[95].

Auf einen im friesisch-westfälischen Grenzgebiet heimischen Brauch der Wepelraut und Tunschere machte ein Aufsatz von Maria Schlump[96] aufmerksam. Gerade dieser Aufsatz wie der von Krins über Tremse und Pfingstkronen zeigt die enge Verbindung des westfälischen Gebietes mit dem holländisch-friesischen Raum. Rudolf Uebe, dem wir als einem der ersten westfälischen Volkskunstforscher so viele neue Erkenntnisse verdanken, hat sich auch mit dem reizvollen Thema der Backware und des Gebildbrotes befaßt. Backwaren Sein Aufsatz „Altmünsterisches Backwerk", in den Heimatblättern der Roten Erde erschienen, gibt uns eine erste Übersicht[97]. Dieses Thema, eng mit dem Brauchtum verflochten, von Max Höfler in seinen vielen Arbeiten über Gebildbrote symbolhaft und mythologisch gedeutet, macht uns in Stadt und Land auf alte Traditionen und viele Merkwürdigkeiten aufmerksam. Paul Pelshenke[98] von der Bundesanstalt für Getreideforschung in Detmold hat uns ausführlich mit der heute gängigen Backware, natürlich auch mit der westfälischen, in einem reichbebilderten Büchlein vertraut gemacht. Wir lernen landschaftliche Unterschiede kennen und sehen Beziehungen zum Rheinland, zu Westfalen und Niedersachsen.

Wir werden über die Formgebung, über das Handwerkliche unterrichtet, über das Aneinandersetzen, Aufrollen, Aufsetzen, Ausrollen, Breitschlagen, Drehen, Drücken, Flechten, ferner über das Knoten, Bändeln, Ringformen, Ritzen sowie Schlagen. Schon Sartori[99] schreibt z. B. 1929 in seiner westfälischen Volkskunde über ein Gebäck, das im ganzen niederdeutschen Raum verbreitet ist: „Überall sind Haitwiggen, das Festgebäck, das im Sauerlande Raspelbrötchen, in der Gegend von Hamm, Unna und Kamen und in all den Gebieten, die früher zu Kurköln gehörten, Heitkölschen heißt. Zu Oestrich bei Letmathe backt man sie in der Form eines Eisenkiesels (Eiserkuchens), in benachbarten Orten (Ergste, Schwerte) in Gestalt einer weiblichen Figur." Plath[100] hat uns in einem aufschlußreichen Aufsatz über „das Timpenbrot in Zeit und Raum" gewichtige Erkennntnisse gebracht. Schauerte[101] hat das Thema vom Brauchtum her untersucht. In einer Ausstellung des Landesmuseums Münster im Jahre 1957 wurden bäuerliche, aber auch städtische Backerzeugnisse dargestellt unter dem Thema „Backen und Backwerk in Westfalen". Haus- und Handwerksbäckerei standen viele Jahrhunderte hindurch in enger Verbindung und gegen-

[90] Wilhelm Quincke, Friggebreiwekes. Der Märker, Jg. 6 1957, H. 12, S. 483–486.
[91] Lydia Tilgner, Brautgeschenke im alten Westfalen, Westf. Heimatkalender 1957, S. 86–91.
[92] Paul Pieper, Schützenkleinodien aus Westfalen. In: Westfälisches Schützenwesen. Münster 1953, S. 49–87.
[93] Annemarie Wurmbach, Erntegerät und Erntebrauch in Westfalen. Landesmuseum Münster 1956.
[94] Annemarie Wurmbach, Erntegerät in Westfalen. Rhein.-Westf. Zeitschr. f. Volkskunde Bd. IV 1957, S. 40–61.
[95] August Suerbaum, Sitte und Brauchtum unserer Heimat. Osnabrück 1951.
[96] Maria Schlump, Wepelraut und Tunschere. Die Kunde. Jg. 4 Nr. 8/9, 1936, S. 154.
[97] Rudolf Uebe, Altmünsterisches Backwerk. Heimatbl. d. Roten Erde 4. Jg. 1925, S. 550–554.
[98] Paul Pelshenke, Gebäck aus deutschen Landen. Alfeld 1949.
[99] Paul Sartori, Westfälische Volkskunde. Leipzig 1929.
[100] Helmut Plath, Das Dreitimpenbrot. In: Deutsche Volkskunde. Vierteljahrsschr. d. Arbeitsgem. f. deutsche Volkskunde. München 1950.
[101] Heinrich Schauerte, Das Brot im Glauben und Brauch des Volkes. In: Brot und Gebäck, Jg. 11. Bochum 1950, S. 7ff. – Derselbe, Brot und Gebäck im westfälischen Glauben und Brauch. Rhein.-Westf. Zeitschr. f. Volkskunde Bd. VII 1960, S. 66–82.

seitiger Beeinflussung, so daß ihre Erzeugnisse nicht voneinander zu trennen sind. Das zeigte sich auch hier in dieser Ausstellung, obwohl der Hauptakzent auf die Hausbäckerei gelegt war. Annemarie Wurmbach[102] gab in dem Katalog eine Übersicht über Alltags-, Fastnachts-, Karfreitags-, Palmsonntags-, Oster-, Pfingst-, Ernte-, Weihnachts- und Neujahrsgebäck und ihre Verbreitung. Ein Aufsatz von Georg Kip[103] beschränkte sich auf das Festgebäck des Bentheimer Landes. Wesentlich und wichtig ist das Buch von Ernst Thiele[104] über „Waffeleisen und Waffelgebäcke in Mitteleuropa".

Wie der Verfasser selbst in seinem Vorwort betont, wurde mit der vorliegenden Arbeit der Versuch unternommen, ein bisher nur lokal und am Rande angesprochenes Thema geschichtlich und inhaltlich wenigstens für den mitteleuropäischen Raum zu behandeln. Die Zangeneisen, in Westfalen Iserkoken genannt, ihre technische Herstellung und ihr bildlicher Schmuck wurden geschildert und natürlich auch westfälische Beispiele abgebildet und einem allgemeinen Rahmen eingeordnet. Auf einzelne ikonographische Themenstellungen ging Lydia Tilgner[105] in einem kleinen, populär gehaltenen Aufsatz „Iserkoken-Kokendage" ein. Annemarie Wurmbach gab eine wort- und sachkundliche Untersuchung über Kuchen, Fladen und Torten, wobei natürlich auch westfälisches Material herangezogen wurde[106]. Interessant ist vor allen Dingen ihre Karte, die eine Verbreitung der mit Kuchen bezeichneten Flachgebäcke im westfälischen, oldenburgischen, niedersächsischen Raum kennzeichnet.

Museumsführer, Ausstellungskataloge

Das Sammeln von Volkskunstdenkmälern aus dem Raum Westfalen ist Angelegenheit vieler westfälischer Museen geworden. Ihre Neuerwerbungen werden bisweilen in Katalogen und Heimatkalendern aufgezeichnet. Hinzuweisen ist auf den umfangreichen Katalog[107] von Rolf Fritz: „Dortmunder Kunstbesitz. Museum für Kunst- und Kulturgeschichte, Erwerbungen 1934–1958 – Ausstellung zum 75jährigen Bestehen des Museums 1958", der unter den Nummern 328–66 ländliche Möbel, Arbeitsgerät, bäuerliche Textilien, Zinn, Eisen- und Messinggerät, Keramik, Schmuck, Volkstrachtenbilder aufzeichnet. Von besonderer Bedeutung sind ein mittelalterlicher runder Spieltisch aus der Ackerbürgerstadt Quakenbrück (Nr. 260) mit betonter bäuerlicher Möbeltradition des Artlandes, ferner ein eichener Glasschrank in den Formen eines ländlichen Rokokos von dem Hofe Schulte-Barop in Dortmund-Barop, völlig im Banne bergisch-märkischer Möbelkunst.

Ein Muttergottesbild, eine ländliche Kopie der Barockzeit nach dem Gnadenbild in Werl, gehört zu den vielen volkstümlichen Nachahmungen dieser berühmten sitzenden Gnadenmadonna. In dem bebilderten Führer durch die Museen in Westfalen und Lippe aus dem Jahre 1955 werden wir kurz unterrichtet über die volkskundlichen Bestände des Landes[108]. Ein reich mit Bildern versehener Katalog mit dem Titel: „Aus westfälischen Museen", herausgegeben aus Anlaß des 50. Jahrestages zur Gründung des Landesmuseums Münster, enthält auch ein Kapitel über Volkskunst[109]. In einem kurzen Bericht werden wir in der Rheinisch-Westfälischen Zeitschrift für Volkskunde mit den volkskundlichen Beständen und der volkskundlichen Arbeit einzelner Museen Westfalens bekanntgemacht[110]. Außerhalb Westfalens hat vor allem das Museum für Deutsche Volkskunde Berlin sich um westfälische Volkskunst gekümmert. Lothar Pretzell legt in einem reich bebilderten Katalog „Kostbares Volksgut aus dem Museum für Deutsche Volkskunde" Rechenschaft über seine Tätigkeit ab und führt unter vielen Denkmälern aus anderen deutschen Landschaften und Provinzen auch zahlreiche westfälische Beispiele vor[111].

[102] Annemarie Wurmbach, Backen und Backwerk in Westfalen. Münster 1957.
[103] Georg Kip, Grafschafter Festgebäck. Jahrb. d. Heimatver. d. Grafsch. Bentheim 1954, S. 108–115.
[104] Ernst Thiele, Waffeleisen und Waffelgebäcke in Mitteleuropa. Köln 1959.
[105] Lydia Tilgner, Iserkoken-Kokendage. Westf. Heimatkalender 1956, Ausg. Sauerland, S. 170–174.
[106] Annemarie Wurmbach, Kuchen, Fladen, Torten. Zeitschr. f. Volkskunde 56. Jg. 1960, S. 20–40, Karte S. 29.
[107] Rolf Fritz, Dortmunder Kunstbesitz. Museum für Kunst- und Kulturgeschichte. Erwerbungen 1934–1958. Dortmund 1958, Abb. 260 und Nr. 328–366.
[108] Westfälische Museen, Münster 1955, Abb. 25–29, 32–39.
[109] Aus Westfälischen Museen. Münster 1958.
[110] Nachrichten aus den Museen. Rhein.-Westf. Zeitschr. f. Volkskunde, Bd. III 1956, S. 120–130.
[111] Lothar Pretzell, Kostbares Volksgut aus dem Museum für Deutsche Volkskunde. Berlin 1967.

Bestandsaufnahmen kleinerer Gebiete

Sehr begrüßenswert ist es, daß bei der Inventarisation der Bau- und Kunstdenkmäler in Westfalen auch des volkskundlichen Sachguts gedacht wurde. So erschien bei der Herausgabe des Bandes für den Kreis Borken[112] ein zusammenfassender Bericht über Bauernhaus und Tracht des Kreises. Nach diesem ersten Versuch wünschte man sich weitere, aber weiterausgreifende Übersichten in allen neuen Inventaren des Landes Westfalen. Leider ist bisher ein zweites Unternehmen dieser Art nicht begonnen worden. Dafür hat in jüngster Zeit die Volkskundliche Kommission Münster diese so notwendige Bestandsaufnahme volkskundlicher Denkmäler in verschiedenen Kreisen Westfalens angefangen und dabei wesentliches wissenschaftliches Material zu Tage gefördert, so in den Kreisen Ahaus, Borken-Bocholt, Coesfeld. Renate Brockpähler[113] berichtet kurz über Gebäude, Innenräume, Herdstellen, Herdgeräte, Möbel, Küchengerät, Arbeitsgerät, Tracht und Schmuck und religiöse Volkskunst in Coesfeld in der Rheinisch-Westfälischen Zeitschrift für Volkskunde.

Eine Übersicht gibt uns auch Ulrich Bauche[114] bei seiner Bestandsaufnahme volkskundlicher Sachgüter in den ehemals bäuerlichen Siedlungen im Bereich der Stadt Dortmund. Ebenso erfreulich wie erstaunlich ist das Bildmaterial, das er heimgebracht hat. Wichtig sind seine Untersuchungen über das bäuerliche Sachgut in diesen industrialisierten Dörfern. Es wurden z. B. 90 Truhen vorgefunden, Stollentruhen mit Bandeisenbeschlag, Seitstollentruhen, Kastentruhen auf Kufen und Füßen, Koffertruhen verschiedener Form und Dekoration. Damit wurde also die Entwicklung dieses Möbeltypus von der Gotik bis zum Ende des 18. und Anfang des 19. Jahrhundert aufgedeckt. Merkwürdigerweise hat sich hier Zinngeschirr erhalten, eine Tatsache, die sich nur durch die Nähe des Bergischen Landes erklären läßt, das ja ein Exportland für Zinn gewesen ist. Elisabeth Schlicht[115] hat ebenfalls in den Gemeinden des Emslandes und auf dem Hümmling eine Bestandsaufnahme von Volkskunstdenkmälern, insbesondere des bäuerlichen Hausrats, durchgeführt und ihre Entdeckungen in dem Jahrbuch des emsländischen Heimatvereins in einem vorläufigen Arbeitsbericht veröffentlicht. Als wesentliches Ergebnis sei hier der Hinweis auf mehrere Tischlerwerkstätten mit ihren charakteristischen Eigentümlichkeiten in Truhenbau und Dekoration angegeben.

Zentralstellen der Sammlung

Ein besonderes Verdienst um die Erforschung und Sammlung nicht nur literarischen volkskundlichen Gutes, sondern auch der Sachdenkmäler hat sich das schon häufiger genannte Archiv für westfälische Volkskunde in Münster unter der Führung von Frau Prof. Martha Bringemeier erworben, das Fragebogen über die verschiedensten Gebiete volkskundlichen Lebens herausgegeben, das volkskundliche Berichte über viele Fragenbereiche aus allen Schichten der westfälischen Bevölkerung gesammelt, das ein sehr wichtiges Fotoarchiv aufgebaut und letzthin auch Sachgüter erworben hat. Diesem Archiv ist der Verfasser bei allen seinen Untersuchungen zu tiefstem Dank verpflichtet, da ihm immer wieder Hilfeleistungen gegeben wurden. Mehr und mehr in den Vordergrund rücken die Sammlungen des im Aufbau begriffenen Freilichtmuseums in Detmold unter Führung des Museumsdirektors Dr. Josef Schepers, daneben die des Lippischen Landesmuseums Detmold unter Dr. Wilhelm Hansen[116].

Eine kurze Übersicht über die Volkskunstliteratur Westfalens ist hier gegeben worden, nur das wichtigste Schrifttum wurde vermerkt, um so die Plattform für die nachfolgenden Untersuchungen zu schaffen.

[112] Wilhelm Rave und Stephan Selhorst, Kreis Borken. Bau- und Kunstdenkmäler von Westfalen. Bd. 46, Münster 1954, S. 32–37.

[113] Renate Brockpähler, Bestandsaufnahme von volkskundlichem Sachgut. Rhein.-Westf. Zeitschr. f. Volkskunde Bd. VII 1960, S. 208–211.

[114] Ulrich Bauche, Dortmund, ebenda S. 211–215. Vgl. auch seinen Aufsatz: Die Schnitzwerke des Wilhelm Uebbemann, Hofbesitzer und Gemeindevorsteher zu Asseln. Rhein.-Westf. Zeitschr. f. Volkskunde Bd. VIII 1961, S. 162–168. Hier wird zum ersten Mal die schöpferische Einzelpersönlichkeit innerhalb der bäuerlichen Bildwelt gewürdigt.

[115] Elisabeth Schlicht, Vom bäuerlichen Kunsthandwerk. Jahrb. d. emsländischen Heimatvereins. Meppen 1961, S. 45–53.

[116] Wilhelm Hansen, Aufbau und Zielsetzung einer Kommission für Geräteforschung. (Sonderdruck des Lippischen Landesmuseums Detmold 1965. Sonderdruck aus Heimatland Lippe, Zeitschr. d. Lipp. Heimatbundes 58. Jg. 1965). Vgl. auch Wilhelm Hansen, Ländliches Tagewerk im alten Lippe: Die Gerätesammlung.

II. Schmuckformen des Bürger- und Bauernhauses

Am Anfang jeder Volkskunstgeschichte steht das Kapitel Architektur, das vor allem das Ackerbürger- und Bauernhaus umfaßt. Leider wird der reine Zweckbau[1], das technische Kulturdenkmal, wie Schmiede, Mühle, Eisenhammer, Ziegelei, ein wenig vernachlässigt, und doch ist gerade Westfalen als ein früh industrialisiertes Land an solchen Bauten nicht arm. Mögen sie auch als zweckbetonte Denkmäler von einfachster Gestalt sein, so zeigt sich gerade bei ihnen die schöpferische, auf die Vernunft ausgerichtete Kraft, die Westfalen aus den rein agrarischen Provinzen heraushebt.

Die Haustypen in ihrer Entwicklung und Verbreitung

Das westeuropäische Hallenhaus, durch Ausgrabungen im frühen Mittelalter schon bezeugt, weist auf eine lange Entwicklungstradition zurück. Durch eingehende Untersuchungen der Gerüstformen wurden Formenwandel und Formenwanderung einer anscheinend absolut statischen Hausform sichtbar. Der Begriff der Stammesgebundenheit – man sprach vom Niedersachsenhaus – mußte notgedrungen aufgegeben werden. Diese Tatsache ist für die westfälische Raumforschung von außerordentlicher Bedeutung. Innerhalb des westeuropäischen Verbreitungsraumes zeigen sich individuelle Züge. Allgemein gesagt, die technische Wandlung – bedingt durch den Begriff der Raumschichtung mit dem Effekt der Raumsparung, ausgehend vom mittelalterlichen Stadthaus der Oberweser –, die das Ankerbalkenhaus ablöste und das Eindringen des Dachbalkenhauses ermöglichte mit dem Ziel der größtmöglichen Erntebergung, bereitete den Übergang der aushäusigen zur einhäusigen Erntestapelung vor.

Die neue Verzimmerung der Hauptgefügeglieder – der senkrechte Ständer, der waagerechte Rähm im Längsverband und der Balken im Querverband – ist durch eine erstaunliche Formfülle gekennzeichnet. Örtliche und zeitliche Unterschiede sind nicht sofort zu fassen.

Das Bauern- und Bürgerhaus Westfalens, das in seinem Baugefüge keine geschlossene Einheit über größere Zeiträume und Landschaften darstellt, hat Wandlungen durchgemacht, die niemals gleichförmig in allen Gebieten des Landes verlaufen sind. Das ergibt ein ungewöhnlich reizvolles Bild. Die vielen Einzelmerkmale der Außen- und Innenarchitektur, die selten in gleicher Anordnung und derselben formalen Gestaltung wie in gleicher Verbreitung vergesellschaftet auftauchen, sind für den modernen Betrachter geradezu verwirrend. Die Entwicklung auf dem Lande ging häufig hinter der des Stadthauses her. Ja, Stadthäuser beeinflußten die Architektur der Bauernhäuser, wie das Beispiel Osnabrück-Artland zeigt. Westfalen ist im wesentlichen das Verbreitungsgebiet des westeuropäischen Hallenhauses. Im Westen und im Süden, im Sauerland, im Siegerland und Wittgensteiner Land, zeigen sich Bauelemente, andersartige Baukonzeptionen, die das mitteldeutsche Haus verraten. Andererseits dringen westfälische Bautechniken, wie die Schieferung der Dächer und Hauswände, nach Hessen[2]. Die Siegerländer Hauslandschaft ist einem Grenzgürtel zu vergleichen[3], in dem nieder- und mitteldeutsche Baueinflüsse aufeinandertreffen und sich vermischen.

Der Einfluß der Landesnatur auf die Bauformen zeigt sich bei einem Vergleich zwischen dem Norden und Süden Westfalens. Das bergige Sauerland mit seiner Enge gestattete z. B. nicht die große Aus-

[1] Wilhelm Claas, Technische Kulturdenkmale im Bereich der ehemaligen Grafschaft Mark. Hagen 1958. – Conrad Matschoß und Werner Lindner, Technische Kulturdenkmale, München 1932, Abb. 32: Unterschlagmühle bei Haustenbeck; Abb. 54: Hüvener Ölmühle und Walke; Abb. 55: Hüvener Kornmühle; Abb. 101: Hammer in Haspe-Kuckelhausen.

[2] Karl Rumpf, Hessen. Deutsche Volkskunst. N. F. Marburg 1951, S. 37: Den Dörfern an der oberen Eder und im Wittgensteinischen gibt die düstere Schieferung aller Dächer und Hauswände den besonderen, vom übrigen Hessen verschiedenen Charakter. Die Nähe des Sauerlandes kündigt sich an. Die Schieferung der Dächer und Wände scheint erst im Verlauf des letztverflossenen Jahrhunderts nach Verschwinden der Strohdächer begonnen zu sein. Die Deckung altdeutscher Art aus verschieden großen, mit der Hand zugehauenen Schieferplatten verlangt bedeutendes handwerkliches Können ... Bei der Wandbekleidung beleben die Dachdecker gern die Flächen durch Einteilung in Zonen und Ausbildung geometrischer Muster aus verschiedenartig zugehauenen Schiefersteinen.

[3] Annemarie Wurmbach, Das Bauernhaus des Siegerlandes. Denkmal einer Grenzlandschaft. Diss. Münster 1955, Ms., S. 104. – Vgl. Höhle, Das waldeckische Dorf. In: Victor Schultze, Waldeckische Landeskunde. Mengeringhausen 1909, S. 214: Niederdeutsche und mitteldeutsche Bautypen nebeneinander.

dehnung und Behäbigkeit einer Hofgruppe des Bersenbrücker Artlandes oder eines Sattelmeierhofes im Ravensbergischen. Das zwei- und vierstöckige Haus mit großem Dielentor und Dielenfenster in einer Länge über zwei Stockwerke bringt neue Akzente, so in Bilstein, Kirchhundem, Flape, Elspe. Innerhalb des Landes sind großräumige Hauskulturbewegungen zu beobachten, die Provinz- und Landesgrenzen überspringen, wobei im Osten die Siedlungsform von entscheidender Bedeutung wird. Im Osten, im Ravensbergischen und im Grönegau, übernehmen geschlossene dörfliche Gemeinden schneller Neuerungen städtischer Herkunft; lockere Siedlungen beharren bei älteren Formen. Es ergeben sich hier Staffellandschaften in der Übernahme und Abwandlung einzelner Bauteile[4].

Es ist modern geworden, das westfälische Bauernhaus nach seinen Konstruktionselementen zu durchleuchten. Sicher ist, daß die Fachwerkgestaltung nur von der Art der Ständerverbände, nur aus der Innenkonstruktion des Hauses zu begreifen ist. Doch darüber hinaus ist der Wille zu dieser Konzeption, zu dieser Form entscheidend. Nach Schepers[5] sind vier größere Landschaftsräume mit unterschiedlichen Haustypen festzustellen, zunächst der Nordwesten, das Münsterland, die Grafschaft Bentheim und der benachbarte ostniederländische Landesteil (Geldrischer Achterhoek, Twente und Drentescher Winkel), dann der Nordosten mit dem nördlichen Weserbergland und dem altwestfälischen Nordland, weiter der Südosten mit dem südlichen Weserbergland, dem östlichen und mittleren Hellweg, schließlich der Südwesten mit dem Süderbergland und dem westlichen Hellweg und der Süden mit der mitteldeutsch-niederdeutschen Übergangslandschaft des Wittgensteiner und Siegener Landes.

Die verschiedenen Gefüge[6] – die westfälische Dachbalkenzimmerung z. B. tritt im 16. Jahrhundert einen Siegeszug an und setzt sich in den nördlichen Landstrichen Altwestfalens und Niedersachsens mehr und mehr durch – ergeben kartographisch gesehen interessante Raumbilder. Das gleiche gilt auch für die Grundrißform. Vom Wandel der Hausformen im Raum Westfalen soll hier jedoch nicht die Rede sein, weder vom Verbreitungsgebiet des Hallenhauses, des Gulfhauses, des Ernhauses noch des Drei- oder Vierständerhauses, noch vom Steinbau des Sauerlandes oder vom hessischen Fachwerkbau. Wir wollen uns vielmehr den künstlerischen Akzentbildungen dieser Architektur wie der Fachwerkgestaltung, dem Giebel und Eingangstor zuwenden.

Schmuckformen der Architektur

Fachwerk

Je weiter wir aber nach dem Süden über das sauerländische Hallenhausgebiet hin in die mitteldeutsch-niederdeutschen Übergangslandschaften an die hessische Grenze[7] gelangen, desto öfter beobachten wir in der Fachwerkgestaltung reichere dekorative Fügungen, wie Andreaskreuze, Winkelbänder, Querriegel, dazu die Strebefigur des „Wilden Mannes", der mit dem Stockwerkbau vergesellschaftet ist, Formen, die in dieser Reihung unwestfälisch sind. Die Eckpfostenschnitzereien, wie sie uns im Wittgensteinischen oder im Siegerland und im südlichen Sauerland begegnen, sind mitteldeutscher Import. In der dekorativen Behandlung zeigt sich die schöpferische Kraft, die Phantasie, die Geisteshaltung wie Geschichtsverbundenheit und letzten Endes auch das Gottvertrauen des Westfalen. Die Namen der Eheleute als Erbauer, der Zimmerleute, Jahreszahlen, religiöse Sprüche werden sichtbar. Hier wird die Anonymität der Volkskunst aufgegeben. Die Türpfosten und Bögen, das Oberlicht, die Balken, die Bekrönung des Giebels, alles ist einem künstlerischen Gestaltungsprinzip unterworfen. Wir beobachten innerhalb der großräumigen Hauskulturbewegungen Westfalens vom Osten zum Westen lokale Sonderbildungen auch im dekorativen Beiwerk.

Giebel, Tor

Naives Kunstschaffen entfaltet sich an den Eingangspforten und in den Giebeldreiecken westfälischer Bauernhäuser, das leider nur wenig gewürdigt worden ist und wenn, dann in dem Licht einer germano-

[4] Hans Ernst, Das Bauernhaus in Lippe, Minden, Ravensberg und im Kreise Melle, Münster (ungedruckte) Dissertation 1946.

[5] Josef Schepers, Westfalen-Lippe. Münster 1960, S. 49, Abb. 17, Bauernhausgefüge in und um Westfalen und Abb. 42, Westfalens Grundrißformen.

[6] Ebda., S. 148, Abb. 101.

[7] Vgl. dazu Adolf Spamer, Hessische Volkskunst. Jena 1939, S. 36: Schmuck des Fachwerkhauses und Karl Rumpf, Hessen, S. 29: Das ... sachlich strenge klare Fachwerk Nord- und Mittelhessens, das im Westen bis in den Kreis Gießen herrscht, gehört dem sächsischen Fachwerkstil an, reicht also viel weiter südlich als die Niedersachsenhausgrenze.

philen, pseudowissenschaftlichen Symbolforschung. Daß hier innerhalb der Volkskunstgeschichte Westfalens bedeutende Leistungen vorliegen, ist, kein Zweifel, ikonographisch wahrhaft überraschend, weil neue Bildthemen geschaffen sind. Hier muß die Forderung angemeldet werden, sorgsam Landschaft für für Landschaft, Dorf für Dorf, Haus für Haus zu durchleuchten und Torständer, Holme, Schragen, Balkenschwellen und -köpfe, Knaggen, Kopfbänder, Brüstungsfelder in ihrem dekorativen Beitrag zu untersuchen. Ist es modern geworden, das Bauernhaus nach seinen einzelnen konstruktiven Elementen zu untersuchen und historische Abläufe oder räumliche Verbreitung festzustellen, so ist aber zu bedenken, daß das Bauernhaus nicht nur ein konstruktives Phänomen, sondern darüber hinaus in seinen Schmuckformen auch Ausdruck einer bestimmten Geisteshaltung seiner Erbauer und Bewohner ist. Offenbart es doch eine besondere künstlerische Auffassung, die nicht nur von konstruktiven Erkenntnissen gespeist wird. Auffällig ist jedenfalls im Norden Westfalens die geschlossene kompakte Bauform mit der Klarheit und Nüchternheit additiver Fachwerkordnung, die linearflächige Baugesinnung verrät. Dynamische Bewegungstendenzen, kurvige Linien sind wenig bekannt oder geradezu verpönt. Man könnte einwenden, das läge an den Fachwerkriegeln oder Streben; man betrachte daraufhin hessisches oder süddeutsches Fachwerkgefüge. Nein, diese Nüchternheit, Strenge, Klarheit negiert überflüssige oder spielerische Bewegung. Ein Ordnungsprinzip setzt sich durch, das in Symmetrie und Addition denkt und Größenordnungen bevorzugt, die einer gewissen Monumentalität nicht ermangeln.

Farbigkeit

Auch hinsichtlich der Farbigkeit des westfälischen Bauernhauses lassen sich leichte Unterschiede feststellen[8]. Schwarzweiß ist das Fachwerk im nordwestlichen Westfalen. Im Münsterland, insbesondere im Westmünsterland, dort, wo das rote Backsteinhaus zu Hause ist, sind die Fensterrahmen weiß gestrichen, ebenso die Windfahnen, blaugrün dagegen Türen und Läden, eine Tatsache, die Josef Schepers[9] auf den niederländischen Klassizismus zurückführt. Im märkischen Gebiet macht sich die bergische Farbvorliebe des 18. Jahrhunderts für grüne Türen, Fensterläden und weiße Gesimse bemerkbar[10]. Das Vest Recklinghausen wiederum unterscheidet sich von dem schwarzweißen Hellweghaus in der Vorliebe für schwarz-bunte Gefache[11].

Innerhalb der großen Kultur- und Kunstbewegung, die von der Oberweser in Richtung nach dem Osten und Westen ausstrahlte und das westfälische wie niedersächsische Land befruchtetete, hat gerade die bäuerliche Architektur viele Impulse empfangen. Bezeichnend ist die Tatsache, daß beide Gebiete an Dekorationsweisen partizipieren, die Ländergrenzen, Gebirge und Flüsse überspringen, und daß diese sich mehrere Jahrhunderte im Prinzip halten und formal weiterentwickeln, bis sie nicht mehr begriffen und vollständig verkannt werden. Ein solches Musterbeispiel ist die Einrahmung des Toreingangs mit

Türsäulen des Weserraumes

Türsäulen im östlichen Westfalen (Abb. 4–12), und zwar in Anlehnung an die Schloßarchitektur der Weserrenaissance, wie August Meier-Böke[12] nachgewiesen hat. Diese Türsäulen sind zunächst plastisch gestaltet (Abb. 11), aus Holz geschnitzt und in ihrer Endentwicklung gemalt mit imitierten Quadersteinfugen (Abb. 12), erscheinen zunächst einfach als glatte Säulentrommeln mit dorischen oder jonischen Kapitellen, dann in Balusterform, schließlich in der Zeit des Hochbarock gedreht und geflammt. Basen und Kapitelle dieser Türsäulen machen die gleiche Wandlung durch. Die Funktion des Tragens ist rein

[8] Otto Lehmann, Deutsches Volkstum in Volkskunst und Volkstracht. Berlin 1938, S. 102: Im westlichen Münsterlande füllen Backsteine das blaugrau gestrichene oder hellgrau verwitterte eichene Fachwerk ... Die Soester Börde baut mit Grausandstein, der am Haarabhange gebrochen wird. Am Hellweg leuchtet das rote Dach über weißgekalkten Wänden. Zwischen dem schwarzgestrichenen Balkenwerk im Wesergebiet sind die Putzfelder im Fachwerk blau und weiß getüncht, Sandsteinquadern sind verwendet, das Bretterwerk ist rot gestrichen, abwechselnd mit grau, grün, weiß, als Dachdeckung Schiefer. Schiefer ist auch im Sauerland benutzt zur Verkleidung der Wände an der Wetterseite. Im Sauerland und im märkischen Bergland gibt Grauwacke die Sockelmauer, sauber mit weißen Fugen verputzt.

[9] Josef Schepers, Westfalen-Lippe, S. 156: Bezeichnend ist, daß der Münsterländer gern und bis in die neueste Zeit die strengfreundliche Farbigkeit des niederländischen Klassizismus aufgriff.

[10] Derselbe, S. 147.

[11] Derselbe, S. 445.

[12] Vgl. August Meier-Böke, Türsäulenlandschaften an der Weser. In: Germanenerbe. Jg. 8, H. 5/6, 1943, S. 85ff.

visuell im Anfang gelöst, später rücken die Tore von dem Bogen fort und sind schmückende, selbständige Portalglieder. Eigentlich belasten sie die Torständer nun in ihrer statischen Kraft; denn diese Säulen stehen mit ihren angedeuteten Basen hoch über dem Erdboden. Sie schwellen mit ihren Säulentrommeln plastisch aus dem Torpfeiler heraus.

Vergleicht man ihre Verbreitungszonen (siehe Karte Tafel II), so ergeben sich merkwürdige raumzeitliche Staffellandschaften mit Kern- und Saumgebieten für Voll- und Schwundstufen mit dem Zentrum Oberweser. Die ursprüngliche Formgebung der vollausgeprägten Säulen ist in Westfalen, Braunschweig, Hessen anzutreffen mit dem Kern in Holzminden; diese Zone deckt sich mit dem Verbreitungsgebiet des Vierständerhauses. Die zweite Stufe der flach gemeißelten Säule bleibt auf das Oberwesergebiet beschränkt und ist im linksweserischen Raum, im Lipper Land bis Rinteln-Hameln, im nördlichen Deister bis nach Hannover anzutreffen. Und die gemalten Formen, nun ja, sie strahlen nach Westen und nach Norden aus in den Schaumburger Wald, zum Steinhuder Meer, an den Südsaum der Heide, bis ans Delbrücker Land: genauer gesagt, in das Wesertal mit Diemel, Nethe, Emmer, Werre, bis an die Aue und Leine. Hemmendes Moment sind die ärmeren Bergdörfer im lippischen Norden mit den aus Sparsamkeitsgründen gehaltenen Türständern. Diese Entwicklung vollzieht sich allmählich innerhalb des 17. bis 20. Jahrhunderts. Diese Türsäulen sind zu Dokumenten eines bäuerlich-regionalen Kunstschaffens geworden, sie wurden unbekümmert um ihre Herkunft aus einer höheren Gesellschaftsschicht der ländlichen Gemeinschaft assimiliert. Es offenbart sich ein Prozeß, der keineswegs gleichmäßig verläuft und für das Verständnis der westfälischen Volkskunstgeschichte von symptomatischer Bedeutung ist[13]. Türsäulen, wie Meier-Böke[14] richtig formuliert, sind „Sache entwickelter Gefüge, nur im Ursprungsland eigentlich sinnvoll, weil hier (Stockwerkebau) baulich empfunden, im Übertragungsgebiet der älteren Bauformen des Vierständerhauses (Geschoßbau) dagegen Fremdkörper und mit dem Zug wachsender Vereinsamung gekennzeichnet".

Anhand der Dekorationselemente beobachten wir allmähliche Übergänge, ein Zusammenfließen der einzelnen Stilepochen. Wir stellen aber auch ein starkes Beharrungsvermögen fest, so zeigen sich gotische Formelemente im Zeitalter der Renaissance, ja noch im 19. Jahrhundert. Wir weisen auf Häuser im Kreis Höxter hin, auf das Pfarrhaus in Ovenhausen, Bossebornerstraße 30, aus dem Jahre 1612, auf die Bauernhäuser mit gotischem Schmuck in Bödexen aus den Jahren 1508 und 1519 und auf ein Haus in Fürstenau aus dem Jahre 1802.

Schmuckformen der Gotik

Die Fachwerkfassaden in den kleinen Städten des östlichen und nördlichen Westfalenlandes sind durch die besondere Gestaltung der Obergeschoßschwellen, der Kopfbänder, der Knaggen, der Brüstungsbohlen zeitlich genau einzuordnen. In der Gotik begegnen uns einfach gekurvte Knaggen, Treppenfriese auf den Schwellen, Kreismedaillons über den Balkenköpfen, Masken, Fratzen, sogenannte Neidköpfe, weiter Trapez- und Bügelfriese bis in den Anfang des 16. Jahrhunderts. Gotischer Herkunft sind auch die Rosetten (Abb. 2), Sonnenrosen- und Fächermotive, Halbkreise, Bogenfriese auf den Schwellen über den Balkenköpfen zwischen den Fußstreben. Laubstäbe, Rhomben und Kreise, Wellenranken kommen noch als Formelemente hinzu. Die Brüstungsbohlen werden im 16. Jahrhundert dekorativ mit Sonnenrosen gleichsam übersät. Schließlich ist als wichtige Erscheinung die Spruchschwelle nicht zu vergessen (Beispiele in Soest, Lemgo, Blomberg, Salzuflen, Höxter, Wiedenbrück).

[13] Josef Schepers, Westfalen-Lippe, Taf. 406: Gebiet des Haupthauses Kornhoff, Borgholz, Kr. Warburg.

[14] August Meier-Böke: Die Vorgänge vollziehen sich faßbar in 4, vermutungsweise in 5–6 Jahrhunderten, seit der Erneuerung des Stockwerkebaues im Gebiet des Vierständerbaues. 37 Vollsäulen (davon 24 rund, 12 gedreht, 1 vierkant) in 27 Siedlungen stehen 233 Flachformen (davon 216 geradschaftig, 14 gedreht, 3 geschwungen) und 888 aufgemalten gegenüber.

	17. Jh.	18. Jh.	19. Jh.	20. Jh.
Vollformen	4	25	1	—
Flachformen	3	25	71	—
aufgemalte Säulen	—	—	443	15

Die Füllhölzer unterhalb der Schwellen sind durch Wulstprofile und weiter durch Kerbschnittornamente, Tauwerk, Blattformen bereichert. Pentagramme, Drudenfüße, Sternkreise, Knoten, Bandverschlingungen, Malkreuze, Herzen, Achtsterne, Lebensbaummotive gehören zu dem weiteren Formenschatz dieser Zeit.

und Renaissance

Im Zeitalter der Renaissance schmücken die Bildschnitzer, der Mode der damaligen Zeit folgend, die humanistische Bildung und Gelehrsamkeit dokumentieren wollte, die Fassaden der Stadthäuser mit römischen Gottheiten, Frau Venus, Himmelskörpern, dazu den 7 freien Künsten, den Kardinalstugenden. Sprichwörter werden versinnbildlicht, Gestalten der Bibel, Heiligenfiguren, Fabelwesen, Blattmasken, Engelsköpfe, alles findet sich einträchtig nebeneinander, wie Beispiele in Lemgo, Mittelstraße 36, und Soest, Orpingstraße 6, zeigen.

Als ein neues Element erweist sich in dem Formenkanon die Nachahmung der Steinarchitektur der Weserrenaissance mit Konsolen, Arkadenbögen, Zahnschnittfriesen, Beschlagwerk, Rahmenwerk und Füllungen, doch verbinden sich diese typischen Erscheinungsformen der neuen Zeit mit dem überlieferten Formen- und Motivgut der Gotik. Das Flach- und Bandornament, das illusionistisch den Charakter eines auf den Grund festgeschmiedeten und genieteten Beschlagornamentes mit seinen Löchern und Nieten erweckt, überspinnt Pfosten, Bögen[15], Schrägen, Schwellen, Brüstungen, ja ganze Fassaden[16]. Hinzu kommen aus einer späteren Stilepoche der Renaissance die Rollwerkkartusche, von den Zeitgenossen Kompartimente genannt – dieser Ausdruck spielt bei den Meisterstücken dieser Zeit vornehmlich bei Glasern und Malern eine Rolle. In ihrem Gefolge erscheinen die Löwenmaske, das Groteskwerk, die Blattmaske, die Karyatide oder Kanephore, die Herme, die Meerjungfrau. Das Roll- und Beschlagwerk in Verbindung mit diamantierten Facetten und Quadern erlebt seine Hochblüte in der ersten Hälfte des 17. Jahrhunderts. Wir bewundern dieses reichgegliederte Metallornament, das eben eine Erfindung niederländischer Ornamentstecher gewesen ist. Die Vorlagenblätter eines Cornelis Floris und Vredemann de Vries übten auf die Architektur der damaligen Zeit einen ungeheuren Einfluß aus und wirkten nach in der Bauernkunst bis tief in das 18. Jahrhundert hinein. Wie solche Vorlagen verändert, in bäuerlichem Sinn verwandelt werden, Stilverzögerungen erleiden, dafür mögen nun zwei Beispiele angeführt werden: Füllhölzer und Balkenköpfe der unteren Giebelvorkragung des Flettdielenhauses Büschers in Assinghausen, Kreis Brilon[17], Joch genannt, mit Groteskwerk, Masken, Tieren und Pflanzen, Blattwerk, die in bäuerlicher Verwandlung zum Frühbarocken hin die Schärfe und Härte des Beschlagwerks aufgegeben haben.

Aus dem Ornamentwerk der Renaissance sind auch die barockisierten Tier- und Rankenmotive in Flachrelief auf den Füllhölzern des Hauses Witthoff, Obringhausen, Kreis Meschede, aus dem Jahre 1681 entwickelt[18].

Flächiges, volutenartiges Bandwerk, an Schmiedeeisen erinnernd, rhythmisch-symmetrisch und gegenständig angeordnet, an den Torpfosten aufsteigend, zoomorphe, an die Drudemännken der Möbeldekoration des Artlandes gemahnende Gebilde schmücken z. B. den Torbogen eines Hauses in Neuenheerse, Kreis Warburg (Abb. 6), das das Datum 1706 trägt[19]. Ein anderer Torbogen in Entrup, Kreis Höxter (Abb. 7), aus dem Jahre 1705 hat den Renaissancecharakter abgestreift und wirkt völlig barock[20]. Aus einem Topf quillen links und rechts auf den Torpfosten Wellenranken mit Glockenblumen und streben nach oben. In den Schrägen dagegen sind gegenständig verlaufende Blattranken zu beobachten. Die wellige Linie der Renaissancezeit wird hier vegetabil zu einer Blattranke umgestaltet und ihre äußere

[15] Josef Schepers, Westfalen-Lippe, Abb. 26b: Torbogen von 1618 aus Kollerbeck, Kreis Höxter.

[16] Vgl. Roswitha Poppe, Das Osnabrücker Bürgerhaus. Oldenburg 1944, Abb. 60a, 60b, Bierstr. 17, Agnes-Schöller-Haus.

[17] Josef Schepers, Westfalen-Lippe, Taf. 271.

[18] Ebda., Taf. 266.

[19] Bau- und Kunstdenkmäler von Westfalen. Bd. 44: Kreis Warburg. Münster 1939, Abb. S. 303.

[20] Vgl. Wilhelm Hansen, Lippisches Landesmuseum. Detmold 1970, S. 4 Abb.

Torbogen des Hofes Brenker in Tintrup, Kr. Detmold, aus dem Jahre 1728
Lippisches Landesmuseum Detmold

Tür, Eiche, barockaler Aufbau, mit Rankenwerk, Blüten und Vögeln, dat. 1812. Aus Mettingen, ehem. Kr. Tecklenburg. Privatbesitz Walter Titgemeyer, Westerkappeln

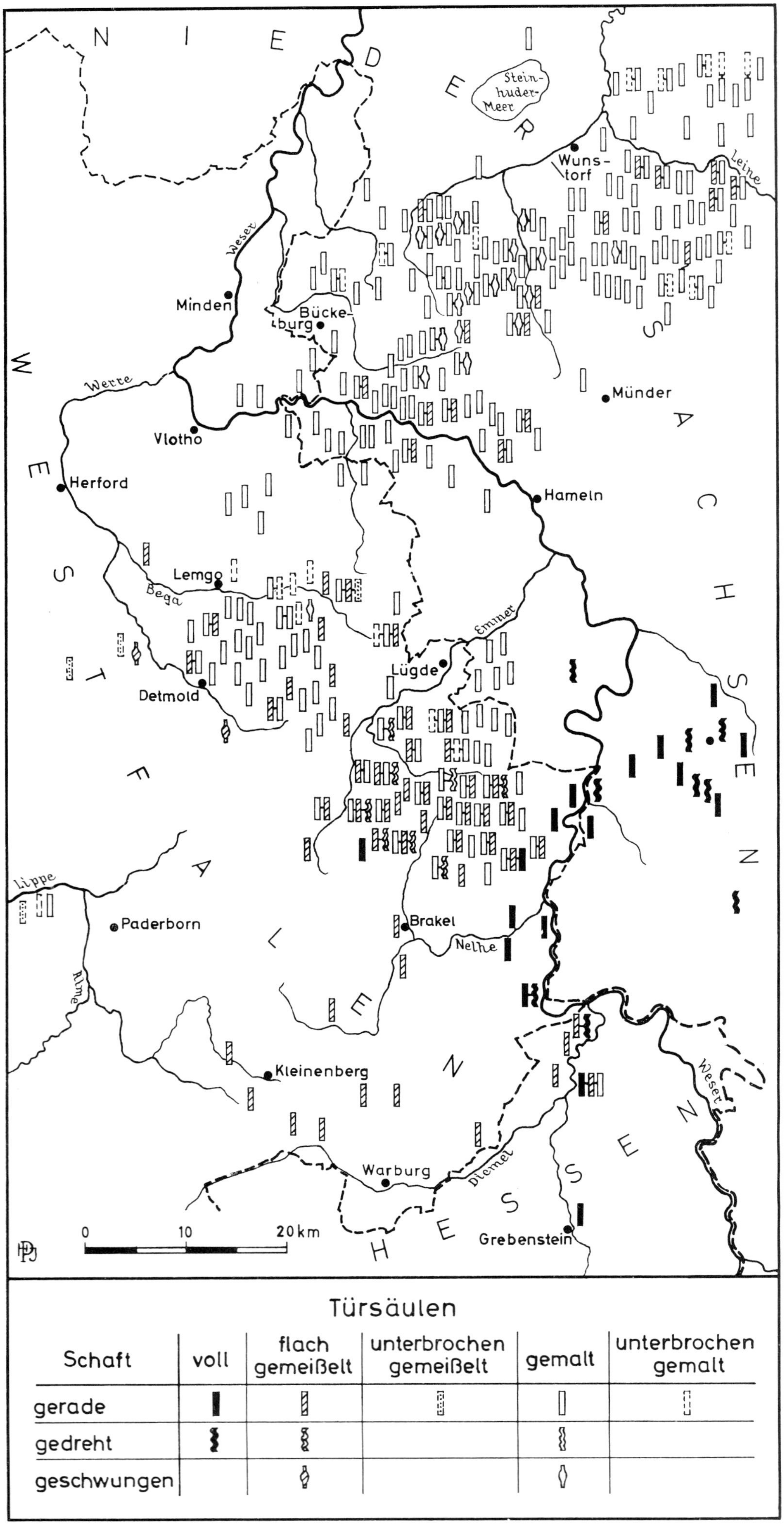

Verbreitung der Türsäulen im Wesergebiet. Nach August Meier-Böke, Türsäulenlandschaften an der Weser. Germanenerbe Jg. 8, H. 5/6, 1943, Karte 1

Kreuzigungsgruppe · Ausgang der Gotik
Schnitzerei an einem Fachwerkhaus. Höxter, Stummrige Straße 27

Sog. Adam- und Eva-Haus (Renaissance) mit Darstellungen vom Sündenfall, der Vertreibung aus dem Paradies und den Symbolen der vier Evangelisten. Paderborn, Hathumarstraße 7, Zustand von 1965.

Erscheinungsform im Volumen gefüllt und in der Bewegung barockal verstärkt. Betrachten wir dazu noch einen dritten Torbogen in Röntorf, Kreis Lemgo, aus dem Jahre 1794[21] (Abb. 10), bei dem sich gotische Relikte, Kreissterne und Renaissance-Beschlagwerkornament in den Zwickeln und aufsteigende kalligraphisch geschnittene, baumartige Gebilde mit volutenartigen Ästen und Tulpenblüten mischen.

Wie sind alle diese Erscheinungen zu erklären? Das Bauernhaus in Entrup, Kreis Höxter, lebt noch von dem Erbe der Weserrenaissance, kann sich dem nicht entziehen; aber es hat den Mut, die altüberlieferten Formen zu modernisieren und mit barockem Geist zu erfüllen. Das Bauernhaus im Kreise Warburg verharrt auf einer älteren Entwicklungsstufe – es ist möglich, daß hier Generationsunterschiede vorliegen, daß ein älterer Zimmermann dieses Haus gebaut hat, daher vielleicht die Differenz der Kunstanschauung. Beide Torbogen liegen nur ein Jahr auseinander. Sie stammen aus den Jahren 1705 und 1706. Der Torbogen des Hofes Brenker in Tintrup, Kreis Detmold, aus dem Jahre 1728 (vgl. Tafel I) zeigt die Überwindung der Renaissance durch Barockisierung der Einzelformen. Das Röntorfer Beispiel aus dem Jahre 1794 verwirrt völlig, da es im Zeitalter des Klassizismus Renaissancerelikte aufweist.

Doch sind alle Formen so geklärt, ernüchtert und vereinfacht, daß sich nur noch Reste in Gestalt eines Tulpenbaumes, stark abstrahiert, aus dem 17. Jahrhundert zeigen.

Regionale Stileigenheiten: Ravensberger Land

Innerhalb der großen Kunstbewegung bilden sich lokale Stileigenheiten heraus. Die Dörfer um die Stadt Herford sind im 19. Jahrhundert besonders schöpferisch gewesen; doch sie übersteigern die Vorlagen, vergrößern und vergröbern sie, bereichern sie mit neuen Zutaten und beschreiten denselben Weg, den wir bei den Schaumburger Trachten, bei Textilien und Schmuck, beobachten können. Die gerundeten, geschweiften, auch abgeflachten Torbogen mit den beiden Torpfosten, den Kopfbändern und dem Holm als Türsturz haben den Dorfzimmermeistern besonders Gelegenheit gegeben, ihre Kunst zu zeigen.

Höhe- und Tiefpunkte dieses Schaffens lassen sich genau in den einzelnen Jahrhunderten ablesen, vor allem ist die Einwirkung des Dreißigjährigen Krieges zu spüren[22]. In den Kreisen Herford, Bielefeld, Halle, Lemgo, Wittlage und Melle fallen die Torbogen durch ihren Erfindungsreichtum auf. Sie sind reich geschnitzt und farbig bemalt. Sie unterstreichen durch die Farbe den dekorativen Schmuck der Torpfosten, -schrägen und -bögen. In Röntorf, Kreis Lemgo[23], erscheint auf den Ständern ein Spiralbaum, aus dem Beschlagwerk der Renaissance-Ornamentik entwickelt. Streng stilisiert wächst er in die Höhe. Auf dem Hofe Meier in Bieren, Nr. 4, ebenfalls Kreis Herford, klettern Spiralranken die Pfosten herauf[24]; doch stammt dieser Schmuck aus einer viel späteren Zeit, aus dem Jahre 1829. In Westkilver, gleichfalls Kreis Herford, sind die Spiralranken mit kleinen Blättern und großen Blüten versehen.

In Diebrock, Nr. 8 und 13, Kreis Herford (Abb. 5), beobachten wir gewellte Weintraubenranken mit pickenden Vögeln. Das gleiche Motiv läßt sich auch in Schröttinghausen, Kreis Halle, aus dem Jahre 1819 nachweisen. Die Weintrauben und Blätter werden auf anderen Torbögen wieder stark abstrahiert, z. B. in Degenbrock, Kreis Herford. An ihre Stellen treten Ranken mit Tulpen und stilisierten Glockenblumen. Die Vögel werden beibehalten; sie fliegen umher, ja man stellt sogar ihre Nester dar. Die Wellenranken wachsen aus einem einfachen Topf, so in Diebrock oder aus einem Kugeltopf, in Werfen bei Bünde, aus einem Korb in Bermbeck, Kreis Herford (Abb. 9), aus einem Kelch in Schröttinghausen oder aus einem Herz in Melbergen. Die Wellenranken durchdringen sich, sie werden aber auch vereinfacht und verkümmern, und an ihre Stelle treten Felder mit verästelten Bäumen in Töpfen und mit rein geometrischen Mustern. Wenn von einem Haustor in Horn aus dem Jahre 1731 gesagt wird, daß es

[21] Fr. Langewiesche, Sinnbilder germanischen Glaubens im Wittekindsland. Eberswalde 1935, Bild 122.
[22] Vgl. dazu auch Wilhelm Schmülling, Hausinschriften in Westfalen und ihre Abhängigkeit vom Baugefüge. Münster 1951, S. 112. Den formal größeren Reichtum von Haus und Inschrift östlich von Soest können wir nun erklären: Dieses Gebiet übernahm die großartigen Vorbilder in der wohlhabenden Zeit vor dem Dreißigjährigen Kriege, während die Landschaft westlich von Soest inmitten der beispiellosen Verarmung nach dem großen Kriege einen viel ungünstigeren Start hatte.
[23] Fr. Langewiesche, Bild 112.
[24] Ebda., Abb. 220: Bischofshagen, Abb. 168: Eicken.

Tulpenranken zusammen mit Delphinen aufweist, so sind diese Delphine nur barockisierte Drudemännkenmotive der Renaissancezeit[25]. Hähne und Hunde bewachen diese Wellenranken[26] (Beispiele in Eicken und Diebrock). Ja, die Hunde springen an ihnen hoch (Bermbeck). Auf dem Hof Rohlf in Gerden, Kreis Melle, tauchen Hund und Hahn auf jedem Pfosten auf, bisweilen enden die Bandlinien der Torbögen in Voluten oder in gekrönten Schlangenköpfen (Hunenbrock über Bermbeck). Schlangen ringeln sich auch um die Tulpenranken (Schwalenberg, Kreis Detmold).

Fliegende Engel, bekleidet oder nackt, musizierend oder nur Musikinstrumente in der Hand haltend, einer mit Schwert und Trompete blasend, mit wahrhaft kindlich-einfältiger Phantasie gestaltet, zeigen sich auf den Schrägen der Torbögen, so in Belke (Hof Brutlag, 1846), Bermbeck (Kruse Nr. 3, 1887), Diebrock (Meier-Arnd Nr. 6, 1850), Meyer zu Bexten Nr. 1, 1825, Dreyen (Heermann Nr. 48, 1814), Eickum (Wollbrink Nr. 22, 1854), Falkendiek (Dreckmeyer), Herringhausen (Bartling Nr. 1, 1861, Abb. 4), Pödinghausen (Stute Nr. 2, 1843), Werfen (Webers Kotten, 1821)[27]. Sie sind meistens umrißmäßig angedeutet und wirken eher lustig, denn feierlich mit ihren Kugelköpfen, den dicklichen Körpern auf dünnen Beinchen – das eine Bein ist meist hochgezogen – und dünnen mageren Ärmchen. Ihre Flügel sind hochgestellt und in die Schräge komponiert. Hier muß der gleiche Meister oder seine Werkstatt tätig gewesen sein. Diese Engel sind sein erklärtes Motiv, das in derselben Art auf Möbeln dieser Dörfer auftaucht.

Mindener Land

Es erscheinen weiter Meerweibchen mit Spieß oder Zweizack, so in Dreyen, Nordhemmern und Wulferdingsen, Kreis Minden, oder es tauchen geometrische Ornamente auf, Wirbelräder, Hakenkreuze, Sternkreise, Rosetten (Obernbeck, Herringhausen, Bischofshagen, Depenbrock, Diebrock, Westerenger 1804), Strahlensonnen mit männlichem Gesicht (Sundern, Abb. 8), dazu Ranken, Blütentöpfe. Diese sichtbare Freude am Erzählen läßt die merkwürdigsten Wesen die Fassade bevölkern; da sehen wir in der Utlucht eines Kottens in Herringhausen ein schuppenschwänziges Meerweib oder einen stehenden nackten Mann mit großem Kopf über einer Brille (Obernbeck, Kreis Herford).

Die Fabulierkunst drängt nach einem stärkeren Naturalismus, der Zimmermeister bezieht aber ruhig weiter geometrisch abstrakte Muster in seinen Formenkanon ein. So treffen sich an einem solchen Torbogen Menschen, christliche und heidnische Wesen, Tiere, Hunde, Vögel, Hähne, Schlangen; es zeigen sich Blüten und Früchte, daneben tauchen menschliche Erzeugnisse auf wie Töpfe, Kelche, Grapen, Körbe und mischen sich mit geometrischen Mustern, Sternkreisen, Rosetten, Hakenkreuzen. Auch Wappen sind beliebt, dagegen fehlen hier in den protestantischen Landschaften Symbole Christi oder der Maria. Die Dekorationsweise dieser Torbogen im Kreise Herford, die zum größten Teil aus dem 19. Jahrhundert stammen, ist nicht mehr mathematisch, statisch aufgebaut, sondern dynamisch bewegt, flutend, wobei die altüberlieferten, geometrischen, abstrakten Muster petrefaktengleich mitgeschleppt oder pointiert angebracht wurden. Fast alle diese Bögen des 19. Jahrhunderts dokumentieren eine gewisse Freude an der Übersteigerung der Form, am Prunken, an der Fülle der Einzelheiten, eine Tatsache, die sich auch sonst in der Volkskunst in dieser Zeit, z. B. in der Tracht Ostwestfalens, im Schaumburgischen bemerkbar macht.

Südostwestfalen

Der überquellenden Dekorationsfülle, man kann in einigen Fällen schon von Überladenheit sprechen, der überschäumenden Kraft und Derbheit der Gestaltung im nordöstlichen Westfalen, die den Begriff bäuerliche Repräsentanz auf ihre Weise zur Geltung bringt, steht im Südosten Westfalens in der Zeit der Renaissance und des Barock ein anders gearteter Gestaltungswille gegenüber, der eine neue Seite westfälischen Kunstschaffens offenbart: das Streben nach Klarheit, Ausgeglichenheit und Ausgewogenheit der dekorativen Formen, ja man kann sogar das Bemühen um höchste Feinheit im Ornamentalen finden.

[25] Hans Karlinger, Deutsche Volkskunst. Berlin 1938, S. 139.
[26] Fr. Langewiesche, Abb. 50, 171, 173.
[27] Fr. Langewiesche, Abb. 2, 3, 4, 7, 8, 9, 10, 11, 12, 14–18, 22, 31, 44. – Vgl. dazu Josef Schepers, Westfalen-Lippe, S. 152, Abb. 106: Schröttinghausen, Kreis Halle, Torbogen ravensbergischer (herfordischer) Art von 1819 mit fliegenden Engeln.

Nach den Forschungen von Schepers[28] ging der Anstoß der Schmückung dieser Tore vom südlichen Weserbergland aus. Im Märkischen Sauerland und im westlichen Hellweg überschneiden sich paderbornische und rheinisch-bergische Elemente. Mehr und mehr verkümmert der Formenreichtum der Einfahrtstore schon, weil etwas Neues, Besonderes unter bergischem Einfluß an seine Seite tritt. Im Siegerland hat Annemarie Wurmbach z. B. festgestellt, daß „die Bundpfosten nach hessischem Vorbild oft mit Rankenwerk versehen sind". Sie stellt weiter fest, daß zwischen hessischer und Siegerländer Schnitzerei ein kleiner Unterschied besteht, daß Motiv und Technik zwar gleich, daß aber das Siegerländer Schnitzwerk schlicht und verhalten sei[29]. Es überrascht vielleicht die Tatsache, daß im Osten Westfalens die prächtigsten Toreinfahrten vorhanden sind und daß der dekorative Beitrag dieser Torbogen, je weiter wir nach Westen kommen, an Reichtum einbüßt. Für Inschriften und Schmuckformen gelten gleiche Gesetze, die von Schmülling[30] beobachtet und formuliert sind: Wandern des mit dem Dachbalkenhaus vergesellschafteten Inschriftgutes von dem Zentrum Oberwesergebiet nach dem Westen auf verschiedenen Bahnen, vornehmlich aber allmähliches Vordringen auf dem Hellweg, Einflußnahme der Konfession in Gestalt von Bibelsprüchen in protestantischen Territorien und von volkstümlichem Spruchgut in katholischen Landschaften, dazu die Anrufung und Darstellung bestimmter Heiliger und die Anbringung ihrer Initialen[31], Abnahme der ursprünglichen Formenfülle bei dem Vorrücken in Raum und Zeit, das heißt vom Osten nach Westen in der Zeit von 1500–1800. Der Hellwegraum kann sich keineswegs mit der Fülle von Dekorationen mit dem Ravensbergischen messen.

Märkisches Sauerland

Siegerland

Hellweggebiet

Er hat nur wenig aufzuweisen[32]. Die Städte Soest und Lippstadt üben hier einen gewissen Einfluß auf das ornamentale Gefüge aus. Geradezu zurückhaltend ist das Kern- und Ostmünsterland. Schmucklos kann man beinahe die Häuser des Westmünsterlandes nennen, die mit ihrem tief heruntergezogenen, verbretterten Giebel das Tor verdecken.

Münsterland

Die katholischen Landschaften[33] im Südosten stellen ihre Häuser unter den Schutz Christi, der Madonna, des hl. Johannes und bestimmter Heiliger wie Anna, Agatha, Johann von Nepomuk, Josef. So erscheinen im Corveyischen und im Paderbornischen, in den Kreisen Büren und Warburg die Initialen IHS und MRA (Jesus und Maria), ferner INRI, IOAS und IAES (Johannes), ISP oder IOP, auch IPH und OSP (Joseph). Das Christusmonogramm mit Kreuzkrone, Kreuznägeln und Herz im Strahlenkranz, in der Zeit der Gegenreformation unter dem Einfluß der Jesuiten auftauchend, ist hier sehr geschätzt. Im Kreis Warburg tritt der Name Christi sogar häufig an demselben Haus zweimal auf, einmal im Strahlenkranz mit Kreuz, zum andern mit Krone zwischen zwei gekreuzten Blattwedeln.

Im Vest Recklinghausen[34] erscheint das IHS-Monogramm im Strahlenkranz in der zweiten Hälfte des 18. Jahrhunderts in reicherer Ausführung in Verbindung mit Kreuz, Herz und gegenständig ange-

[28] Josef Schepers, Westfalen-Lippe, S. 159.

[29] Annemarie Wurmbach, Ms. S. 89.

[30] Wilhelm Schmülling, S. 138ff.

[31] Werner Lindner, Die bäuerliche Wohnkultur in der Provinz Westfalen und ihren nördlichen Grenzgebieten. In: Beiträge zur Geschichte des westfälischen Bauernstandes. Berlin 1912, Abb. 19: Oberalbaum, Kreis Olpe. Mittelteil des Giebels verziert (Kreuzform, Rosetten, Engel).

[32] Fritz Wallmeyer, Das Bauernhaus am mittleren Hellweg. Münster 1939, S. 36 u. Abb. 34–37: Hof Brede in Nordwald 1737; Abb. 35: Torbogen Berghof bei Allagen an der Möhne 1687; Abb. 36: Knoop in Ost-Önnen 1812; Abb. 37: Langenhof in Elfsen 1728.

[33] Karl J. Thiele, Die Hausinschriften des ehemaligen Fürstentums Corvey. Höxter 1931, S. VII: Die Häuser der katholischen Bevölkerung sind mit den Monogrammen IHS und MRA in den verschiedensten Variationen, ferner ISP oder IOP, IPH, OSP (Joseph) zur Linken, mit Kreisen, Sonnen, Ranken, Blumenwerk verziert. – Vgl. auch Bau- und Kunstdenkmäler von Westfalen. Bd. 44: Kreis Warburg. Münster 1939, Abb. S. 303: Neuenheerse Einfahrt vom jetzigen Pfarrhaus von 1705, ebenfalls mit MRA verziert. – Vgl. Josef Schepers, Westfalen-Lippe, Taf. 20; Torbalken der Scheune des Hofes Niehawes in Hoxfeld (Achterhook bei Borken) 1786: Inschrift mit Johanniter-Kreuz; Taf. 27: Hof Averkamp in Osterwick, Kreis Coesfeld, Monogramme von Christus, Maria, Johannes.

[34] Wilhelm Schmülling, Hausinschriften in Westfalen. Abb. 41: Alt-Erkenschwick, Kreis Recklinghausen u. S. 77 (IHS-Symbole)

ordneten Blüten mit Blattwerk. Im Westmünsterland tauchen auch die Initialen der „Heiligen drei Könige" CMB (Caspar, Melchior und Balthasar) auf. Beliebt sind im Paderbornischen auch die Initialen der heiligen Anna als Patronin der Frauen, der Wöchnerinnen und mit ihr zusammen die des heiligen Josef als Patron der Kirche und der Ehe. Hinzuweisen wäre noch auf die heilige Agatha, die Schutzpatronin bei Pest, Hunger und Feuer. Sie hat das gleiche Gewicht wie in Oberbayern und Österreich der heilige Florian. Man kann sie häufig als Nischenfigur neben dem Toreingang sehen, ebenso den heiligen Nepomuk und Franziscus Xaverius, den Jesuitenheiligen. Im Giebeldreieck sieht man das Auge Gottes besonders im Paderbornischen und Kurkölnischen[35]. Tut sich so in den Formenelementen der Torbogenzier des Paderborner Landes die jesuitisch gefärbte Kunst der Barockzeit im 18. Jahrhundert kund, so zeigt sich im Lipperland die gewisse Bevorzugung heraldischer Motive, wie der fünfblättrigen Rose der Grafen zur Lippe, wie des Sechs-Sternes der Grafen von Sternberg[36].

Inschriften

Jedem Fremden fällt die Inschriftfreudigkeit der Bauernhäuser im westfälischen Raum seit der Gotik auf[37] (Abb. 3). Auch auf Speichergebäuden kargt man nicht mit Inschriften; wir weisen z. B. auf den Speicher des Schulten Alpmann in Scharmede, Kreis Büren, hin und lesen: Alle Tedt Bedenck das Ende Anno 1589. Die Namen der Erbauer des Hauses, der Eheleute, und ihre Hausmarken[38] treten in Erscheinung. Auffällig sind besonders die verschnörkelten Inschriften mit ihrem Schweifwerk, die üppigen Initialen, die mit ihrem formalen Reichtum alte Tradition verraten und ohne die Kunst der Schreibbücher der Renaissance gar nicht denkbar sind. Schreibmeistervorlagen[39], wie sie in Nürnberg, Straßburg und Zürich verlegt wurden, haben zweifellos den Weg vorbereitet. Wir denken nur an die allgemeine Anweisung der neuesten Schönschreibekunst „des hochgräflich Lippischen Bottenmeisters und Aktuarius Johann Gottfried Weber für die Jugend hohen und niedern Standes, desgl. für andere Liebhaber einer schönen Feder und für Frauenzimmer verlegt und in Kupfer gestochen von der Helwingschen Universitätsbuchhandlung zu Duisburg am Rhein, geschrieben zu Detmold den 20ten März 1780" (im Besitz des Heimatmuseums Melle).

Im Zeitalter der Renaissance sind besonders Antiquamajuskeln beliebt, im Barock werden die Schriftzüge üppiger und mit Schnörkeln versehen; es tauchen Minuskeln und Frakturschrift auf, die dann im 19. Jahrhundert einer Ernüchterung und Versteifung des Schriftbildes weichen.

Die Namen westfälischer Zimmerleute, ihre Berufsabzeichen[40] wie Beil, Sichel (beilartiges Gerät zum Behauen der Balken), Zange, Zirkel, Stichel, Winkel, Richtscheit sind an den Bürger- und Bauernhäusern,

[35] Josef Schepers, Westfalen-Lippe, Bild 114: Ostentrop Nr 8b, Kreis Meschede, 1770: Löwen als Wappenhalter mit Christuszeichen, Figurennische St. Nepomuk und rechts und links des Tores Figurennischen mit Franciscus Xaverius und St. Agatha.

[36] Ebda., S. 368.

[37] Vgl. Schmülling, Hausinschriften in Westfalen, und Johannes Vincke, Die Hausinschriften des Kirchspiels Belm. Eine Einführung in das Hausinschriftenwesen des Osnabrücker Landes. Osnabrücker Mitt. Bd. 63 1948, S. 152ff.

[38] Gerhard Grävemäter, Hausmarken im Kirchspiel Gildehaus. Jahrb. d. Heimatver. d. Grafsch. Bentheim 1956, S. 125ff., S. 126/27. Man findet die Hausmarken über der Dielentür aller Häuser auf breiten Torbalken, der durch Steckbänder mit den beiden Türpfosten fest verbunden ist. Neben der Hausmarke stehen meistens die Initialen des Hauseigentümers. Die Initialen der Frauen stehen neben der Hausmarke des Mannes oder ihre eigene Hausmarke steht neben der ihres Mannes.

[39] Johann Newdorffer, Ein Gesprechbüchlein zweyer Schüler wie einer der andern Im zierlichen schreyben untherweyst. Nürnberg, 1549. – Johann Kleiner, Ein new Cantzleysch Fundamentbüchlein von mancherley geschriftenn und zierlichen Zügen beschrieben. Zürich 1548. – Christoph d. J. Stimmer, Vier künstliche Alphabet oder ABC allen Cantzeley und Guldenschreibern nützlich und lüstig zu gebrauchen. Frankfurt am M. 1552. – Wolfgang Fugger, Ein nützlich und wolgegründt Formular, Mancherley schöner schriefttenn ... Nürnberg 1553. – Veit Stoss, Kurtze Fürweisung Künstlichs unnd Zierlichs schreibens daraus dann ein jeder den rechten grundt artlichs schreibens mit sonnderm vortheil lernen und begreifen mag. Nürnberg 1559. – Jörg Schreppeler, Ein Künstlich Alphabet, sambt derselben Ramen, auch klein und große geschrifften, vormals dergleichen nit ausgegangen. Strassburg 1568 (Namen der Besitzer, der Baumeister, auch Hausmarken, Sprüche sind wichtige, nicht zu übersehende Merkmale der Toreinfahrten).

[40] W. Hinnerks, Zimmermannzeichen an niederdeutschen Bauernhäusern der Niederbörde und ihre Auswertung, Heimatkalender des Kreises Soest 1955, S. 27–31. – Vgl. auch Wilhelm Schmülling, Hausinschriften in Westfalen, S. 68, Abb. 27: Lünen Nord Nr. 14 Borgschultz, Südmünsterland, Torbalken von 1805 mit dem im benachbarten Vest Recklinghausen üblichen Zimmermannswerkzeugen auf den beiden Stichbändern.

an Türstürzen, Toren, Hahnenbalken, an den Torschrägen in den verschiedensten Landschaften Westfalens voll angegeben, zum Beispiel im Südmünsterland, im Artland, im Oldenburger Münsterland, Osnabrücker Land (in den Kreisen Wittlage, Osnabrück, Melle) im Mindenschen, im Ravensberger, Lipper, Paderborner, Wittgensteiner Land, in einzelnen Gebieten des Sauerlandes, im Vest Recklinghausen. Es gibt natürlich auch Ausnahmen, daß nur die Initialen der Zimmerleute vermerkt sind, zum Beispiel im Fürstentum Corvey[41]. Sie lenken das Augenmerk auf eine Zunft[42], auf ein Handwerk, das Hervorragendes geleistet hat und in der Geschichte der Volkskunst dieses Raumes nicht fehlen darf. Eine systematische Erforschung aller Namen wird in Zukunft die Eigenbetontheit gewisser Dörfer innerhalb der großen Kunstbewegungen, wird die Lokalschulen herauskristallisieren. Die Zimmerleute waren in Gilden zusammengefaßt – schon 1579 wird uns in Stadtlohn eine Gilde der Kistenmaker und Timmerlude genannt. Bei der Sammlung von Hausinschriften in Wittgenstein[43] hat man allein 60 Zimmermeister festgestellt, wie die Koche aus Laasphe, die Stöcker aus Erndtebrück. An dem Haus des Heinrich Hippenstiel in Richstein ist z. B. die Inschrift zu lesen: Zimmermeister Daniel Fischer und seine Gesellen hier in Richstein bauten wie dies Haus hierin. Eine erste systematische Erforschung in einem begrenzten Gebiet, dem Oldenburger Münsterland, verdanken wir Anton Tumbrägel[44], und zwar aus den Gemeinden Damme, Lohne, Langförden, Bakum. Die älteste Namensüberlieferung eines Zimmermanns stammt aus dem Jahre 1579. Es ist der Meister Johan Tieman[45], der seinen Namen an dem Torbogen des Hauses Meiners Grote, Bödexen, Kreis Höxter, eingeschnitten hat. Wenn einmal von Schepers[46] gesagt wird, daß für die „Auszier der Bauernhausfassaden auch besondere Schnitzmeister, sogenannte Kleinschnitker, tätig waren, die ihre Schmuckmotive aus Umwelt und Nachbarschaft, aus der Herren- und Bürgerkultur nahmen, manches aus Ostfalen und dem Harzvorland, wie die Tauband-, Schmuckfasen- und Fächermotive des 16. Jahrhunderts", so scheint es uns wichtig zu sein, ein wenig auf diese Handwerkszunft einzugehen.

Zimmerleute

Schnitzmeister

Sie, die in den Harzstädten, in Goslar z. B., aber auch in Hildesheim und Hameln, in Lemgo, Minden und Höxter, Osnabrück und Soest saßen, nannten sich im östlichen Westfalen um 1600 Schottilier, in Osnabrück auch Schattilger[47]. Wir müssen annehmen, daß sie im Besitz von Musterbüchern waren, nach denen sie arbeiteten. Der Rat der Stadt Osnabrück[48] setzte in dem Gildebrief von 1559 fest, daß kein Meister mehr als zwei Gesellen haben durfte, um so zu verhindern, daß einige Kleinsnitker keine Arbeit

[41] Karl J. Thiele, Die Hausinschriften des ehemaligen Fürstentumes Corvey. Höxter 1931, S. VII: Nur in den Dörfern Albaxen, Bödexen und Stahle hat der Meister oft seinen vollen Namen neben seinem Handwerksgerät an dem Türpfosten vermerkt.

[42] Josef Schepers, Westfalen-Lippe, Abb. 25c: Teil einer Scheunentürbohle, die einem Zimmergesellen oder jungen Meister als Schriftübungstafel diente. Verschwundene Inschrift vom Hofe Hermeler in Veltrup bei Emsdetten, Kreis Steinfurt (wurde rekonstruiert).

[43] Kroh, Wittgensteiner Hausinschriften. Mitt. d. Ver. f. Geschichte u. Volkskunde Wittgensteins Jg. 6, H. 1, S. 5.

[44] Anton Tumbrägel, Hausinschriften des Oldenburger Münsterlandes. Rhein.-Westf. Zeitschr. f. Volkskunde Bd. VI 1959, S. 32–37

[45] Josef Schepers, Westfalen-Lippe, S. 36: Der inschrift- und ornamentgeschmückte Torbogen war häufig bis ins 19. Jahrhundert das Meisterstück des ersten Zimmergesellen. Reich geschnitzt schon im 16. Jahrhundert, im 18. und 19. Jahrhundert war er das Prunkstück des Giebels.

[46] Josef Schepers, Westfalen-Lippe, S. 396.

[47] Roswitha Poppe, Das Osnabrücker Bürgerhaus, S. 108.

[48] L. Hoffmeyer, Geschichte des Handwerks im Fürstentum Osnabrück, in Lingen, Meppen und Papenburg. In: 25 Jahre Handwerkskammer zu Osnabrück, 1900–1925. Osnabrück 1925, S. 135/36. – Gewerbswesen und Zünfte in Osnabrück. Osnabrücker Mitt. Bd. 7 1864, S. 211: Gildebriefe der Tischler von 1559, 1602 und 1622: Und soll dar negest ein Meister-Stücke, alsz nemlich einen uthrecken disch und ein tamlich geschneden tresor oft dergeliechen, erstlich int Verkante to stecken und darnegest to Vullendigen vornehmen, besichtigen ... S. 212: darmit ouck ein jeder Meister der Kleinsnitker vorgeschrewen arbeit und narunge bekomen möge; sall ein jeder Meister nicht mehr den twe Knechte hebben. S. 213: dan auch dasz die groben Zimmerleuthe Ihnen an Ihrer Kleinsnitkerarbeit wieder alt herkummen und geprauch ... sich angemasset und dhorenbogen zu schneiden, und unterm Vermeinten schein mit Schnitker Arbeit zu verzieren: Imgleichen Kreutzfenster mit geschnittenen Brösorten und gedräheten Stäben. So viel nun die groben Zimmerleuthe betrifft, sollen dieselbige ... sich nun ... anderer Kleinschnitker arbeit gäntzlich ... enthalten; sonsten aber denselben dhörenbogen groß oder klein fensterstäbe, döhren und fenster auf der Vaszen oder Hockelln abgebrochen, zu machen und zu verfertigen, auch die Dabelle balcken und bende mit Schulpen Rosen und dergleichen ornamenten zu verzieren frey stehen (1602).

hätten. Es wurde weiter angeordnet, daß die groben Zimmerleute wohl Türbogen und Fenster anfertigen dürften, aber nicht solche mit geschnitzter oder gedrehter Arbeit. Die aufwendigeren Bauernhöfe im Südosten Westfalens, wir denken nur an den Valepagenhof in der Dorfbauerschaft Delbrück, Kreis Paderborn, an Haus Kleinschnittger in Wünnenberg Nr. 29, Kreis Büren, an das sogenannte Vogtshaus in Atteln, Kreis Büren, sind sicherlich in der künstlerischen Obhut von Kleinschnitkern gewesen[49].

Städtische Einflüsse

Bürger- und Bauernhäuser in allen Teilen Westfalens können viele Beispiele zum Thema Eingangstür aus mehreren Jahrhunderten beibringen. Handwerksarbeit aus vielen Jahrhunderten präsentiert sich, wobei die Beobachtung zu machen ist, daß die Stadt der Motor, der Anreger für das umliegende Land wurde. Diese Türen legen Zeugnis ab von dem Können und Wollen, von der Geschmacksrichtung des einzelnen und seiner Gemeinschaft, von internationaler Stilgebung und regionaler Abwandlung von einzelnen Leitformen und ihrer Zerbildung und weiter von Schwund- und Wucherformen. Große mächtige Doppeltüren, häufig viergeteilt, mit umfangreichen Oberlichtern, lassen die Herkunft aus der Umwelt des Kaufmanns und Handwerkers erkennen. Schlösser aus Schmiedeeisen oder Messingtürklopfer in Gestalt von Tieren vervollständigen das Bild. Häufig lassen sich Parallelen zur Möbelkunst des Landes aufweisen. Lokale Eigenheiten sind zu vermerken in den Landschaften zwischen Teutoburger Wald und Wiehengebirge, im Märkischen Sauerland, im Paderborner Land, im Siegerland und Wittgensteiner Raum. Das benachbarte Bergische Land hat außerordentlich auf die Grafschaft Mark und weiter darüber hinaus tief in das kölnische Sauerland hineingewirkt. Türen aus Schwelm, Hattingen, Altena und Lippstadt haben enge Verbindung zum bergischen Möbelstil in ihrer feinen Musterung, in der Eleganz und Vornehmheit des Aufbaus, in dem Stilgefüge des Rokoko in seiner Wandlung zum Louis-seize. Vertiefte Türfelder mit zarten Kurvaturen und Profilen, asymmetrischen Gitterkartuschen, bewegten Muschelornamenten, feinen Blütengehängen, eleganten Voluten und C-Formen und wieder kühle, sehr vornehme, klare Flächenaufteilungen mit Lorbeerblatt- und Tuchgehängen, Louis-seize-Schleifen, Eckrosetten, figürlichen Medaillons (an Schleifen aufgehängt), gekreuzten Palmetten, Vasenmotiven, Stäben, von Bändern umwickelt gleich Liktorenbündeln, symmetrisch aufgehängten gedrehten Rechteckfeldern machen den Schmuck dieser Türen aus, die zwei- oder dreiteilig, je nach Vornehmheit und Reichtum des einzelnen Auftraggebers gestaltet sind.

Bei einer Überschau aller dieser Türen ergeben sich künstlerische Gradunterschiede trotz aller Stilgleichheit und Verwendung gleicher Stilmittel.

bei den klassizistischen Türen im Bergisch-Märkischen

Die soziale Schichtung, die geistige Herkunft der Handwerker und Auftraggeber machen sich bemerkbar. Die räumlich-lokale Komponente erhält aus der sozialen Sicht einen besonderen Akzent. Das zeigt sich z. B. bei einem Vergleich der klassizistischen Säulentüren[50] und Sonnentüren[51] an den Häusern der Dörfer und Städte des Kreises Ennepe-Ruhr, die immer wieder mit dem Motiv einer einzelnen Säule oder eines Pilasters auftreten. Es erscheint in einer rudimentären Formgebung; man kann schon von einer Schwundstufe sprechen, weil nämlich die Säulentrommel zu einem Pilaster geworden ist und Basis und Kapitell mit dem tragenden Gebälk so vereinfacht und verschleift sind, daß sie nicht mehr als Architekturteile erkannt werden können. In diesem Zustand sind sie von den Symbolforschern fälschlich als Irminsäulen mit Astgabeln deklariert worden. Kennzeichen all dieser Türen in Schwelm, Hattingen,

[49] Josef Schepers, Westfalen-Lippe, S. 57, Abb. 25b, macht z. B. darauf aufmerksam, daß der Torbogen des Vierständerhauses Horstmann in Wadelheim bei Rheine von 1757 Arbeit eines mehr städtischen „Schnittker" sei, darauf deute die Neidmaske des Bogens.

[50] Vgl. Emil Böhmer, Geschichte der Stadt Schwelm. Schwelm 1950, Abb. S. 22–23: Türen in Breckerfeld und in Schwelm Hauptstraße und Kirchstraße. S. 23: Wir vermuten, daß die Irminsul noch fortlebt in einem Zierat unserer Haustüren ... Die älteste (Haustürform dieser Art) ist wohl die Breckerfelder Tür, die mit ihrem breit ausladenden und nach unten gezogenen Oberteil an die Astgabel gemahnt, in der einst der Firstbalken ruhte.

[51] Otto Remmert, Säulen und Sonnentüren. Der Märker. Heimatblatt für den Bereich der ehemaligen Grafschaft Mark 1951, Jg. 1, H. 5, S. 115.

Breckerfeld, Volmarstein, Wetter, Gevelsberg, Herdecke wie im benachbarten Bergischen Land in Beyenburg, Wuppertal, Remscheid, Burg an der Wupper und den Rheinstädten Düsseldorf, Neuss, Zons, Köln, Brühl, Bonn ist eine in die Mitte der Türfläche gesetzte Lisene, die als tragendes Architekturmotiv mit einem volutenartig aufgelösten Kapitell zum Ornament geworden ist, das mit dem klassizistischen Sonnenzeichen mit gekreuzten Pfeilen bekrönt wird. Es sind meistens einfache schlichte Türen, die zu Bürgerhäusern des Mittelstandes gehören. Sie schmücken auch die Wohnbauten von Kleinbürgern, niemals aber in dieser Aufmachung die der reichen märkischen Reidemeister.

Sonne, Pfeile, Lisene gehören wie Rauten, Gehänge, Palmen zum Bildbestand des klassizistischen Kunstschaffens (Abb. 16). Macht sich hier das Bergische Land als Sende- und Spendelandschaft bemerkbar, so die Niederlande für das Grenzgebiet von Bocholt bis Bentheim, Nordhorn-Neuenhaus bis in das Emsland hinein. Die Schlichtheit der hochgereckten, schmalen, sparsam dekorierten Türen im Westmünsterland und Bentheimischen steht in einem gewissen Gegensatz zu den fast üppig zu nennenden Türen der gleichen klassizistischen Epoche im Kernmünsterland, z. B. in Warendorf und Umgebung, im Ravensbergischen, in Bielefeld, Halle.

im nordwestlichen Grenzgebiet und

Von der Stadt Osnabrück, die in der zweiten Hälfte des 18. und im Anfang des 19. Jahrhunderts eine besondere Blüteepoche des Klassizismus erlebte, gehen gleichfalls Anregungen auf umliegende Dörfer und Kleinstädte aus. Aber dieser Klassizismus ist ganz anderer Art, feiner in den Maßen, eleganter als der westmünsterländische und bentheimische Klassizismus. Der fast erschreckenden Kargheit der hohen Tür eines Kottens bei Schloß Varlar, Kreis Coesfeld, um 1840[52] mit dem Spiel mathematischer Figuren, der Dreiecke, Rauten und Rechtecke, unter Vermeidung irgendeines schmückenden Beiwerks (Rosette oder Schleife), stehen Haustüren in Roxel bei Münster oder Belm und Vörden bei Osnabrück mit ihren anderen Maßen und Formen gegenüber[53].

im Osnabrücker Land

Blenden wir ein Jahrhundert zurück in die Zeit des Barock und Rokoko und tasten die gleichen Landschaften ab. Städte wie Soest, Beckum, Lippstadt, Wiedenbrück, Halle, Gütersloh, Herford, Bramsche, Quakenbrück, Vörden prangen noch heute im Schmuck der schönsten Barock- und Rokokotüren, die das bäuerliche Element in ihrer behäbigen Breite und Größe nicht verleugnen können.

In der Zeit des Rokoko verlieren diese Türen, je weiter wir nach dem Osten wandern, den Hauch westlicher Urbanität in rheinisch-französischer Gewandung. Sie streifen alles ab, was ihnen von auswärts zugeflossen, sie fügen zu, sie spielen mit stilistischen Einzelheiten, vergröbern, lassen aus und ändern die Maße. Sie strahlen plötzlich eine andre Vitalität aus. Es sind einzelne Unwägbarkeiten, die nun ein anderes Menschentum, eine andere Auffassung der Kunst widerspiegeln. Dieser Gegensatz wird offenbar zwischen einem Portal aus Hundem, heute Burg Altena (Abb. 13), einzelnen Rokokotüren aus Lippstadt (Abb. 14) und Rokokotüren in Bramsche und Quakenbrück (Abb. 15)[54]. Der überlegt-bewußt-komponierte Aufbau, die Eleganz der Linie weichen einem wildschäumenden, irrealen Rokoko von starker Dynamik mit kräftigen, quellenden Profilen. Es gibt keinen stärkeren Gegensatz als die Gegenüberstellung einer Siegener Tür (heute im Museum des Siegerlandes) mit der Tür der Landesbank in Quakenbrück[55]. Im kurkölnischen Sauerland hat die Barocktür wieder ein anderes Aussehen. Wir denken da an große,

[52] Josef Schepers, Westfalen-Lippe, Taf. 22.

[53] Werner Lindner, Die bäuerliche Wohnkultur in der Provinz Westfalen und ihren nördlichen Grenzgebieten, Abb. 127: Klassizistische Tür Hans Ferber Stürenberg, Alfhausen, Artland, und Abb. 128: Roxel, Münsterland.

[54] Vgl. Führer durch die Burg Altena 1941, S. 46 Abb. und Bau- und Kunstdenkmäler von Westfalen, Kreis Lippstadt, Abb. Taf. 84: Kappelstr. 44 und Taf. 85, 3: Judenstr. 15 und Langenstr. 30. – Werner Lindner, Die bäuerliche Wohnkultur in der Provinz Westfalen, Abb. 123: Bramsche, Haus Münsterstr. 22. – H. Rothert, Heimatbuch des Kreises Bersenbrück. Quakenbrück 1933, S. 231: Vörden.

[55] Museum des Siegerlandes. Siegen 1950, Taf. 17. – 700 Jahre Quakenbrück, Quakenbrück 1935, S. 94. – Vgl. dazu Karl Brunne Haustüren. Westfalenspiegel H. 8 August 1955, S. 8/9 Abb.: Bürgerhaustür bergischer Art. Schwelm 1780; Haustür Gütersloh Ende 18. Jh.; Bauernhaustür aus dem Kreis Lübbecke 1840; Haustür aus dem Kreis Tecklenburg 1840. – Fr. Langewiesche, Sinnbilder germanischen Glaubens, Bild 1: Gütersloh, am Domhof 99, 1730.

viergeteilte Türen[56] mit gerundeten oder dreieckigen Oberteilen mit Oberlichtern, die Flächen verbrettert und zu interessanten Mustern gefügt, mit Verbindungsstegen, die ein Kreuz ergeben (vgl. Haus Leonhard, Assinghausen Nr. 3, Kreis Brilon, von 1784). Ein anderes Beispiel lernen wir auf dem Hofe Bille, Kobbenrode, Kreis Meschede, kennen, und zwar zeigt hier die Spitzecktür, die gleichfalls viergeteilt ist, hochgestellte Vierzickzackbänder und Kreuze mit sechzehn Ecken in Winkelform. Das Oberlicht stellt eine Sonne mit Strahlen dar. Besonders reizvoll ist der dreifach gerundete Türbogen, der eine viergeteilte Tür überspannt, in Ostentrop, Kreis Meschede, auf dem Hofe Henke. Ganz im Geist des Rokoko aufgefaßt ist diese Tür mit einer Strahlensonne, die von einem viergeteilten Zentrum mit gefaltetem Blattwerk ihre Strahlen über einen zweiten doppeltkonturierten Kreis hinaussendet.

Die verschiedenen Stilepochen haben also unsere Haustüren gekennzeichnet. Es sind nur einige Beispiele genannt worden. Deutlich heben sich die Stileigentümlichkeiten vom Barock bis zur Neogotik ab, daneben aber gibt es einfache verbretterte Türen, bisweilen mit langen schmiedeeisernen Bändern geschmückt, die einzelnen Planken waagerecht gefügt oder im spitzen Winkel einander zugeordnet in vielen Musterungen, so in Rauten, Quadraten, Zickzackbändern, und zwar in der Zeit des 17.–19. Jahrhunderts. Diese Spitzecktüren begegnen uns im ganzen Westfalenland. In den fruchtbaren und reichen Landschaften sind sie großartiger geformt, in den kargen Gebieten des Hochsauerlandes viel bescheidener. Bei frühen Brettertüren der Renaissancezeit treten schmiedeeiserne Nägel als ordnendes und schmückendes Prinzip auf (Speicher des Hofes Berner, Artland). Die schönsten Muster dieser Spitzecktüren sind im kölnischen Sauerland zu verzeichnen.

Neben dem Portal sind als weitere Akzentsetzungen die Inschriftsteine, die Verschieferung der Wände, die Fensterumrahmungen, die einzelnen Balkenlagen, die Balkenköpfe, die Schmuckstiele des Giebels, die Knaggen mit ihren Fasen, Wulsten und Kehlen, die Brüstungshölzer und Füllungen, die Ecksäulen und schließlich die Giebelpfähle zu erwähnen.

Sie alle sind zunächst vom Konstruktiven her zu betrachten, und wir sehen, wie von der Gotik über die Renaissance zum Barock eine Entwicklung sich vollzieht, die sich in den einzelnen Landschaften in ihren verschiedenen Rhythmen voneinander abhebt.

Hausecksäulen und Giebelbekrönungen

Auch die Hausecksäulen, wie wir sie aus Hessen, aus Nassau, aus dem Wittgensteinischen, aus dem Siegerland und Sauerland her kennen, überschneiden sich in ihrem Verbreitungsgebiet im Süden mit dem des Säulentors, so in Nieheim, Bruchhausen, Kreis Höxter, und in Häusern aus den Jahren 1712 und 1767 in Niedermarsberg, Kreis Brilon.

Weitere Akzentbildungen des Hauses sind die Giebelbekrönungen, die gekreuzten Windbretter, die stilisierten Windpfähle, die Gecks. Die gekreuzten Pferdeköpfe sind allgemein im norddeutschen Raum bekannt, weniger Rundscheiben und Herzen mit aufgesetzten Sternen und Andreaskreuzen aus dem westlichen Münsterland und der benachbarten holländischen Twente. Die Geckpfähle (Abb. 1), gedrechselte Stäbe mit hochrechteckigen Öffnungen und aufgesetzten Kugeln mit Spitzen oder Sternen im Osnabrückischen, zwischen Else und Werre, Teutoburger Wald und Wiehengebirge verbreitet, haben Karl Brandi[57] zu Forschungen angeregt. Seine Ansicht, das Verbreitungsgebiet dieser Gecks sei gleichzusetzen mit dem ehemaligen Stammesgebiet der Angrivarier oder Angern und das der Pferdeköpfe, der „Ulenfiärn" im Süden des Teutoburger Waldes, mit dem der Brukterer, dürfte wohl nicht stimmen, da sie auch in anderen Landschaften auftauchen.

[56] Josef Schepers, Westfalen-Lippe, S. 240, Taf. 30: Hof Averkamp in Osterwick, Kreis Coesfeld (Speichertür, übereckgestellte Quadrate, 1742), ferner S. 284, Taf. 74: Hof Meier-Osthof bei Harsewinkel, Ostmünsterland (Speichertür, horizontalgestellte Rauten, 1711); S. 363, Abb. 152: Hof Kettelhoit, Bornholte, Kreis Wiedenbrück (Speichertür, übereckgestellte Quadrate, 1747); S. 485, Taf. 263: Hof Wicker, gnt. Veltins, Ödingen, Kreis Meschede (Haustür, schräggestellte Bretter einem Kreuz zugeordnet).

[57] Karl Brandi, Stammesgrenzen zwischen Weser und Ems. Mitt. d. Ver. f. Geschichte u. Landeskunde v. Osnabrück 18. Bd. 1893, S. 13ff.

[58] Josef Schepers, Westfalen-Lippe, Taf. 179.

Die einfachen, sparsam verzierten, überkreuzten Windbretter oder Windbörde kennen wir aus dem Westmünsterland, aus dem Wiehengebirgsland, dem Sauerland, dem bergisch-märkischen Grenzgebiet, wobei die Grundformen der gekurvten Windbretter zu beachten sind. Naturalistische Pferdeköpfe und andere Tierköpfe, so von Hasen, Eichhörnchen und Vögeln, kommen erst um die Mitte des 19. Jahrhunderts auf. Im Olper Land sprechen die Zimmerleute vom Schneiden des Hahns. Christliche Symbole mehren sich im 19. Jahrhundert und gehen im Westmünsterland zweifellos auf holländische Beispiele zurück.

Giebeldreieck

Auch der Giebel des Bauernhauses, sein First, das Giebeldreieck sind schmuckbetont. Typisch für die Zeit der Renaissance ist die einfache Kreisrosette im Giebelwinkel (Hof Klinkemeyer in Brakelsiek bei Schwalenberg, Kreis Detmold, 1616[58]) oder eine große Wirbelrosette zwischen elegant ausgeschnittenen Malkreuzen in Flape, Kreis Olpe, aus dem Jahre 1622[59]. Aus dem Formenkanon des Barock dagegen stammen gegenständig zugeordnete steigende Löwen als Wappenhalter unter dem kreuzüberhöhten Zeichen Christi IHS, dazu eine Blattrosette in Kreuzesform und eine Rundnische mit Statue des heiligen Nepomuk in der Mitte des Giebels (Ostentrop 8b, Finnentrop, Kreis Meschede, 1770)[60]. Das Haus Bille in Kobbenrode, Kreis Meschede, aus dem Jahre 1769[61] ist mit einem stattlichen Kreuz mit bewegten Kurvaturen ausgestattet, das in der Kreuzmitte mit dem Auge Gottes, auf den Kreuzenden mit C-Bögen, geschmückt ist. Darüber erheben sich die Initialen INRI (JESUS NAZARENUS REX IUDAEORUM) zwischen Sternkreisen und weiter im Firstwinkel das Zeichen Christi IHS im Strahlenkreis, von Ranken rechts und links begleitet. Von diesem Haus sagt Schepers mit Recht, daß sich hier mittelrheinische Steinbauweise, paderbornischer Füge- und Zierat, hessische Strebe- und Schmuckmotive und bergisch-märkisch vermittelte Zeitstilornamentik zur Einheit verschmolzen haben. Im Südosten Westfalens lassen sich im 18. Jahrhundert häufig solche Überschneidungen von Bauweise, Stil, Ornament beobachten. Die Jesuitenkunst des Barock, von den beiden Zentren Köln und Paderborn ausstrahlend, bahnt sich ihren Weg.

Erntehahn

Aus dem heimischen Brauchtum stammt ein ganz anderes Schmuckmotiv, das sowohl im Lippischen wie weiter südlich im Kreise Büren zu Hause ist: Das ist der Erntehahn, der häufig zusammen mit klassizistischen Stilelementen auftritt. Als Beispiel sei der Erntehahn auf einer Strahlensonne über einer klassizistischen Henkelvase stehend in Anreppen, Kreis Büren[62], genannt. Er ist aus einer Bohle geschnitzt, bemalt und erhebt sich über dem Einfahrtstor. Ähnliches gilt für den Hahn auf dem Hofe Winkemeier, Hiddensen bei Eschenbruch, Kreis Detmold, ebenfalls über dem Torbogen[63]. Schließlich seien noch heraldische Motive angeführt wie der brandenburgische Adler im Giebeldreieck zusammen mit wappenhaltenden Löwen auf dem Sattelmeierhof Ebmeier in Oldinghausen, Kreis Herford, um zu zeigen, was alles möglich ist bei dieser ländlichen Fassadendekoration: angefangen von den geometrischen Mustern der Renaissancezeit, übergehend zu den christlichen Symbolen des Barock und schließlich heraldische und Brauchtumszeichen des 18. und 19. Jahrhunderts.

Kratzputz

Auch zeigt sich im Süden Westfalens eine dekorative Sonderheit, die aus Hessen kommt. Wir nennen den Kratzputz. War diese Art des Wandschmucks im Siegerland früher häufiger, so ist sie doch heute sehr selten noch anzutreffen. Wir nennen als Beispiele zwei Siegerländer Bauernhäuser in Nenkersdorf und Breitenbach[64]. Kratzputzmuster lassen sich auch in dem Kreis Brilon, in Hoppecke und in Titmaringhausen[65], also in Südwestfalen, nachweisen.

Das Schieferdach, die Beschieferung von Giebel und Wänden, tritt häufiger auf als gemeinhin angenommen wird, sowohl im Westen und im Osten wie im Süden. Schiefer wurde in den westfälischen

[59] Ebda., Bild 110.
[60] Ebda., Bild 114.
[61] Ebda., S. 481.
[62] Ebda., S. 165, Abb. 121.
[63] Ebda., S. 383, Taf. 170.
[64] Annemarie Wurmbach, Das Bauernhaus des Siegerlandes, Ms. S. 90.
[65] Josef Schepers, Westfalen-Lippe, Taf. 279: Haus Becker-Hendrichs in Hoppecke, Kreis Brilon; Taf. 274 c, d u. Taf. 275 g: Hof Frese, Titmaringhausen bei Düdinghausen, Kreis Brilon.

Schieferdeckung Bergländern gewonnen, und schon im Mittelalter spielte der Handel mit Schiefer eine große Rolle[66]. Aus dem Lenne- und dem oberen Ruhrtal, dem Edergebiet und dem Sieg-Lahn-Raum, aus Wittgenstein wurde der Schiefer nach Paderborn, Soest, Lippstadt, Beckum verfrachtet. Die Kunst des Dachdeckens[67], überliefert in vielen Dachdeckerfamilien, war, weil frei von Schablonisierung, erfindungsreich in ihrer Musterung, solange der Schiefer freihändig zugehauen und nicht einfach mit der Schere zugeschnitten wurde. Man kannte die sogenannte altdeutsche Deckungsart mit leicht gerundeter sichtbarer Seite bei der normalen Bearbeitung, d. h., bei dem einfachen Hieb, und der stark gekrümmten Seite beim scharfen Hieb. Das 19. Jahrhundert verdrängte mit seinem Schablonenschiefer nach englischer Art diese altüberlieferte Technik und damit auch den Erfindungsreichtum. Das 18. Jahrhundert feierte wahre Triumphe in der Schieferdeckung, insbesondere in der an den bergischen Kreis angrenzenden Grafschaft Mark. Schmuckformen wie Rundbogen, Bänder, Rauten, Sonnen, Sterne, Kreuze, die Symbole Glaube, Liebe, Hoffnung, Initialen, Jahreszahlen, sind nichts Seltenes, und so gleichen sie wieder den Schmuckelementen in der sächsischen Oberlausitz und dem nordböhmischen Niederland[68].

Die handwerkliche Kunst der Tischler und Snitker zeigt sich nicht nur an den Fassaden der Bauernhäuser, an den Knaggen, an den Schwellen, Brüstungen, Giebelpfählen, Ecksäulen[69], an Torbögen, Türen, Torhäusern; sie zeigt sich auch an den reichen Türsäulen, Torpfosten[70] und kunstvollen Hecks (im Mindischen)[71], an den Pferdekrippen[72] mit Docken, Balustern, Kerbschnitzverzierungen, wie sie uns im Wiedenbrückschen und Paderbornischen, im Lipper und Ravensberger Land, im Osnabrückischen, in den Kreisen Melle und Wittlage begegnen. Sie offenbart sich ferner an den Treppen[73] barocker

Treppen und klassizistischer Stilgebung zu den Gesindekammern, zu den Böden. Besonders reizvolle Lösungen sind im Westen zu beobachten, die unter rheinisch-bergischem Einfluß stehen, so im Märkischen und im Siegerland. Hier ist es die Zeit des Rokoko und des Louis-seize, die all diesen Treppen ihren Stempel aufgedrückt hat.

Herdräume Der Herd, der Herdraum als das Zentrum des Hauses, ist in seiner Anlage besonders ausgestattet. Ein großer Rauchfang, wie ein Zeltdach den Feuerplatz abschirmend, auf Konsolen sich erhebend, im westlichen Westfalen Bossem genannt, am Niederrhein Bussem oder Busem[74], ist mit Börten gestaltet, auf denen Teller aus Keramik oder Zinn oder andere Gegenstände ruhen.

In eine frühere Zeit führen die langen, schmalen Feuerrahmen über dem Herd, Rähm genannt, in Schlittenform mit aufgebogenen Kufen, geschnitzten Pferdeköpfen oder Morgensternen. Sie stammen

[66] Th. Plümpe, Westfälische Schieferindustrie. Volkswirtschaftl. u. wirtschaftsgeschichtl. Abhandl. F. 3, H. 13, Leipzig 1917, S. 6.

[67] Heinrich Schauerte, Schieferbergbau im Sauerland. Rhein.-Westf. Zeitschr. f. Volkskunde Bd. V 1958, S. 62–64.

[68] Bau- und Kunstdenkmäler von Westfalen. Kreis Brilon, Abb. 8: 190 Brilon, Haus Niedere Str. 14, kunstvolle Verschieferung. Neben den Fenstern Rundbogen, Blenden in Schiefer, am abgewalmten Giebel die Symbole Glaube, Liebe, Hoffnung. – Vgl. dazu Adolf Spamer, Die deutsche Volkskunde, Bd. II. Leipzig 1935, S. 386 die Buchstaben A u. K.

[69] Josef Schepers, Westfalen Lippe, Taf. 189: Haarbrück, Kreis Höxter (Ecksäule); Taf. 45: Kötterhaus Wegmann Bauerschaft Austum bei Emsdetten, Kreis Steinfurt, 18. Jh. (Torpfosten).

[70] Ebda., Taf. 153: Gut Schledebrück in Lintel bei Gütersloh (Torhaus).

[71] Ebda., Taf. 103: Hof Rohlfing, Pr. Ströhen, Kreis Lübbecke (Hick).

[72] Ebda., Taf. 127: Sattelmeierhof Ebmeier in Oldinghausen, Kreis Herford (Pferdekrippe, kerbschnittverziertes Rahmenstück, Brettbaluster als Sprossen); Taf. 173 g: Hof Winkemeier, Hiddensen. Lipper Land. 2. H. 18 Jg. (Pferdekrippe); Taf. 148: Hof Meier, Avenwedde, Wiedenbrücker Gebiet um 1716 (Knaggenreihe, Pferdekrippe); Taf. 207 und 209: Hof Barbrock in Anreppen bei Boke, Kreis Büren, westl. Paderborner Land, 18. Jh. (Pferdekrippe)

[73] Ebda., Taf. 65 unten: Hof Bäumker, Bauerschaft Dackmar bei Sassenberg, Kreis Warendorf, um 1790 (Treppe); Bild 61: Schulte-Steinhorst, Gut Pellengahr bei Ascheberg, Kreis Lüdinghausen (Treppe); Taf. 209: Hof Barbrock in Anreppen bei Boke, Kreis Büren, 18. Jh. (Treppe); S. 217: Blömekenhof in Anröchte, Kreis Lippstadt, östlicher Hellweg (Treppe); Taf. 74: Hof Viehmeier in Marienfeld, Kreis Warendorf; Taf. 135: Sattelmeierhof Meier zur Müdehorst in Niederdornberg, Ravensberger Land (Treppe zur Mägdekammer); Taf. 287: Haus Reppel in Grissenbach, Kreis Siegen, 18. Jh. – Vgl. auch Helmut Richter, Das Siegerländer Haus. Siegerland Bd. 29, H. 3. 1952, S. 94: Haus im Netpherlande (Treppenanlage).

[74] Adelhard Zippelius, Das Bauernhaus am unteren deutschen Niederrhein. In: Werken und Wohnen. Volkskundliche Untersuchungen im Rheinland. Hrsg. von Matthias Zender, Bd. I. Wuppertal 1957, S. 56.

aus dem 17. und 18. Jahrhundert. Oft sind die Längshölzer gekerbt und gefast. Ein besonders schönes Beispiel war im Museum in Osnabrück vorhanden und stammte aus Lechterke. Es ist leider den Bomben zum Opfer gefallen. Rahmen aus neuerer Zeit finden sich im nördlichen Weserbergland. Sie sind flach und quadratisch, von Börten umgeben und mit Inschriften versehen (Beispiel Museum Bielefeld). Nach Ernst Schlee[75] „erklärt sich aus der Rolle, die der Rauch im Hallenhause spielte . . . Bedeutung und Form des Herdrehms, jenes unter der Balkendecke hängenden Funkenfangs aus Holz. Es war seine Aufgabe, nicht nur die Funken von der Balkendecke abzuhalten, sondern auch den Rauch aufzufangen, zu verteilen und zum größten Teil in die Hauptrichtung, nämlich auf die Grotdör hin zu lenken. So erklärt sich seine Schlittenform" (Abb. 17).

Nach Wilhelm Bomann[76] finden sich im Bremen-Vördenschen, auch bei Hollenstedt, Kreis Harburg, und vereinzelt bis in die Gegend von Medingen, Kreis Uelzen, an Stelle der Pferdeköpfe Morgensterne, in Talge, Bersenbrück und Badbergen (ehem. Fstm. Osnabrück) nur eine schräg nach vorn in die Höhe gerichtete Holzfläche. Die Herdwand wird in nachmittelalterlicher Zeit mit holländischen oder friesischen Kacheln ausgestattet, die im Westen Westfalens Esterkes (nach Estrich) genannt werden[77]. Weltliche und kirchliche Themen, Menschen, Tiere, Landschaften, Blüten und Blattwerk, abstrakte Ornamente, schmücken die kleinen glasierten Quadrate in Blau und Mangan. Selten, daß man „tegels" des 17. Jahrhunderts findet (ornament-bloemruiter-schepen-dier- und ambachtstegels). Die Sitte dieses Wandschmucks drang von Holland herkommend im 17. Jahrhundert bis zum 19. Jahrhundert ins Westmünsterland, Kernmünsterland, nach Bentheim, in den Hümmling, in das Artland vor, bis in den Kreis Melle hinein[78]. Kachelwände

Typisch für die Fletts des Westmünsterlandes, des Artlandes, des Tecklenburger, Osnabrücker Landes sind die mit Sandsteinplatten verkleideten Herdwände mit Nischen und Kragsteinen (Kropsteinen) und kleinen Messingtüren. Sie stammen aus dem Ende des 18. und dem Anfang des 19. Jahrhunderts. Sie sind mit Jahreszahlen, Initialen, Namen, Rosetten, gekreuzten Palmwedeln mit ausgesparten und abgesetzten Rändern ausgestattet, sie sind gefast oder profiliert. In der Regel handelt es sich um Baumberger und Bentheimer Sandstein, der im Lande von den heimischen Handwerkern selbst bearbeitet worden ist[79].

Neben dem einfachen Herdfeuer und dem Kamin aus Sandstein[80] ging mit der Errichtung der Herdwand (Trennwand von Diele und Flett)[81] die Tackennische im märkischen Sauerland einher, die im

[75] Ernst Schlee, Die Herdstelle im niederdeutschen Hallenhaus. Zeitschr. f. Volkskunde 51. Jg. 1954, S. 87.

[76] Wilhelm Bomann, Bäuerliches Hauswesen und Tagewerk im alten Niedersachsen. Weimar 1927, S. 68. – Vgl. auch Werner Lindner, Die bäuerliche Wohnkultur in der Provinz Westfalen und den nördlichen Grenzgebieten, S. 671: In guter Kopfhöhe strecken sich von der Brandmauer her zwei Balken ungefähr bis zum folgenden Binder und werden dort durch herabreichende Hölzer gehalten. Der Bretterbelag auf diesem Gestell drückt den aufsteigenden Rauch herab . . . Auf dem Rahmen oder der „Oste" (oder „Asse") selbst wurden allerhand Sachen, Hölzer zu Werkzeugen . . . Sämereien usw. aufbewahrt. Ein schräg aufgestelltes geschweiftes Brett (zwischen den aufgebogenen Enden) trägt einen frommen Spruch, die Namen der Eheleute . . .

[77] Josef Schepers, Westfalen-Lippe, S. 140 u. 144.

[78] Ebda., Bild 62: Hof Niewerde (Bes. Belting) in Alt-Rhede, Nr. 27 bei Rhede, Kreis Borken, Wandkamin des 18. Jh. mit sog. Delfter Fliesen.

[79] Werner Lindner, Die bäuerliche Wohnkultur in der Provinz Westfalen, S. 672: Oft schmückte ein regelrecht behauenes Steingetäfel die Hochwand in der Breite des Herdplatzes. Es erinnert im Westen der Provinz in seiner Profilierung ganz an die Formgebung von Tischlerarbeiten, die sich aus der Weichheit des verwendeten Baumberger und Bentheimer Steins erklärt. – Vgl. auch Bau- und Kunstdenkmäler von Westfalen, Kreis Unna. Bearbeitet von Hans Thümmler. Münster 1959, S. 406: Hof Schulze-Rhynern, Kaminplatten aus Sandstein mit Sinnsprüchen und der Jahreszahl 1774, dazu Wappen.

[80] Ebda., S. 259 Abb.: Küchenwand, Gräftenhof Schulte Osterhoff, Bauerschaft Schonebeck bei Nienberge, Landkreis Münster, Rechteckige Platten mit profilierten Achteckfeldern. – Josef Schepers, Westfalen-Lippe, S. 253: Hof Horstmann, Bauerschaft Wadelheim bei Rheine, Kreis Steinfurt, Saalkamin, dem Flettkamin gleichend.

[81] Werner Lindner, Die bäuerliche Wohnkultur in der Provinz Westfalen, S. 276: Herdwand des Hofes Everwand, Bauerschaft Dackmar bei Sassenberg, Kreis Warendorf, 19. Jahrhundert; Taf. 14b: Hof Pütter, gen. Resing, in Rhedebrügge, Kreis Borken; Abb. 44: Hof Budde, Westladbergen, Kreis Tecklenburg; Taf. 18d: Herdwand Schulte Schierenberg, Gemenwirthe b. Borken.

16. Jahrhundert vom Rheinland herkommend sich ihren Weg ins westfälische Sauerland gebahnt hatte[82].

Tackenplatten

Der Tacken, eine besonders praktische Einrichtung in der durch eine Herdplatte verschlossenen Nische der aufgemauerten Bruchstein-Herdwand, die mit dem Herdfeuer in Verbindung stand, strahlte die aufgespeicherte Wärme in der Herdplatte aus dem dahinter liegenden Raum in den Wohnraum aus. Dazu kam noch der Kastenofen[83], der Hinterladerofen, nach den figürlich geschmückten Eisenplatten „der verlorene Sohn" genannt, weil gerade dieses Motiv häufig auf den gußeisernen Platten dargestellt wurde. Auch der runde Eisenofen[84], der sogenannte Suerlänner, ist hier noch zu nennen.

Pickstein-pflasterung

Eine Eigentümlichkeit des west- und südmünsterländischen Hauses war die Pflasterung der Küche mit Picksteinen[85], mit verschiedenfarbigen Kieselsteinen oder gebrannten kleinen Ziegelsteinen, den sogenannten Stadtlohner Plässkes, die kunstvoll in Streifen gelegt, Initialen, Jahreszahlen und die verschiedensten geometrischen Muster ergaben. Nach dem Bericht von Ernst Langenbach[86], Lünen (Archiv für westfälische Volkskunde Münster), waren die Picksteindeelen ... deswegen so verbreitet, weil große Steine nicht überall vorhanden und Picksteine leichter zu transportieren waren ... Er nennt die Borkenberge mit ihrem großen Vorkommen von Picksteinen und spricht davon, daß diese in Rundbogen, Fischgräten und quadratischen Mustern, mit der Schmalseite nach oben, im Boden verlegt wurden, in einer Breite von ca. 30–35 cm und in Streifen von ca. 6–7 cm. Das westliche und südliche Münsterland hat diese Sitte mit dem Oberbergischen Kreis[87], vor allem mit dem Niederrhein, gemein[88].

[82] Adelhard Zippelius, S. 59: Die Tackenheizung taucht allgemein seit dem Ende des 15. Jahrhunderts auf, vorwiegend in Westeuropa und hier vor allem in Luxemburg, Lothringen, in der Pfalz und in der Eifel.

[83] Josef Schepers, Ofen und Kamin. Festschrift für Jost Trier. Meisenheim/Glan 1954, S. 339–377.

[84] Annemarie Wurmbach, Der Ofen im westfälischen Bauernhause. Rhein.-Westf. Zeitschr. f. Volkskunde Bd. III 1956, S. 226–32

[85] Josef Schepers, Westfalen-Lippe, S. 209 und Bild 63: Hof Schulte Wülfing, Bauerschaft Krommert bei Rhede, Kreis Borken: Picksteinpflaster mit den Initialen des Besitzers und der Jahreszahl 1829 in hellen Steinen.

[86] Ernst Langenbach, Bericht über Fußböden. Rhein.-Westf. Zeitschr. f. Volkskunde Bd. V 1958, S. 230.

[87] Otto Kaufmann, Das Bauernhaus im Oberbergischen Kreis. Rhein.-Westf. Zeitschr. f. Volkskunde Bd. VI 1959, S. 173: Kippsteenpflaster, Chrätensteene auch auf Tennen in Scheunen. S. 140: Sie heißen Ästersteene oder Kippsteene, im angrenzenden Westfalen Chrätensteene, die Pflasterung Kippsteenpflaster. S. 177: Die Pflasterung mit Feldsteinchen (Kipp-Chrätensteene, Kippsteenpflaster, mit Fischgrätenmuster ist als guter Dreschboden beim Bau der Scheunen übernommen worden.

[88] Adelhard Zippelius, Das Bauernhaus am unteren Niederrhein, Wuppertal 1957, S. 38: Rollkieselboden mit Jahreszahl 1706 in Friedrichsfeld Nr. 46; Abb. 54: Teil des Rollkieselbodens in Lackhausen-Kuhhoff mit der Inschrift Anno 1778; ferner S. 54: Im Gegensatz zur Diele hat der Herdraum einen Fußboden aus natürlichen oder künstlichen Steinen. Die kleinen Kieselsteine wurden in mühseliger Kleinarbeit in Fischgrätmuster wechselweise aus hellen und dunklen Lagen verlegt, dabei wurde häufig ein umrahmtes Mittelfeld mit einer Inschrift und der Jahreszahl herausgehoben. S. 55: Sehr frühzeitig finden sich auch Fliesenböden aus quadratischen roten Platten.

III. Bauernmöbel

1. Bäuerliches Mobiliar und Gerät in geschichtlichen Quellen

Die Bauernmöbelforschung sieht sich in Westfalen großen Schwierigkeiten gegenüber. Die wirtschaftlichen und gesellschaftlichen Veränderungen und damit im Gefolge das Schwinden des bäuerlichen Besitzes, die Entleerung ganzer Landstriche von bäuerlichem Gut und die geringe Erforschung des bäuerlichen Mobiliars sind kennzeichnend für die gegenwärtige Situation.

Rolevinck

Als gegen Ende des 15. Jahrhunderts der Kartäusermönch Rolevinck[1] den Hausrat des westfälischen Bauern mit einigen Worten abtut und die Kücheneinrichtung mit cacabus, olla, scutella, cochlear, sciphus, patella, tunna, sporta, spinda, cista ceteraque aut singula aut pauca et omni usui accommoda umschreibt, also mit Wasserkessel, Kochtopf, Schüssel, Löffel, Trinkbecher, Napf, Faß, Korb, Spind, Kiste und ähnlichen Dingen, hat man doch den Eindruck, daß hier zu summarisch verfahren ist. Leider ist nicht die Möglichkeit vorhanden, seine Angaben auf ihre Richtigkeit zu überprüfen, da zu wenig auf unsere Zeit überkommen ist. Die hier geschilderten Dinge waren eben keine einmaligen Kunstgegenstände, sondern nur Gebrauchsgeräte, die dem natürlichen Verschleiß unterlagen.

Nun haben sich bäuerliche Möbel des Mittelalters erhalten, z. B. Stollentruhen, die sich nicht von der gleichen Warte aus beschreiben lassen wie die Betten, von denen der gleiche Rolevinck sagt: Lecti aut nulli aut peraminei aut foeno duriores (ihre Betten, wenn sie überhaupt welche haben, sind harte Lagerstätten aus Stroh und Heu). Diese Stollentruhen sind stolze, eisenbeschlagene Laden von Schwertlänge und Mannslänge, aus bestem Eichenholz. Eisenbeschlag und Schnitzerei dieser Truhen zeugen von künstlerischer Höhe, von Wohlstand einer Gesellschaftsschicht, die nicht ganz so primitiv leben konnte, wie man nach den Ausführungen von Rolevinck annehmen möchte. Juristische Dokumente, Gesetze und Testamente aus vielen Jahrhunderten gestatten uns Einblick in das Wohnwesen, in die Möbelkultur, die sich doch erheblich von dem Rolevinckschen Bilde unterscheiden.

Testamente: Lippe, Siegerland

Auf dem Lakehof[2] im Lippischen sind im Jahre 1852 beim Tod der Ilse Lakemeyer 1 Schrank, 1 Anrichte, Truhe, Bett mit Zubehör, Tisch und 2 Stühle vorhanden.

Eine eindringliche Sprache redet das Inventar[3] des neuen Hofmann: Andreas Klein Kauffen auf dem Hof Ginsberg im Siegerland im Jahre 1857, aufgegliedert nach Stube, Ern, Stall, Kammer, Salzkammer:

Stube:	1 eisern Ofen	10 hölzerne Schüsseln
	1 alter Benke	1 Brunnenkette und Eimer
	2 Disch	3 Haken
	2 Schafft an den Wänden (Schapps)	2 alte Schaufeln
	1 alte Zinnen Masskanne mit Deckel	3 Hackmesser
	und einer Zaute	1 neuer Kupferkessel
	1 Zinnen Masskanne	1 blechener alter Ehrenkessel
	1 Zinnen Masskanne mit Zaute	5 Pfannen groß und klein
		1 Messing-Säge
Ehrn:	1 Messingkessel	12 hölzerne Schüsseln
	1 Messingkessel	1 Holzaxt
	2 kleine Kesselchen	6 Mistgabeln
	7 beschlagene Holzeimer	1 Haxe in der Kuchen
	1 Salznapf	2 alte zerbrochene eiserne Döpfe

[1] Werner Rolevinck, De laude antiquae Saxoniae nunc Westphaliae dictae. Münster 1953, S. 138f.
[2] Eduard Schulte, Der Lakehof und seine Erbmeier. Bochum 1954, S. 47.

1 eisern Dopff von 4 Massen
2 Haffen
3 Wannen, darunter eine Scheurenwanne
1 großer Deckel
1 Tragzuber
3 Krautbritten
1 Butterfass
1 Garnschrein
1 Schlüsselkorb
2 Henkelbierfässer
1 Hackbrett
1 Butterständer
1 Sieb
1 Trichter

Stall:
4 Zuber groß und klein
1 Ollernseil
1 Kirnstuhl
29 Milchfässer
3 Bretter, darauf Milch gesetzt wird
1 Flegel
1 Melkstuhl

1 alter Tisch
2 Milchständer

oben in der Kammer:
eine alte Bettlade
3 breite Kalbsfelle
2 breite Kuh heude

Kasskammer:
10 Fässer
10 Käse
4 hölzerne Schüsseln
6 Pfund Unschlitt
1 Sichel
1 Masz Schmalz
1 Habermasz
3 alte Fässer
1 Haspel
2 große Zuber

Salzkammer:
1 Salzfass
3 Brechen
Fässer
Heugabel
6 Mesten Hampfsaat

Osnabrück

Es ist interessant, damit das Inventar eines Osnabrücker Stadthauses von 1539 zu vergleichen. Unter den Möbeln aus dem Nachlaß des Gerd Lampekyng, auf die uns zum erstenmal Roswitha Poppe[4] aufmerksam gemacht hat, werden aufgezeichnet: In eyne cameren eyne lange klederkiste, ock eyne korte kysten, dar ynne dre beddelaken; item noch in syner anderen kameren by den herde twe bedde myt tween hovetpolen, eyne korte kisten, dar ynne vyff yseren bende. Item by den herde eyn schap, ock eyn olt ledich spynt und eyne toyten, item eyn holten solfath, eynen schottelkorff myt holten schottelen, noch twe lüttecke spynde, item by dem herde eyne tafelen, vyff stole und ock eynen stoell, mit eyner toslatenen laden. Item by der delle piele eyne lange kled(der)kysten, dar ynne eyn togeslaten schren. Item up der hylden (Hille) eyne togeslotten kysten, item achter in den have in dem spyker eyne kisten.

Mark

Aufschlußreich ist ein aus der Barockzeit stammendes Dokument, das, 1762 zu Unna protokolliert, als Inventarverzeichnis eines märkischen Bauernhofes figurierte[5]. An Holzgerät wird vermeldet: 1 Schapp mit drei Türen und Aufschapp auf der Kammer, noch ein Schapp mit 2 Türen in der Küche, 4 Tische, 5 Koffers, 3 Schrencke (kleinere Schränke), 1 Kiste, 2 Löegebüdden (zum Laugen des selbstgesponnenen, noch ungebleichten Leinens), ein Löegeschrage (Holzgestell für Bütte) ... 7 Milchbecken und 21 Näppe, ... ein Käsefass ... eine Trinken Stanne (Standgefäß) ... ein Schlüsselkorb, 10 Löffel, 8 Essenschüsselchen, ein Nap, eine Pfannkuchenschüssel, ein Salzfass, 10 Sesselstühle, 3 Braken (Flachsbraken), 2 Schwingebretter, eine Handschwinge, ein Hechelstuhl mit Heckel, 3 Spinnräder und 2 Haspeln ... eine Sesselbank oder sogenannte Siele. An Bettwerk: 3 Betten auf der Kammer... nebst der Bettestelle...

[3] Annemarie Wurmbach, Das Bauernhaus des Siegerlandes als baugeschichtliches Denkmal einer Grenzlandschaft. Diss. Münster 1955, Ms. S. 22.

[4] Roswitha Poppe, Das Osnabrücker Bürgerhaus. Oldenburg i. O. 1944, S. 47 u. 48.

[5] H. Beisenherz, Kulturbilder aus der alten Grafschaft Mark. In: Wilhelm Uhlmann-Bixterheide. Das sauerländische Bergland. Dortmund 1921[3], S. 53.

Mehrere Jahrzehnte später vermachte ein Kötter im Jahre 1805 vor dem Landgericht Unna seinen Töchtern u. a.: 1 milchgebende Kuh, ein vollständiges neues bette, eine neue Bettstelle, zwey coffres, wovon eins neu, Schapp von der seligen Mutter, ein neues Handtuchshausz, ein neues Salzfass, eine neue Brake, Schwingbrett und Hechelstuhl, vier neue Stühle, die neue Laugebühde, eine neue Mist- und Schottgabel, ein neues Hahl und kalte Hand, einen neuen Wassereymer, einen neuen Tisch und Butter-Kerne, Kleidungsstücke und Leinwand ihrer seligen Mutter, nach des Vaters Tode ihrer seeligen Mutter Bette, ein neues Spinnrad und einen neuen Halspel[6].

In diesen Aufzählungen werden wir mit der Habe von Reichen und Armen, von Bauern und Städtern bekanntgemacht. Sicherlich hat sich seit dem Mittelalter ein Wandel vollzogen, doch diese Protokolle sind eindeutige Dokumente, die eine klare Sprache ohne Sentiment sprechen und uns auf viele Objekte der Volkskunst hinweisen, die zum Beispiel in der Grafschaft Mark nicht mehr so zahlreich anzutreffen sind.

Die uns erhaltenen Bauernmöbel gliedern sich in Küchen-, Wohn- und Schlafmöbel oder anders eingeteilt in Sitz-, Liege-, Bewahr- und Bergungsmöbel. Ihre Zahl ist nicht allzu groß, sie reicht von den Korn- und Kleiderkisten bis zu den Anrichten, zu den Brot- und Teller- sowie Kleiderschränken, Tischen, Bänken, Stühlen, Salzmetten, Handtuchhaltern, zu den Betten und Wiegen.

So wichtig jede Urkunde ist, die das Vorhandensein von bestimmten Möbeltypen registriert, so wenig kann sie uns über Form und Entwicklung all dieser Sitz-, Bewahr- und Bergungsmöbel etwas aussagen. Für die frühen Zeiten sind wir deshalb auf Bilddokumente angewiesen. Wir verweisen so auf mittelalterliche Altar- und Tafelgemälde aus westfälischen Kirchen. Sie können natürlich keine absoluten Zeugnisse sein, da wir mit der Herkunft, der künstlerischen Freiheit eines jeden Malers, mit der Überlieferung und Tradition, mit Mode und Stil in seinem Schaffen zu rechnen haben. Dennoch geben sie uns gewisse Aufschlüsse, Vergleichsmöglichkeiten, wenn ähnliche Möbel im Raum Westfalen vorhanden sind. Ebenso wichtig, aber nur zum Vergleich, sind Bauernbilder holländischer Meister des 17. Jahrhunderts, die uns über Verwandtschaft und Verbreitung bestimmter westfälischer Möbeltypen unterrichten. Beginnen wir mit Konrad von Soest[7]: Ihm verdanken wir die Darstellung eines Dreibeinhockers. Solche dreiseitigen Hocker mit überstehenden Holmen und zierlichen, gedrechselten Stäben sind heute sehr selten geworden. Derick Baegert aus Wesel[8], zwischen 1476 und 1515 tätig, zeigt uns auf der Außenseite eines Flügelaltars, ehemals im Besitz der Kirchengemeinde Buldern, Kreis Coesfeld, mit dem Thema „Tod des heiligen Nikolaus" einen gleichen Hocker. Auch der westfälische Dreiseitstuhl mit hoher gerundeter Rückenstütze, der noch im 17. und 18. Jahrhundert immer wieder neu gebaut wurde, ist von dem gleichen Meister auf einem Altarbild – Lukas mit der Mutter Gottes (heute im Landesmuseum Münster) – dargestellt[9]. Auch der Meister von Schöppingen kennt diesen Stuhltyp. Auf seinem Verkündigungsbild (Schöppinger Altar) sehen wir hinter der Bank, vor der Maria kniet, einen gleichen Dreiseitstuhl mit gerundeter Lehne. Noch einen Maler und Kupferstecher müssen wir heranziehen, Heinrich Aldegrever aus Soest[10], der auf dem rechten Flügel des Altars in der Wiesenkirche zu Soest mit der Anbetung des Kindes durch die heiligen drei Könige, um 1520, einen Dreiseitsessel mit gerundeter Lehne und einen Pfostenstuhl darstellt. Der Kupferstecher und Goldschmied Israhel van Meckenem[11] aus Bocholt († 1503) kennt die Form des Dreiseitstuhls mit hoher Rückenstütze, die wir schon bei Derick Baegert gesehen haben, ebenfalls (s. Kupferstich: Besuch bei der Spinnerin, Veste Coburg, Kunstsammlungen).

Bilddokumente

[6] Ebda., S. 56.
[7] Konrad von Soest, Dortmunder Marienaltar, linker Flügel, um 1420.
[8] Der Maler Derick Baegert und sein Kreis. Münster 1937, Nr. 34 u. 36.
[9] Paul Pieper, Der Lukasaltar des Derick Baegert. Zeitschr. Westfalen 22. Bd. 1937, S. 233–235, Taf. XX.
[10] Rolf Fritz, Heinrich Aldegrever als Maler. Dortmund 1959, S. 30, Nr. 19 und Taf. 65.
[11] Heinrich Kohlhaussen, Israhel van Meckenem als Schilderer niederrheinisch-westfälischen Lebens. In: Israhel van Meckenem, Goldschmied und Kupferstecher, hrsg. v. d. Stadt Bocholt 1953, Taf. XVII, Abb. 29.

Für unsere Untersuchungen ergiebig sind die Bilder der Maler tom Ring; wir verweisen auf das Verkündigungsbild des Hermann tom Ring[12] im Landesmuseum Münster von 1594 mit vierbeinigem Tisch, Eckbank und Kastentruhe mit Griff, auf das Gemälde von Ludger d. J. „Hochzeit zu Kana" mit großem Tisch mit vier gedrechselten Beinen und Querstäben und Dreiseithocker[13], wie wir ihn schon aus dem Anfang des 15. Jahrhunderts bei Konrad von Soest zum erstenmal gesehen haben. Dieses Bild zeigt also einen Typ, der schon fast zweihundert Jahre alt ist. Ziehen wir nunmehr zum Vergleich holländische Bilder des 17. Jahrhunderts heran, um Ursprung, Verbreitung, Verwandtschaft und Zeitdauer gewisser westfälischer Möbel festzustellen, so sehen wir, wie eng Westfalen und die Niederlande auf diesem Gebiet zusammengehen. Es sei erinnert an das Bild von Jan Steen[14] „die Kindtaufe", ehemals Berlin, Kaiser-Friedrich-Museum, das z. B. den Dreikantstuhl mit hoher Rückenstütze kennt. Dasselbe gilt für den Dreikantsessel mit Schräglehnen auf der „Bauernherberge" von Adriaen van Ostade[15] ('s-Gravenhage, Mauritshuis).

Einen niedrigen Pfostenstuhl mit Rückenlehne mit Querstegen stellt Adriaen van Ostade[16] auf seinem Bild „Der Raucher" dar (ehemals Berlin, Kaiser-Friedrich-Museum), Pieter de Hooch[17] den gleichen Typ, nur größer, auf seinem Bild „Die Mutter". Essias Boursse[18] macht uns in seiner Schilderung „holländische Stube mit nähender Frau" (ehemals Kaiser-Friedrich-Museum) mit verschiedenen Möbelformen bekannt, vor allem mit dem runden Sesselklapptisch, der so typisch für das nördliche Westfalen ist. Jan Steen[19] läßt seine Trick-Track-Spieler an einem Balustertisch spielen (Berlin, Kunsthandel). Adriaen van Ostade[20] zeigt seinen Federschneider (Karlsruhe, Badische Kunsthalle) an einem Rundtisch mit schräg eingestemmten Beinen, der gleichfalls für das nördliche Westfalen typisch ist. Einen Lehnsessel mit gedrechselten Rückenholmen und gerundeten Querstegen, Armlehnen und Binsensitz malte Gerard ter Borch[21] „Mutter ihre Tochter kämmend" ('s-Gravenhage, Mauritshuis). Noch viele andere Beispiele ließen sich heranziehen, die die große Verwandtschaft der Niederlande und Westfalens dokumentieren.

2. Eingebaute Möbel

In vielen Landschaften Westfalens bewundern wir eingebaute Möbel, Milch- und Kleiderschränke, Uhrgehäuse, Salzmetten. Wir freuen uns über Schrankwände im Flett, über Wandtäfelungen in der Diele, im Saal. Wir denken weiter an die eingebauten Milchschränke über der Tackennische im märkischen Sauerland[22]; wir staunen über die reichgeschnitzten gefelderten Wandschränke im Ravensbergischen und im Artland. Das gleiche gilt auch für die Durks, für die Schlafbetten, in allen diesen Landschaften.

In einem Kötterhaus in Austum bei Emsdetten, Kreis Steinfurt, befindet sich ein barocker zweitüriger

Wandschränke

Wandschrank[23] mit üppigen reichprofilierten Spitzeckfüllungen und Lisenengliederung, verkröpftem

[12] Theodor Riewerts und Paul Pieper, Die Maler tom Ring. München 1955, Abb. Taf. 63, Nr. 56: Verkündigung, Landesmuseum Münster, und Taf. 64, Nr. 56.

[13] Ebda., Taf. 103, Nr. 121: Ludger der Jüngere tom Ring, Die Hochzeit zu Kana, ehemals Berlin, Deutsches Museum, und Taf. 106, Ausschnitt (Hocker).

[14] Staatliche Museen Berlin, die Gemäldegalerie. Die holländischen Meister. Berlin 1932, S. 151, Nr. 795 D.

[15] W. Martin, De hollandsche schilderkunst in de zeventiende eeuw. Frans Hals en zijn tijd. Amsterdam 1942, Afb. 234. Vgl. auch Afb. 233. – Adriaen van Ostade 1661, Schaatsenrijders in de herberg. Rijksmuseum Amsterdam: Dreiecksessel und Pfostenstuhl mit Rückenlehne mit Querstegen.

[16] Staatliche Museen Berlin, S. 108, Nr. 855 A.

[17] Ebda., S. 69, Nr. 820 B.

[18] Ebda., S. 18, Nr. 2036.

[19] Walther Bernt, Die niederländischen Maler des 17. Jahrhunderts. München 1948, Bd. III, Nr. 791.

[20] Ebda., Bd. II, Nr. 625.

[21] Ebda., Bd. II, Nr. 109.

[22] Josef Schepers, Westfalen-Lippe, Haus und Hof deutscher Bauern Bd. II, Münster 1960, S. 448: Tackennische mit Milchschrank und S. 136.

[23] Ebda., S. 254, Taf. 44.

Kopfteil aus der 1. Hälfte des 18. Jahrhunderts, der gerade hier in einem Hause eines kleinen Mannes als eingebauter Schrank, zumal in der Gestalt eines Kleiderschrankes, in einer Küche durch seine aufwendige Formgebung auffällt.

Wir weisen auf einen zweiten Wandschrank, ebenfalls aus der Zeit des Barocks, in Welplage bei Hunteburg, Kreis Wittlage, hin[24]. Groß, kräftig und schlicht zu gleicher Zeit, ist dieses Wandmöbel als heimische Arbeit anzusprechen.

Wandschränke und Wandvertäfelungen aus dem Anfang des 19. Jahrhunderts sind uns von dem Hofe Kleine, gnt. Jürgenhof, in Unterlübbe, Kreis Minden[25], und Meier, Avenwedde bei Gütersloh, Kreis Wiedenbrück, bekannt geworden[26].

Der Reichtum einer Landschaft nimmt sichtbare Gestalt an in den riesigen, reichgetäfelten Flett- und Stubenwänden der Barockzeit im Artland, mit dekorativ gestalteten Feldern, Lisenen, Kapitellen mit Masken, Vogelmotiven, verkröpften Gesimsen. Die Felder sind häufig mit Spitzeck- oder Kissenpolsterfüllungen geschmückt. Beispiele bieten die Höfe Meyer zu Wehdel, Elting in Vehs, Berner in Wulften, (Abb. 22), Wehlburg in Wehdel. Das reiche Ravensberger Land wetteifert in der Gestaltung seiner Bettwände mit dem Artland, nur daß die Schmuckmotive aus einer späteren Epoche, aus der 2. Hälfte des 18. Jahrhunderts, stammen. Hier verbinden sich barockes Rankenwerk, Tulpenmuster, klassizistisches Riefenornament miteinander. Vor allem sind hier die Sattelmeierhöfe zu nennen. Welche Überraschungen bietet der Sattelmeierhof Meier zur Müdehorst in Niederdornberg (Abb. 18, 19). Die Herdwand mit Vertäfelung, Türen, Wandbettklappen aus dem Jahre 1794 ist in den vielen Füllungsfeldern mit ihren reichen Kurvaturen von einem spätbarocken Stilgefühl durchdrungen, wenn auch die Blumen und Figuren in diesen bewegten Felderumrahmungen: die Tulpenmotive, Troddeln, die Jagdtiere wie springender Hirsch, laufender Fuchs, Hund, Hase, weiter Vogel, Elefant, Vogel Greif und ebenso Fabelwesen, der Vogel mit dem Brustgesicht[27], die Sprichwörter oder Lehrbilder symbolisieren, stilistisch Ausdruck eines klassizistischen Schaffens sind.

Die Schrankwand am Stübchen mit Tür zur Ehekammer im gleichen Hause ist durch barocke hochrechteckige Felder mit Füllungen und eine reich geschmückte Mitteltür mit geschnitzter Blattranke und darüber durch den Türsturz mit Adam und Eva und dem Sündenfall im Relief aufgegliedert. Die Nordwand des Stübchens zeigt Verwandtschaft in der Aufteilung und dekorativen Behandlung mit der Flettwand. In drei Rahmenstücken mit Pilastergliederung und Wellenrankenmotiven ist die stilistische Verwandtschaft zur Südwand zu beobachten. Wieder erscheinen in den Füllungen Tulpenmotive und Tiere: Löwe, Elch, Hirsch und Greif, Reiter und friederizianische Soldaten.

Wandvertäfelungen

Auf gleicher künstlerischer Höhe steht die Vertäfelung der Upkammer des Hofes Mönk in Bardüttingdorf bei Spenge, Kreis Herford, heute Museum für Kunst- und Kulturgeschichte Dortmund (Abb. 20), mit ihren einheitlichen figürlichen und ornamentalen Schmuckmotiven aus Füllhörnern, gewellten Blütenranken, Quastenschnüren, Rosetten, Lebensbaummotiven, Flechtwerk. In demselben Museum befindet sich auch eine im Flachrelief gehaltene Wandvertäfelung aus Eggeberg, Kreis Halle (Abb. 24), aus dem 19. Jahrhundert stammend, mit geriefelten Kassetten, symmetrisch und gegenständig angeordnetem Rankenwerk in Volutenformen, Rosetten, die noch immer aus der künstlerischen Vorstellungswelt der Weserrenaissance leben[28].

[24] Ebda., S. 131, Abb. 135.
[25] Ebda., Taf. 114/15.
[26] Ebda., Taf. 147.
[27] Vgl. Wilhelm Fraenger, Deutsche Vorlagen zu russischen Volksbilderbogen des 18. Jahrhunderts. Jahrb. f. hist. Volkskunde Bd. 2. Vom Wesen der Volkskunst. Berlin 1926, S. 126: Vogel mit Brustgesicht, als Kupferstich hrsg. von Joseph Friedrich Leopold (1668–1726) Augsburg; S. 127: Zwei Lehrgedanken ganz verschiedener Art: Das Sprichwort „Zupf dich selbst bey deiner Nasen" und der Sittenspruch „Wer selber weder Storch noch Strauß, viel närrischer sieht als andere auss" werden auf dieser Illustration zu einem seltsamen Emblem verschmolzen: „Zu einem fabelhaften Zwitterwesen, das – halb ein Storch und halb ein Vogel Strauß – auf seiner Brust ein Menschenantlitz trägt, ein munter pfeifenschmauchendes Gesicht, nach dessen Nase der spitze Storchenschnabel greift".
[28] Westfälische Volkskunst. Museum für Kunst- und Kulturgeschichte Dortmund, Kleiner Führer 2, S. 12 u. Abb. 11.

Von zurückhaltender, barocker Formensprache ist die Scherwand der Flettküche des Hofes Meier Rassfeld-Witthoff bei Gütersloh aus dem Ende des 18. Jahrhunderts, mit profilierten Acht- bzw. Sechseckfüllungen[29].

Ausstrahlung des bergisch-märkischen Raumes

Im bergischen Strahlungsbereich steht die Schrankwand mit Türen der guten Stube in dem Reidemeisterhaus Deitmer-Gerlach in Saalhausen an der Lenne, Kreis Olpe, aus dem Jahre 1780, ganz im Geiste eines bäuerlichen Rokoko empfunden, in leichtbewegten profilierten Lang- und Querfeldern mit arhythmisch angeordneten Blattrocaillen, ferner Bandelwerk und Ranken. Eine gewisse Symmetrie wird hier durch die Felderung mit sich wiederholenden dekorativen Formelementen von dem Tischlermeister angestrebt, „der angeblich auch auf der Adolfsburg bei Oberhundem tätig gewesen sein soll"[30]. Der bergisch-märkische Möbelstil zeigt sich auch in dem eingebauten Stubenschrank und der eingebauten Standuhr von dem Hof Mues-Hahne in Berge[31], Kreis Lippstadt, der den Übergang vom Rokoko zum Klassizismus in der eleganten französischen Stilart des Louis-seize mit Eckrosetten, zarten Blütengehängen, Perlstäben, Rechteckfeldern und einigen wenigen C-Bögen mit Dreiblättern in symmetrischer Anordnung aufweist. Die weite Strahlungskraft bergisch-märkischer Kunst wirkt sich auch in den Vertäfelungs- und Schrankwänden der Gesindestube und der Wohnstube des Schultenhofes Geiecke in Heiminghausen bei Fredeburg, Kreis Meschede, aus[32], nur daß die Rocaillemuster sparsam in den schmalen Feldern auftreten, alles in allem eine vornehme Atmosphäre schaffend, die letzten Endes französische Vorbilder hier in westfälischer Umgebung nicht verleugnen kann. Ein gehobener Lebensstil wird offenbar. Das gleiche kann man sagen von dem Wandschrank im Louis-seize-Stil aus Schwelm, heute im städtischen Heimatmuseum Schwelm (Abb. 27). Auf dem Hof Ewers (Klüners)[33] in Dahl, Kreis Paderborn, zeigt sich in der Schrankwand mit ihren Kassettenfeldern ein völlig anderer Stil, offenbart sich die gleiche künstlerische Konzeption der Reihung der quadratischen bzw. Rechteckfelder, die gleiche Dekoration der barocken Zwölfeckkassettenfüllungen, die wir so häufig an Bauernmöbeln des östlichen Westfalens beobachten können. Den klassizistischen ostwestfälischen Stil finden wir auch auf einem Wandgetäfel in Insingdorf, Kreis Melle (Abb. 25), mit Kassettenfeldern mit gefüllten Rauten (stilisierten Lebensbaummotiven) und Eckrosetten, die auf Möbeln der gleichen Zeit in derselben Anordnung, den gleichen Kompositionen auftauchen.

Viel kleiner und bescheidener in Aufmachung, Ausstattung, Raumgröße als alle bisher betrachteten vertäfelten Stubenwände ist eine Täfelung des Hauses Müller in Mittelhees bei Kreuztal im Siegerland[34]. Ein anderer Geist und eine andere künstlerische Auffassung machen sich bemerkbar. Wieder ist es der Stil des Rokoko, aber in städtischer Gewandung, in zarter und zurückhaltender Strukturierung. Das Rokoko wirkt nicht so derb und bäuerlich; man merkt, das Rheinland ist nicht weit entfernt. Noch ein Beispiel sei hier genannt, das nicht aus einem Bauernhaus, sondern aus einem städtischen Fachwerkhaus stammt. Es ist das sogenannte Priorsche Haus in Melle, Haferstraße, aus dem Jahre 1654, das mit seinem Beschlagwerk und seinen Tierfiguren typisch den Stil der Weserrenaissance zeigt, also einem anderen Kunstkreis zugehörig ist. Ein 2. Wandschrank ist hanseatisch beeinflußt (Abb. 26).

Wandbetten

Werfen wir noch einen Blick auf die getäfelten Durkwände. „Gemeen hen is auck de Duurk", so schreibt der Osnabrücker F. W. Lyra[35], „of de Schlaupstüe der Aulen un Kinner, de meestig (meistens)

[29] Josef Schepers, Westfalen-Lippe, S. 361, Taf. 150.

[30] Josef Schepers, Westfalen-Lippe, S. 502, Taf. 280. Das gleiche gilt für die Einrichtung eines Zimmers im ehemaligen Hause Pan, Rieflinghausen, Kreis Olpe, heute Museum für Kunst und Kulturgeschichte Dortmund. Völlig im Geiste des bergisch-märkischen Rokoko gehalten, angeblich von dem Bauern Pan in den Jahren 1760–1796 selbst gearbeitet.

[31] Derselbe, S. 421, Taf. 205.

[32] Derselbe, S. 490, Taf. 268.

[33] Derselbe, S. 421, Taf. 205.

[34] Helmut Richter, Das Siegerländer Haus. Siegerland Bd. 29, H. 3, 1952, S. 95: Stubenwand in der Hees.

[35] F. W. Lyra, Plattdeutsche Briefe, Erzählungen und Gedichte mit besonderer Rücksicht auf Sprichwörter und eigentümliche Redensarten des Landvolkes in Westfalen. Osnabrück 1856, S. 31. – Vgl. dazu Otto Kaufmann, Das Bauernhaus im Oberbergischen Kreis. Rhein.-Westf. Zeitschr. f. Volkskunde Bd. VI 1959, S. 149: In der Nähe der Tackenheizung ist in einer Seiten-

alle tohaupe in eenen Bedde ligget, sau feer (fern) de Duurk nich duurschiiret is met in 'n Stuawen, de lät sik friilick na der Diälen to wual uapen doon, dat de Huusheere 's Nachts up't Huus passen kan wann den Vee (Vieh) wat ankümmt of süss wat vorfällt dat'n verducht . . ."

Der Dürk, Durtich, der Alkoven, die Schlafbutze, auch Kran- und Tackennische genannt, eine schmale Lagerstatt in der Wand, einen Meter über dem Erdboden, mit Schiebe- oder Klapptüren, mit Holzknöpfen, die Außenflächen verziert, war eine weit verbreitete Einrichtung in Westfalen. Leider kennen wir nur Beispiele aus dem 18. und 19. Jahrhundert, so aus dem Artland (Kreuzmann, Vehs, Abb. 23), Wehlburg, Welplage bei Hunteburg, Kreis Wittlage, um 1750, Laer Nr. 5, Kreis Herford, um 1790, Meier zur Müdehorst, Niederdornberg, Landkreis Bielefeld 1794, Dackmar bei Sassenberg, Kreis Warendorf, spätes 18. Jahrhundert, Saalhausen an der Lenne, Kreis Olpe, um 1780, Nieder- und Großalme, Kreis Brilon, um 1800.

Die Bettwände zeigen den gleichen Stil wie das sonstige Wandgetäfel eines Hauses, aber auch die gleichen künstlerischen Unterschiede im Norden, Osten, Westen und Süden Westfalens: üppig, groß und wuchtig, bisweilen sogar derb sind die Durkwände im nordöstlichen und östlichen Westfalen, einfach und ärmlich im Hümmling. Elegant und zierlich wirken dagegen die Bettwände in den Landschaften, die an das bergische Land angrenzen[36]. Im Sauerland ist immer wieder der Einfluß des bergischen Kunstschaffens aus der Zeit des Rokoko und Klassizismus zu spüren. In Oestrich z. B., im Hause des Bauern Beckmann, Kirchstraße Nr. 12, aus dem Jahre 1769, zeichnet sich eine noch teilweise erhaltene Bettwand durch Feldermusterung mit einfacher asymmetrischer Rokokorahmung aus, wenn auch alles ein wenig schlicht und steif gehalten ist.

Zusammenfassend sei gesagt, daß die Bettwand im ganzen niederdeutschen Bereich, von Friesland über Westfalen nach Osthannover, Mecklenburg, Pommern (hier unter dem Begriff Norup geläufig), ja, im nord- und westeuropäischen Bereich, in Norwegen, Schweden, Dänemark, in Nordfrankreich und Holland, bekannt ist.

3. Truhen

Älteste Möbelformen des Mittelalters

Die uns erhaltenen Bauernmöbel weisen starke Abweichungen auf. In den verschiedensten Techniken, im allgemeinen aus Eichenholz gearbeitet, haben sie im Laufe der Jahrhunderte eine gewisse Entwicklung durchgemacht. Zu den ältesten, in die Romanik und Gotik reichenden Möbelformen Westfalens gehören zweifellos die eisenbeschlagene Stollentruhe, der Mansedel, der erhöhte Hausherrnsitz am Kamin oder am Herdfeuer, der Dreistuhl, der Rundtisch. Die Truhe ist wohl das Möbel, das Zeugnis für den Erfindungsreichtum in dieser unserer Landschaft ablegt.

wand ein geräumiges Wandbett eingebaut (Beddekasten) . . . Der vordere Ausschnitt von 1,20 m ist durch zwei Türen, seltener durch Vorhänge verschließbar . . . Im Inventarverzeichnis des Ackermanns Peter Sturm zu Neuenhaus wird 1721 dieses Wandbett in der Wohnstube mit Zubehör mit 24 Silbergroschen bewertet. – Ferner Adelhard Zippelius, Das Bauernhaus am unteren deutschen Niederrhein, Wuppertal 1957, S. 62: Die Schlafstätten waren im alten niederrheinischen Reihenhause als Bettkästen, Beddekas, d. h. als Wandfeste, allseits mit Brettern verschlossene Bettschränke ausgebildet. Sie lagen entlang der Übergangszone zwischen Wohn- und Stallteil und empfingen so einerseits vom Stall her die Wärme der Tiere, andererseits von dem Herdraum, vor allem auch vom Backofen die Wärme des Feuers.

[36] Rudolf Uebe, Westfalen, Deutsche Volkskunst Bd. IX. München 1927, Abb. 21: Wohnstube aus dem Ravensbergischen Land, Bettwand, Museum Bielefeld; Abb. 52: Bettwand aus einer Stube in Altena; Abb. 42: Durk, Gegend von Schwelm. 2. H. 18. Jh. Landesmuseum Münster. – Heinrich Ottenjann, Alte deutsche Bauernmöbel. Hannover 1954, Abb. 224: Durkwand mit Schiebetüren aus Helminghausen, Kreis Cloppenburg, von 1716; Abb. 225: aus Rüschendorf, Gemeinde Damme, Kreis Vechta, mit figürlichen Motiven (5 Sinne). – Derselbe, Bauernmöbel des Oldenburger Münsterlandes. Oldenburg o. J., Abb. S. 30: Durktüren eines Heuerhauses mit prachtvoller Ornamentierung: 4 zusammengesetzte Rauten mit Mittelrosetten im Relief. Die Türen waren zum Schieben eingerichtet. Um 1700; Abb. S. 31: Vollständige Durk- (Alkoven)- Vorderwand mit Schiebetüren und geschnitzten Seitenstücken, dat. 1716. – Vgl. dazu William Foerste, Niederdeutsche Bezeichnungen des Schrankbettes (mit Wortkarte). In: Niederdeutsches Wort Bd. 2, H. 1, Münster 1961, S. 23–64. Eine gewichtige Arbeit, die die einzelnen Bezeichnungen wie Durk, Butze, Kabuse, Koje, Butter, Kasten, Schappbett, Beddewinkel, Bungen, Alkoven, Dönz, Kuuts, Beddsta, Tacken, Külter untersucht, ihre Herkunft klärt und ihre Verbreitung in Nordwestdeutschland aufzeigt.

Romanische und gotische Vorderstollentruhen

Romanische und gotische Stollentruhen mit flachem Deckel, aus starken Eichenbohlen gezimmert, verdübelt, durch Eisenhaken und Winkelbänder zusammengehalten, werden von verlängerten Frontal- oder Seitenbohlen oder -brettern getragen (Abb. 39, romanische Stollentruhe, Dom Osnabrück, Abb. 28–32, gotische Stollentruhen aus dem Ravensberger Land, aus Verne, Kreis Büren, und dem Münsterland). Wir unterscheiden deshalb Front- und Seitstollentruhen, wir kennen aber auch vorgeblendete Scheinstollen mit Zwickelfüllungen. Diese unteren Enden der Stollen selbst sind nicht immer glatt, sondern profiliert und mit Dreipässen, Vierpässen, Viertelkreisen, Kleeblattbögen, Rosetten, Wappen und Figuren im Flachrelief geschmückt. Die Masse dieser Stollentruhen – insbesondere aus dem Norden und Osten Westfalens – 80–90 cm hoch, 65–75 cm tief, 180–205 cm breit – setzt uns immer wieder in Erstaunen. Geschmiedete Eisenbänder sollen die Truhen angeblich gegen Sprung und Riß des Eichenholzes sichern und umhüllen den Truhenkörper, und zwar in einer nicht nur für Westfalen, sondern für große Gebiete Mitteleuropas gültigen Art[37]. Sie umgreifen die großen schweren Laden wie ein Gespinst, horizontale Bänder bedecken die Vorderstollen, vertikale die Schauseite der Truhe. In gleicher Richtung wie auf der Truhenvorderseite verlaufen die Bänder der Deckel. Die schmalen Bänder enden bisweilen in Lilien- oder Rosettenmuster, sie krümmen sich zu Voluten oder runden sich zu Bogen. Nach Otto von Falke sind die eisernen Bänder schon im 13. Jahrhundert zu Lilien geformt. Gotische Schließbleche, ausgebogt mit Blattverzierungen an den Ecken, ziehen besonders den Blick an. Gedrehte Eisengriffe am Deckel und an den Seiten sind zum Heben und Tragen bestimmt. Wo finden sich nun solche mittelalterlichen Stollentruhen? Im Diözesanmuseum Osnabrück wohl das älteste Stück (leider durch den Krieg stark beschädigt, Abb. 39), in Dortmund-Asseln (Privatbesitz)[38], Marienfeld, Kreis Warendorf[39], Lemgo[40], in den Museen Altena, Eversberg, Arnsberg (Beispiele aus dem Münsterland, 16. Jahrhundert), im Tecklenburger Privatbesitz, auf fast allen großen Höfen des Artlandes (Elting in Vehs, Meier zu Wehdel, Berner in Wulften, Sammlung Gieske in Talge, 16. Jahrhundert, eine Artländer Stollentruhe der gleichen Zeit in der Sammlung der Volkskundlichen Kommission Münster), im Oldenburger Münsterland (in Brockstreek, Gemeinde Essen, Kreis Cloppenburg, 15. Jahrhundert)[41], in Münster (Rathaus), im Kreis Soest (Beusingsen), in Osnabrück und Umgebung (drei Stollentruhen im Städt. Museum, aus Atter, Iburg 15. und 16. Jahrhundert), im Meller Land (auf dem Gut Ostenwalde, 16. Jahrhundert), im Ravensberger Land[42] (Städt. Museum Bielefeld, Truhen aus Borgholzhausen und vom Hofe Meyer zu Borgsen, 16. Jahrhundert), aus Pödinghausen[43], Kreis Herford, Brakel, Kreis Höxter, in Lippstadt,

[37] Die gleiche Art des Beschlags auf Stollentruhen des Mittelalters im Cluny-Museum, Paris, salle des batteurs de fer et de cuivre. – Otto von Falke, Niederrheinische Möbel mit Eisenbeschlag. In: Kunst und Kunsthandwerk 10 1907, S. 481–488. – Derselbe, Mittelalterliche Truhen. Amtl. Berichte a. d. Königl. Kunstsammlungen Bd. 27, 1916, S. 233–244. – Derselbe, Deutsche Möbel des Mittelalters und der Renaissance. Stuttgart 1923, S. 85. – Werner Büddemann, Westfälische Truhen. Die Heimat. Dortmund, Jg. 7 1925, S. 43: Westfälische Eichentruhe mit Seitstollen aus der Johanniskirche Herford, 13. Jh. (Abb. 1) und dem Dom zu Osnabrück, 13./14. Jh. (Abb. 2). – John Eimers, Niederdeutsche Truhen. Niedersachsen 31, 1926. – Robert Schmidt, Mittelalterliche Truhen aus Niedersachsen. Pantheon 13, 1934, S. 184–188. – Heinrich Kreisel, Die Kunst des deutschen Möbels von den Anfängen bis zum Hochbarock. München 1968, Abb. 42: Seitstollentruhe mit Eisenbeschlag, Westfalen, 15. Jh. – Köln, Kunstgewerbemuseum, Abb. 44: Eisenbeschlagene Seitstollentruhe auf Rädern, Fritzlar 15. Jh., Fritzlarer Dom; Abb. 45: Frontstollentruhe Nordwestdeutschland, 15. Jh., Heidelberg, Kurpfälzisches Museum, S. 26.

[38] Vgl. Ulrich Bauche, Dortmund. Rhein.-Westf. Zeitschr. f. Volkskunde Bd. VII 1960, S. 213: Dortmunder Truhen.

[39] Bau- und Kunstdenkmäler von Westfalen. Kreis Warendorf. Bearbeitet von Karl Hölker. Münster 1936, S. 255, Abb. 377: Marienfeld, mittelalterliche Stollentruhe mit Rundbogenbeschlag; S. 270: Eichene gotische Stollentruhe mit reichem Eisenbeschlag und drei Schlössern; S. 269 und Abb. 399: Marienfeld, Stollentruhe, 15. Jh., mit Längs- und Quereisenbeschlag.

[40] Karl Meier, Geschichte der Stadt Lemgo. Lemgo 1952, S. 49: Stollentruhe mit Eisenbeschlag.

[41] Heinrich Ottenjann, Alte deutsche Bauernmöbel. Hannover 1954, Abb. 3.

[42] Kunstgut und landesgeschichtliche Denkwürdigkeiten. Bielefeld, Städt. Museum. Ausstellung 1951, Kat. Nr. 225: Auf den vorderen Stollen in rundbogiger Kartusche Hauszeichen des Meiers zu Borgsen, 16. Jh. – Vgl. dazu Nr. 226: Stollentruhe mit mondsichelförmigem Eisenbeschlag aus Borgholzhausen, 16. Jh. – Konrad Hahm, Deutsche Volkskunst. Berlin 1928, Abb. Taf. 35: Eisenbeschlagene Stollentruhe aus Westfalen.

[43] Fr. Langewiesche, Sinnbilder germanischen Glaubens im Wittekindsland. Eberswalde 1935, Bild 224: Stollentruhe mit Eisenbändern aus Pödinghausen, Kreis Herford.

Wiedenbrück, im Paderborner Land (Beispiele auf der Wewelsburg aus Verne), in Büren[44] (Städt. Archiv), in Wedinghausen (heute Museum Arnsberg[45]), in Hamm (Gustav-Lübcke-Museum) und auf der Burg Altena. Im dänischen Kunstbesitz befindet sich eine nordwestfälische Truhe von 1581 (Kunst- und Industriemuseum Kopenhagen). Gotische Vorderstollentruhen mit schmiedeeisernen Bändern sind also im Norden, Osten und Südwesten Westfalens zu belegen[46]. Ihre Zahl massiert sich im Ravensbergischen und im Artland.

Die gotische eisenbeschlagene Stollentruhe ist über große Gebiete Mitteleuropas verbreitet[47]. Man findet sie am Niederrhein, in Niedersachsen, in Schleswig-Holstein, in Frankreich, England[48], Holland. Nur schwer kann man Kirchen-, Bauern-, Stadttruhen voneinander unterscheiden und trennen.

Spätgotische Vorderstollentruhen mit geschnitztem Faltwerk auf der Schauseite in Längs- oder Querfeldern, aber ohne Eisenbänder, sind bisher nur im Artland und im Oldenburger Land gesichtet worden.

Seitstollentruhen

Der Typ der Seitstollentruhe ist im Raum Westfalen seltener zu belegen: Im Nordosten, in Herford (Johanniskirche, 13. Jh.), im Westen, in Dortmund-Asseln (Hof Grope-Schmidmann) und weiter im Märkischen Museum Altena (aus Wiblingwerde bei Altena), datiert 1594 (Abb. 34). Diese Truhe, einzigartig durch die farbige Schablonenmalerei auf der Vorderfläche (vier durch Rillen getrennte Längsfelder), war ehemals im Besitz des Bauern Heiermann. Aus dem südlichen Westfalen, aus Attendorn, Kreis Olpe, rührt eine kleine Handwerkstruhe (heute Heimatmuseum Attendorn), die verzierte Seitstollen aufweist. Diese tragen in vertieften Kreisen Wappenschilde mit Handwerkssymbolen: Beil und gekreuzte Pfriemen und Ledermesser, von Spruchrollen umgeben, mit Inschriften „mater dei memento mei" und „Sant Crispin unde Crispinian bidet got vor uns" (Abb. 33). Die Schumacherheiligen Crispin und Crispinian, deren Reliquien von Kaiser Karl dem Großen an den Dom in Osnabrück geschenkt wurden, sind hier auf dieser Lade mit ihren Attributen und Namen vermerkt. Die Stollen selbst sind am unteren Ende paßförmig ausgeschnitten.

Aus dem Südwesten Westfalens, aus der Kirche zu Verne, Kreis Büren, stammt eine weitere Seitstollentruhe, ähnlich den Vorderstollentruhen mit Längs- und Querbändern aus Eisen geschmückt[49].

Merkwürdigerweise mehrt sich die Zahl der Seitstollentruhen im 18. Jahrhundert. Wir verweisen auf eine Seitstollentruhe aus Liesborn, Kreis Beckum, heute im Westfälischen Freilichtmuseum Detmold (Abb. 35), und eine zweite aus Bockum, Kreis Meschede (Privatbesitz). Die Liesborner, klein und gedrungen, mit kräftigen Profilen, geschnitzt und farbig bemalt, mit Felderaufteilung und Kreisrosettenschmuck und kleinen, nach innen geschrägten Seitstollen, ist als Konstruktionstyp in der Landschaft des westlichen Hellweges im Sauerland verbreitet. Truhen dieser Art muten altertümlich an, auch wenn sie aus der Barockzeit stammen. Eine zweite, ähnlich gebaute innersauerländische Seitstollentruhe mit einfacher Reliefschnitzerei aus Serkenrode, Kreis Meschede, datiert 1804, mit kaschierten Seitstollen – man hat eine Vorderseite dekorativ angefügt – ist gleich kräftig und gedrungen geformt (Abb. 36). Eine 1735 datierte Seitstollentruhe aus dem Sauerland (im sauerländischen Heimatmuseum Arnsberg, Abb. 37)

[44] W. Schnettler u. Paul Pagendarm, Heimatbuch des Kreises Büren. Büren 1930, Abb. 155: Städt. Archivtruhe, Stollentruhe mit Eisenbändern.

[45] F. Menne, Die Wedinghäuser Stollentruhe. Heimatblätter der Roten Erde Jg. 5 1926, S. 448f. (ehemals Prämonstratenser-Kloster Wedinghausen) nicht 15. Jahrhundert, sondern 16. Jahrhundert.

[46] Werner Büddemann, Westfälische Truhen. Die Heimat Jg. 7 1925, S. 49ff. Im östlichen Westfalen, Oldenburg und in dem hannoverschen Niedersachsen scheint ein schwerer, mehr zur Sicherung denn als Schmuck dienender Beschlag verwendet worden zu sein.

[47] Otto Bramm, Truhentypen. Volkswerk. Jahrb. d. Staatl. Museums f. Deutsche Volkskunde. Jena 1941, Taf. 30: Vorderstollentruhen. – Otto von Falke, Niederrheinische Möbel mit Eisenbeschlag. Kunst und Kunsthandwerk 1907, S. 481. – Hans Schröder, Gotische Truhen des Mittelalters. Festblätter des Museumsvereins für das Fürstentum Lüneburg 1932, Nr. 4.

[48] Herbert Cescinsky, English Furniture. Michigan 1929, Abb. S. 18: Stollentruhe aus Wiltshire, 13. Jh.; Abb. S. 19: Mitte 16. Jh. – John Gloag: English Furniture. London 1946, Plate II: Thirteencentury Chest in Oak (ohne Eisenbeschlag).

[49] Rudolf Uebe, Westfalen. Deutsche Volkskunst, Abb. 24.

versucht eine Zwickelstollentruhe vorzutäuschen. Schließlich nennen wir noch eine innersauerländische Seitstollentruhe mit gotisierendem Eisenschloß und Eisenbändern aus Listernohl, Kreis Olpe, aus dem 18. Jahrhundert (Abb. 38).

Gotische Seitstollentruhen sind außerhalb des westfälischen Raums in Thüringen und Hessen und darüber hinaus auch in Holland und England zu finden[50].

Nach Bramm verlieren sich die Seitstollentruhen nach Norden hin bis ins Artland und ins Oldenburgische hinein, eine Behauptung, die noch bewiesen werden muß. Für Südoldenburg stimmt sie jedenfalls nicht. Sicherlich liegt das Kerngebiet in den Ländern zwischen Weser und Rhein[51].

Der Typ der eisenbeschlagenen Vorderstollentruhe wirkt bis in das 17. Jahrhundert nach (Beispiele im Museum Osnabrück, in Cloppenburg und im Artländer Privatbesitz). Die Stollentruhen verlieren allmählich ihre Eisenbänder, bisweilen bleibt als einziger Schmuck das reichverzierte gotische Schloßblech. Dafür aber treten eingeschnittene Kreisrosetten, Blattrosetten und auch Jahreszahlen auf den Stollen in Erscheinung. Die Schauseite wird durch Zickzackbänder, die sich diagonal schneiden, aufgegliedert. Stollen und Truhenkörper sind fein profiliert (Beispiele: Privatbesitz Artland 1645, Sammlung Gieske in Talge, Rieste bei Damme i. O. 1628, Osteressen, Gemeinde Essen, Kreis Cloppenburg 1651, Vestrup, Gemeinde Bakum, Kreis·Vechta 1663).

Stilwandel zu Renaissanceformen im 17. Jahrhundert

Im 17. Jahrhundert wird also die gotisierende Stollentruhe allmählich von dem reinen Renaissancemöbel abgelöst. Die Schaufläche des Kastens wird nunmehr unterteilt. Die Stollen werden ebenfalls aufgegliedert und mit Schuppen, Ranken, zoomorphen Motiven und Beschlagwerk, vertieften Feldern geschmückt. Die quadratischen oder rechteckigen Felder der Schauseite, in Rahmenwerk und Füllung gearbeitet, sind geschmückt mit Arkadenbögen, später im 18. Jahrhundert mit Kassetten und Kissenpolstern.

Es gibt in den Kreisen Vechta, Cloppenburg, Bersenbrück Stollentruhen aus der 2. Hälfte des 17. Jahrhunderts mit Schuppen und Spiralrankenwerk und Rosetten (Bünne, Oldenburger Münsterland)[52] oder nur mit Wellenranken mit Tierköpfen (Abb. 41, Artland, Städt. Museum Osnabrück und Neuenkirchen, Kreis Vechta[53]). Das gleiche Motiv, stehend oder liegend, können wir auf einer Stollentruhe von 1697 aus Bunnen, Kreis Cloppenburg[54], bewundern, ebenso auf einer Stollentruhe aus Brockdorf, Kreis Vechta[55]. Einfache Kassetten, die nackte Gerüstform in Gestalt von vorgetäuschtem Rahmenwerk, treten gleichfalls auf einer Stollentruhe nach 1700 aus der Umgebung von Damme auf[56], reichgeschmückte Arkadenbögen auf einer Truhe desselben Ortes[57], Schuppenmuster und Spiralen, rhythmisch und gegenständig angeordnet auf einer dritten in Greven, Kreis Vechta[58].

Stollentruhen des 17. Jahrhunderts aus dem südöstlichen Westfalen unterscheiden sich von denen des Nordens oder Nordostens in ihrem Aufbau. Die einfach behandelte Schauseite des Truhenkastens steht in einer Kontrastwirkung zu den reicher ausgeführten Stollen. Bisweilen ist die Schauseite in einfache Felder aufgegliedert, während die Stollen großformatige Spiralen mit stilisierten Tierköpfen in Flach-

[50] Oskar Schmolitzky, Thüringer Volkskunst. Weimar 1950, S. 49: Seitstollentruhe Jena und Umgebung. – Peter W. Meister und Hermann Jedding, Das schöne Möbel im Laufe der Jahrhunderte. Heidelberg 1958, Abb. 16: Seitstollentruhe aus der Kirche in Laubach (Oberhessen). – J. S. Witsen Elias, Nederlandsche Volkskunst. In: Jan de Vries, Volk van Nederland. Amsterdam 1937, S. 357: De Gothiek bleef op het platteland nog tot in de XVIIIe eeuw hier en dar voortleven (de z. g. n. Boerengothiek). – Oliver Brackett, Englische Möbel. Berlin 1927, S. 17: Seitstollentruhe, 16. Jh. London, Victoria and Albert-Museum. – Vgl. auch Adolf Feulner, Kunstgeschichte des Möbels. Berlin 1927^{3}, S. 66, Abb. 60: Eichene Truhe mit Seitenstollen und Eisenbeschlag, ehemals im Kanzleigerichtshof von Durham (England, Privatbesitz).

[51] Otto Bramm, Truhentypen, S. 156.

[52] Heinrich Ottenjann, Alte deutsche Bauernmöbel, Abb. 11.

[53] Ebda., Abb. 12.

[54] Ebda., Abb. 13.

[55] Ebda., Abb. 14, 15.

[56] Ebda., Abb. 16.

[57] Ebda., Abb. 18.

[58] Ebda., Abb. 19.

schnitzerei zeigen, die gegenseitig so zueinander angeordnet sind, daß sie eine Herzform ergeben, und darüber erwachsen Tulpenmotive (Abb. 43 und 44, Vorderstollentruhe aus dem Amt Salzkotten-Boke, Kreis Büren, datiert 1680, und aus Thüle, Kreis Büren, datiert 1676; Kreisheimatmuseum Wewelsburg).

Die Renaissance kündigt sich an: Quaderungen, Beschlagwerkornament, Schuppenmuster, Zahnschnittfriese, Wellenranken mit Tierköpfen in Flachschnitt, Tulpenmotive, aufgesetzte diamantierte Facetten schmücken Truhenkörper und Stollen. Die Schauseite wird durch das technische Mittel von Rahmenwerk und Füllung, durch Quadrat- und Rechteckfelder, Hoch- wie Längsfelder aufgegliedert. In den Feldern selbst erscheinen Arkadenbögen[59], in Flachschnitzerei reich verziert.

Ein eigenartiges Motiv erregt unsere Aufmerksamkeit. Aus einer Spirale wächst eine Wellenranke mit seitlichen Fortsätzen. Diese sind entweder dreiblattförmig, oder sie rollen sich gleichfalls zu Voluten auf. Sie erscheinen auch als spitze, blattartige Fortsätze und schließlich als Kugeln. Das Ende der Ranke erinnert in seiner grotesken Formung an den Kopf eines Vogels oder einer Schlange[60] mit spitzem, weitgeöffnetem Schnabel oder Maul, heraushängender Zunge, die häufig in Blattwerk, Tulpen mit Blättern übergeht. Kopfschmuck des Grotesktieres bilden eine Volute, einen Halbkreis, ein Herz in einem Dreieck, symmetrisch gestelltes Blattwerk, Masken oder Voluten oder symmetrisch angeordnete Doppelvoluten (Abb. 41). Man hat dieses Motiv symbolisch zu deuten versucht, das im Osnabrücker Artland unter dem Begriff des Drudemännkens bekannt ist. Dieses Drachenmotiv ist im ganzen nördlichen wie auch im östlichen Westfalen als dekoratives Element zu belegen. Man hat sich zu seiner Deutung um frühe Denkmäler der Kunst bemüht, hat den Reiterstein von Hornhausen und den Kessel von Gundestrup herangezogen. Man hat betont, daß hier vielleicht Bildelemente der germanischen Frühzeit vorliegen. Leider ist bei dieser Interpretation die reine Kunstgeschichtsforschung vernachlässigt und die Geschichte des Ornaments übergangen worden. Dieses Motiv ist nur in dem großen Komplex „Weserrenaissance" zu deuten. Es gehört, wie so viele andere Grotesken, in die Erfindungswelt begabter Ornamentstecher wie Cornelis Floris[61] und Vredeman de Vries, die, durch die römische Antike angeregt, im 16. Jahrhundert Bildelemente schufen, die auf die hohe Kunst befruchtend gewirkt haben und von der mitteleuropäischen Volkskunst übernommen wurden (vgl. Abb. 41, 65, 70, 117).

Dekorations-elemente der Weserrenaissance Drudemännken-motiv

Die Vorbilder der Pflanzenranken, der gebogenen Eisenbänder, der rhythmischen Arabesken, des Stab-, Roll- und Beschlagwerkes finden sich auf den Fassaden von Weserschlössern und -burgen – wir denken an die Hämelschenburg, an Barntrup, an Bevern –, sie finden sich gleichfalls an Bürger- und Rathäusern in Höxter, in Lemgo, in Herford, in Osnabrück, in Paderborn. Der Beschlagwerkstil der Weserrenaissance-Architektur hat eine ungeheure Verbreitung gehabt[62]. Wir dürfen uns also nicht

[59] Vgl. Bau- und Kunstdenkmäler von Westfalen, Kreis Brilon, S. 343 und 344: Niedermarsberg, Truhe mit Arkadenbögen.

[60] Helmut Plath, Schlangenornamente auf nordwestdeutschen Möbeln. Die Kunde Jg. 4, Nr. 10 1936, S. 176–181. – Heinrich Ottenjann, Alte deutsche Bauernmöbel, S. 29, Abb. S. 32, 33, 34, 35, 36. – Das gleiche Drudemännkenmotiv taucht auch in Dänemark, Schweden wie auch in Pommern auf. – Axel Steensberg, Danske Bondemøbler, Abb. 269: Indbygget egetraes skab. Hostrup ved Faborg, dat. 1651, Dansk Folkemuseum. (Dieses eingebaute Eichenschapp aus Hostrup könnte mit seinem Beschlagwerk, Wellenrankenmotiv und Tierkopf aus dem Artland kommen. Hier erweist sich die Stoßkraft der Kunst der Niederlande) und Abb. 303: Femrums skaenkskab af eg. Besser, Samsø (Schenkschieve mit Drachenmuster in Flachschnitt von 1631). Ebda. Abb. 326/27: Skaf af eg. Lolland 1705, mit Beschlagwerk und Blattrankenwerk. – Ferner Hildamarie Schwindrazheim, Führer durch die Bauernstuben des Altonaer Museums, S. 19, Abb. 9: Holsteinsche Truhe mit Flachschnitzerei, dat. 1694 (Drudemännkenmotiv).

[61] Robert Hedicke, Cornelis Floris und die Florisdekoration. Berlin 1913. – Hans Vredeman de Vries, Architektura oder Bawung der Antiquen aus dem Vitruv. Antwerpen 1577.

[62] Herbert Kreft, Jürgen Soenke, Die Weserrenaissance. Hameln 1964. – Albert Neukirch, Hameler Renaissance. Hameln 1950, Taf. 12, 14, 17 u. 18 (Auslucht am Hause des Hermann Arendes 1602, Schloß Hämelschenburg, Auslucht am Südflügel von 1598, Schloß Bevern, Portal um 1605, Schloß Bevern, Details vom Eingangstor um 1606 u. S. 98). – Otto Gaul, Die steinernen Ziergiebel des 16. Jahrhunderts in Ostwestfalen und Lippe. Ein Beitrag zur Stilentwicklung der Spätgotik und Renaissance. Westfalen 29. Bd. 1951, S. 216. – Konrad Maier, Die Dekorationsformen der Renaissancearchitektur im Wesergebiet und ihre Entwicklung bis etwa 1575. Ein Beitrag zur Geschichte der Baukunst des 16. Jahrhunderts in Nordwestdeutschland. Phil. Diss. Göttingen 1965 (Ms.). – Derselbe, Die Wende in der Baukunst des 16. Jahrhunderts im Weserraum. In: Kunst und Kultur im Weserraum 800–1600. Corvey 1966, Münster 1966, S. 280.

wundern, wenn wir ihn auf Kirchgestühl (z. B. Sylvester-Kirche Quakenbrück, evangl. Kirche Achelriede, Landkreis Osnabrück), auf Schloßtüren und Bauernmöbeln wiederfinden. Sie alle zeigen die gleichen Ornamente und Bildelemente, vorgebildet in Ornamentbüchern oder Modelbüchern. Es sei nur erinnert an Paul de Vries „Differents pourtraits de menuiserie", Antwerpen 1588, und Paul Vredeman „Verscheyden Schrynwerck", 1630 und 1658 erschienen. Die Renaissancemotive, wie Drudemännken und Tulpe, werden in der Barockzeit beibehalten, nur größer und üppiger ausgeformt. Stollentruhen aus dem Grönegau (Kreis Melle) zeigen so barockisierte zoomorphe Ranken, die ihre Herkunft aus dem Drudemännkenmotiv nicht verleugnen können. Im Heimatmuseum Rothenfelde wird eine Stollentruhe aus dem Jahre 1755 gezeigt: mit Felderaufteilung der Schauseite, Zwanzigeckfüllungen und Vasen-Tulpenbäumen im Flachrelief[63].

Besonders aufschlußreich für den Begriff des Um- und Zerformens, des Auflösens und Wucherns von überlieferten Formen und Vorlagen sind zwei Stollentruhen in den Museen zu Dortmund[64] und Bielefeld, die von dem gleichen Meister stammen und aus dem Jahre 1703 und 1714 herrühren (Abb. 50 und 51). Die Bielefelder Truhe aus dem Jahre 1714 gehörte einstmals zu dem Sattelmeierhof Meier zur Müdehorst in Niederdornberg. Wir lesen die Inschrift: „Jungfer Annemargreta Ilsabein zur Mühdehorst, genandt". Die stehenden und liegenden Rankenfriese mit Blattwerk, grotesken Vogelköpfen und laufenden Hirschen sind volutenartig, aber lappig aufgegliedert und auf den unteren Stollen herzförmig geordnet, aber so in den Einzelheiten aufgelöst, daß man die ursprünglichen Formen nur mit Mühe erkennen kann.

Stollen- und Kufentruhen im nordwestfälischen Raum haben oft neben der gleichen Aufteilung der Schauseite auch die gleiche Dekoration. Hier zeigt sich also ein ständiges Fluktuieren von Schmuckformen zwischen beiden Truhentypen.

Dieser Dekorationsstil, nicht an bestimmte Truhenformen gebunden, sondern auch auf Kleider- und Brotschränken und anderen Möbeln auftauchend, ist mehr oder minder die bäuerliche Umsetzung von Stilvorlagen der Weserrenaissance, die ihrerseits eng mit den Niederlanden zusammenhängt.

Sonderformen der Stollentruhe im 18. Jahrhundert

Die Stollentruhe konnte sich, formbiologisch und ökonomisch gesehen, solange halten, bis der gedielte Boden der Stube den Steinfußboden verdrängte; denn dank der hohen Stollen hatte die Bodenfeuchte der Steinböden dem Inhalt der Kästen wenig anhaben können. Die Ablösung dieser Konstruktion ist eben durch Gesetze bestimmt, die sich nicht nur aus der hohen Kunst herleiten lassen. Der Begriff der Stetigkeit beim Bauernmöbel, charakteristisch für das Volkskunstschaffen, ist aber auch nicht allein nur durch das Festhalten an dem zur Konstruktion passenden Stil zu erklären, wie einmal von Bramm betont wurde. Es sind eben auch andere Gesetze wirksam, die aus dem rein menschlichen Verhalten des Beharrenwollens zu erkennen sind. Dafür sind Stollentruhen des 18. Jahrhunderts mit barocker Dekoration einprägsame Beispiele.

Vorgetäuschte Stollentruhen

Seit- und Vorderstollen werden oft vorgetäuscht, das gilt für viele Kastentruhen des 17. und 18. Jahrhunderts. Besonders interessant ist eine solche Vorderstollentruhe aus dem Volmetal, Sauerland, die mit ihren Horizontallinien und Punktkreisen einen altertümlichen Charakter offenbart (Abb. 40, ähnliche Verzierungsweise in Holland). Eine zweite vorgetäuschte Vorderstollentruhe kommt aus dem 17. Jahrhundert, ist im Lipper Land zu Hause und zeigt deutlich mit ihren Arkadenbögen, Schuppenmustern, Beschlagwerk, Wellenranken den Einfluß des Stils des 17. Jahrhunderts (Abb. 45). Nicht nur vorgetäuschte, sondern auch verdeckte Stollentruhen tauchen auf, so im Artland im 18. Jahrhundert (Abb. 57).

Nun gibt es noch einige Stollentruhen mit Satteldach, die einzig und allein aus dem Artland und seiner nächsten Umgebung, aus dem Osnabrückischen kommen. Es sind riesige gebeilte Kornkisten von alter-

[63] Bäuerliche Kultur und Kunst des Osnabrücker Landes, Abb. 309: Stollentruhe, Samtgemeinde Dissen, 1755.

[64] Die Stollentruhe in dem Museum Dortmund trägt die Inschrift: Junfer Catrina Margreta Henning genandt, anno 1703. – Rudolf Uebe, Westfalen, Abb. 23: Stollentruhe von 1714 im Bielefelder Museum. – Eduard Schoneweg, Das Leinengewerbe in der Grafschaft Ravensberg. Bielefeld 1923, Abb. 62: Stollentruhe von 1714.

Stollentruhe, Spiegeleiche mit gotischen Eisenbeschlägen, mit rotem Ziegenleder hinterlegt, und Schloß. Osnabrücker Nordland, um 1500. Länge 108 cm, Höhe 83 cm, Tiefe 74 cm Privatbesitz E. A. Titgemeyer, Osnabrück

Stollentruhe, Spiegeleiche mit gotischen Eisenbeschlägen. Schloß mit dunkelrotem Wollköper hinterlegt.
Badbergen, ehem. Kreis Bersenbrück, Anfang 16. Jahrhundert. Länge 175 cm, Höhe 65 cm, Tiefe 64 cm
Privatbesitz E. A. Titgemeyer, Osnabrück

Stollentruhe, Eiche, mit gotischem Eisenschloß. Hustede bei Buer, nach 1600. Länge 161 cm, Höhe 82 cm, Tiefe 68 cm
Privatbesitz E. A. Titgemeyer, Osnabrück

Eichentruhe mit Kufen, Schauseite auf Rahmenwerk und Füllung gearbeitet, mit drei Feldern, von Wellenstäben gerahmt. Die Spiegel wie die Rahmen mit Reliefschnitzerei (Rosetten, Bandwerk usw. in Beschlagstil). Aus dem Artland, Ende 17. Jahrhundert Privatbesitz Walter Titgemeyer, Westerkappeln

Eichene Kastentruhe mit schräger Stoßleiste und Kufen, Schauseite mit vier Arkadenbögen, Facetten- und Rosettenschmuck und Stempelmustern. Artland, 17. Jahrhundert. Privatbesitz Walter Titgemeyer, Westerkappeln

Eichener Brotschrank auf Kufen, doppeltürig, vierfeldrig, im Stil der Weserrenaissance feingliedrig geschmückt mit gerieften Pilastern, Rosetten, Band- und Beschlagwerk, Schuppen usw. Am Fußende zwei Trecken. Artland. Ende 17. Jahrhundert
Privatbesitz E. A. Titgemeyer, Westerkappeln

Eichene Kastentruhe mit Kufen, zweifeldrig, eingelegte Kassetten aus Weichholz, Rahmenwerk z. T. mit Drudemännken- und Tulpenrankenreliefs. Ehem. Kreis Melle, dat. 1710.
Privatbesitz E. A. Titgemeyer, Osnabrück

tümlichem Aussehen, von 1,45–1,50 m Höhe, 1,75–1,80 m Breite und 0,95–0,98 m Tiefe. Man möchte sie zunächst in die Zeit der Romanik datieren. Rundbogenfriese an den Seiten, die merkwürdige Dachform, die hohen Stollen, alles das, vereint mit der altertümlichen Technik des Verdübelns, verführt zu dieser Annahme. Aber Einzelheiten, Profile, Schmuckornamente: Rosetten, die eingeschnittenen Namen und schließlich die Jahreszahlen zielen eindeutig auf das 18. Jahrhundert, auf die Barockzeit hin. Fast alle Kornkisten, ob in Artländer Privatbesitz oder in den Museen Osnabrück, Bersenbrück, tragen Jahreszahlen des 18. Jahrhunderts, mit einer Ausnahme im Historischen Museum am Hohen Ufer in Hannover mit der Inschrift Wolcke · Espenhorst 1683 · Den · 7. Ap. (Beispiel einer Frontstollentruhe mit Satteldach aus dem Artland im Städtischen Museum Osnabrück mit zwei Füllungen in der Frontseite und Inschrift Maria Holenkamps Ann 1752, Abb. 54.)[65]

Dachstollentruhen des Osnabrücker Landes,

Diese Stollentruhen, von den Artländer Bauern als „Körenkissen" (Kornkiste) bezeichnet, gehören zu einer Truhenart, die als Dachtruhen in großen Gebieten Europas[66] (auch in Osteuropa)[67] verbreitet sind und nach Meinung einiger Forscher wohl bis in die Völkerwanderungszeit zurückreichen. Sie haben große Ähnlichkeit mit Kärntner Kornkisten des Mittelalters.

Altertümlich wirken auch die kleinen Bentheimer Vorderstollentruhen mit gewölbtem Deckel, schmiedeeisernem Überwurf und zwei eisernen Tragringen an den Seiten. Altertümlich gibt sich auch die Dekoration: eingeschnittene Blütenrosetten, Voll-, Halb- und Viertelrosetten, dazu eingeritzte Wirbelräder und Kreisrosetten auf den Stollen und Rahmenleisten. Im Gegensatz dazu stehen die einfachen rechteckigen Füllungen und die Schriftart der Namen der Besitzer sowie die Jahreszahl 1786 (Beispiel im Städtischen Museum Osnabrück, Abb. 55). Den gleichen Charakter haben auch die Dachstollentruhen aus dem Westmünsterland, aus dem Vredener Gebiet[68].

des Bentheimer und Westmünsterlandes

Wie in Frankreich[69] vollzieht sich der Übergang von der Gotik zur Renaissance und zum Barock in der ornamentalen Gestaltung der Truhen ganz allmählich. Zunächst verschwinden im 18. Jahrhundert die Arkadenbögen. Die Flächen der Rechteckfelder bleiben leer (Abb. 49). Kassettenfelder werden modern (Abb. 47). Bossenartige, aus den Flächen der Füllungen hervortretende Kissen oder profilierte Vielecksterne oder auch Ovalspiegel treten in Erscheinung. Das Rahmenwerk der Felder ist durch komplizierte Profilhobel aus dem Rechteck- oder Quadrat- zum Vieleckrahmen geworden (Abb. 48).

Welche Unterschiede weisen die Schauseiten der Stollentruhen des Artlandes und weiter des Münsterlandes, der Kreise Wittlage, Melle, Lübbecke und Herford, des Sauerlandes, des Paderborner Landes auf? Die Lübbecker (Abb. 52, 53) und Ravensberger Leinentruhen, stattliche Stollentruhen, deren Schauseiten in Rahmenwerk und Füllung gearbeitet sind, mit reicher Felderung, dazu Trecken (= Schubladen), bewahren die Dekorationselemente der Renaissance bis tief in das 18. Jahrhundert hinein, darunter auch das Motiv der Wellenranke mit Tulpendarstellungen. Auch die Seitenflächen sind mit Reliefschnitzerei bedeckt. Im Meller, Ravensberger und Lipper Land tauchen häufig Stollentruhen des 18. Jahrhunderts auf mit Drudemännken in reicher Reliefschnitzerei (Abb. 45). Bemerkenswert sind die

Minden-Ravensberger Leinentruhen

[65] Vgl. Ottenjann, Alte deutsche Bauernmöbel, Taf. 1: Dachtruhe, Kornkiste aus Gr. Mimmelage, Artland 1751.

[66] Karl Rumpf, Eine deutsche Bauernkunst. Marburg/L. 1943, S. 61 ff. – Joseph Maria Ritz, Bauernmöbel. Leipzig 1939, S. 30: Da ist vor allem die sogenannte Dachtruhe, die wohl in die Völkerwanderungszeit zurückreicht. – Ferner Otto von Falke, Mittelalterliche Truhen, S. 236: Die Dachtruhe verbreitet bis in die entlegensten Bergländer, bis in die Schweiz, Südtirol, Norwegen, Siebenbürgen. – Derselbe, Deutsche Möbel des Mittelalters und der Renaissance. Stuttgart 1923, S. XV: Die Dachtruhe reicht zurück „bis in die Völkerwanderungszeit". – Vgl. auch Oskar Moser, Zwei Möltaler Dachtruhen. Ihre Stellung innerhalb der europäischen Frühformen des volkstümlichen Möbels. Carinthia I 150, 1960, S. 193 ff.

[67] Vgl. auch Ludowe Meblarstwo, Warmii mazur i Powiśla. Katalog Wystawy. Olsztyn 1961, Abb. 1 Skrzyzynia dębowa z XVI wz Pasymia (por op poz 1) Dachkufentruhe (Masse 103 x 65 x 84)[3].

[68] Irmgard Simon, Hamaland-Museum Vreden. Kulturgeschichtliche Zeugnisse aus Stadt und Land. Vreden 1969, S. 58 u. 59: Stollentruhe 1746 „Ein Wellenbandmuster, das durch Punzierungen belebt wird, bedeckt Rahmen und Füllungen; unterbrochene Riefelungen zieren die Stollen".

[69] Vgl. J. Stany Gauthier, La connaissance des meubles régionaux français. Paris 1952, fig. 15: Coffre bréton à décor de la Renaissance (entrelacs, plumes, rosaces). Stollentruhe mit Vorderstollen und Renaissancedekoration (Durchsteckarbeit, Rosetten und Beschlag); fig. 17: façade de coffre bréton, décor gothique et renaissance.

gekurvten Innenlinien der Stollen (Abb. 46). Im Museum Lemgo befindet sich z. B. eine Truhe, deren Schauseite eine Fünffeldergliederung zeigt, Recht- und Achteckfelder und Rahmenbretter mit Rankenwerk in Flachschnitzerei. Eine zweite Stollentruhe im Landesmuseum Detmold mit Dreifelderaufteilung, mit Zwanzig- und Achtzehneckrahmen und Tulpenbäumen auf den Stollen gemahnt mit ihren Zwickeln zwischen den Stollen an südwestliche Stollentruhen.

Die Vorderstollentruhe, die im 17. und 18. Jahrhundert so sehr verbreitet war, wird im 19. Jahrhundert äußerst selten. Wir nennen ein Beispiel aus Riemsloh, Kreis Melle, mit figürlichen Darstellungen, Soldatentypen des 19. Jahrhunderts (Abb. 56).

Rheinische Zwickelstollentruhen im südwestlichen Westfalen

Das südliche und westliche Westfalen hat mit dem Rheinland, insbesondere der niederrheinischen Landschaft[70], die Zwickelstollentruhe gemeinsam, den Stollentyp mit den ausgeschnittenen und geschweiften Innenseiten der Stollenfüße, ähnlich den Vierländer Stollentruhen, nur mit dem Unterschied, daß der Truhenkasten viel tiefer über dem Erdboden liegt. Die Zwickel oder Füllstücke zwischen Truhenboden und Stollenfuß werden im 18. Jahrhundert immer größer, stattlicher und bald so übermächtig, daß sie die Form der Stollentruhe überwuchern und verschleiern. Die Wandlung dieses Typs dokumentiert sich an einer noch ziemlich hochbeinigen südwestfälischen Truhe von 1729 im Schwelmer Heimatmuseum[71], mit schuppengemusterten Stollen und Zwickelfüllstücken mit abstrahiertem Rankenornament im Stil der Renaissance, und an einer tiefliegenden Truhe in Lippstadt (Sammlung Mumme) von 1774[72], mit ausgesägten und gerundeten Füllstücken mit Rosetten-, Riefen-, Volutenschmuck, zur völlig verschliffenen Form einer westwestfälischen Zwickeltruhe, mit Blüten- und Rankenornament, von 1822 im Landesmuseum Münster[73] (Abb. 61).

Die beiden letzten Truhen sind mit vier Kassettenfeldern mit Blütenrankenwerk im Relief verziert. Ein weiteres Beispiel in der ehemaligen Sammlung Thomée, Altena, aus dem Jahre 1779, ganz im Stil der niederrheinischen Möbel: mit Punktkreisen und Bogenfriesen, Kerbschnittmustern und im Mittelfeld mit großformigen und elegant geschwungenem Rankenwerk mit Weintrauben um Mittelrosette zeigt an Stelle der Bandelwerkzwickel ein gegenständig angeordnetes Drachenpaar mit gewellten und geschwänzten Leibern und rückwärts gedrehten Köpfen. Das Germanische Nationalmuseum Nürnberg bewahrt eine westfälische Zwickeltruhe von 1790[74], deren Mittelfeld mit volutenartigem Blüten- und Blattrankenwerk im Flachrelief gefüllt ist. Dieses entwickelt sich aus einem adlerähnlichen Zentralmotiv nach rechts und links. Wiederum ist der Einfluß rheinischer Kunst bergischer Prägung zu spüren. Eine Zwickeltruhe des frühen 18. Jahrhunderts von dem Schmieshof aus Hohenlimburg-Elsey zeigt jedoch eine andere künstlerische Herkunft an (Abb. 58). Zahnschnittfriese, Beschlagwerkornament, rhythmisch und gegenständig angeordnetes Spiralwerk weisen auf das Formrepertoire der Weserrenaissance hin. Neuerdings konnten Zwickelstollentruhen um Dortmund herum nachgewiesen werden. Völlig barock wirken zwei Zwickelstollentruhen mit ihren quadratischen bzw. Spitzeckbossen in vertieften Rahmenfeldern aus Allendorf, Kreis Arnsberg, und Nahne, Kreis Osnabrück (Abb. 59 u. 60). Im Städtischen Museum Osnabrück befindet sich eine niederrheinische Truhe aus der 2. Hälfte des 18. Jahrhunderts, die durch Einheirat ins Osnabrückische gekommen ist und bisher fälschlich als osnabrückisch bezeichnet wurde. In vier Feldern ist zweimal der preußische Adler und das Lebensbaummotiv in Gestalt einer Vase mit aufsteigender verzweigter Blüten- und Blätterranke dargestellt. Wellenbänder mit Blättern, Sternrosetten, Tulpenblüten und Weintrauben, dazu pickende Vögel, wuchern auf Stollen und Rahmenwerk.

[70] Annaliese Ohm, Volkskunst am unteren rechten Niederrhein. Düsseldorf 1960, Abb. 100: Zwickelstollentruhe aus Millingen-Hurl, 1786; Abb. 87: Emmerich, 1815. – Max Creutz, Die Rheinlande. Deutsche Volkskunst Bd. III. Weimar 1924, Abb. 46–49: Truhen aus Duisburg, Kevelaer und Moers; Abb. 62: Truhe aus der Gegend von Elberfeld, 2. H. 19. Jh; Abb. 63: Truhe aus dem Ruhrtal um 1750.

[71] Rudolf Uebe, Deutsche Bauernmöbel. Berlin 1924, S. 36/37, Abb. 52. – Derselbe, Westfalen, Abb. 25.

[72] Rudolf Uebe, Deutsche Bauernmöbel, Abb. 53: Südwestfälische Truhe von 1744.

[73] Volkskunst in Westfalen. Katalog Münster 1955, Abb. 21: Zwickeltruhe, Südwestfalen 1822.

[74] Rudolf Uebe, Deutsche Bauernmöbel, Abb. 54: Südwestfälische Truhe von 1790. Nürnberg, Germ. Nationalmuseum.

Zwei Drachen mit rückwärts gewandtem Kopf auf volutenartigen Stegen mit Rosetten, Muscheln, pinienartigem Schmuck, alles in den Umrissen ausgeschnitten, bilden das Zwickelfüllstück[75].

Die Ansicht Bramms[76], daß die Zwickelstollentruhe im Siegerland, in Niederhessen, der Schwalm und weiter nach Norden in Westfalen und Niedersachsen bis ins Artland und Oldenburg verbreitet war, muß noch genauer begründet werden. Sicher ist die Tatsache, daß das südliche und westliche Westfalen, daß gerade die Landschaften, die an das Rheinland angrenzen, die Zwickelstollentruhe kannten und schätzten.

Kufentruhen seit dem 17. Jahrhundert

Die Kufentruhe löst allmählich die Stollentruhe ab. Konstruktionsmäßig bedeutet sie also eine Neuerung, im Dekorativen aber, im Schmuck der Außenwände, unterscheidet sie sich nicht von der Stollentruhe. Sie macht die gleiche stilistische Entwicklung durch. Der rechteckige Kasten auf starken Querriegelhölzern, die an ihrem Kopfende besonders verziert sind, verliert an Höhe, nähert sich dem Boden, ohne aber mit ihm in Verbindung zu kommen. Die Querriegelhölzer, Kufen oder Schlitten sind fest mit dem Kasten durch Dübel oder Holznägel verbunden. In vielen Fällen kann man geradezu von einem Kufengestell sprechen, das vorn auf der Schauseite durch ein schräggestelltes profiliertes und bisweilen reichgeschmücktes Brett abgeschlossen wird. Die Kufen selbst sind schlittenartig mit Hohlkehlen, Rundstäben, Fasen, Rücksprüngen geschmückt und tragen Ritz- und Kerbschnittmuster. Namen und Daten zeichnen diese Truhen gleich vielen Stollentruhen aus, natürlich fehlen die seitlichen schmiedeeisernen Griffe zum Tragen des Möbels nicht. Die Schauseite ist im 17. Jahrhundert und teilweise noch im 18. Jahrhundert mit gotisierendem Faltwerk oder großen profilierten Rosetten im Relief (Abb. 62–64), weiter mit Renaissance-Arkadenbögen in Feldern (Abb. 65–67), barocken Vieleckfüllungen und Kissenpolstern, mit dem Drachenmotiv, der Wellenranke, mit dem Tulpenbaum im Flachrelief, mit Kerbschnittmustern: Schuppen, Wellenaugen, Punktkreisen, Haarnadelschuppen (Abb. 65) usw. versehen. Wir beobachten weiter Kassettenfüllungen, vertiefte passige Felder, Säulen und Pilastergliederungen (Abb. 72), unverzierte quadratische Felder (Abb. 70) mit stark bossiertem Rundbesatz (Abb. 65–72).

In allen Teilen Westfalens, mehrere Jahrhunderte hindurch, vom 17. bis zum 19. Jahrhundert, ist die Kufentruhe heimisch. Man unterscheidet mehrere Typen, ihre Zahl ist so groß, daß man in Verlegenheit kommt, wenn man jeden Typ schildern sollte. So spricht man im Kreis Brilon von Waldecker Truhen, kleinen Kufentruhen mit Arkadenbögen auf der Vorderseite. Es wird dabei oft der Fehler gemacht, eine bestimmte Art absolut für eine Landschaft, eine Stadt oder ein Dorf festzulegen, ohne den Zeitfaktor zu berücksichtigen. Bestimmte Truhentypen halten sich über mehrere Generationen hin, verändern sich nur langsam in Einzelheiten. Die Kufen werden in der Barockzeit bisweilen aufgegeben und durch Kugeln ersetzt.

Kufendachtruhen

Neben den Kufen-Kastentruhen, die im wesentlichen aus dem 18. Jahrhundert herrühren und Stilmerkmale der Renaissance und des Barock zeigen, müssen wir noch Kufendachtruhen betrachten[77]. Der Deckel ist gebrochen, dreiseitig, der Truhenkörper mit Felderaufteilung und einer Stoßkante zwischen den Kufen versehen. Die Schauseite ist in gleicher Weise verziert wie die der Kufenkastentruhen. Man sieht Stilelemente der Renaissancezeit: Arkadenbögen, Lisenen und Beschlagwerk, weiter Vieleckrahmenfelder, bossierte Flächenfüllungen oder auch einfache quadratische bzw. rechteckige Felder mit Rahmenwerk, ja, sogar auch in Kerbschnittmanier verzierte Schauseiten (vgl. Abb. 73–75, Dachtruhen aus Mettingen, aus dem Lipper Land und aus Engter, Kreis Bersenbrück).

Koffer

In der Barockzeit am Ende des 17. Jahrhunderts wird ein neues Verwahrmöbel modern, nämlich der Koffer mit nach unten sich verjüngendem Truhenkörper mit Fußleisten auf einfachen Stützen, auf Kufen, Kugelfüßen, Längsstützen und sogar Rädern. Ein weiteres Merkmal ist der gewölbte Deckel.

[75] Franz Jostes, Westfälisches Trachtenbuch, 2. Aufl., Taf. 243, Abb. 24.
[76] Otto Bramm, Truhentypen. Volkswerk, Jahrb. 1941, S. 156.
[77] Hubert Rickelmann, Die Tüötten in ihrem Handel und Wandel und die Wolle- und Leinenerzeugung im Tecklenburger Land. Ibbenbüren 1961, S. 70. – Volkskunst aus Deutschland, Österreich und der Schweitz. Katalog Köln 1969, Nr. 33, Abb. 11.

Der Koffer ist in ganz Westfalen bis in das 19. Jahrhundert verbreitet gewesen, doch variiert seine Erscheinungsform hinsichtlich Größe, Breite, Tiefe, Aufbau und Dekor. Eisenbeschlag, Flachschnitzerei, sparsame Intarsierung und Bemalung verändern sein Aussehen (Abb. 76–82).

Beschlagwerk

Koffertruhen mit Eisenbeschlag finden sich im Münsterland, in Tecklenburg, im Osnabrücker Land, Lipper und Mindener, Ravensberger Land, Vest Recklinghausen, in der Grafschaft Mark, Soester Börde, im Paderborner Land, Arnsberger Bezirk, Siegerland, Wittgensteiner Land, in den Kreisen Brilon, Warburg, im Grenzgebiet am Niederrhein[78].

Höhe und Größe des Koffers verringern sich im Süden Westfalens. Der Beschlag wird im Hochsauerland bescheidener (Brautkoffer von 1744 im Museum Arnsberg, Abb. 80). Besonders reich gestaltete schmiedeeiserne Bänder und Schloßbleche sind an den westmünsterländischen Koffern des 18. Jahrhunderts zu beobachten (Abb. 79).

Welche Möglichkeiten solcher Beschlag zuläßt, zeigt sich an einem Koffer aus Herne-Baukau, Hof Bonekamp (heute Emschertalmuseum) aus dem Jahre 1743. Drei breite vertikale und herzförmig durchbrochene Bänder unterteilen die Schaufläche des Truhenkörpers wie den Deckel. Eckbeschläge und die Enden eines Querbandes, das über die Seitenflächen hinübergreift, wie das viereckige durchbrochene Schließblech mit zwei gegenständig angeordneten und schräg auf die Truhenfläche genagelten naiven Pferdchen, vervollständigen den Schmuck. Dorfschmiede entfalteten bei diesen Beschlägen ihr Können. Großformige Akanthusblattranken, Blattmasken, Spiralbänder, Herzformen, C-Voluten, Namen, Initialen Jahresbuchstaben gehören zum gängigen Schmuckgut. Beispiele dieser Art beherbergen die Museen in Münster, Dortmund, Hamm (1695, Abb. 76). Rotgefärbte Lederstücke und unterlegtes Messing geben den ausgesparten Eisenbändern häufig besondere Akzente. Fallen im westlichen Münsterland die Querbänder auf, die Vorder- und Querseiten umspannen, so offenbaren die Beschläge mehrerer Koffer im Haus Mark im Tecklenburger Land ein anderes Formspiel: vertikale, über den Deckel fassende mehrteilige, durchbrochene und wie zusammengefügte einzelne Bandglieder bilden den Truhendekor. Zu dem Beschlag gesellt sich besonders im östlichen Westfalen die Bemalung. In der Zeit des Rokoko zeichnet sich im Westen Westfalens ein neuer Koffertyp ab.

Schnitzerei

Ein Rundkoffer auf geschwungenen Längsstützen oder auf Kugelfüßen mit geschnitzter Schaufläche tritt in Erscheinung. Hier dominiert der schmiedeeiserne Beschlag nicht so sehr. Das Schnitzwerk steht vielmehr im Vordergrund. Kräftige, bewegte Profilleisten und Stilmerkmale des Rokoko, Rocaillen und C-Bögen, Blattwerk und Kartuschen im Relief geschnitzt, verbinden sich mit barockisierenden Eisenbändern (Abb. 92, Koffer aus Attendorn, Kreis Olpe, 2. Hälfte 18. Jh., geschnitzt und mit Eisenbeschlag). Vertiefte und gefüllte Kreise, asymmetrische quadrierte Felder, Fruchtgehänge und wiederum klassizistische Rechteckfelder mit Blattrosetten in den Ecken lassen den Stilübergang vom Rokoko zum Louisseize erkennen (Abb. 84).

Aus Meschede kommt ein Koffer auf Kugelfüßen, der im Prinzip die gleiche Vorliebe für Schnitzwerk und Eisenbeschlag bezeugt. Ein vertieftes Mittelfeld mit bewegter Umrißlinie aus gelängten C-Bögen mit korrespondierenden Dachprofilen schmückt die Schauseite (Abb. 91). Wiederum fällt die kräftige Linienführung auf. Das ändert sich im Laufe des 18. Jahrhunderts.

Ein neuer Stilwille tut sich kund, und mit ihm verändert sich auch die Form des Koffers. Der Deckel ist nicht mehr gewölbt, sondern dreiseitig gebrochen. Bisweilen wird noch eine schwache Wölbung versucht, ein schmales Längsbrett, manchmal nur eine schwache Leiste, schließt dann den Deckel ab. Der Beschlag fehlt völlig, dafür ist die Schauseite mit Ornamenten im Flachrelief verziert. Häufig schmücken zwei profilierte Horizontalleisten das untere Drittel des Truhenkörpers. Und mit ihnen treten zwei „Trecken“ in Erscheinung. Es gibt viele Variationen dieses Typs in der Grafschaft Mark und

[78] Vgl. Annaliese Ohm, Volkskunst am unteren rechten Niederrhein, S. 83: Koffertruhen nur an der niederrheinisch-westfälischen Grenze.

im Sauerland. Sie alle stehen unter dem Einfluß des rheinisch-bergischen Kunstschaffens (Abb. 83, Dachtruhe aus Dortmund-Brünninghausen, dat. 1784)[79].

Dekoration des Rokoko und Klassizismus

Wir weisen auf eine geschnitzte und bemalte Truhe mit einfacher rechteckiger Felderaufteilung und Kartuschen aus Wellenranken, C-Bögen, Rocaillen, Blüten im Museum Arnsberg hin (Abb. 84), ein Möbel mit Stilmerkmalen aus der Übergangszeit vom Rokoko zum Klassizismus. Welche Lösungen im Westen Westfalens möglich sind, läßt die Gegenüberstellung des schon betrachteten Altenaer Koffers um 1780 (Abb. 90) mit einem in Menden befindlichen Möbel erkennen (Abb. 85): dort quellende, bewegte Profile mit Muschelornament, aufgelegten plastischen C-Bögen, übereckgestellten Pilastergliederungen und Eisenbeschlag, hier zarte, wellenförmige, gebogene, eingeschnittene Felder mit eingerollten Voluten auf der Schauseite und sehr schlichte Achteckfelder mit Muschelbekrönungen auf dem Deckel. Zwei weitere Koffer aus den Jahren 1803 und 1805 (Abb. 86 und 87) in den Museen Dortmund und Menden stellen den Fluß der Entwicklung vom Rokoko zum Louis-seize oder zum Klassizismus klar heraus: Quadrierte Rokokokartuschen, asymmetrisches Muschelornament, streng stilisiertes Gehänge oder Festons mit tulpenartigen Quasten in Verbindung mit Rosetten, paarigen Vögeln oder Lorbeerblattgehänge an Rosetten aufgehängt, über ihnen Rocaillen und unter ihnen Vasen mit stilisierten Blüten, zeigen dieses Verschwimmen zweier Stile und ihrer Verbindung mit elementarem bäuerlichen Bildgut. Zwei Welten begegnen hier einander und schließen sich ohne Dissonanzen zusammen. Die künstlerische Handschrift ist ausgesprochen zart und elegant, läßt jene Deftigkeit vermissen, die vielen nordostwestfälischen Möbeln eigen ist. Diese westwestfälische Sonderart ist geprägt durch den starken Einfluß, den das rheinisch-bergische Land ausgestrahlt hat, mit dem das westliche Grenzgebiet mehr als irgendeine andere Landschaft Westfalens in innigem Konnex gestanden hat. Aber nicht nur das märkische Sauerland und die Hellweglandschaft, auch das Herzogtum Westfalen hat Anteil an diesem Schaffen.

Aus dem kölnischen Sauerland stammt z. B. ein Koffer mit reinem Louis-seize-Charakter. Auf der Schauseite sind im Flachrelief die Wundmerkmale Christi zu sehen. Dieser Koffer befindet sich heute im Landesmuseum Münster (Abb. 490). Auch im Westmünsterland sind ähnliche Koffer zu finden, meistens mit zwei „Trecken" ausgerüstet (Beispiel Öding, Kr. Ahaus, und in Coesfeld). Solche Rundkoffer stehen auf Kufen oder Längsstützen (Hof Schulze-Hessing).

Welche Übergänge, welche Lösungen möglich sind, zeigen zwei Koffer aus Coesfeld und Allendorf, Kr. Arnsberg, aus dem Ende des 18. Jahrhunderts und um 1800 (Abb. 88 und 89). Beide sind Schöpfungen des Klassizismus, der eine Rundkoffer ganz sparsam dekoriert mit Rosetten, der andere mit die Felderflächen völlig ausfüllenden Festons, Blüten-, Blättermotiven und Mäanderlinien. In dem Heimatmuseum Oestrich ist ein Koffer gleicher Art aus dem Jahre 1818 mit einfachen bäuerlichen Schnitt- und Ritzmustern, Rosetten und Kreisen und dem Namen Maria Elisabeth Hauswirt 1818 vorhanden.

Fast alle Koffer haben schmiedeeiserne Griffe an den Seitenflächen zum Tragen und Bewegen dieser Möbel. Das Material ist in der Regel Eiche, doch kommen auch andere Holzarten vor, so sind uns z. B. in Belm, Kreis Osnabrück, in Scherfede, Kreis Warburg, und Brilon Tannen- und Erlenkoffer zu Gesicht gekommen. Sie sind häufig farbig gestrichen[80], grün, bisweilen rot. Ob grün die Farbe des ausgehenden 17. und des 18. Jahrhunderts, rot die Farbe des mittleren 17. und des 19. Jahrhunderts sind, diese Fragen müssen noch offen bleiben. Uebe hat darauf hingewiesen, daß Westfalen im 19. Jahrhundert den dunkel-

Bemalung

[79] Vgl. Rhein.-Westf. Zeitschr. f. Volkskunde Bd. VII 1960, Abb. 10: Koffertruhe, dat. 1784. Dortmund-Aplerbeck (ehemals Hof Kleving, Dortmund-Brünninghausen), Vorderseite mit Rocailleschmuck in vertieften Feldern, Deckel gewölbt. Eine zweite Truhe in Dortmund-Asseln, Hof Haarmann, auf Längskufen, Eiche, intarsiert, Schauseite zweifeldrig mit Vogelmotiven.

[80] Vgl. Bildarchiv der Volkskundlichen Kommission Münster: Kreis Ahaus, grün bemalter Koffer mit Beschlag von 1697; Kreis Borken, Velen, Räderkoffer von 1705; Klein-Reken 1723 und Holthausen, Koffer mit Eisenbeschlag, o. J. – Konrad Hahm, Deutsche Bauernmöbel. Jena 1939, Abb. 89: Bemalter Ravensberger Koffer 1783.

roten einfarbigen Anstrich liebte, insbesondere im Ravensbergischen und um Bochum. Untersucht man die Farbanstriche genauer, so findet man viele Farblagen, kaum aber die Originalfassung[81].

Eine Eigenart des östlichen Westfalens sind sparsam beschlagene und reicher bemalte Koffer (Abb. 93–95). Bei einigen Beispielen ist das gemalte Band an die Stelle des Beschlageisens getreten; das bedeutet eine Fortführung eines alten Formgedankens und eine Umsetzung in ein anderes Material. Bemalte Koffer sind in Badbergen, Artland, in Venne bei Osnabrück, Riemsloh, Peingdorf, Hoyel, Groß-Aschen, Kreis Melle, Hüllhorst, Kreis Lübbecke, und im Ravensbergischen, besonders im Kreise Herford, schließlich in Geseke, Kreis Lippstadt, nachzuweisen. Sie stammen ausnahmslos aus dem Ende des 18. und dem Anfang des 19. Jahrhunderts. Gemalte Bänder, Spiralen, barockes Rankenwerk, Akanthusblätter, Blüten: Rosen, Tulpen, Nelken mit ihren Blättern, Weintraubenranken, klassizistisches Lorbeerblattgehänge, abschattierte Rosetten, die aus vier Herzen zusammengesetzt sind, waren gebräuchliche Muster[82]. Schablonenmalerei wechselt mit Freihandmalerei. Die Truhen des 18. und 19. Jahrhunderts sind in der Regel mit Ölfarben gestrichen. Eine Eigenart sind marmorierte Möbel in den Kreisen Wittlage und Osnabrück.

Neben den Koffern sind die Kisten noch zu berücksichtigen. Wie Renate Brockpähler in ihrer Bestandsaufnahme des Kreises Coesfeld z. B. betont, sind die eisenbeschlagenen Koffer mit gewölbtem Deckel dort vorherrschend: „Die wenigen Kisten mit flachem Deckel und Schnitzarbeiten sollen ... bei Einheiraten von der Braut aus anderen Gegenden mitgebracht worden sein. Es ist erstaunlich, daß die in allernächster Nachbarschaft dominierende Form der Bocholter Truhe kaum im Coesfelder Gebiet zu finden ist.“[83]

Kistentruhen seit dem 18. Jahrhundert

Die Kisten des 18. Jahrhunderts im Westmünsterland, Osnabrücker Land, märkischen Sauerland, Siegerland, Paderborner Land sind nur an einigen Merkmalen zu erkennen. Allen ist gemeinsam die rechteckige Form, aber sie sind kleiner als die gewöhnlichen Truhen auf Stollen oder Kufen. Die Paderborner Truhen (Abb. 103–106) stehen meistens auf Querkufen, die märkischen auf Längsstützen, die Beckumer auf Kugel- oder Eckfüßen. Die Deckel sind geschnitzt, in Rahmenwerk und Füllung gearbeitet. Die Paderborner haben profilierte Deckel- und Fuß- oder Stoßleisten, dazu 2 Truhenkörperleisten, die eine gliedernde Funktion haben. Das Mittelfeld ist mit christlichen Symbolen: dem Namen Christi IHS, mit Kreuz und Herz im Strahlenkranz als Zentralmotiv im Flachrelief geschmückt (Abb. 104). Natürlich fehlt nicht der Name der Besitzerin mit Jahreszahl. Typisch für das Paderborner Land des 18. und 19. Jahrhunderts ist diese Vorliebe für christlich gefärbte Symbole der Jesuitenkunst. Das kölnische Sauerland kennt kräftige Profile (Beispiel im Dortmunder Museum). Auch hier ist der Deckel verziert mit vertieften kreuzförmigen Kassetten. Die gleiche Dekoration zeigt die Vorderseite. Das Rahmenwerk ist mit plastischen Rocaillen besetzt. Kleiner und zierlicher sind Siegerländer Kisten mit feinem Schnitzwerk, das wiederum rheinische Beeinflussung verrät (Beispiel aus Netphen, Museum Siegen).

Das westfälisch-hessische Grenzgebiet kennt einen Kastentyp, reich geschnitzt und bemalt, die Vorderfläche gefeldert, die Felder vertieft, von Flammenleisten gerahmt, mit bossiertem Blattwerk geschmückt, die Deckelflächen in Rahmenwerk und Füllung mit bossierten Vielecksternen (Kiste aus Frankenberg/

[81] Vgl. dazu Annaliese Ohm, Volkskunst am unteren rechten Niederrhein, S. 92: Truhe von 1607 aus Krudenburg mit ochsenblutroter Färbung; selten originaler Farbanstrich, dann dumpfes Rot und Grün bevorzugt.

[82] Im Dortmunder Museum wird eine Koffertruhe (C 1891 c) mit blauem Grund und gemalten Eisenbändern in rot-gelbschwarzen Farben und Vasen mit Rosen, Tulpen, Quasten und Inschrift „Heinrich Christoff Osthus 1820“ aus der Upkammer Müdehorst, Niederdornberg, Kreis Bielefeld, aufbewahrt. Eine weitere Truhe von 1803 aus dem Ravensberger Land befindet sich im Museum in Bielefeld. – Das Museum Melle bewahrt einen bemalten Koffer mit zwei großen Rosetten auf der Schauseite und der Inschrift „Maria Elisabeth Sudtfeldts Anno 1822.“ – Im Museum Siegen ist eine bemalte und eisenbeschlagene Kofferlade der Siegener Bäckerzunft von 1765 vorhanden. Doch handelt es sich hier nur um ein Einzelstück.

[83] Renate Brockpähler, Kreis Coesfeld. Bestandsaufnahme von volkskundlichem Sachgut. Rhein-Westf. Zeitschr. f. Volkskunde Bd. VII 1960, S. 210.

Eder, Abb. 97). Die Felderrahmen sind bisweilen elegant bewegt, gekurvt und die Flächenfüllung mit großformigen Blüten in Schnitzerei ausgefüllt (Kiste aus Winterberg im Hochsauerland, Abb. 96).

Schlichte Formen im Westmünsterland

Erwähnt werden müssen hier noch die äußerst schlichten Kastenmöbel des Westmünsterlandes, die denen der benachbarten Niederlande ähneln. Ihre Vorderfläche ist durch waagerechte Linien, Rillen oder feine Leisten aufgegliedert und mit aufgesetzten facettierten Holzklötzchen geschmückt. Dazu kommen Kerbschnittreihen, wie das Beispiel aus Schapdetten, Kreis Münster, zeigt (Abb. 98). Eine Sonderart findet sich in den an den Niederrhein, an Holland angrenzenden Landschaften, die in ihrer Schlichtheit und Einfachheit, in ihren feinen Maßen und abgewogenen dekorativen Mitteln auffällt. Es ist der Typ der Kastentruhe mit Stollen oder Kufen, der Truhenkörper, schmaler als üblich, mit Zwei-, Drei- oder Vierfeldereinteilung in Ritzverfahren, in Flach- und Reliefschnitzerei und Punkt- und Sternpunzierung geschmückt[84]. Das Rahmenwerk ist gleichfalls dekoriert, und zwar mit ein- und mehrreihigen Schuppenmustern, Wellenaugen, Haarnadelschuppen, Sternpunzen, Punktkreisen. Der Grund ist mit kleinen Sternen punziert. Die Schauseite zeigt in den oberen Ecken ausgesparte Quadrate, die mit Blüten, Herzen, Rosetten, Sechssternen, Wirbelrädern und paarigen Vögeln verziert sind. Es gibt ungewöhnlich viele Variationen. Die Füllungen sind bisweilen durch aufgesetztes Rahmenwerk vorgetäuscht. Sie sind schlicht und glatt oder mit sparsamen Mustern im zarten Relief geschmückt: Faltwerk, Blüten, Kreuze, Rosetten, Blattwerk und Vögel, gereihte Halbschuppen „Accoladewerk". Weintraubenranken sind bei diesen Truhen immer wieder zu beobachten (Abb. 101 und 102). Die Flächen sind bisweilen rot, aber auch grün bemalt. Die meisten Truhen dieser Art sind Erzeugnisse des 18. und 19. Jahrhunderts. Ins Auge fällt der Zusammenhang der Truhentypen des Westmünsterlandes[85], der Grafschaft Bentheim und der Landschaften am Niederrhein mit den Ostniederlanden. Man kann für einige Orte immer wiederkehrende Muster feststellen.

Truhen des Kreises Borken aus Gemenwirthe, Vardingholt, Hoxfeld, Velen, Weseke, ebenso des Kreises Ahaus aus Lünten, Vreden, in der großen Masse aus der zweiten Hälfte des 18. Jahrhunderts stammend, zeigen immer wieder Schuppenmuster, Wirbelrosetten, Kerbschnittreihen („Musetacken"), Herzen u. a. mehr. Die Schauseite ist in der Regel durch Kassettenfelder belebt.

Wichtig ist die Beobachtung von Annaliese Ohm, daß die niederrheinischen Truhen zur westfälischen Grenze hin derber werden, mit anderen Worten, westfälische Kunstauffassung, westfälisches Temperament wird hier jenseits der Grenze wirksam.

Bisher sind hier im Flachrelief geschnitzte Kastentruhen betrachtet worden, es gibt auch bemalte Kisten oder Kasten, doch treten sie seltener in Erscheinung als bemalte Koffer. Eine farbig gestrichene Kufentruhe aus Darum, Kreis Osnabrück, 1829 datiert, weist in den vertieften Feldern der Schauseite Blumenbemalung auf. Namen und Jahreszahl sind in weißer Farbe aufgetragen. Wir lesen „Herman Heinrich Gliegeman 1829" (Abb. 99). Aufwendig bemalt ist eine große Kastentruhe aus Päpinghausen, Kreis Minden. Die Felder sind mit Tulpenmotiven bemalt, das Rahmenwerk geometrisch gemustert in versetzter, abschattierter Manier. Der Name der Besitzerin Marie Louise Christine Meier ist gleichfalls mit Farbe aufgetragen (Abb. 100).

Landschaftliche Herkunft, Werkstatt und Zeitstil

Für die Herkunft der Truhen haben vorläufig noch die Landschafts- oder Ortsnamen Geltung. Sie stehen für die einzelnen Meister und ihre Werkstätten. Sie verführen zu einer statischen Betrachtungsweise und zu absoluten und endgültigen Feststellungen, so daß man dann von „der Paderborner, der Sauerländer, der Münsteraner, der Ravensberger, der Lipper, der Cloppenburger, der Bocholter, der Warburger oder Lübbecker Truhe" sprechen muß, wobei wir Stil- und Zeitentwicklung vergessen.

[84] Annaliese Ohm, Volkskunst am unteren rechten Niederrhein, S. 92: Technik und Muster. – Vgl. auch Colleselli, Tiroler Bauernmöbel. Innsbruck 1967, S. 52, 53 Abb.

[85] Helmtrud Gescher, Gedanken um eine alte Truhe (Wüllen, Kr. Ahaus). Westf. Heimatkalender 1955, Ausg. Ahaus, S. 185: Macht auf die Verwandtschaft der östlichen Niederlande und des Westmünsterlandes in der bäuerlichen Möbelkunst aufmerksam.

Überzeugend zeigen das Westmünsterland, die Grafschaft Ravensberg oder das Artland mit ihrem großen Reichtum an Möbelformen, wie falsch solche absoluten Benennungen sind, da gerade hier mehrere Typen eigentlich nebeneinander in Erscheinung treten.

Die Truhenbestandsaufnahme im Hümmling[86] unterstreicht diese These, sie beweist die Fortentwicklung eines Möbeltyps (Abb. 106, Kufentruhe aus dem Hümmling, 19. Jahrhundert), einer bestimmten Werkstatt oder eines einzelnen Meisters durch mehrere Generationen mit einer gewissen Anpassung an den Kunstgeschmack einer gewissen Zeit. So konnten mehrere Werkstätten festgestellt werden mit bestimmten Eigenheiten im Dekorativen: Felderung der Schauseite mit Füllornamenten (Dreiblattmotiven, Rosetten), oberen horizontalen Rahmenleisten mit Spiralornamenten in Ritztechnik und feinem Relief, dazu Rosetten als Eckmotiven, vertikalen Leisten mit Schuppenmustern. Diese Truhen aus der 1. Hälfte des 18. Jahrhunderts sind zudem mit Besitzernamen und Jahreszahlen ausgestattet.

Waren zunächst nur zwei Felder angedeutet (Abb. 107), so erweitert sich ihre Zahl nach 1750 auf drei (Abb. 108). Eine Art von Lebensbaum, aus Spiralen und Blättern mit bekrönender Tulpe gebildet, oder eine dreiteilige Blume werden modern. Andere Werkstätten aus der Zeit um 1730-1820 weisen reiche Kerbschnittmusterung auf. Eine weitere Gruppe aus dem Ende des 18. und dem Anfang des 19. Jahrhunderts ist mit großen Blattmotiven zwischen Schuppenmustern in vertieften Feldern oder mit Blattspiralen geschmückt. Eine neue Gruppe aus dem Ende des 18. Jahrhunderts ist nicht so reich, nicht so dynamisch fließend im Dekorativen aufgefaßt, vielmehr zurückhaltend - man kann fast sagen addierend, trocken, schematisch dekoriert mit stilisierten Blättern und umlaufender Weinlaubranke. Daran schließt sich eine Gruppe an mit ungelenken S-Spiralen. Bei allen diesen Truhen handelt es sich um Kufentruhen mit dreiseitig gebrochenem oder gebogenem Deckel.

Truhen als Brautschatz

Die Mehrzahl aller bisher betrachteten Truhen sind Brautkisten, von der Braut mit in die Ehe gebracht. Sie tragen deshalb auch ihren Namen, dazu eine Jahreszahl, „Anno 1816. DEN 8. Feberw. Hütte. Tecla. Schulte. Diese. Kiste. lassen. gemagt. Up. Dat. Pas. Als. Si. Noch. Vrester. Was." so lautet die Inschrift einer Hümmlinger Truhe. Ganz selten taucht der Name des Mannes allein auf. Wohl erscheinen beide Eheleute zusammen, wir nennen wiederum eine Truhe aus dem Hümmling. Es heißt da: „Hinrik. Brah. Und. Trink. Dütmann. Ehl"(eute), dazu lesen wir ferner „Meister. Hermann. Jansen. in. Vinnen. Anno. Ein Dusend Achthundert 19." Es ist das einzige Mal, daß der Tischlermeister seinen Namen vermerkt.

Diese Möbel nahmen die Wäsche, die Kleidung der Bauern auf und standen teils im Wohnraum, teils auf der Diele, bisweilen in größerer Anzahl nebeneinander. Dazu kamen noch Laden, Koffer, Kisten, die durch ihre einfachere Gestaltung bestimmt waren, das Korn aufzubewahren oder zu lagern[87].

4. Schränke

Anrichten

Schapp, Richtebank, Kannenstock, Bord, Tobbenanrichte wird das Küchenmöbel genannt, das zweiteilig mit geschlossenem Unterteil und offenem Aufsatz der Aufbewahrung von Geschirr: von Tellern, Näpfen, Schüsseln, Satten und Löffeln dient. Im Norden von Westfalen groß und mächtig, im Westen und Süden bescheidener, sogar recht bescheiden – im Siegerland kennt man als „Schaft" nur ein Tellergestell –, unterscheidet sich dieses Möbel in den einzelnen Landschaften durch seine Größenverhältnisse und Schmuckformen (Abb. 109, Anrichte aus dem Kreis Bersenbrück, dat. 1789, und Abb. 112, Anrichte aus der Grafschaft Mark, 2. Hälfte 18. Jahrhundert). Es ist nicht so typenreich wie die Truhe, im Grunde gibt es nur einen Typ, der seine entscheidende Form in der Renaissancezeit erhalten hat. Historisch

[86] Elisabeth Schlicht, Vom bäuerlichen Kunsthandwerk — ein vorläufiger Bericht über die Bestandsaufnahme von altem Hausrat. Jahrb. d. Emsländ. Heimatvereins Bd. 8, 1961, S. 52.

[87] Hier ist der Versuch gemacht worden, aus den riesigen Truhenbeständen in privater und öffentlicher Hand Leitformen herauszusondern, wohl wissend, daß dies nur ein Anfang sein kann in der Erkenntnis westfälisch-bäuerlicher Möbelkunst.

Bemalte Koffertruhe mit Eisenbeschlag aus dem Ravensberger Land, dat. 1806

Tafel IV

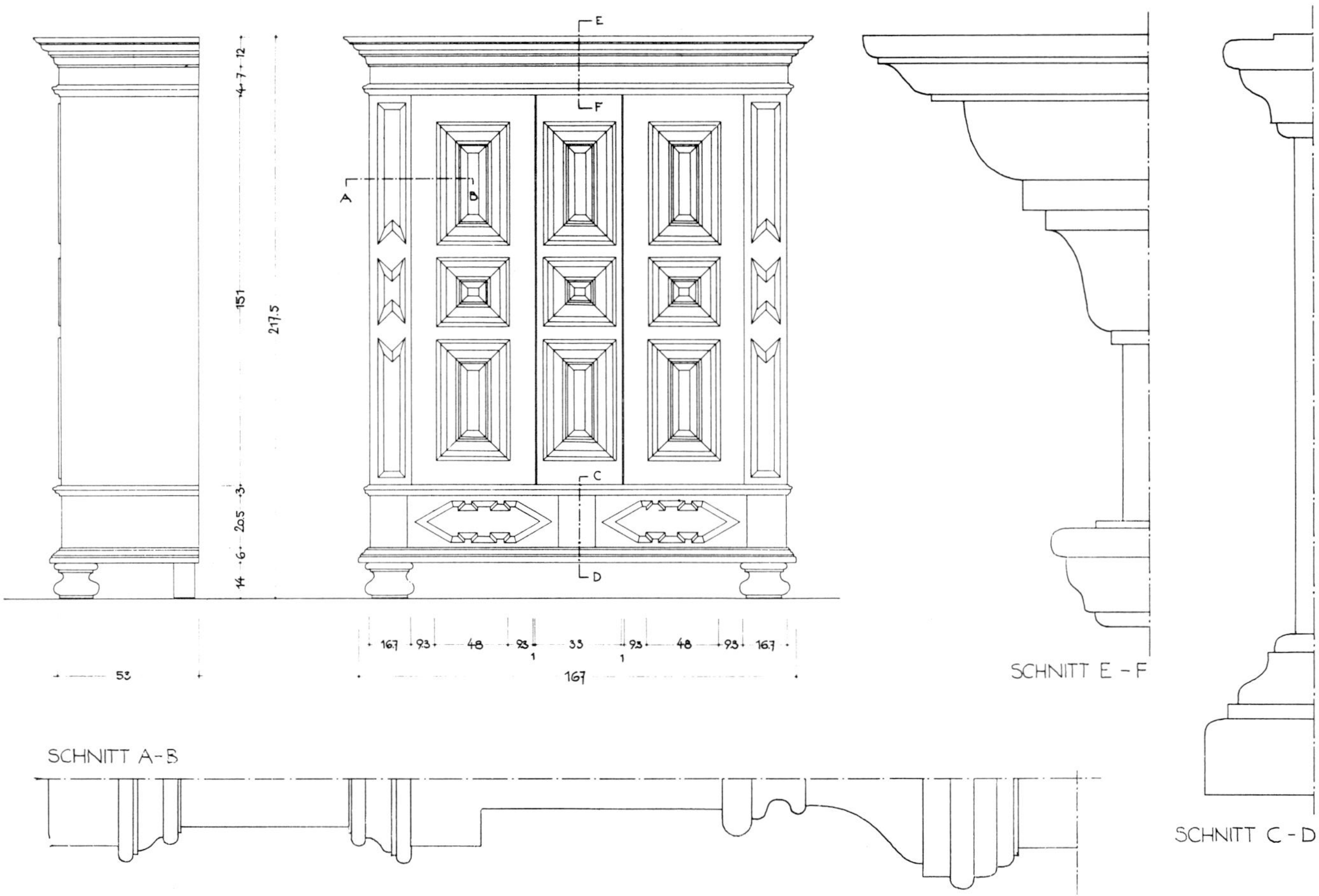

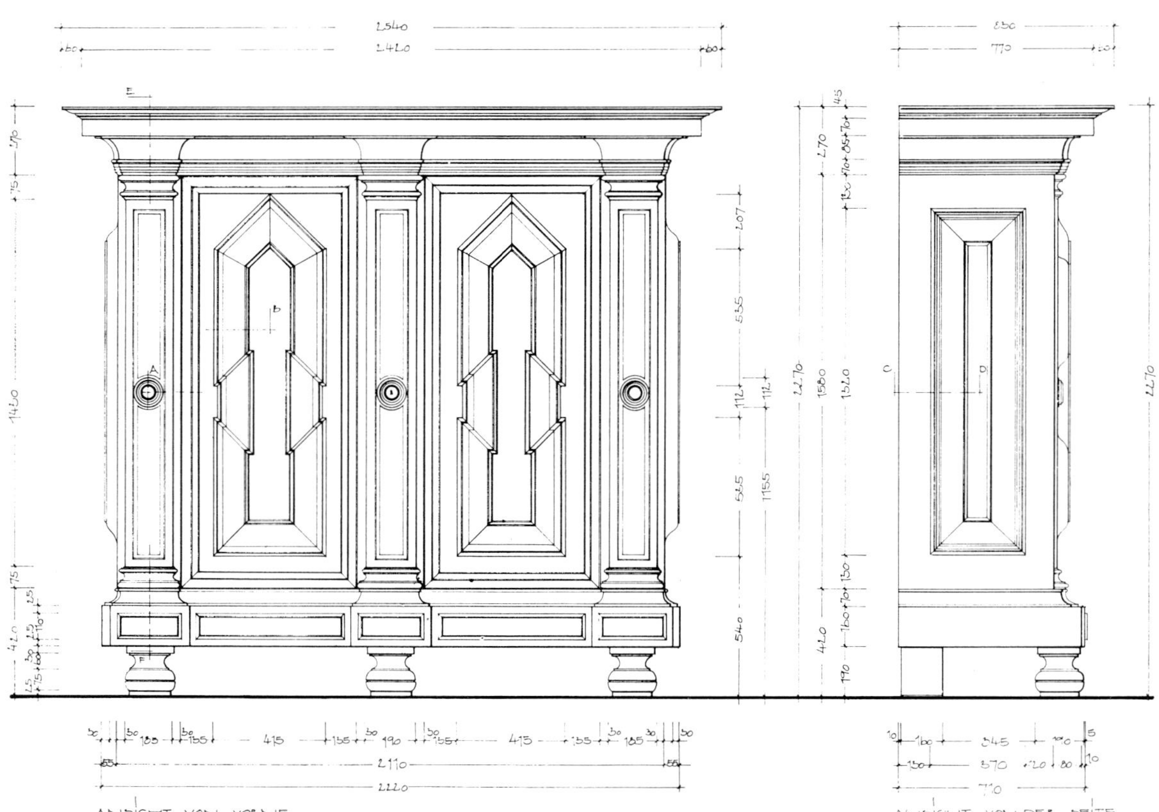

Konstruktionszeichnungen von zwei lippischen Schränken des 18. Jahrhunderts (Lippisches Landesmuseum Detmold):

1. Kleider- und Wäscheschrank in Eiche aus der Umgebung von Bad Salzuflen, Kreis Lemgo (vgl. Abb. 142 im Tafelteil).
2. Kleiderschrank in Eiche mit Nußbaumfurnier aus Lemgo.

Aufmaße der Höheren Fachschule für Innenarchitektur Detmold

gesehen sind die Vorläufer oder Vorbilder dieses Typs der bäuerlichen Anrichte das gotische Prunkbuffet und der Überbauschrank der Renaissance, Möbel einer sozial höher gestellten Schicht.

Die Anrichte ist also die Vereinigung von dem geschlossenen Halbschrank oder Schapp mit Schubladen oder „Trecken" und dem Tellergestell oder Rahmengefach für Geschirr, das mit Querleisten ausgestattet ist, um das Herausfallen der Teller zu verhindern.

Der geschlossene Untersatz ist zwei- und dreitürig[88], häufig mit feststehendem Mittelteil, steht auf Kufen, kantigen Stützen oder Kugeln, je nachdem, ob er aus dem 17. oder 18. Jahrhundert stammt, und ist mit einem schrägstehenden Brett oder einer Stoßkante ausgestattet.

Dieses Unterteil zieht die Aufmerksamkeit durch die besondere Gestaltung der Türen und des rahmenden Leistenwerks auf sich. Die Türen sind reich gestaltet, in Rahmenwerk und Füllung aufgebaut, die Flächen geschnitzt, vertieft, von Vieleckrahmen eingeschlossen oder erhaben, bossiert, mit Spitzeckkissen oder Ovalspiegeln geschmückt oder mit Rauten, Rosetten und Rillen dekoriert, bisweilen auch intarsiert, ja sogar bemalt. Es ist die gleiche Dekoration, die wir schon von den Vorderflächen der Truhen her kennen, gleichgültig, ob die Möbel nun aus dem 17., 18. oder 19. Jahrhundert stammen oder ob sie aus dem Norden, Westen, Osten oder Süden Westfalens herrühren[89]. Das offene Obergestell ist in der Regel mit zwei Stellbrettern und zwei Querstäben ausgestattet, die mit gedrechselten paarigen Knöpfen, Tobben, geschmückt sind, um zwischen ihnen die Löffel aufzuhängen. Bisweilen sind auch die Stellbretter mit Schlitzen für den gleichen Zweck versehen.

In der Regel ist das Kopfteil gradlinig, doch gibt es einige Ausnahmen. Aus dem Oldenburger Münsterland sind Anrichten mit geschwungenem Oberteil überliefert, so in Damme[90], oder mit gebrochenem Giebel und aufgesetzter Vase (Brocksteek, Gemeinde Essen)[91]. Der gebrochene Segmentgiebel ist sehr selten. Beispiele sind uns im Münsterland und im Grönegau zu Gesicht gekommen.

Die Rückseite der Anrichten ist in der Regel verbrettert, bisweilen aber auch in Rahmenwerk und Füllung gearbeitet und im Osten Westfalens reicher dekoriert. Die Schmalseiten sind in ihren Umrissen bewegt, sind geschweift. Gedrehte Säulen oder Balusterdocken rechts und links von den Schmalseiten tragen das vorgezogene Dachgesims. Die Stirnseite des Kopfteils ist besonders betont und mit Sprüchen im Relief versehen.

Große Formen, bäuerliche Prägung im Norden und Osten

Groß und behäbig, breit und schwer erscheinen die Anrichten aus dem Norden und Osten Westfalens. Sie ähneln sich und scheinen auch irgendwie miteinander verwandt (vgl. Abb. 110, 111 und 113). Doch bei genauerem Hinsehen entdeckt man Gradunterschiede im Formalen wie im Dekorativen. Die Stilmerkmale der Renaissance- und Barockzeit scheinen immer wieder anders geformt und anders gemischt[92]. Das beginnt schon bei Einzelheiten, bei der Gestaltung der Lisenen, der Basen und Kapitelle, der dekorativen Behandlung der Türfüllungen, sie variieren ständig. Manchmal beobachtet man diesen Wechsel von Dorf zu Dorf, wie in den Kreisen Lübbecke, Minden, Melle, Wittlage, Bersenbrück, Warendorf und Münster[93].

Die bisher betrachteten Anrichten, geschnitzt und bescheiden intarsiert, so mit Sternen, Tulpenblüten, Tulpenstauden, Vögeln, erhalten durch die farbige Bemalung einen neuen Akzent. Weiß, rot,

[88] Rudolf Uebe, Deutsche Bauernmöbel, Abb. 122: Dreitürige Anrichte 18. Jh., Artland (Nürnberg, Germanisches Nationalmuseum). Abb. 193: Zweitürige Ravensberger Richtbank (Wiedenbrück, Sammlung Brenken).

[89] Neuerwerbungen der letzten Jahre. Landesmuseum für Kunst und Kulturgeschichte Münster, 1946, S. 37: Westfälischer Kannenstock 1770 auf Kufen, Schauseite mit barocken verkröpften Füllungen. – Heinrich Ottenjann, Alte deutsche Bauernmöbel, Abb. 152: Münsterländische große offene Anrichte Anno 1780, Visbeck, Kr. Vechta; Abb. 160: Vom Artland beeinflußte offene Anrichte, 18. Jh., Neuenkirchen, Kr. Vechta.

[90] Heinrich Ottenjann, Alte deutsche Bauernmöbel, Abb. 153.

[91] Ebda., Abb. 164.

[92] Vgl. Roswitha Poppe, Der Landkreis Wittlage. Seine Bau- und Kunstdenkmäler. Wittlage 1966, S. 78: Offene Anrichte auf dem Hof Linnenschmidt in Vorwalde.

[93] Heimathaus Münsterland. Telgte 1937, Taf. 8: Münsterländer Kannenstock, dat. 1703 (mit Renaissancedekoration, z. B. Arkadenbogen).

grün, blau sind die einzelnen Farben. Wir nennen ein Beispiel aus dem Jahre 1822, ehemals zum Inventar des Hofes Henrichsmeyer in Valdorf gehörend, mit der Inschrift: Anna-Marie-Lowise Ponninghausen Nummer eins aus Solterwiesen, Kirchspiel Eiscyter 18hundert u. 22 d. 15 Juni gedacht und gemalt (Abb. 114)[94]. Tuchgehänge, Blumen, Vögel, Quastenschnüre, Rosetten, Wellenranken, Sprüche, im Relief geschnitzt und farbig bemalt, beleben die Fläche. Wie schon bei den Truhen betont wurde, haben das Ravensberger und das Mindener Land mit dem anschließenden Grönegau etwas Gemeinsames. Sie lieben die Farbe, die Bemalung und heben so die Schnitzerei der Möbel besonders hervor.

Eleganz im Westen Westfalens

Kleiner in der Form, eleganter und zarter im Dekor, sind die Anrichten im Westen Westfalens, in der Grafschaft Mark, im Sauerland (Abb. 112). Konstruktiv und dekorativ sind sie abhängig von bergischen, rheinischen Vorbildern. Andererseits zeigen bergische Möbel westfälische Stileinflüsse. So gibt es also in Westfalen wie im Bergischen Land Übergangsformen vom Westfälischen zum Bergischen und umgekehrt. Typisch rheinischer Dekor wie Weinlaub und Trauben, Schuppen-, Flechtband- und Kleeblattmuster, leicht und locker geformt, werden von den westfälischen Anrichten übernommen. Andererseits kennen wir „Küchenschabs" mit Tellerborden aus dem Bergischen mit westfälischen Stileinflüssen vom Ende des 18. Jahrhunderts[95].

Die Anrichte ist als Küchenmöbel im Rheinland, in Holland-Friesland, in Niedersachsen[96], Brandenburg und Pommern verbreitet und bekannt. Westfalen fügt sich in dieses Verbreitungsgebiet ein.

Brotschränke

Schmal und von mittlerer Höhe sind die westfälischen Brotschränke. Es sind Kastenschränke auf Kufen stehend mit zwei Türen übereinander[97], rechts und links von verzierten Seitenstücken gerahmt. Die älteren Brotschränke im Norden Westfalens zeigen altertümliche Dekorationsformen auf den beiden Türen in Gestalt von Diagonallinien und weiter von gotischen Rosetten, Sternkreisen, Halb- und Viertelkreisen in Ritz- und Schnittechnik (Abb. 115). Wieder ragen die Artländer Schränke des 17. Jahrhunderts aus der Masse der anderen Schränke hervor durch die reiche Gestaltung der Schauseite mit Arkadenbögen in Feldern mit Schuppenmustern, Beschlagwerk, Zahnschnittfriesen und Drudemännken-Motiven. Zwischen Ober- und Untertür schiebt sich häufig eine Schubladenzone, die eine gliedernde Funktion hat (Abb. 116, 117).

Wie armselig, gering und klein sind dagegen die Brotschränke aus dem südlichen Westfalen, aus den Kreisen Arnsberg, Warburg und aus dem Wittgensteiner Land. Sie stammen fast alle aus dem 18. und 19. Jahrhundert. Gedrungen und plump wirkt ein aus dem Kreise Soest stammender Küchenschrank im Rokoko-Stil auf hohen Balusterfüßen mit einer Längstür im unteren Teil und darüber einer Schubladenzone und zwei geschwungenen Türen im Oberteil (Westf. Freilichtmuseum Detmold, Abb. 123). Im Dekor der Türfelder macht sich westlicher Einfluß bemerkbar. Es erscheinen Muscheln, C-Bögen, Rocaillen und Gittermuster. Bisweilen zeigen die Brotschränke Türen mit durchbrochenen Gitterfüllungen. Sie haben die Aufgabe der Luftzuführung, da in diesen Schränken nicht nur Brot, sondern auch Milch aufbewahrt wird.

[94] Vgl. auch: Westfälische Volkskunst. Museum für Kunst und Kulturgeschichte Dortmund. Kleiner Führer 2, Burg b. Magdeburg o. J., S. 11 Abb.: Anrichte von dem Hof Mönk in Bardüttingdorf bei Spenge, Kr. Herford.

[95] Wolfgang Schwarze, Wohnkultur des 18. Jahrhunderts im Bergischen Land, Wuppertal-Barmen 1964, Abb. 216: Milchschrank mit aufgesetztem Tellerbord, niederbergisch, mit schon westfälisch beeinflußtem Flachornament, 1. Hälfte 18. Jh. und Abb. 201: „Küchenschab" mit Tellerbord aus dem Bergischen, mit westfälischen Stilmerkmalen aus Schwelm vom Ende des 18. Jh.

[96] Wilhelm Pessler, Niedersachsen. Deutsche Volkskunst Bd. I, Weimar 1923, Abb. 16–17: Anrichten aus der Diepholzer Gegend. – Lothar Pretzell, Kostbares Volksgut aus dem Museum für Deutsche Volkskunde. Berlin 1967, Abb. 335: Offene Anrichte aus Westrhauderfehn, Ostfriesland.

[97] Maria Schmidt, Das Wohnungswesen der Stadt Münster im 17. Jahrhundert. Münster 1965, S. 95 Nr. 13: In einem Testament von 1676 wird „ein schapff mit zwey übereinander stehenden Thüren" genannt (Stadt- und Landmöbel unterscheiden sich in ihrer Konstruktion zu dieser Zeit wenig). – Franz Jostes, Westfälisches Trachtenbuch, 2. Aufl., Abb. 20 Artländischer Brotschrank des 17. Jh. – Heinrich Ottenjann, Alte deutsche Bauernmöbel, Abb. 137 Brotschrank mit zwei übereinander stehenden Türen, Wulfenau, Kr. Vechta um 1700. – Rudolf Uebe, Deutsche Bauernmöbel, S. 115 u. Abb. 123: Artländer Brotschrank von 1723, Münster, Landesmuseum.

Der Typ des Brotschrankes ist in Holland, in Hessen, in Norddeutschland, so in Niedersachsen und Pommern, auch in Süddeutschland bekannt.

Milch-Brotschränke

Neben diesem Brotschranktyp gibt es kombinierte Milch-Brot-Schränke[98] des 17. und 18. Jahrhunderts, doppelgeschossig, viertürig, mit durchgehender Mittelleiste. Diese Schrankform ist vermutlich aus Oberdeutschland gekommen und in Norddeutschland heimisch geworden. Eindrucksvoll ist der Schrankaufbau eines solchen Milch-Brot-Schrankes aus dem Artland mit seinen der Architektur entlehnten Motiven (Abb. 118/119). Ja, es gibt sogar Schränke für Milch und Brot, ebenfalls aus dem Kreis Bersenbrück stammend, die sechstürig unterteilt sind (Abb. 120). Die Brotschränke im Oldenburger Münsterland, im Artland, Ravensberger und Lipper Land stehen in ihrem Dekorationsbeiwerk unter dem Einfluß der Weserrenaissance. Im 18. Jahrhundert wird diese Dekoration allmählich abgelöst. Rokoko- und klassizistische Stilelemente beleben die Schauseiten dieses Schranktyps.

Eine besondere Stellung nehmen die barocken Brot- und Milchschränke aus dem Südosten, aus dem Kreise Büren, ein: Kastenschränke zu zwei Geschossen verschiedener Größe. Das Oberteil ist kürzer als das Unterteil. Beide Geschosse sind durch eine Trennzone voneinander geschieden, das obere ist zweitürig mit feststehendem Mittelstück, das untere mit großer Mitteltür zwischen feststehenden Seitenteilen. Die Türen sind vermittels schmiedeeiserner Anker an Scharnieren befestigt. Türen wie feststehende Teile sind gefeldert, in Rahmenwerk und Füllung gearbeitet und mit vertieften Vieleckrahmen ausgestattet, wie der Brotschrank aus Scharmede, Kreis Büren, zeigt (Abb. 121). Die ganze Schauseite ist optisch zu einer Einheit zusammengefaßt. Eine andere Lösung zeigt ein Milch- und Brotschrank aus Ahden, Kreis Büren (Abb. 122). Es ist ein Kastenschrank auf drei Vorderkufen und zwei rückwärtigen kantigen Stützen mit kurzer zweifeldriger Mitteltür zwischen rahmenden und feststehenden Seitenteilen mit je drei Feldern unterschiedlicher Größe.

Geschlossene Anrichten oder Glasschränke

Die Gläserschapps, Glaskasten oder geschlossenen Anrichten, zweiteilig mit geschlossenem, zweitürigem Untersatz und zweitürigem Aufsatz und geradem Gesims sind meistens Erzeugnisse des 18. Jahrhunderts. Die Untersätze sind in der gleichen Weise wie die der offenen Anrichten geschmückt, die Felder der Türen vertieft oder erhaben, mit kompliziertem Rahmenwerk. Die verglasten Türen des Aufsatzes mit ihren rechtwinkeligen Sprossen lassen in das Innere des Schrankes sehen und zeigen Geschirr und ebenso Löffel, die in die Schlitze der Stellbretter gesteckt sind. Wieder sind Varianten dieses Typs in den einzelnen Landschaften des Nordens und Ostens Westfalens zu beobachten. Man unterscheidet größere und kleinere Anrichten. Bisweilen ist das Obergeschoß auf feine Stützen gestellt, um es so von dem Untersatz zu lösen. Die Gesimse sind bewegt und gekurvt gleich barocken Architekturdenkmälern. Wir unterscheiden Segmentgiebel, auch gesprengte Segmentgiebel mit eingerollten Voluten. Holländisch beeinflußte Anrichten des westlichen Westfalens im Münsterland, Bentheimer Land haben geschweifte Untersätze. Auch das Sprossenwerk der verglasten Türen ist dann geschweift. Der hohe schmale Aufsatz erscheint fast zu mächtig für den kleinen Untersatz. (Abb. 130, Prahlhans aus Grönloh/Artland, Kreis Bersenbrück).

Ein neuer Typ der geschlossenen Anrichte erscheint im westlichen Westfalen, und zwar in der 2. Hälfte des 18. Jahrhunderts, in der Zeit des Rokoko. Es handelt sich um ein elegantes zweigeschossiges Möbel mit Flächenschnitzereien und feinen Profilen, in seinen äußeren Umrissen bewegt und geschwungen. Wohl ist sein Aufbau ähnlich den Anrichten des nördlichen Westfalens. Es ist der geschlossene zweitürige Untersatz vorhanden und der verglaste zweitürige Aufsatz und zwischen ihnen eine Schubladenzone. Das Gerüst ist wohl dasselbe, doch der Dekor, der Linienfluß völlig anders. Wir haben es nicht mit einem so kantigen, so deftigen, nicht so bäuerlich schweren Möbel zu tun, vielmehr mit einem heiteren, kapri-

[98] Konrad Hahm, Deutsche Bauernmöbel. Jena 1938, Abb. 94: Westfälischer Milchschrank um 1730. – Volkskunst und Volkshandwerk. „75 Jahre Museum für Deutsche Volkskunst". Berlin 1964, Nr. 337: Zweigeschossiger, viertüriger Milchschrank auf Kufen aus dem Artland, datiert 1693. – Walter Borchers, Erwerbungs- und Forschungsbericht des Pommerschen Landesmuseums Stettin, Volkskunde. Baltische Studien, N. F. Bd. 40, 1938, S. 35 Abb.

ziösen, leicht bewegten und eleganten Glasschrank, dessen Ursprung in einem anderen Lande liegt und dessen Äußeres von einer anderen sozialen Schicht her bestimmt ist.

Eine solche Anrichte mit geschweiftem Profilgesims, abgeschrägten Vorderkanten, geschweiften Fenstersprossen und gewölbten Schubladen und den feingeschnitzten Türen des Untersatzes mutet zunächst völlig unwestfälisch an. Wir beobachten als Schmuck C-Bögen, Rocaillen, Blütengehänge, Blattranken und weiter durchbrochene Rankenfriese, Bandelwerk, Flechtbänder, Perlstäbe und schließlich Zopf- und Girlandenmuster. Westliche Vorbilder waren hier anregend, und das westfälische Element äußert sich in der Vergröberung seiner Vorlagen, in dem so stärkeren Reliefgrad, in der Abwendung von dem leichten und zarten Dekor (Abb. 125–130).

Wir haben es hier mit Schränken bergischer Prägung, bergischen Stileinflusses zu tun, die wiederum auf die Urtypen des Aachen-Lütticher Glasschrankes zurückgreifen[99]. Es ist ungewöhnlich schwer, die feinen Gradunterschiede des bergischen bzw. märkischen und des kurkölnisch-sauerländischen Schrankes festzustellen. Ja, der Stileinfluß geht noch weiter, läßt er sich doch im westlichen Münsterland verfolgen. Die Städte Aachen und Lüttich haben im Strahlungsbereich französischer Kultur und Kunst des Rokoko und Louis-seize gestanden. Sie haben weiter ausgestrahlt. So sehen wir, wie französische Hofkunst über die verschiedensten Kanäle über Aachen-Lüttich in das rheinisch-bergische Gebiet strömt, hier verformt wird und einen neuen Facettenschliff in den angrenzenden westfälischen Landschaften erhält, wie höfische Kunstauffassung über bürgerliche Schichten zum bäuerlichen Boden gleitet.

Ein verglaster Schrank aus Schwelm, im Heimatmuseum Schwelm, mit Rokoko- und Louis-seize-Stilelementen zeigt im Aufbau und in Einzelheiten (Vogeldekor) den deutlichen Einfluß des Lütticher Glasschrankes (Abb. 127).

Von dem rheinisch-bergischen Vorbild löst sich allmählich ein verglaster Küchenschrank aus dem westlichen Münsterland (Abb. 132). Es ist kein ganz geschlossenes Möbel, sondern hier ist eine offene Ablage unterhalb des Glasaufsatzes geschaffen.

Die Glasschränke an der niederrheinischen Grenze[100] sind kleiner im Aufbau, zarter in den Profilleisten, in dem Dekor und zeigen Sonderlösungen in der Gestaltung mit übereckgestellten Kanten, weiter verkröpfte geschweifte Gesimse oder in der Zeit des Klassizismus gebrochene Giebel mit Zahnschnittfriesen und als Abschluß durchbrochenes Gitter mit Languetten-Mäander, Rankenmuster- und schließlich sich durchdringenden Spitzbögen. Die Türfelder sind mit Rauten, Ovalen, Karos verziert.

Bisher sind nur Möbel des 18. Jahrhunderts betrachtet worden. In Anlehnung an die Stilkunst des Klassizismus macht das bäuerliche Glasschapp im 19. Jahrhundert eine Wandlung durch. Das bewegte Möbel mit seinen Kurven verschwindet, alle Linien werden begradigt, so die Türfelder, die Fenstersprossen. Es gibt natürlich Übergänge, z. B. bleibt das Kopfgesims geschwungen, aber alles übrige ordnet sich dem neuen Stil unter. Gekreuzte Pfeile, gesenkte Fackeln, Rauten und Karomuster, Vasen sind die nun beliebten Stilmotive (vgl. Abb. 124, klassizistisches „Glasenschap" aus dem Kreise Wittlage). Die Eichenmöbel werden immer kleiner und bescheidener, und in der Zeit des Biedermeier weichen sie polierten Möbeln bürgerlicher Prägung.

Kleider- und Wäscheschränke des 17. Jahrhunderts in Nordwestfalen

Das bäuerliche Kleider- und Wäscheschapp des 17. Jahrhunderts, das seine Entsprechung im städtischen Möbel hat, wie Münsteraner Testamente der gleichen Zeit beweisen[101], ist eigentlich nur im nördlichen Raum Westfalens zu finden, so im Artland, im Oldenburger Münsterland und im Lipper Land. Das Museumsdorf Cloppenburg besitzt ein besonders interessantes Möbel aus dem Jahre 1696, das aus Nortrup, Kreis Bersenbrück, herrührt, einen kombinierten Wäsche- und Kleiderschrank, ein Kastenmöbel auf Kufen, dessen linke Seite mit zwei übereinanderliegenden Türen für die Wäsche be-

[99] Vgl. Wolfgang Schwarze, Wohnkultur des 18. Jahrhunderts im Bergischen Land, S. 147–164.
[100] Vgl. Annaliese Ohm, Volkskunst am unteren rechten Niederrhein, Zeichnung 9: Beispiel aus Damme.
[101] Vgl. Maria Schmidt, Das Wohnungswesen der Stadt Münster im 17. Jahrhundert, S. 96, Anm. 26, Testament aus dem Jahre 1677.

stimmt ist, während die rechte Seite eintürig ist und die Kleidungsstücke aufnimmt. Die Schauseite ist in vier Felder aufgeteilt, die von drei Vertikalleisten mit geschnitzten Schuppenreihen gerahmt werden[102]. Ein zweites Beispiel, aus dem Ende des 17. Jahrhunderts stammend, zweitürig und vierfeldrig (in Rahmenwerk und Füllung gearbeitet), ist in den oberen Türfüllungen mit Arkadenbögen in vertieften Feldern geschmückt, läßt sich somit als artländisch erkennen, wenn es auch aus Ermke, Gemeinde Molbergen, Kreis Cloppenburg, stammt (Museumsdorf Cloppenburg)[103]. Ein Renaissanceschrank aus dem Lippischen, der noch in das 17. Jahrhundert gehört, zeigt eine ähnliche Dekoration und gefällt durch seine prachtvolle Kassettengliederung auf der Schauseite und den Seitenflächen (Abb. 133).

Der Artländer Kleiderschrank wirkt typenmäßig weit in das 18. Jahrhundert hinein. Die Renaissancedekoration verschwindet allmählich (vgl. Schrank Hollenermoor, Gem. Ramsloh, Kreis Cloppenburg – Museumsdorf Cloppendorf)[104].

Es gibt noch aufwendigere Schränke dieses Stils mit 6 Feldern, so daß der Eindruck eines dreitürigen Möbels entsteht, obwohl das Mittelstück festgemacht ist (Schrank aus Matrum, Gemeinde Lastrup, Kreis Cloppenburg – Museumsdorf Cloppenburg)[105]. Einen gleichen Eindruck macht auch ein sechsfeldriger Schrank des 18. Jahrhunderts aus Stocklarn, Kreis Soest, wenn auch mit anderen Stilmitteln (gerundeten Kissenpolstern zwischen Tulpenmotiven in vertieften Feldern, Abb. 134).

Schränke des 18. Jahrhunderts

Der bäuerliche Kleider- und Wäscheschrank des 18. Jahrhunderts ist aus dem Dielenschrank des gehobenen Bürgertums entstanden: er ist dreiteilig mit unterer Schubladenzone auf drei Kugelfüßen und einem mittleren hochrechteckigen Kastenkörper mit zwei Türen und darüber einem ausladenden Kranzgesims. Er hat in den einzelnen Landschaften Westfalens großen Anklang gefunden. Die Schauseite, geschnitzt, intarsiert, auch bemalt, weist in der Barockzeit viele Variationen auf. In der Regel sind die beiden Türen von Halbsäulen oder Pilastern mit geschnitzten korinthischen Kapitellen und Basen gerahmt[106].

Die Türfüllungen zeigen viele künstlerische Lösungen. Sie sind vertieft, flach ausgegründet und mit Vieleckrahmen mit komplizierten Profilen ausgestattet oder bossiert, durch Aufdoppelungen mit Kissenpolstern verschiedenster Art geschmückt. Das Innere dieser Kleiderschränke ist für die Aufbewahrung von Kleidern bestimmt, daher die beweglichen Galgen oder Wendebäume mit gedrechselten Knöpfen, an denen die einzelnen Kleiderstücke aufgehängt werden können. Abgeteilte und übereinander angeordnete Gefache dienen der Aufbewahrung der Wäsche.

Im Norden und Osten Westfalens spielt ein Möbeltyp eine Rolle, der im wesentlichen durch die Erscheinungsform des hanseatischen Kleiderschrankes bestimmt ist.

massiv und schmuckreich im Artland

Durch ihre Massigkeit und ihre Größe, durch den Reichtum des Dekors fallen die Artländer Schränke um 1700 dem Betrachter auf. Die Türen mit reichverkröpften Spitzeckkissen sind noch besonders durch intarsierte Sterne betont. Die Kapitelle der rahmenden Pilaster sind plastisch, sind reich gearbeitet und mit männlichen Masken oder Vögeln verziert (Abb. 135).

Im Aufbau gleich, doch im Dekor sparsamer ist ein Münsterländer Kleiderschrank des 18. Jahrhunderts, der zeitlich eigentlich später anzusetzen ist. Anstelle der Pilaster erblicken wir hängende Blatt- und Blütengirlanden (Abb. 137). Dieser Schrank ist eine Übersetzung bzw. Umformung holländischer Möbelformen, besonders des holländischen Dielenschrankes der Barockzeit.

[102] Heinrich Ottenjann, Alte deutsche Bauernmöbel, Abb. 115.

[103] Ebd., Abb. 116.

[104] Ebd., Abb. 117.

[105] Ebd., Abb. 118.

[106] Vgl. Warendorfer Blätter für Orts- und Heimatkunde. Jg. 1910, S. 44: Den Schreinergesellen wurde in Warendorf bis zur Mitte des 18. Jahrhunderts als Meisterstück ein Kleiderschrank mit freistehenden Säulen, nach der „Corinthica" aufgegeben. 1756 beschwerte sich hierüber der Schreinergeselle Andreas Harsewinkel, Sohn des Schreiners Bernard Harsewinkel aus Warendorf, beim Rate, weil ein solches Stück nicht mehr verkäuflich sei und der Kurfürst verboten habe, derartige Meisterstücke vorzuschreiben. Der Rat dekretierte hierauf der Schreinergilde, dem Beschwerdeführer bei fiskalischer Ahndung ein neumodisches Meisterstück aufzugeben (Wilhelm Zuhorn).

Ein barocker Schrank aus Dortmund-Holthausen (Abb. 136) zeigt als Neuheit übereckgestellte Kanten mit Pilastergliederungen. Die Pilasterflächen selbst sind in reizvoller Manier durch eine aufstrebende Wellenranke mit Blättern und Blüten im Flachrelief besetzt. Spitzenkissen kompliziertester Art und Vieleckrahmen, ähnlich den Schaumburger Kleiderschränken, schmücken die dreifeldrige Schauseite eines Schrankes aus Bredenborn, Kreis Höxter, aus dem 18. Jahrhundert (Abb. 138). Ganz schlicht sind Kleiderschränke des 18. Jahrhunderts aus dem Kreise Büren. Gewellte Untersätze und Gesimse, rechtwinklige, vertiefte Türfelder mit gleichen Kissenpolstern verraten nur wenig von barocker Dynamik, wie der Kleiderschrank aus Brenken (Abb. 143 oder 144). Barocke und klassizistische Merkmale zeigt ein Kleiderschrank aus dem nördlichen Landkreis Osnabrück aus dem Jahre 1792 aus Privatbesitz (Abb. 149). Es handelt sich um ein Bauernmöbel mit ausgewogenen Proportionen und zurückhaltender Dekoration. Rosetten und gewellte Ranken sind höchst dezent dargestellt. Bäuerlicher und derber mit ihren großformigen gewellten Blatt- und Blumenranken im Flachrelief sind zwei Schränke aus dem Kreis Minden (Abb. 147 und 148).

Schlichte Formen im Kreis Büren

In dieser Reihe sind neben den zweitürigen Kleiderschränken die kleineren eintürigen nicht zu vergessen, so ein Kleiderschrank aus der Rentei Wünnenberg, Kreis Büren (Abb. 143). Es ist ein Kastenschrank mit Schubladenzone auf Kugelfüßen, dem eigentlichen Kastenkörper und dazugehörigem Kopfteil. Typisch für dieses Möbel sind die verkröpften Spitzeckkissenpolster in schmalen, vertieften Rechteckfeldern auf der Vordertür und den Seitenflächen[107]. Zwei rahmende Pilaster mit Basen- und Kapitellschmuck geben der Vorderfläche ein vornehmes Aussehen. Weiter müssen zwei Schränke aus dem Lipper Land vermerkt werden. Das erste Beispiel ist ein eintüriger Kleiderschrank aus der Burg Sternberg, Kreis Lemgo (Abb. 145). Die gedrungene Form wird durch rustikales Schmuckwerk noch unterstrichen. Breite Seitenstücke der Vorderfläche mit gewellten Blatt- und Blumenranken im Relief rahmen die Mitteltür ein, die heraldisch verziert ist, und zwar mit dem Sternberger Stern und der lippischen Rose. Das zweite Beispiel stammt aus Berlebeck, Kreis Detmold (Abb. 146). Charakteristisch für diesen Schrank ist eine Mitteltür mit betontem Feld. Ein auf der Spitze stehendes Sechseck umschließt mit seinen quellenden Profilen ein Tulpenmotiv mit Flachschnitt, in den Ecken eingerahmt von derben Spitzeckbossen. Die Kissenpolster sind wiederum mit Sternintarsien verziert. Auffallend ist, daß dieser Schrank nicht zwei Türen besitzt, sondern eine einzige Mitteltür die Schauseite schmückt.

Eintürige Schränke aus Lippe

In den Kreisen Lübbecke, Minden[108] und Wittlage ist ein barocker zweitüriger Schranktypus zu finden, der einen zweigeschossigen Kastenschrank zu vier Türen, ohne Schubladenzone, mit reichem Reliefschmuck der rahmenden Leisten oder Pilaster vortäuscht. Die vier profanen achteckigen Kissenpolster sind wiederum in ihren Spiegeln verziert. Reiches Schnitzwerk in Gestalt von Rosetten, Wellenranken mit Weintrauben oder mit Nelken oder aufstrebenden Blütenbäumen mit gegenständig angeordneten Nelken rahmen im zarten Relief die Kissenpolster ein (Abb. 139). Schränke dieser Art aus dem Kreise Wittlage sind nach der Mitte des 18. Jahrhunderts gearbeitet. Ein besonders schönes Beispiel aus dem Nordosten Westfalens befindet sich im Burghof-Museum Soest. Seine Kissenpolster sind mit Sternen intarsiert.

Reliefschmuck

Ein zweitüriger Kleiderschrank aus Hudenbeck, Kreis Lübbecke, mit ähnlichem Aufbau wie bei den bisher betrachteten Wittlager Schränken, gefällt durch den reichen Blüten- und Blattrankenschmuck (Abb. 140).

Im Laufe des 18. Jahrhunderts läßt sich eine Weiterentwicklung dieses Schranktypus in den beiden bisher genannten Kreisen beobachten. Die Dekorationselemente werden sparsamer verwendet und ihre

[107] Im Aufbau ähnlich ein münsterländischer eintüriger Kleiderschrank aus Ellbergen, Kr. Cloppenburg, vgl. Ottenjann, Alte deutsche Bauernmöbel, Abb. 126. – Vgl. ferner Feudingen 1218–1968. Ein Wittgensteiner Dorfbuch. Hrsg. von Werner Wied. Feudingen 1968, S. 462: eintüriger Kastenschrank (Die Tür mit zwei übereinander liegenden Feldern).

[108] Vgl. Festschrift zur 150-Jahr-Feier des Landkreises Minden in Westfalen 1816–1966. Minden 1966, Abb. 46: Schrank des 18. Jahrhunderts im Mindener Museum.

Formen stärker abstrahiert. In dem Kreise Melle begegnen uns verschiedene Typen des barocken Kleiderschrankes. Ihnen allen ist eine gewisse rustikale Strenge eigen. Es sind immer die üblichen Kastenschränke, die wir beobachten können, mit unterer Schubladenzone, Türfüllungen, drei rahmenden Pilastern. Auffällig sind die abstrahierten dünngliedrigen Blattkapitelle und die schweren gewölbten Basen, sowie intarsierte doppelte Sterne. Die Kissenpolster der Türen sind ziemlich dünn und von Wellenranken mit Rosetten eingefaßt (Abb. 141).

Ein Kleider- und Wäscheschrank aus der Umgebung von Salzuflen, Kreis Lemgo (Abb. 142), weist wiederum etwas Neues auf: Er ist zweitürig mit feststehendem schmalen Mittelteil. Die Schauseite ist als eine Einheit aufgefaßt, mit neun quadratischen Feldern, die rahmenden Leisten mit welligen Blumen- und Blattranken im Flachrelief geschnitzt.

Ganz schlicht sind Kleiderschränke des 18. Jahrhunderts aus dem Kreise Büren. Gewellte Untersätze und Gesimse, rechtwinklige, vertiefte Türfelder mit gleichen Kissenpolstern verraten nur wenig von barocker Dynamik (Abb. 143, 144). Barocke und klassizistische Merkmale zeigt ein Kleiderschrank aus dem nördlichen Landkreis Osnabrück aus dem Jahre 1792 (Abb. 149). Es handelt sich um ein Bauernmöbel mit ausgewogenen Proportionen und zurückhaltender Dekoration. Rosetten und gewellte Ranken sind höchst dezent dargestellt. Bäuerlicher und derber mit ihren großformigen gewellten Blatt- und Blumenranken im Flachrelief sind zwei Schränke aus dem Kreis Minden, datiert 1751 und 1839 (Abb. 147 u. 148).

Die bemalten Kleiderschränke des 18. und 19. Jahrhunderts aus dem östlichen Westfalen, besonders aus dem Minden-Ravensberger Land und dem Grönegau folgen in ihrem äußeren Aufbau dem üblichen Schema. Sie sind zweigeschossig, vierfeldrig, aber zweitürig. Im dekorativen Detail zeigen sie etwas Neues. Die geschnitzten und bemalten Flächen der Türfelder offenbaren ein selbständiges regionalistisches Kunstschaffen, das teils dem Naiven, erzählerisch Skurrilen verhaftet, teils der Stilkunst des 18. und 19. Jahrhunderts folgend, handwerklich und technisch in der Darstellung von geschnitztem Flechtwerk und gedrehtem Tau, von Quastenschnüren, Vögeln und Engeln oder gemalten Blumen, Landschaften, Tieren, insbesondere Vögeln, wahrhafte Triumphe feiert[109]. Ein Schrank von dem Hofe Redeker, genannt Strunk, in Isingdorf bei Werther im Kreis Halle, 1824 datiert, gefällt durch die geschnitzten Riefel-Muster, durch die Flechtbandornamentik und stilisierte Reliefköpfe, durch naive geflügelte Engelsköpfe, die wie aus Lebkuchenformen gebacken zu sein scheinen und farbig untermalt sind (Abb. 155).

und Bemalungen in Nordostwestfalen

Ein anderer Schrank aus der Upkamer des schon genannten Hofes Mönk in Bardüttingdorf bei Spenge aus dem 18. Jahrhundert weist Schnitzwerk, Blütenranken, Füllhörner, symmetrisch und gegenständig angeordnet, dazu Quastenschnüre auf. Vorgänger dieses Schrankes aus älterer Zeit scheint ein bemalter Kleiderschrank des Jahres 1721 zu sein, ebenfalls aus dem Kreise Herford (Abb. 154). Das Museum für Kunst- und Kulturgeschichte in Dortmund beherbergt mehrere solche Schränke, reich geschnitzt und bemalt. In die vier Felder der Schauseite sind Landschaften, Blumen und Figuren hineingemalt. Drei dieser Schränke sind datiert und tragen die Jahreszahlen 1731, 1772 und 1792 (Abb. 151–153).

Die Kleiderschränke des westlichen Westfalens haben wie so viele andere Möbel dieses Raumes ihre eigene Note. Deutlich ist wieder der bergische Einfluß, unverkennbar sind die Vorbilder, die aus Frankreich und Holland kommen. Die Kastenschränke mit ihren geschwungenen oder getreppten Gesimsen, mit ihren gesprengten Segmentgiebeln und mit ihren bisweilen à jour gearbeiteten, eleganten Schnitzereien, die sich aus den Stilgesetzen des Rokoko und des Louis-seize herleiten, zeigen das Neuartige gegenüber den Kastenschränken des nördlichen und östlichen Westfalen. Es ist ein urbaner Geist, der uns hier anweht. Diese Möbel, zierlicher in ihren Ausmaßen und feiner in ihrem dekorativen Schmuck, stehen in kleineren, nicht so mächtigen Häusern. Für den unbefangenen Beobachter wird es schwierig,

Rheinisch-bergische Stilformen im westlichen Westfalen

[109] Vgl. Albert Schröder, Bemalter Hausrat in Nieder- und Ostdeutschland, Abb. 28: Schrank aus der Gütersloher Gegend, dat. 1824, mit dem Namen Magreta Ilsabein Brinkmanns. – Das Kreisheimatmuseum in Melle besitzt einen reizvollen Kleiderschrank, der mit Landschaften und Tieren bemalt ist.

die Skala der Erscheinungsformen dieses Grenzgebiets zu würdigen, die alle Übergänge der französisch beeinflußten Dekorationselemente von den bergisch-rheinischen zu den märkisch-sauerländisch umgesetzten Möbeln umfaßt (Abb. 158–161). Es ist kein Zweifel, daß dem verfeinerten, städtisch beeinflußten Kleiderschrank (Abb. 159) ein mehr rustikales Möbel mit starken Profilen und bisweilen sogar vergrößerten oder vereinfachten Dekorationsformen gegenübersteht (Abb. 158). Betrachtet man im einzelnen das Schnitzwerk, so zeichnet sich mit dem regelmäßigen Muschelwerk, der asymmetrisch geflammten Rocaille, den eleganten C-Bögen, den zierlichen Blatt- und Blütengehängen der Übergang vom Rokoko (Abb. 160) zum Louis-seize mit den Louis-seize-Schleifen, Festons, den strengen Perlstäben, Mäanderlinien und Rosetten ab (Abb. 161). Besonders schöne Beispiele dieser Kleiderschränke rühren aus den Häusern der märkischen Reidemeister, die bisweilen recht wohlhabend waren (Abb. 158).

Die Möbel des niederrheinischen Grenzgebiets sind mehr holländisch betont und schlichter und einfacher im Dekor.

Anklänge an Frankfurter Formen im Süden

Im südlichen Westfalen, in den an Hessen grenzenden Landschaften, insbesondere im Wittgensteiner Land, finden sich in bäuerlicher Umgebung sogenannte Wellenschränke des 18. Jahrhunderts, zweitürige Kastenschränke auf Kugelfüßen mit vorkragendem, gewelltem Sockelgeschoß und vertikalen durchgehenden Rundungen, Kehlen und Wülsten des Kastenkörpers und reichem profiliertem Gesims. Es sind bäuerliche Umsetzungen oder Nachahmungen des furnierten Frankfurter Wellenschrankes nach 1700 in Tanne oder Eiche, vor allem in verkleinerten Maßstäben.

Der Typ des zweitürigen Kleiderschrankes hat sich im 19. Jahrhundert in ganz Westfalen erhalten, wenn auch kleiner im Umfang und weniger aufwendig und dekorativ. Bisweilen ist dank der Stilverzögerung ein solches Möbel schwer zu datieren, da es noch Stilmerkmale des 17. und 18. Jahrhunderts trägt (Abb. 156). Andererseits beobachten wir Möbel, die den Stilanregungen ihrer Zeit folgen, wie z. B. ein Kleiderschrank aus Brockhausen, Kreis Wittlage, dat. 1839, mit klassizistischen Merkmalen (Abb. 157).

an Holland im Westmünsterland

Eine Sonderstellung nehmen die eichenen Wäscheschränke des 18. Jahrhunderts in den an Holland grenzenden Gebieten Westfalens ein, die polierte holländische Nußbaum- oder Mahagonischränke, sogenannte Kabinettschränke, nachahmen und in die westfälische Kunstsprache umsetzen, bisweilen sogar vergröbern. Es sind Kommodenschränke mit geschlossenen zweitürigen Aufsätzen. In der Regel hat die gebauchte Kommode drei Schubladen, bombierte Seitenkanten, Kugeltatzenfüße und einen schmalen Aufsatz mit geschwungenem, profiliertem Gesims, das durch drei Standflächen für Fayencegefäße unterbrochen ist (vgl. Abb. 163).

Schreibschränke

Der Schreibschrank oder besser gesagt die Schreibkommode, aus einer bürgerlichen Schicht im 18. Jahrhundert übernommen, wird stark vereinfacht von den Handwerkern in den kleinen Städten und Dörfern als Möbeltyp nachgeschaffen. Westen, Osten und Norden unterscheiden sich da in vielen Einzelheiten.

In der Verbindung von tiefer Kommode mit Schrägklappen, zurückgesetztem, zweitürigem Aufsatz taucht dieses Möbel in fast allen Teilen Westfalens auf: In Warburg, Brilon, Berleburg, Beckum, Siegen, Altena, Paderborn, Borken, Anholt, Melle oder Lübbecke. Die reizvollsten Lösungen hat die Grafschaft Mark aufzuweisen. Die märkischen Möbel, meistens aus der zweiten Hälfte des 18. Jahrhunderts, zeigen den Charme des Rokoko und des Louis-seize-Stils, der auch den Glas- und Kleiderschränken aus der gleichen Landschaft eigen ist (Abb. 165), während im allgemeinen die bäuerlichen Schreibschränke Westfalens städtische Barock- und Biedermeierformen übernehmen und umgestalten. Wir weisen hier auf die Möbelzeichnung – das ist für Westfalen eine große Seltenheit – des Warendorfer Tischlergesellen Budde hin, von dessen Hand eine Vorder-Seiten-Ansicht eines Schreibschrankes aus der zweiten Hälfte des 18. Jahrhunderts erhalten ist (Abb. 164).

Die Kombination Schreibschrank und Tellerschrank ist nicht so selten. Beispiele aus dem Ravensberger Land, behäbig und breit, mit abgeschrägten Kanten, zweitürigem Untersatz, geschnitzten Rahmenfeldern, Schrägklappe und verglastem Aufsatz mit zwei Türen, dazu verkröpfter Kopflinie und Mittelbetonung zeigen die Entwicklung an.

Der friesische Hängeschrank, die verglaste Buddelei, der Tassenborch haben sich merkwürdigerweise nicht durchsetzen können, wohl aber die dreieckigen Etageren mit gezackten oder gewellten Umrissen, wie sie gleichfalls in Friesland zu Hause sind. Im Norden und Osten Westfalens kommen im übrigen geschlossene Hängeschränke[110] vor, die, sparsam verziert, Stilmerkmale des Barock und des Biedermeier tragen, doch recht schwerfällig erscheinen. Zierlich, elegant, verglast, mit Rokokomerkmalen dagegen sind Hängeschränke im Westen, in der Grafschaft Mark, die deutlich Anklänge an westliche Vorlagen aus dem Bergischen, dem Rheinischen aufweisen.

Der Typus des bäuerlichen Eckschrankes ist recht jungen Datums. Er ist abhängig von der Möbelkunst des Bürgertums des 18. Jahrhunderts. Genau wie der Schreib- oder Kabinettschrank ist er ein Zeichen des gehobenen Bauerntums. Mit geschlossenem, vorn gebauchtem oder gerundetem Unterteil und einem dreieckigen geöffneten etagenförmigen oder verglasten Aufsatz, hat er westliche Anregungen umgeschmolzen. Jedenfalls wird das Spielerische dieses Schranktyps im nordwestfälischen Raum (Münsterland, Grönegau) ins Breite, Behäbige umgedeutet, im Sauer- und Siegerland vereinfacht, in der Grafschaft Mark verfeinert[111]. Eckschränke

5. Betten

Das bäuerliche Schlafmöbel im Raume Westfalen ist einmal das unbewegliche, das Wandbett, das hier schon genauer beschrieben ist, und zum zweiten das bewegliche Kasten- und Himmel- oder Baldachinbett. Das letztere wird in einem Münsteraner Testament von 1614 als eine „bettestette mit einem bette und gardeinen und eine bette"[112] geschildert. Der Typ des geschlossenen Kastens als Schlafmöbel kommt selten vor; doch ist uns ein Beispiel aus dem Jahre 1784 aus Glandorf, Landkreis Osnabrück, überliefert, jetzt im Städtischen Museum Osnabrück (Strichzeichnung)[113]. Das Baldachinbett des 17. Jahrhunderts mit hochgezogenem Kopfteil und zwei gedrechselten Säulen (Docken), die auf der Fußwand aufsitzen und den geschnitzten Baldachin tragen, kommt recht häufig im nördlichen Westfalen vor, so im Münsterland, Tecklenburger[114] und Osnabrücker Land, im Lipper und Mindener Land. Gefache sind in der Fußwand wie im Oberteil der Kopfwand angebracht, bisweilen mit Schubtüren versehen. Die Schauseite von Kopf- und Fußwand, die Seitenbretter und die Decke des Baldachins sind reicher behandelt, sind oftmals gefeldert, geschnitzt und bemalt. Das geschnitzte und bemalte Himmelbett kommt besonders im Ravensberger und Mindener Land sowie im Meller Grönegau vor (Abb. 168–170). Durchbrochenes Schnitzwerk, bisweilen leicht gebogt, rahmt die unteren Kanten des Himmels ein. Beispiele dieser Art sind in einzelnen Heimatmuseen, so z. B. Melle, Bünde, Herford, Bielefeld überliefert. Gardinen, wie sie schon in dem Münsteraner Testament genannt werden, schließen das Bett gegen die Umwelt ab, hüllen es gewissermaßen ein. Himmelbetten vor allem in Nordostwestfalen

Aus dem Zeitalter des Barocks stammt ein besonders schönes Beispiel heimischer Volkskunst, das einstmals in Köterberg, Kreis Detmold, beheimatet war. Es trägt das Datum 1756 und den Namen Henrietta Sophia Kruels. Wellenranken mit Tulpen und Blättern, aus Vasen emporrankend, schmücken in feiner Reliefschnitzerei die Bettpfosten. Gewellte Blattranken mit Nelken, Weintrauben und Tulpen,

[110] Heinrich Ottenjann, Alte deutsche Bauernmöbel, Abb. 141–144. – Rudolf Uebe, Westfalen, Abb. 96: Schränkchen von 1792, angeblich aus Glandorf. Auf der Tür in Flachschnitzerei symbolische Darstellung einer Monstranz (kirchl. Möbel).

[111] Rudolf Uebe, Westfalen, Abb. 76: Eckgestell, Übergang Rokoko zum Louis-seize, Altena. Gekantetes, geschlossenes Untergeschoß, rechteckiges, erhabenes Feld mit Eckrosetten, Tür mit Perlschnureinrahmung, Muschel mit Blütengehänge in Flachschnitzerei als Ornament. Offener, dreistufiger Etagenaufbau mit runden Gestellbrettern und geschnitzten, in Form von Muschelwerk gekurvten Seitenbrettern. Die Kanten aller Platten geschnitzt in Form von bandumwundenen Rutenbündeln (Einfluß der bergischen Kunst).

[112] Maria Schmidt, Das Wohnungswesen der Stadt Münster im 17. Jahrhundert, S. 115, Anm. 15.

[113] Franz Jostes, Westfälisches Trachtenbuch. 2. Auflage, S. 242: Kastenbett von 1784 im Städtischen Museum Osnabrück mit reichgegliederter Schauseite mit zwei Türen.

[114] Hubert Rickelmann, Die Tüötten in ihrem Handel und Wandel, S. 208: Himmelbett im Hause Hülsmeyer-Weszels-Rotermann.

Kastenbett aus Glandorf Osnabrück, dat. 1784
Städt. Museum Osnabrück

Himmelbett aus Döhren, Kreis Melle,
Anf. 19. Jahrhundert. Privatbesitz

aus bauchigen Henkelvasen emporstrebend, dekorieren die Fußwand, dazu erscheinen in verschieden großen Feldern rechts und links von einem Herzen zwei einander anschauende Tauben und ein großer Stern in Intarsienarbeit. Man möchte meinen, daß hier Beziehungen zum Stil des Ravensberger Landes bestehen.

Den typisch ravensbergischen Stil[115] des reich geschnitzten und bemalten Himmelbettes mit Blumensträußen und Vögeln, Füllhörnern, aus denen Wellenranken mit Blumen und Blättern wachsen, dokumentiert eine mächtige Bettstelle aus Laer, Kreis Bielefeld-Land, im Heimatmuseum Bünde, mit der Jahreszahl 1833. Den Wandel der Stilkunst vom Barock zum Klassizismus offenbaren ein Himmelbett aus Nienhagen, Kreis Detmold[116], aus dem Jahre 1793 (Abb. 166) und ein Bett aus Neuenkirchen, Kreis Melle, mit figürlichen und ornamentalen Mustern reich geschmückt, aus der 1. Hälfte des 19. Jahrhunderts (Abb. 168).

Der Südosten Westfalens weist ebenfalls Besonderheiten auf. Hier ist ein Möbel zu erwähnen, das leider nicht vollständig erhalten ist und das stellvertretend für Baldachinbetten aus dem Paderborner Land gelten kann. Dieses Himmelbett befindet sich heute im Museum auf der Wewelsburg und zeigt wie alle anderen Möbel dieser Landschaft in seinem dekorativen Schmuck das Nebeneinander von profanen und christlichen Motiven. Liegende und stehende Tulpenwellenranken vereinigen sich hier mit den Initialen Christi, mit den Buchstaben IHS im Strahlenkranz, in Reliefschnitzerei.

Schauen wir nach dem Westen. Ein Himmelbett von 1771 von dem Hofe Papelmann in Herne-Baukau (heute Emschertal-Museum in Schloß Strünkede zu Herne) ist mit seinen komplizierten Füllungen und Vieleckrahmen in seiner Reliefschnitzerei an westlichen Vorbildern orientiert. Ein zweites Himmelbett von 1807 mit flachen Schnitzereien aus der Umgebung von Bochum (Abb. 167) fällt durch seine farbige Bemalung auf. Die dekorativen Elemente zeigen einen anderen Stil als die der Ravensberger Möbel. Überhaupt ist das Himmelbett in dem westlichen Westfalen viel leichter in seinem Aufbau, viel eleganter und weniger kräftig durchgeformt. Deutlich zeigt sich wieder die Beeinflussung durch die bergische Kunst. Das gilt besonders für Baldachinbetten aus der Grafschaft Mark und für einzelne Gebiete des Sauerlandes. Westlichen Einschlag zeigt auch ein Bett aus Epsingsen, Soester Börde (heute Burghof-Museum Soest), aus dem Jahre 1823 mit eleganter Reliefschnitzerei im klassizistischen Stil. Leider ist dieses Bett seines Baldachins beraubt.

Wiegen: Hessische Längsschwinger in Südwestfalen

Bezeichnend für westfälische Lande ist die Vielfalt der Wiegenformen[117]. Die wichtigsten Typen sind Hänge- und Kufenwiege, Längs- und Querschwinger (Abb. 172), Doppelschwinger und Standhängewiege (Abb. 174). Hier in Westfalen schnitt sich das Verbreitungsgebiet der Längs- und Querkufenwiege (Abb. 173). Die Längsschwinger, die sogenannten Uöverköppe, sind, wie die Karten des allgemeinen deutschen wie des niedersächsischen Volkskundeatlasses und neuere Sachforschung ergeben[118], in Südwestfalen, im Sieger- und Sauerland und darüber hinaus bis nach Wiedenbrück, Melle, Osnabrück, Minden und andererseits nach Hamm, ebenso im angrenzenden Rheinland zu finden. Auch in Hessen und Thüringen ist dieser Typ beheimatet[119]. Nach den Sachforschungen Ottenjanns müssen wir die

[115] Lothar Pretzell, Kostbares Volksgut aus dem Museum für Deutsche Volkskunde, Abb. 343: Himmelbett aus Steinbeck, Kreis Herford, datiert 1834. Die geschnitzten Ornamente sind bunt bemalt. – Vgl. auch Albert Schröder, Bemalter Hausrat in Nieder- und Ostdeutschland. Leipzig 1939, Abb. 311: Baldachinbett aus dem Kreise Herford, 1837.

[116] Vgl. auch Wilhelm Hansen, Lippisches Landesmuseum 1968, Abb. 13.

[117] Rudolf Uebe, Westfälische Wiegen. Die Heimat. Jg. 9, 1927, S. 17–21. – Derselbe, Westfalen. Deutsche Volkskunst, Abb. 74: Doppelschwinger, Korb auf Drahtgestell, Vreden. – Derselbe, Deutsche Bauernmöbel, Abb. 202: Doppelschwinger, Talge, Kreis Bersenbrück, 18. Jh., und Abb. 207: Wiegengestell, Doppelschwinger, 18. Jh., Soest, Burghof-Museum. – Heinrich Ottenjann, Alte deutsche Bauernmöbel, Abb. 219–220: Doppelschwinger aus Nortrup, Kreis Bersenbrück, und Neuenkirchen, Kreis Vechta: Querschwinger aus dem Gebiet von Damme (1681) und Norddöllen, Kreis Vechta, Abb. 212/13. – Rudolf Uebe, Deutsche Bauernmöbel, Abb. 206: Lippische Wiege, Detmold, Museum (Korbgestell) Querschwinger. – Derselbe, Westfalen, Abb. 75: Eisernes Querschwingergestell, 19. Jh., Heimatmuseum Coesfeld.

[118] Herbert Schlenger, Die Sachgüter im Atlas der deutschen Volkskunde. Jahrb. f. hist. Volkskunde Bd. 3/4, Berlin 1934. S. 366. – Atlas der deutschen Volkskunde. Leipzig 1937, Nr. 17: Karte, Formen der Kinderwiege. – Wilhelm Pessler, Volkstumsatlas von Niedersachsen. Braunschweig 1939, Abb. 4: Wiege mit Längskufen. Ankum, Kreis Bersenbrück. – Vgl. dazu: W. Pflug, Die Kinderwiege, ihre Formen und ihre Verbreitung. Archiv für Anthropologie. N. F. Bd. XIX, Braunschweig 1923.

Verbreitungslinie nach Norden heraufrücken: über die Linie Ankum, Kreis Bersenbrück, Essen, Kreis Cloppenburg. Aus dem Regierungsbezirk Osnabrück (Artland) sind uns neue Beispiele von Längsschwingern zu Gesicht gekommen. Das Kerngebiet ist, um mit Ritz zu sprechen, Hessen und das südliche Westfalen[120].

Doppelschwinger im kernwestfälischen Raum

In der Soester Börde, im Münsterland und im Osnabrücker Gebiet, ebenso im Oldenburger Münsterland, im Kreise Vechta, verbinden sich Längs- und Querkufenwiege zum Doppelschwinger. Das heißt, die Wiege kann verstellt werden und einmal als Längs- und zum andern als Querwiege benutzt werden. (Beispiele aus dem Osnabrücker Land, dat. 1777, und aus Soest wie aus Ramsdorf, Kreis Borken, 18. Jh. Abb. 171, 173 und 178). Dieser Typus ist aber nicht so vorherrschend, daß er die reine Querwiege unterdrückt (Abb. 172).

Westfalen ist in seiner Wiegenform westeuropäisch bestimmt. Das zeigt ein Vergleich mit osteuropäischen Völkern[121].

Über die dekorative Behandlung der Wiegentypen des Landes in Raum und Zeit ist bisher nichts ausgesagt worden. Gotische Stilelemente lassen sich nirgends beobachten. Renaissance-Ornamentik in Gestalt des Beschlagstils zeigt sich an einer Standhängewiege[122] im Osnabrückischen Museum (Abb. 174), doch handelt es sich keineswegs um ein zeitgenössisches Wiegenmodell, sondern vielmehr um ein Möbel des 18. Jahrhunderts.

Die Barockzeit kündigt sich an in stark geschwungenen Kufen, gedrechselten Beinen, bauchigen oder kurvigen Wiegenkästen mit Felderflächenaufteilung und stattlichen Knäufen. Sie zeigt sich in der Ornamentik, in den großflächig gemalten oder eingelegten geschwungenen Mustern: in Herzen, Tulpen, Blattranken (Ostwestfalen), in dem Namen oder Monogramm Christi (Sauerland, Paderborner Raum). In barocker Zeit tauchen neben bauchigen Wiegenkästen aus Holz auch bogige Drahtgeflechte auf, so im westlichen Münsterland, ebenso im Lipperland.

Gedrechselte Stäbe kennen wir aus Cloppenburg und Soest. Der Landschaftsstil ist häufig nur an Einzelheiten zu erkennen: wir nennen die Wiege des Dahlbrucher Zimmermanns Jung (Abb. 177) aus der 2. Hälfte des 18. Jahrhunderts im Museum Siegen mit ihren zartgestalteten Rocailleornamenten, die wellenförmig zu Quadraten und Rechtecken geordnet sind. Die Stilepoche des Rokoko kündigt sich in einer Bauernwiege von 1787 aus dem Sauerland an. Mit fast ungelenker Ritzzeichnung sind Tulpenranken, Jahreszahlen und das Christus-Monogramm IHS im Kreis über die Fläche hin in großen Initialen angebracht (Abb. 175 u. 176). Die Biedermeierzeit vereinfacht: die bürgerliche Gondel wird übernommen (Abb. 180).

Eine solche elegante Wiegenform mit geschnitztem Viertelverdeck aus stilisierten Blütenelementen in fast mathematischer Form stammt aus Oesbern (Abb. 179). Einzigartig ist eine Querwiege aus Jöllenbeck von 1817 (Abb. 172), deren Fläche über und über mit Schrift (Majuskeln in Flachrelief) in geordneten Kolumnen ornamental geschmückt ist. Das Schriftbild – Anordnung und Verteilung auf der Wiege – hat eine starke dekorative Wirkung. Es handelt sich um ein Gedicht:

[119] Karl Rumpf, Hessen. Deutsche Volkskunst. Neue Folge. Marburg 1951, Abb. 240: Schwelmer Wiege. Längsschwinger. Abb. 241: Längsschwinger aus dem Salzbödetal, südliches Marburg. Abb. 242: Längsschwinger aus dem Kreis Hersfeld, dat. 1811.

[120] Josef Maria Ritz, Deutsche Bauernmöbel. Darmstadt 1957, S. 25: Die letzteren Längsschwinger, bei denen die Bewegung, also vom Kopf zum Fuße und zurück verläuft, sind viel weniger verbreitet als die ersteren (die Querschwinger). Ihr Kerngebiet ist Hessen und das südliche Westfalen.

[121] Bruno Schier, Hauslandschaften und Kulturbewegungen im östlichen Mitteleuropa. Reichenberg 1932, S. 342ff. – D. Zelenin, Russische ostslawische Volkskunde. Berlin und Leipzig 1927, S. 300ff. – Friedrich A. Redlich, Die Wiegen der baltisch-deutschen Volksgruppe und die Wiegen ihrer fremdvölkischen Nachbarschaft. Veröff. d. volkskundl. Forschungsstelle am Herder-Institut Riga Bd. 8, Riga 1938.

[122] Zur Frage der Standwiegen vgl. Bengt-Arne Person, Vaggor. Kulturen en årsbok 1961, Lund, S. 124–152. Hinweise auf mittelalterliche Freskendarstellungen der Standwiege, s. besonders S. 141: Rynkabykirke, Skåne, 1400 talets slut. Vgl. ferner Kulturen en årsbok 1960, Lund, S. 133: vagga med häng ställning av für nederst. endraglåda, där barnets kläder förvaras (Sjöaryd, Markaryds, Småland).

Ich bin ein Geschöpf Gottes
wie euch Eltern ist bewußt
sorgt für mich ich sorge wieder
bei erwachter Kinderlust.
Dort in Euern greisen Jahren
will ich keine Mühe sparen
euch wie mir als Kind zum Schutz
drücken auch an meine Brust.

Hier in dieser Wiegelein
will ich schlafen ruhig ein
Eltern brauchet euren Fleiß
bis ich werd' erwachsen sein.
Catarina Loisa Leichs
den 7ten F. B. an 1817
Meister Leichs.

6. Tische und Sitzmöbel

Die eigentümliche Lage der westfälischen Länder, ihre besondere Geschichte, die Vielfalt der historischen Gewalten, das Fehlen eines Zentrums machen sich immer wieder geltend, auch wenn wir Mode- und Stilströmungen mitberücksichtigen. Das zeigt sich auch in der Besonderheit und Eigenart seiner Tischformen; denn wie wäre es sonst möglich, daß der dreibeinige Klapptisch auftaucht, der in Holland und Friesland zu Hause und in der Hindeloopener Form besonders bekannt ist. Das gleiche gilt für den Klappwandtisch, von dem S. Witsen Elias[123] sagt: „Deze klap-aan-den-wand rust op drie pooten en- de naam zegt het reeds-wanneer zij niet gebruikt wordt, zet men haar opgeklapt tegen den muur."

Friesisch-holländischer Klapptisch

Das Emsland, Artland, Oldenburger Münsterland beherbergen drei- und vierbeinige Klapptische mit Rundplatten (Abb. 187). Ein frühes Beispiel aus dem 16. Jahrhundert im Dortmunder Museum zeigt die jahrhundertealte Strahlkraft des niederländischen Nachbarlandes (Abb. 186)[124]. Auf holländischen Einfluß geht auch die ausziehbare Tafel der Barockzeit mit den dockenartigen Stollenfüßen, mit Kasten und Schublade zwischen Zarge und Tischplatte zurück, ein Typ, der vielfältig abgewandelt im Münsterland bis nach Osten im Ravensberger und Lipper Land, ebenso südlich des Hellwegs, wenn auch in bescheidener Form, auftaucht. Die Beine sind birnförmig oder zu Kugeln anschwellend, unten durch Diagonalstreben oder Längsbänder miteinander verbunden. Im Süden des Landes, an der nassauisch-hessischen Grenze entlang, im Siegerland, in der Grafschaft Wittgenstein, findet sich, wenn auch selten, eine besondere Form des gotischen Schragen- oder Bocktisches[125], auch Kreuztisches, mit Böcken in Stegverbindung an der Schmalseite oder mit gekreuzten, glatten oder gebogenen Beinen und Doppelkästen.

Die Tischformen im Zeitstil

Die Abwandlungen in den einzelnen Landschaften, ob Schragen-, Pfosten-, Rund-, Oval-, Quadrat-, Rechteck-, Klapp-, Wandklapp-, Auszieh- und Stuhltisch, freistehend oder eingebaut, sind nur durch genaue systematische Erhebungen zu bestimmen. Doch zeigt sich, daß Westfalen an der allgemeinen Entwicklung teilnimmt, daß in den einzelnen Landschaften verschiedene Typen nebeneinander auftauchen[126]. Der gotische Kastentisch mit glatten, einfachen, auch ausgesägten Wangen an den Schmalseiten und eingepflocktem Querholz oder mehreren Stegen war fast bis in die 2. Hälfte des 18. Jahr-

[123] S. Witsen Elias, Nederlandsche volkskunst. In: Volk van Nederland. Amsterdam 1937, S. 351–372.

[124] Vgl. Rudolf Uebe, Westfalen, S. 25: Holländischen Anklang zeigen die runden Tische aus dem Artlande und der Grafschaft Diepholz, bei denen drei schräggestellte Vierkanthölzer die runde Platte tragen, zwischen den Scheiten liegt noch eine zweite Platte (Abb. 22). Die Verwandtschaft mit den runden Klapptischen des Rokoko aus Hindeloopen an der Zuidersee ist hier offensichtlich. – Das Museum für Kunst und Kulturgeschichte Dortmund hat 1958 aus Quakenbrück einen Tisch erworben (Abb. 186), angeblich aus dem 15. Jahrhundert, mit dunkelgrün, gelb und rot bemalter Platte (Sonne in drei konzentrischen Kreisen, der äußere mit Zahlen von I–XIX, die inneren in Felder mit Buchstaben unterteilt) auf dreibeinigem Unterteil. Vgl. Katalog „75 Jahre Museum für Kunst und Kulturgeschichte Dortmund". Dortmund 1958, Nr. 260 Abb. – Vgl. auch Heinrich Kreisel, Die Kunst des deutschen Möbels. München 1968, Abb. 76: Derselbe Tisch nach 1500 datiert. – Vgl. ferner Heinrich Ottenjann, Alte deutsche Bauernmöbel, S. 68/69, Abb. 187: Gemeinde Lastrup, Kreis Cloppenburg.

[125] Vgl. Karl Rumpf, Hessen. Deutsche Volkskunst, Abb. 206: Bocktisch, Museum Eschwege, Abb. 207: Schragentisch, Ebda. – Rudolf Uebe, Deutsche Bauernmöbel, Abb. 147: Oberhessischer Bocktisch mit Kasten, datiert 1781.

[126] Eduard Schulte, Der Lakehof und seine Erbmeier. Lippische Geschichtsbilder aus fünf Jahrhunderten. Bochum 1954, S. 20 Abb.: großer Gesindetisch mit vielen Namenszeichen seit dem 17. Jahrhundert. Schräg eingestemmte Füße mit Längsmittelleiste und 2 Querleisten. Lakehof bei Belle, Kspl. Wöbbel, Kreis Detmold.

hunderts gang und gäbe, weil seine Anfertigungskosten so niedrig waren. Daneben hielt sich die barocke Form des Pfostentisches mit gedrechselten oder geschnitzten, gekanteten Beinen, mit rechteckigen bzw. viereckigen Tischplatten (Abb. 188 und 189), die nach beiden Seiten ausgezogen werden konnten, oder mit Ovalplatten, die an den Längsseiten auf- oder niedergeklappt wurden, wie es gerade die Situation erforderte (Abb. 190 und 191). Es gibt auch klappbare Stuhltische, deren Rücklehnen oder Rückwände zu gleicher Zeit als Tischplatte verwendet werden (Abb. 193). Dieselben Typen des Schragen-, Rund-, Klapp- und Pfostentisches (der Klapptisch in England als gate-leg-table bekannt) erscheinen im benachbarten Holland[127], Niedersachsen und Skandinavien. Größe der Möbel, stärkere Betonung des dekorativen Elements, künstlerische Betonung der Zarge, fallen bei den Tischen des Artlandes, Osnabrücker, Tecklenburger und Ravensberger Landes sowie des Westmünsterlandes auf. Die Tische im südlichen Westfalen sind um vieles kleiner und weniger aufwendig.

Stuhltische

Die bäuerlichen Sitzmöbel des westfälischen Raums, durch Begriffe Bank, Schemel, Stuhl, Sessel umrissen, haben gleich anderen deutschen Landschaften an der allgemeinen europäischen Entwicklung teilnehmend, gewisse Sonderformen oder Eigentümlichkeiten aufzuweisen. Die Bank gehört zu den ältesten und unentbehrlichsten Möbelstücken im Bauernhaus[128]. Ursprünglich an besonderer Stelle hinter dem Herdfeuer im Hallenhaus stehend, war sie, aus dicken Bohlen gearbeitet mit Sitzbrett und hohen seitlichen Wangen, von einfachster Gestalt und reine Zimmermannsarbeit. Gleich dem Tisch, der Uhr und dem Schrank war sie in einzelnen Landschaften in die Wand eingebaut. Als besondere Form haben sich einige Artländer Herdbänke erhalten, mit geschnitzten volutenartigen Wangen, offenen Fächern unter dem Sitz oder mit beweglichen Lehnen, die von einer Seite zur anderen geklappt werden konnten (Abb. 196, Mannsetel aus dem Artland, 17. Jh.)[129].

Bänke

Typisch für die reichen Bauernländer im nördlichen und östlichen Westfalen sind die riesigen Bänke hinter den langen Tischen am Essort, dort, wo die gesamte Familie zum Mittag zusammenkam. Sie sind in der Regel schlicht gestaltet, Rückenlehne und Seitenwangen sind bisweilen reicher verziert, kunstvoll ausgeschnitten oder mit gedrechselten oder geschnitzten Stäben versehen. Im Prinzip tauchen die gleichen Formen südlich des Hellweges auf, nur sind sie in der Größenordnung nicht zu vergleichen.

Truhenbänke

Die Truhenbank, wie schon der Name besagt, eine Verbindung von Truhe und Bank, in Dänemark Baenkekist, in Schweden kistbänk genannt[130], ist seit der Renaissancezeit in Nordeuropa beliebt, ebenso in Frankreich[131] und im Süden des Kontinents, so z. B. im Baskenland[132] bekannt. Sie ist ein Verwahr- und Sitzmöbel, das in seinem Unterteil an Kufenkastentruhen des 17. Jahrhunderts gemahnt, nur daß es ausgesägte Wangen und eine reichverzierte Rückenlehne besitzt. Schräggestellte, profilierte Stoßkanten, Rahmenwerk und Füllung auf der Schauseite, Felderaufteilungen mit vegetabilem und figürlichem bzw. geometrischem Reliefschmuck, weiter Beschlagwerk und Drachenmuster zeigen deutlich den Einfluß der Renaissancekunst des Oberwesergebiets. Sterne, Blütenranken, Tulpen und Herzen, Rosetten sind immer wieder zu beobachten als Dekorationselemente, wenn sie sich auch in ihrer Üppigkeit und großformigen

[127] K. Sluyterman, Huisraad en Binnenhuis in Nederland in vroegere eeuwen. 's-Gravenhage, 2. Druk 1918, S. 139: De 17de eeuwsche tafel is in het algemeen altijd rechthoekig; slechts bij uitzondering is zij geheel rond, zovals de klaptafel met drievoet (fig. 182, 195), die geheel dichtgeslagen en dan in een kleine ruimte opgeborgen kan worden, of zich vertoont als de klaptafel (fig. 183, 184) met gedeeltelijk draaibaar onderstel waarbij de twee neerhangende bladen kunnen opgeslagen worden.

[128] Maria Rörig, Haus und Wohnen in einem sauerländischen Dorfe. Münster 1940 (Endorf, Kr. Arnsberg), S. 40. – Rudolf Uebe, Westfalen, S. 25, weist noch auf die hölzernen Ofenbänke mit Polsterauflage im östlichen Westfalen hin.

[129] Rudolf Uebe, Deutsche Bauernmöbel, S. 113; Bänke mit Klapplehnen gab es auch in Jütland. – Heinrich Ottenjann, S. 72/73 und Abb.

[130] Vgl. Axel Steensberg, Danske Bondemøbler. København 1949, S. 26: I Danmark blev de faste baenke ofte afløst of baenke afløst of baenke kister eller kistebaenke ... Men baenketypen var i øvrigt udbredt over hele landet ... Dette kendes også fra Nordtyskland, specielt fra Vierlanden ved Hamburg. Abb. 41. – Sigurd Erixon, Møbler och heminredning i Svenska bygder. Stockholm 1925, Abb. 176–185: Kistbänkar.

[131] J. Gauthier, Le mobilier des vielles provinces françaises. Paris 1933, Fig. 50: banc-offre basque.

[132] Juan Subias Galter, El arte popular en España. Barcelona 1948, Abb. 96: Sitztruhe banca o arquibanco perteneciente a la iglesia parroquial de Pobla de Claramunt.

Gestaltung als Erzeugnisse des 18. Jahrhunderts erweisen. Diese Ornamente, im Flachrelief geschnitzt, sind durch farbliche Behandlung in ihrer Wirkung unterstrichen, ja bereichert. Besitzernamen und Jahreszahlen verbinden sich weiter mit dem überlieferten Ornament- und Stilgut, das sich bis in das 19. Jahrhundert hinein erhält.

Die Truhenbank ist eine typisch ostwestfälische Form, die nicht nur im Ravensberger Gebiet (Abb. 182), sondern darüber hinaus im Mindischen (Abb. 181) bis nach Lübbecke und Levern verbreitet ist[133]. Offensichtlich ist der westfälische Typ in Verbindung, was Aufbau und Dekor besagt, mit oberhessischen[134] und vierländischen Truhenbänken[135] zu sehen, jedenfalls zeigt er mit ihnen Übereinstimmungen. Merkwürdigerweise taucht die Truhenbank auch im Alpenland[136] auf.

Pfostenschemel und -stühle

Mittelalterlicher Herkunft ist der dreieckige Pfostenschemel mit oder ohne Rückenstütze und drei Beinen[137]. Konrad von Soest hat ihn auf seinem Dortmunder Marien-Altar um 1420 vor dem Bett der Madonna dargestellt. Der Goldschmied und Kupferstecher der Spätgotik Israhel van Meckenem aus Bocholt hat ihn gleichfalls auf einem Kupferstich „Der Lautenschläger“ und „Die Harfenspielerin“ verewigt. Gotischen Ursprungs ist auch der Dreipfostenstuhl bzw. Sessel mit gedrechselten Beinen, schräg ansteigenden Armstützen und Rücklehne[138]. Dieser Typ wird bis ins 18. Jahrhundert hinein variiert (Abb. 194 und 195). Die Dreiecksform war eine Notwendigkeit und nur zu begreifen aus der Unebenheit des Estrichs im Bauernhaus, auf dem ein vierbeiniger Stuhl oder Sessel schlecht stand.

Das Verbreitungsgebiet dieser Schemel- und Stuhlform war insbesondere das nördliche Westfalen: das Münsterland, Oldenburger Münsterland, Osnabrücker und Ravensberger Land. Westfalen gliedert sich hier einem größeren west- und nordeuropäischen Verbreitungsgebiet ein; denn dieser Typ ist in England, Holland, Frankreich, Niedersachsen, im Rheinland, in Dänemark, Norwegen, Schweden und Finnland zu finden[139], daneben noch in den romanischen Ländern Italien und Spanien.

In Westfalen[140] beheimatet ist auch der vierbeinige Rund- oder Pfostenstuhl als auch der Kantholzstuhl mit geflochtenem Sitz, mehr oder minder hoher Rückenlehne mit Längsstegen, gerundeten oder

[133] Westfälische Volkskunst. Museum für Kunst und Kulturgeschichte Dortmund, Abb. 17: Sitztruhe aus Friedewalde, Kreis Minden, dat. 1812. – Gertrud Angermann, Truhenbänke aus Friedewalde. Rhein.-Westf. Zeitschr. f. Volkskunde Bd. III 1956, S. 217ff. – Rudolf Uebe, Westfalen, Volkskunst, Abb. 69: Ravensberger Truhenbank.

[134] Adolf Spamer, Hessische Volkskunst, Jena 1939, Abb. 88: Geschnitzte und bemalte Truhenbank aus Oberhessen, dat. 1841.

[135] Rudolf Uebe, Deutsche Bauernmöbel, Abb. 132: Süddeutsche Truhenbank mit Klapplehne um 1500, Abb. 134: Truhenbank aus dem Alten Land 1791.

[136] Victor Theiss, Steiermark. Deutsche Volkskunst. Neue Folge, Weimar 1940, Abb. 63: Sitztruhe aus Kindberg.

[137] Anne Berendsen, Het Nederlandse interieur. Utrecht 1950, S. 131 Abb.: Stoltje op drie poten z. gen. driestal. Ronde gedraaide houten zijn voor de eenvoudiger meubelen gedurende de gothiek in gebruik geblewen.

[138] Rudolf Uebe, Deutsche Bauernmöbel. S. 66–67: Dreipfostenstühle mit dem im Halbkreis gezogenen Span typisch für das Gebiet am Niederrhein, mit den schrägen Armlehnen typisch dagegen für Westfalen. – Diese These ist unhaltbar, da beide Typen in Westfalen nebeneinander laufen. Das gleiche gilt für das Rheinland. – Heinrich Ottenjann, Alte deutsche Bauernmöbel, S. 74, Abb. 193: Dreipfostenstuhl mit Rundlehne aus Menslage (Artland). Der gleiche Typ auch im Kreis Wittlage und Landkreis Osnabrück noch anzutreffen. – Vgl. dazu noch Jostes, Westfälisches Trachtenbuch, 2. Aufl., S. 39: Als während der Friedensverhandlungen zur Beendigung des 30jährigen Krieges in Osnabrück im Jahre 1643 der schweizerische Gesandte Rudolf Wettstein einmal mit dem schwedischen Delegierten Salvius zusammentraf, berichtet er: Ich habe Salvius ins Wollenweber Stübli begleitet, daselbst habe ich ihn vermahnet, auf einen Sessel niederzusitzen, so nebenzu nur eine Lehne und ein blau alt schmutzig wullenweberkissi aufgehabt, darüber ich auch meine Stell auf einem Sessel mit drei Beinen so dieser Landen sehr genem sein unterher eingenommen.

[139] Alfred Schubert, Alte Volkskunst am Niederrhein. Düsseldorf 1938, S. 61. – Max Creutz, Die Rheinlande, Abb. 70 niederrhein., 2. H. 18. Jh. – Otto von Falke, Deutsche Möbel. Bd. I, S. 73. – Konrad Hahm, Deutsche Bauernmöbel, Abb. 10: Dreibeinsessel vom Niederrhein, 18. Jh. – Willem van der Pluym, Het Nederlandse binnenhuis en zijn meubles 1450–1650. Amsterdam 1943, S. 34, Abb. VII: Schemel van eikenhout. 2e helft 15e eeuw. Abb. VIII: Schemel met rugleuning van eikenhout, 2e helft 15e eeuw.

[140] Vgl. Heinrich Ottenjann, Alte deutsche Bauernmöbel, Abb. 195: Vierbeiniger Stuhl mit geflochtenem Sitz aus Dwergte, Kreis Cloppenburg; Abb. 196: Vierbeiniger Stuhl mit Spitzbogen und Blattmuster in Durchbrucharbeit als Rückenlehne aus Dinklage, Kreis Vechta; Abb. 197: Stuhl mit Lyra als Rückenlehnenmotiv, ebenso Abb. 198: Vermutlich Artland; Abb. 199: Lyrastuhl aus Damme, Kreis Vechta; Abb. 200 und 201: Vierbeiniger gedrechselter Stuhl mit 4 bzw. 3 gerundeten Querstegen als Rückenstütze.

geraden Rückenbrettern (Beispiele aus dem Oldenburger Münsterland, aus dem eigentlichen Münsterland, dem Osnabrücker, Ravensberger und Lipper Land bekannt).

Lehnsessel

Der Lehnsessel mit geflochtenem Sitz, hoher Rückenlehne mit gebogenen Querstegen, Armlehne ist auf Interieurbildern niederländischer Maler wie Adrian Brouver, A. van Ostade, Cornelis Bega, Cornelis Dusart zu beobachten. Er gehört gleichfalls einem größeren Verbreitungsgebiet an, das von Westen, von Flandern, Holland über Niederdeutschland reicht[141]. Sessel und Stuhl – zunächst eine Seltenheit im Bauernhaus, zum Sitzen war ja die Bank da – wurden von einer höheren Schicht übernommen. Sie haben im Laufe von vielen Jahrhunderten viele Wandlungen durchgemacht. Altertümliche und höchstmoderne Formen gehen nebeneinander her. Wir weisen auf einen Sessel mit mittelalterlichen Stilmerkmalen auf der Burg Altena (Abb. 200) mit gedrechselten Stegen, Knäufen aus dem Jahre 1742, auf einen zweiten aus dem Artland aus dem Jahre 1893, daneben auf einen Sessel aus Werther, Kreis Halle (Abb. 201), mit ausladender Armlehne und durchbrochener Rückenlehne mit neoromanischen und neogotischen Stilelementen hin. Städtische Ohrenbackensessel der Biedermeierzeit werden reizvoll im Münster-, Lipper und Ravensberger Land nachgeformt (Abb. 203). Die Ohrenbacken sind reich geschnitzt, durchbrochen und mit Halbsonnen ausgestattet.

Brettstühle

Die Brettstühle, Rundpfosten- und Kantholzstühle[142], bürgerlichen Stühlen nachgeformt, aber stark vereinfacht und mit geraden Rückenquerbrettern ausgestattet (Abb. 204), zeigen sparsamen Schmuck (Beispiele aus Schwelm von 1763 und 1775). Die Rückpfosten sind bisweilen gemustert, mit ovalen Kartuschen, Monogrammen verziert. Die Querbretter verschwinden, an ihre Stelle treten Längsbretter, die dann gegen Ende des 18. Jahrhunderts Vasen-Lyren-Blatt- und Tulpenformen annehmen und damit ihre Herkunft aus dem Klassizismus anzeigen (Abb. 197–199).

Innerhalb der Landschaftsstile ist der Stuhl oder Sessel nicht immer als Produkt des Artlandes, des Grönegaues, der Soester Börde oder der Grafschaft Mark, des Münsterlandes wie des märkischen Sauerlandes sofort zu erkennen. Dafür sind seine Einzelformen zu allgemein gehalten. Eigenartig ist der sogenannte Stuhltisch[143], ein Klapptisch, dessen Rundplatte hochgestellt werden kann und dann die Rückenlehne eines Sessels ergibt. Im westlichen und nördlichen Westfalen (Westmünsterland und Artland), im Rheinland, in Niedersachsen, Hessen ist dieser Stuhl-Klapptisch verbreitet, aber auch in Dänemark und Schweden nachzuweisen (Abb. 192 und 193)[144].

Spinnstühle

Ebenso eigenartig, aber aus der Notwendigkeit geboren und über große Strecken Deutschlands verbreitet sind Spinnstühle mit einer Armlehne (der rechten), damit die Spinnerin sich mit dem linken Arm ganz dem Spinnen hingeben kann (Abb. 202, Lippischer Spinnstuhl)[145].

[141] Vgl. Rudolf Uebe, Deutsche Bauernmöbel, S. 77 Abb. 95. – Victor de Meyere, L'art populaire flamand, S. 194: Fauteuil en bois de chêne.

[142] H. Thomsen, Bäuerliche Stuhlformen an der Niederelbe. Ein Beitrag zur Geographie der niederdeutschen Volkskunst. Museum für Hamburgische Geschichte. Hamburg 1938–39, S. 12: Sowohl der Rundpfostenstuhl als auch der Kantholzstuhl lassen sich auf deutsche Möbelformen des Mittelalters zurückführen. S. 8: Zwei große unterschiedliche Formengruppen: Altes Land, Finkenwärder, Blankenese, Rundpfostenstuhl; Vierlande, Winser Mark, Kantholzstuhl. – Rudolf Uebe, Westfalen, Abb. 55 und 56: Dreistahlstuhl, Museum Schwelm und Landesmuseum Münster, 18. Jh.; Abb. 59: Dreieckssessel mit Rundspanlehne und Rückenstütze, Landesmuseum Münster; Abb. 60: Dreiecksessel mit geschnitzten (geraden) Lehnen; Abb. 57–58: Sesselformen mit Quer- und Längsstreben als Rückenbretter, Landesmuseum Münster; Abb. 58: Sessel aus Borken, 18. Jh.; Ebda. Abb. 63: Ravensberger Sessel; Abb. 53: Ohrensessel mit gedrechselten seitlichen Kopfstreben. – Konrad Hahm, Deutsche Bauernmöbel, Abb. 9: Gedrechselter Pfostenstuhl mit Binsensitz aus Westfalen.

[143] Vgl. Rudolf Uebe, Deutsche Bauernmöbel, Abb. 143 S. 79, 104, 174: Westf. Stuhltisch, 18. Jh. (Soest, Burghofmuseum). – Derselbe, Westfalen. Deutsche Volkskunst, Abb. 70: Stuhltisch (Altena). – Wilhelm Pessler, Niedersachsen. S. 34. – Ein weiteres Beispiel im Heimatmuseum Melle. – Max Creutz, Die Rheinlande, Abb. 70. – Heinrich Ottenjann, Alte deutsche Bauernmöbel, Abb. 190: Stuhltisch aus Röpke, Gemeinde Löningen, Kreis Cloppenburg.

[144] Otto von Falke, Deutsche Möbel, S. IV, weist auf einen süddeutschen Klapp-Stuhltisch aus dem Jahre 1674 hin. – Adolf Spamer, Hessische Volkskunst, S. 52. – Sigurd Erixon, Folklig möbelkultur, Abb. 606, S. 614. – Axel Steensberg, Danske Bondemøbler, Abb. 39: bordstol von Bårse in Südseeland.

[145] Rudolf Uebe, Deutsche Bauernmöbel, Abb. 130: Lippischer Spinnstuhl, 19. Jh., Detmold (Museum).

In einer Hinsicht unterscheidet sich Westfalen von verschiedenen nord- ,vor allem ehemals nordostdeutschen Landen sowie von Mittel- und Süddeutschland. Es kennt nur bedingt die Schemelform des Brettstuhls mit schrägeingestemmten Beinen und figürlich ausgesägter Rückenlehne (z. B. in Form von Adlern, vgl. Abb. 205 und 206). Der Schneiderzunftschemel von 1773 im Landesmuseum Münster macht eine Ausnahme[146].

Häufig offenbart sich die kulturbildende Kraft des holländischen, friesischen Raumes. Der Kindersitzkasten[147], wie er im Westen, in Ramsdorf, Kreis Borken, und Südwesten, ebenso im Norden der westfälischen Lande vorkommt, ist in gleicher Gestalt in Holland und Friesland zu belegen[148]. Immer sind es geschlossene Kastenstühle, nach oben geöffnet, mit geschnitzten Seitenlehnen und sich verjüngenden Rückenlehnen. Sie sind fahrbar, bewegen sich auf hölzernen Achsengestellen mit kleinen Scheibenrädern. Das Kleinkind wird auf einen schmalen Sitz gesetzt und stützt die Beinchen auf eine durchlöcherte Fußstütze, die von unten her durch ein eingesetztes Stövken erwärmt wird. Eine kleine Tischplatte oder ein innen gerundeter Steg hindern das Kind, aus dem Kasten herauszufallen. Kindersitzkasten

7. Uhren

Stand- und Hängeuhren haben sich seit dem 18. Jahrhundert im bäuerlichen Haushalt Westfalens eingebürgert. Der hohe Uhrenkasten zeigt immer die gleiche Aufteilung: das Sockelgeschoß, den schmalen hochrechteckigen Pendelkasten als Mittelstück und den breiteren Aufsatz für das Uhrwerk mit Zifferblatt (Abb. 184). Größe und Ausstattung ändern sich natürlich, sind abhängig von dem sozialen, wirtschaftlichen Stand eines Hauses, sind abhängig von der Landschaft und dem jeweiligen Stil. Ein reicher Grönegauer, Ravensberger oder Beckumer Bauer des 18. Jahrhunderts besitzt eine andere Uhr als ein Hofbesitzer aus dem Vest Recklinghausen oder aus der Grafschaft Wittgenstein der gleichen Zeit. Sie unterscheiden sich in der Größe und der dekorativen Behandlung. Standuhren sind häufig in Schrankwände eingebaut, so im Münsterland, Osnabrücker und Lipper Land, in der Grafschaft Mark, im Paderborner Land und im Siegener Raum. Standuhren

Standuhren des 18. Jahrhunderts im nördlichen Westfalen sind häufig durch Mächtigkeit, Schwere und Größe gekennzeichnet. Das gerundete Kopfstück des Zifferkastens mit seinen Profilen, Kehlen ist in Anlehnung der damaligen barocken Möbelmode geschaffen. Auch das Sockelgeschoß verrät den gleichen Gestaltungswillen, doch beschränkt sich das kurvige Linienspiel auf wenige Beispiele – selten, daß man so üppige, gebauchte oder stark gekurvte Uhrenkästen sieht wie z. B. in Holland oder Frankreich. Gegen Ende des Jahrhunderts wird das Gehäuse streng, gerade, rechtwinklig. Bäuerliche Standuhren sind im wesentlichen erst seit der Mitte des 18. Jahrhunderts nachzuweisen.

Die märkische Standuhr steht gleich dem übrigen Mobiliar der Grafschaft unter dem Einfluß des benachbarten Bergischen Landes (Abb. 185). Hervorstechende Merkmale sind der wenig gebauchte Sockel, der elegante Linienfluß des Pendelkastens, Rocaille-Ornamente, Blütengehänge und reichgeschnitzte Festons. In den armen Waldlandschaften dagegen im Hochsauerland und in der Grafschaft Wittgenstein taucht der schlichte Uhrenkasten ohne irgendwelche dekorativen Beigaben und zudem in verkleinerter Form auf. Die Uhr selbst als Erzeugnis der Uhrmacher ist häufig mit dem Namen des

[146] Rudolf Uebe, Westfalen, Abb. 66.

[147] Rudolf Uebe, Deutsche Bauernmöbel, Abb. 214: Sitzkasten aus Südwestfalen von 1749, Eiche, in Hamm Städtisches Museum; Abb. 215: Holländischer Sitzkasten, 17. Jahrhundert, Eiche. Berlin Sammlung für Deutsche Volkskunde; S. 150: Hinweis auf weitere Beispiele in Middelburg (Museum) und Nürnberg (lackgemaltes Modell aus Hindeloopen). – Vgl. auch Heinrich Ottenjann, Alte deutsche Bauernmöbel, Abb. 205: Holländischer Kindersitzkasten aus Lindern, Kreis Cloppenburg. – Irmgard Simon, Hamaland – Museum Vreden, S. 57 Abb.: Kindersitzstuhl aus Obstbaumholz aus Zwillbrock.

[148] Anno Teenstra, Nederlandsche Volkskunst. Amsterdam 1941, Abb. 22. – Edmund Meier Oberist, Kulturgeschichte des Wohnens. Hamburg 1956, S. 146: Bild von Pieter de Hooch, die Morgentoilette (1960), vorn rechts der Kinderstuhl, wie er auch in England und Nordwestdeutschland üblich war.

Herstellers geschmückt. Die Metallzierate der Zifferblätter erfreuen unser Auge. In den östlichen und nördlichen Teilen des Landes sind sie bei weitem reicher gestaltet als in den südlichen Teilen. An ihnen

Uhrmacher

können wir Namen und Arbeitsorte der Uhrmacher Westfalens ablesen. So lebte in Greven der Uhrmacher Bernhard Husmann, in Quakenbrück Johann Herbertshof, in Damme der Uhrmacher Henry Nordhoff, ein F. H. Winkelmann in Risten, ein Wichmann in Vechta, Johann Läschen in Cloppenburg, ein Lübbers in Löningen, Kreis Cloppenburg, die Uhrmacher Karrebrock und Friedrich Henseler in Wellingholzhausen, Kreis Melle, ein Spieß in Girkhausen, Kreis Wittgenstein, Hofmann in Trupbach, Kreis Siegen. Sie sind alle in der ersten Hälfte des 19. Jahrhunderts nachzuweisen. Aus einer früheren Epoche stammt Karl Friedrich Büter in Lindern. Er ist nachzuweisen in den Jahren 1787–1841.

Holländische Importware[149] waren die großartigen, in den Bereich der hohen Kunst fallenden Mahagoni-Uhren aus Amsterdam mit beweglichen komplizierten Zifferblättern, mit Stunden-Sekunden-Minuten-Wochentag-Monatsdatum-Mondstandzeigern. Den Wert dieser Standuhren mit figürlichen Aufsätzen wußte man wohl zu schätzen, heute noch werden sie in den Dörfern der Kreise Borken und Grafschaft Bentheim als besondere Kostbarkeiten gehütet. Seine Freude hatte man auch an den Halb-

Hängeuhren

pendulen, Hanguhren, Halfkast- oder Stoeltjesklock (Abb. 183), von denen nach Teenstra[150] „die friesische, die groningsche und die drenthsche“ als Typen unterschieden werden müssen. „De bekendste“ ist nach seiner Schilderung „die Friesche, welke evenals de andere een gehold of geschulpt en beschildered achterblad heeft, waartegen de console, het stoeltje van waarop het uurwerk rust, is aangebracht“. Mit einem dachähnlichen Aufbau über dem Zifferkasten versehen und mit Zieraten, mit à jour gearbeiteten, vergoldeten Messing- oder Zinnornamenten und den allegorischen Gestalten Glaube, Liebe, Hoffnung geschmückt, macht dieser offene Kasten einen gemütvollen, ja verspielten Eindruck. Er findet sich im Norden und Westen in den an Holland und Friesland angrenzenden Landstrichen, ebenso auch in Flandern[151].

Neben der holländischen und friesischen Importware war Westfalen auch das Absatzland für Schwarzwälder Uhren mit buntfarbiger Lackmalerei. Besonders beliebt waren Hängeuhren mit farbigen Zifferblättern, die, mit Rosen, Tulpen und Nelken bemalt, bei dem Volke Anklang fanden. Auch amerikanische Uhren wurden im Lande verkauft, amerikanische Firmenstempel, wie die der Firma Waterbury Clock tauchen häufiger auf[152]. Im Oldenburger Münsterland, Artland, Osnabrücker Land sind diese Uhren nicht so selten.

Westfalen macht keine Ausnahme, nimmt, wie so viele andere Landschaften im deutschen und außerdeutschen Raum, an volkskundlichen modischen Neuheiten teil.

8. Bäuerliche Kleinmöbel

Das westfälische Kleinmöbel, das holzgeschnitzte Gebrauchsgerät, darf nicht vergessen werden. Hier tauchen zum Beispiel Formen auf, die inner- und außerhalb des deutschen Sprachgebietes gleichfalls zu Hause sind. Wir nennen den Salzkasten, das Löffelbrett, den Handtuchhalter oder das Handtuchhäuschen, den Tellerkasten, das Tellerbrett, die Feuerkieke, die Schultasche und anderes mehr.

[149] Heinrich Ottenjann, Alte deutsche Bauernmöbel, S. 81.

[150] Anno Teenstra, Nederlandsche Volkskunst. Amsterdam 1941, S. 110: In het noorden van ons land ontmoeten wij de stoeltjesklok. Hiervan bestaan er drie typen, die groote onderlinge overeenkomst vertoonen n. C. de Friesche, Groningsche en Drentsche.

[151] Die gleichen Typen auch in Dänemark verbreitet. Vgl. Axel Steensberg, Danske Bondemøbler. København. 1949, Abb. 434: Hängeuhr von den nordfriesischen Inseln, derselbe Typ im Artland verbreitet mit aus Holz geschnitzten und bemalten Meerjungfrauen, ebenso in Schleswig-Holstein und auf der Insel Amager. – Victor Meyere, S. 36: Parmi les premières hangklokken ou pendules nous citerons les modèles originaires de la Frise et de Zélande très répandus en Flandre.

[152] Vgl. Heinrich Ottenjann, Alte deutsche Bauernmöbel, S. 81 und Abb. 236: Amerikanische Hanguhr; 237: Schwarzwälder Uhr. Solche Uhren sind auch in Dänemark nachzuweisen. – Vgl. Axel Steensberg, Danske Bondemøbler, S. 43. – Beispiel einer amerikanischen Hängeuhr aus dem Artland im Museum Osnabrück vorhanden.

Salzkästen

Bei den Salzkästchen oder Salzfässern – sie stehen unter dem hölzernen Kleingerät an erster Stelle – unterscheiden wir im wesentlichen zwei Typen: Das Giebelhaus (Salzkästen, datiert 1720, 1740, 1822 und 1840 aus dem Osnabrücker Land und dem Kreis Herford, Abb. 208, 210–212) und den abgeschrägten Klappkasten (Abb. 209). Das Giebelhaus ist vornehmlich im Nordosten Westfalens im Lipper, Ravensberger, Mindener Land und im Oldenburger Münsterland zu Hause. Es erscheint aber auch im Osnabrückischen und im Münsterland, im Westen sogar mit Stilmotiven des Rokoko und Klassizismus geschmückt, im wesentlichen feiner und zierlicher (Beispiel aus Coesfeld-Land).

Die Vorderseite eines solchen Giebelhauses ist in reicher Flachschnitzerei geschmückt, mit Sprüchen, Namen, Jahreszahlen, Rankenwerk. „O Mundes Koch vergiß ja nich dis runte Loch 1822" (Abb. 210), so lesen wir auf einem Salzkasten aus Huchzen, Kreis Lübbecke, oder „Hohoho was hört hier alle to Anno 1809" ist die Inschrift eines Salzkastens aus Halstern im Museum Bünde. Oberhalb der Mitte dieser Salzkästen befindet sich meistens ein rundes Loch, vor dem eine bewegliche Rundscheibe oder Klappe hängt, die mit Rosetten, Tulpen oder Sternen, auch Wirbelrädern verziert ist. Das Dach dieser Kästen ist spitz, dreieckig, mit aufgesetzten Rosetten, gespitzten Kreisen, auch Giebelpfählen dekoriert; es ist bisweilen auch gebogt oder gekurvt mit gegenständigen, einander zugewandten Phantasietieren (Vogel-Adlerköpfen). In der Regel ragt die Schauseite dieser Kästen über den eigentlichen Salzbehälter hinaus. Die Kästen selbst waren häufig in die Wand neben dem Kamin eingelassen, um das kostbare Salz jederzeit trocken zu halten. Die Art dieser Aufbewahrung ist heute noch auf dem Hof Eickenscheidt in Malbergen bei Osnabrück zu beobachten.

Es wird berichtet, daß die Form des Salzkastens im Grunde genommen auf ein kirchliches Möbel des Mittelalters, nämlich auf das gieblige Sakramentshaus zurückgeht, – man spricht sogar von Salzkirchen[153]. Die Herforder Salzkästen sind besonders reich entwickelt mit ihren aufgesetzten Sternen, Kreisen und Blüten; sie sind ungewöhnlich groß und imposant und häufig auf ihrer Schauseite mit Reliefzierat geschmückt und farbig bemalt (Beispiele in den Museen Bünde, Herford, Bielefeld).

Neben diesen giebligen Kästen mit beweglichen, senkrecht hängenden Scheiben kommen Klappkästen mit schrägaufliegendem, klappbarem Deckel vor, Hängekästen, die gleichfalls verziert sind mit vegetabilen oder abstrakten Mustern, Namen und Jahreszahlen. Sie sind entweder eingeschnitten oder eingeritzt. Das Monogramm Christi erscheint dann und wann als Symbol, besonders in katholischen Gegenden, um damit zu dokumentieren, daß das Salz unter den Schutz des Gottessohnes gestellt ist. Der Typ des Giebelhauses mit dem runden Loch ist, wie gesagt, im wesentlichen im Norden, im Nordosten und -westen des Landes beheimatet, während der Klappkasten in ganz Westfalen anzutreffen ist.

Der Salzkasten ist an sich über große Gebiete Europas verbreitet[154], wenn er auch regional leisen Schwankungen unterworfen ist. Westfalen macht in dem west- und nordeuropäischen Verbreitungradius des Salzkastens keine Ausnahme.

[153] Vgl. Karl von Spiess, Bauernkunst, ihre Art und ihr Sinn. Berlin 1943, S. 132, S. 312 Abb. 179: Salzkirchen aus Südtirol. – Wilhelm Bomann, Bäuerliches Hauswesen in Niedersachsen. Weimar 1927, S. 97: Salzhaus und Klappkasten. Beide Typen abgebildet. – Rudolf Uebe, Westfalen, Abb. 84–86: Salzkasten mit spitzem Giebel von 1851 aus Ravensberg im Landesmuseum Münster. Zweites Beispiel mit Dreiecksgiebel, von Säulen flankiert, abgeflachtem Giebel aus dem Jahre 1773 und Inschrift: O O Mundekoch vergiß ja nicht das runte Loch. – Derselbe, Deutsche Bauernmöbel, Abb. 219: Salzfaß in Giebelform mit ausgesägtem und aufgesetztem Zierat. Braunschweig, dat. 1776 und 1798; Abb. 223: Salzhaus Osnabrück, dat. 1740, mit Giebelpfahl; Abb. 224: Salzhaus viereckig und bemalt aus dem Jahre 1757 aus Minden; Abb. 221/22: Salzkasten in Giebelform, dat. 1822 und ohne Jahreszahl, 19. Jh., Braunschweig, Vaterländisches Museum; Abb. 225: Klappkasten aus Tirol aus dem Jahre 1797, ehemals Staatliche Sammlung Berlin. – Volkskunst in Westfalen, Landesmuseum Münster: Salzkasten mit Giebel, geschnitzt und farbig bemalt. Herford, Ravensbergisch, 19. Jh. – Aus westfälischen Museen. Münster 1958. Bildtafel 5: Eckiges Salzfaß von 1800 mit Rankenwerk und Tulpenmotiven im Flachrelief auf der Schauseite. Kreisheimatmuseum Lübbecke. – Heinrich Ottenjann, Alte deutsche Bauernmöbel, S. 83, Abb. 241: Salzkasten in Hausform aus Löningen; Abb. 242: Salzkasten aus Hesselnfeld, Kreis Cloppenburg, dat. 1773; Abb. 243: Klappkasten aus Lorup/Hümmling; Abb. 224/25: Der gleiche Typ aus Bunnen und Essen, Kreis Cloppenburg.

[154] Otto Schulze, Bäuerliche Holzschnitzereien und Kleinmöbel aus Norddeutschland. Elberfeld 1924, Taf. 23: Braunschweigische Salzkästen aus dem Vaterländischen Museum Braunschweig, in Hausform mit durchbrochenen Giebeln und Pferde-

Löffelbretter

Liebenswerte Erzeugnisse sind Löffelbretter[155], rechteckige Bretter oder Tafeln mit Giebelbekrönung, durchbrochener Rückwand und vorgekragten Stegen zum Einstecken der Löffel. Sie sind bisweilen auch rundbogig oder mit gegenständigen adossierten Adlern geschmückt, die als Giebelbekrönung in ihrer Form schon nicht mehr zu erkennen sind, da sie einem starken Zerformungsprozeß unterworfen waren. Mächtig und imposant, aber farbig bemalt, sind die Löffelbretter in der Ravensberger Landschaft (Abb. 215), feingliedrig und zart dagegen sind sie im Westen Westfalens, in den Kreisen Altena, Borken, Burgsteinfurt, Grafschaft Bentheim, weil unter niederrheinischem und holländischem Einfluß stehend.

Die Rückwand der Löffelbretter in der Grafschaft Mark z. B., ebenso in den Kreisen Borken, Ahaus wirkt oft wie ein Gespinst mit ornamentalen, figürlichen und vegetabilen Mustern. Da treten Sechspässe, Rosetten, Tulpen, Weintrauben auf, und daneben erscheinen die Dornenkrone und Engel mit den Leidenswerkzeugen Christi (Abb. 213). Alles ist rhythmisch und gegenständig angeordnet. Ein solches Beispiel befindet sich im Museum in Hamm (Abb. 214). Um noch von einem zweiten Beispiel zu reden, so müssen wir auf ein Löffelbrett im Museum in Ramsdorf aus dem Jahre 1838 aufmerksam machen, das mit seinem ausgesägten Muster große Ähnlichkeit mit friesischen und niederrheinischen Beispielen aufweist[156]. Fast alle erhaltenen Löffelbretter stammen aus dem 19. Jahrhundert.

Wichtig ist die Tatsache, daß die niederrheinischen Löffelbretter zur westfälischen Grenze hin breiter und die dekorativen Elemente derber und kräftiger sind[157]. Diese Beobachtung, registriert von Annaliese Ohm, ist für die Kenntnis rheinisch-westfälischer Volkskunst, ihre Gradunterschiede von besonderer Bedeutung. Wieder beweist der Westen Westfalens seine enge Verbundenheit zum westeuropäischen Raum, zum Niederrhein, zu Holland[158] und Flandern.

Löffel- und Tellerbretter

Vergessen dürfen wir nicht Gestelle, die eine Verbindung von Löffel- und Tellerbrett[159] darstellen. Sie bauen sich auf einem einfachen Rückenbrett mit schrägeingepflockten und gedrechselten Stäben und einem durchlöcherten Bodenbrett (Artland und der benachbarte Kreis Vechta) auf, oder sie haben die Gestalt eines geöffneten dreieckigen Häuschens mit Verdachung und Tragestützen (Kreis Wittlage, Kreis Melle, Kreis Vechta). Tellerbretter erscheinen auch im Hümmling, sind im Rheinischen bekannt und im Friesischen belegt. Das reine Tellerbrett, Tellerröpe auch genannt, zum Nachtrocknen der Teller, in Nord- und Ostwestfalen bekannt, entwickelt sich aus einer Kastenform, einem viereckigen, offenen Gestell zum Anlehnen der Teller, mit Dockengitter und Kugelknäufen. Es ist charakteristisch für das Ravensberger Gebiet (Abb. 221). Im Osnabrückischen erscheint es in Gestalt einer Raufe oder Krippe, die sich nach unten verjüngt und schön geschnitzte Längsstäbe oder Gitter aufweist. Das Tellerbört ist nicht nur auf Westfalen beschränkt, sondern taucht auch am Niederrhein und in Niedersachsen und Schleswig-Holstein auf[160].

köpfen. Taf. 23, Mitte: Klappkasten. Museum für Kunst und Kulturgeschichte Lübeck. – Walter Borchers, Volkskunst im Weizacker. Leipzig 1932, Abb. 29: Salzkasten (Klappkasten mit Doppeladler) bemalt, aus Britzig. – Erich Meyer-Heisig, Deutsche Volkskunst. München 1954, Abb. 89: Salzkasten. Beispiel aus der Schwalm, Hessen, von 1907 mit farbiger Bemalung. Victor de Meyere, L'art flamand. Abb. 13: boîte à sel. – Vgl. dazu J. Gauthier, Le mobilier des vieilles provinces françaises. Paris 1933, S. 115, Fig. 93: Boîte à sel (Provençale) Klappkasten, Hängekasten, mit geschweiftem Deckel, kurzen geschweiften Füßen, die Vorderseite reizend verziert, an eine Kommodenform gemahnend.

155 Rudolf Uebe, Westfalen, Abb. 78–83. Geometrisch gemustert und durchbrochene Rückwände aus Dörfern bei Vreden (81–83)

156 Vgl. dazu Otto Schulze, Bäuerliche Holzschnitzereien und Kleinmöbel aus Norddeutschland, Taf. 3 oben: Löffelbretter aus Dithmarschen; Taf. 26: Löffelbretter vom Niederrhein, aus dem Museum der Stadt Duisburg; Abb. 27: Löffelbretter vom Niederrhein, aus dem Stadtmuseum Emmerich und dem Grafschaftsmuseum Mörs.

157 Annaliese Ohm, Volkskunst am unteren rechten Niederrhein, Abb. 109–116 und S. 132.

158 Jan de Vries, Volk van Nederland. Interieur op Marken, mit 2 Löffelbrettern. Farbtafel nach S. 36. – Victor de Meyere, L'art populaire flamand, Abb. 13: Portecuillères. Beide zeigen ähnlichen Aufbau u. Kerbschnittechnik mit durchbrochener Rückwand.

159 Rudolf Uebe, Westfalen, Abb. 78–83: Löffelhalter aus Paderborn, Recklinghausen (1858), Wessendorf bei Stadtlohn (1800), Ottenstein bei Vreden, Hamm, Köckelwick bei Vreden. – Ottenjann, Alte deutsche Bauernmöbel, Abb. 246: Lahr, Gemeinde Goldenstedt, Kr. Vechta; Abb. S. 87: Tellerröpe mit Löffelbrett, Museumsdorf Cloppenburg.

160 Max Creutz, Die Rheinlande, Abb. 58: Löffelbrett aus der Gegend von Moers 1776. – Otto Schulze, Bäuerliche Holzschnitzereien und Kleinmöbel, Taf. 10: Löffelbretter 1 u. 4 aus dem Museum für Hamburgische Geschichte und aus Friesland, in der ehemaligen Sammlung für deutsche Volkskunde Berlin; Taf. 9: Tellerbrett aus dem Museum der Stadt Flensburg

Handtuchhalter

In diese Reihe gehören auch Handtuchhalter in Kastenform, die man in fast allen Gebieten Westfalens kennt (reichgeschnitzte Beispiele im Lippischen Landesmuseum Detmold, mit der lippischen Rose geschmückt und der Jahreszahl 1715, Abb. 216). Das Handtuchhäuschen, wie der Name besagt, gleich bestimmten Typen des Salzfasses und des Löffeltellerbrettes aus der Hausform abgeleitet, in Nord- und Ostwestfalen verbreitet, ist nichts weiter als ein Handtuchhalter mit Rolle in einem nach unten geöffneten Konsolkasten. Im Westfälischen Freilichtmuseum Detmold befindet sich ein elegant geschnitztes Handtuchhäuschen mit Segmentgiebel und religiösen Motiven ausgestattet, aus der 2. Hälfte des 18. Jahrhunderts aus Delbrück, Kreis Paderborn (Abb. 218).

Eins der schönsten Beispiele dieser Art mit aufgesetztem, reichprofilierten Dreiecksgiebel und Renaissancedekoration aus dem Jahre 1715 stammt aus dem Artland. Weitere Beispiele sind aus Dortmund, dem Münsterland, Melle, Minden, aus dem Lippischen und dem Schaumburgischen bekannt[161]. Daneben erscheinen gedrechselte Handtuchhalter an beweglichen Armen, an der Wand weit schwingend, mit gedrechselten Längs- und Querstreben ausgestattet, mit Holzringen und Glöckchen kompliziert und spielerisch aufgebaut. Aufgesetzte gedrechselte klassizistische Vasen geben eine Datierungsmöglichkeit, wenn auch der Typus dieser Handtuchhalter älter sein mag. Sie tauchen im Artland und benachbarten Oldenburger Münsterland auf und werden im Artland Handlakenkraune genannt (Abb. 217, Handtuchhalter aus dem Artland).

Stövken

Noch viele andere geschnitzte Gebrauchsgeräte weist das westfälische Bauernhaus auf, wie die mit urtümlichen Ornamenten verzierten Stövken[162]: kleine, viereckige, auch achteckige aus Holz geformte tragbare Holzkästen zum Aufnehmen von irdenen Wärmbecken. Ihre Wandungen sind durchbrochen und mit einfachen geometrischen Mustern, Blüten und Rosetten dekoriert (Abb. 224). Wir kennen sie aus dem Münsterland, dem Osnabrücker, Lipper Land, aus der Grafschaft Mark, aus dem Sauerland sowie aus dem Paderbornischen. Ein besonders schönes Exemplar ist im Städtischen Museum Osnabrück befindlich, aus dem Jahre 1768, mit Rosetten, Wirbelrädern, Sechssternen, Knoten im Flachrelief verziert. Solche Stövken sind im niederdeutschen[163], niederländischen und skandinavischen Raum allgemein verbreitet. Sie stammen in der Regel aus dem 18. und 19. Jahrhundert.

9. Zusammenfassung

Ausstrahlungen westfälischer Möbelkunst

Westfalen hat auf dem Gebiet der Möbelkunst von allen Seiten reiche Anregungen empfangen: von Norden, Süden, Westen, Osten, aus deutschen und außerdeutschen Gebieten ist es befruchtet worden. Hat seine Möbelkultur – diese Frage muß gestellt werden – die gleiche Wirkung auf die Nachbarländer ausgeübt, hat sie die gleiche Strahlungskraft gehabt?

Zweifellos hat es die Waldecker Truhen[164] in ihrem architektonischen Aufbau beeinflußt, die eigentlich Seitstollentruhen aus Eichenholz sind und südwestfälische Anregungen in der Aufteilung der Schau-

[161] Walter Borchers, Bäuerliche Kultur und Kunst des Osnabrücker Landes, Abb. 446: Handaukhüschen aus Peingdorf, Kr. Melle. Ein anderes Beispiel aus dem Kreis Herford im Museum Bünde aus dem 19. Jahrhundert mit buntfarbiger Bemalung.—Heinrich Ottenjann, Alte deutsche Bauernmöbel S. 90, Abb.: Artländisches Handtuchhäuschen von 1616; Abb. 91–93: Artländische Handtuchhalter. – Rudolf Uebe, Deutsche Bauernmöbel, S. 208, Abb. 231: Handtuchhalter aus dem Artland. – Renate Brockpähler, Bestandsaufnahme von volkskundlichem Sachgut. Rhein-Westf. Zeitschr. f. Volkskunde Bd. VII 1960, S. 209: Handtuchhalter Kr. Coesfeld. – Ulrich Bauche, Bestandsaufnahme. Ebda., S. 214: Handtuchhäuschen Dortmund.

[162] Volkskunst in Westfalen. Landesmuseum Münster 1955, Taf. 23: Feuerstövken aus Eichenholz mit Flachschnitzerei, 19. Jh. Beispiele in den Museen Detmold, Minden, Melle, Osnabrück, Bersenbrück usw. – Vgl. auch Matthias Brinkmann, Unsere Heimat. Heimatbuch für den Landkreis Osnabrück. Osnabrück 1951, S. 162, Abb. 2: Geschnitzte Feuerstövken. – Wilhelm Bomann, Bäuerliches Hauswesen in Niedersachsen, S. 84.

[163] Otto Schulze, Bäuerliche Holzschnitzereien und Kleinmöbel, Abb. 21: Stövken. – Jan de Vries, Volk van Nederland, Abb. 106: Hindeloopensch binnenhuisje (Stövken aus Holz am Boden stehend).– Annaliese Ohm, Volkskunst am unteren rechten Niederrhein, Abb. 102: Stövken aus Damm und Brünen.

[164] Vgl. Karl Rumpf, Hessen. Deutsche Volkskunst, S. 48. – Adolf Spamer, Hessische Volkskunst. Jena 1939, S. 53: Doch zeigen die Waldecker Truhen, die kleiner als die der Schwalm und des Hinterlandes sind, ausgesprochen südwestfälische Züge.

seite übernommen haben. Westfälischer Einfluß ist weiter in Holland zu spüren. „Een boereninterieur met een zeer uitgesproken eigen karakter ontmoten wi in het Zuid-Oosten van de provincie Groningen in de streek Westerwolde ... dit zeer naturalistisch behandelde snijwerk van ranken met druiven trossen verraadt duidelijk invloeden van het nabije Westfalen."[165]

Die Frage des Ursprungs der Möbelkunst des Siegerlandes und seiner Verwandtschaft mit dem Dillkreis, ob westfälisch oder hessisch, nassauisch, kann nur dahin beantwortet werden, daß hier ein Grenz- und Übergangsgebiet, ein Mischgebiet von westfälischen zu hessischen und rheinischen Möbelformen vorliegt, daß hier westfälische, rheinische und nassauische Möbel nebeneinander hergehen.

Welche Beziehungen zwischen Westfalen und dem Osten Deutschlands, dem Ravensbergischen und Mittelpommern auf dem Gebiet der Möbelkultur geherrscht haben, diese Frage wird wohl nie gelöst werden, ob durch Wanderhandwerker, familiäre Beziehungen, ist schwer zu sagen; jedenfalls zeigen bestimmte Himmelbetten in den beiden Landschaften die gleiche Gestalt und Dekoration.

Das Handwerk als Träger: Zunftordnungen

Hersteller dieser Möbel waren dörfliche und städtische Handwerker; sie arbeiteten nach Gesetzen, die in ihren Zunftordnungen festgelegt waren, beeinflußt von den jeweiligen Mode- und Stilströmungen im Banne einer kleinbürgerlich-bäuerlichen Käuferschicht, je nach Können und handwerklicher Erziehung. Aus ihren Handwerksrollen oder Meisterstücken lernen wir die damalige Situation kennen. In der Rolle der Gilden und Zünfte der Stadt Ahlen[166] lesen wir: „So einer allhie das Schreiner Handtwerck auszuführen gesinnet, dann solle der Schreiner einen nach der Kunst wohl eingerichteten Kleider Schrank oder Schapp, wie es die Manier und Weise der Zeiten mit sich bringen wirdt nebst einen guten Tisch machen." Das gleiche gilt für Burgsteinfurt. Heinrich Graf zu Bentheim, Tecklenburg, Steinfurt und Limburg, Herr zu Rheda, bestimmt in der Rolle der Tischler zu Burgsteinfurt im Jahre 1624: „Nach Vollendung solches Jahrs soll ein solcher frembder Kleinschnitzer gesell sich bey den Gildemeistern selbiges Ampts drymahl angeben dergestalt das er zum ersten sein Meisterstück auff Papeyr abreissen und vorzeigen. Zum zweyten, wann er dasz Schap ins Vierkant gefertiget dasz er alszdann gleichfalls die Gildemeister selbiges zur Besichtigung beruffen. Die Prob eines Kleinschnitzers Gesellen soll sein, ein schap mit vier thüren, dessen underste Theil gemacht sein soll mit halben runden sülen, vierfuss hoch der oberste theill ober mitt gantz runden sülen, drey fuss hoch mitt dem freese, daneben funffer halb fuss breitt und zwey fuss tieff daneben noch einen aufzuzichenden Tisch dessen oberstes blatt sechs fuss lang und drey fuss breitt sein." Das Meisterstück der Schreiner in Iserlohn mußte um 1734 ein Kleiderschap und ein ovaler Tisch sein[167] (Vorder-, Seitenansichten, Aufsichten eines Kleiderschapps und eines Schreibschranks, Abb. 164; vgl. auch die Konstruktionszeichnungen auf Tafel IV).

Meisterstücke

Aufschlußreich sind erhaltene Möbelzeichnungen des Warendorfer Tischlers Budde um 1800, die völlig den Geist und die Mode des norddeutschen Kastenschranks mit Lisenen, Kapitellen, Türfüllungen, Verkröpfungen widerspiegeln. Die kleinstädtische bäuerliche Möbelkunst folgt Gesetzen, die Mode und Stil diktieren, also überregionalen Faktoren; aber andererseits ist sie von regionalen Tendenzen, von den Kräften und Strömungen des eigentlichen westfälischen Raums bestimmt, die sich aus der Begegnung des westfälischen Bauern und Kleinstädters mit der Mode und dem Stil einer gehobenen Bürgerschicht ergaben, die aber auch aus seinen Wünschen und Vorstellungen resultieren und zum dritten von dem Können und Wollen der örtlichen Handwerker abhängig sind[168].

Ihre Schauseite weist durchgehend ... zwei bis vierfache Rundbogenfelder mit Schnitzereien am Bogenrand auf. Die einzelnen Bögen scheiden sich als Säulenersatz, Lisenen, die aus kannelierten oder nebeneinander gesetzten Leisten gebildet sind und auch die Füllung begrenzen. – Ferner ebda., S. 49: Im Waldeckschen sind ihre bedeutendsten Vertreter ausgestorben (ländliche Schnitzkünstler und Intarsienschreiner), wie der im rheinisch-westfälischen Stil schnitzende Christian Schäfer in Höringhausen 1929.

[165] Anno Teenstra, Nederlandsche Volkskunst. Amsterdam 1941, S. 109 Afb.: Westerwoldsche kamer, Groningen, Museum voor Oudheiden. Diese Bettwand gemahnt an artländische Typen.

[166] Staatsarchiv Münster, Gilden und Zünfte, Nr. 36 und Nr. 106.

[167] Wilhelm Schulte, Iserlohn. Die Geschichte einer Stadt. Iserlohn 1951, S. 175.

[168] Margarete Pieper-Lippe, Westfälische Zunftsiegel. Münster 1963, S. 36: Schnitzler, Schreiner oder Tischler. – Theodor

Das Land akzeptiert gewisse west- und nordeuropäische bäuerliche Leitformen wie Stollentruhe, Kufentruhe, Koffer, Himmelbett, Kastenschrank, Kannenstock, Wiege, Pfostenstuhl. Es variiert diese Leitbilder, schmückt sie mit den Stilelementen der Renaissance, des Barock und Rokoko. Es hat teil an dem Louis-seize-Stil und auch noch an der Kunst der Biedermeierzeit. Es orientiert sich an Vorbildern im Rheinland, in Niedersachsen, Holland, Hessen[169], Friesland.

Die Möbelkunst des Landes steht bis zum Biedermeier in mehr oder weniger loser Verbindung mit der hohen Kunst; sie hat selbständig übernommen, beibehalten, umgeformt und den Grad der Umschmelzung selbst bestimmt. Der Bauernmöbeltischler war, ganz allgemein gesprochen, wie Axel Steensberg[170] richtig bemerkt, in Wirklichkeit weniger abhängig von Paris, London, Hamburg und Kopenhagen als der Handwerker in den großen Kunststädten. Man kann daher in der Bauernmöbelkunst eine Reihe lokaler Eigentümlichkeiten finden, die eine Weiterentwicklung oder Umsetzung bürgerlicher oder fürstlicher Vorlagen bedeuten.

Stilkunst in regionaler und lokaler Prägung

Der norddeutsche Schapp der Barockzeit, der holländische Kabinettschrank, der Frankfurter Wellenschrank, die bergische Anrichte, die friesische Stühlchenuhr werden nach- und umgebildet.

Es wird nicht wahllos übernommen. Bestimmte Möbeltypen haben nur eine begrenzte Verbreitung, so die Sitztruhe in Minden-Ravensberg, die bergische Glasservante Aachener Herkunft in der Mark. Westfalen ist Durchgangsland von West nach Ost und umgekehrt. Bewegungen von Süden nach Norden sind seltener oder werden abgestoppt. Die Wiegenform Hessens, die Längswiege, begegnet der niederdeutschen Querwiege, es entsteht eine Zone der Mischung beider Typen, es wird die Doppelwiege geboren. Die Schemelform Süddeutschlands dringt bis ins Siegerland vor, dann ist ihre Stoßkraft erschöpft.

Generation auf Generation zeichnet sich in diesen Möbeln ab. Es ist eine langsame, nicht ruckweise Entwicklung zu beobachten. Holland-Friesland, der rheinisch-bergische Raum, das Wesergebiet, weniger Hessen und indirekt Frankreich haben Westfalen auf dem Gebiet der Möbelkunst Anregungen gegeben, haben es beeinflußt.

Innerhalb des nordwesteuropäischen Raums hat Westfalen mit Holland, Friesland, Schleswig-Holstein, Niedersachsen, Mecklenburg, Pommern viele gemeinsame Leitformen in seinem Schaffen aufzuweisen und darüber hinaus mit Skandinavien (dafür zeugen allein viele Möbeltypen). Es ist in seinen künstlerischen Aussagen trotz vieler südlicher Anregungen westeuropäisch betont, seine Verklammerung mit dem Süden Deutschlands oder gar Europas ist minimal. Wir denken nur an die Verbreitungszonen des Schemels oder der längsschwingenden Wiege. Westfalen ist Durchgangsland gewesen, zum Westen und zum Osten, aber auch zum Norden.

Westfalen nord- und westeuropäisch bestimmt

Westfalen gilt gewöhnlich als das Land des geschnitzten, farblosen Bauernmöbels. Man hat häufig erörtert, daß die Farbwahl und die Farbverbindungen sinnliche Ausdrucksformen bestimmter Seelen-

Kohlmann, Zur Geschichte des Handwerks im Oldenburger Münsterland. Jahrb. 1969 f. d. Oldenburger Münsterland, S. 45: Im südlichen Teil des Kreises Vechta scheint Neuenkirchen das Zentrum der Möbelherstellung gewesen zu sein, da dort für 1772 acht Tischler und Schreiner nachgewiesen sind, während damals in Bramsche kein Tischler ansässig war. – Vgl. auch L. Hoffmeyer, Geschichte des Handwerks im Kammerbezirk Osnabrück. In: 25 Jahre Handwerkskammer zu Osnabrück 1900–1925, S. 136: 1746 klagte Friedrich Schürmann über die hohen Ausgaben, die ihm das Meisterstück verursacht habe:

1) Den Riss zu präsentieren an 4 Tagen in des Altermanns Hause 8 Tl. 2) Das Vierkant aufzuweisen 4 Tl. Strafe zu Essen 5½ Tl. 3) Das Meisterwerk aufzuweisen für 5 Tl. Strafe für Essen 5½ Tl. 4) Zweimal ¼ Tonne 1½ Tl. 5) Dispensation von der Anfertigung desAusziehtisches 7 Tl. 6) Als er in die Gilde aufgenommen wurde, 2½ Tl. 7) Sonstige Kosten 4 Tl. 8) Dem Lohnherrn für die Stadt 3½ Tl., dem Altermann ½ Tl., zusammen 47 Tl., dazu für einen Fremden noch das Einkaufsgeld.

169 Der damalige Handwerker lernte die neusten Erscheinungen seiner Kunst auf seinen Wanderwegen kennen und verwirklichte sie in seiner Heimat, sofern er es nicht vorzog, in der Fremde zu bleiben, wie z. B. die Mainzer Meistertischler Bernhard Hermann Klodt aus Münster (ein Möbelriss seiner Hand von 1719 überliefert), ferner Christian Berndt Rath aus Schönholthausen in Westfalen (Möbelriss 1739), schließlich Franz (Joseph) Wilmetz oder Wilms aus Münster (Möbelriss von 1743). – Vgl. Fritz Arens, Meisterrisse und Möbel der Mainzer Schreiner. Mainz 1955, S. 15, Nr. 26; S. 21, Nr. 40; S. 23, Nr. 46.

170 Axel Steensberg, Danske Bondemøbler. København 1949, S. 47.

Farbgebung im Zeit- und Raumstil

anlagen seien. Man hat sogar die Forderung nach einem deutschen Farbatlas aufgestellt, um so zu dem Ergebnis zu kommen, welche Farben in den einzelnen Landschaften vorherrschen und beliebt sind. Diese Forderung von Konrad Hahm geht nicht nur die volkskundliche Wissenschaft an, sondern auch die reine kunstgeschichtliche Forschung. Wir brauchen nur daran zu denken, daß in Westfalen kirchliche Möbel der Renaissancezeit eine völlig andere Farbgebung haben als die der nachfolgenden Stilepochen. Wenn z. B. im Osten des Landes bei kirchlichen Möbeln des 17. Jahrhunderts Lasur, Gold- und Silberfarben auftauchen, dann muß man sich unwillkürlich fragen, ob nicht die gleichen Farben ebenfalls bei den Renaissance-Bauernmöbeln festzustellen sind, die ja doch die gleichen Schmuckelemente haben. Was bedeutet es für die Seelenlage einer Landschaft, wenn in der nachfolgenden Epoche andere Farben gewählt werden?

Die Fachwerkhäuser des 17. Jahrhunderts in Höxter und Corvey, in Soest oder Herford oder Salzuflen, in Lemgo und in vielen anderen Städten Westfalens sind in den bemalten Außenfassaden zweifellos von ganz bestimmten Farbvorstellungen beherrscht. Vergleichen wir weiter die Häuser in dem märkischen Sauerland, die im 18. Jahrhundert gebaut wurden, mit dem bisher genannten, so zeigen sich Stileinflüsse, die aus dem Westen kommen; es offenbaren sich Farbverbindungen, die auf ganz anderen Farbvoraussetzungen beruhen. Wir denken an das Zusammenklingen von weiß und grün des sogenannten bergischen Privathauses, das in das Sauerland und besonders in die Grafschaft Mark ausgestrahlt hat. Das gleiche ist im Bentheimischen, an der niederrheinischen Grenze, im westlichen Münsterland zu beobachten, wo man holländische Farbverbindungen von weiß und grün und von weiß und rot kennt. Geben uns diese Erkenntnisse Hinweise über die farbliche Behandlung des Bauernmöbels an sich[171]? In der Regel haben die uns überlieferten Möbel im Laufe der Jahrhunderte immer neue Farbanstriche erhalten, so daß die alte Farbgebung verschwand. Nur ein einziges Mal konnte ich bei einem Renaissancemöbel aus dem Osten Westfalens im Privatbesitz Lasur- und Lüsterfarben feststellen. Über das Malmaterial unserer Tischlermaler im westfälischen Raum ist bisher nie wissenschaftlich von einem chemischen Institut gearbeitet worden. Niemals sind die Farbreste analysiert worden. Aus Münsteraner Testamenten des 17. Jahrhunderts wissen wir, daß Möbel dieser Zeit im Stadtbereich farbig gestrichen waren; und zwar ist überliefert, daß ein Kabinettschrank rot, schwarz, grün, braun bemalt oder auch intarsiert war. Von den Kisten (Truhen) wird allgemein gesagt, daß sie fast durchgängig bemalt waren, am häufigsten in den Farben rot oder grün, aber auch gelb, weiß, schwarz oder bunt.

Farbige Möbel sind besonders im östlichen Westfalen, im Ravensbergischen, im Mindischen, teilweise im Lippischen, in dem Grönegau bis in das Nordland Osnabrück, nach Engter, Fürstenau zu beobachten. Farbige Möbel sind dann und wann auch im Hümmling und im Emsland zu finden. Holländische Kunsthändler bestätigten mir immer wieder, daß sie bei Schränken um 1700 und nach 1700 aus dem Kreise Lingen marmorierte Gründe festgestellt hätten. Farbige Möbel sind auch um Bochum, Dortmund und im Westmünsterland festzustellen und weiter in den Dörfern um Höxter und Corvey, im Sauerland und sogar im Siegerland. Im Arnsbergischen wie in dem Kreise Warburg sind mir Möbel begegnet, die in den Farben braun bis rot angestrichen waren, wobei man die Farbe nicht glatt, sondern wellig auf das Bauernmöbel angebracht hat, um ein Furnier vorzutäuschen, man spricht in solchen Fällen von Pinselfurnier. In den an die Niederlande angrenzenden Landschaften sind mir grün gestrichene Möbel aufgefallen. Die Frage erhebt sich, sind diese Möbel erst im 19. Jahrhundert oder schon früher so bemalt worden?

Die Farbskala der Möbel des östlichen Westfalen, so in dem Kreise Herford, umfaßt die Farben rot, blau, weiß, grün, gelb und braun, sie zeigt also eine gewisse Buntheit[172]. Ob hier eine gewisse Verbindung mit Hessen besteht, muß noch genauer untersucht werden. Wir weisen auf Ravensberger wie Mindener

[171] Maria Schmidt, Das Wohnungswesen der Stadt Münster im 17. Jahrhundert, S. 87.

[172] Albert Schröder, Bemalter Hausrat in Nieder- und Ostdeutschland, S. 32–33. Er glaubt Unterschiede zwischen einzelnen Möbeln des Ravensberger Landes und des Kreises Herford festzustellen. Wir vermögen ihm nicht zu folgen, ist es doch ein zusammengehöriges Gebiet mit gleichem Farb- und Formenspiel.

und hessische Sitztruhen hin, die in Form und Bemalung sich ähneln. Von einer höheren Warte aus könnte man sagen, daß die Farbmöbellandschaft Westfalen in ihren vielen Einzelorten eine Brücke bildet zum Norden hin, zu dem Raum Diepholz, Bückeburg, zu den Vierlanden und dem Alten Land, zu Schleswig-Holstein und weiter zu Dänemark. Es ist allgemein bekannt, daß im 19. Jahrhundert die Möbelschnitzerei verschwindet und daß die Möbelflächen nunmehr farbig bemalt werden.

Kann man also von einer bestimmten Seelenlage bei der Vorlage für bestimmte Farbmischungen und Farbzusammenstellungen sprechen? Muß man nicht viel mehr von einem der Mode unterworfenen Farbspiel sprechen, einer Farbenvorliebe innerhalb einer Stilrichtung. Wenn man von Möbelmalerei spricht, dann muß man auch an die intarsierten Möbel denken. Die Intarsienkunst, vom arabischen Wort tarsi = Einlegearbeit abgeleitet, ist eine Verzierung der Fläche in Fourniertechnik. Dabei werden verschiedene Hölzer, so Birke, Ahorn, Esche, Birnbaum und Buchsbaum, quergestreift, geflammt, gekräuselt, je nach der Maserung verwandt. Diese Intarsienkunst ist im Grunde genommen nur eine dekorative Zugabe. Sie ist streng und hat nichts von malerischer Weichheit. Wie schon öfters betont wurde, erscheinen Sterne und Rosetten, Blumen, Vögel und Herzen. Das ist alles. Also eine recht sparsame Gestaltung. Sie sagt nur wenig aus. Der Satz, „das Verständnis nieder- und ostdeutscher Möbelmalerei setzt aber auch eine genauere Bestandsaufnahme der Intarsienkunst dieser Räume voraus“[173], besteht nicht zu recht.

Intarsienkunst

[173] Torsten Gebhardt, Aufgaben der deutschen Bauernmöbelforschung. Volkswerk Jahrb. 1942, S. 33

IV. Holzgerät

1. Tischler- und Schnitzerarbeiten

Im bäuerlichen Haushalt gibt es eine Fülle von Gegenständen, die von Tischlern und Drechslern gearbeitet, liebenswerte Denkmäler des heimischen Volkskunstschaffens sind. Dazu gehört auch das Mangelbrett, das zum Walzen und Glätten des Leinens bestimmt ist. Griff und Brett sind künstlerisch verziert, bisweilen ist der Handgriff figürlich gestaltet, während das Brett sparsame Kerbschnittverzierungen aufweist. Überliefert sind Beispiele des 18. und 19. Jahrhunderts aus dem münsterländisch-lippischen Raum, aus Minden und Ravensberg, aus Tecklenburg, dem Oldenburger Münsterland, ebenso aus dem Landkreis Osnabrück. Doch sind alle diese Mangelbretter bei weitem einfacher als die friesischen oder holsteinischen. Mangelbretter sind auch in Niedersachsen, im niederdeutschen Bereich bis nach Pommern hinein bekannt[1].

Mangelbretter

Ein neues Thema sind die Schulkästen. Wir finden sie im Westmünsterland, in der Grafschaft Bentheim, im Artland, im Kreise Melle. Es sind flache, hochrechteckige Kästen, aus Eiche geschnitten, mit Rundgriff am Kopfende und mit Schiebedeckel (für die Schiefertafel). Die Deckelfläche ist im Flachrelief mit geometrischen Ornamenten mit Kerbschnittmustern, Tulpenmotiven, Jahreszahlen und Namen verziert, bemalt oder mit Sternintarsien geschmückt, so in den westlichen an die Niederlande grenzenden Gebieten, in der Grafschaft Bentheim, Lingen und Meppen, in den Kreisen Borken und Steinfurt, im Artland. Wieder handelt es sich nicht um eine für Westfalen allein zu belegende Erscheinung, sondern diese Schulkästen sind auch im Oldenburger Münsterland, in Holland, in Belgien, Flandern, am Niederrhein und in Niedersachsen vorhanden[2].

Schulkästen

Was soll man nun zu den aus Ahorn, Buche und Birnbaumholz gefertigten Gebäckmodeln sagen, die, reizvoll verziert, einen wichtigen Beitrag zur Ikonographie der bäuerlichen Volkskunst Westfalens liefern? Bäcker mußten bei ihrer Meisterprüfung solche Formen stechen können. Das uns überlieferte Material aus vier Jahrhunderten, das leider nicht mit Meisternamen versehen ist, kann in seiner Herkunft nicht genau bestimmt werden wie z. B. die Aachener oder Thorner Printen[3], die Nürnberger Lebkuchen, Basler Leckerli und Züricher Tirggel. Es ist einfach ausgeschlossen, diese Kuchenformen auf die eine oder andere Stadt in Westfalen festzulegen[4]. Wir sind auf Zufallsfunde mit genauer Quellenangabe angewiesen. In letzter Zeit ist ein Modelschnitzer im Wittgensteinschen namhaft gemacht worden[5]. Wenn bisher mittelalterliche Tonmodel, Kuchelsteine oder Holzmodel des 16. Jahrhunderts in Westfalen noch nicht nachzuweisen sind, so wäre es dennoch falsch zu behaupten, daß dieses Land an der Blütezeit der Holzmodeln überhaupt keinen Anteil gehabt hätte[6] (Abb. 239, Kuchenmodel aus dem Volmetal, 18. Jahr-

Backmodeln

[1] Heinrich Ottenjann, Alte deutsche Bauernmöbel. Hannover 1954, S. 88, weist auf Mangelbretter aus dem südlichen Oldenburg hin. – Eduard Schoneweg, Das Leinengewerbe in der Grafschaft Ravensberg. Bielefeld 1923, Abb. 54: Mangelbrett aus Enger von 1714; Abb. 56: Mangelbrett von 1806 aus dem Schaumburg-Lippischen. – Volkskunst in Westfalen. Landesmuseum Münster, Taf. 25: Mangelbrett mit Pferd als Griff und mit Kerbschnittmustern, blau, gelb bemalt, wahrscheinlich friesisch. – Wilhelm Bomann, Bäuerliches Hauswesen und Tagewerk im alten Niedersachsen. Weimar 1933, S. 266 Abb. – Otto Schulze, Bäuerliche Holzschnitzereien und Kleinmöbel aus Norddeutschland. Elberfeld 1924, Abb. 1: Mangelbrett von 1806 aus dem Alten Land und von 1734 aus Visselhövede, weiter Taf. 9 und 13.

[2] Annaliese Ohm, Volkskunst am unteren rechten Niederrhein. Düsseldorf 1960, Abb. 125: Schultaschen aus Vrasselt-Praest und Haffen-Mehr. – Otto Schulze, Taf. 32: Schulkästen vom Niederrhein. – Alfred Schubert, Alte Volkskunst am Niederrhein. Düsseldorf 1938, Abb. S. 75: Schulkasten, Eiche mit rundem Griff, unterer Niederrhein 1800–1820.

[3] Will Hermans, Aachener Bildprinten – eine gebackene Volkskunde. Rhein.-Westf. Zeitschr. f. Volkskunde, Bd. I 1954, S. 137.

[4] Hanna Kronberger-Frentzen, Die alte Kunst der süßen Sachen. Backformen und Waffeleisen vergangener Jahrhunderte. Hamburg 1959, S. 28.

[5] Erwin Sylvanus, Der Modelschnitzer von Dödesberg. Westfalenspiegel 1956, Nr. 4, S. 17: Im reformierten Wittgensteiner Land beschränkte man sich neben Hähnen und Hühnern und sonstigem Getier ... auf menschliche Figuren.

[6] Annemarie Wurmbach, Backen und Backwerk in Westfalen. Münster 1957, S. 13 Abb.: Backmodel vom Hellweg, Darstellung eines Mannes in der Tracht des 19. Jahrhunderts; S. 21 Abb.: Backmodel (Hahn).

hundert). Der Bäckermeister Ruhkamp in Vreden hat eine größere Sammlung von hölzernen Backformen in seinem Heimatgebiet zusammengetragen, die sich noch heute im Besitz seiner Familie befinden. Erstaunlicherweise gibt es noch heute Bäckermeister, die Backbretter oder Model in unseren Tagen benutzen, die aus altem Familienbesitz stammen, so z. B. in Wiedenbrück (Bäckerei Joh. Burmann, Abb. Tafel V)[7]. Sollte man versuchen, nach den dargestellten Themen oder Motiven diese Model landschaftlich zu bestimmen, so würde man auf gleiche Schwierigkeiten stoßen wie bei den Sticktüchern, da in allen Gebieten des Landes der Sitte oder Mode gemäß dieselben Themen beliebt waren. Wir fragen nun, welche Motive zeigen diese im äußeren Umfang recht unterschiedlichen Backformen? Da mischen sich religiöse und profane Themen. Es erscheinen Adam und Eva und der Sündenfall, Christus, Maria, Engel, Nikolaus, weiter Kavaliere und ihre Damen, Spinnerinnen, Soldaten des 17.–19. Jahrhunderts, Jagdszenen, die verschiedensten Tiere, z. B. Hirsche, Eber, Hähne, ebenso Blumen, Häuser, Mühlen, Hochzeitswagen, Wickelkinder, Trompeten, Trommeln, Puppen, allegorische Darstellungen, Meerjungfrauen, Wappen, Architekturmotive wie Mühlen (Abb. 228). Kostümkundlich sind diese Holzmodeln von höchstem Reiz. Kavaliere mit Spitzenärmeln und -kragen, hohen umgeschlagenen Stiefeln, Damen des 18. Jahrhunderts mit Reifrock oder des 19. Jahrhunderts in Biedermeier-Tracht geben sich ein Stelldichein. Alle diese Backmodeln stellen ein Stück Kulturgeschichte dar. Auch die Technik wird nicht ausgelassen, wenn sie z. B. Kutschwagen, Mongolfieren, Dampfboote und Eisenbahnen darstellen[8]. Es erscheinen auch altertümliche Muster: Sterne, Rosetten, Wirbelräder, Kreise, wie sie auch auf den Butterformen vorkommen. Der Bilderschatz dieser Kuchenmodel, häufig barocke Vorbilder in derber Form abwandelnd oder die aristokratische Welt des Rokoko in treuherzig-naiver Manier widerspiegelnd, ist im 19. Jahrhundert Abbild eines bürgerlichen, ja kleinbürgerlichen Zeitalters, des Biedermeiers. Wir denken an die Sinnbilder der Freundschaft, der Liebe. Sie wurden von wandernden Gesellen in ganz Deutschland verbreitet.

Butterformen

Wie arm dagegen sind die runden oder rechteckig geschnittenen Butterformen, auch Klappformen, in ihrer Themen- oder Motivwahl. Man findet sie in ganz Westfalen. Sie sind nicht so phantasiereich. Neben abstrakten, geometrischen Mustern erscheinen nur Blumen, Tiere und als religiöses Motiv das Lamm Gottes mit der Siegesfahne. Handwerker stellten diese Formen her, aber unbekannt sind die Herstellungsorte. Im Gegensatz zu Westfalen wissen wir vom hessischen Raum[9], daß der Odenwald ein Mittelpunkt der Kuchenmodelschnitzerei gewesen ist. Wo waren aber in Westfalen die Zentren der Herstellung dieser Gebäckmodel? Waren ihre Hersteller Wanderhandwerker wie in Sachsen?[10] Diese Frage muß noch offen gelassen werden. Hier sind wir auf Aktenfunde angewiesen, – sind doch z. B. in der Amtsrolle der Osnabrücker Kramer von 1473 genaue Anweisungen über Herstellung von Honigkuchen, Konfekt und ihren Vertrieb auf Jahrmärkten zu finden[11].

[7] Monographie des Landkreises Wiedenbrück. Industrie und Handel. 1966, S. 60 Abb.

[8] Albert Walzer, Liebeskutsche, Reitersmann, Nikolaus und Kinderbringer. Volkstümlicher Bilderschatz, in der Graphik und Keramik. Stuttgart 1963 (gleiche Motive wie auf den Fensterbierscheiben zu beobachten, z. B.: Liebeskutsche, Josua und Kaleb mit der Weintraube).

[9] Vgl. dazu Adolf Spamer, Hessische Volkskunst. Jena 1939, S. 105. – Über die Kuchenmodelschnitzerei im Kanton Appenzell in der Schweiz schreibt Margreth Ott, Das Ornament im bäuerlichen Kunsthandwerk des Kantons Appenzell. Zürich 1945, S. 104: Die Forschung auf diesem Gebiet gestaltet sich außerordentlich schwierig ... Einzelne Schmuckformen sind z. B. nach Deutschland heimzuweisen oder haben Ähnlichkeit mit Modeldekorationen aus St. Gallen. Überhaupt gleichen sich die Gebäckformen in der ganzen deutschen Schweiz, im Elsaß und im deutschen Nachbargebiet. – K. Fehrlin schreibt: Oft verkauften die Lebzelter, die von Markt zu Markt zogen, neben den Lebkuchen auch Holzmodel, die sie unterwegs schnitzten. So kommt es, daß z. B. Nürnberger und St. Galler schwer zu unterscheiden sind.

[10] Adolf Spamer, Sachsen. Deutsche Volkskunst. Neue Folge. Weimar 1943, S. 25: Die in Sachsen zahlreichen Gebäck- und Pfefferkuchenformen sind zumeist von wandernden im Holzmodelstich geübten Gesellen erarbeitet.

[11] Hermann Rothert, Geschichte der Stadt Osnabrück im Mittelalter. Mitt. d. Ver. f. Gesch. u. Landeskunde v. Osnabrück, 58 Bd. 1938, S. 164: Die Amtsrolle der Kramer von 1457 enthält 31 Vorschriften über die Herstellung von Honigkuchen und Konfekt, die sie zum Vertriebe auf den Jahrmärkten selbst herstellten.

2. Drechslerarbeiten

Spinnräder

Grundlage jeglicher Webkunst ist die Garnbereitung, ist das Spinnen, Die Vorbedingung hierfür schafft das Spinnrad. Dieses Arbeitsgerät, ein wichtiger Bestandteil des Hausrates, war häufig ein Minnegeschenk und von besonders schöner und stattlicher Form. Was war also weiter verwunderlich, wenn die Kunst dessen, der diese Spinnräder schuf, nämlich des Drechslers oder Rädekers, in hohem Ansehen stand. „Der Drechsler Ihr Meister Stück", laut Vorschrift von 1750 in Wittgenstein, „soll seyn ein wol ausgearbeitetes Spinnrad, das zugleich spinnt und haspelt und von der Zunft besichtiget und erkannt werden muß."[12] Diese Räder, zierlich gedreht, mit Knochenschmuck oder Elfenbeinknöpfen, mit klappernden, beweglichen Ringen verziert, auch farbig bemalt, glichen Kunstwerken und wurden, wenn sie z. B. im Mindener Land zur übrigen Aussteuer auf dem Hochzeitswagen aufgetürmt waren, von Kenneraugen geprüft und eingeschätzt. Die verschiedenen Formen, das lange Spinnrad auf drei schrägeingestemmten, gedrechselten Beinen mit Tretvorrichtung und seitwärts sitzendem Rad, mit Arm- und Wockenstock, im Ravensbergischen Ziege genannt, – auch als Doppelspinnrad für zwei Spindeln bekannt – und das Bockrad mit übereinandersitzendem Rad, Spindel und Wocken kommen nebeneinander in Westfalen, natürlich auch in anderen niederdeutschen Landschaften vor[13]. Wenn ein Spinnrad in die Gestalt eines Rehes eingekleidet ist, wie das in Soest im 19. Jahrhundert geschah, so mag man das vielleicht für ein Kuriosum halten, andererseits aber ist diese Erscheinung symptomatisch für das plastische, morphologische Gestaltungsvermögen des Volks- und Laienkünstlers.

Garnwinden

Weitere Drechslerarbeiten sind Garnwinden, Garn- und Knackhaspeln (Abb. 220), die Garnrollen, Spulräder, die Pfosten der Dreistühle, sind die sogenannten flachen Hänge- oder Standtöten, wie sie in Westfalen genannt werden, die an die mittelalterlichen Pilgerflaschen erinnern: an der Innenseite abgeflacht, nach außen gewölbt und mit zwei Holzösen versehen für die ledernen Tragschlaufen. Das Innere dieser Töten ist ausgehöhlt (Abb. 238, Erntebiertöte aus dem Artland). Sie sind nicht nur für den westfälischen Raum beispielhaft, sondern weit darüber hinaus in Nord- und Mitteleuropa. Dieses geradezu als Idealform zu bezeichnende Gefäß spielt in der Erntezeit eine gewichtige Rolle[14]. Es hat durch viele Jahrhunderte hindurch seine Gestalt beibehalten, können wir es doch schon gemalt auf dem Verkündigungsbild des Cappenberger Meisters (Landesmuseum Münster) in der Spätgotik beobachten. Gleichsam zeitlos sind auch die Wärmeflaschen, die sogenannten Bettjuffern, Hohlzylinder aus Holz, deren Inneres mit Eisen verkleidet ist. In den Hohlraum mit einem gedrechselten Stöpsel werden glühende Eisenbolzen gesteckt. Diese Holzflaschen werden im 18. Jahrhundert teilweise durch Wärmepfannen aus Kupfer oder Messing ersetzt.

Erntebiertöten

Die Drechsler Westfalens haben nicht die große Rolle gespielt wie z. B. die Drechsler in Jena, da sie nicht zu Zünften zusammengeschlossen waren, abgesehen vom Münsterland, von Ravensberg, Beckum (Stuhl- und Spinnraddrechsler überliefert), Höxter (hier ist eine exportierende Spindelmacherzunft ansässig gewesen). Im Münsterland[15] sind um die Wende des 19. Jahrhunderts 69 Drechsler, im Minden-

[12] Vgl. auch Wilhelm Schulte, Iserlohn. Die Geschichte einer Stadt. Iserlohn 1951, S. 50: Das Meisterstück eines Drechslers um 1734 mußte ein Trinkgeschirr von einem halben Maß sein, worin ein vollkommenes Spinnrad stehen und beschlossen werden könne.

[13] Vgl. Grete Velmelage, Von der Flachsbereitung, vom Spinnen und Weben. Aus Berichten des Archivs für westfälische Volkskunde. Rheinisch-Westf. Zeitsch f. Volkskunde Bd. VII 1960, S. 233: Es gab zwei Sorten Spinnräder: än enkelt un än dübbelt Weil. Bei den dubbelden werden zwei Fäden gleichzeitig gesponnen uud das Rad läuft unterhalb des Rockens und unter den Spulen; beim enkelden seitlich von Rocken und Spule (Nortrup, Artland). – Siehe ferner Hubert Rickelmann, Die Tüötten in ihrem Handel und Wandel. Ibbenbüren 1961, S. 48: Man nannte das Spinnrad Weil, holländisch spinnewiel, englisch spinningwheel ... Ein solcher Weilmaker war Johann Heinrich Henning Linnenklaus in Vechte 1709, es werden weiter aus der 1. Hälfte des 19. Jh. in Recke Gerhard bei der Mölen und August Richter in Wiehe tätig, in Mettingen genannt.

[14] Walter Dexel, Holzgerät und Holzform. Berlin 1943, Abb. 176, 179. – Lothar Pretzell, Kostbares Volksgut aus dem Museum für Deutsche Volkskunde. Berlin 1967, Abb. 374: Hängetöte aus Vehs, Kr. Bersenbrück.

[15] Otto Nübel, Das Landhandwerk des Münsterlandes um die Wende des 19. Jahrhunderts. Münster 1913, S. 34.

Ravensberger Gebiet 194 nachzuweisen. Wenn z. B. in der topographisch-historisch-statistischen Beschreibung der Stadt Soest[16] die stattliche Zahl von 10 Drechslern neben 42 Schreinermeistern, einem Gelbgießer, einem Töpfer, 7 Kupferschmieden — um andere Handwerkszweige zum Vergleich heranzuziehen – genannt werden, in der Bürgermeisterei Lohne, also in der Soester Börde, 3 Drechsler vorhanden sind, so ist das doch eine Ausnahme. Freienohl, Kreis Arnsberg, kann um 1800 und 1845 auf drei Rademacher hinweisen.

Meerschaumpfeifen

In diesem Zusammenhang muß kurz auch die Tätigkeit der Meerschaumpfeifenmacher oder Drechsler in Melle, Bielefeld und Lemgo gestreift werden. Nach Peter Florens Weddigen[17] wurden schon im späteren 18. Jahrhundert in Melle Meerschaumpfeifen hergestellt. Das gleiche gilt auch für Bielefeld[18]. In dem Extract aus der Fabriken- und Manufacturtabelle vom Jahre 1798 wird eine Meerschaumen-Fabrique mit 7 ouvriers erwähnt und der Werth der verfertigten Waaren in Höhe von 6000 Rth. genannt. Was Lemgo angeht[19], so wurde nach dem Bericht eines Pastors Pothmann im Lippischen Intelligenzblatt aus dem Jahre 1802 diese Kunst erst Mitte des 18. Jahrhunderts von einem Kaufmann Benzer heimisch gemacht, der den ansässigen Drechslern Meerschaumarbeiten von der Leipziger Messe mitbrachte und damit den Grundstein zu einem neuen Erwerbszweig legte. Lemgo wurde gleich Ruhla in Thüringen und Wien zu einem neuen Zentrum der Herstellung von Meerschaumpfeifen. Das Material aus der Türkei, aus Anatolien eingeführt, wurde zu Pfeifenköpfen mannigfachster Art verarbeitet, mit Silber beschlagen und in europäische Länder exportiert, so nach Skandinavien, Livland, Rußland. Die Ware der Lemgoer Drechsler war sehr begehrt, stieg doch der Jahresumsatz im 19. Jahrhundert auf 3000 Taler an. Der figürlich gestaltete Pfeifenkopf – berühmt war der Türkenkopf – fällt unter die gleiche Rubrik wie das Rehspinnrad in Soest (Abb. 234).

3. Böttcherarbeiten

Böttcherarbeiten werden in allgemeinen Volkskunstdarstellungen in der Regel vergessen, mag auch die Technik des Böttcherns schon in der Vor- und Frühgeschichte belegt sein und in historischer Zeit in der Milchwirtschaft, im Wein- und Hopfenanbau ihre nicht zu unterschätzende Bedeutung gehabt haben. Das Land Westfalen hat auch an diesem Handwerksschaffen seinen Anteil gehabt[20].

Biertonnen, Butterkarnen

In der Bierstadt Minden z. B. blühte die Böttcherei. Nach den Statuten der Böttcher von Osnabrück aus dem Jahre 1619[21] waren drei Meisterstücke im Hause des Vorstehers anzufertigen: ein runder Bottich von 5 Fuß Höhe mit Eichenbändern, eine hier gebräuchliche Biertonne und eine Butterkarne (Faß), alles vom besten Eichenholz. 1628 und 1641 durften sie gleich den Tischlern hölzerne Toiten (Tönnchen) in die Fenster legen und verkaufen unter der Voraussetzung, daß sie selber diese verfertigt hatten. Das Meisterstück eines Iserlohner Böttchers war nach den Statuten von 1734 ein unsträffliches Bierfaß und eine Kerne.

1825 werden in der Stadt Soest allein 5 Böttcher und in der Soester Börde 3 verzeichnet[22]. Die Böttcher spielten natürlich nicht die Rolle wie andere Gewerke, doch ist es nicht uninteressant zu wissen, daß auf mittelalterlichen Tafelbildern Westfalens und anderer Landschaften Böttcherarbeiten zu sehen

[16] A. Geck, Topographisch-historisch-statistische Beschreibung der Stadt Soest und der Soester Börde. Soest 1825, S. 355 u. 62. – von Schrötter, Statistische Beschreibung des Kreises Wittgenstein. Berleburg 1875, S. 79.

[17] Peter Florens Weddigen, Westfälisches Magazin zur Geographie, Historie und Statistik. Bd. 3 1787. S. 73.

[18] Derselbe, Westphälischer National-Kalender zum Nutzen und Vergnügen 1801. Leipzig 1801, S. 126.

[19] Karl Meier, Geschichte der Stadt Lemgo. Lemgo 1952, S. 158–60: 1773 waren drei Kunstdrechsler und Pfeifenpräparierer vorhanden. 1793 neun in Lemgo, zwei außerhalb, 1840 zehn Pfeifendrechsler.

[20] Rudolf Uebe, Westfalen. Deutsche Volkskunst Bd. IX 1927, Abb. 107–109: Standtöte, Böttcherarbeit. Wiedenbrück. Flache Hängetöte, Wiedenbrück. Töte zum Tragen und Setzen, Glandorf, Kreis Osnabrück.

[21] Ludwig Hoffmeyer, Geschichte des Handwerks im Fürstentum Osnabrück, in Lingen, Meppen und Papenburg. In: 25 Jahre Handwerkskammer zu Osnabrück. Osnabrück 1925, S. 165 u. 166. – Wilhelm Schulte, Iserlohn. S. 175.

[22] A. Geck, Topographisch-statistische Beschreibung der Stadt Soest, S. 355.

sind, die noch bis ins 19. Jahrhundert in der gleichen Form in weiten Gebieten Europas in der bäuerlichen Wirtschaft wiederkehren. Soll man hier von der Beharrungskraft des bäuerlichen Menschen oder schlechthin von dem Konservativismus eines Handwerkszweiges reden, der Gefäße erfunden hat, die einfach nicht zu verbessern sind.

Bierkannen

Die Met- oder Bierkannen[23] (Abb. 222, Erntebierkanne aus Wehdel, Kreis Bersenbrück, datiert 1821), schräg ansteigende Kannen aus Ahornholz mit Reifen aus geschälten Weidensplissen, mit langer Tülle und Klappdeckel, bizarr geschnitztem Henkel, der an die langgestreckte Gestalt eines Tieres, eines Vierbeiners, erinnert, Gefäße, die allgemein in Deutschland unter dem Namen Lichtenhainer Kannen verbreitet sind, gefallen nicht nur durch ihre Form, sondern auch durch dekorative Behandlung, wie durch die eingepunzten, gebrannten und geritzten Blumen- und Blattmuster, Lebensbäume, wie durch den Zinnbeschlag der Mündung und Tüllen.

Diese Böttcherarbeiten, in Norddeutschland wie in Oberdeutschland verbreitet, sind im wesentlichen im Norden der westfälischen Lande, in Minden, Ravensberg, Osnabrück, ganz besonders im Artland zu Hause gewesen. Sie sind aber auch im Sauerland nachzuweisen. Besonders schöne Beispiele kennen wir aus dem nordeuropäischen Raum.

Neben ihnen dürfen Wassereimer, Tröge, „Lechel", flache runde Behälter, „Tönnchen" für Bier und Wasser, Melkkübel, Butterfässer, Butterschaukelmaschinen, Mehlschaffs, Bettwärmer nicht vergessen werden, Gerätschaften, die absolut zweckbetont sind. Alle diese Böttcherarbeiten sind über den Raum Westfalen auch in anderen deutschen Landschaften, z. T. auch in Skandinavien, in der Schweiz und Italien bekannt[24].

Geschnitzte Faßböden

Nicht so ungewöhnlich, wie man zunächst annehmen möchte, da ja Westfalen kein Weinland ist, sind geschnitzte Faßböden von Weinfässern. Sie sind im Stil des Rokoko oder Klassizismus gehalten und stammen fast alle aus der 2. Hälfte des 18. Jahrhunderts bzw. aus der 1. Hälfte des 19. Jahrhunderts aus dem Münster- und Osnabrücker Land[25]. Sie zeigen in Flachschnitzerei religiöse und profane Motive, z. B. den heiligen Nepomuk, Reitergestalten, Weintrauben, Blütengehänge und einfaches Ornament. Noch ist ihre Herkunft nicht gedeutet, ob importiert oder im Lande selbst entstanden, diese Frage ist schwer zu klären (Abb. 233, Faßboden aus Marsberg, datiert 1800).

[23] Walter Borchers, Bäuerliche Kultur und Kunst des Osnabrücker Landes. Abb. 148: Erntebierkanne aus Wehdel (Artland), 18. Jh. Weitere Kannen in der Sammlung Gieske, Badbergen, in Wehdel auf dem Velmelagehof. – Wilhelm Bomann, Bäuerliches Hauswesen, Abb. 169: hölzerne Metkanne. – Vgl. dazu Oswald A. Erich, Volkskunst und Volksindustrie. Handbuch der deutschen Volkskunde, hrsg. von Wilhelm Pessler. Potsdam 1941, Bd. III, S. 23 und Abb. 42: Moderne Lichtenhainer Krüge. – Vgl. ferner Karl-Heinz Clasen, Ostpreußen. Deutsche Volkskunst Bd. X. Weimar o. J., Abb. 133: Holzkanne aus Tannsee, Kreis Marienburg. – H. B. Meyer, Danzig, Deutsche Volkskunst. Neue Folge, Weimar o. J., Abb. 130: Drinkeskanne aus der Niederung. – Oskar Schmolitzky, Thüringer Volkskunst. Weimar 1950, Abb. 47 u. S. 54: Lichtenhainer Kannen. – Josef Ritz, Franken. Deutsche Volkskunst, Bd. VI., München o. J., Abb. 119: Bitsche aus dem Fichtelgebirge. Wunsiedel - Oberfranken. – Erich Meyer-Heisig, Deutsche Volkskunst. München 1954, Abb. 29: Tragfäßchen aus Oberaudorf am Inn, 19. Jh., und Abb. 89: Wasserkanne, Gilpe, aus der Schwalm, Hessen 1901, mit bunter Bemalung.

[24] Bondekulturen. Nationalmuseets vejledninger. København 1951, Fig. 18: Ølkande, Sønderjylland und Frilandsmuseet vejleder. København 1951. Unter Nr. 8 (hus fra Kirke Søby, Fyn) abgebildet „leijle", rundes an der Seite abgeflachtes Erntebiertönnchen zum Tragen über der Schulter, unter Nr. 10 (Gard fra Perbinge, Sjaelland) moelkefad und kaerne (Butterfaß zum Stoßen). – Roar Hauglied, Norwegen. Tausend Jahre Volkskunst. Oslo 1956, Abb. 65: Bemalte Bierkanne von Hallingdal, 1841. – Paul Scheuermeier, Bauernwerk in Italien, der italienischen und rätoromanischen Schweiz. Eine sprach- und sachkundliche Darstellung landwirtschaftlicher Arbeiten und Geräte. Zürich 1943, S. 31. – Wilhelm Bomann, Bäuerliches Hauswesen, Abb. 78: Wassereimer; Abb. 139–141: Butterfässer. – Eimer im Heimatmuseum Menden, dazu Bettwärmer, „Hülten Pater" genannt, (ebda) auch als Bettjuffern im östlichen Westfalen bekannt, Mehlfäßchen im Heimatmuseum Bentheim, Töpfe für Wagenschmiere im Privatbesitz (Ledenburg) und Museum Dortmund.

[25] Beispiele von Faßböden im Landesmuseum Münster. Vgl. Rudolf Uebe, Westfalen, Abb. 94 u. 95: Darstellung des heiligen Nepomuk und einer Nymphe mit Amorknaben um 1800. – Ein weiteres Beispiel in der Burg Altena mit Darstellung eines Reiters. – Wir verweisen ferner auf Faßböden im Städt. Museum Osnabrück, mit Darstellung des Matthäus, aus der Zeit des Rokoko, ebenso in der Industrie- und Handelskammer und im Ratskeller Osnabrück. Dazu sei vermerkt, daß im Emschertalmuseum in Herne eine komplette Werkstatteinrichtung und Erzeugnisse des Herner Küfers Friedrich Köster (1812–97) vorhanden sind.

Weinlandschaften, Rhein-Mosel-Ahr-Bodenseegebiet mit ihrem überquellenden Formenreichtum auf diesem Teilgebiet der Kunst dürfen wir natürlich nicht mit Westfalen vergleichen[26].

4. Stellmacherarbeiten

Hochzeits- und Totenwagen

Bäuerliche Volkskunst dokumentiert sich auch in den Hochzeits- und Totenwagen des Landes[27]. Bisher hat man – ganz im Gegensatz zu Österreich, Bayern oder Holland – diesen kostbaren Denkmälern nur geringe Aufmerksamkeit geschenkt. Nur einzelne Beispiele, aus dem Artland erhalten, sind Zeugnis für eine große Gruppe. Heck und Seitenwangen dieser langen, vierrädrigen Wagen des 18. Jahrhunderts (in den Museen Bersenbrück und Osnabrück, vgl. Strichzeichnung) fallen durch ihre Formgestaltung auf.

Hochzeitswagen, sog. Ringsenwagen, dat. 1776, aus Wehdel, Kreis Bersenbrück. Privatbesitz

Die Seitenwangen sind mit sanft geschwungenen Umrißlinien, mit je zwei übereinandergesetzten Reihen von flachgeschnitzten und eingezapften Docken zwischen drei Längsstäben, das Heck und die Rückenlehnen mit kleinteilig-volutenartig aufgelöster Konturlinie, die Rückenlehnen außerdem mit geschnitzten Initialen und Jahreszahlen ausgestattet. Es wäre absolut falsch, weil solche Denkmäler bisher nicht gesammelt oder genauer untersucht sind, auf eine Leere im westfälischen Raum zu schließen und im Hinblick auf die Nachbarschaft Hollands[28], Frieslands und Schleswig-Holsteins – dort, wo hervorragende Beispiele bäuerlicher Wagen geborgen sind – ein negatives Urteil auszusprechen. Was Stellmacher und Tischler einstmals auf diesem Gebiet geschaffen haben, entzieht sich für Westfalen völlig unserer Kenntnis. Welche Bedeutung Wagenmacher im westfälischen Raum haben, ist unbekannt. Das Meisterstück eines Iserlohner Wagenbauers bestand z. B. im 18. Jahrhundert aus zwei Kaleschenrädern und einem halben Wagen[29]. Was für Wagen gilt, das muß auch auf Schlitten bezogen werden. Hier sind künstlerisch ansprechende Beispiele im Westfälischen Freilichtmuseum Detmold erhalten.

[26] Siehe Theodor Zink, Die Pfalz. Deutsche Volkskunst. Bd. XII. München o. J., Abb. 106, 9 u. S. 38: Faßböden. Speyer, Hist. Museum.

[27] Walter Borchers, Bäuerliche Kultur und Kunst des Osnabrücker Landes, Katalog d. Städt. Museums Osnabrück, Osnabrück 1953, Abb. Nr. 185: Geschirr eines Hochzeitswagens aus Wehdel, dat. 1776; völlig erhaltener Hochzeitswagen aus dem Heimatmuseum Bersenbrück.

[28] Jan de Vries, Volk van Nederland. Amsterdam 1937, Farbige Abb. nach S. 352: Boerenwagen uit Zuid-Holland, midden negentiende eeuw; Groote speelwagen uit het westland (Zuid-Holland).

[29] Vgl. Wilhelm Schulte, Iserlohn, S. 175.

5. Holzwaren-Hausindustrie

Neben diesen Handwerkszweigen, die sich mit der Materie Holz beschäftigen und sich aus den Kreisen der Tischler, Drechsler, Böttcher rekrutierten, ist in den waldreichen Gebieten Südwestfalens vornehmlich im Sauerland und Wittgensteiner Land[30] auf eine Holzindustrie aufmerksam zu machen, die im wesentlichen mit dem Begriff Hausfleiß umschrieben werden muß.

Holzgeschirr

Grobe Holzwaren wie Schüsseln, Kumme, Näpfe, Teller, Butterformen, Kellen, Löffel wurden und werden dort geschnitzt, gedreht, gestochen. Sie wurden von den Holzschnitzern besonders in den nördlichen Ortschaften des Kreises Wittgenstein in Girkhausen, Langewiese, Wunderthausen, Diedenshausen, Alertshausen, Wingeshausen und Wemlighausen an Zwischenhändler nach Nordwestfalen, zum Münsterland, Osnabrücker Land, Ravensberger Land bis nach Holland verkauft. Heute hat sich das Bild gewandelt. Es wird mit Maschinen gearbeitet und nur noch wenig mit der Hand geschnitzt und gedreht. Unternehmer, Betriebe, Maschinen, Standardtypen beherrschen nunmehr das Bild, und die bescheidenen, in der Form häufig derben und auch groben Erzeugnisse sind verschwunden.

Holzschuhe

Werfen wir noch einen Blick auf die Tätigkeit westfälischer Holzschuhmacher[31]: Sie waren in allen Städten Westfalens zu Hause. Selbst der Holzschuh war in den Kreis der Volkskunst und des Brauchtums einbezogen und künstlerisch verziert[32]. In der Grafschaft Bentheim wurde der Holzschuh auch beim Kirchgang beibehalten, ein Stulpenholzschuh ohne Lederaufschlag gelblich gefärbt und mit weißem Sand gescheuert aus Erle, Pappel, Birken oder Weide gefertigt – man unterscheidet sonndagsche und alldagsche Klumpen. Über 100 Holzschuhmacher waren hier noch im 20. Jahrhundert tätig[33]. Bentheimer Holzschuhe haben starke Ähnlichkeit mit holländischen, die ost- und südwestfälischen haben ein anderes Aussehen, sind weniger kurvig.

Hutschachteln

Unzweifelhaft Importware, aber in ganz Westfalen verbreitet, sind Hutschachteln, ovale Spanschachteln, mit bunten Farben bemalt. Figürliche Motive mit Umschriften, dazu Blüten, Blätter und Herzen schmücken diese reizvollen Gebilde, die häufig Minnegeschenke darstellen, wie aus dem Spruchgut ersichtlich wird[34].

Wir lesen: „Lieben, Tanzen, Hochzeitmachen, das sind drei sehr schöne Sachen; mein Herz und dein Herz sind ein Herz; lieben und nicht haben ist härter den steingraben; was soll es über Stock und Stein, so reite ich doch zu meinem Schätzgen heim; ich liebe, was mein ist; ich liebe, was fein ist; auch im

[30] A. Klaas, Die Holzwaren-Hausindustrie der vormaligen Reichsgrafschaft Sayn-Wittgenstein-Berleburg. Diss. Frankfurt 1925.– Vgl. auch Josef Rüther, Heimatgeschichte des Landkreises Brilon. Münster 1956, S. 164: Voigt von Elspe weiß um 1700 vom Handel in Winterberg und der Umgebung zu erzählen, daß die Bewohner „seindt holzerne Jubilierer gewesen und haben mit holtzerne wahre gehandelt und sich dieser Gestalt ernehrt".

[31] Rudolf Uebe, Westfalen, Abb. 110–112: Kinderholzschuh mit verziertem Oberblatt (Toten-Erinnerung) Museum Bochum; Holzschuh mit hochgearbeiteter Spitze und verziertem Oberblatt, Ahaus; Holzschuh mit einfacher Ritz-Verzierung und flacher Unterseite, Hüllhorst b. Löhne.

[32] Irmgard Simon, Volkskundliches über den Holzschuh. Rhein.-Westf. Zeitschr. f. Volkskunde Bd. II 1955, S. 248ff. Hier weitere Literatur.

[33] Heinrich Specht, Geschichte des Handwerks in der Grafschaft Bentheim. In: 25 Jahre Handwerkskammer zu Osnabrück 1900–1925. Osnabrück 1925, S. 201.

[34] Walter Borchers, Bäuerliche Kultur und Kunst des Osnabrücker Landes, Abb.: Spanschachtel mit Reiterdarstellung, 18. Jh.; Abb. 151: Haubenschachtel aus dem Artland. – Volkskunst im westfälischen Landesmuseum Münster, Taf. 24. – Otto Lauffer, Wesen und Wirken der Volkskunst mit besonderer Rücksicht auf die Schachtelmalerei. Wossidlo-Festschrift 1939, S. 138ff. – Walter Borchers, Volkskunst im Weizacker. Leipzig 1932, S. 134: Hier weitere Literatur: aus Jamund, Schleswig-Holstein, Mark Brandenburg, Magdeburg, Franken, Schwaben.– Otto Lauffer, Die Bauernstuben des Germanischen Museums. Mitt. des Germ. Nat. Museums, Nürnberg 1903, S. 53. – Joseph Maria Ritz, Bauernmalerei. Leipzig 1935, Abb. S. 53. Die hier abgebildete schlesische Brautschachtel mit drei Brautbittern ist Berchtesgadener Herkunft. – Johanna Weiser, Die Haubenschachtel. Katalog Staatl. Museum Schwerin, 1958. – Konrad Hahm, Deutsche Volkskunst. Berlin 1928, Taf. 99: Spanschachteln aus Niedersachsen und Berchtesgaden, Oldenburg und Sachsen. – Wilhelm Pessler, Niedersachsen. Deutsche Volkskunst Bd. I. Weimar 1923, Abb. 125: Mützenschachteln aus Weesen b. Hermansburg, Kreis Celle und aus der Winser Elbmarsch, 1794. – Annaliese Ohm, Volkskunst am unteren rechten Niederrhein, Abb. 122–124. – Karl Gröber, Schwaben. Deutsche Volkskunst, Bd. V. Weimar 1925. Abb. 158: Bemalte Schachtel.

Backmodeln, 19. Jahrhundert, aus der Bäckerei Joh. Burmann in Wiedenbrück

Hechelbretter, geschnitzt und bemalt, 19. Jahrhundert, aus Gütersloh, Kreis Wiedenbrück. Privatbesitz

Traume glaube mir, schwör ich treue Liebe dir; ich liebe dich, ich muß es sagen, was soll ich mich mit Grillen plagen; liebe mich, wie ich dich; mein Schäffrin ist so schön, drum mag ich gern mit ihr umgehn; ach wie wird mein Schätzchen lachen, wenn wir beide Hochzeit machen; mein Herz gilt mehr als tausend Gulden, hiermit bezahl ich meine Schulden; du bist so reizend wie die Sonne, dein Blick gewährt nur Herzenswonne"[35].

Liebespaare (Abb. 235), Brautbitter, Soldaten, Reiter in den Kostümen des 18. und 19. Jahrhunderts, aber auch Tiere erscheinen auf dem Deckel, während Rosen, Tulpen, Nelken und Herzen, Phantasieblumen und Früchte, abstrakte Muster und marmorierte Gründe die Wandung zieren. Es gibt auch andere Motive; so ist z. B. auf einer Schachtel im Städt. Museum Osnabrück ein Pferdeverkauf dargestellt mit der Umschrift: „Ich will verkaufen das schöne Pferd, lieber Bruder was ist werth." Eine andere Schachtel (Abb. 236) zeigt ein Fabelmotiv, die Begegnung von Hase und Fuchs. Der listenreiche Fuchs als Wirt versucht, den Hasen in sein Wirtshaus mit den Worten zu locken: „Bruder kehre bey mir ein, ich hab Bier und Brandwein."

Liebenswert ist die Art der Malerei[36], die bewußt naiv, rhythmisch-ornamental, in Umriß- und Flächenmanier anaturalistisch und stark vereinfachend oder Linienwerte übertreibend gestaltet, doch niemals sich ganz von der jeweiligen Stilmode löst. Die barocken Liebespaare des 18. Jahrhunderts erinnern in der Darstellung an Lebkuchenfiguren. Sie werden im 19. Jahrhundert von Kavalieren in der Tracht der französischen Kaiserzeit, von Biedermeiergestalten, Herren mit Fräcken und Zylindern oder bunten Uniformen, Damen mit weiten Röcken, engen Leibchen, Schuten, verdrängt. Die Entwicklung um die Mitte des 19. Jahrhunderts zeigt die teilweise Preisgabe der heimischen Malmotive, und an ihre Stelle treten kolorierte Steindrucke mit bildlichen Darstellungen. Diese werden dann auf die Deckel aufgeklebt.

Zentren der Herstellung

Spanschachteln kennen wir schon aus dem Mittelalter. In der Barockzeit und im 19. Jahrhundert gab es in Deutschland bestimmte Zentren ihrer Herstellung, so in Bayern in Berchtesgaden[37], in Österreich im Salzburgischen, in Thüringen in Sonneberg und Lauscha. Sie wurden gleichsam als Massenware auf den verschiedensten Jahrmärkten feilgeboten und fanden reißenden Absatz. In ihnen wurden einzelne Trachtenstücke, vor allem Kappen und der Schmuck der Bäuerin aufbewahrt. Die Groß- und Kleinschachtelmacher, wie Gadelmacher in Berchtesgaden, hatten eine große Kundschaft zu versorgen[38]. Weit über den deutschen Sprachraum hinaus waren ihre Erzeugnisse in Holland, Skandinavien und in der Schweiz beliebt. Ja, Auswanderer nach Amerika nahmen sie mit über den Ozean und fertigten sie in den

[35] Im Nationalmuseum Kopenhagen befinden sich Hutschachteln aus Sjaelland mit Guckkastenszene und Inschrift: Ich zeige hier vor wenig Gelt Die schönste Stadt der ganzen Welt, weiter aus Amager mit Kavalierdarstellung und Inschrift: Mein Rock ist ganz marode, bei dieser neuen Mode, und schließlich aus Westschleswig mit Inschrift: Du thust Christ und Jud Bedriegen, darum must du in Schult Thurm belegen (Ein Betrüger wird von zwei Männern der Ortsgewalt abgeführt).

[36] Otto Lauffer, Wesen und Wirken der Volkskunst mit besonderer Rücksicht auf die Schachtelmalerei. Wossidlo-Festschrift 1939, S. 138ff. – Joseph Maria Ritz, Bauernmalerei, Abb. S. 53, Nr. 603. – Johanna Weiser, Die Haubenschachtel. Katalog Staatl. Museum Schwerin 1958. – Annaliese Ohm, Volkskunst am unteren rechten Niederrhein, Abb. 122. – Adolf Spamer, Sachsen. Deutsche Volkskunst. Neue Folge. Weimar 1943, Abb. 42–43: Zwei bemalte Spanschachteln.

[37] Oskar Schmolitzky, Thüringer Volkskunst. Abb. 104–106: Bemalte Spanschachteln im Siedelhof. Jena Stadtmuseum (1945 durch Bomben vernichtet) und im Bürgeler keramischen Museum. – Erich Meyer-Heisig, Deutsche Volkskunst. München 1954, S. 2, Abb.: Berchtesgadener Spanschachtel 18. Jh. – Lothar Pretzell, Kostbares Volksgut aus dem Museum für Deutsche Volkskunde: Abb. 913, 914, 917. – Vgl. ferner Wörterbuch der deutschen Volkskunde. Stuttgart 1955, S. 707 (Spanschachteln). – Spanschachteln auf Bildern des 15.–17. Jh. abgebildet (Verkündigungsbild um 1470, Nürnberger Herkunft im Museum Enschede). Sie lassen sich auch auf Gemälden des 16. Jh. nachweisen; wir nennen Marinus van Reymerswael 1521–1560, Die Akziseeinnehmer in Antwerpen. Auch Hans Holbein d. J. hat auf dem Bild des Kaufmanns Gisze (ehem. Kaiser-Friedrich-Museum Berlin) eine solche Schachtel dargestellt. – Vgl. auch Ölbild von Joh. Gg. Hinz, Ansicht eines Kunstkammerschrankes. Hamburg Kunsthalle.

[38] August Hartmann, Zur Geschichte der Berchtesgadener Schnitzerei. In: Volkskunst und Volkskunde 1, 1903, S. 61. – Marie Eysn, Das Gadelmachen, eine Hausindustrie im Berchtesgadener Lande. Mitt. a. d. Mus. f. deutsche Volkstrachten Bd. I, 1897–1901, S. 289ff.

Vereinigten Staaten von Amerika, in Anlehnung an die alten Tradition, von neuem an. Bekannt ist diese Tatsache bei den Pfälzer-Deutschen in Pennsylvanien[39].

Ochsenjoche, Schellenbögen

Mit den geschnitzten und bemalten Ochsenjochen und den Kuhschellenbögen im Sauerland (Attendorn, Olpe), im Sieger- und Wittgensteiner Land erhält die Volkskunst Westfalens eine besondere Note[40]. Die Jochbögen sind aus Buchenholz mit 2 breiten Rillen für die Hörner der Tiere gefertigt und in Kerb- und Flachschnittechnik bzw. Ritzzeichnung behandelt, sehr sparsam mit Einzelrosetten, Reihen von Schuppen, Wolfzahnmuster, rhythmisch und symmetrisch geschmückt und bemalt. Diese Stirnjoche, einfach und doppelt, für einen oder zwei Ochsen gedacht, sind gewölbt und gehen - an die Form einer Wassertrage erinnernd – an den beiden seitlichen Armen in Eisen- oder Messinghülsen mit Ringen über (Abb. 230, Ochsenjoch aus der Umgebung von Attendorn). Solche Joche, im norddeutschen Bereich ungewöhnlich, Kulturgut einer bäuerlichen Weidewirtschaft im Bergland, haben ihre nächsten Verwandten im Nassauischen, im Dillkreis[41]. Sie sind Ausdruck einer kleinbäuerlichen Wirtschaft. Wie überall im süddeutschen Verbreitungsgebiet bäuerlicher Klein- oder Mittelbetriebe, dort, wo das Pferd im bergigen Gelände zu unrentabel als Arbeitstier war, treffen wir die Ochsen- und Zugkuhhaltung an. Die Art des Einspannens unter ein Joch geht auf die ältesten Zeiten der Menschheit zurück. Ob Hornjoch, Doppelhornjoch, Nackenjoch, immer sind neue Formen erfunden worden. Die Schellenbögen – der Halsform des Tieres entsprechend gebogen – haben nicht den einfachen, strengen, ornamental-symmetrischen Aufbau, sie sind nicht so wuchtig, sondern zierlich gebaut, auch nicht mit abstrakten Mustern geschmückt. Blüten, Blätter, Herzen in Flachschnittechnik tauchen als Muster auf, dazu gesellt sich rotgrüne Bemalung. Allmählich verschwindet die Flachschnitzerei, sie wird durch einfache Ölbemalung abgelöst (Abb. 231 und 232, Schellenbögen aus dem Siegerland).

Joche und Schellenbögen sind in unserer Landschaft nicht als Hirtenkunst anzusprechen, sie sind von dörflichen Stellmachern gearbeitet. Gerade an diesem Kulturgut zeigt sich die nassauische Spendelandschaft[42]. Das Siegerland und der hessische Dillkreis zeigen übereinstimmende Merkmale der Schellenbögen[43].

Exkurs: Schellenmacher

Mit der Viehwirtschaft in dem bergigen Siegerland[44] eng verbunden sind die Schellenmacher, deren Tätigkeit leider zum Sterben verurteilt ist. Von ihnen sind Tierglocken verschiedener Größe und Klangfarbe, die an umgestülpte Taschen erinnern, geschaffen[45]. Hermann Bruch aus der Hardter Siedlung war einer der bekanntesten Schellenmacher des 19. Jahrhunderts. Sein Geläute verkaufte er hausierender-

[39] Erwin O. Christensen, The Index of American Design. New York 1950, Abb. 13 (S. 8): Painted Wooden Splint Box. Pennsylvanian German, eighteenth Century; S. 8: This box, about sixteen inches long and less than a foot wide, was intended for keeping wearing apparel ... such boxen were known as gift boxes, dressing boxes, or brides' boxes. They continue a tradition of European peasant art; similiar boxes painted by experienced craftsmen are found in Bavaria, Austria and Switzerland. Berchtesgaden was a center of manufacture that also furnished the toy industry with splint boxes as containers.

[40] Museum des Siegerlandes. Siegen 1953, Taf. 10: Joch und Kuhglocken. Das Joch wurde von hinten an die Hörner geschnallt, und beim einspännigen Fahren mit den Ringen durch zwei Stifte, Nägel genannt, an den beiden Armen der Deichsel gehalten. Heute wird das einfache, nur aus einem gepolsterten Eisenbügel bestehende, schmucklose, das Zugtier schonendere Stirnjoch gebraucht. Beispiel eines kerbschnittverzierten Zugochsenjoches im Museum Menden. – Helmut Richter, Von Haus und Hausrat in der Grafschaft Wittgenstein. In: Wittgensteiner Blätter des Wittgensteiner Heimatvereins Jg. 44, Bd. 20, H. 1/2. 1956, S. 12: Doppeljoch, geschnitzt und bemalt, mit Blumen und Sternen verziert.

[41] Vgl. Karl Rumpf, Hessen. Deutsche Volkskunst. Marburg 1951, S. 58 u. 59: Rinderjoch aus dem Vogelsberg und von der oberen Lahn. – Theodor Zink, Die Pfalz. Deutsche Volkskunst, S. 36 u. Abb. S. 37: Ochsenjoche.

[42] Adolf Spamer, Hessische Volkskunst, S. 100 u. S. 101: Geschnitzte und bemalte Schellenbögen aus Rabenscheid (Amt Herborn im Dillkreis). Weitere Beispiele in den Museen Siegen und Marburg. – Vgl. dazu auch „Volkskunst im Rheinland". Führer und Schriften des Rhein. Freilichtmuseums in Kommern, S. 245–256: Joche aus Wittlich, Eifel; Nordeifel; Bernkastel, Mosel; Kastellaun, Hunsrück; östl. Westerwald und Eulenbruch, Siegkreis.

[43] Karl Löber, Beharrung und Bewegung im Volksleben des Dillkreises. Marburg 1965, Abb. 13.

[44] Hermann Böttger, Auf den Hütten. Orts- und Industriegeschichte der Gemeinde Weidenau-Sieg. Siegen 1949, S. 179. – Karl Löber, Herdengeläute im Dillkreis. In: Volk und Scholle 1936, S. 359ff. – Karl Hörman, Das Herdengeläut und seine Bestandteile. Hessische Blätter für Volkskunde, Bd. XII–XV.

[45] Solche schmiedeeisernen Taschenglocken waren auch im Artland bekannt. Ein Beispiel im Städt. Museum Osnabrück erhalten.

weise im Wittgensteinischen wie im Sauerland, ja, bis zum Niederrhein hin. In Grund bei Hilchenbach hatte sich als letzter und anerkannter Schellenschmied Wilhelm Krämer einen Namen gemacht, weit über das Siegener Land ins Dillgebiet hinein tätig[46]. Diese Schellen an Holzgestellen beschränken sich aber nicht nur auf Hessen, das Sauer- und Siegerland, sondern kommen auch in der Grafschaft Bentheim vor. Hier weiden in den großen Heideflächen Schafherden, die durch ein solches Geläute ausgezeichnet sind. Hier erweist sich das südliche Westfalen zugehörig zu dem süddeutschen und alpenländischen Kulturkreis[47].

Verziertes Arbeitsgerät

In das Thema künstlerisch verziertes Arbeitsgerät fallen viele technische Denkmäler; wir denken nur an Häckselschneidebänke (Abb. 219), an geschnitzte Hobel (Abb. 229), an die geschnitzten und bemalten Hechelbretter Nordwestfalens (Tafel VI), an die reichgestalteten Flachsbraken (Abb. 240). Besonders eindrucksvoll sind ein figürlich gestalteter Nußknacker aus dem Kreis Minden (Abb. 207) oder ein Spinnrad in Gestalt eines Rehbockes. Schließlich denken wir auch an Bienenkästen, wie sie uns aus Hünnefeld, Kreis Wittlage, bildlich überliefert sind[48].

Britzelbretter

Eine neue Welt offenbart sich uns in den Fastnachtspritschen. Im Münsterland, in Warendorf, im Wiedenbrücker und Beckumer Raum sind die geschnitzten Britzelbretter des 18. und 19. Jahrhunderts beheimatet, die Ordnungsstäbe oder Schlaghölzer der Bauknechte (Ackerknechte), mit denen der Britzelmeister Störenfriede bestrafte. Schon Thomas Murner berichtet vom Britschenschlagen im deutschen Raum. Charakteristisch für diese Schnappstäbe war beim Austeilen der Schläge das klatschende Geräusch. Diese Sitte ist nur zu verstehen aus der Geschichte des deutschen Studenten-, Kaufmanns-, Handwerker- und Fastnachtsbrauchtums – der Lehrling wurde z. B. vermittels der Britsche zum Gesellen geschlagen. Sie ist natürlich nicht allein auf Westfalen beschränkt gewesen, wohl aber muß die besondere Gestaltung der Britschen als westfälisch angesehen werden. Fast 90 cm lange gedrechselte und abgesetzte Stäbe mit Knauf gehen allmählich in eine flache, ovale Kelle über, die an ihrem unteren Ende mehrfach eingeschnürt ist und je zwei gespitzte Haken oder Flügel an beiden Seiten (Kümmerformen aus der Beschlagwerkornamentik der Renaissance) aufweist. (Länge 33 bzw. 26 cm, Decke 3 cm). Diese Flachkellen sind ornamental mit Rosetten, Blattwerk, Rocailleformen und Sprüchen oft recht derber Art verziert. „De Britzen un de Bellen, de Aes, de sall di swellen", so lautet ganz unmißverständlich ein Britzenspruch[49]. Diese Stäbe, trotz ihrer altertümlichen Formensprache, sind Arbeiten des 18. und

[46] Adolf Spamer, Hessische Volkskunst, S. 100: Ihre Verfertiger sind zum Teil die Hirten selbst, zum Teil auch Bauern, die sich zur Winterszeit als Schellenschmiede betätigen, „das Geschell" herstellen und in fünf Tönen abstimmen. Doch übt, nachdem der Schellenschmied in Sinkershausen, Kreis Biedenkopf, gestorben ist, im hessischen Raum nur noch Wilhelm Krämer in Grund bei Hilchenbach, Kreis Siegen, dem Geburtsort Jung-Stillings, diese alte Kunst aus. – Vgl. auch Karl Rumpf, Hessen, Deutsche Volkskunst, S. 58/59.

[47] Wolfgang Jacobeit, Jochgeschirr und Spanntiergrenze. Deutsches Jahrbuch Bd. III, I, 1. Berlin Jg. 1957, S. 143 und S. 128. Im Westen und Süden Deutschlands, begrenzt durch die Linie Plauen Göttingen (die im wesentlichen dem Verlauf der Mittelgebirge entspricht), Wesel, ist der Kopfzug zuerst mit Genickdoppeljoch und später im Einzelgenickjoch und Stirnjoch verbreitet. Nördlich und westlich von genannter Linie ist der Widerristzug, beginnend mit dem Widerristdoppeljoch verbreitet (vgl. Karte der Verbreitung des Kuhgeschirrs von Pessler). – Vgl. Paul Scheuermeier, Bauernwerk in Italien, der italienischen und rätoromanischen Schweiz. Eine sprach- und sachkundliche Darstellung landwirtschaftlicher Arbeiten und Geräte. Zürich 1943, Bd. II, Bern 1956, S. 159 und 161. – Meistens ist die Form des Joches den Tieren angepaßt. In der Regel ist das Mittelstück des Jochbalkens massiver als die beiden mehr oder weniger geschwungenen Seitenstücke oder Jochbögen. Wo diese auf dem Nacken des Tieres aufliegen, sind sie meistens stärker gewölbt und häufig etwas breiter als der übrige Teil des Joches ... oben in der Mitte des Joches Kerben, Hocker, Pflöcke ... Ansätze zu Verzierungen beim Nackenjoch in den Ostalpen (Graubünden, Trentino).

[48] Vgl. Volkskunst aus Deutschland, Österreich und der Schweiz, Nr. 1776. – Bienenstand in Hünnefeld. Aquarell von dem Sonntagsmaler Alpers aus Hannover um 1874.

[49] Franz Krins, Fastnacht in Westfalen (Anmerkungen zu einem westfälischen Fastnachtsbrauch: Britzelbretter und Britzen). Zeitschrift Westfalen 24. Bd. 1939, S. 194–207. Abgebildet Britschen aus der Beller Bauerschaft (Besitzer von Heeremann, Surenburg) und von Österort aus den Jahren 1779 und 1802. Sie tragen folgende Inschriften: FIVAT J BELLER KNGH (Knechte) Anno 1779 den 14. Febr. und VIVAT ES LEBE DER EUSTE ORT (Öster bei Marienfeld) DIS BEHALTEN WIR FÜR UNS GANTZ ALLEIN! und ein Drittes von 1829 mit Inschrift „VIEWAT IHR OESTEREN KNECHTE 1829 SIE GEHEN MIT DIE OESTEREN MEDGENS (Landesmuseum Münster). Eine Britsche im Bielefelder Museum, eine andere im Osnabrücker Land, im Besitz des Tuchmacheramts in Bramsche, sind keine auf das Fastnachtsbrauchtum abzielende Geräte. – Irmgard Simon, Altes westfälisches Fastnachtsbrauchtum. Westfalenspiegel 2. Jg. Febr. 1953, S. 10–13.

19. Jahrhunderts und haben als Symbole einer übergeordneten Gemeinschaftskultur[50] hier in kleineren Orten Westfalens[51] eine besondere Prägung erfahren.

Schützenadler

Es wäre müßig, weitere aus Holz geschnitzte und bemalte Brauchtumsdenkmäler, die in den Bereich der Volkskunst fallen, zu erwähnen. Ihre Zahl ist zu groß. Hier soll nur noch auf die Schützenadler aufmerksam gemacht werden[52], die mit ihren weitgespannten Flügeln, gekrönten Köpfen und all den anderen Emblemen – so Reichsadler und Szepter – das Augenmerk auf sich ziehen. Mehr oder minder abstrahiert wandeln sie sich von Ort zu Ort in der Gestaltung, in der Bemalung (Abb. 237, Schützenadler aus Dissen von dem Tischlermeister Brinkmann, Schollhof, 1953 geschnitzt und bemalt nach altem seit 1836 überlieferten Vorbild).

[50] Friedrich Rauers, Hänselbuch. Schleif-Vexier-Deponier-Tauf- und Zeremonien-Buch. Essen 1936, S. 195: Hänseln des Fuhrmanns und Abb. S. 110: Pritsche aus dem Fuhrmannsgasthof zum grauen Wolf in Nürnberg (jetzt Germanisches Nationalmuseum Nürnberg). – Vgl. dazu auch H. Tümpel, Von Britschebrettern und Britscheschlagen. Zeitschr. f. rhein. u. westf. Volkskunde 10. Jg. 1913, S. 103. – Wörterbuch des deutschen Aberglaubens: Stichwort Schlagen. – Trübners deutsches Wörterbuch, begr. v. Alfred Götze. Hrsg. v. Walter Mitzka, Bd. 5. Berlin 1954, S. 209/210: Pritsche, die Waffe des Narren, des Hanswursts und des Britschenmeisters, eines Meisters, der die Britsche schwang, vor allem als Ordner, Spaßmacher, Stegreifdichter und Sprecher, sowohl bei höfischen als auch bürgerlichen Festen.

[51] Vgl. dazu noch Hermann Wille, Fastnachtssitten in Henglarn. In: W. Schnettler u. P. Pagendarm (Hrsg.), Heimatbuch des Kreises Büren. Büren 1930, S. 125:

Zur Fastnacht-, zur Fastnachtszeit
Sind wir zur Lust ja wohl bereit
Und trinken all den Branntewein
Und dabei ein Stück vom Schinken
Können wir Junggesellen alle gut

Eins, zwei, drei und vier
Bei Branntwein und bei Bier,
So nimm denn an, du braver Gesell
Das Britzken hier an heiliger Stell!

Das Klappern das Klappern
Bruder, du sollst nicht ehr aufstehn,
Bis du bekommen hast die Achtzehn.
Bruder, steh auf und sage Dank
Und mach uns die Zeit nicht mehr lang.

[52] Vgl. Volkskunst aus Deutschland, Österreich und der Schweiz, Nr. 1473.

V. Eisengerät

1. Überblick über die Gegenstände und die Geschichte der Eisenverarbeitung

Als eisenerzeugendes und -verarbeitendes Land stellt Westfalen die Volkskunstforschung vor viele Fragen. Verschiedenartige Eisengeräte tauchen im Lande auf, die weder in ihrer Gesamtheit noch in ihrer Einzelerscheinung grundlegend gewürdigt sind. Sie stammen aus mehreren Jahrhunderten und sind für vielfältigen Gebrauch bestimmt. In der Regel haben wir es mit Handwerksarbeiten aus Schmiede- und Gußeisen zu tun, die jedoch über den reinen Gebrauchszweck in die Bezirke des künstlerischen Schaffens reichen.

Die wichtigsten Erzeugnisse

Aus dem Reichtum des heute noch in Bauernhäusern vorhandenen Materials sei einiges herausgegriffen, vor allen Dingen das Herdgerät, das in großem Ansehen stand[1]. Die großen Wendehahle, die Kesselhaken, die Lichthahle, die Feuerböcke oder Brandruten und Stülpen, die Püster, die Bratspieße und -rösten mit ihren urtümlichen Formen durften in keinem Bauernhaus fehlen. Und weiter sind da: die Pannenhauler oder Hangeisen, die Fleischgaffeln, die Eisenkessel, die Pfannen und Tiegel, die Koken- oder Zangeneisen zum Backen der Neujahrskuchen und schließlich die runden Waffeleisen und Zuckerzangen. Eiserne Leuchten und Laternen waren in einem geordneten Haushalt unerläßlich. In dieser Aufzählung fehlen die verschiedenen Formen der Öfen aus Gußeisen, die Kastenöfen aus der Zeit der Reformation und des Humanismus mit ihrem reichen Bilderschatz bis zu den Rundöfen der Neogotik. Damit ist das Repertoire immer noch nicht erschöpft: Eisenkassetten und große Geldkästen mit vielen Schlössern, bisweilen mit bemalter Oberfläche sind auf unsere Zeit überkommen. Innungszeichen, geschnittene und bemalte Herbergsschilder, Wind- und Wetterfahnen erfreuen unser Auge. Genannt werden müssen die Schlösser und Schlüssel für Tore, Türen, Holzkoffer, Schränke. Der Phantasiereichtum ist hier unerschöpflich. Der Schmied arbeitete mit dem Tischler zusammen, er schmiedete ihm ornamentale, auch figürliche Eisenbänder für seine Stollentruhen, seine Koffer, dazu Initialen und Jahreszahlen. Und noch immer ist nicht alles gesagt; vor unseren Augen stehen geschmiedete Grabkreuze und gegossene Grabplatten. Alle diese Erzeugnisse stammen aus vielen Jahrhunderten, ja, sie reichen in die Zeit der Gotik und tragen deren Stilmerkmale, wenn sie auch typologisch gesehen, wie z. B. die Bratrösten, bedeutend älter sind.

Unwillkürlich werden angesichts dieses erdrückenden Reichtums viele Fragen laut: Sind alle diese Gegenstände im Lande entstanden? Sicherlich nicht alle; wir wissen z. B., daß Kaminplatten und Öfen aus dem hessischen Raum stammen. Weitere Fragen erheben sich, in welchen Gebieten und Landschaften ist Westfalen als eisenverarbeitendes Land führend? Ragt es mit seinen Erzeugnissen, mit seinem Formen- und Typenschatz aus dem norddeutschen Raum heraus? Ist es von irgendwelchen Einflüssen inspiriert? Exportiert es und wohin? Diese Fragen sollen aus der geschichtlichen Situation geklärt werden.

Siegerland und Sauerland als Hauptproduktionsgebiete

1582 werden Ofengießer in Hoppecke, Kreis Brilon[2], genannt. Das Vorhandensein von Eisenerzen, der Waldreichtum, die Wildbäche waren die günstigsten Vorbedingungen für die Entstehung einer solchen Eisenindustrie. Ja, die generelle Bezeichnung für den Eisenofen wurde im 18. und 19. Jahrhundert der Name Suerlänner, da das Sauerland Hauptproduzent und Verbreitungsgebiet wurde.

Eisenbergbau und -verhüttung lassen sich schon in der Vorgeschichte im Süden des Westfalenlandes, im Siegerland[3], nachweisen. Auch das Ruhrgebiet kann auf frühe urkundliche Nachrichten hinweisen.

[1] Vgl. Maria Schmidt, Ein westfälisches bäuerliches Inventar aus dem 17. Jahrhundert. Rhein.-Westf. Zeitschr. f. Volkskunde Bd. VIII 1961, S. 110–112: „Inventar von Brockmanns Erbe im Kispell Düllmen der Rodden Bawrschafft".

[2] Vgl. Bau- und Kunstdenkmäler von Westfalen, Kreis Brilon. Münster 1952, S. 24. Bekannt ist auch die Olsberger Hütte im Kreis Brilon. Ein Erzeugnis ist eine Platte in Alme aus dem Jahre 1771 mit dem Wappen des Paderborner Bischofs Anton von Asseburg.

[3] Franz Petri, Das Siegerland – geschichtliches Grenzland. In: Franz Petri, Otto Lucas, Peter Schöller, Das Siegerland. Geschichte, Struktur und Funktionen. Münster 1955, S. 30, Karte 11: Hütten und Hämmer im 15. Jahrhundert im Siegerland. –

Quelle und Basis einer sich entwickelnden Eisenindustrie war das Vorhandensein von Spateisenstein. Die Verhüttung des anfallenden Erzes war möglich dank der Gewinnung von Holzkohle in einer ausgeklügelten Haubergswirtschaft. So schuf sich das Land eine Vorrangstellung in der Eisengewinnung und -verarbeitung. Noch bis ins 19. Jahrhundert hinein waren mehr als 400 kleinere Gruben in Betrieb. Auch im Sauerland, im Olper Raum, in der Mark, in den Tälern der Lenne und Volme, in der Grafschaft Limburg, ja, im ganzen Westen bis zur Ruhr waren die Arbeitsstätten, in denen das Eisen verarbeitet wurde[4].

Geschichtliche Nachweise

Im Mittelalter spezialisierten sich einzelne Gebiete und Städte auf die Herstellung bestimmter Eisenfabrikate, so von Sensen, Sägen, Schlössern, Pfannen, Schwertern, Panzern. Die Hansa nahm sich des Handels dieser Fertigwaren an und dirigierte sie in verschiedene europäische Länder. Die ältesten urkundlichen Nachweise über die Eisenindustrie des Ruhrlandes enthält das Werdener Heberegister aus der Mitte des 11. Jahrhunderts, nach dem Eggihard von Haarhausen bei Eynern dem Kloster Werden ... Kessel und andere eiserne Gerätschaften als jährliche Abgabe senden mußte. Städte wie Hattingen und Breckerfeld waren schon seit dem Mittelalter führend in der Messerproduktion. Schwerter und Sensen werden aus Arnsberg im kurkölnischen Sauerland nach Flandern und England geliefert. Die Iserlohner Panzerschmiede waren lange Zeit führend, Sensen wurden viele Jahrhunderte in Müschen, Plettenberg und Gevelsberg geschmiedet. In Haspe, Voerde, Volmarstein, in Wengern, Grundschöttel und Berge war die Kunst der Blechschmiede entwickelt. Bergische Kleinschmiede beflügelten und befruchteten das heimische Handwerk, besonders in Gevelsberg, bei der Herstellung von Sensen, Sack- und Dullhauern, Kaffeestechern und von Messern für westindische Kaffee- und Zuckerplantagen.

Bergische Kleinschmiede, die sich 1661 in Eilpe und 1664 in Wetter ansiedelten, wurden die motorischen Kräfte innerhalb der neuen Umgebung: Messer und Säbelklingen wurden nach Holland, Belgien, nach Preußen, Polen, Livland geliefert. Auch die Breitwarenmanufactur, zunächst ein Privileg des Bergischen Landes, verlagerte sich in das angrenzende westfälische Nachbarland und überflügelte das Ursprungsgebiet.

Im Jahre 1789 wird die Zahl der im Gogericht Schwelm ansässigen Kleinschmiede auf 200 angegeben, sie wächst in 60 Jahren auf 1100 an. Das Gewerk der Schmiede war vielfach unterteilt: in Grobschmiede (Pflüge, Äxte, Beile, Hufeisen), in Kleinschmiede (Schlüssel, Sporen), in Nagel- und Büchsenschmiede, in Messerschmiede, Kessel- und Pfannenschmiede. Sie saßen massiert im Westen des Landes: In ganz Westfalen bekannt waren die Olper Pannenklopper, 1668 sind hier zahlreiche Pfannen- und Kesselschmiede vermerkt.

In einer kurkölnischen Bergordnung vom 2. Januar 1699 heißt es: „Stadt Olpe von altershero ein absonderliches Schmiedeamt, so dergleichen Breitwercke zu Kesseln und Pfannen verarbeiten, obhanden und darunter diejenige mehrenteils mit begriffen seyn, welche in der Stadt Distrikt gelegenen Breitwercks-Hammer eigenthumlich besitzen.“ Im Jahre 1739 werden allein 86 Pfannen- und Kesselschmiede gezählt. Nach einem Bericht eines Herrn von Stockhausen aus dem Jahre 1781 werden in Olpe Kessel, Ofenpfeifen, Öfen, blecherne Kasserollen, Topfdeckel und von den Pfannenschmieden Brattiegel, Küchen-, Eier- und sonstige pfanneneiserne, dreistahlige, dreifüßige Kümpfe, auch kleinere Kümpfe und sogenannte plattkümpfige Tiegel gemacht.

In Meschede war ebenfalls eine Kleineisenwarenindustrie zu Hause, das gleiche gilt für den Assinghausener Grund. Über riesige Strecken verhökert wurden z. B. Sensen aus Siedlinghausen.

Ebda. Otto Lucas, Die Wirtschaftsstruktur des Siegerlandes. S. 59 u. Karte 1: Historische Entwicklung des Erzbergbaues und der Erzverhüttung.

[4] Emil Böhmer, Kreis Ennepe-Ruhr, Stadt Hagen. Münster 1948, S. 40. – Ewald Dresbach, Geschichte der Grafschaft Mark im Abriß. Witten o. J., S. 56: Der Osemund, ein weiches und sehr zähes Material, wurde als Stab- oder Stangeneisen in den Handel gebracht, teils ... verarbeitet zu Drahtpanzern für Ritter und Herren, zu Panzerdecken für Pferde ... Lüdenscheid, Altena und namentlich Iserlohn waren die Mittelpunkte dieser Industrie. In Breckerfeld war vor 1500 eine blühende Stahlwarenfabrikation (Messer, Dolche, Sporen). Schwerte war zuständig für Messer, Schwerter, Pfannen.

Von den Zentren der Eisenverarbeitung im Südwesten abgesehen gab es in den Städten der westfälischen Länder viele verschiedene Arten von Schmiedehandwerkern: Grobschmiede (für Pflüge, Äxte, Beile, Hufeisen), Messerschmiede, Kleinschmiede (für Schlüssel, Sporen), Nagel- und Büchsenschmiede, Kessel- und Pfannenschmiede, die für die Bedürfnisse von Stadt und Land sorgten[5]. Nach dem Beschluß der 11 Ämter in Osnabrück aus dem Jahre 1581[6] wurden von den Schmieden dieser Stadt folgende Meisterstücke verlangt: vom Grobschmied ein breites Beil oder eine Zimmeraxt und ein Handbeil, vom Kleinschmied ein Springschloß mit zwei beweglichen Riegeln, das Innere gelötet und mit 6 Reffen, vom Büchsenschmied ein zwei Ellen langer Lauf, am unteren Ende vierkantig, das Feuerschloß mit einer krummen Feder und mit einem Schwanenhahn, vom Messerschmied ein Knochenhauer und ein Dolch, vom Hufschmied ein Hufeisen in zwei Hitzen (Feuern).

In der Freiheit Altena werden 1722 in den amtlichen Berichten 84 Schmiede- und Drahtzieher genannt, neben 2 Webern, 4 Böttchern und einem Glasmaler.

Das zeigt deutlich die Überlegenheit des Schmiedegewerks. Durch den westfälischen und den bergischen Wettbewerb wurde z. B. die Messerschmiedekunst in Thüringen, vor allem von Ruhla, zum Erliegen gebracht. Berühmt wegen ihrer hervorragenden Arbeit waren die Schmiedemeister in Lübbecke. In Akten und Urkunden, die wir für viele andere Städte noch heranziehen könnten, wird dieser Schaffenszweig in Westfalen mehr und mehr sichtbar, doch merkwürdig eigentlich, daß weder die Städte noch das Land die Kulturgüter ihrer Vorfahren gesammelt haben, um so einen Überblick über die Produktion im Laufe der Jahrhunderte, über Werden, Wachsen und Absterben zu geben.

Begünstigt durch den Fern- und Hausierhandel[7] des Landes – die Siegener, Olper, Bilsteiner Eisenhändler z. B. waren von nicht zu unterschätzender Bedeutung – konnten die heimischen Waren in andere Länder und Städte mit Fuhrwerken gebracht werden. Ein Zentrum des Fern- und Hausierhandels war beispielsweise Winterberg, Kreis Brilon. 1764 wurden in Grönebach 70 Prozent, in Hildfeld 50 Prozent, in Niedersfeld 40 Prozent der männlichen Bevölkerung als Hausierer gezählt, die Kleineisenwaren aus dem Assinghauser Grund, Sensen aus Siedlinghausen neben selbstgefertigten Näpfen, Schüsseln, Löffeln aus der Grafschaft Düdinghausen und den Dörfern des Astenbergs, Kurz- und Wollwaren aus den Ruhrdörfern, Leinen aus Niedersfeld nach Belgien, Nordfrankreich, Schleswig, Ostpreußen, Litauen, Polen und Ungarn brachten. Handel

Das 19. Jahrhundert, stürmisch fortschreitend auf dem Weg der Industrialisierung, der Mechanisierung und Rationalisierung, die in den westlichen Landschaften des westfälischen Raums schon früh begonnen hatten, beendet dank der Vormachtstellung der Maschine das selbständige handwerkliche Schaffen, die Heimarbeit, den Hausfleiß und leitet eine neue Epoche ein. Sie bedeutet zu gleicher Zeit das Ende jeglicher Volkskunstarbeit.

[5] Vgl. Josef Schmelzer, Olpe das Städtchen der Pannenklopper. In: Das sauerländische Bergland. Hrsg. von Wilhelm Uhlmann-Bixterheide, Dortmund 1921, S. 402. – E. Voye, Aus der Entwicklung der märkisch-sauerländischen Industrie. Ebda. S. 43. – Norbert Scheele, Die Schmiedezunft in Olpe. Heimatstimmen aus dem Kreise Olpe 1948, 1. Folge, S. 15.

[6] L. Hoffmeyer, Geschichte des Handwerks im Fürstentum Osnabrück, in Lingen, Meppen und Papenburg. In: Festschrift der Handwerkskammer Osnabrück. Osnabrück 1925, S. 69. – Margarete Pieper-Lippe, Westfälische Zunftsiegel, Münster 1963, S. 33: Das Schmiedehandwerk zählt nicht nur zu den ältesten und wichtigsten, sondern auch zu den vielseitigsten und interessantesten Handwerksgattungen; S. 34: In Münster wurden 8 Glieder des Schmiedeamtes unterschieden: Hufschmied, Grobschmied, Fronwerker oder Schlosser, Büchsenmacher, Kupferschmied, Pottgießer oder Gelbgießer, Schwertfeger, Uhrwerker oder Uhrmacher. Ähnlich reichhaltig war die Aufgliederung des Schmiedeamtes in Osnabrück.

[7] Franz Petri, Das Siegerland – geschichtliches Grenzland, S. 31 Eisenstraßen: Absatz der Erzausbeute nach Norden und Süden über Köln, Mainz, Frankfurt, Kassel. – Klemens Stracke, Auf den Spuren Benolper Frachtfahrer. Heimatstimmen aus dem Kreise Olpe. Olpe 1952, 9. Folge, S. 553–561. – Vgl. Norbert Scheele, Siegener und Olper Eisenhändler in Worms, Speyer und Frankenthal 1614. Heimatstimmen Olpe 1954, 16. Folge, S. 925–927. – Gerhard Klopmeyer, Handel und Verkehr in der Grafschaft Bentheim zu Anfang des vorigen Jahrhunderts. Jahrb. d. Heimatver. d. Grafsch. Bentheim 1956, S. 33: Sicheln und Sensen kommen aus Winterhagen, Wannen und Körbe aus Emsdetten, Öfen und Herdplatten werden aus dem Sauerland ... bezogen.

Eisengerät aus Bauern- und Bürgerhäusern

Was an geschmiedetem und gegossenem Eisengerät in Bauern- und Bürgerhäusern vorhanden war, wird durch einige Urkunden beleuchtet, die aus verschiedenen Jahrhunderten stammen, so durch ein Verzeichnis der im Hause des Herrmann Warendorp in Osnabrück nachgelassenen Güter aus dem Jahre 1493[8]. Wir lesen: int eirste upen herde eyn hael mit eynem lenge hale, twe kleyne yseren, brandyseren, eyn tanghe, eyn roste, eyn furforke (Feuerforke), eyn puster ... iten eyn tynnen, iten eyn hackelmesser, eyn scarfel misser, eyn kleyne yseren panne. Auf dem Lakehof[9] bei Belle im Kirchspiel Wöbbel im Lippischen wird 1592 an Eisenwerk genannt: ein eiserner Kesselhaken, ein Roster Pfanne, ein großer Braukessel, ein Schulterkessel, ein geringer Kessel, 2 Handkessel ... je zwei eiserne Töpfe von 6 und 3 Quater Inhalt. In dem Inventarverzeichnis des schon häufiger zitierten Hofes Ginsberg von 1597[10] ist vermerkt: 1 eiserner Ofen in der Stuben, 1 Harl in der Kuchen, 2 alte zerbrochen eiserne Döpfe, 1 eisern Dopf von 4 Maßen. In der Erbteilung des Schöffen Johann Diederich Geck und seiner Wittib zu Borbet im Kirchspiel Lüdenscheid[11] vom Jahre 1759 werden unter Nr. 19–24 ein Paar Brandruthen, ein Haal, Länge-Haal und Kalte Hand (Eisengriff), eine Blasepfeife, eine Feuerschippe, eine Kluft, zwei eiserne Löffel und Fleischgabel aufgezählt. In einem Schichtungsvertrag von 1750, Lüdenscheid, den 12ten October 1750, der Anna Catharina Wittebe, Tiggesen Woeste begegnen uns zwei Brandruthen von Roheysen, zwey Hähle und zwei Längehahle, drei eiserne Pötte, ein eisern Mörser, drei Kuchen-Pfannen, ein Kucheysen[12].

In dem schon so häufig herangezogenen Inventarverzeichnis eines märkischen Bauernhauses im Jahre 1762, zu Unna protokolliert, werden ähnliche Gerätschaften erwähnt. Da sind genannt vier Hähle und zwei lange Hähle, zwei Brandruten, eine Blasepfeife, Feuerzange und Hand, sieben Potte groß und klein mit Deckels, zwei Pfannenkuchenpfannen und ein Pfannenkuchenhahl, zwei Wurströsten, zwei Lampen, eine Axt und zwei Barden (Beile), zwei Pfähle, drei Mistgabeln, eine Mistharke, zwei Schottgabeln (zweizinkig), zwei Grabenschüppen, zwei Stricheisen, eine Wage, zwei Löffel, zwei Flaßreppen (Flachsriepen), ein Kucheneisen ... Will man der Eigenart Westfalens gerecht werden, so müssen wir die wichtigsten Erscheinungen dieses reichen Inventars genauer untersuchen.

2. Schmiedearbeiten

Feuerböcke

Typologisch gesehen sind die Feuerböcke[13] (Abb. 248), ebenso die Brandruten (Feuerböcke) frühgeschichtlicher Herkunft. Formal erinnern sie an abstrahierte langgestreckte Tierkörper mit Hörnern und kurzen Fortsätzen als Füßen, die auf ihren Rücken die zu verbrennenden Kloben tragen. Sie gleichen Fabeltieren, so in Altenberge-Waltrup, Kreis Steinfurt (Gastwirtschaft), und erinnern an urtümliche Rosse und Böcke (Beispiel im Städtischen Museum Osnabrück). Weiteres Herdgerät in Gestalt von gekanteten oder gedrehten Stäben auf gebogenen Füßen mit Behältern oder Schalen ist auch außerhalb

[8] Roswitha Poppe, Das Osnabrücker Bürgerhaus. Oldenburg 1944, S. 42ff., S. 47: Verzeichnis der im Hause des Gerd Lampekyng nachgelassene Güter 1539: item up dem herde eyn hall myt twen langehalen und zwen brantysen ... eyne pannen eyne rosten ... item by dem herde eynen degell myt seven potten lüttick und grot und eynen cleynen lüttiken ketell ...

[9] Eduard Schulte, Der Lakehof und seine Erbmeier. Bochum 1954, S. 47.

[10] Annemarie Wurmbach, Das Bauernhaus des Siegerlandes als baugeschichtliches Denkmal einer Grenzlandschaft, Diss. Münster 1955, S. 22.

[11] Aus den Schreinsakten des Kirchspiels Lüdenscheid im Staatsarchiv Münster Bd. II, 7ff. In: Süderland 1937, S. 68ff. und Süderland 1937, S. 178.

[12] Vgl. Maria Schmidt, Das Wohnungswesen der Stadt Münster im 17. Jahrhundert. Münster 1965, S. 132ff.

[13] Hervorragende Beispiele von Feuerböcken sind in den Museen Münster, Hohenlimburg, Wewelsburg, Hamm, Altena, Dortmund, Bielefeld, Minden, Osnabrück erhalten. Siehe Volkskunst in Westfalen. Landesmuseum Münster, Taf. 1: Westf. Herdgerät. – Vgl. ferner Rudolf Uebe, Westfalen. Deutsche Volkskunst Bd. IX. Weimar 1927, Abb. 139: Brandruten mit Topfständer. – Ein Kaminbock dieser Art auf einem Bild tom Rings im Landesmuseum Münster (Verkündigung), ehemals Außenseite Hochaltar der Überwasserkirche von Münster, 1594. – Vgl. auch Anton Henze, Westfälische Kunstgeschichte. Recklinghausen 1957, Abb. 241.

Westfalens (Abb. 241) und Niedersachsens bekannt[14], ja sogar jenseits der Alpen verbreitet[15]. Es ist schwer zu datieren, da die Eisentechnik hier dem Zweck entsprechend zu großer urtümlicher Form neigt.

Feuerkörbe und Feuerstülpen (Kattenstülpen) mit parallel laufenden Eisenbändern, glockenförmig aufgestülpt, mit Tragring, sind gleichfalls urtümliche, aber charakteristische Zeugnisse westfälischer Schmiedekunst (Abb. 247). Feuerkörbe, -stülpen, Rösten

Auch die Roste[16] weisen auf eine lange Geschichte zurück. Vergleicht man z. B. Roste der römischen Antike in Rund- und Rechtecksform mit westfälischen, so ist überhaupt keine Wandlung zu spüren. Dieses denkbar einfache Herdgerät mit langem Griff und drehbarer Scheibe wurde über das glühende Feuer geschoben (Abb. 241, 249, 250). Die einzelnen Stäbe der drehbaren Scheibe wurden parallel zueinander angeordnet oder gewellt, zu Rechtecken oder Quadraten geformt, erhielten die Gestalt von Spiralen, von Herzen oder Rosetten. Da solche Roste über große Strecken Europas hin auftauchen — wir finden sie in gleicher Art in Niedersachsen, in Holland, Dänemark, Schweden, Bayern, ebenso im Süden Europas –, so ist es außerordentlich schwer, die westfälische Eigenart festzustellen. Charakteristisch scheint die Betonung einfacher, aus der Technik der Metallverarbeitung zu erklärenden Formen und Ornamente zu sein, die den Begriff Zeitstil nicht kennen.

Altes Kulturgut sind der Kesselbaum und der Kesselhaken[17] oder Wendebaum (Strichzeichnung) mit Wende- oder Fürhahl. Der große galgenartige, um seine Halbachse sich drehende, schmiedeeiserne, gekantete oder runde Arm ist an der Rückseite der Herdstelle vermittels Dübelhaken befestigt und schwingt um einen Pfahl aus gekantetem Eisen, der häufig bis zum Erdboden reicht und durch Streben in Rankenwerk und Durchsteckarbeit reich verziert ist. Hahle

Kesselbäume dieser Art sind in der Grafschaft Hoya wie im Osnabrücker Land, im Oldenburger Münsterland, im Minden-Ravensberger, Lipper und Paderborner Land wie im Münster- und Sauerland verbreitet[18].

Der Kesselhaken, ein flaches, einseitig gezahntes Eisenblatt, nach unten in einen kurzen Haken auslaufend, oben in einem Ring hängend, ist mit einer Längsschiene verbunden[19], in die er mit seinen Zähnen einrastet. Er kann so jederzeit verstellt, verkürzt oder verlängert werden. Der Hahl, typologisch in der Vorgeschichte schon nachweisbar, sprachlich aus dem Althochdeutschen hahala kommend, hat in Westfalen, überhaupt im norddeutschen Raum eine gewichtige Stellung auch rechtsgeschichtlich[20] eingenom-

[14] Wilhelm Bomann, Bäuerliches Hauswesen und Tagewerk im alten Niedersachsen. Weimar 1927, S. 79, Abb. 57 b: Feuerbock aus dem Celler Museum. – Alfred Schubert, Alte Volkskunst am Niederrhein. Düsseldorf 1938, S. 39. – Karl Gröber, Schwaben. Deutsche Volkskunst Bd. V. Weimar 1925, Abb. 104: Eiserne Pfannenknechte.

[15] Paul Scheuermeier, Bauernwerk in Italien, der italienischen und rätoromanischen Schweiz Bd. II. Bern 1956, S. 69: Feuerböcke, Friaul. – Walter Werland, 1000 Jahre Harsewinkel. Münster 1965, Abb. 189: Kattenstülpe. – Vgl. dazu Volkskunst aus Deutschland, Österreich und der Schweiz. Katalog Köln 1969, Abb. 148: Feuerstülpe aus dem Artland, 18./19. Jh.

[16] Rudolf Uebe, Westfalen, Abb. 140–142: Rost mit drehbarer Scheibe auf Dreifuß. Griff gemustert. Mitte: Rost rechteckig, auf drei Beinen, 4 Herzen mit Mittelrosette und aufgerollten Spiralen. Rechts Roste mit Herzmustern. – Walter Bernt, Volkskunst am Eisen, Kupfer und Messing. Jahrb. f. hist. Volkskunde 3/4. Berlin 1934, S. 244, Abb. 16: Ostfriesischer Rost; Abb. 17: Pfannenknecht im verflochtenen Tauwerksmuster, Südbayern oder Alpenland, 16. Jh.; Abb. 18: Rost, mitteldeutsch, 18. Jh. – Hans Karlinger, Deutsche Volkskunst. Berlin 1938, Abb. 356: Ostfriesische Wurströste. Bremen, Focke-Museum. – Wilhelm Pessler, Niedersachsen. Deutsche Volkskunst Bd. I. Weimar 1923, Abb. 48: Drehbare Wurströste, Ostfriesland.

[17] F. Schatzmann, Beyträge für die Geschichte und Verfassung des Herzogthums Westfalen. Darmstadt 1803, S. 37: Oberhalb des Feuers ist in einer gewissen Höhe . . . ein hölzernes Gerüst angebracht, an welches lange eiserne, den großen Zimmermannssägen nicht unähnliche Werkzeuge, an einigen Orten Halen genennet, die sich verkürzen und verlängern lassen, auf eine bewegliche Art, zum Überhängen des Kessel angefüget werden.

[18] Hans Wühr, Alte Küchen und Küchengeräte. Darmstadt 1956, S. 22: Kesselhaken sind schon in der Latènezeit bekannt. Im Sauerländischen und benachbarten Gebiet wird von dem Brauch berichtet, daß man die Braut in der Küche um den eisernen Pfahl führt, an welchem die Töpfe über die Feuer hängen. Vgl. Westphälischer Nationalkalender 1800, S. 66. – Vgl. auch Wilhelm Bomann, Bäuerliches Hauswesen und Tagewerk im alten Niedersachsen, S. 75 (hier die gleiche Sitte).

[19] Alfred Schubert, Alte Volkskunst am Niederrhein, Abb. S. 34: Kesselhaken.

[20] Vgl. ferner H. Vageding, Aus alten Akten. Mitt. d. Kreisheimatbundes Bersenbrück. Quakenbrück 1935, S. 41/42: Die Rechtsbedeutung des Hahls geht aus dem Bericht eines Notars hervor, der einem Colon Jürgen Vageding zu Langen bei dem Kauf eines Kottens von einem Westrup 1788 assistierte.

Schmiedeeiserner Wendebaum, Kreis Osnabrück, 18. Jahrhundert, mit verstellbarem Kesselhahl und „Hangisen"
Städt. Museum Osnabrück

men. „Sagehaol, Dräihhaol und Keddenhaol" nennt man die drei wichtigsten Formen des Hahls im Münsterland. Sägehahl, weil mit Sägezähnen ausgestattet, in die der Sperrhaken einer Laufschiene einrastet, der Drehhahl mit Drehübersetzung und Kurbel der Laufschiene und der Kettenhahl mit verstellbarer Kette vermittels einer Öse. Die Variationsfülle des Typus Hahl ist erstaunlich groß. Die Museen in Dortmund, Hamm, Menden, Münster, Warendorf, Bielefeld, Attendorn, Arnsberg zeigen in ihren Sammlungen das gleiche Bild wie die der Museen Niedersachsens (Abb. 244–246). Reizvoll sind die Eisenblätter dieser Hahle, auf denen eingravierte Liebespaare erscheinen, Herzen, Tulpen, Inschriften, pflanzliche Motive, Wappen, die Mutter Gottes von Kevelaer (Hahl von 1774 im Museum Dortmund), auch die auf Fensterbierscheiben so häufig erscheinende Darstellung eines Reiters, dem ein Mädchen ein Glas kredenzt. Je nach Reichtum und Bedeutung des Hauses werden die Kesselhaken auch mit Messingverzierungen ausgestattet[21]. Die Rasterhebel, aus Messing oder Eisen, sind mit Tierköpfen und -leibern, Schlangen, phantastischen Ungeheuern verziert.

Landschaftliche Unterschiede

Der Norden und der Osten Westfalens können mit üppigen Beispielen aufwarten[22], während die Hahle im kurkölnischen Sauerland recht bescheiden sind. Für die Beurteilung der westfälischen Volks-

[21] Volkskunst in Westfalen. Landesmuseum Münster Katalog 1955, Taf. 2: Sägehal 1804, graviert mit Messingknöpfen, Länge 1 m. – Renate Brockpähler, Bestandsaufnahme von volkskundlichem Gut im Kreis Coesfeld, Rhein.-Westf. Zeitschr. f. Volkskunde Bd. VII 1960, S. 209: 16 Herdgeräte (Hahle, Zangen, Puster, Schippen und kalte Hand). – Ebda. S. 211, Ulrich Bauche, Bestandsaufnahme von volkskundlichem Gut im Umkreis Dortmund: Sägehahle, auch mit Brautwidmung, Feuerböcke, Rösten, Hängeeisen ... und anderes Herdgerät fanden sich an. – Westfälische Volkskunst. Museum für Kunst und Kulturgeschichte. Dortmund, Kleiner Führer 2, S. 19 Abb.

kunst, ihre Abgrenzung und Strahlungskraft ist die Bemerkung von Annaliese Ohm in ihrer Untersuchung über die Volkskunst am unteren rechten Niederrhein, daß die Hahle an der westfälischen Grenze in Brünen und Overbeck meist gleichmäßig breit sind, „dagegen in Bislich, Elten, Hamminkeln und Hüthum wesentlich schmaler und ohne Verzierung", in Damm, Drevenack und im Weselerwald ebenfalls schmaler und zierlicher in Schmuckformen, von hervorragender Bedeutung. Noch müssen wir auf den zierlichen Lichthahl hinweisen, der gleich dem Topfhahl verstellbar war und die Öllampe hielt (Abb. 243).

Der Hahl ist in Frankreich (hier crémaillière oder cramacole genannt: aus dem Lateinischen cramacule), in Holland, am Niederrhein, in Schleswig-Holstein, Niedersachsen, Mecklenburg, Pommern und darüber hinaus in Dänemark, Schweden bekannt[23]. Diese Aufzählung zeigt also, daß Westfalen einem größeren Verbreitungsraum einzuordnen ist.

Welche Bedeutung der Hahl hatte, geht schon aus der Fülle des überlieferten Materials hervor, wird aber auch aus vielen Urkunden, Bräuchen, Sprichwörtern sichtbar[24].

Waffeleisen

Über weite Strecken verbreitet, im Norden, Süden, Westen und Osten der westfälischen Lande[25] bekannt sind die Kokeneisen: klappbare Zangen oder Klemmen, lange schmale Griffe mit verstellbarer

[22] Hans Karlinger, Deutsche Volkskunst. Berlin 1938, Abb. 354: 2 Kesselhaken, 18. Jh., eisengraviert, mit Messingknöpfen. Münster Landesmuseum. – Adolf Spamer, Die Deutsche Volkskunde. Berlin 1935, Bd. II, Abb. 288: Westfälische Sägehahle, graviert, mit Ausschnittarbeit. Münster Landesmuseum.

[23] Wilhelm Bomann, Bäuerliches Hauswesen und Tagewerk, Abb. S. 74, 77, 78: Sägehahle aus Niedersachsen. – Ulrich Stille, Haus und Hausrat, Tracht und Schmuck in Niedersachsen. Hannover Nieders. Heimatmuseum 1953, S. 11 Abb. – Alfred Schubert, Alte Volkskunst am Niederrhein, S. 35: Sägehahle aus Schloß Kalkum von 1765. – Ernst Schlee, Schleswig-Holstein. Deutsche Volkskunst. Neue Folge, Weimar o. J., S. 35: Der verstellbare Herdhaken war eines der wenigen umgänglichen Eisengeräte. Einzelne mit gravierter Zeichnung geschmückte Stücke besitzen wir zwar, aber sie treten hinter den viel prächtigeren etwa Westfalens zurück. – Robert Wildhaber, Küchengeräte. Basel 1962, Abb. 13: Herdketten aus Hannover und Lupsingen (Schweiz). – Vgl. auch R. Broby-Johannsen, Den danske Billedbibel. De middelalderlige Kalkmalerier i de danske Kirk. København 1948, S. 174/75: Eindrucksvoll ein mittelalterliches Fresko in der Kirche von Keldby, Praestø, Ende 14. Jh.: Christus am Kreuz, der arme Lazarus und der reiche Prasser, mit Darstellung eines Wendehahls mit Kesselhaken. Auch die Auswanderer nach Amerika haben den Hahl beibehalten. Vgl. Erwin O. Christensen, The Index of American Design. New York 1950, Abb. 92, Abb. 183: Trammel wrought iron 18 th century.

[24] Vgl. G. Trimpe, Das alte Bauernhaus im Artlande. Mitt. d. Ver. f. Gesch. u. Altertumskunde des Hasegaues. H. 3 1884, Quakenbrück 1925², S. 19: In alten Erbverträgen wird z. B. von einem „friggen" Setel an dem Hahle gesprochen. – Vgl. ferner H. Vageding, Aus alten Akten, S. 41/42: Die Rechtsbedeutung des Sägehahls geht aus dem folgenden Bericht eines Notars hervor, der einem Colon Jürgen Vageding zu Langen bei dem Kauf eines Kottens von einem Westrup 1788 assistierte: „Demgemäß habe ich mich nach dem Westrupschen Kotten mit Requiriertem und Zeugen begeben und hat darauf besagter Colonus Jürgen Vageding Immissione und Possessione von besagter Westrup Wohnung genommen und des Endes folgende Actas possessorias ausgeübt als hat derselbe das Feuer auf dem Feuerherde in Westrups Hause ausgegossen darauf, 2. ein Feuer aufs neue darauf angelegt, sodann 3. sich bei dem Feuerherd gesetzet, daß Längehohl auf- und abgedreht, 4. einen Topf auf das Feuer gehangen. – Von weiteren Gebräuchen bei Verlobung, Übergabe des Hofes am Hahl, vgl. W. Bomann, Bäuerliches Hauswesen und Tagewerk im alten Niedersachsen, S. 75/76. – Erich Meyer-Heisig, Deutsche Volkskunst. München 1954, S. 24: Niederdeutschland hat den Hahl zu einem Ausstattungsstück gemacht. Abb. 27: Herdgerät aus Niederdeutschland. – Walter Bernt, Volkskunst aus Eisen, Kupfer und Messing, S. 237 Abb.: 3 Kesselhaken aus Nordwestfalen und dem Kreise Bersenbrück. – Rudolf Uebe, Westfalen, Abb. 137 u. 138. Sägehahle des 18. u. 19. Jahrhunderts im Landesmuseum Münster. – Paul Engelmeier, Bauernkunst im Münsterland. Münster 1940, S. 10 Abb.: 3 Brauthahle, einer mit Langhahl (zur Verlängerung). – Walter Borchers, Bäuerliche Kultur und Kunst des Osnabrücker Landes, Nr. 489 Abb.: Brauthahl aus Averfehrden von 1784. Messingverzierungen mannigfacher Art geben je nach Reichtum und Bedeutung seines Inhabers dem Kesselhaken seine besondere Note. Selbstverständlich war er im Bürgerhaus wie Adelsschloß gleich begehrt und verbreitet. Wie ein solches Stück aussieht, das zeigt ein Beispiel im Hohenlimburger Museum an. In der Sammlung der Burg Altena drehbarer Hahl von 1660 aus dem adligen Haus Altendorf.

[25] Vgl. Unsere Heimat, Lesebogen für die Schulen des Kreises Lingen/Ems. Lingen 1954: Sitte und Brauchtum im Jahreslauf, S. 509. Am Sylvestertage gab es auf den Höfen ein gewaltiges Kuchenbacken. Es wurden Roll- und Eisenkuchen (Iserkoken) gebacken. Die Bauern mußten für die Dienstboten eine bestimmte Anzahl, etwa 120–140 Stück für die Person, backen. Die Kinder liefen in alle Häuser und riefen „Glückeselges Neijour! Sind de Koken oll kloar?" Ganze Bauernschaften werden im Bentheimischen von der Jugend „abklabastert" nach den Neujahrskoken. – Vgl. Georg Kip, Grafschafter Festgebäck. Jahrb. d. Heimatver. d. Grafsch. Bentheim 1954, S. 109/110. Mit dem Kokenbacken hatte man sich tagelang, ja wochenlang oft zu mühen ... Es gab soviel Leute, die altem Herkommen gemäß neben anderen Neujahrsgeschenken ... 100 solcher „Schohsohlen" zu erhalten hatten.

Klammer am hinteren Ende und zwei runden, rechteckigen, auch herzförmigen Platten, die auf der Innenseite mit Ornamenten und figürlichen Darstellungen geschmückt sind (Abb. 251, 252)[26].

Am Sylvesterabend, am Vullbucksabend, wurden in vielen Häusern Berge von Waffelkuchen gebacken, die an gabenheischende Kinder und das Gesinde verschenkt wurden, eine Sitte, die in Frankreich, Holland, Skandinavien und im norddeutschen Raum, in Niedersachsen, Braunschweig, in der Mark, Pommern, in Anhalt, in Baden, Franken verbreitet war. Diese Szene des Waffelkuchenbackens ist von deutschen und holländischen Interieurmalern des 16. und 17. Jahrhunderts häufig gemalt worden. Wir erinnern nur an Hieronymus Bosch und Pieter Aertz. Bekannt ist das Monatsbild des Münsteraner Malers Ludger tom Ring auf der astronomischen Uhr im Dom zu Münster mit der Darstellung einer Familie beim Backen der Neujahrskuchen.

Das Kucheneisen ist mehr als ein einfaches Gebrauchsgerät. Durch die Musterung der Backen oder Platten, dank Punzen, Grabstichel und Kaltmeißel weist es einen reichen Bilderschatz auf, der aus der Natur, der Bibel, der Legende, der Sage, dem Märchen, aus dem Berufsleben entnommen ist und der die Allegorie, das Wappen gleicherweise umfaßt. Bis ins 18. Jahrhundert hinein waren Darstellungen beliebt in Fortsetzung von mittelalterlichen Holzschnitten, Neujahrswünschen des 15. und 16. Jahrhunderts, mit den Themen: Christkind, Christusmonogramm, Lamm Gottes oder Antlitz Christi, Dreikönigsszene und in Weiterbildung der religiösen Motive entsprechend den Hostien der Oblateneisen Christus als Schmerzensmann. Die Wurzeln liegen nun einmal hier im religiösen Bereich. Rauten, Kreise, geometrische, pflanzliche und Tiermotive sind ganz selbstverständlich: Rosetten, Sterne, Blüten, Ranken mischen sich mit den vorhergenannten Mustern.

Es ist wohl kein Zweifel, daß das Kucheneisen und das Hostieneisen eng zusammengehören und daß eines aus dem anderen entstanden ist. Doch scheint so, daß die hochrechteckige Form der Backen in Westfalen nördlich der Lippe von dem niederländischen Raum inspiriert ist. Im westlichen Westfalenland und im Bentheimischen, teilweise im Osnabrückischen und außerhalb Westfalens, in den Niederlanden, in Niedersachsen, im Fläming, in Brandenburg[27] tauchen solche Klappformen auf. Die runde Form kommt selbstverständlich auch vor, doch ist sie häufiger im östlichen und südlichen Westfalenland.

[26] Paul Engelmeier, Bauernkunst im Münsterland, S. 11 Abb.: Brauteisen mit Hirschdarstellung vom Hunkenhof, Kreis Coesfeld 1612. – Rudolf Uebe, Neujahrskuchen und Waffeleisen. In: Die Heimat. Jg. 8 Dortmund 1926, S. 2ff. – Lydia Tilgner, Iserkoken–Kokendage. Westfälischer Heimatkalender 1956, S. 170. – Irmgard Simon, Hamaland-Museum Vreden. Vreden 1969, S. 50/51 Abb.: Kucheneisen von 1694 mit Darstellung des Lamm Gottes und des Monogramms Christi. – Ulrich Bauche, Bestandsaufnahme von volkskundlichem Sachgut im Umkreis Dortmunds, S. 214: Unter anderem alten Kuchengerät sind die Zangeneisen zum Neujahrskuchenbacken zahlreich und zum Teil noch in Gebrauch (1960). – Im Siegener Museum ein Zangeneisen befindlich mit Darstellung von 2 Bergleuten en face und der Umschrift: Gott segne den Bergbau, 19. Jh. – Wieder in andere Lebenskreise leuchtet ein Zangeneisen im Privatbesitz, Döhren, Kreis Melle, mit Darstellung eines Dragoners und eines Husaren, dazu der Name Henrich Alewelt Colon. – Vgl. Walter Borchers, Bäuerliche Kultur und Kunst des Osnabrücker Landes. Katalog Nr. 457. – Der Humor äußert sich auf einem Beispiel im Schwelmer Heimatmuseum. Dargestellt ist der Sündenfall mit Unterschrift: Als Adam ackert und Eva span wo war da der Edelmann. – Vgl. Emil Böhmer, Vom Iserkauken und Kaukenisen. In: Westf. Heimatkalender 1949, S. 173. – Rudolf Uebe, Westfalen, S. 44 u. Abb. S. 42: Waffeleisen aus Dingden mit dem Antlitz Christi von 1658; aus Menden mit dem Pelikanmotiv von 1737; aus Schwelm mit Hirsch von 1677; aus Recklinghausen mit Lamm Gottes von 1658; aus Gelsenkirchen mit Jagddarstellung von 1658; S. 43: Aus Gelsenkirchen mit Meerjungfrau von 1658; aus Minden mit dem Sündenfall; aus Menden mit Meerjungfrau von 1753; aus Grundschöttel mit Doppeladler von 1674; aus Minden gleichfalls mit Doppeladler. – H. Kessler, Iserkoken oder Niejohrskoken. Heimatblätter f. d. Amt Marl. Jg. 2, 1940, Nr. 2, S. 9 u. 10 Abb.: Der geschickte Dorfschmied mußte einen Iserkoken aushauen. – Rundeisen: Schild mit Hausmarken und Inschrift Henrich Kerkemann und Anna Schote Ehluthe und Inschriften auf Vorderseite und Rückseite. – Heimatkalender für die Herrlichkeit Lembeck 1930. Bocholt 1930, Abb. nach S. 88: Altes Kucheneisen aus Erle mit Wappendarstellung und Lamm Gottes mit der Siegesfahne. – In dem Museum zu Schwelm mehrere Waffeleisen. Vgl. G. Dütschke, Beiträge zur Heimatkunde des Kreises Schwelm. 1906, S. 12. – Im Heimatmuseum Lippstadt ein Kucheneisen vorhanden, das vermutlich aus Liesborn oder Wadersloh kommt, mit Judith-Darstellung und Inschrift: HER. GOT. ISRAEL. STRECKE. MICH UND HILF MIR IN DIT AM XIII 1569. – Waffeleisen von 1662 in Osterkappeln bei Osnabrück mit Darstellung des Opferlammes mit Siegesfahne und den Initialen H. M. und M. V., zwei durchbohrten Herzen und Sternen und den Namen Herberd Nigman und Margareta Vlinges. – Georg Kip, Grafschafter Gebäck, S. 111 Abb.: Darstellung eines Bauernwagens mit Figuren (gleiche Szene wie auf Fensterbierscheiben).

[27] Vgl. Ernst Thiele, Waffeleisen und Waffelgebäcke in Mitteleuropa. Köln 1959, Abb. 14: Rechteckiges Eisen mit Darstellung

Rundes Kucheneisen, dat. 1717, mit symbolischen Darstellungen aus Harpen bei Bochum. Rechteckiges Kucheneisen, dat. 1666, verziert mit Hausmarken, Initialen, Blütenranken, Vogel und geometrischen Rahmenschmuck. Märkisches Museum Witten.

Motive

Diese Kucheneisen waren ja auch Minnegeschenke, ebenso wie die Hahle, und so vermischen sich im Ikonographischen weltliche und geistliche Themen, daher die paarweisen Vögel, die Herzen, die Hirsche, die Liebespaare, die kredenzende Dame (das gleiche Motiv kennen wir ja auch auf Fensterbierscheiben und den eisernen Hahlen), ferner Initialen, Hausmarken, Wappen und Berufszeichen. Dazu treten religiöse Motive wie der Sündenfall, der Gekreuzigte, das Gotteslamm mit der Siegesfahne, der Pelikan, das Antlitz Christi, die heiligen Dreikönige. Vergessen dürfen wir nicht Tier- und Jagddarstellungen, Meerjungfrauen, Pflanzen, Blüten und Blätter und geometrische Ornamente.

Bei diesen Zangeneisen, ob rund oder rechteckig, werden hinsichtlich des Backenschmucks deutliche Unterscheidungen gemacht. Die eine Innenseite ist häufig dem Mann mit Namen und Symbolschmuck vorbehalten, die andere der Frau. So sehen wir auf einem Kokenisen der Familie Gretzmann, Sudenfeld bei Osnabrück, den Namen des Mannes G. E. Deipenbrockers mit der Jahreszahl 1754 und das Monogramm Christi, auf der anderen Seite dagegen den Namen der Frau Anna Margrete Frekenböllienck und dazu das Lamm Gottes. Ein zweites Rundeisen (im Museum Witten, vgl. oben) aus Harpen bei Bochum aus dem Jahre 1717 kündet in stenogrammatischer Wiedergabe und einer Bilderschrift, die nur schwer die

Hirt und Herde von 1648, Museum Enschede, Niederlande; Abb. 18: mit Jagdszene 1722, Museum Oldenzaal, Niederlande; Abb. 47: mit Darstellung der Bock-Windmühle von 1751, Museum Arnhem, Niederlande; Abb. 65: mit Kreuz und Marterwerkzeugen von 1733, Museum Enschede, Niederlande; Abb. 13: mit Reiter und Wagen aus Borgisdorf, Kreis Jüterbog, Brandenburg; Abb. 19: mit Jagd auf den Hirsch von 1842, Museum Oppeln; Abb. 26/27: mit Pelikan mit Jungen und Reichsadler und Braunschweiger Löwe von 1531; Abb. 41/44: mit preußischem Adler aus Riesdorf, Kreis Jüterbog, 1805.– Wilhelm Bomann, Bäuerliches Hauswesen und Tagewerk im alten Niedersachsen, S. 109: Die im Celler Museum vorhandene reiche Sammlung von Kucheneisen zeigt verschiedene Formen aus alter und neuer Zeit; vgl. Abb. 86–88 (Anbetung, Lamm Gottes, Wappen, geometrische, pflanzliche und Tiermotive).

Stilabkunft aus dem Barock darlegt, von Caspar Anton Hiltrop PASTOR IN HARPEN. Mit der Umschrift, der Jahreszahl erscheinen u. a. mehrere christliche Motive willkürlich verstreut: Pelikan, Kreuze, blühendes Herz, Rosette und Schmetterling. Die Innenseite der zweiten Backe trägt die Umschrift DEN 1. JANUAR. ELISABT. BERCK. HAUS. FRAU und zeigt dazu einen angedeuteten Dreiecksgarten, eine Schere, einen Baum, zwei Kreuze, einen Vogel, gibt damit Hinweise auf den Beruf der Ehefrau. Ein drittes Eisen im Bentheimer Privatbesitz aus dem Jahre 1605 ist ikonographisch besonders interessant und auch als Typ abweichend. Dargestellt sind Josef und Maria und zwischen ihnen das Lamm Gottes mit dem Kreuzschwert, dazu die Inschrift in Antiquamajuskeln: Wen Godt wil, und auf der anderen Rundscheibe Bauer und Bäuerin in spanischer Tracht, die einander die Hände reichen, mit Inschrift Johan Tesinck tho Engden, Fenne Tesinck sin Husfrov, 1605.

Westfalen nimmt teil an der mittel- und nordeuropäischen Mode des Kucheneisens, wobei hier nicht untersucht werden soll, woher nun die Kucheneisen wirklich kommen.

In drei Jahrhunderten haben diese Eisen, ob rund, recht- oder viereckig, herzförmig, in Stadt und Land ihren Dienst getan[28]. Im Brauchtum des Landes verankert, haben sie Anteil an der ikonographischen Überlieferung, wenn sie auch durch Konfession, Stil und Mode jeweilig beeinflußt wurden[29].

Dekorative Gestaltung

Die dekorative Gestaltung der Hahle wie der Kucheneisen, erwachsen auf dem Boden einer durch den Zweck bestimmten und gebundenen zeichnerischen Kunstübung, die in der Fläche verharrt, verrät ähnlich den verwandten Denkmälern Niedersachsens bestimmte Merkmale, Formtendenzen, die nicht nur für eine einzelne Landschaft, sondern für den ganzen westfälischen Raum anzuführen sind. Es sind dies eine erfrischende Unkompliziertheit, das Fehlen eines gewissen Manierismus, die Neigung zur Einfachheit, zur Größe. Das spielerische Gestalten, mit Ernst, Sachlichkeit und Würde verbunden, demonstriert vielleicht auch Genügsamkeit, Sparsamkeit des Mitteilens. Evident wird die Neigung, abstrakte Elemente geistig zu ordnen und das Ornament klar und überschaubar in Erscheinung treten zu lassen. Man vermißt bisweilen bei diesen Ideogrammen die musikalische Form, die Bewegung und Erregung in der Linie, die Fülle der Gesichte. Vorbild dieses Schaffens war nicht eine höfische Schicht wie in den südlichen Landschaften Deutschlands, war zum Teil das Bürgertum, das Patriziat der Bischofsstädte, waren die Handwerker und Kaufleute. Der Begriff der stark ausstrahlenden Serenissimuskunst der Duodezfürstentümer fehlte, auch in den kleinen Fürstentümern und Grafschaften, dazu war das Land zu bäuerlich, selbstbewußt und freiheitsliebend.

Schmiedeeiserne Sanduhrbehälter (Abb. 253), Leuchter[30], Wind- und Wetterfahnen[31] (Abb. 260–62), Herbergs-, Wirtshaus- und Innungsschilder (Abb. 258, 259), ob aus Lemgo, Herford, Wiedenbrück, Schwelm, Iserlohn, Dortmund, Attendorn, Meschede[32], Brilon zeigen gleichfalls ähnliche Eigen-

[28] Mit den Kucheneisen werden die schmackhaften Jahres- oder Hochzeitskuchen aus einem Teig von Roggenmehl, Anis, Seimhonig und Salz gebacken. Diese Kucheneisen werden „Niejahrskaukenisen" in der Lüneburger Südheide, „Jahreskaukenisen" in der Nordheide, „Waffelisen" im Kirchspiel Scheeszel, „Kokenisen" zwischen Stade und Geestemünde, „Jahreskokenisen und Nijahrskokenisen" im Osnabrückischen genannt, auch „Piepkauken". In den Niederlanden als „Ijzerkoeken" allgemein verbreitet. Sie sind auch in Dänemark bekannt, hier „Goderadsjern" genannt.

[29] Hans Wühr, Alte Küchen und Küchengeräte. Darmstadt 1956.

[30] Vgl. Volkskunst in Westfalen. Katalog Münster 1955, Taf. 5: Leuchtergerät aus Schmiedeeisen.

[31] Windfahnen aus den Jahren 1811 und 1816 (Motiv Reiter mit Zylinder) Schloß Bruchhausen. Bau- und Kunstdenkmäler von Westfalen, Kreis Brilon. Münster 1952, S. 61. – Wetterfahne vom oberen Schloß in Siegen, dat. 1685, mit Kavalier, Drachen und Meerweibchen. Wetterfahne vom Schloß Adolfsburg bei Oberhundem, mit Drachenkopf und Wappen, Jahreszahl 1669 (Museum Attendorn). – Wetterfahne vom alten Rathaus in Altena, heute Burg Altena, mit klevischem Schwan. – Kirchturmhähne von Werdohl und Evingsen, heute Burg Altena. – Wetterfahne aus Grundsteinheim von 1837: Karren mit Reiter, vgl. W. Schnettler und Paul Pagendarm, Heimatbuch des Kreises Büren. Büren 1930, S. 163. – Windfahnen des 17. u. 18. Jh. von abgebrochenen Fachwerkhäusern der Stadt Wiedenbrück. Vgl. Monographie des Landkreises Wiedenbrück. Industrie und Handel. Gütersloh 1966, S. 145–146.

[32] Wirtshausschild mit Doppeladler im Oval, 18. Jh. Burg Altena. Herbergsschild der Tischler, 1774, Museum Herford. – Herbergsschild der Fleischergesellen, Soest 18. Jh. Dargestellt Geselle beim Kuhschlachten, Museum Soest. – Schild der Schmiedezunft, Lemgo, 1805. Lippisches Landesmuseum Detmold.

Messingkessel aus dem Hümmling, holländische Importware aus dem Anfang des 19. Jahrhunderts
Privatbesitz Osnabrück

Reichgravierte Rosinenschnapsschale des 18. Jahrhunderts aus dem Kreis Aschendorf-Hümmling und Zinnteller aus dem Artland (Kreis Bersenbrück) von dem Zinngießermeister Lubbert Diedrich Bahlmann, Quakenbrück, dat. 1769
Privatbesitz Osnabrück

VI. Kupfer- und Messinggut, Zinngießerwaren

1. Überblick über die Gegenstände, Verbreitung, geschichtliche Zeugnisse

Verbreitung im Nordseeraum

Die Vorliebe für Kupfer- und Messinggerät teilt Westfalen mit dem Niederrhein, mit Holland, Flandern, Friesland, Schleswig-Holstein. Es handelt sich um Gebrauchsware, die vornehmlich auf die Küche, auf den Wohn- und Schlafraum beschränkt bleibt und im wesentlichen aus dem 18. bzw. 19. Jahrhundert stammt. Dieses Gerät aus Kupfer und Messing gibt dem Bauernhaus in dem westfälischen Raum seine besondere Note. Es ist nicht so fein und elegant in der Form wie das am Niederrhein, in Holland, Flandern, Schleswig-Holstein, nicht so reich verziert, vielfach gedrungener in Gestalt und schmuckloser, je weiter wir in das ehemalige Herzogtum Westfalen kommen. Um überhaupt dieses Material beurteilen zu können, muß man schon wissen, was alles aus Messing und Kupfer gefertigt war; denn nicht jede deutsche Landschaft hat die gleichen Dinge aufzuweisen.

Die Gegenstände

Hier soll nur kurz auf die Unzahl von Messing- und Kupfergeräten[1] hingewiesen werden, wie z. B. auf Ofenstülpen, Mürisen (Mauereisen), auf Messingtüren für Herdnischen, auf Dofpötte (Behälter für den glühenden Torf während der Nacht) aus Messing und Kupfer, auf Bettwärmer, sogenannte Bettjuffern, und Feuerstövken, auf Teekessel und Teekannen, auf Teemaschinen, auf Siebe, Lichthalter und Lichtscheren, Fischeimer, Zifferblätter für Uhren, Tabaksdosen, Brau- und Eierpfannen, Wasserkessel aus Messing und Kupfer, Salzmetten, Kuchen- und Puddingformen, Kaffeemühlen und vieles andere mehr. Kostbare Sägehahle und Brandruten waren mit Messingzierat geschmückt. Es ist selbstverständlich, daß sich die einzelnen Landschaften Westfalens in dem Gebrauch dieser Gerätschaften auch in der Fülle des Formmaterials unterscheiden. Zweifellos massiert sich die Messingware im Westen: In der Nähe der niederländischen Grenze in den dem Niederrhein benachbarten Landschaften und über die Niederlande übte sie einen Einfluß auf die hiesigen Gelbgießer aus. Iserlohn[2] war ein bedeutendes Zentrum für Kannen, Lichthalter und anderes Gerät, doch war es untrüglich abhängig von Holland. Testamente aus fünf Jahrhunderten und aus verschiedenen Landschaften geben uns einen Einblick, was an Messing- und Kupfergerät in einem Bauernhaus bzw. Bürgerhaus vorhanden war. In der Aufstellung der im Hause des Hermann Warendorf, Osnabrück[3], nachgelassenen Güter von 1493 werden „eyn missingene panne, item drei messinge Ketele ... eyn missingen water koppeke ... eyn groet koppern Kettel" genannt. In einer Siegerländer Urkunde von 1597[4] wird aufgezählt, was dem neuen Hofmann Andreas Klein Kauffen auf dem Hofe Ginsberg überlassen worden: in „Ehrn" ein Messingkessel, noch ein Messingkessel, ein neuer Kupferkessel, 1 Messingsäge. Auf dem Lakehof[5] im Lippischen wurde beim Tode der Leibzüchterin Grete Lakemeyer im Jahre 1577 ein Braukessel und 3 Jahre später beim Tode ihres Mannes 1 alter kupferner Topf unter der Hinterlassenschaft genannt. Es ist vielleicht ganz interessant zu erfahren, was in einem bäuerlichen Inventarverzeichnis des Jahres 1762, protokolliert zu Unna[6], an Kupfergerät verzeichnet wird. Es heißt da: „an Kupfer, ein großer viereckigter

[1] Rudolf Uebe, Westfalen. Deutsche Volkskunst Bd. IX. Weimar 1927, Abb. 145: Wärmepfannen 18. Jh. (Landesmuseum Münster); Abb. 146: Mürisen, Coesfeld, Messingguß; Abb. 149: Mürisen, Museum Schwelm; Abb. 142: Türen für Herdnischen, Warendorf; Abb. 148: Feuerstülpe, Münster 1727, Kupfer. – Westfälische Volkskunst. Kleiner Führer 2, Museum f. Kunst- und Kulturgeschichte Dortmund. Burg o. J., S. 15 Abb.: Bettpfanne; S. 16 Abb.: Schnupftabaksdose Iserlohn.

[2] Wilhelm Schulte, Iserlohn. Die Geschichte einer Stadt. Iserlohn 1951, S. 150: Für das Jahr 1722 sind 22 Gelbgießer bezeugt. – Alfred Schubert, Alte Volkskunst am Niederrhein. Düsseldorf 1938, S. 29 und S. 32 Abb.: Tuchscherer, Iserlohner Arbeit.

[3] Roswitha Poppe, Das Osnabrücker Bürgerhaus. Oldenburg 1944, S. 43 u. 45.

[4] Annemarie Wurmbach, Das Bauernhaus des Siegerlandes als baugeschichtliches Denkmal einer Grenzlandschaft. Diss. Münster 1955, Ms. S. 22.

[5] Eduard Schulte, Der Lakehof und seine Erbmeier. Bochum 1954, S. 47.

[6] H. Beisenherz, Kulturbilder aus der alten Grafschaft Mark. In: Das sauerländische Bergland. Hrsg. von Wilhelm Uhlmann-Bixterheide. Dortmund 1921 3. Aufl., S. 53.

Kessel, so nach Abzug der Hengen gewogen 27 Pfund, ein viereckigter Kessel, 15 Pfund schwer, noch einen gelbkupfern Kesselchen, noch ein kleines, ein kleiner Tigel, ein Theekessel." Die interessantesten Einblicke geben uns Testamente des 17. und 18. Jahrhunderts aus Altena[7].

Wir dürfen nicht vergessen, daß in den großen wie kleinen Städten Westfalens Gelbgießer, Beckenschläger und Kupferschmiede saßen, die für den Bedarf der Stadt- und Landbevölkerung arbeiteten. Noch ist es unmöglich, die Erzeugnisse all dieser Zentren genau festzulegen. Wohl ist aus den Verordnungen der Gilden zu entnehmen, was als Gesellen-, was als Meisterstück[8] verlangt, was an Ware verkauft wurde (aus Rechnungen der Kaufleute).

2. Kupfer- und Messingarbeiten

Reichtum an Kupfergerät in Nordwestfalen

Wir fügen hier eine kleine Aufzählung von Kupfergerät an, das besonders im Norden, Osten und Westen Westfalens verbreitet war: die kreisrunden Eierpfannen mit niedrigem Rand, vertieftem Boden mit sieben Löchern für sieben Eier, innen verzinnt, auf drei eisernen Füßen stehend und mit einem langen Eisengriff versehen (Abb. 292 und 293), 2) kupferne Bratpfannen mit hochstehendem Rand, Grifftülle mit gedrechseltem Holzgriff, 3) Wasserkessel mit gebauchter Leibung und angesetztem Ring (Abb. 274), ohne Ring (Abb. 290 und Abb. 291), niedrig oder hoch gebaut und mit geschwungener Tülle und Bügelhenkel, 4) die langen Schinkenkessel, die zu den Meisterstücken der münsterischen Kupferschmiede gehören[9], 5) Kuchenformen mit schräg laufenden Graten und abgesetztem Rand (Abb. 298). 6) Dofpötte auf drei Füßen (Abb. 275), bauchig oder rund und nach oben sich verjüngend, mit bauchigem Deckel mit Vasenknauf, auch Bügelhenkel, die Wandung häufig reich im Relief geschmückt. In diesen Töpfen, die wie die Wasserkessel aus Kupfer- und Messingteilen bestanden, wurde des Nachts der glühende Torf aufbewahrt, um in der Frühe das Herdfeuer sofort zu entfachen, 7) müssen wir hier ovale Wassertöpfe nennen mit bauchigen Körpern, die auf drei geschwungenen Eisenfüßen stehen (Abb. 289),

[7] Süderland. Heimatblatt für den südlichen Teil der Grafschaft Mark. Jg. 1927, S. 121: Ein Altenaer Hausverzeichnis, Maria Salms in erster Ehe mit dem Waldförster und Richter zu Neuenrade Arnold Freyaldenhoven verheiratet, zum zweiten Mal mit dem Witwer Peter Hohenholt zu Altena. Verzeichnis Anno 1650, d. 19. Februar, S. 122: Nr. 8 Kupferwerk der Mutter zugetheilet, 1 Messings Durchschlag, 1 äckern Pott und 1 messings Pott; den Kindern: 1 Bettpfanne, 1 ahernen Pott, 1 klein alt messingenes Kesselgen mit Deckel; der Mutter: ein großer kupfern Pott, 1 kupfern Kessel, 1 äkern Kessel, 1 kupfern Schinken-Kessel, 1 klein kupfern Kessel und 1 äckern. Nr. 10: 1 Seckel, 1 Lichtscher ..., 2 Messingskranen, deren ein Schließkran, 1 messing Hangeleuchter, 1 klein Leuchtergen oder Latern ...
Süderland Jg. 1937, S. 68ff.: Erbteilung zu Borbet (Schöffe Joh. Diederich Geck u. seine Wittib) im Kirchspiel Lüdenscheid vom Jahre 1759 unter Nr. 25–27 vermerkt: 1 großer kupferner Kessel, eine messings Milchsigge (Seihgefäß), zwey messings Kessels.

[8] Das Meisterstück eines Kupferschmiedes in Osnabrück mußte nach dem Beschluß von 1581: ein Schinkenkessel und eine Kerzenform sein. Vgl. L. Hoffmeyer, Geschichte des Handwerks im Fürstentum Osnabrück. In: 25 Jahre Handwerkskammer zu Osnabrück. 1925, S. 69.
Staatsarchiv Münster: Gilden und Zünfte, Nr. 130. Die Rolle der Goldschmiede, Kupferschläger und Zinngießer der Stadt Warendorf: „Als Meisterstück wurde verlangt: ein in Kirchen gebräuchlicher vom gelben Kupfer oder sogenannten Messing ohnstrafbarlich verfertigter Wey-Kessel." – Nr. 90. Entwurf zu einer Ambts Rolle der Grobschmiede, Uhrmacher, Kupferschläger, Zinngießer in Rheine 1801: „Als Meisterstück vorgesehen ein destillier Kessel, ein halber runder und ein platförmiger Kessel." – Beckum Nr. 40 (um 1800) Meisterstück für die Kupferschläger: „Ein Querkessel von 3 Eimer gros." – Ferdinand Schmidt, 200 Jahre Buntmetallgewerbe in der Mark. In: Der Märker Jg. 1, 1951, S. 127: Statut der Gelbgießer, Schnallenmacher, Schlosser, Schmiede vom 21. Sept. 1789. – Meisterstück für Gelbgießer in Schnallen, Modellen, Schnallenguß für Schnallenmacher: Haken in Bügelform.
Vgl. ferner E. Voye, Die Industrie im südlichen Teil der Grafschaft Mark. In: Die Grafschaft Mark. Hrsg. v. Aloys Meister. Dortmund 1909, S. 495: In der Industrie von Knöpfen aus Messing oder in einer Komposition aus Zjnn und Spießglanz waren in Lüdenscheid 1799 15 Arbeiter und 68 Gesellen tätig. S. 494: 1715 verpflanzte Claude Deminer die Herstellung messingener Spangen von England nach Kleve und von hier rief L. Löbbecke 1716 einen Gesellen Welsing nach Iserlohn, der bei dem Spangenfabrikanten Heinrich Dölling die ersten Messing-Spangen goß. – Vgl. auch Wilhelm Schulte, Iserlohn, S. 150: Kompositionsschnallen.

[9] Vgl. Maria Schmidt, Das Wohnungswesen der Stadt Münster im 17. Jahrhundert. Münster 1965, S. 139: Kessel, S. 143: Pötte.

8) Bettwärmer, kreisrunde Pfannen mit beweglichem Deckel und langen Griffen. Diese Deckel waren durchbrochen oder im Relief reich verziert. 9) Zylindrische Bettjuffern dürfen in dieser Kette nicht fehlen, ebenso große Kupferkessel mit Eisenbügeln (Abb. 288). In dieser Reihe müssen noch kupferne Kaffeemühlen (Abb. 299), Salzmetten oder Salzfässer (Abb. 294 und 295), Puddingformen mit verzierten Böden (Abb. 296 und 297) und schließlich Wetterfahnen und Kirchturmhähne erwähnt werden[10]. Das hier genannte Kupfergerät stammt aus dem 18. und 19. Jahrhundert. Primitive und hochentwickelte Formen stehen nebeneinander; der modische Geschmack und die Stilentwicklung vom Barock zum Biedermeier sprechen bei den einzelnen Gegenständen mit. Der Westen Westfalens fällt durch seine leichten und eleganten Kupfergeräte auf. Merkwürdig schwer und plump sind Kupferarbeiten aus der Soester Börde, aus dem Paderborner Land.

Messingarbeiten

Unter den Messingarbeiten befinden sich Formen wie der sich nach unten verjüngende Fischeimer mit breitem Bügelhenkel (Abb. 271 aus Menden) oder das „Conförken" (das Teestövken), die Dröppelminna (Abb. 272, aus Menden, mit zwei Kränen), die Bettpfanne (Abb. 266, Beispiel des 18. Jahrhunderts mit Darstellung der Vertreibung Adams und Evas aus dem Paradies), das viereckige Fußstövken (Abb. 270, Münsterland 1772, und Abb. 269, abgerundetes Stövken mit durchbrochenen Seiten, 18. Jahrhundert), der Kerzenleuchter, die Messinglaterne (Abb. 276, aus Osnabrück, 19. Jahrhundert), der Messingtopf und Messingkessel (Abb. 274, 19. Jahrhundert, mit Tülle, Bügelhenkel und gewölbtem Deckel aus Messing und Kupfer), das Seihgefäß, der Hahl mit Messingbeschlag (Abb. 242, Beispiele mit Messingknöpfen, dat. 1804), die Ofenstülpe mit reicher Verzierung, Gravierung und Punzierung (Abb. 273, 19. Jahrhundert Menden)[11] und ein großer zylindrischer Dofpott auf Füßen mit Bügelhenkel, abgerundetem Deckel mit Vasenknauf (Abb. 275, aus Osnabrück, Ende 18. Jahrhundert, aus Messing und Kupfer). Einmal – und das ist ein Sonderfall – hat sich auf dem Boden eines Messingteekessels ein Handwerker mit seinem Namen in Punktiermanier verewigt. So lesen wir Johann. Diederich Hölscher Fürstenau 1770 (Privatbesitz Osnabrück: E. A. Titgemeier, vgl. auch den Teekessel Tafel VII).

Zu den interessantesten Messingarbeiten gehören Trommeln der Kirchen wie der Bauerschaften, darunter eine mit figürlicher Treibarbeit und der Jahresangabe 1711 aus dem Gebiet des Möhnetals. Dargestellt ist der Patron der Kirche Johann Baptista, aufrechtstehend mit Glorienschein, die Fahne in der Hand haltend, dazu die Herkunftsinschrift (vgl. Abb. 267, Landesmuseum Münster).

Die zweite Messingtrommel ist bei weitem einfacher, sie stammt aus der Bauerschaft Große-Mimmelage, Kreis Bersenbrück, und trägt das Datum 1827. Solche Trommeln, die man heute noch in den Dörfern des Artlandes finden kann, wurden bei Ortsverkündigungen, bei Bekanntmachungen jeglicher Art benutzt. Die Mimmelager Trommel ist in Punktiermanier mit Datum und Inschrift verziert (Abb. 268).

Sie und viele andere Gerätschaften sind in mehr oder minder reicher Ausführung nördlich der Lippe, in den an Holland und Friesland angrenzenden Gebieten verbreitet.

Messing- und Kupfergerät haben vieles miteinander gemeinsam. Die Formen sind deftiger, stattlicher als z. B. die der Zinnware. Andererseits aber verzichtet dieses Gerät vielfach auf den Dekor. Es wirkt einzig und allein durch die äußere Form.

Künstlerischer Höhepunkt im 18. Jahrhundert

Stilistisch gesehen bedeutet das 18. Jahrhundert wohl den künstlerischen Höhepunkt dieses handwerklichen Schaffens. Die Vorliebe der Barockzeit äußerte sich in großen bauchigen Gefäßen. Komplizierte, phantasievolle Lösungen, die unter dem Begriff des bewegten Lineaments stehen, wurden beliebt (besondere Beispiele im Burghofmuseum Soest). Das gleiche Prinzip gilt für das dekorative Beiwerk. Akanthus- oder Distelblattornament, großflächig und fließend, um nur eine Schmuckform herauszugreifen, wird modern. Nach Überwindung des arhythmischen Dekorationsstils des Rokoko zeichnet

[10] Hubert Rickelmann, Die Tüötten in ihrem Handel und Wandel und die Wolle- und Leinenerzeugung im Tecklenburger Land. Ibbenbüren 1961, S. 405: kupferne Wetterfahne auf der Vogtei in Recke, dat. 1742. Abb.: zwei Reiter sich zuprostend.

[11] Vgl. dazu: Volkskunst im Rheinland. Führer des rheinischen Freilichtmuseums in Kommern. Düsseldorf 1969, Nr. 721: Ofenschieber, Solingen. 1. Viertel 19. Jahrhundert, Messingblech, durchbrochen.

sich – durch den Klassizismus bedingt – ein neues künstlerisches Formgefühl ab, das Vereinfachung, Klarheit, gewisse Nüchternheit und Kühle, aber auch Statik und Ruhe unter Berücksichtigung antiker Schmuckmotive (Vasen, Lyren, Mäander, Lorbeerblattgehänge) liebt. Hingewiesen sei nur auf Teemaschinen.

Bei den Herdgeräten verbinden sich Zweck- und künstlerische Form, so daß häufig fast zeitlose Lösungen begegnen, die dem Kunsthistoriker Schwierigkeiten der Datierung verursachen. Zweifellos kommen einzelne Formen wie die großen, behäbigen Dofpötte, Standgefäße mit Tragbügeln, kuppigen Deckeln oder die runden, bauchigen, profilierten und gestielten Messingbettpfannen mit ihren durchbrochenen, künstlerisch verzierten Deckeln mit religiösen und weltlichen Motiven oder die tragbaren vier-, sechs- oder achteckigen Stövken mit seitlicher Klapptür, durchbrochenen Seitenwänden und schwach gewölbtem Deckel und weiter die fülligen Standkannen mit ihren steifen Schnauzen westfälischem Lebensgefühl nahe. Natürlich variieren je nach Reichtum der Landschaft, dem Ansehen der städtischen Handwerkerschaft Größe und dekoratives Beiwerk der Gefäße. Der Westen Westfalens fällt einmal durch die Fülle des vorhandenen Materials auf, zum zweiten durch den Formenreichtum und steht ganz im Banne der bergisch-niederrheinisch-holländischen Kunst.

Figürlicher Messingguß

Auch auf dem Gebiet des figürlichen Messinggusses ist Westfalen hervorgetreten. In Städten und Dörfern sind noch heute die Werke der Messinggießer, wenn es sich auch nur um Plätteisengriffe und Türklopfer[12] handelt, zu sehen. (Abb. 263, Plätteisen mit Delphingriff aus dem Osnabrücker Land, dat. 1644). Besonders schöne Beispiele von Türklopfern mit drehbarem Bügel und Amboßplatte sind in die Museen abgewandert. Aus Münster, Warendorf, Lippstadt, Soest, Osnabrück, Bramsche, Melle, Quakenbrück, Engter, aus Lemgo, Detmold, Paderborn, Arnsberg, Burgsteinfurt sind hervorragende Beispiele zu nennen. Die Phantasie der Handwerker hat hier reizvolle Zeugnisse geschaffen, Griffe in Gestalt eines Hundekopfes, mit einem Schlüssel im Maul (Abb. 265). Klopfer in Form von Meerweibchen oder Fabelwesen, Pferden, deren Körper in Delphinschwänze übergehen (Osnabrück und Lemgo), oder dergleichen mehr sind hier zu nennen.

Überschaut man das in den Museen gesammelte Gut aus Messing und vergleicht es, soweit möglich, mit privatem bäuerlichem und städtischem Besitz, dann erhebt sich die Frage nach dem Ursprung, nach dem Woher. Heimische und Importware gehen nebeneinander her. Solinger und Brabanter Ware war sehr beliebt. Nicht umsonst verlangten Messinghändler aus Overpelt Handelszulassung in der Grafschaft Mark wie in dem Fürstentum Minden. Ziehen wir zum Vergleich Kupfer- und Messingarbeiten aus dem benachbarten Bergischen Land, aus Holland, Ostfriesland, aus Dänemark oder gar Lothringen heran, dann kompliziert sich diese Frage[13]. Es offenbaren sich internationale Verflechtungen, modische Eigentümlichkeiten, die regionale oder nationale Belange nicht respektieren oder einfach übersprungen haben. Das heißt: auch ihre Strahlungskraft ist begrenzt, wenn man sie aus dem Gesichtswinkel Europa betrachtet. Das Mittelmeergebiet, der Balkan wie der slawische Osten haben andere Metallgerätschaften entwickelt. Allein eine so interessante Form wie der Bettwärmer hat vermutlich von Lothringen aus seinen Weg nach Deutschland, den Niederlanden und Skandinavien angetreten[14].

[12] Vgl. Josef Schepers, Westfalen-Lippe. Haus und Hof deutscher Bauern Bd. II. Münster 1960, S. 494, Taf. 272: Türklopfer von 1784 aus Assinghausen Nr. 3, Kreis Brilon. – Karl Meier, Geschichte der Stadt Lemgo. Lemgo 1952, Abb. 56: Türklopfer Delphin, Haus Papenstr. 48. – Bau- und Kunstdenkmäler von Westfalen Bd. 45, Kreis Brilon. Münster 1952, S. 233: Haus bei Giershagen. – Westfälische Museen. Dortmund 1955, Abb. 25: Messingtürklopfer, aus Blattmaske herauswachsend, mit menschlichem Gesicht und gebogene Griff-Körper in Rokokostil, aus Lippstadt. – Burgsteinfurt, Markt. Messingtürklopfer in Gestalt eines Tierkörpers.

[13] Wolfgang Schwarze, Wohnkultur des 18. Jahrhunderts im Bergischen Land. W.-Barmen 1964, Abb. 165, 166, 167, 169–170. – Vgl. Erich Meyer-Heisig, Deutsche Volkskunst. München 1954, S. 24. – Die deutsche Volkskunde, hrsg. von Adolf Spamer, Bd. I, S. 474 und Bd. II, S. 293.

[14] Reallexikon zur deutschen Kunstgeschichte, Artikel Bettwärmer, S. 448–452. – G. Demeufoe, La bassinoire en Lorraine. L'art populaire en France. Straßburg et Paris 1932, S. 75–85. – Victor de Meyere, L'art populaire flamand. Bruxelles 1934, Abb. 44: Bassinoires en cuivre repoussé et perforé; Abb. 17: Gaufriers à décors et initiales.

Der Raum Westfalen, eng verflochten mit Friesland, Holland, dem Niederrhein, dem Bergischen Land, hat von seinen reicheren und auf dem Gebiet des Messinggusses und der Messingtreibarbeit führenden Nachbarn viele Eigentümlichkeiten, viele Gefäßformen und dekorative Elemente übernommen oder auch nachgemacht. Die Importware, die dem damaligen Modegeschmack des westfälischen Menschen entgegenkam, war in ihrer Wirkung übermächtig, mochte sie nun aus Holland, aus Amsterdam, Rotterdam, Dordrecht, Utrecht, aus Middelburg, Maastricht oder aus dem Rheinland, aus Aachen, Stolberg, Eschweiler, Nothberg, Cornelimünster kommen.

3. Die Iserlohner Messingindustrie

Gewiß bildete die Messingindustrie Iserlohns eine gewisse Zeit hindurch ein Gegengewicht gegenüber der von Stolberg. Typisch waren ihre im holländischen Stil geschaffenen bauchigen Kaffeekannen auf drei Füßen. Iserlohn hatte seinen Markt über die Grenzen Westfalens hinaus. Diese Stellung und Bedeutung Iserlohns war dadurch dokumentiert, daß hier Galmei gegraben wurde, das ja die notwendige Grundlage für die Messingproduktion bildet. Schon 1577 wird uns von dem dortigen Galmei-Bergbau berichtet[15], aber erst mit der Gründung der Iserlohner „Kessel- und Dosenfabrique" das Privilegium der alleinigen Herstellung verliehen, und so wurde Iserlohn das Zentrum der Dosenfabrikation[16] für den preußischen Staat und machte über dessen Grenzen hinaus dem auf diesem Gebiet viel bedeutenderen und anerkannten Holland Konkurrenz (Abb. 286–287). Man lieferte Dosen in Anlehnung an die niederländischen Vorbilder mit ihren Kalenderblättern, Widmungen in holländischer Sprache und Darstellungen der holländischen Geschichte. Sehr beachtliche Zeichner und Graveure arbeiteten nunmehr für diese „Fabrique". Dank des neuen Verfahrens von Giese wurde Iserlohn auf diesem Gebiet führend. „Einer namens Giese", so heißt es, „hat Tabaksdosen jetzo auf eine neue Art befangen und statt dessen dass selbe bishiero ausgestochen worden, hat derselbe inventiret, dass die Blätter gewalzet werden, wodurch die Arbeit facilitiret und die Dosen for 2/3 wol feiler als sonsten gegeben werden können."

Kaffeekannen, Tabaksdosen

Diese Dosen[17], es handelt sich um Tabatieren von länglicher ovaler Form, sind in der Verwendung und Mischung von Kupfer und Messing von farbigem Reiz. Messinggewände wechseln mit Kupferböden und -deckeln und umgekehrt. Diese sind auf ihren Ober- und Unterseiten mit Figuren und Szenen in Treibarbeit geschmückt.

Dosenverzierung

Sie sind außerdem mit Ornamentwerk, Rocaillen, C-Bögen, Ranken und Kartuschen im Relief so übersponnen, daß man von einem horror vacui sprechen muß. Hinzu kommen noch Um- und Inschriften, Verse, sowohl in holländischer wie deutscher Sprache. Meisternamen und Herkunftsort sind ebenfalls vermerkt, wenn sie auch ganz klein in irgendeiner Ecke angebracht sind. Wir lesen die Namen Johann Heinrich Giese, Johann Heinrich Hamer, Johann Adolf Keppelmann, Johann Heinrich Bekker. Vornehmlich sind es profane Szenen und Einzelpersönlichkeiten, die uns auf diesen Deckeln auffallen.

Man kann drei Themen der Darstellung konstatieren:[18] Die Jagd, Handel und Wirtschaft, historische Ereignisse, selten sind religiöse Themen (Abb. 281, Daniel in der Löwengrube, Dose von J. A. Keppelmann). Die historischen Begebenheiten ranken vor allem um die Person Friedrichs des Großen, um die

Themen

[15] Rolf Sommer, Die Grafschaft Mark. Bd. 2, S. 202: Die Messings Dosen Fabrique. – Ferdinand Schmidt, 200 Jahre Puntmetallgewerbe in der Mark. Der Märker 1. Jg. 1951, H. 5, S. 203 ff. In einem Mutschein des Herzogs Wilhelm von Cleve-Mark vom 15. 3. 1577, ausgestellt für Caspar Lappe, Drost von Altena und Iserlohn, wird auf den Iserlohner Galmei-Bergbau Bezug genommen. – Rolf Sommer, Die Industrie im mittleren Lennetal. In: Verkehr und Industrie im Sauerland. Spieker. Landeskundl. Beitr. u. Berichte 7, Münster 1956, S. 41: Die Messingindustrie basiert auf dem Vorkommen von Galmei, einem Zinkerz, das in Nestern entlang der südlichen Grenzlinie des Iserlohner Massenkalkzuges anstand, aber auch im Untertagebau gewonnen wurde.

[16] Gustav Pfingsten, Iserlohner Tabaksdosen des 18. Jahrhunderts. In: Iserlohn, 700 Jahre Stadt. Festschrift, Iserlohn 1957, S. 105.

[17] Walter Borchers, Iserlohner Tabaksdosen. Zeitschr. Westfalen 45. Bd. 1967, S. 193–198.

[18] Herbert Zink, Städt. Gustav-Lübcke-Museum Hamm. 1965, S. 118, Abb. Tabaksdosen, Iserlohn.

vornehmlich aus der preußischen Geschichte

drei schlesischen Kriege, die Siege und Niederlagen des preußischen Königs. Es erscheinen die Hauptakteure in diesem Geschehen, Friedrich der Große, sein Bruder Prinz Heinrich, die Feldherren Zieten, Prinz Ferdinand von Braunschweig, die verbündeten Könige Georg II. und Georg III. von England, aber auch die Widersacher: Maria Theresia, Franz von Lothringen, Prinz Soubise, die Feldherren Daun und Loudon. Dargestellt sind u. a. die Schlachten von Lobositz, Prag, Roßbach, Lissa, Zorndorf, Liegnitz, Torgau, Küstrin, Minden, das von den Alliierten belagerte Schloß Marburg, die brennende Stadt Münster, die Schlacht bei Krefeld, die Bombardierung von Düsseldorf, aber auch die Nebenschauplätze des damaligen Kriegsgeschehens werden gezeigt, die Eroberung der französischen Insel Martinique durch den englischen Admiral George Rodney im Jahre 1762 (Abb. 279), ebenso die Städte London, Lissabon, Paris und Madrid als Hauptstädte der Verträge schließenden Mächte. Es wird aber auch die Stadt Rotterdam dargestellt und mit holländischen Worten verherrlicht (Abb. 285). Der Vertrag von Fontainebleau und der Hubertusburger Frieden fehlen nicht. Interessant ist dabei die Tatsache, daß die Künstler, die hier tätig waren, auf Vorlagen fußten, z. B. auf Münzen, wir denken nur an Münzdarstellungen mit den Porträts Maria Theresias und ihres Gemahls Franz von Lothringen. Weiter wurden Vorlagen benutzt, insbesondere bei den Stadtdarstellungen, die auf graphische Blätter zurückgehen, wie sie z. B. im recueil de médailles pour servir à l'histoire de Frédéric le Grand, Berlin (Fromery et fils) 1764, außerdem in les actions glorieuses de Frédéric le Grand, im Verlag J. D. Schleuen, Berlin (nach 1763), Kupferfolge v. 30 Bl., zu finden sind. Es offenbart sich hier ein handwerkliches Können, das noch nicht von dem Mutterboden der Volkskunst gelöst ist, das aber in der Mischung der Stilelemente und des Reproduzierens oder Nachbildens von Stilvorlagen einen neuen Weg beschreitet, der die Begegnung des Massen- und des Einzelgeschmacks kennzeichnet. Betrachtet man z. B. figürliche Szenen, so zeigen sich viele Eigentümlichkeiten, die teils kontrahierend, teils addierend das Geschehen durch eine Vielheit, die aber nicht variiert wird, im Sinne eines Bilderbogenstils wiedergeben. Man vergröbert und verdichtet die Fläche durch die Fülle der Motive, der Darstellungsvorgänge, greift dabei auf alte Kunstgriffe zurück, wie z. B. auf die Isokephalie, Gleichförmigkeit der Köpfe, und schließlich auch auf die Gleichförmigkeit der Körper. Die Ebene wird durch Schrägstellung der gleichsam aufgereihten Menschen aus ihrer Flächigkeit gelöst und perspektivisch gestaltet.

Häufig werden aus der Masse Einzelpersönlichkeiten, Herrscher wie Feldmarschälle, durch überbetonte Größe herausgelöst. Auf diesen Dosen verbinden sich historische, allegorische, wie mythologisch antikische Bildelemente mit damaligen neuzeitlichen Vorlagen, und alles wird von dem Geist und dem Stil des Rokoko durchtränkt.

Der preußische Staat und an seiner Spitze eine so bemerkenswerte Herrscherpersönlichkeit wie Friedrich II. begünstigen hier auf westfälischem Boden das heimische handwerkliche Schaffen und beflügeln es so, daß neue Formen und Bildinhalte entstehen. Ikonographisch bedeutet diese neue preußische Manufaktur in Iserlohn eine Bereicherung der westfälischen Kunst. Preußisches Rokoko auf westfälischem Boden, politische Volkskunst, geboren aus absolutistischem Geist, das ist als Überschrift über das Iserlohner Kunstschaffen zu setzen. Im wesentlichen sind es vier Männer, die als Zeichner, Graveure, Ziseleure mit dem Werkstoff Messing vertraut wurden. Das waren Hamer, Giese, Keppelmann und Bekker. Der überragende Künstler ist wohl Johann Heinrich Giese, der seit 1757 in Iserlohn tätig ist. Die Kompositionsweise, die Aufteilung und Gliederung der Oberflächen, die besondere Gestaltung des Figürlichen und Ornamentalen sind sein Werk. Sicherlich ist er von holländischen Vorbildern abhängig. Hamer, Bekker wie Keppelmann arbeiten in seinem Sinn, so daß sie kaum voneinander zu unterscheiden sind. Hier ist eine Gemeinschaft am Werke, die den gleichen Stil propagiert, wobei das Einzelindividuum stilistisch schwer von den anderen zu trennen ist. Wir wissen wenig über diese Männer. Es wird angenommen, daß Hamer[19] holländischer Dosenschmied war, der um 1760 seine Tätigkeit in Iserlohn

Die Künstler

[19] Vgl. Thieme-Becker, Künstler-Lexikon Bd. 15, S. 547.

begann. Vielleicht ist nur noch zu sagen, daß die Dosen von der Hand eines Bekker und Keppelmann nicht so reich gestaltet sind wie die von Giese. Vier Männer, vier Handwerker, aber auch vier Künstler, die untrennbar mit dem Iserlohner Kunstschaffen verbunden sind. Sie prägen einen Stil, der aber nur eine kurze Zeit währt. Mit dem Ableben Friedrichs des Großen beginnt auch der Niedergang. 1787 lesen wir in Weddigens Magazin: „Sie, die Dosenfabrikation, hat zwar jetzt noch geschickte Meister, aber ihr Debit ist nicht mehr so groß wie vormals, jedoch wird noch eine ziemlich starke Anzahl von kleinen Dosen, welche man hier Tünteldosen zu nennen pflegt, jährlich verfertigt.“ 1802 sind sieben Werkstätten erwähnt mit drei Meistern, vier Gesellen und einem Lehrling. Es werden noch für 5560 Reichstaler Waren verfertigt, die nach Leipzig, Holland und Brabant gehen[20]. Dann aber versinkt der Stern dieser Iserlohner Manufaktur.

Iserlohner Tabaksdosen von Johann Heinrich Giese

Beispiele

1. Oberseite: Bombardement von Düsseldorf
   Inschrift: BOMBARDEMENT DER BERGISCHEN HAUPTSTADT DÜSSELDORFF
   AN DIE ALLIIRTEN ÜBERGEBEN 1758 DEN 8. JULY
   Links und rechts: Medaillons mit den Porträts Georgs II. von Großbritannien und Friedrichs d. Gr., darunter die entsprechenden Wappen.
   Unterseite:
   Inschrift: LANG LEVE FERDINAND, DE TWEEDE OORLOGS HELD
   HY TOOG EN VLOOG MET GOD EN FREDERIK TE VELD,
   HY JOOG EN SLOEG HET VOLK DOOR GARANTIE BENEVELT
   VAN BREMEN TOT DEN RHYN, EN VAN DEN RHYN TOT CREVELD,
   TE CREVELD HEFT ZYN ARM DEN VYAND HARD GEDRUCKT
   WAT WONDER, DAT VOOR HEM NU DÜSSELDORP SICH BUCKT
   Bezeichnet: G (= Giese) auf der Oberseite

2. Oberseite: In der Mitte Medaillon mit Porträt Friedrichs d. Gr., darüber in Kartusche Friedr. d. Gr. als Feldherr zu Pferde. Unten das preußische Wappen.
   Unterseite: Hüftbild Ferdinands von Braunschweig. Darüber Darstellung der Schlacht bei Minden (1. 8. 1759). Unten Wappen mit dem springenden Pferd.
   Bezeichnet: JOH. HEN. GIESE. FECIT ISERLON (Oberseite)
   I. H. GIESE. ISERLON. FECIT (Unterseite).

3. Oberseite: Schlacht bei Minden. 1. August 1759.
   Unterseite (Abb. 277): 3 Medaillons:
   1. Das von den Alliierten belagerte Schloß Marburg.
   2. Brustbild von Frid. Wilh. Ern. Graf zu Schaumburg-Lippe.
   3. Das von den Alliierten eingenommene Münster.

   Bezeichnet: I. H. GIESE. FECIT (Oberseite)
   JOH. HEN. GIESE. ISERLOHN (Unterseite)

4. Oberseite: Mitte: Medaillons mit den Porträts der Prinzen Ferdinand und Carl von Braunschweig und Lüneburg. Links und rechts davor die fliehenden Franzosen (28. und 26. Febr. 1758).
   Unterseite: Mitte: Darstellung einer Flotte. Inschrift: EX NAVIBUS SALUS PATRIAE. Links und rechts Gestalten der Concordia und der Libertas.
   Bezeichnet: GIESE ISERLON (Oberseite)
   GIESE (Unterseite).

[20] Wilhelm Schulte, Iserlohn, S. 150: 1722 sind 22 Gelbgießer bezeugt. Das letzte Statut für die Gelbgießer, Schnallenmacher, Schlosser, Schmiede stammt vom 21. Dezember 1789. Wichtiger als die Schnallenfabrik war die Dosen- und Kesselfabrik.

5. Oberseite: Porträt Georgs III. von Großbritannien mit Trophäen und Wappen. Daneben Jahreszahl 1781.
Unterseite: Friedrich der Große vor Breslau. Inschriften.
Bezeichnet: GIESE F. (Unterseite).

6. Oberseite (Abb. 282): Victoria von Minden
Inschrift: UNTER ANFÜHRUNG DES HERTZOGS FERDINAND VON BRAUNSCHWEIG VON DEN ALLIIERTEN ÜBER DIE FRANTZOSEN SIEGREICH ERFOCHTEN 1759 1 AUGUST.
Links herausgehoben Ferdinand und sein Gefolge hoch zu Pferde.
Unterseite: Links oben Porträt Heinrich Ferdinands und Eroberung Breslaus. Mitte großes preußisches Wappen mit wilden Männern und Krone. Rechts Porträt Friedrichs des Großen und die Schlacht bei Liegnitz.
Unterschriften in holländisch:
PRINCE HENDERICUS LEEFT und GROOTE FREDERIC LEEFT.
Bezeichnet: I. H. GIESE FECIT (Unterseite).

7. Oberseite: Mitte: Hirschkopf en face in Kartusche, links Hirschjagd (Jäger zu Pferde einen Hirsch erlegend), rechts Anglerszene (Angler zieht Fisch aus dem Wasser mit der Rute, neben ihm Mann einen Anglerkorb auf dem Nacken tragend).
Unterschrift: VERGNÜGTER ZEITVERTREIB DURCH JAGEN UND BEIM FISCHEN / DARAN NACH HERTZENSLUST SICH SEEL UND LEIB ERFRISCHEN.
Unterseite: Jagddarstellung. Jäger mit Saufeder dem von Hunden gestellten Schwarzwild entgegentretend.
Unterschrift: WENN KEIN ESSEN WIL MEHR SCHMEKKEN
JAGEN KAN DIE LUST ERWEKKEN.
Bezeichnet: GIESE FECIT.

8. Oberseite (Abb. 278), Mitte: Medaillon mit Brustbild Friedrichs des Großen, rechts und links Schlachtendarstellungen mit Überschriften: LOWOSITZ, REICHENBERG, PRAG, ROSBACH, LISSA, ZORNDORF, dazu Rocaillen mit lateinischen Inschriften: PRO GLORIA ET PATRIA VERITATE ET IUSTITIA.
Unterseite: Allegorie des Hubertusburger Friedens. HUBERTUSBURG DEN 15 FEBR 1763.
Bezeichnet: GIESE.

Iserlohner Tabaksdosen von Johann Heinrich Hamer

1. Oberseite (Abb. 284): Unterzeichnung des Vertrages von Fontenableu (Fontainebleau): Vier Staatsmänner an einem Tisch sitzend
mit Überschrift: FONTENABLEU D. 3. NOV. 1762
Rechts und links je zwei Stadtansichten unter Arkadenbögen
mit Überschriften: LONDEN, LISBOA, PARIS und MADRID
und Unterschriften: (links) WAS NUN DIESE VIER BESCHLIESSEN
KAN DER NACHBAR AUCH GENIESSEN
und rechts: DEUTSCHLAND LEBT NACH HARTEM STREIT
GOTT SEY DANCK IN EINIGKEIT.
Unterseite: Bataille von Zorndorf.
Bezeichnet: An den gerundeten Ecken I. H. HAMER und FECIT

2. Oberseite: Jagdszene (Hirschhatz)
Inschrift: REITEND JAGEN UND VIEL FANGEN
WAN DAS WILD AUCH NOCH SO SCHNEL
IST MIER DOCH NOCH KEINS ENTGANGEN
WAS NUR VOR MIR IST ICH FAELL

Unterseite: Zwischen den allegorischen Darstellungen der 4 Erdteile Europa, Africa, Asia und America eine Wappenkartusche, flankiert von den allegorischen Darstellungen der Fahrt zu fernen Küsten und des Glücks des Daheimseins.
Inschrift: IK VAAR GELYK EEN HELD NAE VEER GELEGEN KUSTEN
WAS HET NIET OM HET GELD VEEL LIEVER SOU IK RÜSTEN
EN BLYVEN OP HET LAND EN HOUWE MYN GEMAK
EN DRINKEN EEN GLAS WYN OF ROOK EEN PYP TOBAK
Bezeichnet: I. H. HAMER . F . auf der Unterseite.

Iserlohner Tabaksdosen von Johan A. Keppelmann

1. Oberseite: 3 Medaillons mit den Porträts des Prinzen Fried. Heinrich von Preußen und Friedrichs des Großen, sowie mit dem preußischen Adler.
   Unterseite: Schlacht bei Crefeld. (Sieg Ferdinands von Braunschweig).
   Bezeichnet: I A KM (= Johan A. Keppelman) (Unterseite).
2. Oberseite: Gekröntes Brustbild Friedrichs des Großen, darunter das preußische Wappen, umgeben von Trophäen.
   Unterseite: Darstellung der Schlacht bei Crefeld.
   Bezeichnet: JOHAN.A. KEPPELMAN (Oberseite),
   A A KM (Unterseite).

Iserlohner Tabaksdosen von Johann Heinrich Bekker

1. Oberseite: Medaillons mit den Porträts des Kurfürsten Karl Theodor (Jülich u. Berg) und seiner Gemahlin Maria Elisabeth.
   Unterseite: Die Wappen von Pfalzbayern und Jülich, Mark, Ravensberg.
   Bezeichnet: I.H.H.B. (Bekker) Oberseite.
2. Oberseite (Abb. 280): Halbfigur Friedrich des Großen mit Krone und Schwert
   Unterschrift: FRIDERICUSMAGNUS BORUSSORUM REX ... 1766
   Unterseite: Schlachtenszene: Der Sieg der Preußen bei Torgau über die Österreichische Armee.
   Bezeichnet: IOH. HENR. BEKKER (unten).

4. Bronzegerät

In vielen bäuerlichen Haushalten Westfalens, so im Münsterland und Osnabrücker Land, im Lipper und Paderborner Land, auch im märkischen Raum, ebenso im alten Herzogtum Westfalen, im Wittgensteinischen, begegnen uns kugelförmige Bronzegrapen, Speisetöpfe mit glatter oder gerillter Leibung, einem abgesetzten Rand, auf drei kürzeren oder längeren schräggestellten, schräg stehenden, gekanteten Füßen, dazu Henkeln und eisernen Bügeln. Sie werden über dem offenen Herdfeuer an dem Hahl aufgehängt. Bronzegrapen

Untersucht man sie genauer, entdeckt man feine Unterschiede im Aufbau. Der Kugelkorpus saß im hohen Mittelalter auf langen Beinen, behielt diese Form bis ins späte Mittelalter hinein bei und näherte sich im 17. Jahrhundert der Schale, um dann im 18. Jahrhundert zur Kugelgestalt zurückzufinden, die aber dann auf drei kurzen dicken Füßen steht. Nach Dexel[21] ist der westfälische Grapen in der Regel gradwandig. Diese Grapen waren ein Werk der Pottgießer[22], die in vielen Städten Westfalens ansässig waren (Abb. 241).

[21] Walter Dexel, Wesen und Wandel der Formen in zwei Jahrtausenden, Braunschweig-Berlin 1962, S. 103–104.
[22] Nach dem Beschluß der elf Ämter in Osnabrück von 1581 mußten die Pottgießer, die mit dem Schmiedeamt vereinigt waren, als Meisterstück einen sechsbündigen selbstgebildeten Topf abliefern. Vgl. L. Hoffmeyer, Geschichte des Handwerks im

5. Zinngeschirr

Import minderwertiger Zinnware

Die Erforschung des bäuerlichen Zinngeschirrs in Westfalen steckt in den allerersten Anfängen. Da begegnet uns bei einer Durchsicht des Zinninventares der verschiedensten Bauernhäuser edles und unedles Zinngerät. Wir wissen nicht, woher es kommt, von welchen Handwerkern es geschaffen ist. Häufig fällt uns minderwertiges Zinn auf, dünn und biegsam, in der Form uninteressant, von dem wir nachweisen können, daß es von Hausierern aus dem süddeutschen Raum mitgebracht und auf den hiesigen Jahrmärkten feilgeboten worden ist. Möser kennzeichnet diese Ware in seinen „Patriotischen Phantasien" treffend. Er sagt: „Der westfälische Kreis muß sich schämen, wenn er an die Art und Weise denkt, wie er sich von einigen Frankfurter Kaufleuten mit dem Zinn behandeln läßt. Die Wilden in Amerika werden nicht so arg mit Gläsern und Korallen, Spiegeln und Puppenzeug als wir mit dem Zinn um unser gutes Geld betrogen. Die Italiener, Tiroler, Bayern, Schwaben, Franken, welche unsere Gegenden mit allerhand ungeprobten Waren belaufen, versorgen sich alle in Frankfurt, und dort arbeitet man für das flache Land in westfälischen Kreisen wie für die Hottentotten. Das Pfund Zinn, was die Tiroler den Landsleuten aufhängen, hält über drei Viertel Blei; und da ist es kein Wunder, daß die Zinngießer in den Städten die Gewissen und Ehre haben, gegen eine solche Ware keinen Markt halten können."[23] Immer wieder laufen die einheimischen Handwerker gegen diese Ware, die von herumziehenden Fremden dargeboten wird, Sturm[24]. Vor allem aber richtet sich der Zorn gegen die Italiener, die schließlich im Lande ansässig wurden.

Qualitätsmarken der einheimischen Zinngießer

Die heimischen Zinngießer waren über ganz Westfalen verstreut. Sie arbeiteten für Adel, Bürger- und Bauerntum und stempelten ihre Ware mit Meister- und Stadtbeschauzeichen. Sie hatten bestimmte Qualitätsmarken, die Krone, die Rose, den Engel, den Hammer; die Krone als ältestes Zeichen für gute Qualität, die Rose zusammen mit der Krone als Symbol für Zinn erster Güte, später zweiter Güte in Anlehnung an die englische Tudorrose. Der Engel war die Qualitätsmarke für Feinzinn, bleifreies Zinn bester Eigenschaft, der Hammer als frühes Symbol für Feinzinn[25]. In der Rolle der Münsteraner Kannengießer von 1583 lesen wir: klar tin sunder jenige tosate, und sale getekent werden mit dem hamer und mit der krone und gewonteich merk (Meisterzeichen)[26].

Ihre Gesellen- und Meisterstücke waren in den von ihnen geschaffenen Gesetzen festgelegt[27]. Es sind uns Risse überliefert, die uns über ihre Meisterstücke genau orientieren. Leider aber ist nie der Versuch gemacht worden, die einzelnen Meister mit ihren Arbeiten und Beschauzeichen chronologisch zu erforschen. So sind wir auf reine Zufallsfunde angewiesen.

Fürstentum Osnabrück, S. 69. – 1658 hat der Pottgießermeister Simon Kleinenberg ein eigenes Gießhaus in Melle. Hier mußte ein Pottgießer zwei Speisetöpfe, einen großen und einen kleinen, als Meisterstück gießen. Vgl. Maria Heilmann, Geschichte der Stadt Melle. Melle 1960, S. 37.

[23] Justus Möser, Patriotische Phantasien, bearb. v. Ludwig Schirmeyer. Bd. IV. Oldenburg-Berlin 1943, S. 173.

[24] Staatsarchiv Münster, Fürstentum Münster, Cabin. Register P XXXIV E Nr. 611: Die Zinngießer im ganzen Hochstifte wünschen auch selbst dieses und daß der Verkauf alles aus geringeren Proben gearbeiteten Zinngeschiers verbothen werden möchte und aus eben diesen Berichten erhellet, dasz an manchen Orten wegen der von den fremden Italiänern eingeführten schlechteren Gattungen von Zinnen die einheimischen Zinngieszer in Dürftigkeit leben oder gar keine mehr vorhanden sind. Anfänglich schien es uns, dasz um den Zinngieszern von Warendorf keine Gelegenheit zu Beschwerden zu geben, es ratlich sein könnte nebst der, dem hiesigen Amte erlaubten dreyen Proben, das sogenannte Zwey Zeichens Zinnen als eine vierte Gattung oder Probe für das ganze Hochstift auch zu erlauben (1786). – Vgl. dazu Staatsarchiv Münster: Bittschrift an den Kurfürst Pto auswärtigen Zinn durch Hausierer item Zinn P XXXIV E Nr. 3 in Anlehnung an die Osnabrücker Verordnung von 1769 (wegen der Zinngießer).

[25] A. J. G. Verster, Das Buch vom Zinn. Hannover 1963, S. 50.

[26] Robert Krumbholtz, Die Gewerbe der Stadt Münster bis zum Jahre 1661. Leipzig 1898, S. 250.

[27] Vgl. die Rolle der Zinngießer, Kupferschmiede und Goldschmiede von Warendorf: Des Zinngießers Meisterstück hingegen soll eine Form zu einem halben Viertels Weinkanne und dann eine wohl faconnierte Kannen mit einem doppelten Gewerk sein und dieses in einer Zinnen Form zu gießen. – Staatsarchiv Münster, Gilden und Zünfte, Nr. 130, Gildebuch der Glaser, Goldschmiede, Zinngießer und Maler zu Coesfeld, 1652: 4. Der Zinnengießeren Meisterstück soll sein a) eine trisors pulle oder kannen von dritte halb fues hohe die in die lange durchlochert und begossen mit loth oder bley uf eine spöl e, und dieselbe

Standorte

Zinngießer oder vielmehr „Kannengeiter" (Kannengießer) lassen sich nachweisen in Ahlen, Arnsberg, Beckum, Bentheim, Bielefeld, Bramsche, Brilon, Cloppenburg, Coesfeld, Detmold, Dorsten, Dortmund, Dülmen, Fürstenau, Hamm, Haselünne, Hattingen, Herford, Herne, Iserlohn, Kamen, Lemgo, Lippstadt, Lübbecke, Melle, Meschede, Minden, Münster, Neuenhaus, Osnabrück, Paderborn, Quakenbrück, Rheine, Siegen, Soest, Unna, Vechta, Warburg, Warendorf, Wiedenbrück[28]. Sie bildeten keine eigenen selbständigen Zünfte, sie waren an Zahl zu gering, um einen großen Einfluß zu haben. Sie gehörten vielmehr anderen Gewerkschaften an, z. B. den Schmiedegilden in Dortmund, Osnabrück, Dorsten, Rheine, Warendorf, Minden, Wiedenbrück, Beckum, der Großschmiedegilde in Warburg, der Kleinschmiedegilde in Siegen, dem Krameramt in Soest, der Lukasgilde in Dülmen. Nur in Münster bestand ein selbständiges Kannengießeramt[29].

Italienische Zinngießer

Die Ware der Hausierer ist noch vorhanden, die Namen der italienischen Händler und Zinngießerfamilien[30] sind nicht vergessen. In Minden sind so die Maranka nachzuweisen, in Brakel die Tensi, in Iburg die Notaris, in Herford und Melle die Conti oder Cotti, in Vlotho die Pitzeno, in Stadtlohn die Crachny, in Recklinghausen die Giacometti, in Coesfeld die Orlani usw. Die Italiener heirateten in die alten Zinngießerfamilien des Landes ein. Sie übernahmen die Werkstätten, so z. B. in Melle Johannes Ferro. Sie zeichneten mit dem alten Beschauzeichen, daneben aber auch mit ihrem eigenen Namen.

Um dem einströmenden schlechten Zinn Einhalt zu gebieten, erließ König Georg III. von Großbritannien für das Hochstift Osnabrück im Jahre 1769 als Vormund seines unmündigen Sohnes, des Bischofs Friedrich von Osnabrück und Herzogs von York, folgende Verordnung: Da soviel über schlechtes Zinn geklagt wird, sollen Hausierer kein Zinn verkaufen, auch nicht auf Jahrmärkten, es sollen als Zinnhändler nur Zinngießer geduldet werden, welche ordnungsgemäß ausgebildet sind und einer Gilde angehören. Außer reinem Zinn dürfen sie nur Kronenzinn (9 Pfd. Zinn und 1 Pfd. Blei) und Radzinn (3 Pfd. Zinn und 1 Pfd. Blei) verkaufen.

von dem zeitlichen Gildenmeister mit seinem zeichen bestettigt, und zu selbiger Form ein leimen trogh, umb darin zu arbeiten gemachet werden soll b) eine schüssel form von steinen zu verfertigen, darein eine schüssel von funff ltr. zu giessen , und soll gleichfals solches form mit des zeitlichen gilden oder ampts meisteren zeichen confirmiert werden, alles in 14 tagen zu verfertigen. – Rheine Nr. 90: In dem Entwurf zu einer Amtsrolle der Goldschmiede, Zinngießer zu Rheine aus dem Jahre 1811 wird als Meisterstück eine Kaffeekanne gefordert mit der Form und eine drey Pfund schwere Schüssel. – Beckum Nr. 40: Die Zinngießer in Beckum haben als Meisterstück eine Caffeekanne von 2 Maas nach der Mode zu liefern.
Erhalten haben sich die Risse der in Melle geforderten vier Meisterstücke bei Aufnahme von Zinngießern in das Schmiedeamt, mit Darstellung einer Fontäne (Dröppelminna), eines Schwenkkessels oder -beckens, einer Kaffee- und Milchkanne, so wie sie in Magdeburg, Braunschweig, Hannover, Hamburg üblich waren, nach der überlieferten Akte. Diese Zeichnungen stammen von dem Zinngießer Arensburg aus Melle von 1782. Vgl. Eberhard Crusius, Osnabrück zur Möserzeit. Eine Ausstellung archivalischer Zeugnisse. Göttingen 1955, S. 24, Nr. 51. – Walter Borchers, Bäuerliches Zinn in Westfalen und dem angrenzenden Niedersachsen. Rhein.-Westf. Zeitschr. f. Volkskunde Bd. V 1958, Abb. 1–4.

[28] Franz Krins, Der Versuch zur Bildung des Zinngießergewerks in Minden-Ravensberg im 18. Jahrhundert. Ein Beitrag zur Geschichte des Zinngießerhandwerks in Westfalen. Ravensberger Blätter 1956, S. 164. – Theodor Kohlmann, Vom Zinngießerhandwerk in Cloppenburg. Volkstum und Landschaft Cloppenburg. Cloppenburg 1964, Nr. 59. – Renate Brockpähler, Zinngeschirr und Zinngießer in Coesfeld. Westfälischer Heimatkalender 1961, S. 175: In Coesfeld gründeten 1652 die „Glasemaker, Goldschmieden, Zinngießer und Maler eine Gilde, um zu verhüten, daß aus den benachbarten stätten und frömbden lendern andere sich hier eintringen". – Willy Friedrich, Bis vor sechs Jahrzehnten Zinngegenstände aus Neuenhaus. Tinngeter-Aorends – Eine angesehene Bürgerfamilie. Jahrb. d. Heimatver. d. Grafsch. Bentheim 1969, S. 25: In Neuenhaus stand die Werkstatt der Zinngießerfamilie Arends. Nicht weniger als 250 Jahre lebte dieses mittlerweise ausgestorbene Handwerk in der Familie Arends. Hier wurden aus Zinn Löffel, Kannen, Kellen und Becher gegossen. Dreifüßige Kaffeekannen und reich verzierte Pfefferbüchsen gehörten zu den schwierigsten Teilen, die von dem „aulen (alten) Tinngeter" gegossen wurden.

[29] Margarete Pieper-Lippe, Westfälische Zunftsiegel, Münster 1963, S. 22.

[30] Franz Krins, Die Zinngießerfamilie Maranca in Minden. Mindener Heimatblätter Jg. 26, 1954, Nr. 12, S. 1 ff. – Walter Borchers, Bäuerliches Zinn in Westfalen und im angrenzenden Niedersachsen. S. 178. – Heinrich Gläntzer, Katalog, Ausstellung der Sammlungen Kirsch und Gläntzer. Museum f. Kunst u. Kulturgeschichte Dortmund, 1961, S. 43. – Wandernde Zinngießer, oft in Gruppen von mehreren Gesellen umherziehend, sind aus Italien kommend bis ins norddeutsche Gebiet vorgedrungen. – Im Emschertalmuseum der Stadt Herne (Schloß Strünkede) sind Kannen von Giacometti vorhanden. – Vgl. auch Maria Heilmann, Geschichte der Stadt Melle, S. 41: 1776 hat der Zinngießer Johannes Ferro hausiert. Er stammt ebenfalls aus Italien und vertreibt die billigen Frankfurter Waren. Es sind Leuchter, Tee- und Milchkannen, kleine und größere Schalen, große Eßlöffel, Suppenlöffel, ein Tablett, eine Zuckerschale, Schnupftabaksdose und andere Dinge.

Geschichtliche Nachrichten

Spielt in den alten Akten und Urkunden westfälischer Bauern und Bürger Kupfer- und Messinggeschirr eine gewisse Rolle, so steht ihm das Zinngerät nicht nach. In dem Inventarverzeichnis eines Siegerländer Hofes[31] aus dem Jahre 1597 lesen wir: „Dem neuen Hofmann Andreas Klein Kauffen auf dem Hof Ginsberg wird in der Stuben 1 alte Maßkanne mit Deckel und einer Zaute und 2 weitere Zinnen Maßkannen samt Zinnen Zaute überlassen." Recht beachtlich ist das Zinnwerk in einem Altenaer Hausverzeichnis von 1650[32] der Maria Salms, zum zweiten Mal mit dem Witwer Peter Hohenholt zu Altena verheiratet: Da werden 18 Schüsseln, 9 Teller, eine Bierkanne, $^1/_2$ Weinkängen (Kännchen), 1 Kängen, noch ein halb Kängen platt, 1 Salzfässgen, 1 Zinnleuchter, 1 Butterschüssel, 5 Kümpfe, 2 Töpfe, 1 Bettepott, zusammen ad 71 Pfund aufgeführt.

In einem anderen Inventar aus dem Jahre 1714 aus dem Haus Neuenhof[33] sind an Zinnwerk „9 große zinnerne Pottagie-Schüsseln, von Weselschen Rosenzinn, noch zwey Schüsseln von gleicher Größe" aufgeführt. Wir führen weitere Zeugnisse an ‚eine Urkunde, die auf ein märkisches Bauernhaus Bezug nimmt und zu Unna protokolliert ist[34]. Da heißt es „an Zinnen vorhanden 4 Schüsseln, 8 Teller, 1 Nap, 6 Löffel, 1 Teepott und 1 Milchscheppe".

In einer schon früher genannten Urkunde des Schöffen Johann Diederich Geck zu Borbet, Kirchspiel Lüdenscheid, aus dem Jahre 1759[35], werden z. B. „acht zinnerne Schüsseln, wiegen mit Napf 19 Pfund, 10 Tellers Gewicht 11 Pfund, 5 zinnerne Löffels, schlecht und alt, ein zinnern Napf" aufgezählt. In der Schlichtungsurkunde der Anna Catharina Wittebe Tiggesen Woeste aus dem Jahre 1750 werden 38 Pfund Zinnenzeug erwähnt, „ein zinnen Leuchter, ein Uwster-Kängen (Senfkanne), ein Saltz-Fässgen, ein Löpfel und ein Milchschenker"[36].

Einzelformen des Zinngeschirrs

Zur Typenware gehören Eß- und Schöpflöffel, flache und tiefe Teller, Pfannkuchenschüsseln, Gemüseschüsseln mit Steilrand und Henkeln (Beispiel im Museum Hamm von dem Hammer Zinngießermeister Christoph Bonn, 18. Jahrhundert), Kumms, hochstehende Henkelnäpfe, Kaltschalen, Ohrenschüsseln, Wöchnerinnenschüsseln mit Henkeln und hahnenverziertem Deckel, Hochzeitsbutterteller mit Dorn, Henkelkrüge, Steilkannen, bauchige Kannen, Schraubflaschen, Wärmeflaschen (Bett- oder Pastorenjuffer), Öllampen, Hängelampen, Standleuchter, Bierkannen, Krüge, Kaffeekannen (Dröppelminnas oder Krantjekannen). Dazu kommen noch Salzmetten, Zuckerstreuer, Schwenkkessel, Tabaksdosen, Teetöpfe und in großen und reichen bäuerlichen Haushalten bauchige Kannen und große barocke Suppenterrinen. Natürlich stammt dieses Material nicht aus einem Jahrhundert, sondern hat sich im Ablauf vieler Generationen angesammelt. Die Renaissance - und Barockzeit, das Rokoko und der Klassizismus haben diesem Gut ihren Stempel aufgedrückt, das heißt, es ist im wesentlichen von der Formenwelt dieser Stilepochen geprägt. Ungewöhnlich beliebt war die Dröppelminna nicht in der merkwürdigen bauchigen, mehr abgesetzten und nach oben zulaufenden eingeschnürten Form des Meller Zinngießers Arensburg, sondern in der barocken birnenförmigen Gestalt auf drei gebogenen Füßen mit 2 Traghenkeln, Helmdeckel, Zapfkran oder in der klassizistischen Vasen- oder Urnenform mit Adlerhenkeln, Öffnungshahn mit Lyra und einem Rundfuß. Diese Entwicklung ging vom Bergischen Land aus, ja sogar nach der Form der Griffe unterschied man Adlerkannen, Eichelkannen, Ringkannen, Schwanenhalskannen. Dazu kamen noch Bauchbandkannen, nach dem Band genannt, das um den Bauch der Gefäße lief[37].

Rheinisch-bergische Kanne (Dröppelminna)

[31] Annemarie Wurmbach, Das Bauernhaus des Siegerlandes als baugeschichtliches Denkmal einer Grenzlandschaft. Diss. Münster 1955, Ms. S. 22.

[32] Süderland 1927, S. 121.

[33] Süderland 1935, 13. Januar, Ein Inventar vom Hause Neuenhof.

[34] H. Beisenherz, Bilder aus der Grafschaft Mark. Altmärkischer Hausrat. In: Das sauerländische Bergland. 3. Aufl. Dortmund 1921, S. 53.

[35] Süderland 1937, S. 68ff.

[36] Süderland 1937, S. 178.

[37] Vgl. Wolfgang Schwarze, Wohnkultur des 18. Jahrhunderts im Bergischen Land, S. 36, 137.

1

3

2

4

Entwurfs-Zeichnungen des Zinngießers Arensburg. Melle 1782. Staatsarchiv Osnabrück.
Abb. 1 Fontäne, Abb. 2 Schwenkkessel, Abb. 3 Kaffeekanne, Abb. 4 Milchkanne

Die rheinisch-bergische Kanne, „die Dröppelminna", wurde im ganzen westfälischen Westen das vielbegehrte Vorbild[38]. Nach Quincke (briefliche Auskunft) war gerade sie im märkischen Raum besonders beliebt. Auf Hochzeiten standen Dutzende dieser Kannen auf dem Tisch. Leider sind sie in die Schmelztiegel der Buntmetallindustrie gewandert. In Lüdenscheid und Werdohl wurden sie sackweise zusammengetragen und zu Britannia-Metall verschmolzen. Im Siegerland spielen sie nicht mehr diese Rolle. Die hessische Keramik verdrängt hier die Zinnkanne, wie sie in Hohenlimburg, Schwelm gang und gäbe war.

Genau so typisch für West-, Nordwestfalen wie Ostwestfalen sind die „Röhrchen"[39], kleinere, sich nach unten verjüngende Krüge mit kuppigem Deckel und Henkel (aus dem Becher hervorgegangen) auf flachem Standring, und die „Brannwinkoppkes"[40], die Kaltschalen für Rosinenschnaps (Abb. 305–310, Tafel VIII) mit ihren runden bauchigen Körpern, profilierten Rändern und den horizontal angesetzten durchbrochenen und figürlich gearbeiteten Griffen (z. B. paarige Vögel mit Kronen) oder Ohrenhenkeln. Sie erscheinen in Holland, Friesland, Schleswig-Holstein, Niedersachsen bis nach Mecklenburg. Gemüseschüsseln mit hochstehendem Rand, vertieftem Fond, festen oder beweglichen Henkeln, graviert oder schmucklos, spielen im Norden Westfalens eine große Rolle (Abb. 301 und 302). Auch sie gehören zum festen Bestand des norddeutschen Raums.

Über Westfalens Grenzen hinaus ist ebenso die Hochzeitsbutterschüssel oder der Hochzeitsbutterteller (Abb. 300), ein Teller mit hochstehendem Dorn in der Mitte der Tellerfläche, getragen von 3 Kugeln oder von einem Schaft auf bauchigem, kreisrundem Fuß, bekannt und beliebt (so in Niedersachsen), weiter die zylindrische Bettjuffer, eine Schraubflasche (Abb. 311), und die bauchige gerillte oder gerippte Wöchnerinnenschale, eine Deckelschale mit drei kleinen, auf dem Deckel aufgesetzten plastischen Hähnen (Abb. 304)[41]. Auffällig ist die Tatsache, daß einzelne Landesteile im Norden an altertümlichen Gefäßen, wie der Steilkanne in der Renaissanceform, noch im späten 18. Jahrhundert festhalten (Beispiel aus dem Artland im Museum Osnabrück von dem Quakenbrücker Zinngießer Bahlmann). Zinnteller und -löffel sind natürlich als einfache Handelsware stärker vertreten, bisweilen sind die Teller gemustert und mit pflanzlichen und geometrischen Ornamenten graviert. Das Zinngerät massiert sich im Norden jenseits der Lippe. Im südlichen Westfalen im Hochsauerland ist es spärlicher vorhanden, hier treten Holzgefäße und Tonware an seine Stelle. Importware aus der Stadt Norden findet sich im Hümmling, aus dem bergischen und holländischen Raum im westlichen Westfalen. Einfach und schlicht, an Zahl gering ist das Zinngerät im Hochsauerland, üppig und vielfältig dagegen im Norden, im Münsterland, Artland, Ravensberger Land. Eine gewisse Monumentalität drückt sich in den großen Platten und Terrinen des Artlandes im 18. Jahrhundert aus. Zum Westen, zum Rheinland, auch zum Niederrhein werden die Formen eleganter und zierlicher. Hier im Norden wie im Westen sind keine Grenzen gegen das Bürgertum gesetzt, das Zinngeschirr des Bürgers wird von dem Bauern einfach übernommen.

Vielfalt und Üppigkeit in Nordwestfalen

[38] Fritz Sagebiel, Aus der Geschichte der bergischen Zinngießer. Rhein.-Westf. Zeitschr. f. Volkskunde, Bd. III 1956, S. 196: Zinngerät bis heute noch in zahlreichen Haushalten des Bergischen ... besonders in Gestalt der so beliebten und charakteristisch bergischen Kaffeekanne, der „Dröppelminna", als Gebrauchsgerät gehalten. – Vgl. auch A. Schubert, Alte Volkskunst am Niederrhein. Düsseldorf 1938, S. 19: Abnahme der Produktion der Zinn-Steil-Kanne nach 1750, Aufkommen der großen und kleinen Dröppelminnas mit birnförmigem Körper auf 3 Füßen und ihre Veränderung Ende des 18. Jahrhunderts in die Adler- oder Ringelkannen. – Ludwig Mory, Schönes Zinn. Meister und Formen. München 1961, Tafel 115, Abb. 71. – Vgl. dazu Theodor Kohlmann, Zur Geschichte des Handwerks im Oldenburger Münsterland. Jahrb. 1969 f. d. Oldenburger Münsterland, S. 34ff. u. Abb. S. 37: Kaffeekanne des Vechtaer Zinngießers Joseph Mauritz Schmedes, Ende des 18. Jahrhunderts (Museumsdorf Cloppenburg).

[39] A. J. G. Verster, Das Buch vom Zinn, Abb. 128. – H.-U. Haedeke, Zinn. Braunschweig 1963, S. 298.

[40] Heinrich Fincke, Branntweinkaltschale in Niedersachsen. Rhein.-Westf. Zeitschr. f. Volkskunde Bd. XII 1965, S. 151–172. – Hans Wiswe, Die Branntweinkaltschale. Beitr. z. deutschen Volks- u. Altertumskunde Jg. 8 1964, S. 61ff.

[41] Walter Borchers, Bäuerliche Kultur und Kunst des Osnabrücker Landes. Ausstellungskatalog. Osnabrück 1953, S. 16 u. 17 Wöchnerinnenschüssel (Zinn) aus dem Artland. – Vgl. dazu W. Lüpkes, Ostfriesische Volkskunde. Emden 1925, Abb. 78: Metterrine aus Zinn. – Vgl. dazu Wilhelm Reinecke, Lüneburger Zinn. Lüneburg 1947, S. 80. – Wilhelm Bomann, Bäuerliches Hauswesen und Tagewerk im alten Niedersachsen. Weimar 1933, S. 178: Bodderteller, S. 143: Juffer, S. 149: Wäremeflasche. – Vgl. Walter Borchers, Bäuerliches Zinn in Westfalen (Brannwienkoppkes), S. 182. – Siehe Fritz Sagebiel, Aus der Geschichte der bergischen Zinngießer. Rhein.-Westf. Zeitschr. f. Volkskunde Bd. III 1956, S. 196–216. – Wolfgang Schwarze, Wohnkultur des 18. Jahrhunderts im Bergischen Land, Taf. 122–126.

VII. Glas und Keramik

1. Verbreitung der Glashütten in geschichtlicher Zeit

Die Erforschung des bäuerlichen Glases im Raume Westfalen hat erst in den letzten Jahren begonnen[1]. Unser Wissen um dieses Kapitel ist sehr gering. Dabei hat es in Ostwestfalen, wo Wald, Sand und Metalloxyde vorhanden sind, eine recht umfangreiche Glaserzeugung gegeben. Das Lipper, Paderborner und Osnabrücker Land stellten vornehmlich die Glashütten, die für die Bedürfnisse der damaligen Bevölkerung arbeiteten. Schon im Mittelalter sind Glashütten im Lippischen bezeugt[2], zum Beispiel Aerzen um 1460, Kalldorf um 1463, Schieder 1470, Kohlstädt und Veldrom 1527. Aus nachmittelalterlicher Zeit werden neue Hütten im Amt Sternberg genannt, ferner am Strotebach, Barnackensgrund, in Sandebeck, Osterhaus, Barntrup und anderen Orten. Das Zentrum der Paderborner Glashüttenerzeugung[3] lag im bergigen Teil des Hochstiftes um Dringenberg und Driburg. Die Blütezeit der Paderborner Erzeugung fiel in den Anfang und die Mitte des 18. Jahrhunderts. Die Glashütten des Osnabrücker Landes lagen in Iburg und Borgloh. Sie verdanken beide ihre Entstehung fürstbischöflicher Initiative. Die Iburger Glashütte florierte in der Regierungszeit Ernst Augusts I. in den Jahren 1674–77, die Borgloher unter der Regierung des Fürstbischofs Ernst August II. in den zwanziger Jahren des 18. Jahrhunderts.

Glaserzeugung im Lipper, Paderborner und Osnabrücker Land

Weitere Glashütten sind in der Grafschaft Wittgenstein bekannt geworden. Dieses Ländchen war wegen seines Waldreichtums mehr als einmal das Ziel hessischer Glasmacher gewesen. 1684 wurde von dem Grafen Gustav eine Glashütte vor dem Kugelberg mit Gläsnern aus Wickenrode (Kaufunger Wald) belegt. Ebenso ist bekannt, daß zum Beispiel von Graf Casimir von Wittgenstein und Berleburg[4] mit den hessischen Gläsnern Matthias Liphart, Johann Adam Gundelach und Christoffel und Gunckel 1718–19 Verhandlungen wegen Errichtung einer Glashütte auf dem Astenberg gepflogen wurden mit dem Zweck, gutes Glas zum Trinken und Destillieren herzustellen. Doch hatte sie keinen Bestand, da die Absatzferne allzu hinderlich war. Wir müssen weitere Glashütten nennen, so z. B. Hüttchenberg 1674/79, Marschallshagen und Blankenrode, Kreis Büren[5], ebenfalls Siesterkamp bei Fürstenberg 1862/75. Auch in Meschede befand sich seit dem Jahre 1768 eine Glashütte. Sie hatte das Monopol für das Herzogtum Westfalen. Noch müssen wir Königssteele nennen. Weitere Gründungen des 19. Jahrhunderts waren die Glashütten Gernheim bei Minden im Jahre 1812 und Ibbenbüren 1825, Brackwede 1871.

und in Wittgenstein

In den Handwerkerakten der westfälischen Städte tauchen häufiger Glasermacher auf, deren Tätigkeit bisher an keiner Stelle untersucht worden ist. So wird zum Beispiel im 18. Jahrhundert für Iserlohn als Meisterstück eines Glasermachers ein Leuchter „mit verguldetem Bley ohne Holz“ verlangt[6].

[1] Walter Borchers, Glashütten und bäuerliches Glas in Westfalen und dem westlichen Niedersachsen. Rhein.-Westf. Zeitschr. f. Volkskunde Bd. II 1955, S. 39–52.– Ursula Wichert-Pollmann, Das Glasmacherhandwerk im östlichen Westfalen. Münster 1963.

[2] H. A. Krawinkel, Die lippischen Glashütten. Mitt. a. d. lipp. Gesch. u. Landeskunde Bd. XIV 1933, S. 56.

[3] Staatsarchiv Münster, Paderborn, Hofkammer VII, Nr. 233: Glashütte Brakel; Nr. 234: Glashütte Driburg; Nr. 236: Glashütte Dringenberg; Nr. 238 u. 240: Glashütte Siebenstern bei Dringenberg; Nr. 242: Emder Glashütte bei Hinnenberg; Nr. 243: Glashütte Sauernberg; Nr. 248: Glashütte in Bornental bei Schwaney usw.
Anton Knape, Die wichtigsten industriellen Unternehmungen des Paderborner Landes in fürstbischöflicher Zeit. Ein Beitrag zur Wirtschafts- und Verwaltungsgeschichte des ehemaligen Hochstifts Paderborn im 17. und 18. Jahrhundert. Zeitschr. f. vaterländ. Gesch. u. Altertumskunde 70. Bd. 1912, S. 326ff.: Brakel gibt 1788 Erzeugung des feinen böhmischen Trinkglases auf ... Paderborner Glasware im Werte von 1200 Rth. erscheint auf dem Markt ... Welche Bedeutung dem Paderborner Glas zukommt, erfahren wir aus Gerhard Klopmeyer, Handel und Verkehr in der Grafschaft Bentheim zu Anfang des vorigen Jahrhunderts. Jahrb. d. Heimatvereins d. Grafsch. Bentheim 1956, S. 34: Aus der Fremde geht ferner ein alles Spiegel- und Glaswerk, ersteres aus Amsterdam, letzteres z. T. aus dem Paderbornischen.

[4] Margarete Killing, Die Glasmacherkunst in Hessen. Marburg 1927, S. 97.

[5] Karl Lippert, Einiges zur Geschichte der Glasindustrie im Kreise Büren. In: W. Schnettler und P. Pagendarm, Heimatbuch des Kreises Büren. Büren 1923, S. 81.

[6] Wilhelm Schulte, Iserlohn. Die Geschichte einer Stadt. Iserlohn 1951, S. 150.

2. Hohlgläser

Es sind also erstaunlich viele Glashütten vorhanden gewesen, die z. T. vom 17.–19. Jahrhundert, ja sogar bis in das 20. Jahrhundert Glasware erzeugt haben. Wir wissen auch aus Urkunden, was sie produzierten, z. B. die lippischen Hütten Wasser- und Spitzkelche, Römer, Deckelpokale, gestreifte Gläser, engelsche Biergläser (besonders in der gräflichen Hütte in Osterholz). Noch im Jahre 1765 wurden lippische Römer für schöner gehalten als böhmische. Die Paderborner[7] lieferten Grün- und Hohlglas und weißes böhmisches Tafelglas, die Osnabrücker Hütten, insbesondere Borgloh, Burgunder Henkel- Bouteillen, Sackflaschen, lange Biergläser, Branntweingläser, blaue und weiße Butterdosen, Leuchter, Konfektkörbe, Glasteller, Konfektpokale, Schalen, Eimer, Wein- und Kredenzgläser, Gebrauchsglas, das z. T. für fürstliche Bedürfnisse bestimmt war. Ein Glasschneider Georg Czackerte, aus der bekannten und bedeutenden Glasschneiderfamilie stammend, wird genannt. Ihm verdanken wir bischöfliche Porträt- und Wappengläser, Pokale, die in der Hinterlassenschaft des Fürstbischofs Ernst August II. von Osnabrück urkundlich aufgeführt werden (heute befindlich im Privatbesitz in und um Osnabrück).

Künstlerisches Glasgeschirr

Leider sind die Iburger Gläser nicht zu bestimmen, da sie schon bei ihrem Erscheinen als holländisch in Amsterdam verkauft wurden. Die Borgloher Hütte konnte nicht lange florieren, schon weil „Glaß genug aus dem Paderbornischen vor die Thür gebracht wurde“.

Königssteele stellte Flaschenformen in Nachahmung von holländischen und belgischen her. Ist es heute schon schwer, Gläser der hohen Kunst aus Holland und Hessen wegen ihrer Ähnlichkeit auseinander zu halten, so ist es bei den westfälischen Gläsern einfach unmöglich. Aber noch schwieriger wird unser Bemühen bei dem Fehlen der mündlichen Tradition, Werke der Volkskunst herauszusondern.

Zweifellos westfälisch sind einige bäuerliche Gläser, so ein Kelchglas aus der Glashütte Siebernstern im Kreisheimatmuseum Herford (Abb. 313), ehemals im Besitz des Oberstudiendirektors Becker, eines Nachkommen einer alten Siebensterner Glasmacherfamilie. Es ist ein hoher Kelch auf rundem Fuß mit zylindrisch sich erweiterndem Schaft, der profillos in die Kuppa übergeht und mit sieben eingestochenen Luftblasen geschmückt ist. Ein zweites Siebensternglas mit der eingeätzten Jahreszahl 1791 (Abb. 314), auf gebauchtem Fuß mit Kugel-Balusterschaft, ebenfalls in Herford, hat Ähnlichkeit mit einem dritten im Detmolder Museum, das aber zweifellos aus einer Lipper Glashütte kommt (Abb. 315). Inzwischen sind zwei weitere Gläser mit profiliertem Standfuß, Schaftring und Kuppa, 1802 datiert, und ein Pokal mit rundem Standfuß, Knaufgriff und ausladender Kuppa aus der Siebensternglashütte bekannt geworden. Sie stammen aus dem Nachlaß des Glasermeisters Konrad Lippert und waren auf der Volkskunstausstellung in Höxter 1958 zu sehen. Eine Schnapsflasche des 18. Jahrhunderts aus der Glashütte Pömsergrund bei Bad Driburg hat sich gleichfalls erhalten (Abb. 318). Aus einer heimischen Glashütte stammen sicherlich Gläser und Flasche mit eingeschliffenen Handwerkssymbolen der Fleischerinnung Lippstadt aus dem 19. Jahrhundert (Abb. 316). Ein geschliffener Pokal, verfertigt in Marschallshagen bei Lichtenau, Kreis Büren, in der Fabrik von Johannes Köster, ist noch zu nennen. Einige Haushaltsgläser könnten noch erwähnt werden, die aus der Glashütte Ibbenbüren[8] stammen und sich im Besitz

Haushaltsglas

[7] Herr Carl Kessemeier, Oeventrop, desssen Vorfahren in 7 Generationen Glasmacher waren und der selbst mit der alten Glashütte in Oeventrop in Beziehung stand, macht mich darauf aufmerksam, daß die Hütte als Fortsetzung einer Waldglashütte auf der nahen Giesmecke erbaut, zeitweilig über 200 Leute beschäftigt und hauptsächlich für den Export nach England gearbeitet hat, und zwar bis 1932 gewöhnliches Hohlglas (Bonbongläser, Konservengläser, Butterdosen, Flaschen usw.). Ihre Glasmacher kamen aus Schlesien, Sachsen und dem Paderborner Land. – Vgl. ferner Walter Borchers, Glashütten und bäuerliches Glas in Westfalen, Abb. 1–4.

[8] Anton Rosen, Ibbenbüren einst und jetzt. Ibbenbüren 1952, S. 353: Im Anfang des Monats Januar wurde auf der im vorigen Jahr seitens der Herren Meyersieck und Comp. unterhalb der Glücksburg erbauten Glashütte mit Verfertigung von grünem Hohlglase angefangen, welches sehr günstig ausfiel. Es wurden im Jahre 1825 überhaupt für 15000 Rtl. grünes Hohlglas verfertigt.

Fensterbierscheibe aus dem Stift Leeden, Kreis Tecklenburg, Anfang 18. Jahrhundert
Privatbesitz Osnabrück

Tonkrug aus Rheda mit der Jahreszahl 1746. Sammlung Hugo Brenken, Wiedenbrück

der Nachfahren des ehemaligen Glasfabrikanten erhalten haben. Die Glasfabrik Gernheim bei Minden, 1812 von Johann Christoph Friedrich Schrader von Bremen aus gegründet, stellte grünes und weißes Hohlglas (Flaschen, Bier- und Weingläser, Medizingläser nach Thüringer Manier, Apothekerstandgefäße, Lichtstulpen, Lampenkugeln) her[9]. Das weiße Tafel- und Hohlglas wurde vergoldet, bemalt mit kunstvoll verzierten Mustern und Figuren. Es wurden aber nach einem Bericht von 1843 auch Namen und Porträts, Landschaften und anderes in die Gläser geschliffen, z. B. die Porta Westphalica.

3. Bemalte Scheiben

Fenster-bierscheiben

Neben den Hohlgläsern sind aber vor allem die farbig bemalten Flachscheiben zu erwähnen, die sogenannten Fensterbierscheiben[10], die im Lande weit verbreitet waren und hinter dem langen Tisch der Eßnische, im sogenannten Taofelhoek, leuchteten. Es sind kleine, farbig bemalte Scheiben in einer bestimmten Farbskala gehalten, in den Maßen 15 x 12, mit Darstellungen von Wappen, Hausmarken, Einzelpersonen, die verschiedene Berufe anzeigen, religiösen und profanen Szenen, Namen und Jahreszahlen. Besonders interessant sind Fensterbierscheiben aus dem Artland, die während des Dreißigjährigen Krieges von Soldaten gestiftet wurden[11].

Bildmotive

Immer wieder erscheinen auf diesen Scheiben oder „Ruten" Bauern, Kiepenträger, Fuhrleute, Imker, Schäfer, Schulmeister (Abb. 329) in ihrer Tätigkeit, auch Handwerker, im wesentlichen Vertreter von Berufen in ländlichen Gemeinden. Vor allem werden Begebenheiten geschildert, die auf die Verlobung, auf die Hochzeit, den Hausbau zielen: das Kredenzen eines Trunkes, die Ankündigung der Hochzeit

[9] Vgl. Walter Borchers, Glashütten und bäuerliches Glas, Abb. 11: Farbiges, geschliffenes Übergangsglas, Gernheim.

[10] Vgl. ebda. Abb. 7: Fensterbierscheibe mit schießendem Reiter, Meyer zu Strohe, Bramsche, Privatbesitz; Abb. 8 u. 11: Verschiedene Fensterbierscheiben aus dem Lande Osnabrück, Städt. Museum Osnabrück; Abb. 9: Christus am Kreuz, aus Ostercappeln, Kreis Wittlage, Privatbesitz, darunter Kiepenträger; Abb. 10: Wappenfenster, dat. 1661. Landesmuseum Münster; Abb. 12: Inschriftfenster 1707 Lingen, Museum; Abb. 13: Pflügender Bauer mit Familie, dat. 1613, Markendorf, Kirchspiel Buer b. Melle; Abb. 14: Verschiedene Szenen, dat. 1678, Museum Dortmund; Abb. 15: Salzsiederscheibe, dat. 1780, Museum Rothenfelde; Abb. 16: Hochzeitswagen, dat. 1743, Museum Bentheim. – Rudolf Uebe, Westfalen. Abb. 113: Fensterbierscheiben mit Inschriften, Reitern, Kaufmann, 2 jungen Mädchen aus dem Jahre 1753 aus Westbevern. Sammlung Dr. Rive, Münster; Abb. 115: Fensterbierscheibe des 18. Jahrhunderts mit pflügendem Bauern aus der gleichen Sammlung. – Ausstellung „Westfälische Volkskunst". Museum für Kunst und Kulturgeschichte Dortmund, Schloß Cappenberg. Katalog 1949, Abb. S. 10, und „Westfälische Volkskunst", Museum für Kunst und Kulturgeschichte Dortmund. Kleiner Führer Nr. 2, Burg bei Magdeburg 1949, Abb. 6, S. 8.
Paul Engelmeier, Bauernkunst im Münsterland. Münster 1940, Abb. 27. – Matthias Brinkmann, Glaner Heimatbuch. Osnabrück 1950, S. 66 Abb.: Fensterbierscheibe auf dem Hofe Heringhaus in Glane-Visbeck von 1673.

[11] Im Heimatmuseum Bersenbrück Scheibe mit Darstellung eines Soldaten und Inschrift: Michael Wilhelm Kobolt von Tambach dero Koni Kay Mast. und Sr. Hochfürst. Gnaden von Osznabr. Ober ein Freyfendlein Teutscher Knechte Bestalter Haubtman Drost der Embter Fürstenau und Vörden Commendant daselbst 1646 (ehemals Moormann-Hof Heeke, Artland); Wolf Friedrich Bey Ihr Excell. Hern Reichs undt Generall Feltzeugmeister Wittenbergs Regiment zu Pferde bestalter Ritmeister 1649; 3. Fensterbierscheiben aber aus einer späteren Zeit stammend, mit Inschrift: Johann Niklaus Griese Bürger und Kleinschnitker der Stadt Quakenbrück 1680; 4. Johan Hinrich Gronegres Quakenbrück 1780 (schießender Reiter); 5. Jr. Anna Maria Siegers 1746 (Dame mit 3 Tulpen); 6. Johan Cornelius Fritze, Glasergeselle, Wirff Dein Anliegen auf den Herrn der wird Dich versorgen und wird den Gerechten nicht Ewiglich in Unruhe laszen, Psalm 55, v. 1733; 7. Tobias Recker Bürger und Gildemeister des Schneider Ampts der Stadt Fürstenau.
In Talge (Besitzer Bauer Gieske) eine Scheibe mit Inschrift Meister Johann Witte Ihro Konig. Majestet zu Schweden. Regiments Felscher an Itzo Barbierer und Wundartz zu Badberg 1674; ebda. farbige Scheibe mit Inschrift: Jacob Heye Baurichter, wer den Bogen zu hart spannt dem zerspringt er ehe er sich versiehet und verletzet sich dadurch hoch und thut selten Gutes. Es kan nichts dar Arges daraus erwachsen 1730. – Im Museum Altena Wappenscheiben mit Inschrift: 1. Der Erenhafter Engelbert von der Bruggen Kaufhandeler zu Folmarstein 1652: 2. Der Ernest und fürnehmer Thomas Barloe Bürger und Kramer zu Münster Anno 1705; 3. Jost Henrich im Sande Schneidergesell in Engter 1703. – In Privatbesitz weitere Scheiben (von Böselager auf Eggermühlen, Kreis Bersenbrück) mit Inschrift: 1. Der Erngeacht und achtbahr Euerhardt Widemann, Maria Bürens. Eheleute Ao. 1652. Überreichung eines Trunkes (Bierkanne) durch die Bäuerin an den Bauern mit Dreispitz und Holzschuhen: 2. Franz Thöle Jungergesell, Anno 1705. – Ein besonders schönes Beispiel vorhanden in Privatbesitz in Markendorf, Kreis Melle: Dargestellt ein Wagenbauer in Pluderhosen und Federhut neben einem Rad stehend, in der erhobenen Linken das Beil haltend; ihm gegenüber eine junge Frau in der Tracht des 17. Jahrhunderts mit dem Stangenglas in der Linken.

durch wild dahinstürmende und schießende Reiter (Abb. 327 und 330), der fahrende Hochzeitswagen, das Haus im Rohbau, der ackernde Bauer (Abb. 326). Die Themen „Kredenzen eines Glases von Frauenhand" (Abb. 331), „Zutrunk von Mann und Frau" (Beispiel: in Privatbesitz in Buer-Markendorf, mit Inschrift Peter Heimesaet Anno 1663) – nicht nur typisch als Vorlage für Fensterbiere, sondern auch für gravierte Eisenhahle, Backmodel und schließlich außerhalb des niedersächsischen westfälischen Raumes für bemalte niederrheinische Hochzeitsschüsseln[12] – sind nur zu erklären aus dem Brauchtum, das sich um Werbung, Verlobung, Hochzeit rankt (Beispiel: Kuchenmodel im Universitätsmuseum Marburg, datiert 1668). Hochzeitswagen sind vornehmlich auf Scheiben in der Grafschaft Bentheim (Abb. 328) und in den angrenzenden Niederlanden, aber auch im brandenburgischen Fläming und im Kreise Salzwedel bekannt geworden. Auch Wappen oder Hausmarken oder Familienzeichen treten auf (Abb. 332). Das zeigen Scheiben von Heinrich Lammers, Kaufhandeler zu Lastrup 1614 (Besitzer Gieske, Talge) oder des Herman Nieman, Kauffhandeler in Ankum 1724 (Besitzer von Rappard, Sögel), von Ewerdt Hammacher, Radtsher zu Osnabrück 1645 (Bes. E. A. Titgemeier, Osnabrück), von Herman Henr. Siegerd, Geselle zu Engter oder Mr. Johan in der Strodt zu Engter (Besitzer von Rappard, Sögel), von Rudolf Sanders, Kauffhandeler in Bramsche (Besitzer von Rappard, Sögel). Diese vergnüglichen, farbenfrohen Scheibchen, bisweilen ungelenk ohne Respektierung irgendwelcher Malgesetze und ohne besonderen Aufbau, weder naturalistisch noch abstrakt gestaltet, sind Ausdruck eines bestimmten Brauchtums. Sie wurden gestiftet von Junggesellen und Mädchen im heiratsfähigen Alter (daher immer wieder die Bezeichnung: junger Gesell) bei dem Einzug ihrer Freunde in das neuerbaute Haus anläßlich ihrer Hochzeit. Sie gaben gleichsam ihre gläserne Besuchskarte ab mit der Darstellung ihres Berufes. Ihnen zu Ehren war ein Fest gehalten, bei dem ordentlich Bier getrunken wurde, „das Fensterbier". Gegen diese Sitte und alle daraus resultierenden Unarten haben bischöfliche, gräfliche, fürstliche Verordnungen in den westfälischen Ländern mehrere Jahrhunderte gewettert, umsonst. Noch so hohe Strafen haben nichts erreicht[13] (vgl. auch die Fensterbierscheibe auf Tafel IX).

Farbige Scheiben als kirchliche Stiftungen

In Kirchen-, Museums- wie Privatbesitz befinden sich kleine farbige Scheiben mit Wappen, Hausmarken, Namen, Sprüchen und Jahreszahlen, die niemals für profane Zwecke gestiftet wurden, sondern einzig und allein für Kirchenfenster gedacht waren (Abb. 321). Im Pfarrhaus zu Osterkappeln[14] (Abb.

[12] Wilhelm Schmitz-Veltin, Volkskunst und Brauchtum an niederrheinischen Hochzeitsschüsseln, Volkswerk Jahrb. 1942, S. 54–65.

[13] Bischof Ferdinand von Münster erließ 1632 eine Verordnung, nach der die Glasbieren oder Beschenkungen als überflüssig und beschwerliche Dinge zumahlen abgeschafft sein sollten. In der Hochfürstlich Bentheimischen Straf- und Brüchtenordnung von 1790 wird ausgesagt: Wer Glasebieren anstellte, soll 15 Reichsthaler Straffe geben. Vgl. weitere Verordnungen der Bischöfe von Osnabrück von 1698 und 1779 in: Walter Borchers, Glashütten und bäuerliches Glas in Westfalen, S. 47.

[14] Im Pfarrhaus zu Ostercappeln ist eine kleine Scheibe mit der Darstellung „Christus am Kreuz" vorhanden, zu seinen Füßen Maria und Johannes, dazu die Unterschrift „Johann Hermann Mehring zu Ostercappeln / Gedencke an ihn auf alle deinen Wegen / so wirdt er deine Gänge richten 1715". Eine andere Scheibe im Museum zu Lingen: Herman Winckel van Lae / Und Anna Buck Eheleute / Gelobet Sey Jesus Christus In alle Ewigkeit Amen Anno 1764 oder Mutter Jesu voller Schmertzen nimm Du die Seufftzer Meines Hertzen Versöhne mich mit Deinem Lieben Kinde, jetz und Meinem letzten Ende 1747. Diese Unterschrift steht unter einer Kartusche mit Engelskopf. In dem Landesmuseum zu Oldenburg hängen verschiedene größere Scheiben in Grau-Malerei mit Darstellungen von Christus, Aposteln, Sibyllen mit Unterschrift: Heinrisus Meinike pastor Sennior ecclesiae Burlagensis 1691; Adm. R. Dus Bernardus Kekeskamp vicarius sacellanus Damme 1691; Herman Portener Burger und Kauffhander zu Bramsche 1704; Johann Henrich Fincke Burger undt Kauffhander zu Bramsche 1680; Adm. R. Ragmundus Hoy Predigerorden Conventus zu Osnabrugensis 1725; Adam Dus Carl Fürstenauw Cloppenborgensis pastor. – Weitere Scheiben im Oldenburger Landesmuseum aus dem Jahre 1730 unbekannter Herkunft, zweifellos aber westfälisch, doch viel bescheidener: He Nicolaus Henr. Schmidts zolschreiber unt Axcise einnehmer in vlotho; He Tomas Portner Königl Preußischer Contralor in Vlotho 1730; He Johan Bartholdt Küster In der Dehlbrügen 1730; H. Johan Berendt Briethaupt In Paterborn 1730 (dazu Hausmarke). – Auf das Artland weist eine mit einem Engelskopf und Knorpelkartusche geschmückte Scheibe mit Inschrift M. Didrich Grise Burger undt Discher der Stadt Quackenbrück Margarete Polens Eheleute 1691.
Vgl. auch Josef Schepers, Westfalen-Lippe, Haus und Hof deutscher Bauern Bd. II. Münster 1960, Abb. 54, S. 96: Rechteckige Fensterbierscheibe auf dem Hofe Niewerde, Alt-Rhede Nr. 27, Kreis Borken, mit Inschrift: „Christina Schulinck Off godt und nem gelück verwacht ich alle ogenblick. "Anno 1674; ebda., S. 105: Der Torspeicher Schulte-Aldrup hat im Oberstock farbige Fensterbierscheiben von 1701.

322), in der Sammlung Gieske, Talge, und der des Herrn von Rappard zu Sögel, kann man sie im Landesmuseum Oldenburg (Abb. 321) in großer Anzahl bewundern. Sie stammen überwiegend aus dem 17. und 18. Jahrhundert. Bürger und Bauern taten es hier dem Adel nach, und vergleicht man Adels-, Bürger- und Bauernscheiben, dann offenbaren sich gleicher Stil, gleiche Dekoration, gleiche Mentalität. Ein Blick auf die Scheiben der Burghauptleute von Bramsche und der Bürger von Osnabrück, der Ackerbürger von Quakenbrück wie Bauern von Osterkappeln, von Badbergen bestätigt diese Behauptung.

Heraldische Schmuckformen

Bürger und Bauer übernehmen bedenkenlos die heraldischen Beitaten des Adels: die Krone, die Helmzier, ebenso die stilistischen Einzelheiten, wie Ohrmuscheldekoration, die hermenartigen Figuren als Einfassung, die geflügelten Engelsköpfe (Abb. 324). In einem Fall ist uns sogar die Stiftungsadresse erhalten. Es heißt ausdrücklich: „De kerck tot Brochterpeck Anno 1706" (Abb. 324). Häufig hat sich der Stifter nur mit seinem Namen, Titel und Jahreszahl vermerkt. Da lesen wir: Ernest Philip Badenuis Hoch Gräffl. Tecklen Burgischer Cantzley Schreiber Anno 1703. Die Inschrift ist kartuschenartig in einem Rahmenwerk aus Knorpelornament und schwerem Fruchtgehänge angebracht. Diese Scheibe, gestiftet von einem Mann, der nicht dem Bauern- oder Ackerbürgerstand zuzurechnen ist, ist ein reines Volkskunstwerk und zeigt die enge soziologische, geistige und künstlerische Verflechtung (Abb. 325). Für den Heraldiker sind diese Scheiben häufig ein Greuel, da sie unbekümmert um die Gesetze der Heraldik aufgebaut sind. Seit der Mitte des 18. Jahrhunderts ist die Grafenkrone ein beliebter Schmuck, die ganz selbstverständlich den bäuerlichen Wappen eingefügt wird.

Die Glasmalerei folgt gleichen Gesetzen wie die bäuerliche Möbelkunst Westfalens. Sie behält Stileigentümlichkeiten der Renaissancemalerei bis tief ins 18. Jahrhundert, bis in die Zeit des Rokoko bei, ikonographische Themen und Kostümelemente des 17. Jahrhunderts werden bei den Darstellungen „Kredenzen eines Trunkes" und „Schießender Reiter" beibehalten. Diese beiden Themen sind überraschend häufig im Nordosten verbreitet, während der Hochzeitswagen in Bentheim wie in den angrenzenden Niederlanden zu finden ist. Erhaltene Musterbücher von Glasern aus der 2. Hälfte des 17. Jahrhunderts außerhalb Westfalens im Hamburger Museum für Kunst und Gewerbe und im Dithmarscher Landesmuseum zu Meldorf aus dem 18. Jahrhundert sind aufschlußreich durch ihre Vorlagen. Diese Scheiben, eine bedeutsame ikonographische Quelle volkskünstlerischen Gestaltens, sind auch durch ihr Spruchgut liebenswert (Abb. 333)[15].

Hersteller dieser Scheiben waren Glasmaler[16], über deren Tätigkeit wir leider nur sehr wenig unterrichtet sind. Sie waren in Zünften mit den Malern zusammengefaßt.

[15] Walter Borchers, Glashütten und bäuerliches Glas in Westfalen, Abb. 6: bemaltes Fenster aus Brochterbeck, um 1706. – Im Heimatmuseum zu Rothenfelde 2 Schreiben von 1780 mit folgenden Sprüchen:

1) Wilm Strathman bin ich genant
Zum Rothenfelde wohl bekant
Diene dem König von Engelland
das Salz zu sieden beym Kohlen-brand
und lebe ohne Ehestand
und da ich auch zugleich befand
dasz Sandau vieles angewandt
ein Hausz zu bauen sehr charmant
so wäre es mir eine Schand
Ihm nicht zu schenken aus freyer Hand
zweh schöne Fenster sehr galant
In diese und jene Wand
Anno 1780.

2) Ein Stand der ohn Gefahr ist
ein guter Ruhm der wahr ist
ein Capital dasz baar ist
ein Essen dasz fein gar ist
ein Trunk der frisch und klar ist
ein Weib dasz guter Haar ist
und unter zwanzig Jahr ist
wen dis zusammen dar ist
dass heiss ein Glück dass Rar ist.

[16] Staatsarchiv Münster, Gilden und Zünfte, Nr. 12: In der Ordnung des Maler-, Sattler-, Glaser- und Wagenmacheramts in der Stadt Münster von 1791 wird verlangt: ein glaser soll zum meisterstück 1tens eine von den gildemeistern ihm anzuweisende Historie auf glasz in der grösze von zwei fusz und 7 viertel breit zeichnen und auf einem grund einmal angewaschen mit peinture nach schatten und licht verhöhen und brennen. 2tens ein waapen aus dem hochwürdigen Dom-Capitul oder Ritterschaft von selbiger grösze wie oben mit der demselben angemeszener Couleur- und glaszfarbe auf schwarzem grund einmal angewaschen und aufgeschrieben fügen und brennen, sodann 3tens ein stichwerks glasz ohngemalet nach obiger grösze und von ihm von Amte gebenden riss machen. – Nr. 93: In der Zunftordnung der Glaser und Maler der Stadt Rheine von 1656

Glasmaler auf dem Lande

Glasmaler waren auch außerhalb der Städte auf dem Lande nachweisbar; so saß zum Beispiel in Gehrde (Artland)[17] ein Glasmacher, der des Malens kundig sein mußte, ein zweiter in Nordhorn[18], von dem berichtet wird, daß er die Tätigkeit des im benachbarten niederländischen Ootmarsum sitzenden Glasmalers als lästige Konkurrenz empfand. Andererseits wird uns berichtet, daß im Jahre 1776 der Glasschreiber van Assen aus Ootmarsum drei Thaler Buße zahlen mußte, weil er für die Gräfin von Rechtern in Veldhausen einige Scheiben bemalt hatte. Auf einer Scheibe des Osnabrücker Museums lesen wir Frantz Joachim Vorkamp Glaser in Oldendorf 1705. Der Glaser hält in der Hand einen Spaten, hatte also noch eine kleine Landwirtschaft, seine Frau kredenzt ihm einen Trunk. Hier also eine Erwähnung eines heimischen Glasers. Einen noch älteren Hinweis verdanken wir Hermann Rothert: Im Jahre 1617 siedelte der aus Osnabrück stammende Bernhard Gueblich von Köln nach Quakenbrück über, der, wie er sagt, „sich durch Verleihung Gottes von Jugend auf zum Schiller- (Schilder-Wappen-Maler), Glasmacher- und Maleramt hatte brauchen lassen, solches auch in unterschiedlichen vornehmen Städten und Ortern fleißig gearbeitet" hatte; er empfahl sich dem Schutze des damaligen Osnabrücker Bischofs Philipp Sigismund[19].

in Nordwestfalen

Die Sitte der Fensterbierscheibe ist in Westfalen bisher in dem Gebiet nördlich der Lippe, von der Grafschaft Mark über das Münsterland bis ins Lipper Land, zu verfolgen[20]. Sie beschränkt sich nicht auf Westfalen, sondern ist gemein norddeutsch-holländisch, von den Niederlanden, dem Rheinland bis nach Dänemark über Schleswig-Holstein, Niedersachsen, Mecklenburg, Pommern bis Danzig hin[21] und

war bestimmt: So einer allhie das Glaser Handwerk auszuführen gesinnet, solle zwei Sticke machen, ein Stickglasz und ein brandtglasz, die historie solle ihm zu seiner Zeit gesagt werden.
Einem Malergesellen Otto Eberhard wurde im Jahre 1776 als Aufgabe für die Meisterprüfung gestellt: die historie von dem Propheten Jona, dazu als Complementstück die Taufe Christi und ein Helm auf blanck glas zu malen. Vgl. Niedersächs. Staatsarchiv Osnabrück. Rep. 3 b Stadt Osnabrück Nr. 10. Schilderamtsbuch vom Jahre 1723.
Als Meisterstück hatte der Glaser in Osnabrück eine biblische Geschichte in Farbe, 1 Elle hoch und 1 Elle breit, sowie ein Comparment . . . und einen Helm auf Blankglas ebenfalls in 14 Tagen anzufertigen. Vgl. L. Hoffmeyer, Geschichte des Handwerks im Fürstentum Osnabrück, in Lingen, Meppen und Papenburg. In: 25 Jahre Handwerkskammer zu Osnabrück. Osnabrück 1925, S. 126.

[17] Vgl. W. Hardebeck, Mitt. d. Ver. f. Gesch. u. Altertumskunde d. Hasegaues H. 5. Lingen 1896, S. 45: Ebenso ging die früher hier so stark betriebene Glasmalerkunst, wovon man noch einige hübsche Scheiben in alten Bauernhäusern antrifft, ganz verloren.

[18] H. Specht, Geschichte des Handwerks in der Grafschaft Bentheim. In: 25 Jahre Handwerkskammer Osnabrück. Osnabrück 1925, S. 187.

[19] In: Bersenbrücker Kreisblatt (Artländer Anzeiger, Fürstenauer Anzeiger), 91. Jg., April 1944 (Nr. 78).

[20] Auffällig viele Fensterbierscheiben finden sich um Bramsche – hier berichtet der Volksmund von einem Glasmaler, der seine Werkstatt, weil an einer Verkehrsstraße gelegen, aufgeben mußte, da das Rumpeln der Rollwagen ihn bei seiner Arbeit, beim Brennen, erheblich störte.
Der Osnabrücker Jurist und Dichter Johann Aegydius Rosemann alias Klöntrup (1785–1830) hat in reizvoller Weise in einem mehrstrophigen niederdeutschen Gedicht das Fensterbier besungen, das später von Lyra veröffentlicht wurde. Es heißt da in der 1. Strophe:

Dar was in der Buurskup en Fensterbeer
wi gongen dar nütte to Kere.
Dar gönk de Viole, dar gönk de Bas;
wi drünken des Beeres sa mannig Glas,
un göngen der nütte to Kere.

In: F. W. Lyra, Plattdeutsche Briefe, Erzählungen und Gedichte mit besonderer Rücksicht auf Sprichwörter und eigenthümliche Redensarten des Landvolks in Westphalen. 2. Aufl. Osnabrück 1856, S. 180.

[21] Otto Lauffer, Niederdeutsches Bauernleben in Glasbildern der neueren Jahrhunderte. Berlin und Leipzig 1936, S. 54ff. – Wilhelm Pessler, Niedersachsen. Deutsche Volkskunst Bd. I. Weimar 1923, Abb. 93, S. 40. – Wilhelm Bomann, Bäuerliches Hauswesen und Tagewerk im alten Niedersachsen. Weimar 1933, Abb. 22, 24–29.
Vgl. Oskar von Zaborsky-Kötzting-Leckern, Die Trachten der ehemaligen Mark Brandenburg. Deutsches Jahrb. f. Volkskunde. Berlin Bd. II 1956, S. 98 Abb.: Fensterbierscheibe aus dem Kreis Salzwedel (Museum Salzwedel), Mann und Frau im Hochzeitswagen (Scheibe falsch datiert). – Franz Lerner, Vom Fensterbier. Eine kulturhistorische Studie über das bunte Fenster. Glasforum 2 / 1953, S. 35ff. – Walter Borchers, Neue Ergebnisse der Volkskunstforschung in Pommern. In: Pommersche Heimatpflege. Stettin 1933, Bildtafel 26: Scheibe von 1585 des Joachim Lemke mit Reiter und kredenzender Dame, Grupenhagen, später Heimatmuseum von Rügenwalde. – Nach dem Altmärkischen Wörterbuch, von Danneil 1859 heraus-

weiter in Skandinavien verbreitet. Ursprünglich in einer anderen Schicht im Bürgertum heimisch, war sie bei den Bauern Hollands, Norddeutschlands und Schwedens[22] außerordentlich beliebt und wurde hier trotz landesherrlicher Verbote zu einer gewissen Blüte gebracht. und Nordeuropa

Neben der heimischen Glasware spielt vor allem das importierte Glas eine Rolle. Noch wissen wir nicht, woher die emailbemalten Schnapsflaschen und Gläser mit ihren lustigen Szenen, Figuren, Blüten, Blättern stammen, ob aus Hessen oder Thüringen oder dem Rheinland, ist noch nicht zu entscheiden (Abb. 317, 319, 320).

In den nördlichen Teilen Westfalens[23] stoßen wir häufiger auf Hinterglasmalereien mit religiösen Szenen oder profanen Darstellungen, Allegorien und Frauenköpfen (Kostüm- und Jahreszeitbildern nach Modekupfern englischen Stils), die aus dem Schwarzwald und Elsaß importiert sind. Händler überschwemmten weite Gebiete Deutschlands, Belgiens, Hollands mit dieser Schwarzwälder Ware. Westfalen machte keine Ausnahme.

Westfalen rechnet nicht zu den bedeutenden glaserzeugenden Ländern, es rangiert nicht in der gleichen Reihe wie das Rheinland, Hessen, Niedersachsen oder Böhmen. Seine Produktion ist unbekannt, weil nicht erforscht, trotz vieler Hütten in den östlichen Landesteilen, im Paderbornischen und Lippischen, im Sauerland. Diese wiederum gehören zu dem großen gemeindeutschen Glaszentrum diesseits und jenseits der Weser, an dem Hessen und Niedersachsen partizipiert haben. Die bäuerliche westfälische Glasmalerei dagegen, vertreten vor allem durch die Fensterbiere, ist durchaus gleichrangig mit anderen norddeutschen Landschaften.

gegeben, heißt es unter Finsterlucht: In den früheren Zeiten schlossen die Hochzeiten besonders in den Städten damit, daß jeder Gast im Hause des Bräutigams eine Fensterscheibe einschlug und dafür eine mit Namen und Wappen bemalte Scheibe schenkte.

Der Begriff Fensterterung wird im Ravensbergischen Idiotikon ein wenig abweichend deklariert. – Vgl. P. F. Weddigen, Historisch-geographisch-statistische Beschreibung der Grafschaft Ravensberg in Westphalen. Bd. II, Leipzig 1790, S. 289: Wenn der Bauer im Ravensbergischen Gebrechen an seinen Fenstern oder an seinem Hause überhaupt hat und er eine Verbesserung derselben wünscht, pflegt er seine Nachbaren, Freunde und Bekannte zu einem Schmause einzuladen, bey welchem dem Gastgeber von jedem Gaste eine milde Beysteuer gegeben wird, wodurch er in den Stand gesetzet werden kann, sein Haus wieder in baulichen Stand zu setzen. Diesz nennet man Fensterterung. – Vgl. auch W. G. L. von Donop; Historisch-geographische Beschreibung der Fürstlichen Lippischen Lande. Lemgo 1790, S. 239: Ihre vornehmsten Vergnügungsarten sind die sogenannten Döhmten, Gastereyen, auf welchen jeder Gast dem Gastgeber ein Geschenk machen muß. Hochzeiten, Aufrichtung eines neuen Gebäudes, Kindtaufen, Mergelfahren, neue Fenster einsetzen, und noch unwichtigere Vorfälle sind Veranlassungen zu diesen Gastmählern.

Vgl. Annaliese Ohm, Volkskunst am unteren rechten Niederrhein. Düsseldorf 1960, S. 282: Als Beispiel noch einer regelrechten Glasmalerei fanden sich in Brünen sehr gut erhaltene Bilder mit den Monogrammen der Familie versehen (Abb. 35). Dargestellt sind ein Jäger, ein Ehepaar und ein Reiter, jeder mit einer entsprechenden Unterschrift versehen, z. B. Hermen op den Boelen gaf dit glasz, due hie noch jongesell was. Die en appel schelt en nit en esst, die bey en Jongfrow siet en nieten kuest. Die beij en vat wien und nit en schenck und dasz musz woll in Schneider sein. Anno 1719.

[22] Sigurd Erixon, Timmermännen och Lyteslaget. In: Svenska Kulturbilder. Stockholm 1931 Del. VIII, S. 182: Efter husatingen foljde på Gotland en särskild fest, fynstargildet, fönstergillet, då släktingarna kommo till gården för att önska tomtebolytka och som gåva medförde små målade glasrutor med årtal, namm, bomärken och figurer. De instattes sedan i fönstren till minne. Nordiska museet äger många sådana rutor från och med 1500– talet och framöt i tiden, afta utmärkt vackert målade. Brukat kan också påvisas i Skåne och Danmark och har kommit från kontinenten, dar det är utbrett i västra Tyskland, från östersjön ned i Schweiz ... Bei der Haushebung in Gotland folgte ein besonderes Fest, „Fenstergilde" genannt, da die Verwandten zum Hofe kamen und Glückwünsche zum Bau aussprachen und als Gabe schmale bemalte Glasruten oder Glasfenster mit Jahreszahl, Namen, Hausmarke und Figuren überbrachten. Im Nordischen Museum sind solche Fensterscheiben seit dem 15. Jahrhundert vorhanden. Die Sitte des Fensterbierschenkens ist auch in Schonen und Dänemark nachzuweisen und hat sich vom Kontinent (Westdeutschland) ausgebreitet.

[23] Vgl. Herbert Wolfgang Keiser, Die deutsche Hinterglasmalerei. München 1937, Abb. 43: Kostümbilder nach Modestichen, südwestdeutsch nach 1800; z. B. die Holländerin, Italienerin. – Ferner R. Wildhaber, Hinterglasmalerei. Zeitschr. Schweizer Volkskunde, Jg. 46, Nr. 6. Basel 1956, S. 82: Die bedeutendsten Zentren der Hinterglasmalerei finden sich im Grenzgebiet Südböhmen, Oberösterreich, Niederösterreich ... in Oberbayern, in der Gegend des Staffelsees (Oberammergau, Seehausen, Murnau, im Schwarzwald, Elsass ,Bernau, Rötenbach, Todtmoos). – Vgl. ferner Josef Vydra, Die Hinterglasmalerei. Prag 1957. E. Linckenheld, Recherches sur les peintures sous verre en Alsace et en Lorraine. L'art populaire en France. Paris-Strasbourg 1934–1935, Jg. 6, S. 1 ff. – Vgl. dazu Rögele, Rötenbacher Hinterglasmalerei. Festschrift zur Ausstellung der Rötenbacher Hinterglasmalerei. 1925, S. 22 Atelier Winterhalter. Aus dieser Werkstatt die Jahreszeiten und Kostümbilder, die noch heute im Artland zu finden sind.

4. Standorte der Töpferei

Die Töpferkunst konnte sich naturgemäß in Westfalen nur dort entwickeln, wo geeignete Tonerden vorhanden waren. Das war im wesentlichen im Münsterlande der Fall. Hier im „Pottland“ entstanden in nachmittelalterlicher Zeit Töpferwerkstätten, die zum Teil über die regionalen Grenzen mit ihren Waren hervortraten. Über das Schaffen mittelalterlicher Töpfer liegen keine endgültigen Untersuchungen vor, so daß ein klares Bild, insbesondere auch über das Nachwirken dieser Ware in der bäuerlichen Töpferkunst Westfalens nicht gegeben werden kann. Bodenfunde des 17. Jahrhunderts aus den verschiedensten Städten im Raum Westfalen (gelb-, braun-, rot-, grün-, weißglasierte Schüsseln, Näpfe, Kännchen,

Münsterland

Teller, Grapen) weisen auf heimische Werkstätten hin (Abb. 334, Grapenfunde, Osnabrück). Aus Münster wird z. B. berichtet, daß der Töpfer Johann Wissinck 1571 einen Töpferofen errichtete und daß sein Unternehmen wegen der schlechten Tonerde nicht florieren konnte. Als Töpferorte sind im Münsterland die Orte Ochtrup, Lünen, Vreden, Stadtlohn, Telgte und Warendorf zu nennen. In Stadtlohn und Warendorf wurde vornehmlich Steinzeug hergestellt.

Osnabrücker Land

Außer den Münsterländischen Werkstätten gab es auch einige im osnabrückischen Raum. Wir nennen: Alfhausen, Natrup-Hagen, Gellenbeck, Hellern, Dörfer rund um Osnabrück. In Natrup-Hagen sind seit 1669 Pottbäcker nachzuweisen. Ihre Namen sind Niedernostheide, Berckemeyer in Hagen, Reuwer in Großheide, Haunhorst und Hehmann in Gellenbeck. Sie machten Näppkes, Kümpkes, Köppkes, Teller, Milchsetten und Töpfe, Kaffeekannen und Tassen, Gemüseschüsseln, Wasserkannen, Spielzeug (Nachtigallen). 1765 wurde von der Landesregierung in Osnabrück die Erlaubnis für die Anlage einer Töpferei in Tütingen, Kreis Bersenbrück, gegeben, die bis in das 19. Jahrhundert floriert hat. In Berge, Kreis Bersenbrück, waren zwei Töpfereien ansässig, auf dem Upberg und am Buchbach. Die letztere, bis 1885 in Betrieb, stellte bunte irdene Schüsseln, „Köppken und Pöttkes“, her, die bis ins Emsland und in den Hümmling abgesetzt wurden[24]. Bekannt war die Töpferei Heyl in Haselünne.

Ravensberg und Lippe

Im Ravensbergischen muß auf das Töpferdorf Friedrichsdorf hingewiesen werden. Seit seiner Gründung im Jahre 1780 haben hier Töpferwerkstätten bestanden, betrieben von Ansiedlern aus Sachsen, Schlesien, aber vornehmlich aus Bunzlau. Unter ihnen befanden sich die Familien Gronemeyer und Groll, die sich allmählich zu Lieferanten des Bückeburger Hofes entwickelten. Wahrscheinlich stammen einige braune Spruchschüsseln mit gelbweißen Glasuren aus diesen Werkstätten. Im Lippischen, in Lemgo, arbeiten noch gegen Ende des 19. Jahrhunderts 2 Töpferfamilien, Glietz und Goldmann, die einfaches Hausgeschirr herstellten, fast in der Art, wie es in Hagen bekannt ist. Töpferarbeiten aus dem Paderbornischen sind so gut wie unbekannt, mit einer Ausnahme. In Driburg war zur Zeit des Königs Lustig in Westfalen ein sehr bedeutender Töpfer namens Bernhard Heid tätig, der auch figürliche Töpferarbeiten geliefert hat.

Noch müssen wir auf Geseke und Rheda als Töpferorte (Abb. 335, Tafel X) hinweisen, doch ist ihre Produktion nicht erforscht. Hier kennen wir einige schlichte Tongefäße, bauchige Henkelkannen des 19. Jahrhunderts. In der Nähe von Oestrich bei Iserlohn ebenso in Wickede an der Ruhr sind im 19. Jahrhundert einzelne Töpfer tätig gewesen. Für die Siegener waren die Töpfer in Breitscheid im Dillkreis Lieferanten. Im Bentheimischen sind erst in letzter Zeit die Arbeiten der Pottbackery in Höcklenkamp bekannt geworden, die von dem Bürgermeister Wedekind mit Hilfe des Andreas Andrée, eines wallonischen Töpfermeisters aus Bockmeer (Nordbrabant), und seines Sohnes Gerhard betrieben wurde.

Die bedeutendste Produktionsstätte für Irdenware befand sich in Ochtrup[25], das mehrere Jahrhunderte das umliegende Land bis weit in das Emsland und die Niederlande, Enschede, Oldenzaal, Utrecht mit

[24] Heimat gestern und heute. Mitt. des Kreisheimatbundes Bersenbrück H. 10, 1962, S. 22.

[25] Walter Borchers, Zur bäuerlichen Töpferkunst Westfalens. Rhein.-Westf. Zeitschr. f. Volkskunde Bd. II 1955, S. 155–164. – Bruno Kuske, Wirtschaftsgeschichte Westfalens in Leistung und Verflechtung mit den Nachbarländern bis zum 18. Jahrhundert. Münster 1949, S. 144.

seinem Geschirr versorgte. Die Töpfer selbst trugen ihre Waren auf Rückenkiepen auf die Jahrmärkte, aber auch Kaufleute nahmen sich ihrer an und vertrieben sie auch in Holland. Die Anfänge dieser Kunst fallen noch wesentlich in die erste Hälfte des 16. Jahrhunderts. Es wird z. B. aus Mettingen im Tecklenburger Land berichtet: „Der Pöttker hatte seine Kiepe voll von Tonwaren aus Ochtrup, Kochtöpfe, flache irdene Teller, glasierte bemalte Miäksetten (Milchsatten), Blumentöpfe und anderes mehr." Ochtruper Pottbäcker lieferten außer irdenen Näpfen sogenannte Knabbelkümpe, Schüsseln, Wannen, Ölkruken, Ölkännchen und Spielzeug (Nachtigallen). Wenn im 18. Jahrhundert noch 30 Töpfereien tätig waren[26], so sind es heute nur einige Werkstätten, die sich völlig vom bäuerlichen Urgrund gelöst haben und kunsthandwerklich arbeiten. Die Ochtruper Irdenware ist durch ihren besonderen Stil[27] sofort zu erkennen: Gleichmäßig gedreht, mit ziemlich kleinem Fond auch bei großen Stücken, auf Standringen mit unglasierter Unterkante bei roter Farbe und auf der Vorderseite kräftig gelb mit weißer Engobe und Kratzputz. Behäbige Formen verbinden sich mit naiver und urwüchsiger, bäuerlicher Dekorationsweise, die dynamisch, gewichtig, großformig und barockal, nicht in Einzelheiten verharrend, bisweilen rasch hingeworfen und flüchtig mit dem Malhorn gemalt erscheint. Modellierte Masken, Köpfe, Reliefbuckel zieren Rand oder Fond, dazu treten Jahreszahlen, Initialen und ornamentale Muster in Ritzzeichnung. Das Programm an Schmuckformen ist nicht sehr reichhaltig. Religiöse Motive (Abb. 343, 348), geometrische Blumenmuster, Tulpen, Palmettenmotive, dazu Tiere, wie Pelikan und Taube, gehören dazu. Die Reliefköpfe im Fond des Tellers sind gleichermaßen in Anlehnung an Treibarbeiten von unten her in den Ton mittels einer Form gedrückt (Abb. 344 und 349). Auch die Farbgebung dieses Ochtruper Geschirrs ist charakteristisch. Es sind vornehmlich rotbraune und kupfergrüne Töne auf gelblich-weißem oder rotem Grund.

Bedeutendste Produktion in Ochtrup

Ochtrup nimmt innerhalb Westfalens eine Sonderstellung ein. Seine Töpferware, vornehmlich aus dem 18. und 19. Jahrhundert, ist ohne niederrheinische Beeinflussung nicht denkbar; das zeigt auch die Vorliebe für Reliefmodellierung und Bemalung. Die nahe Verwandtschaft drückt sich auch in Schmuckplatten und Kacheln mit figürlichen Motiven in Ritzzeichnung aus (Abb. 345–47). Ochtruper Töpferware ist wie die von Stadtlohn und Vreden über Westfalen und die Grafschaft Bentheim hinaus in die Niederlande exportiert worden[28]. Bei Ausgrabungen in Deventer z. B. hat man Scherben von Ochtruper

Niederrheinische Stileinflüsse

[26] Anton Wegener, Ochtrup. Ein Heimatbuch o. J., S. 204 u. S. 205: Um 1805 bestanden noch die Töpfereien Schoo, Wigbold 15; Dirksen, Wigbold 120; Rensing, Wigbold 121; Schoo, Wigbold 143; Becker, Wigbold 159; Herbering, Wall; Dirksen, Wall 3a; Volkery, Wall 10; Laurenz, Wall 18; Ross, Wall 23; Eiling, Wall 28; Rasing, Wall 37; Eiling, Wall 52; Bonninghausen, Wall 76; Eiling, Wall 77; Ostkotte, Oster 35; Ruhkamp, Oster 56; Tiggeler, Oster 57; Steven, Oster 60.

[27] Vgl. Hans Karlinger, Deutsche Volkskunst. Berlin 1938, S. 102: Die rheinischen Reliefschüsseln haben eine Parallele in den westfälischen Arbeiten aus Ochtrup. Die Modellierung wird durch Eindrücken von der Rückseite wie bei Metallprägungen erzielt. – Volkskunst in Westfalen. Landesmuseum Münster. Titelbild: Schüssel Ochtrup 1815; Taf. 8: Schüssel Ochtrup 1791; Taf. 9: Schmuckplatte Ochtrup 1806; Taf. 10: Schüssel Ochtrup 1807; Taf. 11: Tiefe Schüssel mit Henkelkranz 1818. – Rudolf Uebe, Westfalen, Abb. 116: Schmuckplatte mit Christus am Kreuz zwischen Johannes und Maria, vor 1800; Abb. 117: Weihwasserbecken mit Gekreuzigtem, 19. Jahrhundert; Abb. 118: Reliefteller mit Tulpenmuster, dat. 1732; Abb. 119: Schüssel mit Darstellung Christus am Kreuz zwischen Johannes und Maria; Abb. 120: Schmuckplatte, dat. 1806 Madonna; Abb. 121: Flasche, dat. 1791; Abb. 122: Teller mit Reliefköpfen, 1842, Henkelkanne mit Heiligenfiguren, Schmuckplatte, dat. 1806, Madonna. – Erich Meyer-Heisig, Mit Drehscheibe und Malhorn. Nürnberg 1954, S. 35 u. Nr. 164–176. – Derselbe, Deutsche Bauerntöpferei. Geschichte und landschaftliche Gliederung. München 1955, S. 24: Wenn die Münsterländer den Namen Pottländer hatten, was ja auf die Bedeutung des Töpferwerks in dieser Landschaft rückschließen läßt ..., so reimte sich das bislang mit dem geringen Bestand an erhaltenen Stücken nicht recht zusammen. (Diese Bemerkung nur dadurch zu erklären, daß dem Verfasser die kleineren Heimatmuseen Westfalens wie der Privatbesitz unbekannt waren.) – Linnhoff, Ochtruper Pottbäckerei. Münsterländer Heimatkalender 1938, S. 72 ff. – Hermann Reckels, Eine Ochtruper Chronik 1595–1822. Westf. Heimatkalender 1953, S. 173.

[28] Gerhard Klopmeyer, Handel und Verkehr in der Grafschaft Bentheim zu Anfang des vorigen Jahrhunderts. Jahrb. d. Heimatver. d. Grafsch. Bentheim 1956, S. 31 ff.: Bericht des Neuenhäuser Gerichts vom 17. März 1807 auf eine Rundverfügung des Provinzialrats des Arrondissements Steinfurt in Rheine. S. 34: Von den Töpferwaren kommen die besseren von Koblenz, die geringeren sind inländisch oder kommen von Ochtrup.
Vgl. B. B. Dubbe, Bijdrage tot de kennis van het zeventiende en achttiende eeuwse gebruiksaardewerk. In: Vrienden van de nederlandse ceramiek. Mededelingenblad 26 maart 1960, S. 7: Tot de buitenlandse import van ceramiek behort dan O. M.

Schalen und Schüsseln gefunden. Es ist kein Zweifel, diese Ware ist in vieler Hinsicht konservativ: Renaissanceformen und -bemalung behält sie lange Zeit bei. Barocke Gestaltungsweise zeigen datierte Schüsseln des 18. Jahrhunderts. Töpferware aus Lünen, in den letzten Jahren durch Ausgrabungen ans Licht gekommen, zweifellos von dortigen Töpfern geschaffen, hat große Ähnlichkeit mit Ochtruper Ware.

Werkstätten des Osnabrücker Landes

In eine andere Landschaft und andere künstlerische Welt führt uns Tonware aus Werkstätten des Osnabrücker Raumes des 19. Jahrhunderts. Erzeugnisse des 17. Jahrhunderts haben sich leider nicht erhalten. In Alfhausen[29], Natrup-Hagen[30], Gellenbeck, Hellern[31] wurden Pfannkuchenformen „Ballbäuskepanns", viereckige oder runde Schüsseln mit Vertiefungen für die Eierkuchen, Paartöpfe für die Ernte, Teller, Milchkännchen (Abb. 336), Milchsatten hergestellt, Tabaks- und Spardosen, Nachtigallen (Abb. 337) oder Schreibzeuge. Es sind bescheidene Arbeiten mit sparsamer Dekoration (Abb. 340, 341 Teller und Schüsseln aus Alfhausen), sie sind bemalt mit abstrahierten Blüten und Vögeln in rötlichbraunen, grünen und weißen Tönen auf rostbraunem oder gelbem Grund. Vielleicht liegen gewisse hessische Einflüsse vor, besonders was die Gestaltung und Farbgebung der figürlichen und pflanzlichen Reliefauflagen bei sogenannten Tabakskacheln angeht (Abb. 338 und 339).

Leider ist diese Kunst in diesem Jahrhundert verloschen, hat doch der letzte Töpfer Hehmann in Gellenbeck vor mehreren Jahren seine Arbeit eingestellt. Das gleiche gilt für Hellern bei Osnabrück, auch hier ist die bäuerliche Tradition mit dem Tod des letzten Töpfers abgerissen; seine Werkstatt ist von dem Freilichtmuseum Cloppenburg aufgekauft.

Das westfälische Steinzeug, ob aus Vreden, Stadtlohn[32] oder Warendorf, hat große Ähnlichkeit mit westerwäldisch-rheinischer (Abb. 352, 353) Ware. Schon um 1420 läßt sich in Vreden[33] eine Töpferwerkstatt nachweisen. Von einem Vredener Kanonikus aus dem Anfang des 18. Jahrhunderts wissen wir,

het bekende gres uit Rijnland en het loodglazuuraardewerk uit het Limburgs-Duitse grenzgebied tussen Rijn en Maas, het Westfaalse grensgebied met o. a. Ochtrop, Vreden en Stadtlohn en in het Rijnland Keulen; S. 10: Ochtrops aardewerk: Bovendien was er export naar Nederland. Men transporteerde de breekbare waar in grote, onder aan de hessenwagens hangende manden, naar onze gewesten, terwijl in de nabije grensstreken de pottenbakkers zelf hun potten verkochten. Ze namen dan hun aardewerk mee in een mand op de rug, de zg. Kiepe. Voor honderd jaar nog weerklonk in Oldenzaal de roep van de Ochtropse pottenbakkers: Ochtropse potjes en panetjes. Abb. 1–4 Scherben von Ochtruper Irdenware, Funde aus Deventer (Museum De Waag-Deventer). – 2. H. 17. u. 2. H. 18. Jhd. S. 17 vgl. Bijlage I, III u. IV. Hinweise auf holländische Inventare (Deventer) von 1668, 1701, 1708 mit Angabe von Ochtruper Irdenware.

J. de Kleyn, Volksaardewerk in Nederland 1600–1900, Zeist 1965, S. 36: Als laatste belangryk centrum in Duitsland van waaruit veel aardewerk ons land bereikte, is Ochtrup te noemen ... S. 38: ... de handel van uit Westfalen ging per kar over hobbelige wegen of soms zelfs te voet! Voor deze laatste pottenkerels waren er de speciaal naar hen genoemde voetwegen (Pöttkerpätte). Een van de bekendste was het pat, dat via Bentheim en Nordhorn langs Frenswegen en Coevorden ons land bereikte, S. 38: ... Niet alleen op het platteland, maar ook op de markten in Oldenzaal en Enschede waren de Ochtruppers vaste kraamhouders ... Zij bezochten regelmatig de markt in Utrecht en trokken ook verder naar de Hollandse steden. S. 38: Het uit Ochtrup meegebrachte aardewerk bestond hoofdzakelijk uit kook-en braadpannen, schotels en borden, kommen en vergieten, zevenorenpotten, speelgoed in de vorm van waterfluitjes in vogelvorm en wijwaterbakjes.

Vgl. auch Walter Borchers, Den folkliga keramiken. Nr. 87 In: Folkliga konst i tyg och lera. Ett urval från nordvästtyska museer, Katalog organiserad av Deutscher Kunstrat 1963/64.

[29] Heinrich Ottenjann, Museumsdorf Cloppenburg. Oldenburg 1944, S. 107.

[30] Wilhelm Pessler, Niedersachsen. S. 37, Abb. 76: Natrup-Hagener Töpferware. – Die Werkstatt in Alfhausen ist ebenfalls unerforscht. Die letzten Erzeugnisse wie die Einrichtung der Töpferwerkstatt sind nach Cloppenburg verkauft worden. Die Teller und Satten sind sehr schlicht, mit Sprüchen und Namen recht flüchtig bemalt.

[31] Wilhelm Heckermann, Hellern-Hörne. Unsere Heimat, Heimatbuch für den Landkreis Osnabrück. Hrsg. von Matthias Brinkmann, Osnabrück 1951, S. 7. In den Kislingschen öffentlichen Osnabrücker Anzeigen vom 18. Juni 1827 macht ein Töpfer Fink bekannt: Es ist bei uns ein großer Topf zu sehen, der mit der Töpferscheibe gemacht ist, derselbe hält 95 Osnabrücker Scheffel ...

[32] Volkskunst in Westfalen. Katalog Landesmuseum Münster 1955, Taf. 13: Henkelkrug Stadtlohn, 19. Jhd., graues Steinzeug mit Blaumalerei: Hahn auf Zweig.

[33] Vgl. zum Tongewerbe in Vreden und Stadtlohn Wormstall in: O. Hellinghaus, Quellen und Forschungen zur Geschichte der Stadt Münster. Münster 1898 I, S. 204. – Brüning, Die Stadtlohner Töpfergewerbe. In Ahauser Kreiskalender 1924, S. 42. – Stadtlohn in Wort und Bild 1137–1951. Stadtlohn 1951, S. 284: Das Töpfergewerbe in Stadtlohn. Sogenannte graue Ware, intensiver gebrannt als Bunzlauer Ware. – Heinrich Ruhkamp und Wilhelm Elling, Töpferei in Vreden. Westf. Heimatkalender 1964, S. 158ff. – Vgl. auch Irmgard Simon, Hamaland-Museum Vreden. Vreden 1969. S. 86 u. 87 Abb.

daß der heimische Ton nicht nur von den ansässigen Töpfern verarbeitet, sondern auch in die Niederlande verschifft wurde. Vredener salzglasierte Bartmannskrüge des 16. und 17. Jahrhunderts, bauchige Henkeltöpfe mit schmaler Öffnung wurden im holländischen Sprachgebrauch mit „Köllsche Potten" bezeichnet, weil sie Kölner Ware nachahmten. Man muß wissen, daß hier in Vreden neben Bartmannskrügen bauchige Krüge mit brauner Engobe, sogenannte Bullenköppe, weiter braungeschlämmte Ölkrüge, Schmalztöpfe, die großen zylindrischen Einmachtöpfe für Schnittbohnen, Sauerkraut, Melksetten, Poppschöttel (Eßnäpfe) geliefert wurden, daneben Feuertöpfe für Fußwärmer, Öllämpchen, Enghalskrüge für Essig, Öl, Stand- und Gießgefäße, Becher, Flaschen, Spielzeug, Kugeln, Bodenfliesen, auch Riemchen für Küchen, Kreuze usw., „Plässkes", mit einem Wort, vielseitige Handwerker dienten dem heimischen und auswärtigen Bedarf. (Abb. 354, bauchiger Bartmannshenkelkrug des 17. Jahrhundert mit 3 Medaillons mit dem Stadtwappen von Vreden mit Umschrift: Stadt Freden).

Nachahmung von Kölner Ware in Vreden und Stadtlohn

Die Steinzeugproduktion von Stadtlohn kann ebenfalls auf eine vielhundertjährige Tradition zurückschauen, werden doch schon im Jahre 1630 fünf Betriebe urkundlich genannt. 1812 sind in einem Gewerbeverzeichnis von Stadtlohn nur noch 4 Öfen vermerkt. Charakteristisch ist, daß der Scherben bei einer Temperatur von 1200° gebrannt und mit einer Salzglasur überzogen wird. Noch heute leben in Stadtlohn mehrere Töpfer, die aber mehr in einem kunsthandwerklichen Sinn für bürgerlichen Geschmack arbeiten. Die Stadtlohner Produktion steht im Schatten der Rheinlande, schon früh sind hier rheinische Meister tätig. Überliefert ist der Name eines Heinrich Kruckenbach, der aus Frechen, dem berühmten Steinzeugort in der Nähe von Köln, kam und 1630 zum Meister gewählt wurde. Die blaugraue, bemalte Töpferware, insbesondere die großen bauchigen Einmachtöpfe, Münsterländer Bullenköppe genannt, Essig- und Ölkrüge, Milchsatten, ebenso die bauchigen Henkelkrüge mit ihren leicht und flüchtig gemalten figürlichen und vegetabilischen Mustern lassen sich von rheinischen nur schlecht unterscheiden (Abb. 351, Steinzeugkrug aus Stadtlohn).

Westerwäldisch-hessische Anklänge beim Warendorfer Steinzeug

Gleichfalls schwierig gestaltet sich das Bestimmen des Warendorfer Steinzeugs mit graugelbem bis in Rosatöne spielendem Grau und ungleichmäßigem Blau, das hart umstritten ist und in Form und Dekoration an westerwäldisch-hessische Ware anklingt. Um 1700 hatte ein aus Ochtrup zugewanderter Töpfer namens Heinrich Rensing[34] zu Warendorf einen Töpferofen in Betrieb. Sein Sohn Christian brachte das begonnene Werk zu einem gewissen Höhepunkt. Birnförmige Kannen, zylinderförmige Krüge, Kruken, reich modelliert mit Blattranken, Pflanzen, Tieren, Herzen, Schachbrettmustern, Medaillons, gekrönten Initialen, die mit dem Redholz in die Oberfläche geritzt wurden, waren das Musterrepertoire dieser Ware (Abb. 355, 356). Wie schon gesagt, ist diese Ware umstritten, und zwar wegen der gekrönten Initialen GR. Sie wurden als Georg Rex von Hannover gedeutet, die Töpferware somit nach Niedersachsen lokalisiert, andererseits wieder nach Hessen, weil die Initialen nichts weiter als Großherzogtum Hessen bedeuten sollen. Hundert Jahre lang blühte dieses Handwerk in der Stadt, bis es nach dem Tode von Christian Rensing langsam aber sicher im Anfang des 19. Jahrhunderts dahinwelkte. Neuerdings versucht Paul Engelmeier diese GR-gezeichneten Krüge als westerwäldische Erzeugnisse zu deuten. Die moderne Forschung schließt sich seinen Behauptungen an[35].

[34] Wilhelm Zuhorn, Die Tonwarenfabrikation der Familie Rensing, eine eingegangene Warendorfer Industrie. Warendorfer Blätter für Orts- und Heimatkunde 1910, Nr. 8, S. 30ff. – Im Gewerbeverzeichnis des Jahres 1812 werden 4 Steingutöfen, 1 Tabakspfeifenofen, 1 Ziegelofen genannt. – Bau- und Kunstdenkmäler von Westfalen. Kreis Warendorf. Münster 1936, S. 473, Abb. 689 u. 690: Heinrich Rensing-Ware.

[35] Kurt Rumpf, Hessen. Deutsche Volkskunst. Neue Folge. Marburg/Lahn 1951, S. 65, wendet sich gegen die Deutung der Initialen GR = Großherzogtum Hessen. Nach seiner Meinung ist die Bezeichnung Westerwälder Steinzeug, die ja die westfälische wie die hessische Töpferware umgreift, kein Ursprungs-, sondern ein Gattungsbegriff. – Vgl. dazu Martha Götting, Die Töpferei Rensing in Warendorf. Westf. Heimatkalender 1955, S. 185: GR = Georg Rex III 1760–1820 gedeutet (Beispiele im Britischen Museum). – Paul Engelmeier, Westerwälder Steinzeugkrüge mit dem Monogramm GR. Keramos H. 44, S. 3f. Es wird nur eine einzelne Gruppe von Erzeugnissen, nicht die Gesamtproduktion untersucht. Ob die gekrönten GR-Initialen in Georg von England aufzulösen sind oder nicht, ist gleichgültig. Es steht fest, daß die Warendorfer wie die Stadtlohner und Vredener Ware von rheinischen Vorbildern abhängig ist oder vielmehr rheinische Vorbilder imitiert.

Im Gegensatz zu den Stadtlohner Steinzeugarbeiten ist die Telgter Töpferware fast unbekannt, obwohl feststeht, daß sich hier von 1760–1845 eine Fayence-Fabrik befand.

Porzellanmalerei

Pfeifenköpfe und Tassen aus Porzellan, sogenannte Soldatentassen, sollen hier noch genannt werden, die nicht durch ihre Form, sondern durch ihre Bemalung dem Bereich der Volkskunst zugehören. Sie tragen die Signaturen der Thüringer und Berliner Manufakturen und sind von Hausmalern im Geschmack ihrer Auftraggeber mit Soldatenszenen, Namen, Sprüchen volkstümlich bemalt. So besitzt das Museum Osnabrück eine solche Tasse aus der 2. Hälfte des 19. Jahrhunderts. Da sprengt auf der Leibung der Obertasse ein stolzer Dragoner auf einem Pferd mit gezücktem Säbel einher. Sein Name wird genannt: Fritz Oeverman. Er stellt sich in einer zweiten Szene vor, seinem Vater die Hand schüttelnd, mit Überschrift „Guten Morgen, lieber Vater". Im Fond der Untertasse lesen wir: „Zum Andenken vom Sohne Heinrich Oeverman, Gefreiter 4te Esk. Hannöv. Drag. Regt. Nr. 9 Osnabrück 1867. Nim freundlich diehs Geschenk aus Deines Sohnes Hand. Lebe froh und glücklich, In Deinem Heimathland." Der Rand ist mit militärischen Effekten, mit Sattel, Dragonerhelm und Säbel geschmückt. Eine ähnliche Darstellung eines Reiters, eines Husaren, mit dem Namen Gerhard Hackfort, ist auf einer Tasse aus rheinischem Besitz, aus Millingen-Vehlingen, datiert 1871, zu finden[36].

Import

Westfalen ist Aufnahmeland für die keramischen Erzeugnisse der umliegenden Länder gewesen, aus Schleswig-Holstein: Kellinghusen[37] kamen Fayencen; aus Niedersachsen: aus Duingen am Ith Steinzeug; bemalte Irdenschüsseln aus Braunschweig[38] und aus dem Wesergebiet[39], dem Eichsfeld, aus Holzhausen, Oberrode (Abb. 350), Duderstadt, Nienhagen; Fayencen aus Hannoversch-Münden (besonders Fayencekrüge); aus Hessen: aus Butzbach, Marburg Irdenware; aus Thüringen: aus Tettau, Rauenstein, Wallendorf bäuerliche Porzellane[40] mit Rosen- oder Zwiebelmustern; vom Niederrhein: aus Hüls, Rayen, Issum Reliefschüsseln[41], Steinzeug (Wasserkannen = Pötzkannen, Ölkruken, Einmachtöpfe) aus dem Westerwald[42], aus Langerwehe bei Düren, ja auch aus der Oberlausitz, aus Bautzen[43], aus Delft und Friesland[44] (Lemmer, Makkum) Schüsseln und bemalte Fliesen, „die Esterkes", wie sie ihrer Form wegen

36 Vgl. Annaliese Ohm, Volkskunst am unteren rechten Niederrhein, S. 272 u. Abb. 339.

37 Ernst Schlee, Schleswig-Holstein. Deutsche Volkskunst. Weimar 1939, S. 46: Kellinghusen seit 1763–1860. Insgesamt 5 Betriebe: Schüsseln, Teller mit sehr breit auf den weißen Grund gemalten Blumen, auch Vögel, in Grün, Blau, Mangan, viel Gelb.

38 Chr. Ch. A. Patje, Kurzer Abriß der Fabriken, des Gewerbe- und Handlungszustandes in den Chur-Braunschweig-Lüneburgischen Landen. Göttingen 1796, S. 126–128, S. 142, S. 277: Absatz nach Osnabrück und Münster. – Volkskunst in Westfalen. Landesmuseum Münster 1955, Text (Hans Eickel), S. 9. – Westfälische Volkskunst. Museum für Kunst- und Kulturgeschichte Dortmund. Kleiner Führer Nr. 2, S. 23: Schüsseln aus westfälischen Bauernhäusern, hauptsächlich braunschweigischer Herkunft.

39 Erich Meyer-Heisig, Deutsche Bauerntöpferei. Geschichte und landschaftliche Gliederung. München 1955, S. 31 f.: Das Wesergebiet und Braunschweig.

40 Edwin Redslob, Thüringen. Deutsche Volkskunst Bd. VII. Weimar 1926, S. 25: Thüringer Porzellan.

41 Alfred Schubert, Alte Volkskunst am Niederrhein. Düsseldorf 1938, S. 94/95. – Aus westfälischen Museen. Westfalen 1958, Taf. 7: Weißglasierter, grün- und braunbemalter Teller von 1763 von Peter Gervins, Hüls am Niederrhein, mit Darstellung eines pflügenden Bauern. Heimatmuseum Gelsenkirchen-Buer.

42 Ebda., Taf. 10: Steinzeugkrug mit brauner Glasur, dat. 1716, Zunftkanne der Dülmener Bäcker- und Braugilde. Städt. Heimatmuseum Dülmen, Beispiel eines Tabakskruges mit Wappen von Berleburg, Westerwälder Steinzeug im Siegerländer Museum. – Vgl. dazu Adelhard Zippelius, Volkskunst im Rheinland. Katalog zu der Ausstellung „Volkskunst im Rheinland im Rheinischen Freilichtmuseum Kommern". Düsseldorf 1968, S. 19ff. Gisela von Bock: Die Blütezeit der rheinischen Steinzeugproduktion.

43 Rudolf Weinhold, Töpferwerk in der Oberlausitz. Berlin 1958, S. 111.

44 Im Westmünsterland, in der Grafschaft Bentheim, im Osnabrücker Land und Artland, im Grönegau sind heute noch Bauern-, Bürgerhäuser (Herdwände) und Schloßbauten (Küchen, Ställe, Speisezimmer), ja sogar Kirchen (Meppen und Clemenswerth) mit Fliesen geschmückt, die nicht nur aus Delft stammen, sondern aus Rotterdam und Friesland kommen (die sogen. Springertjes (springende Tiere), die Ossenkopjes (Ochsenköpfchen), die Kacheln mit umgedeuteten chinesischem Dekor der Ming-Dynastie (wan-li) und religiösen Motiven. Beliebt wurden die friesischen bloempotjes, die drietulp, die violetten Kacheln mit religiösen Szenen, die aus den ersten Werkstätten aus Makkum, Harlingen, Bolsward, Enkhuizen, Horn stammen
Vgl. auch Anno Teenstra, Nederlandsche volkskunst. Amsterdam 1941, S. 120: Delftsch is een verzamelnaam, die gegeven wordt aan 17 de – 18 de eeuwsch aardewerk, bedeckt met tinglazur en beschilderd met blauw of polychrom decor ... dat

in der Grafschaft Bentheim genannt werden. Große Bildkacheln mit Tieren oder Bibelszenen waren besondere Blickpunkte.

Auch England[45] (Staffordshire, Davenport) steuerte bei mit Steingutgeschirr, goldglänzendem Geschirr und Pudelhunden, Gefäßen im Aufdruckverfahren bunt gemustert, die durch Matrosen, Fahrensleute, in Papenburg zum Beispiel, weiter durch Holland- und Dänemarkgänger ins Land gebracht wurden. Doch zeigt sich in der Auswahl ein bestimmter Geschmack, man nimmt beileibe nicht alles. Schlichte einfache Formen und Muster waren beliebt, alles Aufwendige dagegen nicht geschätzt. Die These von Kuske[46], „da Tonerde in Westfalen nur in kleinem isoliertem Vorkommen zu verzeichnen ist, daher weitgespannter Verkehr mit Tonwaren", ist durchaus richtig.

In Westfalen einfache Gebrauchskeramik vorherrschend

Die Töpferkunst Westfalens erreicht nicht die künstlerische Höhe der rheinischen oder hessischen Töpferware. Ihr kommt auch nicht die gleiche Bedeutung zu. Sie ist bei weitem einfacher, schlichter, vielleicht auch derber, in Form und Dekor nicht so einfallsreich und so vielgestaltig. Dort, wo sie künstlerisch größere Ansprüche an den Betrachter stellt, ist sie im Bann der benachbarten rheinischen und hessischen Töpferzentren. Das gilt sowohl für Ochtrup, Vreden, Stadtlohn, Warendorf wie Gellenbeck. Ihre Blütezeit war nur kurz, das 19. Jahrhundert bedeutet schon ein Absinken von der erreichten Höhe und ein allmähliches Sterben. Diese Töpferware ist, abgesehen von den Ochtruper Relief- und Prunktellern, den reliefierten Tonplatten und Weihwasserbecken, dem Spielzeug, den Nachtigallen, den Pfeifen aus Stadtlohn, Gellenbeck usw. nur auf täglichen Gebrauch abgestellt. Sie zielt im wesentlichen auf eine bäuerliche Käuferschicht oder agrarisch eingestellte Stadtkundschaft. Die dekorative Erzählfreude, das spielerisch-figürliche Element ist nur mäßig ausgebildet. Wir denken nur an Ernte-Paartöpfe, an Milchgefäße zur Rahmgewinnung, Erntekannen, Teller, Tassen, Einmachtöpfe, Satten, „Bullenköppe". Soziologisch gesehen bedeutet diese Ware doch nichts anderes als Bezugnahme auf den bäuerlichen Lebensbereich und auf bäuerliche Lebensforderungen. Komplizierte Gefäße mit bewegten Konturen oder stark leuchtenden Farben sind undenkbar.

5. Die lippische Ziegelkunst

Kienspanhalter, Stövken

Ein eigenartiges, in Westfalen nur wenig gewürdigtes Kunstschaffen vertreten die Ziegler[47], die im Lipper Land, in Lage und in Schwalenberg, Kreis Detmold, ein Zentrum hatten. Neben handgestrichenen Ziegeln, Feierabendziegeln, die mit Sonnen, Handabdrücken, Namen, Daten verziert waren, neben gestempelten Deckeln für Irdengefäße und Stövken sind uns Kienspanhalter in Pyramidenform mit eingeritzten, eingedrückten oder eingepreßten Mustern erhalten, die an frühgeschichtliche Dekorationsformen erinnern (Abb. 357, Kienspanhalter, 358 und 359, zwei „Hulkepotte" ‚Stövken)[48]. Es sind Steinrosetten und Kreise, Sonnen, Rauten, Zickzackbänder. Auch Feuerstövken und Schreibzeuge mit Kerbschnitt- und Stempelmustern, die symmetrisch und rhythmisch über die Fläche verteilt sind, gehören

buiten Delft in vele plaatsen, b. v. te Rotterdam, Amsterdam, Makkum, en Harlingen, soortgelijk aardewerk is vervaardigt. – Vgl. ferner Annaliese Ohm, Volkskunst am unteren rechten Niederrhein, S. 264: Kacheln.

[45] Noel Carrington and Clarke Hutton, Popular English Art. London and New York 1945, S. 15: The term Staffordshire is commonly used to distinguish sculptured and painted figures in earthenware or salt glaze as opposed to the porcelain figures of Chelsea or Bow Manufacture.

[46] Kuske, Wirtschaftsgeschichte, S. 144.

[47] Rudolf Uebe, Westfalen, Abb. 135: Kienspanleuchter. Landesmuseum Münster. – Walter Borchers, Zur bäuerlichen Töpferkunst Westfalens, Abb. 13: Kienspanhalter. Gustav-Lübcke-Museum Hamm. – Solche Kienspanleuchter aus grauweißem Ton sind am Markt in Hamm beim Vertiefen eines alten Brunnens gefunden worden. – Volkskunst in Westfalen, Abb.: Kienspanhalter aus rotem Ton und Feuerstövken aus rotem Ziegelton. Landesmuseum Münster. – Vgl. Franz Krüger, Der Ziegelstein. Jahrb. f. hist. Volkskunde, Bd. 3/4 Berlin 1934, S. 157, Abb.: Mauer- und Dachziegel mit Inschriften und Ornamenten. Sonnen- oder Feierabendziegel. Siehe auch M. Walter, Die Kunst der Ziegler. Oberdeutsche Zeitschr. f. Volkskunde I, 1927.

[48] Stukenbrock 1153–1953. Paderborn 1953, S. 98: Von unseren Ziegelbäckern.

dazu, ebenso Behälter für Feuersticken in Gestalt von männlichen Köpfen (Beispiel im Lippischen Landesmuseum Detmold).

Das Schaffen der Ziegler, wenn es auch in Hessen[49] einen Höhepunkt erreichte, war über große Teile Deutschlands hinweg bis zum Norden Europas[50] von einer gewissen Gleichförmigkeit, und Westfalen macht hier keine Ausnahme. Die Lipper Ziegelgänger[51] waren Wanderarbeiter, die über weite Gebiete, z. B. nach Brandenburg, Pommern, Ostpreußen, Schleswig-Holstein, Dänemark, zogen.

6. Steinmetzarbeiten

In der westfälischen Volkskunstforschung übersehen sind die reizvollen Steinmetzarbeiten im Hause, Wand- und Herdsteine, Sandsteinplatten als Rahmenwerk von Wandkaminen im Flachrelief verziert oder rein dekorativ mit Ornamenten und Inschriften versehen[52]. Die Herdflächen sind ausgenischt und mit profilierten Kragsteinen, den sog. Kroppsteinen, versehen. Die Wandflächen sind verschiedenartig gerahmt und mit Lebensbäumen, Rosetten, Kreuzen bisweilen auch figürlichen Motiven geschmückt. Sie sind in der Regel aus Baumberger Sandstein gearbeitet und stammen in der Hauptmasse aus dem 18. und 19. Jahrhundert. Diese so wenig gewürdigten Steinmetzarbeiten finden sich in reicher Zahl im Münsterland, im Tecklenburger, Osnabrücker, Ravensberger Land, im Lipper Land. Die schönsten Herdplatten befinden sich auf dem Gut Horst in Flierich, Kreis Unna. Sie zeigen weltliche und religiöse Motive, u. a. Christus am Kreuz, die Madonna und das Lebensbaummotiv, und tragen das Datum von 1760.

[49] Adolf Spamer, Hessische Volkskunst. Jena 1939, S. 90ff.

[50] Carl Lagerberg, Till belysningsredskapens historia. Göteborgs Museum Årstryck 1910. Göteborg 1910, S. 74: Några enkla ljusstakar med former företrädesvis använda hos allmogen ända langt in i senare tid visa. fig. 22 och 23 af oglaserad lera den forra af en gammal medeltidstyp i form av en fotangel. – Vgl. auch Nordiska Museet Bilder av utställda allmogeavdelingen Stockholm Abb. 68. Ljusstake (Leuchter, Ziegelton, Halland 1836). – Bredo L. Grandjean, Dansk Kunst. København 1952, S. 72, Abb. Lysestager trae eg ler (Fyen og Nordsjaelland).

[51] Kuske, Wirtschaftsgeschichte, S. 181: Schon im 17. Jhd. stellten sich die lippischen Ziegler den zahlreichen friesischen und holländischen Ziegeleien zur Verfügung. – Herford, ein Heimatbuch. Herford 1946, S. 123: Vielfach verdienten die erwerbslosen Ravensberger ihr Brot als Hollandgänger, die Lipper als Ziegelbäcker, beide Saisonarbeiter. – Das Ziegelmuseum in Lage hat sich als Aufgabe gestellt, die Ziegelgängerei, das Ziegeln zu beobachten und darzustellen. – Lipper Ziegler wurden z. B. in der Ziegelei Goering in Scharnau, Kreis Neidenburg, beschäftigt. Mitteilung der in Osnabrück lebenden Tochter des ehemaligen Ziegeleibesitzers.

[52] Vgl. Josef Schepers, Westfalen-Lippe, S. 138, Abb. Nr. 91: Hof Brenningmeier in Wiehe, Kreis Tecklenburg, datiert 1804; S. 140, Abb. 92: Hof Viehmeier in Marienfeld, Kreis Warendorf: Wandkamin von 1845 mit Rosetten, Blätterzweigen, geometrischen Ornamenten und Namen; Tafel 14: Hof Pütter gen. Resing in Rhedebrügge, Kreis Borken: Kamin 19. Jahrhundert; Tafel 32: Hof Varlar, Kreis Coesfeld: Wandkamin; Tafel 43: Hof Horstmann, Wadelheim b. Rheine, Kreis Steinfurt: Kamin mit klassizistischen Merkmalen, gekreuzten und aufgerollten Blattmotiven und Tulpenkelchen; Tafel 61: Hof Temme, Bauerschaft Poppenbeck b. Havixbeck: Wandplatten mit weltlichen und religiösen Motiven. Christus am Kreuz und Madonna, dat. 1872.

VIII. Bäuerliches und handwerkliches Gewebe

1. Zur Geschichte und Verbreitung der Hausweberei

Die bäuerliche Webkunst des westfälischen Raumes, die auf einer jahrtausendealten Tradition fußt[1], wurde in geschichtlicher Zeit das Fürsorgeobjekt der einzelnen Landesherren, der Bischöfe von Münster, Osnabrück, Paderborn, der Grafen von Tecklenburg, der preußischen Könige[2]. Staatlich gehegt und gepflegt, erlebte sie in den verschiedensten Jahrhunderten Blütezeiten, die ernstlich nur in der 2. Hälfte des 16. Jahrhunderts durch den Freiheitskampf der Generalstaaten gegen Spanien, durch den Dreißigjährigen Krieg und durch die napoleonische Kontinentalsperre bedroht waren. Bis in die Zeit des Professors Jostes hinein gehörte noch zu jedem bäuerlichen Haushalt im östlichen Westfalen ein Webstuhl. Ja, die größeren Bauern hatten deren mehrere. Die Leinenerzeugung war in manchen Gebieten Westfalens die Existenzgrundlage vieler Familien. Der Anstoß zur Vernichtung dieses so wichtigen Volkskunstschaffens kam aus England und Irland durch die Industrialisierung. Ebenso bedeutend wie die bäuerliche Weberei war die handwerkliche Leinen-, Woll- wie Siamosenweberei[3]. Heute wird nur noch in wenigen Häusern gewebt, ihre Bedeutung ist gesunken, und die Zahl der handwerklichen Betriebe ist an den Fingern abzuzählen. Das Erbe der Haus- und Berufsweber hat die Leinenindustrie Westfalens übernommen; so hat sich z. B. die Stadt Bielefeld mit ihren maschinell hergestellten Leinen- und Wäschefabrikaten in Deutschland einen einzigartigen Namen geschaffen. Welch ein Wandel, wenn noch Möser schreiben konnte: Unsere alten Linnenhändler, sie wollen es jedem Stück Linnen ansehen, in welchem Dorfe es gemacht ist[4].

Förderung im 17. und 18. Jahrhundert

Niedergang durch die Industrialisierung

Durch die Leggepolitik der Landesherren und der Städte seit dem Mittelalter, die von Osnabrück und Minden ausgehend den ganzen nordwestdeutschen Raum umfaßte – Legge ist eigentlich die lange Tafel zum Auflegen, Aufrollen und Besichtigen der Gewebeballen und bedeutet einen Gütestempel für

[1] Im großen Moor zu Hunteburg, Kreis Wittlage, nördlich von Osnabrück wurden 1949 zwei Moorleichen in zwei Tüchern (3 x 1,80 und 2 x 1,76 m) eingehüllt gefunden, die aus Wolle und in Köperbindung gewebt waren, eingefaßt von 4 Kanten in Brettchenwebetechnik mit Fransen, aus der frühen Eisenzeit stammend. Vgl. Karl Schlabow, Ein neuer Moorfund gibt Aufschluß über Form und Faltenfall des germanischen Mantels. Die Kunde. N. F. Jg. 1950, S. 8–12.

[2] Staatsarchiv Osnabrück, Hochstift Osnabrück 1767 ff.: Die Bischöfe von Osnabrück erließen Verordnungen wegen der Breite des hänfenen und flächsernen Linnen, wegen der Webekämme und der Breite des Löwendlinnens 1768, wegen der in den Ämtern Vörden, Wittlage und Hunteburg angelegten Leggen 1772, wegen Gleichheit des Moltgarnhaspels 1774 usw. In gleicher Weise bemühten sich alle fürstlichen Landesherren, so von Münster und Paderborn.
Staatsarchiv Münster, Fürstentum Münster, Gilden und Zünfte: Privileg des Fürstbischofs Friedrich Christian von Münster, Burggraf zum Stromberg und Herr zu Borckeloh für die Linnentuchmacher des Wigboldes Sendenhorst. Es heißt in diesem Dokument: ... daß erstlich ... niemandten breit Linnentuch von Numero nono an undt so weiter, wie auch Bildtwerck, Legetendrill undt dergleichen zu machen zu gelassen seyn solle, er habe sich dann dergestalt zum Linnentuchmacher ambte qualifizirt, daß er sey Römisch-Catholischer Religion und freyen standts; auch alda oder anderwerts, alwo ein ambt Bruderschaft ist, das hantwerck gelernet ...
Staatsarchiv Münster. Gilden und Zünfte. Nr. 84: Maximilian Franz von Gottes Gnaden Erzbischof zu Köln, gegeben Bonn 1781, für den Magistrat zu Ölde (Linnen- und Tuchmacheramt zu Ölde, ... darf zu den feinen oder sogenannten Warendorfschen Linnen kein Hanfgarn gebraucht werden und wird allen und jenen, die nicht des Amts sind ... wie auch gebildetes Drill und dergleichen im Kirchspiel-Wigbold Ölde zu machen bey arbiträrer Strafe verboten ...26tens ... Ein frömder oder eingesessener, der feins gebildetes oder Damast machet, desen einziges Geschäft es ist, dieser ist fry und ohnentgeldlich nach gewonnenem Bürgereyd im Amt auf- und an zu nehmen.
Der Not, die durch den 30jährigen Krieg heraufbeschworen war und lange Jahrzehnte vorherrschte, versuchte Graf Mauritz von Tecklenburg durch vermehrte Leinenherstellung, durch Einrichtung einer Legge im Jahre 1650 zu steuern. – Hubert Rickelmann, Mettingen im Wandel der Zeiten. Mettingen 1953, S. 277: Friedrich der Große erneuerte 1766 diese Leggeordnung. – Der große Kurfürst (1676), die preußischen Könige haben eine Fülle von Verordnungen hinterlassen. Wichtig die Dorfordnung für das Fürstenthum Minden, Grafschaft Ravensberg und Lingen. De Dato Berlin, den 7. Februar 1755. – Wilhelm Brepohl, Spinnen und Weben im Mindener Lande. Bäuerlicher Hausfleiß in vergangenen Tagen. Mindener Heimatblätter Jg. 24 1952, Nr. 5/6. – Vgl. Holsche, Beschreibung der Grafschaft Tecklenburg. Berlin und Frankfurt 1788, S. 448.

[3] Anton Overmann, Die Entwicklung der Leinen-, Woll- und Baumwollindustrie in der ehemaligen Grafschaft Mark unter Brandenburg-Preußischer Herrschaft. Münsterische Beiträge zur Geschichtsforschung N. F. XIX, Münster 1909.

[4] Justus Mösers sämtliche Werke. Patriotische Phantasien II. Oldenburg 1945, Bd. 5, S. 111.

den Fernhandel in Europa, Asien und Amerika –, wurde das bäuerliche Leinen zum großen Handelsobjekt[5].

Justus Möser schreibt in seiner Osnabrückischen Geschichte: „Dieses Linnen oder Lawend, welches über England, Spanien, Portugal und Holland nach beyden Indien und in die Länder geführt wird, wo Hitze alles wollene Zeug beschwerlich macht, wird von der Einwohnerschaft nach verrichteter Feld- und Hausarbeit im Hause bereitet, entweder von Flachs oder von Hanf. Mann und Frau, Kind und Gesinde wenden alle Zwischenräume ihrer Arbeit zum Spinnen an. Der Stuhl beim Rade ist gleichsam die Ruhestätte von anderer Arbeit. Jeder hat seinen Webstuhl im Hause."

Konzentration in Nordwestfalen

Die wahrhaft großartige Stellung und Bedeutung der Leinen-, Woll-, Siamosen-[6] und Bandweberei in Westfalen, von Bauern, Handwerkern und Heimarbeitern ausgeübt, wird erst durch die Angabe von Zahlen der ansässigen Weber und der vorhandenen Webstühle aus zwei Jahrhunderten, durch den Hinweis auf Städte, Flecken, Dörfer, Ämter, in denen diese Kunst zu Hause war, offenbar. Im Norden und Nordosten der westfälischen Lande ist eine Zusammenballung der Leinen-, Woll- und Baumwollweberei zu beobachten, vor allem im Münsterland, Tecklenburger und Osnabrücker Land, in dem alten Fürstentum Minden, im Ravensberger[7] und Lipper Land[8] und schließlich im Paderborner Land. Dazu kommen noch im Westen die Grafschaft Mark und im Süden das Wittgensteiner Land, einzelne Landstriche im Siegerland und im Sauerland, im alten kurkölnischen Herzogtum Westfalen.

[5] Bruno Kuske, Wirtschaftsgeschichte Westfalens. Münster 1949, S. 95: Leggepolitik. – Heinz Schierenberg, Blüte und Verfall der lippischen Leinenindustrie. Diss. Münster. Detmold 1914, S. 6: Leinenweberzunft in Lemgo 1612; S. 11: in Blomberg 1611, Horn 1690. – Maria Heilmann, Geschichte der Stadt Melle I. Melle 1960, S. 29 Abb.: Abdruck eines Meller Leggestempels und S. 28/29. Welche Rolle diese Legge spielte, beleuchtet ein Schreiben von Bürgermeister und Rat der Stadt Osnabrück an die Stadt Amsterdam wegen dort gefälschten Leggezeichens vom 17. April 1739. Staatsarchiv Osnabrück Dep. 3b V F 37/40 Nr. 19 (dazu gestempelte Stoffproben). – Vgl. dazu auch Eberhard Crusius, Osnabrück zur Möserzeit. Eine Ausstellung archivalischer Zeugnisse (im Staatsarchiv Osnabrück) Göttingen 1955, S. 22, Nr. 45: Brief Mösers an Friedrich Nicolai u. a. über die politischen und wirtschaftlichen Verhältnisse des Hochstifts (1782, März). Staatsarchiv Osnabrück Dep. 6 b B V Nr. 305d.: Das Linnen oder, wie man es dort nennet, Löwend (engl. laon) ist eine Art grober und fester Leinwand, wozu das Garn vorher eine halbe Bleiche erhalten hat und geht mehrentheils über England, Portugal, Spanien und Holland nach dem westlichen und südlichen Indien, wird auch zu Zelten und Unterfutter für die Soldaten gebraucht. Es ist gerade die brauchbarste Sorte unter allen und wird häufiger gesucht als das ganz feine, was im Osnabrückischen zum Verkauf fast gar nicht gemacht wird.

[6] A. Meister (Hrsg.), Die Grafschaft Mark. Dortmund 1909, Bd. 2, S. 188: Es hat sich ein französischer Fabrikant aus Rouen namens de Samaihon nebst verschiedenen Fabrikanten im Anfang 1752 hier etabliret, um die Siamosen auf eine besondere Art, daß neblich statt des Nehens die Bouquers darin gewebet fabriziren zu lassen.

[7] Heinz Potthoff, Das Ravensberger Leinengewerbe im 17. und 18. Jahrhundert. XXXV. Jahresber. d. Hist. Ver. f. d. Grafsch. Ravensberg 1921, S. 53: Zahl der Leineweber und der Webstühle angegeben: 201 Weber, auf dem flachen Lande 602 Weber.

[8] W. G. L. von Donop, Historisch-geographische Beschreibung der fürstlichen Lippischen Lande. Lemgo 1790, S. 145ff., S. 147: Tabelle von der Volksmenge, den Weberstühlen und dem Viehstande der Lippischen Lande in den Jahren 1776 und 1788.

Amt	1776	1788
Detmold	401	493
Oerlinghausen	302	285
Schötmar	98	166
Varenholz	425	577
Barntrup	78	26
Brake	162	128
Horn	91	101
Schwalenberg	73	79
Sternberg	—	216
Blomberg	—	62
Alverdissen	—	15
	1 630	2 148

Vgl. dazu Heinz Schierenberg, Blüte und Verfall der Lippischen Leinenindustrie, S. 68: Im Jahre 1782 arbeiteten von 2850 Webstühlen im Lande überhaupt allein 2150 für den Verkauf und 1800 sogar von 3450 Stühlen 2450 für den Verkauf. ... In Lippe war die Zahl der Webstühle von 1776 – 88 auf dem platten Lande beträchtlich gestiegen ... 1630 ... auf 2071 Webstühle ... Vorsprung vor der Grafschaft Ravensberg, 1789 Ravensberg = 2660 Webstühle, in Lippe 1790 ... 3200 auf dem flachen Lande.

Statistische Angaben

Aufschlußreich ist eine tabellarische Übersicht über die Zahl der Webstühle in Bielefeld, Herford, Versmold, Enger, Bünde aus dem Jahre 1788; es wurden 201 gezählt. 10 Jahre später, im Jahre 1798, wächst die Menge auf 247 Stühle an. In den Ämtern Brackwede, Enger, Schildesche, Werther, Heepen, Ravensberg, Limberg, Vlotho, mehr auf dem Lande, ist das Zahlenverhältnis in den beiden Jahren 2440 und 3078 Stühle. Ein ähnliches Anwachsen läßt sich in den gleichen Jahren im Lipper Lande verfolgen.

Ziehen wir zum Vergleich das Fürstentum Minden heran. Dort wurden, wenn auch ein wenig später, 1789 Webstühle angegeben. Im Amt Lage, Kreis Detmold, wurden im Jahre 1806 808 Webstühle gezählt, an denen 612 Webmeister und 473 Webegehilfen arbeiteten. Im Münsterland war im 19. Jahrhundert jeder vierte Handwerker ein Leineweber. In Ibbenbüren, Kreis Tecklenburg, sind im Jahre 1820 nur noch 14 gewerbsmäßige Stühle in der Stadt, dagegen sind nicht die der Bauern und Heimarbeiter angeführt. In Haltern werden 1818 80 Webstühle vermerkt. Oerlinghausen, Kreis Lemgo, kann noch um 1900 auf 300 Hauswebstühle hinweisen. Im Gewerbeverzeichnis des Jahres 1812 von Stadtlohn werden neben 1000 Hausspinnrädern 325 Hauswebstühle genannt, im Amte Marl im Jahre 1848 60 Stühle. In der Grafschaft Mark gab es im Jahre 1762 allein 183 Leinewebermeister.

Im Anfang des 17. Jahrhunderts blühte das Leineweberhandwerk besonders in der Stadt Schwerte. 1722 werden noch 40 Leinenweber verzeichnet. Im heutigen Kreis Ennepe-Ruhr spielte seit dem Anfang des 18. Jahrhunderts neben der Garnveredlung die Weberei eine bedeutende Rolle. Dank belgischer Weber, die von dem Schwelmer Johann Sternenberg im Jahre 1702 ins Land geholt waren, begann die Leinenweberei einen Aufschwung zu nehmen. Auch in dieser Landschaft wurden in Heimarbeit im 19. Jahrhundert, und zwar in vielen Häusern des westlichen Bezirks des Kreises, einfaches glattes Leinen, Drell, Drillich, Zwillich, Bettziechen, Siamosen, Barchent, aber auch feines Leinentuch gewebt. In Dülmen und Umgebung zählte man 1818 300 Handwebestühle, in der Stadt selbst waren 20 Leinenhändler ansässig.

In der Stadt Laasphe in Wittgenstein hatten sich die Leineweber zu einer Zunft zusammengeschlossen. Im Jahre 1861 wurden, um die Schröttersche Statistik[8a] zu zitieren, in Wittgenstein 53 Webstühle für Baumwollwaren, 249 für Leinen, 128 Webstühle für wollene und halbwollene Zeuge, im Jahre 1866 allerdings nur noch 87 Webstühle für wollene, 3 Webstühle für baumwollene, 8 Webstühle für leinene Zeuge gezählt.

Aber auch in den Industriezentren, wie im Siegerland, war die Weberei zu Hause; in fast allen Bauernhäusern standen bis in die 2. Hälfte des 19. Jahrhunderts, noch bis zu den Jahren 1870–1880 1880 Webstühle, an welchen in Heimarbeit für städtische Unternehmer Woll- und Halbfabrikate gefertigt wurden.

2. Die verschiedenen Webmuster

Wie sah dieses Leinen nun aus, für das man auf dem Weltmarkt so viele Legge-Gütezeichen kannte[9], bestanden doch im 18. Jahrhundert in Nordwestdeutschland ungefähr 70 Leinenleggen? Die verschiedenen Bindungen[10], die dank der besonderen Einrichtung des Webstuhls technisch gesehen möglich waren: die Leinen-Köper- und Atlasbindung gaben den Geweben verschiedenartige Struktur oder Musterung, ebenso die weißen und farbigen Garne in bestimmter und überlieferter Anordnung. Schon die verschiedene Wahl der Kett- und Schußfäden – waren die Kettfäden nicht von der gleichen Feinheit und Stärke wie die Schußfäden – verändert die Oberflächengestaltung und hat eine Rippung zur Folge. Dreibindige Kett- oder Schußköperbindung ergibt in der einfachsten Lösung schräglaufende Musterung. Bekannt sind Gerstenkorn und Gänseauge, Stab- und Schachbrettmuster. Atlasgewebe mit der

Webtechnik und Musterung

[8a] v. Schrötter, Statistische Beschreibung des Kreises Wittgenstein. Berleburg 1875.

[9] Bruno Kuske, Wirtschaftsgeschichte Westfalens, S. 95: Sorten wie Osnabrug, Tecklenburg und Weserleinen waren Weltmarken.

[10] Vgl. dazu Erich Meyer-Heisig, Weberei. Nadelwerk. Zeugdruck. München 1956, S. 12ff.

Versetzung von Schuß zu Schuß mit fünf-, meistens acht-, selten zwölfbindigen Kettfäden ergeben die stärksten Bildungsmöglichkeiten, insbesondere der Wechsel von Schuß- und Kettatlas als musterbildendes Element lassen eine Richtungsänderung der Kett- und Schußfäden und damit im Gefolge eine bestimmte Lichtwirkung von leuchtend und matt offenbar werden. In der Leinenerzeugung[11] unterschied man feines Leinen und klargestreifte Leinwandsorten, gewürfelte oder Drellgewebe. Man sprach von geblümter, sogenannter schweizerischer Leinwand, von Warendorfer und Bielefelder, von breiter holländischer Leinwand.

Man kannte die Bezeichnung Russenleinen, das ein grobes Segeltuchleinen war, welches im Jahre 1805 im Amt Heepen angefertigt wurde und zum Verkauf ging. Man unterschied 1) Warendorfer von 60 Ellen, 2) Bielefelder dichte, 3) Bielefelder halbdichte, 4) dito klare, 5) klargestreifte von lauter Garn, 6) klargestreifte gewürfelte, 7) baumwollene gewürfelte, 8) baumwollene gestreifte klar, 9) geblümte Leinwand auf gezogenen Stühlen, 10) breite holländische Leinwand, 11) rote, weiße und blaugestreifte Taschentücher, 12) gelbe und graue Leinwand zu Kleidungen, 13) alle Sorten von Drell, aber keinen Damast.

Warensorten

Wieviele Muster in der rein bäuerlichen Weberei möglich sind, offenbart die verdienstvolle Suchaktion des Lehrers Suerbaum aus Gellenbeck bei Osnabrück, die im Jahre 1954 noch 142 verschiedene Leinwandmuster in einem einzigen Dorf, nämlich Gellenbeck, Landkreis Osnabrück, ergab (heute zum großen Teil im Museum Osnabrück). In Gellenbeck, das muß hinzugefügt werden, wird heute in den bäuerlichen Familien so gut wie gar nicht mehr gewebt.

Besonders gerühmt war das Löwendlinnen, das im Münsterland, im Osnabrücker, Tecklenburger, Ravensberger, Mindener Land verfertigt wurde. Leib-, Tisch- und Bettwäsche sowie Handtücher wurden im Bauernhaus gewebt, auch bestimmte Kleidungsstücke für Mann und Frau.

Webstühle

Die Tätigkeit der handwerklichen Weber[12], die an großen komplizierten Webstühlen werkten, ist nur mit großer Mühe zu ergründen, so an Hand von Akten, gedruckten Zunftordnungen, Musterbüchern mit Leinenproben in den Museen. Der Zampelstuhl wurde im Jahre 1840 allmählich verdrängt oder ersetzt durch die Jacquardmaschine (benannt nach dem französischen Erfinder Jacquard). Feinste Tischtücher, „das Beldruck" (Gebildtuch) z. B., waren im wesentlichen Angelegenheit der städtischen Weber, weniger des Landes.

[11] Heinz Potthoff, Das Ravensberger Leinengewerbe im 17. und 18. Jahrhundert, S. 46 und 49.

[12] Ebda., S. 51. – P. F. Weddigen, Historisch-geographisch-statistische Beschreibung der Grafschaft Ravensberg. Leipzig 1790, S. 59. – Westphälischer historisch-geographischer National-Kalender zum Nutzen und Vergnügen auf das Jahr 1805. Hrsg. von P. F. Weddigen. Kleinbremen im Fürstenthum Minden 1805. Unter den Linnenfabrikanten gibt es sehr begüterte, unter welchen einige 8–10 Stühle im Gange haben . . .

Im Museum Hohenlimburg hat sich das Ölbild eines Limburger Leinewebers namens Caspar Dietrich Brand zur Zeit Friedrichs d. Gr. erhalten. Der Dargestellte mit blauen Wadenstrümpfen in Schnallenschuhen, grüner Kniehose, kaffeebraunem Rock mit Taschenaufschlägen, gelben Knöpfen, Spitzenjabot, Dreieckshut, langem Haar. – Otto Nübel, Das Landhandwerk des Münsterlandes um die Wende des 19. Jahrhunderts. Münster 1913, S. 34: auf je 90 Einwohner 1 Leineweber. – A. Meister, Die Grafschaft Mark, Bd. II, S. 109: Die Stadt Bochum zählt 8 Leinenweber in den amtlichen Berichten von 1722; S. 118: Stadt Hamm 51 Leineweber; S. 131: Stadt Kamen 44 Leineweber. – Emil Böhmer, Kreis Ennepe-Ruhr, Stadt Hagen. Kreis- und Stadt-Handbücher des Westfälischen Heimatbundes. Münster 1948, S. 39. – Erich Schmidt, Die Leineweberzunft in der Grafschaft Wittgenstein. In: Das schöne Wittgenstein. Nr. 10, 1938, S. 74ff.

Hermann Rothert, Heimatbuch des Kreises Bersenbrück, Quakenbrück 1923, S. 61: Im Jahre 1771 legten zwei Osnabrücker Kaufleute in Vörden eine bunte Leinenfabrik an. Sie organisierten die hausgewerbliche Leinwandweberei der Häusler im Verlagssystem. – Vgl. ferner Ludwig Sager, Die Grafschaft Bentheim in der Geschichte. Bentheim o. J., S. 21: Die Gildeschaft der Weber in Nordhorn wurde im Jahre 1684 begründet; S. 22: Die erste Webergilde schloß sich 1683 in Neuenhaus zusammen. In Schüttorf zählte man noch 1825 70, in Neuenhaus 57, in Nordhorn nur 13 und im Amt Bentheim 51 Webstühle. In den Bauerschaften der Niedergrafschaft dagegen betrug die Gesamtzahl der Webstühle 645 Stück. Es wurden hier jährlich etwa 174000 Rollen Leinwand gewebt; S. 55: 1863 klapperten noch im Amt Neuenhaus 836, im Amt Bentheim 419 Webstühle. Emil Böhmer, Geschichte der Stadt Schwelm. Schwelm 1950, S. 118: Unter den Textilfirmen des 18. Jahrhunderts waren die Firmen Sternenberg die bedeutendsten. Ihre Heimarbeiter waren über ganz Westfalen zerstreut, viele wohnten am Winterberg. Sie waren Saisonarbeiter, neben ihrem „Getaue" hatten sie noch einen Kotten. Im Winter war so die Hauptarbeitszeit für sie, sie waren in gewisser Weise krisenfest. 1788 beschäftigten die Brüder J. Heinrich und Henr. Arnold Sternenberg 37 Bettziechenmacher, 94 Dobbelstein- und Siamosenweber, 38 Spuler und 11 Vorspinner.

Bedruckte Schürze, Blaudruck aus Gütersloh, Kreis Wiedenbrück, 19. Jahrhundert. Privatbesitz

Der Kirchhof zu Buer mit Kirchgängern in Tracht. Aquarell von dem Drechslermeister Funking, Buer, Kreis Melle, vor 1852

Westfalen konnte sich auf diesem Gebiet mit dem Rheinland und Sachsen durchaus messen. Für die Webmuster waren Musterbücher in Gebrauch. Ein Beispiel dieser Art ist im Herforder Museum vorhanden, das uns Aufschluß gibt über 10-, 15-, 18-, 25- und 30schäftigen Drell. Das „Weber-Bild- und Musterbuch zur Beförderung der edlen Leinen- und Bildwebekunst" von Johann Mich. Kirschbaum, in Heilbronn 1836 herausgegeben und im westfälischen Raum vielfach benutzt, gibt uns Aufschluß darüber, daß auch hierbei überregionale Tendenzen, wie bei vielen Handwerkszweigen, vorherrschen.

Welche Bedeutung der handwerklichen Bandweberei zukommt, erkennen wir aus Berichten im Schwelmer Raum. In Langerfeld hatte sie sich vor 1700 eingebürgert, in Schwelm selbst begann diese Art des Webens erst um 1750 populär zu werden, und schließlich hatte jedes Haus einen solchen Bandwebestuhl aufzuweisen, an dem alle Familienmitglieder arbeiteten, ja sogar alte Menschen und Kinder assistierten. Schwelmer Leineweber waren tätig für bergische Kaufleute. Diese Aufstellung könnte beliebig für viele andere Städte und Landschaften gemacht werden, doch ist sie wohl überzeugend genug, um die Bedeutung der handwerklichen Bandweberei gebührend herauszuheben.

Bandweberei des Schwelmer Raumes

Wir verweisen auf eine Musterkarte einer bergischen Weberei, die im Münsterland in Heimarbeit Band-Handwebmuster herstellen ließ. Sie stammt aus dem Jahre 1842 und befindet sich in Wiedenbrück. 1860 war diese Handweberei beendet[13].

Bielefelder Damastweberei

Damast[14], seiner Bindung nach ein einschichtiges Gewebe mit Helldunkelschattierung, ist in seinem Namen von der Stadt Damaskus abgeleitet, wo solche Gewebe zunächst auffielen. In Seiden- und Leinenmaterial hergestellt – wir kennen den Ausdruck Damastdrell –, hat dieses in Holland und Flandern im 17. Jahrhundert seine besondere Bedeutung gehabt. Bielefeld[15] hatte z. B. im Jahre 1782 zwei Damastweber mit 4–5 Stühlen aufzuweisen. 1783 wurde hier eine Aktiengesellschaft gegründet mit dem Ziel, eine Schule für Erziehung einheimischer Weber aufzubauen. Sie hatte einen Webermeister Beyerlein aus Plauen angestellt, also aus einem Zentrum der Damastweberei in Mitteldeutschland (Abb. 360, Damasttuch von 1797 aus Bielefelder Manufaktur). 1800 waren es schon 12 Stühle, doch mußte man sehr gegen sächsische und schlesische Konkurrenz ankämpfen.

1802 wurde eine zweite Damastweberei gegründet mit 11 Stühlen, doch ist ihre Fabrikation unbekannt. Ob hier nur Weißdamaste oder auch Blau- und Rotdamaste gearbeitet wurden, entzieht sich unserer Kenntnis. Es ist aber anzunehmen, daß diese Weber die Mode der damaligen Zeit mitmachten und ähnliche Dinge webten, wie sie ihre Kollegen in Sachsen, Schlesien, Pommern, Holland anfertigten. Auf den Schlössern und in den Bauernhäusern Westfalens sind stattliche Damasttafeltücher, Bildwebereien mannigfachster Art zu finden, deren genaue Herkunft noch festzustellen ist. Jedenfalls eroberte diese Kunstgattung über Sachsen und Schlesien nord- und westdeutsches Land.

Pflanzlich-ornamentale wie figürliche Muster spielten eine Rolle. Sie sind zentral um ein Hauptmotiv geordnet, oder zwei Motive wiederholen sich im Steilrapport, im spiegelsymmetrischen Sinn spitz eingezogen oder addierend nebeneinander.

In die Reihe dieser Damaste gehören einige Servietten und Tischtücher aus altem Besitz im Osnabrücker Land: Bilddamaste mit der Darstellung der 5 Sinne oder der Eroberung von Budapest durch

[13] Vgl. Monographie des Landkreises Wiedenbrück. Industrie und Handel. Gütersloh 1966, S. 21 und 22, farb. Abb.

[14] Wolfgang Schuchhardt, Textilien. In: Adolf Spamer, Die deutsche Volkskunde. Berlin 1934. Bd. I, S. 457: In Deutschland breitete sich die Damastweberei von Sachsen nach Schlesien und von da wieder nach Westen und Norden aus. – Derselbe, Bilddamaste der deutschen und europäischen Volkskunst. In: Volkswerk. Jena 1941, S. 200–226.

[15] Margarete Braun-Ronsdorf, Alte Tafeldamaste. Darmstadt 1955, S. 20: Einige Haarlemer Damastweber ließen sich zu Beginn des 17. Jahrhunderts in Friesland nieder, wo die ersten Bilddamastgewebe Deutschlands hergestellt wurden. Bei dieser gezogenen Ware, wie man sie in Deutschland nannte, wurden die alten holländischen Muster weiter verwendet, so daß wir den Jagddarstellungen dort ebenso begegnen wie den alten Reihenerzählungen aus der biblischen Geschichte. – Erich Meyer-Heisig, Weberei. Nadelwerk. Zeugdruck. München 1956, S. 47ff. – Damast och Dräll. Göteborg 1938. Katalog S. 5–12; Vivi Sylwan, Utländskt damast duktyg und Märta Lindström, Duk och Damast. In: Kulturen 1958. Lund 1959, S. 158ff.

Leopold I. (Abb. 361)[15a]. Sie sind soziologisch gesehen mehr eine Angelegenheit des Adels, des gehobenen Bürgertums, nicht so sehr der Bauern. Erst später finden sie auf dem Lande bei der einfachen Bevölkerung die gleiche Beachtung. Sie sind in der Regel Importware aus Flandern.

Norditalien, Frankreich und später Westflandern mit Coutrai waren Zentren der Herstellung, später Holland, Deutschland, Skandinavien, Irland. Unter dem Einfluß des protestantischen Hollands werden Darstellungen aus dem Alten und Neuen Testament modern.

Iserlohner Seidenweberei

Die Seidenweberei Westfalens sowie die Tuch- und Bandfabrikation[16] bedürfen noch einer genauen Durchleuchtung, um zu einem abschließenden Urteil zu kommen. Man arbeitete für den städtischen und ländlichen Bedarf, insbesondere für den Export. Schwarze und farbige Seidentücher wurden in Iserlohn schon in der ersten Hälfte des 18. Jahrhunderts hergestellt. Der Name des Seidenwebers Bernhard Wieler und seiner drei Söhne ist uns überliefert. Um 1800 werden 564 Arbeiter mit 232 Webstühlen genannt.

Die Leineweber in der Stadt Laasphe[17] im Wittgensteinischen hatten z. B. im Jahre 1762 als Meisterstück „ein Zeug mit 50 Gängen, vierschäftig gestrickt und dann 10 Ehlen Tuch dadurch ... zu liefern". Der Bildwerk-Leineweber „soll zum Meisterstück in einer Ehle drey Muster machen und solche vors Handwerk bringen ... die Meister auf dem Lande aber, so das Handwerk nicht so hoch zu Treiben pflegen, sollen zum Meister Stück ein Zeug mit Dreysig-fünf Gängen vierschaftig gestrickt und dann zehen Ehlen Tuch dadurch gewebte machen". Damastweber, insbesondere Bildweber, waren sehr angesehen. Ihre Spuren lassen sich außer in Laasphe auch in Schwerte[18] und Unna, in Stadtlohn, Sendenhorst[19], Telgte[20] und Oelde verfolgen, natürlich auch in Bielefeld[21], aber auch in Dinklage[22] im altwestfälischen Nordland. So lernte Dietrich Schöttler aus Schwerte bei Johannes Flottmann in Unna in der 1. Hälfte des 17. Jahrhunderts das Bildweben.

Sein Übungsbuch ist uns erhalten, es ist uns wichtig wegen seiner Aufzeichnungen über Ereignisse aus dem Dreißigjährigen Krieg.

Weitere Mittelpunkte der Leinwanderzeugung waren Ahaus, Ahlen, Beckum, Billerbeck, Blomberg, Borgholzhausen, Bocholt, Borghorst, Borken, Brakel, Büren, Brilon, Burgsteinfurt, Coesfeld, Datteln. Aufschlußreich sind die Produktions- und Exportzahlen. Nur zwei Fakten seien hier herausgegriffen: Im Amt Heepen schätzte man 1805 den Wert des jährlich fabrizierten Linnens auf 115600 Rthr., den auswärtigen Debit auf 76600 Rthr. für den Verkauf nach Köln, Trier, Lüttich, Maastricht und an die

[15a] C. A. Burgers, De verovering van Boeda-Pest en de geschiedenis van een damastpatron. Bulletin van het Rijksmuseum. 's-Gravenhage Jg. 10, 1969, S. 126–134.

[16] E. Voye, Die Industrie im südlichen Teil der Grafschaft Mark, In: Die Grafschaft Mark, hrsg. v. A. Meister, Dortmund 1909 S. 492f.: Seidentuchindustrie im Jahre 1770. Produktion von Samtbändern im Jahr 1738. – A. Meister, Seidenbau und Seidenindustrie in der Grafschaft Mark. Zeitschr. Westfalen 6. Bd. 1914, S. 1ff.; S. 12: Seidenindustrie in Breckerfeld und Iserlohn, (Wiedersche Fabrik) und Schwelm (Beckmannsche Fabrik). – Vgl. auch Emil Böhmer, Geschichte der Stadt Schwelm. Schwelm 1950, S. 119. – Wilhelm Uhlmann-Bixterheide, Eingegangene Zweige der märkischen Industrie. In: Das sauerländische Bergland. Hrsg. v. W. Uhlmann-Bixterheide. Dortmund 1921, S. 92–98.

[17] Erich Schmidt, Die Leinenweberzunft in der Grafschaft Wittgenstein. In: Das schöne Wittgenstein, 1938, Nr. 10, S. 74: Im Jahre 1762 gab es in der Grafschaft Wittgenstein 183 Landwebemeister.

[18] J. Spiegel, Handwerk und Handel im alten Schwerte. In: Der Märker, Jg. 8 1959, S. 15: Die Gilde der Tuch- und Leinenweber stieg bis auf 68 Meister an ... Ein Zunftschild im Ruhrtalmuseum von 1782 zeigt die Handwerksgeräte der Weber: Weberschiffchen, Zange, Schere und Kämme, von zwei Engeln gehalten, mit Inschrift: Königliche verordnete Leinen-, Tuch- und Gebildweberzunft 1782 D. 8 Marte.

[19] B. Fascies, Ein Linnentuchamt im alten Sendenhorst. Heimatblätter der Glocke 1945, Nr. 36, S. 143.

[20] Staatsarchiv Münster. Gilden und Zünfte, Nr. 112: Die Rolle der Linnentuchmacher in der Stadt Telgte 1650, erneuert 1802: Den Meistern aber, welche feine Damaste oder besonders feine Tischzeuge verfertigten und ihr ganzes Geschäft davon machen, steht es allerdings zur Aufmunterung ihres künstlichen Gewerks frey, mehrere Lehrjungen auf einmal zu nehmen.

[21] Eduard Schoneweg, Das Leinengewerbe in der Grafschaft Ravensberg. Bielefeld 1923. S. 139 u. 154

[22] Aus Berichten des Archivs für westfälische Volkskunde Münster/Westf.: Von der Flachsbereitung, vom Spinnen und Weben, berichtet von Grete Velmelage, Nortrup, Kreis Bersenbrück. Rhein.-Westf. Zeitschr. f. Volkskunde Bd. VII 1960, S. 229–38, besonders S. 235: Im benachbarten Dinklage wurde viel gewebt, in den achtziger und neunziger Jahren noch. Dort saßen kunstvolle Weber, die auch Tischtücher in Blumenmustern und in Drell webten ... Die Namen der Weber waren Nuxoll und Ostendorf und Joseph Fangmann in Schwege in Hörstmanns Heuer.

Grenzen Lothringens. Etwa 4 Millionen Leggeellen gingen jährlich aus dem Fürstentum Minden nach Bremen, Amsterdam, Hamburg, Spanien, Portugal, nach England, Schottland, nach Frankreich und den überseeischen Kolonien der Portugiesen, Engländer, Holländer und Franzosen[23].

Und so sah es mit dem gesamten westfälischen Leinenhandel aus, der natürlich stark von der europäischen Kolonialpolitik abhängig war. Das zeigte sich auch besonders in dem amerikanischen Freiheitskrieg. Gingen die Leinenproduktion, der Leinenhandel selbständige Wege, so waren die Tuch-, Siamosen- und Seidenweberei doch stark im Banne des Rheinlands, vor allem bergischer Unternehmer. Vergessen wir nicht, daß die Weberei in Gestalt des Handwerks wie des Hausfleißes andere Handwerkszweige in Stadt und Land nach sich zog: Zunächst den Drechsler, den Spinnrockenmacher, Spinnraddrechsler und den Färber. Welche Rolle das Leinen innerhalb der bäuerlichen Bekleidung spielte, wird vielleicht klar aus der Bedeutung des Leinenkoffers und des Leinenschrankes der Braut innerhalb der bäuerlichen Haushalte. Leinenhandel

Im Ravensbergischen[24] erhielt der Bräutigam z. B. von der Schwiegermutter zur Verlobung zwölf Hemden, bei der Hochzeit dieselbe Anzahl, die Mitgift an Hemden im Engerschen erreichte die stolze Zahl von sechs Dutzend, in Dissen von 100 Stück. Was nun allein die Bettwäsche, die Leinenrollen, die Handtücher, die Tellertücher und schließlich das Tischzeug anging, so kann man sich vorstellen, daß hier der bäuerliche Reichtum verpflichtend wirkte und sämtliche Koffer und Leinenschränke füllte.

Bisher ist nur allgemein von Leinen-, Baumwoll- und Seidenweberei die Rede gewesen. Wir müssen auch einen Blick auf die bäuerliche Bandweberei werfen, die leider nur in wenigen Zeugnissen belegt werden kann. Um 1860 erzählte die Witwe Nolting aus Werther: In der Nähe von Bardüttingdorf-Wallenbrück seien 5 bis 6 cm breite Bänder aus gezwirntem, festem Hanfgarn gewebt, und zwar für Schiffsseile auf dem Handwebestuhl[25].

3. Blau- und Schönfärberei

Ein erloschener Zweig der westfälischen Volkskunst ist die handwerkliche Blau-, Bunt- und Schönfärberei. Es besteht kein Zweifel, daß die wirklich bedeutende Webkunst der damaligen Zeit andere Handwerkszweige wie die der Drechsler und Färber nach sich gezogen hat, wenn sie auch nicht die gleiche Höhe erreicht haben. Von diesem alten Handwerk, seiner Bedeutung innerhalb des Landes, seiner geschichtlichen Sendung, seiner künstlerischen Entwicklung kann trotz beachtlicher Vorarbeiten[26] nur wenig berichtet werden.

Rezept- und Musterbücher, Druckstöcke und bedruckte Stoffe, vornehmlich des 19. Jahrhunderts, geben uns Aufschluß über eine recht kurze Phase des Schaffens dieses Handwerks, eigentlich nur über seine Endentwicklung.

Der Zeugdruck, seit dem Ende des 17. Jahrhunderts im sogenannten Wachstuch- oder Reservedruckverfahren nach englischer und holländischer Methode arbeitend, gewinnt in Deutschland dank den Anstrengungen Augsburger Handwerker mehr und mehr an Boden. Die neuen gedruckten Kattune, die sogenannten Porzellandrucke, und in ihrem Gefolge die Blaudrucke werden überraschend modern. Das alte Verfahren des Buntdrucks, in Deutschland beliebt seit dem frühen Mittelalter – das Prinzip der, Musterung eines eingefärbten Tuches mit einem farbig bestrichenen, holzgeschnitzten Druckstock –, in Leim- und Öldruckverfahren wurde abgelöst. Über dieses Stadium des westfälischen Buntdrucks ist Zur Geschichte des Zeugdrucks

[23] Moller, Kurze historisch-genealogisch-statistische Geschichte der Hauptstadt Hamm. Hamm 1800, S. 135: Das viele Linnen, welches ehedem hier gemacht wurde, ging nach Holland, Lüttich und Brabant. – Absatzgebiete der lippischen Leinwand waren z. B. im 17. Jahrhundert Holland, England und Spanien. Vgl. dazu Heinz Schierenberg, Blüte und Verfall der lippischen Leinenindustrie, S. 38.

[24] Eduard Schoneweg, Das Leinengewerbe in der Grafschaft Ravensberg, S. 178.

[25] Ebda., S. 144.

[26] Wilhelm Schmitz, Westfälischer Blaudruck. Münster 1936 und 1942. – Eduard Schoneweg, Das Leinengewerbe in der Grafschaft Ravensberg, S. 198.

der Schleier der Vergangenheit gebreitet. Wir wissen nicht, welche Leistungen Westfalen auf diesem Gebiet im Mittel- und Nachmittelalter vollbracht hat, wie weit es abhängig war von den damaligen Zentren des Buntdrucks: Köln und Augsburg. Wohl ist bekannt, daß Färber zu Münster[27] in den Jahren 1593–1601 eine lebhafte Tätigkeit entfalteten. Der Osnabrücker Rat[28] erließ 1588 eine Färberordnung, nachdem man den holländischen Färber Zeno Rösling aus Zwolle hergeholt hatte. Was das 18. Jahrhundert angeht, so wissen die Akten der Kriegs- und Domänenkammer Minden[29] zu berichten, daß „der Färber Jürgen Heinrich Bormann auch wohl öfters alt Linnen mit schwartzen Blumen den Bauern zu Halsztuchen drückt" (12. Februar 1722). Auch in Paderborn bestand in der Barockzeit ein Schwarz- und Blaufärberamt. Gegen Ende des 18. Jahrhunderts blühte im Bentheimischen[30] dieses Gewerk, da die Niederländer seit 1770 schwarze und blaugefärbte Leinwand verlangten. Blaufärber und Buntdrucker waren gleichfalls im 18. Jahrhundert in der Grafschaft Mark tätig[31].

Es ist unbekannt, welchen Einfluß die ostindischen Handelskompagnien gegen Ende des 17. Jahrhunderts dank ihren leuchtenden, buntbedruckten Baumwollgeweben, „der Indiennes", der Kalikos und Chintze mit ihren orientalischen Rosen- und Palmettenmustern auf die damaligen Bunt- und Zeugdrucke des Landes ausgeübt haben.

Das Dunkel beginnt sich erst mit dem Blaudruck des 18. und 19. Jahrhunderts zu lichten. Mehr und mehr gewinnt der Blaudruck, der vom damaligen Kattundruck abhängig war, zu dieser Zeit an Bedeutung, nicht zuletzt begründet durch die Verwendung des echten Indigo-Farbstoffes, der aus der indischen Indigopflanze gewonnen wurde.

Blaudrucker saßen in Städten und auf dem flachen Lande, so in Münster, Dortmund, Hamm, Herne, Dülmen, Ramsdorf, Warendorf, Mettingen, in Menden, Soest, Altena, in Lübbecke, Gehlenbeck bei Lübbecke, Osnabrück, Bramsche, Melle, in Nordhorn, Schüttorf, Lemgo, Lage, Detmold, in Minden, Bünde, Herford, Bielefeld und in kleinen Dörfern, besonders massiert im Lippischen und in der Grafschaft Ravensberg. Wir nennen nur Borgholzhausen, Werther, Versmold, Petershagen, Hausberge, Hille. In Mettingen lebten die Färber Bernhard Georg Moormann und Telsemeyer (1. Hälfte des 19. Jahrhunderts). In Westhofen arbeiteten um 1830–1850 der Färber und Blaudrucker F. Weiberg. Sein Lieferbuch befindet sich im Ruhrtal-Museum in Schwerte.

Blaudrucker

Welche Wanderwege die Blaudruckergesellen zurücklegten und welche Möglichkeiten sie hatten, das zeigen die skizzierten Wegepläne des Gesellen Franz Josef Kramer aus Greven in den Jahren 1818/19 und des aus dem gleichen Ort stammenden Franz Josef Halstrup in den Jahren 1839–42; der eine durchwanderte West- und Süddeutschland, die Mark Brandenburg, Sachsen, der andere West- und Mittel- und Ostdeutschland, Pommern, Sachsen, Schlesien.

Wir kennen die Namen der Blaudrucker in Bissendorf und Gesmold bei Osnabrück, wie Heitmeyer, Hilmers, ebenso Kirschmeyer aus Dinker bei Hamm. Wenn auch behauptet wird, daß die Färberei nicht die gleiche Höhe wie die damalige Webkunst erreicht habe, schon weil die Färber sozial mehr für die unteren Schichten arbeiteten, so zeigt doch diese Aufzählung, daß dieses Handwerk in Westfalen recht verbreitet war. Als die Holländer um 1770 nur noch blau- und schwarzgefärbtes Leinen beziehen wollten,

[27] Robert Krumbholtz, Die Gewerbe der Stadt Münster bis zum Jahre 1661. Leipzig 1898, S. 512

[28] Niedersächsisches Staatsarchiv Osnabrück, Fach 25, Nr. 13

[29] Staatsarchiv Münster, Kriegs- und Domänenkammer Minden XXI, 238, Vol. 1: Acta wegen Errichtung einer Zunft der Schön- und Schwartzfärber: Stadt Petershagen 2 Färber, Cord Henrich Mohrbach u. Johann Henrich Ohrtmann (1722) ... Färber zu Hausberge 1742. – Ebda. vgl. Paderborn, Geheimer Rat 1724 VIII: Nachrichten über das Schwarz- und Blaufärberamt im Bistum Paderborn.

[30] H. Specht, Geschichte des Handwerks in der Grafschaft Bentheim. In: 25 Jahre Handwerkskammer zu Osnabrück 1900–1925. Osnabrück 1925, S. 20.

[31] A. Meister (Hrsg.), Die Grafschaft Mark, Bd. 2, S. 105ff. In der Grafschaft werden 1722 genannt 3 Blaufärber in Hamm, 1 Buntdrucker in Kamen, 1 Blaufärber in Bochum, 2 Färber in Breckerfeld, 1 Buntdrucker in Lünen, 1 Blaufärber in Iserlohn.

zogen die Kaufleute der Grafschaft Bentheim geschickte Färber nach Nordhorn und Schüttorf, um diese Forderung zu erfüllen[32]. Das neue Handwerk blühte in diesen Städten knapp ein Jahrhundert, dann starb es als selbständiges Gewerbe aus[33].

Mit der Kenntnis des Färbens war das Modelstechen verbunden. Die Druckstöcke oder Model waren entweder geschnitzt – als Material war am besten das faserlose, harte Birnbaumholz geeignet –, die Ornamente wurden im Flachschnittverfahren geformt oder später im 19. Jahrhundert mit runden Messingstiften oder -streifen in die Holzform eingesetzt. Eindrucksvoll sind zwei figürlich geschnitzte Druckmodel aus dem Kreisheimatmuseum von Herford, die dem 18. Jahrhundert angehören. Dargestellt sind in barocker Manier das himmlische Jerusalem und die Auferstehung Christi, also zwei religiöse Themen, die auf Tüchern und Bettvorhängen erscheinen.

und Modelstecher

In den Osnabrücker Intelligenzblättern vom Jahre 1792[34] wird aus dem Dorfe Gesmold berichtet: Wenn jemand Lust hat, die Färbe- und Druckerey, zugleich auch das Formstechen zu erlernen, kann sich bey dem Blaufärber Ludwig Hilmers in Gesmold melden, daselbst die Konditiones erfahren und können sofort gegen künftigen Ostern die Lehrjahre angetreten werden. In der Vogtey Halle lebte um 1805 ein Schönfärber Bohle, der laut Angaben im Westphälischen historisch-geographischen Nationalkalender sich im Formstechen auszeichnet, „nicht bloß nachahmt, sondern selbst erfindet".

Diese Nachricht zeigt, daß der heimische Zeugdrucker als Kind seiner Zeit den damaligen Stileingebungen folgt, die zeitgenössischen Muster erprobt, aber darüber hinaus selbständig schöpferisch tätig ist.

Erhalten haben sich ein Rezeptbuch des Joh. Heinrich Wenning, 1791, auf der Rothenburg in Münster, ein Lieferbuch des Färbers und Blaudruckers F. Weiberg in Westhofen (Ruhrtal-Museum Schwerte), ein Musterbuch aus dem 19. Jahrhundert des Blaudruckers Kröger in Bünde (Privatbesitz), ein Musterbuch des 19. Jahrhunderts im Kreisheimatmuseum Lippstadt, ein Musterbuch eines Färbers aus Rietberg im Landesmuseum Münster, ein zweites von dem Bissendorfer Färbermeister Heitmeyer in Privatbesitz, weiter Model, Elle und Musterbuch des Herner Blaudruckers Adolphen, der 1843 bei dem Dortmunder Meister Zurstraßen lernte (Museum Herne), weiter ein Rest einer figürlich gemusterten Leinendecke des 18. Jahrhunderts in Bielefeld (Privatbesitz), einige Druckmodel des Blaudruckers Adolf Kirschmeyer aus Dinker bei Hamm (Museum Hamm), des Blaufärbers Hasenpatt-Herford 1795–1879 (Museum Herford), ein Model mit dem Reichsadlermuster und Inschrift: Johann Henrich Rötgers zu Warendorp zum Bestempeln der Bomseide.

Druckmodel

Druckmodel bewahren die Museen Bielefeld, Herford, Detmold, Minden, Lemgo, Osnabrück, Münster, Warendorf, Dülmen, Ramsdorf, Herne, Hamm, Menden, Soest, Altena, Wewelsburg; sie geben uns aber nur geringen Aufschluß. Vornehmlich aus dem 19. Jahrhundert stammend und eine Endentwicklung dokumentierend, zeigen sie geometrische und pflanzliche Muster mannigfacher Art (Taf. XI, Blaudruck aus Gütersloh, Kreis Wiedenbrück). Hier und da merkt man fremde Einflüsse: die indisch-persische Palmette, das persische Rosenmuster. Die Muster werden im 19. Jahrhundert kleinteilig, verraten bisweilen naturalistische Tendenzen.

Muster

Die Namen dieser Muster erfahren wir in einem Musterbuch des gleichen Jahrhunderts aus dem ehemaligen Besitz des Bielefelder Färbers Kottmann[35]. Sie heißen: Kohlsaat (Muster mit kleinen Rund-

[32] L. H. Hoffmeyer, Geschichte des Handwerks im Fürstentum Osnabrück in Lingen, Meppen und Papenburg. In: 25 Jahre Handwerkskammer zu Osnabrück. Osnabrück 1925, S. 161.

[33] H. Specht, Geschichte des Handwerks in der Grafschaft Bentheim, S. 25: Es erwarben folgende Färber in Nordhorn das Bürgerrecht, 1771 Bernd Reinders aus Gildehaus, 1786 H. Möller Nordhorn, 1793 Jan Adolf Franke aus Schüttorf, 1804 Hendrik Hartgerink aus Schüttorf, 1808 H. H. Klosters aus Nordhorn ... um 1810 färbten 3, 1830 4, und später 5 Meister in der Stadt. — Ludwig Sager, Die Grafschaft Bentheim in der Geschichte, S. 22/23: Der letzte Blaufärber in Schüttorf war Carl Sils bis in die 90er Jahre, der letzte in Nordhorn war Harm Hindrik Rakers. Auch aus dem Meller Kreis sind in letzter Zeit Färber bekannt geworden. – Wellingholzhausen, Aus der Geschichte des Kirchspiels und der Katholischen Pfarre Wellingholzhausen 1957, S. 147: Färber Honer aus Warendorf 1822, Färber Conemeyer 1826.

[34] Osnabrücker Intelligenzblätter 1792, S. 24.

[35] Eduard Schoneweg, Das Leinengewerbe in der Grafschaft Ravensberg, S. 207.

motiven), Kleeblatt (Kleeblattform), Efeublatt (Muster an die Gestalt des Efeublattes gemahnend), Bohnen und Erbsen, Erbsen und Kohlsaat (größere und kleinere Tupfen), Fliegen und Mücken (Tupfen), von denen kleine Striche strahlenförmig ausgehen.

Pfeffer und Salz, Donner und Blitz, Düppeler Sturm und viele andere sehr bildhafte Benennungen für abstrakte Muster begegnen uns hier. Barocke Stilelemente, großformige, dynamische und kurvenreiche Bildvorlagen kommen wenig vor (Abb. 363). Bei den gestochenen, mit Metallstiften und -bändern zubereiteten Druckstöcken des 19. Jahrhunderts spürt man mehr und mehr eine Vereinfachung und Ernüchterung in Vorlage und Themenwahl.

Die westfälischen Blaudrucke des 19. Jahrhunderts unterscheiden sich in keiner Weise von denen der übrigen deutschen Landschaften. Wenn versucht wurde, Eigenheiten in Westfalen herauszustellen, so sind diese Eigenheiten wohl mehr durch die Tracht bedingt gewesen. So bevorzugt das Sauerland großflächige Muster, stärkere, breitauseinanderliegende Streifen, Blumen- und Blätterranken, geometrische und symmetrische Muster, die an gewebte Vorlagen erinnern, und schließlich auch bildliche Darstellungen[36].

4. Stick- und Stopfmustertücher

Die bäuerliche Stickkunst hat sich, abgesehen von der Trachtenstickerei, in der Auszier von Frauen- und Männerhemden, Umschlagtüchern, Paradehandtüchern, Kopftüchern, Kopfkissen, Bettlaken, Sticktüchern, Altar-, Toten- und Hungertüchern einen Namen gemacht. Unter ihnen nehmen die Sticktücher[37] eine besondere Stellung ein, da sie einen hervorragenden Einfluß auf Technik und Bildgut gehabt haben. Von den feinen Weißstickereien der Renaissancezeit bis zu den bunten, blumigen Perlstikkereien der Biedermeierzeit ist der Weg abgesteckt, wobei Kloster und Bürgerhaus Schrittmacher waren. Platt- und Kreuzstich sind die wichtigsten Stickarten.

Nach dem Universallexikon von Zedler aus dem Jahre 1739 „wird ein Modelbuch bei Nähterei von Frauenzimmern dasjenige Tuch genannt, worin sie Buchstaben allerley Figuren Muster und so fort nach denen gar unterscheidenen Arten deren Stiche, soviel derer nur im Nähen vorkommen können, sauber mit bunten Seiden zu nähen pflegen, die sie sich hernach bey vorkommenem Bedürfnis zu einem Muster dienen lassen, wofern ihnen eine und das andere davon aus dem Gedächtnis entschwunden wäre“. Diese Musterbücher, die in vielen Heimatmuseen Westfalens anzutreffen sind und aus dem 17.–19. Jahrhundert stammen, haben stilistisch und thematisch wohl den Wandel von der Renaissancekunst bis zum Biedermeier mitgemacht, zeigen aber gleichsam rudimentär als eisernen Bestand Muster, die wiederum auf Kupferstiche, Holzschnitte und Modelbücher[38] des 16. Jahrhunderts zurückgehen.

Die ältesten Musterbücher

Wir nennen das bei Quentel in Köln 1527–1529 erschienene Musterbuch für Ornamente und Stickmuster, ferner das neue Stick- und Spitzenmusterbuch des Johann Sibmacher, in Basel 1599 und Nürnberg 1604 herausgekommen. Zu erwähnen wäre auch Rosina Fürstins neues Modelbuch, 1666–1676 in Nürnberg erschienen. Sie alle gehen auf venezianische Modelbücher zurück.

Es darf uns also nicht verwundern, so beliebte ornamentale und figürliche Muster der Renaissance, wie das Lebensbaummotiv, Vasen mit Tulpen und Nelken[39] im rhythmischen Aufbau, ferner Hirsch und Pfau oder Josua und Kaleb mit der Weintraube, Jacobs Traum von der Himmelsleiter, Christus am Kreuz, das Lamm Gottes mit der Siegesfahne und dazu den Schwan, den Löwen, den Papagei, den

[36] Wilhelm Schmitz, Blaudruck in alter und neuer Zeit. Münster 1936, S. 24.

[37] Friedrich Grossmann, Zur Geschichte der Stickmustertücher. In: Volkswerk. Jena 1942, S. 276.

[38] Arthur Lotz, Bibliographie der Modelbücher. Leipzig 1933.

[39] Vgl. Annemarie Bieting, Bäuerliche Stickereien aus der Winser Elbmarsch. Berlin 1941, S. 19ff. – Hildamarie Schwindrazheim, Überlieferung und eigene Gestaltung in niederdeutschen Stickmustertüchern. Zeitschr. Nordelbingen, Bd. 19, o. J., S. 126ff. – Walter Borchers, Stickmustertücher aus Pommern. Pommerscher Bauernkalender, Stettin 1939, S. 100. – Vgl. ferner Margrith Ott, Das Ornament im bäuerlichen Kunsthandwerk des Kantons Appenzell. Diss. Zürich. Zürich 1945.

Motive im Wandel des Zeitstils

Pelikan als ornamentale Vorlagen auf westfälischen wie niederdeutschen und nordeuropäischen Sticktüchern anzutreffen[40]. Im Barock und Rokoko werden andere Symbole beliebt. Wir nennen nur das brennende Herz, die Leidenswerkzeuge Christi, das Monogramm der Madonna und ihres Sohnes MRA IHS und schließlich Kelch, Kreuz, Weinranken, Bethlehems Stern. Als Ausdruck einer empfindsamen Zeit wird dieser Formenschatz erweitert durch Symbole, wie den Schmetterling, die Trauerweide, den Bienenkorb, die Blumenvase und das Schiff.

Stilistisch ist zu sagen, daß der strenge rhythmisch-statische Aufbau des 17. Jahrhunderts im Verlauf des Barockzeitalters allmählich einem mehr bewegten und gerundeten Liniengefüge weicht und im 19. Jahrhundert naturalistische Züge erhält, insbesondere bei der Darstellung von Blumen, Tieren, Gebäuden.

Farbige Seiden- oder Leinenfäden, im 19. Jahrhundert Wollfäden, in Platt-Stiel-Kettenstichtechnik feingliedrig gestickt, die Motive streng gezeichnet, wobei der Untergrund des Tuches unverändert bleibt, wie es in den Vorlageblättern und -büchern vorgesehen ist, werden zu Einzelbildern geordnet und vermitteln den Charakter eines optisch additiv aufgebauten Lesebogens. Auch das Schriftgut dieser Tücher macht gewisse Wandlungen durch, wenn auch als Haupttypen die Antiqua und eine abgeleitete lateinische Schreibschrift im 18. Jahrhundert und 19. Jahrhundert, ähnlich anderen deutschen Landschaften, so der Winser Elbmarsch, nebeneinander hergehen (Abb. 362).

Beispiele

An mehreren Beispielen sei der Geist, der aus den Filettüchern und Sticktüchern spricht, demonstriert: Die Verbindung und Verknüpfung mit der Bibel offenbart ein im Schwelmer Museum aufbewahrtes Filettuch auch dem Jahre 1750 mit dem Namen der Sibylla Margareta Quambus (Abb. 365). Es zeigt unter anderem ein Lebensbaummotiv (Vase) zwischen 2 Herzen und liegenden Hirschen, dazu die Initialen WEHSNFWSSMSOGZD, die zunächst völlig unverständlich erscheinen, aber nichts weiter als die Anfangsbuchstaben des Psalms 42 bedeuten: Wie ein Hirsch schreit nach frischem Wasser, so schreit meine Seele (o) Gott zu Dir. Dieses aus einer reformierten Familie stammende Tuch ist vielleicht auch ein Denkmal einer Kunstübung in einer Landschaft, die dank ihrer religiösen Einstellung nicht sehr bilderfreundlich war.

Ein zweites Filettuch aus dem Jahre 1769 ist anders, doch wiederum symbolträchtig (Abb. 365a). Es befindet sich ebenfalls im Schwelmer Museum. Dargestellt sind Braut und Bräutigam unter einer Krone, sie mit Pokal, er mit Pfeife, unter ihr ein Hase und ein gekröntes Herz, unter ihm ein Hund und ein Hirsch, zwischen ihnen das Lebensbaummotiv (Vase mit Zweigen und 2 Vögeln)[41].

Ein größeres Sticktuch, datiert 1780, mit den Initialen IEW, im Museum Altena, mit Nelkenbäumen und gegenständigen, springenden Tieren, Vasenmotiven mit Nelken, Josua und Kaleb, Adam und Eva und dem Sündenfall, dazu einem Hirten mit Schäfchen, ist, obwohl im Zeitalter des Rokoko entstanden, mit seinen en face aufgefaßten und abstrahierten Mustern, von einigen trachtlichen Kleinigkeiten abgesehen, ganz im Geiste der Renaissance aufgefaßt (Abb. 362).

Ein viertes Tuch, datiert 1813, zeigt gleichfalls Lebensbaum, Vögel, Krone. Es ist bemerkenswert, weil es von der Anna Catharina Holler in Breckerfelde im Alter von 13 Jahren, also von einem Kind, angefertigt ist. Die rein ländlichen Sticktücher Westfalens sind mit den städtischen des Landes hinsichtlich des Motivreichtums nicht zu vergleichen, dafür aber naiver und in der Zusammenstellung kühner und weniger gehemmt. Aus diesen Tüchern entnahm man die Motive der Stickereien für Paradehandtücher mit abstrakten, geometrischen und vegetabilen Mustern, die sich z. B. im Artland und im Ravensbergi-

[40] Helen Engelstad, Norske navneduker. Oslo 1938. – Frances Marschall, Old English Embroidery. London 1894. Catalogue of Samplers. Victoria and Albert Museum (P. C. Trendell) London 1922. – Siehe auch Petra Julie Holm, Navne-og andere laereklude in den gamle by. Købstadmuseet „Den gamle by". Årbog 1957 og 58 Arhus 1958, S. 36–111, insbesondere: Lidt om motiverne, S. 47 (Ein Weniges von den Motiven). – Bernhard Salin, Djur-og Växtmotivens Utvecklins historia Stockholm 1890. – M. E. Jones, British Samplers. Oxford 1948. (Hier wird eine Übersicht über europäische Sticktücher dargeboten).

[41] Emil Böhmer, Sticktücher im Schwelmer Museum. In: Der Märker, Jg. 4 1955, S. 73–75.

schen gehalten haben. Der strenge symmetrische und rhythmische Aufbau, die abstrahierende Formensprache findet sich auch bei den Filetstickereien auf geknotetem Grund, bei Hunger- oder Fastentüchern und Kisseneinsätzen. Die Hungertücher, mit geknüpften Fadennetzen in Stopfstilmanier dekoriert, sind mit ihren figürlichen und pflanzlichen Motiven Beispiele einer im Dienste der katholischen Kirche stehenden textilen Kunstübung. Sie haben in Westfalen große Verbreitung gefunden. Hier war der kirchliche Brauch der Motor, der Impetus für die Entstehung dieser Stickereien, die in ihrer textilen und kirchlichen Wesensart nicht nur auf Westfalen beschränkt bleiben oder für Westfalen allein symptomatisch sind. Die Kisseneinsätze als profane Arbeiten – Ausfluß einer ähnlichen textilen Betätigung – sind ebenfalls im Artland zu finden und interessieren durch ihre Musterung. Das Motiv des liegenden Hirsches in Verbindung mit dem Monogramm Christi in einem Quadrat und zwei stilisierten Blüten in Seitenansicht ist zum Beispiel eine Weiterentwicklung einer italienischen Vorlage, wie sie in dem bekannten venezianischen Stickmusterbuch des Giovanne Andrea Vavasore dette Guadagnino esemplario di lavore 1532 erschienen ist. Diese Sitte der filierten Kisseneinsätze, bekannt in Jamund bei Köslin (Pommern), auf der Insel Amager bei Kopenhagen oder in der Slowakei, zeigt also, daß der westfälische Raum teil hat an einer in Mitteleuropa verbreiteten Kunstgattung.

Internationale Prägung der Textilkunst

Rückblickend wird man sofort fragen: Ist bei all diesen Stickereien eine westfälische Note zu beobachten? Gibt es hier unterscheidende Merkmale zum Rheinland, Niedersachsen, Schleswig-Holstein oder Hessen?[42] Diese Fragen sind sehr schwer zu beantworten. Die Stickmustertücher ähneln sich im mitteleuropäischen Raum sehr, mögen sie auch nach Können der Stickerin aufwendiger oder schlichter sein oder kleine Unterschiede kennen, bedingt durch die Zeit. Man kann direkt von einer Mode sprechen. Hier müssen wir größere Räume gegeneinander abstecken, Nord-, Mittel-, Süd- und Osteuropa. Westfalen ist hier Teil eines großen mitteleuropäischen Raums.

Durchzugs- und Stopfarbeiten sind im Raum Westfalen häufiger anzutreffen. So besitzt das Städtische Museum Osnabrück zwei signierte und datierte Mustertücher[43] aus naturfarbenem Leinen mit farbigen Stopfmustern, die quadratisch angeordnet sind. Beide Mustertücher sind gezeichnet mit dem Namen Emilie Singer, Münster 1828, und Mathilde Singer, Münster 1830. Sie mögen hier für viele andere als Beispiele genannt werden für eine Sitte, die in Mittel- und Nordeuropa weit verbreitet war[44]. Westfalen macht keine Ausnahme.

Wie schon angedeutet, sind einzelne Trachtenteile wie Männer- und Frauenhemden, Einsatztücher, Schürzen, Umschlagtücher und Strümpfe bestickt. Das gilt für die Trachten aus dem Delbrücker Land, aus dem Ravensberger Land, dem Grönegau, dem Artland, dem Emsland und dem Münsterland. Da erscheinen auf den Hemden zierlich gestickt, gegenständig angeordnet Vögel, Hirsche, Vasenmotive mit Nelken und Blüten, Jahreszahlen und Initialen.

[42] Ingeborg Wittichen, Niederdeutsche Stickereien aus sieben Jahrhunderten. Vaterländisches Museum Celle. Katalog 1952, Nr. 143–147. – Erich Meyer-Heisig, Deutsche Volkskunst. München 1954, S. 41. – Ernst Schlee, Schleswig-Holstein. Deutsche Volkskunst, Weimar o. J., S. 54: Paradehandtücher aus Nordfriesland. – Vgl. Siegfried Lehmann, Niedersächsische Stickmustertücher. Hannover 1936. – Alfred Schubert, Alte Volkskunst am Niederrhein. Düsseldorf 1938, S. 26/27. – Volkskunst aus Deutschland, Österreich und der Schweiz. Katalog Kunstgewerbemuseum Köln 1969, Abb. 86: Mustertuch, Krefeld 1781. – Annemarie Bieting, Bäuerliche Stickereien aus der Winser Elbmarsch. Berlin 1941, S. 17–18: Formengut der Stickereien: Blüten, Blätter in Gezweig und Rankenwerk. Rosen, Tulpen, Nelken. Zahl der Blumenarten gering, verschiedene Entwicklungsstufen der Pflanzen. Außer den Pflanzen: Vögel, Schwäne, Tauben, Adler, Meerweibchen, elbische Wesen mit Fischschwanz – Carl August Endler, Bäuerliche Kultur. In: Ernst Schulz, Mecklenburg, ein deutsches Land im Wandel der Zeit. Rostock 1938, S. 173: Stickerei. – Karl Rumpf, Alte bäuerliche Weißstickereien. Marburg 1937.

[43] Katalog Städt. Museum Osnabrück: Stoffe aus mehreren Jahrtausenden. Osnabrück 1955, Nr. 82 und 83.

[44] Maria van Hemert, De handwerken op het eiland Marken. Arnheim 1960, S. 31 ff.: het stopwerk. – Petra Julie Holm, Navne – og andre Laereklude. Fig. 13, 37, 38 (aus den Jahren 1746, 1756 und 1814). In: Den gamle By. Årbog 1957 og 1958.

5. Vom Stricken und Spitzenklöppeln, Filetarbeiten

Die Strickkunst, die sich z. B. in Handschuhen, Strümpfen von Männern und Frauen, in Kinderhäubchen und Männerzipfelmützen zeigt, ist leider nur wenig untersucht worden. Frauen. Männer und Kinder, insbesondere Schäfer, gaben sich der Beschäftigung des Strickens hin. Ja, im Emsland, wo der Flachs nicht gedeihen kann, wurde das Stricken für die Bevölkerung eine bittere Notwendigkeit, um das Leben zu fristen, eine Art Nebenberuf. Von hier aus gelangten im 19. Jahrhundert Jahr für Jahr unter dem Namen Hümmlinger Strümpfe 300000 Paar Strümpfe auf den niederländischen Markt[45]. Weitere Zentren und Umschlagstationen der Strumpfherstellung bedeuteten für die Heimarbeit das Niederstift Münster, weiter Schmallenberg im Kreise Meschede, und Gehrde, Kreis Bersenbrück[46]. Hümmlinger Strümpfe

Die Strümpfe oder Handschuhe, aus feinen oder groben Wollgarnen, zeigen in ihrer Musterung ein mathematisches Spiel. Ob rechts oder links gestrickt, rufen sie durch die verschiedenartige Maschenbildung einen Effekt hervor, der noch durch Buntfarbenstickerei seine Erhöhung erfährt. Das gilt besonders für die Strickkunst der Mindener (Friller) Tracht. Hier ist sogar stilistisch im 19. Jahrhundert ein langsamer Wechsel in Farben und Mustern zu beobachten[47]. Das gilt auch für die Handschuhe und Strümpfe im übrigen Schaumburger Land, im Niederstift Münster, im Hessenland und im ehemaligen pommerschen Weizacker jenseits der Oder[48]. Mindener Strick- und Häkelkunst

Häkeltechnik war den Landfrauen natürlich ebenfalls vertraut. Wir verweisen nur auf die gehäkelten Schultertücher der Friller Tracht, die nach 1900 durchaus modern wurden.

Neben dem Weben, Sticken und Stricken ist kurz von der Kunst des Spitzenklöppelns zu berichten. Sie wurde nur an drei Orten ausgeübt, die merkwürdigerweise weit auseinander liegen, zunächst in der Grafschaft Bentheim, in Ülsen und Nordhorn, dann in Gütersloh und schließlich in Lügde, Kreis Höxter. In den beiden letztgenannten Orten wurden im 19. Jahrhundert aus feinem, gesponnenen Garn brabantische Spitzen geklöppelt. Die Grafschaft Bentheim, geschichtlich und durch Blutsbande mit dem benachbarten Holland eng verbunden, ist in dieser Kunst vollständig abhängig von den Niederlanden. Natürlich wurden auch fertige Spitzen, soweit sie zu den Hauben der Nordhorner und Ülsener Frauentracht, zu den sogenannten „Unner Witte“ oder „Knippmüssen“[49] benötigt wurden, in der benachbarten Twente eingekauft und von den heimischen Kappenmacherinnen aufgearbeitet. Wie gesagt, das Spitzenklöppeln hat in Westfalen nur eine geringe Verbreitung gehabt und steht im wesentlichen unter holländischem Einfluß. Spitzenklöppeln

Filetarbeiten finden sich auf westfälischem Boden nicht so häufig, wenn man von den Hungertüchern absieht. Aus dem Kreis Wiedenbrück ist uns aus bäuerlichem Besitz auf dem Hof Vogtsmeier in Druffel ein Paradehandtuch erhalten, ein sog. „ewiges Handtuch“, ein Rollhandtuch aus weißem Leinentuch mit Fileteinsatz, das ursprünglich für andere Zwecke, vermutlich kirchliche, bestimmt war. Zu dieser Annahme berechtigen uns die Motive des Fileteinsatzes. Im Mittelpunkt ist eine Monstranz angedeutet, die rechts und links von verschiedenen kirchlichen Geräten begleitet wird, dazu von Tieren wie Einhorn und Filetarbeiten

[45] Vgl. Hermann Schröter, Gute Nachbarschaft. Wirtschaftsbeziehungen des Osnabrücker Raums zu den Niederlanden. Osnabrücker Heimatblätter, Jg. 2, Nr. 11.

[46] Eberhard Crusius, Flensbergs Beschreibung des Niederstifts Münster aus dem Jahre 1781. Oldenburger Jahrb. Bd. 57, 1958, S. 112: „Wahrscheinlich hat die häufige Wolle, so der Landmann von diesen Schafen zieht, zuerst Anlaß gegeben, selbige Strümpfe zu verstricken ... Alles stricket hier ... Bauer und Bäuerin, Kinder, Knecht und Magd vom fünften Jahr des Alters bis ins Grab ... In den Bauerschaften und Dörfern versammeln sich im Winter die Stricker den Abend über zu 20, zu 30 in einer Stube ... bis zu 11, 12 Uhr in die Nacht hinein. Sie stricken 60 Paar Kinderstrümpfe – wenn ein Kaufmann die Wolle dazu hergibt – für einen Reichstaler, und spinnen dabei die Wolle ... Die Strümpfe sind von grober Art, sie gehen größtenteils nach Holland, wo sie die Matrosen auf den Schiffen gebrauchen. Sie werden hier wagenweise verfahren.“

[47] Vgl. Wilhelm Brepohl, Volkstracht im Mindener Lande. Mindener Heimatblätter Jg. 28, 1956, Nr. 8/9, S. 92, Abb. 1.

[48] Walter Borchers, Volkskunst im Weizacker. Leipzig 1932, S. 147, Abb. 57/58.

[49] Vgl. Riet Hijlkema, Nederlandse Klederdrachten. Amsterdam o. J., S. 9. Siehe auch Annaliese Ohm, Volkskunst am unteren rechten Niederrhein. Düsseldorf 1960, S. 292, Abschnitt „Klöppeln und Knüpfen“.

Taube, Lamm Gottes und Pelikan. Gegenständig angeordnet sind Leuchter, Ziborien mit dem Namen Christi und Mariens (IHS und MRA), ferner Tulpen und Vasen mit Nelkenblüten, rhythmisch aufgebaut. Es erscheinen weiter Kronen und Lebensbaummotiv in Form von Vasen, mit Blüten und Blättern. Die Filetarbeit trägt die Jahreszahl 1777. In einem Rechteck eingefaßt erscheinen die Initialen Mariens (MRA) zwischen zwei Öllämpchen. (Vgl. Abb. 364)[50]. Unterhalb des Fileteinsatzes sind auf dem Handtuch zwei gegenüberstehende Böcke und Initialen eingestickt. Verschiedene Museen Westfalens besitzen Filetarbeiten ohne genaue Herkunftsangabe. Das beweist, daß wir es hier keineswegs mit einem Einzelstück zu tun haben, sondern mit einer Gattung, die bisher nur noch nicht genauer untersucht worden ist. Das gilt auch für Fileteinsätze von Kopfkissen im Artland.

[50] Monographie des Landkreises Wiedenbrück. Industrie und Handel, S. 52.

IX. Frauen- und Männertrachten

1. Die einzelnen Trachtengebiete

Die textilen Künste haben in den Volkstrachten wahre Triumphe gefeiert. Das Werden und Vergehen von Formen und Farben, das Aufkommen und Verschwinden von Techniken und Materialien zeigen sich an einem Verbrauchsgut, wie es die Tracht darstellt, besonders deutlich. In der Verflechtung mit der Mode, abhängig von dem örtlichen Brauchtum, Ausdruck des sozialen Standes, der Lebensstufe, Abbild der Konfessionszugehörigkeit und Kennzeichen bestimmter örtlicher Werkstätten, haben die bäuerlichen Volkstrachten in Westfalen verschiedene Entwicklungen durchgemacht. Man kann von einem ständig wechselnden Spiel sprechen, wenn auch der Rhythmus des Aufnehmens und des Abstoßens der städtischen Mode, die sich ja dauernd ändert, bei weitem langsamer ist. Die bäuerliche Kleidung, ob gewebt, gestickt, gestrickt, gehäkelt, geklöppelt, ob Hand- oder Maschinenarbeit, ist mehr oder weniger Ausdruck eines bäuerlichen Modewillens oder Kunstschaffens.

Verbreitung vor allem in Nordwestfalen

Das Verbreitungsgebiet dieser Trachten lag im wesentlichen nördlich des Hellweges, es umfaßte das West- und Ostmünsterland, das Oldenburger Münsterland, das Tecklenburger Land, die Grafschaft Bentheim, das Emsland, den Hümmling, das Osnabrücker Land (das Artland, das Amt Wittlage, die alten Ämter Dissen und Iburg, den Grönegau), das Ravensberger und Mindener Land (mit Frille Wietersheim, Päpinghausen, Aminghausen und Leteln), Rahden-Lübbecke (Dielingen, Wehdem, Offelten, Gehlenbeck, Nettelstedt und Frotheim)[1], die Soester Börde, das Paderborner Land mit dem Delbrücker Amt und dem Kreis Warburg (Scherfede). Südlich des Hellweges sind nur Relikte von Trachtenlandschaften in den Kreisen Altena, Olpe und Arnsberg, ebenso im östlichen Sauerland in den Kreisen Meschede und Brilon (Winterberg) festzustellen. Schließlich ist noch der Hickengrund im Siegerland zu erwähnen. Dieses noch sichtbare Trachtengebiet ist nur trümmerhaft erhalten, das gilt auch für das Westmünsterland, Coesfeld, Borken, Anholt, Burgsteinfurt.

Diese verbliebenen westfälischen Trachten sind zum Teil Spiegelbild der politischen wie der Religionsgeschichte mit ihren wechselnden Einflüssen.

Kennzeichen der nord- und ostwestfälischen Trachten ist eine gewisse Uniformität in der Art, im Schnitt und in der Zusammenstellung von Kleid, Schürze, Halskrause, dreieckigem oder Timpen-Umschlagetuch, sowie in der ungewöhnlichen Vielgestaltigkeit und Differenziertheit der Hauben und Mützen[2].

Zur Bildung von Trachtengebieten

Die Bildung westfälischer Trachtengrenzen ist aus den verschiedensten Gründen erfolgt: Altüberlieferte Besitzverhältnisse übergeordneter geistlicher und weltlicher Mächte, naturgegebene Grenzen, Bodenformationen, Bodenqualität oder -armut dürften entscheidend mitgesprochen haben. Als Beispiel sei die Delbrücker Tracht genannt[3]. Sie ist an das Delbrücker Amt gebunden, das im Niederungsgebiet

[1] Vgl. Martha Bringemeier, Schaumburg-Lippe. In: Wolf Lücking, Martha Bringemeier, Trachtenleben in Deutschland. Schaumburg-Lippe. Institut f. deutsche Volkskunde an der Deutschen Akademie d. Wissenschaften zu Berlin. 1958, S. 10ff.

[2] Hubert Rickelmann, Mettingen im Wandel der Zeiten. Mettingen 1953, S. 242: In den Gemeinden der Obergrafschaft Lingen keine eigene Tracht, bald von der osnabrückischen, bald von der münsterländischen und emsländischen mehr oder weniger beeinflußt. Nebeneinander erscheinen die münsterländische Tellerhaube, die emsländische Nebelkappe und die Osnabrücker Goldkappe.

[3] Philipp Schniedertüns, Hövelhof. Paderborn 1952, S. 109ff. Johannes Buschmeier, Lebendes Brauchtum: Wir haben heute im Jahre 1952 zuweilen Gelegenheit, noch einzelne Frauen in der alten Delbrücker Landestracht in der Kirche zu sehen ... In der Kirche zu Ostenland zählt man am Sonntag über zwanzig Trachten. – Franz Jostes, Westfälisches Trachtenbuch. 2. Aufl., bearbeitet und erweitert von Martha Bringemeier, S. 161: Delbrück. – Paul Pagendarm, Der Kreis Paderborn. Münster 1951, S. 41/42: Im ganzen Paderborner Gebiet war die Tracht im wesentlichen gleich. Sie verschwand schon verhältnismäßig früh; doch bildet das Delbrücker Land auch hier ein Sondergebiet, wie gleichfalls in der Senne sich die Tracht länger gehalten hat. Zur Frauentracht gehörte die eng anliegende Jacke, der weite Rock, vor allem Haube und Schmuck, ein viereckiges mit Fransen versehenes und zum Dreieck gefaltetes Schultertuch und mit Samt- und Perlband geschmückte Festtags-

und als Teil des Sennetieflandes zwischen den Oberläufen der Ems und Lippe gelegen, historisch als Gografschaft in seinen Grenzen festgelegt, aber abhängig vom bischöflichen Stuhl in Paderborn, seine Eigenheiten durch die Jahrhunderte bewahrte.

durch politische Territorien,

Noch deutlicher erkennt man die prägende Wirkung der Territorialverhältnisse bei den bekannten Schaumburger Trachten. Im kleinen Fürstentum Schaumburg-Lippe bestand eine enge Verbundenheit zwischen dem Fürsten und der Bevölkerung. Die überlieferte Volkstracht wurde in der zweiten Hälfte des 19. Jahrhunderts bewußt vom Fürstenhaus gepflegt. Es ist bezeichnend, daß die Fürstin Hermine zuweilen selbst in Landestracht erschien[4]. Das Vorbild des Hofes mit seiner Prachtentfaltung setzte neue Maßstäbe und gab zweifellos den wichtigsten Anstoß für die erneute Blüte des Trachtenwesens, für die Steigerung und Übersteigerung der Formen und Ausstattung sowie die Häufung kostbarer Stoffe in den Trachten des Schaumburger Landes.

naturräumliche Bedingungen

Geologische Bedingtheiten haben bei der Bildung des Hümmlinger Trachtengebietes mitgesprochen: Die insulare Lage des Hümmlinger Höhenzuges, einer Geestlandschaft von Mooren umgeben, mit nur wenigen Zugangsstraßen bis ins 19. Jahrhundert hinein, war für die Erhaltung der Trachten förderlich[5].

Die Besonderheit des Bodens, seine Güte oder seine geringere Qualität, fanden ihren Niederschlag in der Coesfelder Tracht; denn während die „Kleibäuerinnen" der großen Höfe im Nordosten des Kreises farbenfrohe Schultertücher und Schürzen, dazu goldgestickte Kappen trugen, erschienen die „Sandbäuerinnen" mit dunklen Schultertüchern, schwarzen Schürzen, weißen Spitzenhauben mit gewebten himmelblauen Bändern[6].

Wir nennen schließlich noch die Tracht des evangelischen Kirchspiels Frille[7], Kreis Minden, mit seinen alten und festen, teils natürlichen, teils historischen Grenzen, das dank ertragreicher Weizen- und Zuckerrübenböden und des damit verbundenen Wohlstandes auf eine reichere vielgestaltigere Ausstattung hinsichtlich der verwendeten Stoffe, der gestickten Tücher und Bänder und des Schmuckes hinweisen konnte, als sie die Trachten auf den ärmeren Böden links der Weser besaßen.

Die außerordentliche Fruchtbarkeit des Osnabrücker Artlandes, dazu die einheitliche Konfession der hier ansässigen Bauern, haben entscheidenden Einfluß auf die Artländer Tracht gehabt. So reich und üppig der Boden, so reich und aufwendig war die Tracht, dazu kam das Bewußtsein, ein Protestant zu sein, ein kleines Gebiet zu bewohnen, das rundherum von Katholiken besiedelt war.

und Konfessionsgrenzen

Politische und Konfessionsgrenzen zeichnen sich auch ab in den Trachtengebieten der Grafschaft Bentheim[7a]. Wir nennen 1) das Gebiet von Ülsen-Emlichheim-Wilsum, 2) Veldhusen-Nordhorn, 3) Wietmarschen, 4) Brandlecht-Wengsel-Schüttorf-Ohne . Das Land, von den Grafen von Bentheim selbständig regiert, in Ober- und Niedergrafschaft aufgegliedert, trat in der Reformationszeit zur Lehre Luthers und später Calvins über. Die Nachbarschaftslage der reformierten Niederlande einerseits und des katholischen

ärmel. Die Farben blau, schwarz, violett, orange, grasgrün ... dabei bevorzugten die Hövelhofer grün, Delbrück und Westerloh blau und orange, Steinhorst hell und bunt. Der Stoff bestand aus Seide oder Wolle. Die Größe des Hofes wurde durch die Breite der schmückenden Samtbandstreifen ersichtlich. Zur Männertracht gehörte die bis zum Hals geschlossene einreihige Weste, der blaue Leinenkittel mit gestrickten Achselstücken, die schwarze oder blaue Schirmkappe.

4 Martha Bringemeier, Volkstracht in ihrem Endstadium. Rhein.-Westf. Zeitschr. f. Volkskunde Bd. II 1955, S. 75.

5 Eugen Bracht, Volksthümliches aus dem Hümmling. Mitt. aus dem Museum für Deutsche Volkskunde zu Berlin. Berlin 1897, S. 9ff.

6 Vgl. Elisabeth Hergeth, Tracht und Mode im Landkreis Coesfeld. In: Der Landkreis Coesfeld 1816-1966. Hrsg. von der Kreisverwaltung Coesfeld 1966, S. 139, Abb. 11: Trachten vom Klei, aufgenommen 1900; Abb. 12: Trachten vom Sand, aufgenommen um 1925; Abb. 13: Mütze vom Klei, Anf. 19. Jahrhundert; Abb. 14: Haube vom Klei, 1850 (Tellerhaube); Abb. 15: Hauben vom Sand. – Vgl. dazu Gerda Schmitz, Zur Einführung Museumsdorf Cloppenburg. Alte Trachten aus Niedersachsen und Westfalen. Cloppenburg 1969. S. 18: Die Zahl der Samtbänder an den Röcken richtete sich nach der Größe der Höfe.

7 Wilhelm Brepohl, Die Friller Tracht. Volkstracht als bildhafter Ausdruck alter dörflicher Lebensordnung. Museumsverband für Niedersachsen, Mitteilungsblatt Nr. 6, 1968.

7a Vgl. Jan Jeurink, Trachten der Heimat. Grafschafter Nachrichten 1949. – Walter Borchers, Bäuerliche Kultur und Kunst des Osnabrücker Landes. Katalog Osnabrück 1953, S. 9. – Elisabeth Evers, Trachten der Grafschaft Bentheim. Jahrb. d. Heimatver. d. Grafsch. Bentheim 1956, S. 5ff.

Die Bentheimer Trachtengebiete

Fürstbistums Münster andererseits machte sich natürlich bemerkbar. Das Ülsener Kirchspiel mit zwanzig Bauerschaften in das Territorium der calvinistischen Generalstaaten weit vorstoßend, stand besonders stark unter der kulturellen Ausstrahlung des Nachbarlandes. So zeigt die Ülsener Tracht auch stärkste Bindungen an holländische Vorbilder. Typisch sind die langärmelige bauschige Bluse, der schwarze Faltenrock, die Schürze, dazu die weiße Haube mit Schulterkrause und der Straußenfederhut (Abb. 377). Devise dieser Tracht sind Strenge und Schlichtheit. Ihre Farben sind schwarzweiß. Besonders augenfällig von der holländischen Mode geprägt sind die „Knippmüssen" (Knipp-Falte), die weiße Faltenhaube (Abb. 375). Die „Knippmuts" ist nach der holländischen Forschung „een Muts met een staart in de neck, gedragen bij een zwart costuum, d. w. z. een japon met een wit kraagje of een schootjack met rock en schort[8]". Diese Knippmütze ist in Kampen in Holland zu Hause. Die strenge puritanische Auffassung der Reformierten verhinderte Farben und Schmuckfreude, sie setzte ihre Hauptakzente in die Einfachheit, in die Schwarz-Weiß-Kontraste der Kleidung.

Man ließ keine Formen zu, die nicht ihre Vorbilder in der bürgerlichen Gewandung der tonangebenden Generalstaaten hatten. Man braucht nur die Frauenporträts berühmter holländischer Maler des 17. Jahrhunderts anzusehen, um zu erkennen, wo die modischen Ursprünge dieser Bentheimer Trachten zu suchen sind.

Damit ist aber die Problematik dieses Trachtenkomplexes keineswegs erschöpfend behandelt. Ein neuer Anstoß kommt aus dem katholischen Münsterland. Er läßt sich ebenfalls ablesen, und zwar in dem zweiten Bentheimer Trachtengebiet, das Veldhusen-Nordhorn umfaßt. Dort kennt man nicht mehr die weite Frauenbluse mit weiten Ärmeln, sondern den engen und straffen westfälischen Rump mit enganliegenden Ärmeln und darüber das Mieder mit rotem Miederband. Farbenfreudiger werden die Schultertücher, sie sind in weinroten und blauen Farbtönen gehalten. Auch die Häubchen sind mit roten Stickereien geschmückt. In der Farbigkeit tendierte auch das vierte Trachtengebiet Brandlecht-Wengsel-Schüttorf-Ohne zum katholischen Münsterland, wie Trachtenreste im Bentheimer Museum beweisen, wenn auch sonst die Leitformen Wanne oder Schute als Kopfbedeckung, ebenso Schultertuch und Schürze bleiben. Wie aber steht es mit Wietmarschen? Die Tracht dieses Ortes war nicht bodenständig, sondern war mitgebracht von katholischen Einwohnern aus dem Osnabrückischen. Noch vor mehreren Jahrzehnten wurde in Merzen, im Kreise Bersenbrück, als dem Herkunftsort der eingewanderten katholischen Wietmarscher, ein Schrank mit Schmuckstücken aus dem Besitz ihrer Familien pietätvoll gezeigt. Ihre Tracht ist emsländisch bestimmt, sie hat das gleiche Aussehen wie in Hesepe, Kreis Meppen, oder in Adorf und Twist. Kleid, Umhängemantel aus festem Stoff mit Litzenbesatz, farbige Kappe mit schwarzem Spitzenüberzug, kurzen farbigen Seidenbändern und vielteiliger Goldschmuck sind Charakteristika der Emslandtrachten katholischer Frauen. Emsländisch beeinflußt ist auch die Emlichheimer Werktagskleidung.

Wir haben versucht, die Bentheimer Trachtenfrage vereinfacht darzustellen, wir können hier nur andeuten; denn alle diese Trachtenbewegungen haben sich in längeren Zeitläuften vollzogen.

Der Hickengrund im Siegerland

Das Thema Tracht und Konfession spielt in den Hickendörfern des reformierten Siegerlandes gleichfalls eine Rolle. Hier bestanden enge wirtschaftliche und kulturelle Beziehungen zum nassauischen Raum Haiger-Dillenburg. Diese Hickendörfer, vier an der Zahl, rheinfränkischer Herkunft vermutlich, mit den Namen Niederdresselndorf, Holzhausen, Oberdresselndorf, Lützeln sind dank ihrer reformierten Herkunft auf dunkle Farben und strengen Schnitt der Kleidung abgestimmt. So schreibt ein Burbacher Amtmann[9] über die Hickener Kleidung im Jahre 1812: „Jeder Frau gereicht es zur Verachtung, wenn sie

[8] Riet Hijlkema, Nederlandse Klederdrachten. Amsterdam o. J., S. 9: De oude Klederdrachten zijn er zo goed als verdwenen, maar tot de overgebleven markante dingen op dit gebied in Twente, in Ommen en in de omgeving van Kampen, behoort de Knipmuts ... Vgl. S. 17 ... Merkwaardig ist dat men aande muts kan zien uit welke streek de draagster afkomstig ist, als de staart of de kantstrook langer of smaller ist.

[9] Karl Wilhelm Dahm, Voem Hickeground on voe de Hicke. Siegerländer Heimatkalender 1957, S. 33.

das Mindeste in ihrer Tracht ändert." Vorherrschend war der lange schwere Faltenrock aus „Bärewäh" (Beiderwand), ein enges Mieder, über das eine dunkelgrüne Wolljacke angelegt wurde, eine schwarze Sammetkappe mit farbigen Seidenbändern und weißes Abendmahlstuch. Mit dem Schwarz des Rockes und dem Blau der Strümpfe kontrastierten die gelben Schnallen auf den Schnabelschuhen. Die Männertracht ist gekennzeichnet durch graue leinene Strümpfe mit weißen Gamaschen, dunkle Manchesterkniehosen mit Schleifenbändern, rotbraune oder blaue Westen, Röcke, blaue Kittel.

Das Osnabrücker Land

Ein nicht zu entwirrendes Rätsel bietet das Osnabrücker Trachtengebiet mit seinen dauernd sich variierenden Trachten, das im Grönegau einen gewissen Höhepunkt des sich Durchdringens und Vermengens verschiedener Trachtenleitbilder zeigt. Dieses so willkürliche Erscheinungsbild klärt sich aber sofort, wenn wir die Religionskarte zu Hilfe nehmen und nach der Konfession der Trachtenträgerin fragen. Hier leben auf engstem Raum Katholiken und Protestanten neben- und miteinander. Katholische, evangelische und gemischt-konfessionelle Dörfer wechseln dauernd miteinander ab, daher dieses bunte Trachtengemisch mit den feinsten Unterschieden. Einzelne Gemeinden im Kreise Melle, wie das katholische Gesmold und Wellingholzhausen oder das protestantische Buer oder Neuenkirchen, legten auf Unterscheidungsmerkmale in der Tracht größten Wert. Das zeigte sich dann in katholischen Dörfern in längeren und breiteren Mundbändern der Mützen, den größeren Hauben, den breiteren Strichen (Kappentüll), den größeren Tülltüchern (Kommunionstüchern), den größeren Schürzen. Das zeigte sich aber auch in der Drapierung und Raffung der herabfallenden geflochtenen Nackenbänder der Mützen (Abb. 368, Osnabrücker Goldkappen, getragen von katholischen Bäuerinnen aus dem Kreise Melle).

Ganz anders ist die Tracht der protestantischen Dörfer: Einfache und lang herabhängende Goldbänder der Mützen (Abb. 366 und 367, Osnabrücker Gold- und Silberkappe, getragen von evangelischen Bäuerinnen im Kreise Melle), der kleine Haubenstrich, das kleine Abendmahlstuch aus Tüll (Abb. 384, Abendmahlstuch aus Tittingdorf, Kreis Melle) waren ein Kennzeichen der Tracht der Protestantin.

Entscheidend war auch der Goldschmuck. An der mehrfach um den Hals gelegten Kette durfte niemals der Kruzifixus fehlen, wenn man katholischen Glaubens war. Doch tauchen die gleichen Merkmale beileibe nicht in allen katholischen bzw. allen protestantischen Dörfern zugleich auf. Auch hier gibt es Variationen.

Wenden wir uns den einzelnen Lebensstufen zu; selbstverständlich kennen wir auch hier konfessionell bedingte Unterscheidungsmerkmale. Das protestantische Mädchen besitzt die „lütte Müsse" mit langen Bändern; das katholische die „Duxmüsse" mit breitem Strich und kurzen Bändern (in Laer Pittken genannt). Die Bandmützen der evangelischen Frauen waren häufig mit blauen Bändern besteckt, während die Katholikinnen gelbe bevorzugten. Und weiter: der Kappenkopf wird statt mit Gold- oder Silberflechtband und sparsam verteilten Goldspangen, die in der Mitte oder an den Ecken sitzen, mit Seidenband besetzt – so häufig bei den Kappen der Katholikinnen zu beobachten –, während sich dagegen die Protestantinnen feinste Spitzen leisten. Im katholischen Riemsloh kam als besondere Eigenart die Kappe mit hochstehendem Strich auf. Er wurde steif gestärkt und vermittels einer „Knippelmühle" durch zwei geriffelte Messingwalzen, in die heiße kleine Eisenbolzen eingeschoben wurden, durchgedreht bzw. gefältet oder „geknippelt". Man bevorzugte auch kleine Drahtstäbe, die den gesteiften Strich immer hochhielten, sogenannte „Wieren" (Artland). Der Kappenboden blieb dann meistens unbestickt und wurde nur mit Spangenmustern benäht. Die Frauen in Laer, also im äußersten Zipfel des Kreises Osnabrück, übernahmen diese Mode scheinbar ganz unmotiviert. Doch bei näherem Forschen zeigte sich, daß persönliche Beziehungen verwandtschaftlicher Art trachtenbestimmend waren.

Die Aufsplitterung in kleinste Trachtenlandschaften bis hinunter zu Trachtendörfern und konfessionell gebundenen Gemeinschaften innerhalb eines Dorfes ist ein Phänomen, das vielleicht niemals ganz klar gedeutet werden kann, weil zu viele Imponderabilien mitspielten: die Einzelpersönlichkeit, die verschiedenen Lebensgemeinschaften, wirtschaftliche Faktoren, Alters- und Lebensstufen, das Brauchtum, die Sitte, wer weiß das? Noch muß hier die Rede sein von den großen schwarzen Hauben, den Prüllmützen, die den Kapotthüten bisweilen angeglichen waren. Sie kamen aus Ostfriesland über das Emsland in das Osnabrücker Land.

Im Ravensbergischen sind, wie Peter Florens Weddigen[10] um 1790 betont, die bäuerlichen Kleidertrachten, nach Verschiedenheit der Dorfschaften, sehr voneinander unterschieden. So hat man in ihren Kleidungen das sicherste Kennzeichen, zu welchem Kirchspiel dieser oder jener Bauer gehört. Ähnliches behauptet auch W. G. L. von Donop für den Lipper Trachtenbauern[11]. Seine Kleidung ist nach den Dörfern sehr verschieden, so daß man an der Kleidung sehen kann, aus welcher Gegend der Mensch ist, der sie trägt. Das gleiche gilt auch für die Delbrücker Tracht.

2. Von der Funktion der Trachten

Bisher ist die Frage der Funktion der Trachten als Arbeits- und Sonntags- bzw. Festtagstracht, als Abendmahls-, Konfirmations-, Kommunions-, Hochzeits-, Sterbekleid und damit im Spiegel der Alters- und Lebensstufen nur flüchtig gestreift worden (Abb. 379, Trachten aus dem Delbrücker Amt)[12]. Zweifellos ist die Arbeitstracht am bescheidensten ausgestattet (Abb. 376). Sie ist einmal durch Derbheit und Strapazierfähigkeit der Stoffe ausgezeichnet, zum anderen aber in der Bevorzugung der leichten bedruckten Leinenkleidung in der Erntezeit und in der Wahl der großen schattenspendenden Leinenhüte oder Strohschuten oder Wannen im Sommer sofort erkennbar. Werktags wurde z. B. in Gesmold, Kreis Melle, die Bandmütze, die „Bindskenmusse", mit schwarzem Stoff überzogen getragen.

Die Tracht der Lebensstufen

Die Fülle, Formen, Farben, dekorativen Zutaten, die Auszier der Stoffe steigern sich natürlich von Lebensstufe zu Lebensstufe. Von der Kinder-Jungmädchentracht (weiße Tüllmütze, keine Goldmütze) im Norden bis zum ersten Höhepunkt in der Konfirmations- bzw. Kommunionstracht verläuft der Weg und weiter dann zur Tracht der heiratsfähigen Bauerntochter, um schließlich – das bestickte Timpentuch wird größer, die Mundbänder länger, kostbarer, so im Grönegau – in der Hochzeitstracht einen Höhepunkt zu erreichen, um dann in der darauf folgenden Altersstufe wieder abzusinken.

und kirchlichen Feiern

Die überragende Bedeutung der Abendmahlskleidung der Frauen und Mädchen in der Schaumburger und Mindener Tracht – weil „in die religiöse Welt weisend" – ist erst in letzter Zeit erkannt worden. „Das Gewand, das der Mensch in allen feierlichen Stunden seines Lebens getragen hatte, wurde ihm im Tode mitgegeben auf den letzten Weg."[13]

Einfachste Kleidungsstücke, wie das Hemd, sind durch feinste Unterschiede als Abendmahls-, Hochzeits-, Leichenhemd gekennzeichnet. Das Acamelstug (Abendmahlszeug) der Frauen des Lübbecker[14] Trachtenbezirks war durch die Feinheit des Tuchkleides, des seidenen Spitzentuches wie der seidenen Abendmahlsschürze, der Halbfingerhandschuhe und des Halsschmuckes aus der übrigen Trachtenkleidung hervorgehoben. Dagsche und Söndagsche Klumpen (Holzschuhe) waren im Bentheimischen schon an der Auszier erkennbar.

In Einzelheiten sind die im Lippischen Landesmuseum zu Detmold erhaltenen Hauben eines in reformierten Glaubensvorstellungen aufgewachsenen Bauernvolkes als Sonntags-, Staats- oder Abend-

[10] P. F. Weddigen, Historisch-geographisch-statistische Beschreibung der Grafschaft Ravensberg in Westphalen. Bd. I. Leipzig 1790, S. 46. – Derselbe, Westphälischer historisch-geographischer National-Kalender zum Nutzen und Vergnügen. Jg. 2. Leipzig 1801, S. 102.

[11] W. G. L. von Donop, Historisch-geographische Beschreibung der fürstlichen Lippischen Lande. Lemgo 1792, S. 237.

[12] Agnes Brirup, Von der Tracht im Delbrücker Land. Rhein.-Westf. Zeitschr. f. Volkskunde Bd. X 1963, S. 141: Von der Festtagstracht bis zur Arbeitstracht gibt es vielerlei Unterschiede im Beiwerk, z. B. in den Stickereien, Knöpfen, Bändern, vor allem in der Art und Qualität der Stoffe, während die Grundformen für Kleid, Schürzen, Tücher, Hauben usw. für alle Garnituren und alle Besitzverhältnisse gleich sind.

[13] Martha Bringemeier, Die Abendmahlskleidung der Frauen und Mädchen in der Schaumburger und Mindener Tracht. Rhein.-Westf. Zeitschr. f. Volkskunde Bd. I 1954, S. 86.

[14] K. Rasche, Beiträge zur heimatlichen Volkskunde (Lübbecke). Minden 1935, S. 191/92.

mahlsmütze unterschieden. Sie stammen aus Bösingfeld, Silixen, Kargrund, Brosen, Lassbruch, Nienhagen, Falkenhagen. Es sind oft nur wenige Unterscheidungsmerkmale, Einzelheiten in Form, Farbe, Stoff, Zutat, die aber im Brauchtum viel bedeuten. Die Trauerfarbe ist in der Regel blau und schwarz. Nach P. F. Weddigen war die Trauerkleidung der Männer des Ravensberger Landes durch ein Unterkamisölchen von violettem Kattun oder schwarz- und weißgestreiftem Kamilotte ausgezeichnet, die der Frauen durch ein schwarzes Florband, weiter durch breite Säume am Kopfputz, blaue Strümpfe und grüne Handschuhe. „Bey Begleitungen zum Grabe folgen sie dem Verstorbenen mit verschleyerten Tüchern, welche bey ihnen Hoken genannt werden. Im Hause trauert das schöne Geschlecht mit violetten Miedern, die Männer aber mit einer weiß- und schwarzgestreiften Mütze.“[15]

Das „Haiken“ als Trauergewand

Das Höken, Houken, Hoken, Haiken[16] auch genannt, hat sich im Meller Grönegau erhalten. Es ist eine Art kurzes, plissiertes, wollenes, schürzenartiges Tuch in den Farben blau-grün-schwarz. Ein im Museum zu Melle erhaltenes Stück ist auf dem Bund bestickt und trägt den Namen der ehemaligen Besitzerin Louise Möllersmann. Die „Hoike“ in der Bückeburger Gegend, um Stade, in der Lüneburger Heide, im Spreewald bei den Wendinnen als weißes Trauertuch bekannt, ebenso auf der Insel Föhr und weiter als Haik im Maghrib im westlichen Nordafrika als Männer- und Frauengewand üblich in seiner Bedeutung der Verhüllung, ist ursprünglich nicht Trauergewand, sondern Straßenkleidung. In der spanisch-muslimischen Mode um die Mitte des 16. Jahrhunderts modern, gewinnt sie als blaue Hoike in der burgundisch-französischen Modetracht als Pilgergewand neue Bedeutung[17].

Man kennt Abstufungen der Trauer: Bei Tieftrauer wurde im Osnabrückischen die schwarzseidene, mit Spitzen garnierte Bandmütze aufgesetzt, bei Halbtrauer die Silberkappe mit blauseidenen Mundbändern. Tiefe Trauer wurde nach einem komplizierten System im Bentheimischen, in Groß-Ringe, z . B. in der Tracht so zum Ausdruck gebracht, daß man 9 Monate schwarzes Tuch und eine halbgeknippte Mütze trug, 6 Monate ein schwarzes Tuch und eine völlig geknippte Mütze, 3 Monate das schwarze Tuch wegließ, dafür in einer völlig geknippten Mütze und weiter 6 Monate mit blauer Tüllmütze erschien. Bei Halbtrauer waren 6 Monate lang schwarzes Tuch und ganz geknippte Haube vorgeschrieben, 3 Monate kein schwarzes Tuch und ebenfalls ganz geknippte Haube; 6 Wochen erschien man mit blauer Tüllmütze. Wie wir sehen, ein sehr kompliziertes Trauerzeremoniell, das bestimmt war durch den Grad der Verwandtschaft mit dem Toten. Witwen, die sich wieder verheiraten wollten, trugen im Grönegau (Kreis Melle) sogenannte Luer-Kappen (weil sie auf der Lauer nach dem neuen Ehemann waren), Silbermützen mit blauen und andersfarbigen Bändern (an zweiten Festtagen).

Die Falgen des Sauerlandes

Sprechen wir von den Haiken, so müssen wir auch einen Blick auf die Falgen, die Regentücher, werfen, die im kurkölnischen Sauerland zur allgemeinen Kirchgangstracht der verheirateten Frau gehörten (so z. B. in Endorf, Kreis Arnsberg). Sie hatten einen anderen Zuschnitt als die Haiken und waren durch Pappe versteift, nach Baston „eine Hülle aus Pappe mit Wachstuch bezogen, an die ein Kragen vom selben

[15] P. F. Weddigen, Historisch-geographisch-statistische Beschreibung der Grafschaft Ravensberg in Westphalen, S. 46.

[16] Vgl. dazu F. W. Lyra, Plattdeutsche Briefe, Erzählungen und Gedichte mit besonderer Rücksicht auf Sprichwörter und eigenthümliche Redensarten des Landvolkes in Westphalen. Osnabrück 2. Aufl. 1856, S. 38: Unners dessen wöörd dat Liik (die Leiche) up'n Waagen büürt, un de Troorwiiwer (Trauerweiber) schmeiten de Hüllekens (schwarze in Falten gelegte Trauertücher) üvär'n Kopp un setteden sick vorne up'n Waagen ... Vgl. auch Hardebeck-Ankum, Die Totenfeier auf dem Lande. In: Monatsblätter 1906. Nr. 14, S. 108: Die weiblichen Verwandten des Toten hatten den Kopf mit einem schwarzen Tuch oder einer Schürze, „Haik“ genannt, verhüllt. – Maria Heilmann, Brauchtum und Sitte. Der Grönegau in Vergangenheit und Gegenwart. Melle 1968, S. 344 Abb. – Lothar Pretzell, Kostbares Volksgut aus dem Museum für deutsche Volkskunde. Berlin 1967, Nr. 200: Frauenkopfputz (Hoike“). Das schwarze Tuch ist der Länge nach eng gefaltet, im Kopfteil sind die Falten eng zusammengenäht, mit einem braunen Samtband eingefaßt und bestickt Anno 1868 C M L G B König (Catharina Maria Luise geborene König). 6 Frauen ... begleiteten den Sarg des Verstorbenen auf einem Leiterwagen zum Grabe. Dabei wurden diese Hoiken getragen. Der bestickte Teil lag auf dem Kopf, der plissierte hing über das Gesicht und wurde mit einer Hand angehoben. Bardüttingdorf, Kreis Herford.

[17] Zu dem Begriff und Wort Hoike vgl. Maria Cramer, Trauergewand und Totenklage in Nordwesteuropa und ihre Parallelen im Orient. Rhein.-Westf. Zeitschr. f. Volkskunde Bd. III 1956, S. 1–20. Hoike = Straßenkleidung (Pilgergewand) S. 8/9, vor 1700 in den Niederlanden als Hoike, als „rouwhuike“, als Trauerhoike bekannt.

Münsterländer Tellerhaube, 2. Hälfte 19. Jahrhundert. Goldstickerei auf weißem Samt, Bandbelag und Nackenschleife aus broschierter Seide, wahrscheinlich aus dem Gebiet von Ibbenbüren, Kreis Tecklenburg
Volkskundliche Kommission des Landschaftsverbandes Westfalen-Lippe-Münster

Osnabrücker Goldkappe mit Strich, sog. Dreistückmütze, nach der Mitte des 19. Jahrhunderts.
Kopfbedeckung einer evangelischen Bäuerin aus der Umgebung von Melle.
Städtisches Museum Osnabrück

Stoff sich ansetzt, der die Schultern, den oberen Rücken und die Brust bedeckt. Unter dem Kinn zusammengebunden, läßt sie nur das Gesicht dem Regen ausgesetzt, indem sie aber einige Finger breit über der Stirn und zur Seite vorsteht."[18]

Die Falge des 19. Jahrhunderts ist nach Maria Rörig[19] eigentlich kein Regentuch, weil die Pappversteifung zwischen Futter und Außenstoff dagegen spricht – diese befindet sich an der oberen Längskante im mittleren Drittel. Die Falge wurde über einer weißen Mütze getragen, aber so, daß zu beiden Seiten des Gesichts das Tuch herabfiel und den ganzen Körper umhüllte. Die Tropfempfindlichkeit der schwarzen Seidenbespannung der Pappversteifung ist eigentlich auch ein Gegenargument gegen den Begriff Regenschutztuch. Im übrigen legte man bei schlechtem Wetter ein Tuch um. Die Falge ist ein Trachtenrequisit aus den südlichen Niederlanden, das über das Rheinland nach Westfalen kam und noch in den Jahren 1901–04 im Sauerland getragen wurde.

Vielgestaltigkeit der Hauben

Zum wichtigsten Bestandteil der westfälischen Trachten gehört zweifellos die Mütze oder Kappe. Ihr galt von jeher die Aufmerksamkeit der Sammler und Wissenschaftler. Sie ist überraschend vielgestaltig, daß man von einer westfälischen Einheitsform nicht sprechen kann. Nach den Forschungen von Maria Rörig[20] sind diese Haubenformen zunächst nach dem Schnitt betrachtet zwei- und dreiteilig, sind Zwei- und Dreistücksmützen (Abb. 369 und 368), sowie Teller- oder Bodenhauben (Abb. 372). Man unterscheidet dabei eine kleine steife und eine große Bodenhaube. Die kleine steife Bodenhaube läßt sich im Delbrücker und angrenzenden Paderborner Land (Abb. 374), im Sauerland, im Emsland, im südlichen Kreis Bersenbrück, schließlich abgewandelt im Westmünsterland nachweisen und durchsetzt inselhaft das Gebiet der Dreistücksmütze (Riemsloh, Laer im Landkreis Osnabrück); die große steife Bodenhaube kommt dagegen im inneren Münsterland und vereinzelt im Osnabrücker Land vor[21]; Maria Rörig nimmt an, daß sie vom Osten nach dem Westen gewandert ist. Die Zweistückmütze dagegen ist im Osnabrücker Nordland, Oldenburger Münsterland, Artland, Emsland zu belegen, während die Dreistück- oder Drigpandsmütze – Lyra spricht von drepannen müssen – im Osnabrücker Land, vor allem in ganz Niedersachsen und darüber hinaus in Norddeutschland und Schweden[22] vorzufinden ist und hier in der Osnabrücker Goldkappe wahre Triumphe feiert. Diese Kappen mit ihren drei Teilen über ausgeschnittenen Pappen oder liniertem Papier aus Schreibheften (mit frommen Sprüchen bisweilen) und über Stoffbezügen gearbeitet und zusammengenäht, sind mit Gold- und Silberposamenten, mit sogenannten Spangenmustern, Sonnenmotiven, Rosen, Herzen mit farbigem Samt, Knittergoldpapier, bunten Flittersteinen geschmückt und mit einer breiten gestärkten Tüllspitze, dem sogenannten Strich, garniert. Wir unterscheiden Gold- und Silberhauben. Bei der Osnabrücker Goldhaube wird der Kopfboden einer solchen Kappe durch ein mehrfach herumgelegtes, geflochtenes Goldband genau abgesteckt, das rhythmisch angeordnete doppelkonturierte Herzen, dazu Halbkreise, Bogenmotive in Rechtecken und Wellenbänder umschließt (vgl. Tafel XIV).

Alte Grenzgebiete wirken sich merkwürdigerweise besonders in der Gestaltung der Kappen aus. Wir sehen z. B. die Überlagerung der Osnabrücker Goldkappe durch die Münsterländer Tellerhaube im Landkreis Osnabrück in Glandorf. Im Kreis Borken[23] im Westmünsterland treffen oder überschneiden

[18] Vgl. Franz Jostes, Westfälisches Trachtenbuch. 2. Aufl. bearb. und erweitert v. Martha Bringemeier. Münster 1961, S. 134.

[19] Maria Rörig, Hauben und Falgen im Sauerlande. Ein Beitrag zur westfälischen Trachtengeschichte. Zeitschr. Westfalen 25. Bd. 1940, S. 115.

[20] Maria Rörig, Zur westfälischen Haubentracht des 19. Jahrhunderts. Ein Arbeitsbericht. Zeitschr. Westfalen 24. Bd. 1939, S. 184.

[21] Ebda., S. 187/88.

[22] Josef Hanika, Gestalttypen in den europäischen Kopftrachten. In: Tracht und Schmuck im nordischen Raum, Verbreitungsgebiet Nord- und Mitteldeutschland nach Schlesien, bis in die Zips. 1938 Bd. II, S. 54/55: Dreistückt Mütz in Mecklenburg und „trestycken mossa" in Schweden.

[23] Vgl. Bau- und Kunstdenkmäler von Westfalen. Kreis Borken. Münster 1954, S. 32 und 36: Im ganzen Kreis nur noch etwa 20 Frauen, die Tracht tragen. – Vgl. auch Anton Bartling, Die Mode der Goldkappen. Dülmener Heimatblätter Jg. 62, H. 2, S. 22ff.

sich westfälische und holländische Haubenformen, so die Kantenmütze mit der Goldkappe. Die Kanten- oder Spitzenmütze war in Borken, Rhede, Weseke, Bocholt und Umgebung vorhanden; sie ist mit breiter, weißer, plissierter Spitze um einen Mützenboden aus Cambrai garniert und mit einem weit abstehenden Mützenkragen im Nacken versehen (Abb. 370).

Verzierung

Die Stickerei der Bodenhauben variiert in den einzelnen Landschaften. Sie erscheint zusammen mit Flindernschmuck und Spangenmustern über Goldfolien, Knistergold oder Metallpapierunterlagen in den Kreisen Wittlage, Melle und Osnabrück (Abb. 368). Bei den Zweistückhauben im Artland umzieht sie den Rand der Kalotten (Abb. 369), tritt aber vor den Spangenmustern, den Goldspitzen um Naht und Rand zurück. Bei den älteren Formen sind nur seidengestickte Blüten, Blätter, Ranken teilweise im Relief zu beobachten, Goldstickerei ist selten. Bei den zweistückigen Altfrauenhauben (Abb. 371) mit schwarzem Tüllüberzug aus dem Emsland, aus Freren, Kreis Lingen, ist der Fond von der Stickerin zentral gestaltet. Ein volles gesticktes Ornament, eine Blüte, z. T. mit Metallfäden in Dickstich gestickt und mit Flindern besetzt, wird von einem Blüten-Früchte- und Blätterkranz (Eichenblättern, Eicheln) umrahmt, und zwar in Goldfadenstickerei. Der Rand dagegen ist von Blumen, Tulpenkelchen, Voll- und Viertelrosetten, die nur im Umriß angedeutet sind, eingefaßt und mit Goldspitzen geschmückt.

Von dem Formenreichtum der westfälischen Mützen soll hier nicht weiter die Rede sein, doch soll die Steilkappe der Frauentracht aus Dankersen, Kreis Minden, die wie eine Inful wirkt, und die Bückeburger Flügelhaube wie schließlich die Paderborner Mütze mit Spitzenrüsche im Nacken genannt werden (Abb. 378). Wir machen aufmerksam auf die sogenannte „Hannöverske Mütze", die die Bäuerinnen aus Nettelstedt tragen (Abb. 380), eine Bodenkappe, die aus dem Hannoverschen in das ehemalige preußische Minden Eingang gefunden hat.

Welche Bedeutung der Einzelpersönlichkeit bei der Ausstattung der Tracht zukommt, wird offenbar bei den Harener Kappenmacherinnen. Ihre Kunst war tonangebend und allen anderen Frauen der Umgebung, die das gleiche wollten, überlegen. Hier im Emsland kannte man drei Formen der Kappe: die Pimp-, die Flor- und die Halfkränzkes-Kappe. Die letztere wurde als Sonntags- und Trauerkappe getragen. Sie war mit einer Kante rundum besetzt und hinten mit zwei bunten, breiten Seidenbändern geschmückt[24].

Die Florkappe war mit Kräuselband besetzt, fast 100 m lang und vermittels 15 cm langem Schilfrohrstäbchen gewickelt und zusammengeleimt und dann zusammengenäht, schließlich mit Spitze und Flor garniert. In der besonderen Machart dieser Kappen waren die Kappenmacherinnen aus Haren an der Ems begehrt, und sie haben dem Kappenschmuck neue Einzelheiten zugefügt, die dann von der gesamten Umgebung angenommen wurden.

Bindken

Typisches Unterscheidungsmerkmal und zu den ältesten Teilen der Tracht überhaupt zählend, und zwar aller Trachten in Nordwestfalen, im Münsterland, in der Grafschaft Bentheim, in Tecklenburg, im alten Fürstentum Osnabrück, im Mindener und Schaumburger Land, ist das Bindken, das mittelalterliche Kopfgebände, das in den einzelnen Trachtenlandschaften verschieden gestaltet wird. In Frille[25] erscheint es als kleines buntbesticktes Bändchen mit Nasenschneppe, festverbunden mit dem Bindkenband aus Samt, das um den Mützenkopf in zwei Schleifen gelegt ist. In der Bückeburger Tracht ist es zum Plitt geworden, dem breiten, reich mit Perlen bestickten und gemusterten Stirnteil der Mütze. Hier soll nicht weiter die Rede sein von den Abwandlungen des Bindkens vor allem im Schaumburgischen. Werfen wir noch einen Blick auf das Stiärndauk (Stirntuch) im südlichen Landkreis Osnabrück in Gestalt eines Leinen- bzw. gemusterten Batistbandes, das um die Stirn gebunden wurde und als Bindse unter dem Rand der Mütze als Abzeichen der verheirateten Frau galt.

[24] Vgl. Emsland-Kalender 1953, S. 51: Die Kappenmacherin.

[25] Wilhelm Brepohl, Die Friller Tracht, S. 6: Das Bindken ist hier (im Bereich des Mindener Trachtengebietes) zu einem breiten Bande geworden, vielfältig variiert, zehn Kirchspiele gegeneinander abgegrenzt.

Die Münsterländer Goldtellerhaube (Abb. 373), im 19. Jahrhundert zu immer größerer Form sich entwickelnd, zeichnet sich durch Paillettenstickerei aus, eine Technik, die im 13. und 14. Jahrhundert in Niedersachsen schon bekannt ist. Die Pailletten oder Flindern sind in Messingblech gestanzte Scheibchen, die z. B. auf einem Gemälde des Meisters E. S. (Das Liebespaar) schon erscheinen. Die Pailletten werden auf die gestickten Blütenmotive aufgenäht, um die Farbkraft zu erhöhen (vgl. auch Tafel XIII).

Die Haubenstickerei Westfalens erlebt nach Rörig[26] ihren Beginn und ihre Blüte in der 1. Hälfte des 19. Jahrhunderts. Doch müssen wir das Osnabrücker und Delbrücker Land ausnehmen[27]; hier ist noch eine Nachblüte bis in den Anfang des 20. Jahrhunderts zu beobachten. Innerhalb der Haubenstickerei des 19. Jahrhunderts zeichnet sich eine Entwicklung ab, die aus der beschwingten eleganten Stickkunst der 2. Hälfte des 18. Jahrhunderts mit ihren irregulären Bewegungstendenzen wegführt. Diese rühren z. T. noch aus den Rokokoformen her und münden in eine mehr klassizistisch sich gebärdende Stilsprache mit schweren, dickflüssigen, ornamental und rhythmisch aufgebauten Linienwerten und Formen.

Neben der Mütze wurde besonderer Wert auch auf die Gestaltung der Schultertücher[27a], Kragen und Schürzen, Handschuhe, aber auch der Hemden gelegt. Die Timpen (Zipfel) der Tücher wurden in Anlehnung an die Dreiecksform mit Dreisproßblüten, mit Tulpen, Nelken, Sternblumen, Blättern en face und en profil bestickt. Sparsam war die Verteilung der gleichen Muster auf Schürzen, soweit es sich um die Trachten des Grönegaus, des Ravensberger und Osnabrücker Landes handelt. Groß, üppig und prunkend dagegen im Schaumburg-Lippischen unter Preisgabe des streng gebundenen geometrischen Stils, füllen die Stickereien die Flächen der Schürzen und Umschlagtücher. Was vorher bescheiden, klein und gesetzmäßig klar komponiert war, wird in den Schaumburger Trachten übermächtig, ob Tulpenmuster, Rosen, Nelken, Granatäpfel, Ranken.

Stickereien

Die einzelnen pflanzlichen Motive in Dickstich gestickt, en face und profil gesehen, voll ausgeführt oder nur in Umrissen angedeutet, in großzügiger Weise aber immer in rhythmischer Manier angeordnet, fallen durch ihre leuchtenden Farben auf. Bisweilen wird die Stickerei so übermächtig, daß man von einem horror vacui sprechen muß. Nach Hunderten von Mustern, einfachen selbsthergestellten Umrißschablonen, sind diese Tücher und Schürzen von den Stickerinnen gestickt worden. Diese Muster, in der 2. Hälfte des 19. Jahrhunderts und noch später entstanden, „wandern von Dorf zu Dorf und mit ihnen baut jede Stickerin neue Muster auf"[28]. Merkwürdig ist dabei die Tatsache, daß sie aus der Natur entlehnt sind, obwohl sie weder die Naturform verwirklichen oder anstreben. Man ahnt hier und da die Umrisse von Efeu- und Eichenblättern, „man typisiert freilich, ohne sich darüber Rechenschaft zu geben."

Bei diesem Bemühen kommen die Stickerinnen in ihrer Arbeit zu den gleichen Gesetzmäßigkeiten, zu den gleichen Ergebnissen, wie wir sie in den Bückeburger und Braunschweiger Trachten, in den Trachten des Fläming bis zum Pyritzer Weizacker, also über weite Gebiete Niederdeutschlands verfolgen können.

Die immer wiederkehrenden Einzelheiten der Frauenkleidung waren Mieder oder Rump, Rock und Schürze, Kragen, Schulter- und Halstuch sowie Mütze. Sie unterscheiden sich in den einzelnen Landschaften und hatten verschiedene Namen. Wenn der Prediger J. G. Hoche[29] in seinem Büchlein: Reise durch Osnabrück und Niedermünster in das Saterland, Ostfriesland und Groningen, in Bremen um 1800

[26] Rörig, Zur westfälischen Haubentracht, S. 187:

[27] Vgl. dazu Rudolf Reichelt, Das Textilornament. Berlin 1956, Abb. 168: Osnabrücker Häubchen. 19. Jahrhundert Samt- und Silberstickerei, filigranartiges Spitzenmotiv, das sich rhythmisch wiederholt, überzieht den dunklen Samt um das Hauptmotiv des Häubchens. Das kreisförmige, perlenbestickte Ornament hebt sich sehr plastisch hervor; Abb. 169: Münsterländer Goldkappe 19. Jahrhundert: Die Seiden- und Goldstickerei der großen Blütenform, in der Mitte der Kappe von Ranken aus gleichem Material umrahmt, wird durch geschickte Einordnung der Blütenblätter zu einem geschlossenen Ornament zusammengefaßt.

[27a] Noch ist auf das Binnewams der Friller Tracht aufmerksam zu machen, ein Leibchen, ärmellos, tief ausgeschnitten, aus schwarzem Samt, im Rücken bestickt.

[28] Martha Bringemeier, Stickerinnen und Stickereien der Schaumburger Tracht. Volkswerk. Jahrb. 1943, S. 199.

[29] J. G. Hoche, Reise durch Osnabrück und Niedermünster, in das Saterland, Ostfriesland und Groningen. Bremen 1800, S. 48.

erschienen, über die Quakenbrücker Tracht sagt: „Die Schöße ihrer Kamisöler oder Brustleiber sind sehr lang, laufen in eine Schleppe aus, die über die Hälfte der Lenden heranfällt“, dann ist diese Bemerkung nur als ein Beitrag zur regionalen Trachtenentwicklung des 18. Jahrhunderts zu werten. Oftmals waren es winzige Feinheiten, die nur dem Einheimischen geläufig waren. Im Kirchpiel Lengerich, Kreis Lingen, trug man einen Kortmauenrump bis 11 Uhr morgens bei der Arbeit, d. h. ein Mieder mit kurzen Ärmeln. Dann wurde der Langmauenrump angezogen, ein Mieder mit langen Ärmeln. Im Grönegau sagte man Mobben zu den Ärmeln und sprach von Mobbenrump bei der Frauenkleidung und Mobbenweste bei der Männerkleidung. War das Mieder alltags aus strapazierfähigem Stoff, so war es am Sonntag aus feinem Stoff gefertigt. Die gleichen Feinheiten beobachten wir bei Röcken, Schürzen, Hals- und Umschlagtüchern, die hier nicht weiter erwähnt werden sollen.

Herkunft der Stoffe und Zutaten

Die bäuerliche Kleidung ist, wie schon angedeutet, Ausfluß eines bäuerlichen Modewillens und -schaffens. Daß die Stoffe und Zutaten aus den verschiedensten Herkunftsorten stammen und sich mit heimischen Geweben mischen, ist nicht weiter verwunderlich, sondern selbstverständlich. So unterscheiden sich auch die Stoffe in ihrer Güte dank der sozialen Stufung der bäuerlichen Familien. Grobe und feine Tücher gehen nebeneinander her.

So wurden z. B. weiße Frauentücher aus Jakonnet – batistähnlichen Stoffen – im Delbrücker Land im Jahre 1845 in Elberfeld eingekauft. Nach 1845 besorgte man sich Tüllspitzentücher auf der Leipziger Messe. Weiter wurden Klöppelspitzen für die Delbrücker Hauben aus Annaberg im sächsischen Erzgebirge gekauft. Goldbrokatspitzen und farbige plättchenähnliche Steine wurden aus Leipzig besorgt. Es gab aber auch Geschäfte in Paderborn, die das gleiche Material aus Paris herbeischaffen ließen[30].

Was die roten Frauenröcke der Meller Tracht[31] angeht, so wissen wir aus einer Quelle des Jahres 1785, daß noch in der Stadt Melle 80 Personen mit der Herstellung dieses roten Tuches beschäftigt waren und davon ihren Unterhalt bestritten.

Grobe und feine Tücher der Grafschaft Bentheim[32] kommen über die Braunschweiger Messe. Leiden und Elberfeld sind Auslieferungsorte. Einzig und allein das Pye-Tuch (Wollaken = pie, Pigge, Pei) der ärmeren Bevölkerung wird selbst hergestellt. Englischer Herkunft ist das Kamisol des Bauern, der Stoff für Alltags- und Sonntagsröcke der Bauernfrauen (rote und weiße Bayen und Kirsay), ebenso ihre Strohschuten.

Die Schaumburger[33] Trachtenstoffe, wie Scharlaken und Fries, kommen aus Thüringen (Greiz), schwarze Tuche aus Lengenfeld, Vogtland, rot- und blaugestreifte Flanelle aus Thüringen, aus Pössneck, seidene Mantelstoffe aus Krefeld, Kaschmir und Kattun aus Greiz, Atlasbänder und Schürzenstoffe aus Frankfurt, schwarzer Sammet aus Krefeld, Sammetbänder aus Neersen am Rhein, bunte Soutachebesätze aus dem Erzgebirge, Besenlitzen aus Barmen. Züricher, Krefelder und französische Seiden (aus Lyon und St. Etienne) wurden über das Geschäft von Jacobs in Celle vertrieben, Gold- und Silberschnüre oder -fäden, Filigran- und Spangenborden der Osnabrücker Goldhauben wurden von der Fabrik Friedrich Knor in Zerbst bezogen und von den Kappenmacherinnen verarbeitet.

Uniformität und geringe Wandlungsfähigkeit scheinen die Merkmale der westfälischen Frauentrachten auf den ersten Blick zu sein; doch eine intensivere Betrachtung deckt zeitliche Unterschiede auf. Wilhelm Brepohl hat uns die Augen bei seinen Forschungen über die Friller Tracht geöffnet, zeigt er uns sogar Farb- und Formwandel in den gestrickten Handschuhen[34].

Auch die Farben waren festgelegt, erstaunlich, daß in vielen Landschaften rote Röcke getragen wurden, so im Münsterland, in der Grafschaft Bentheim, im Artland, im Osnabrückischen, im Grönegau

[30] Agnes Brirup, Von der Tracht im Delbrücker Land, S. 150.
[31] Maria Heilmann, Brauchtum und Sitte. In: Der Grönegau in Vergangenheit und Gegenwart. Melle 1968, S. 346.
[32] Vgl. Gerhard Klopmeyer, Handel und Verkehr in der Grafschaft Bentheim zu Anfang des vorigen Jahrhunderts. Jahrb. d. Heimatver. d. Grafsch. Bentheim 1956, S. 33.
[33] Friedrich Gerloff, Die Schaumburger Tracht im Kreise Grafschaft Schaumburg, In: Schaumburger Heimat, Rinteln 1930, H. 1, S. 225.
[34] Wilhelm Brepohl, Konfirmation im Kirchspiel Frille vor 60 Jahren. Mindener Heimatblätter Jg. 25 1953, Nr. 3.

und weiter in Ravensberg und schließlich auch im Sauerland, in Winterberg. Können wir annehmen, daß hier schon durch die Farbe eine bestimmte Alters- und Lebensstufe angedeutet wird? Rot war im nahen Hessen fast allgemein die Farbe der Jugend und der Unverheirateten[35]. Nach Mathilde Hain heißt es: In den gleichen Trachten gelten blau und grün als Farbe der Verheirateten, grau und schwarz als die des Alters. Vermutlich ist dieses Farbbewußtsein oder diese Farbwertung nie zur letzten Konsequenz geschritten, vielleicht hat man auch diese Farbanordnung im Laufe der Zeit vergessen oder aufgegeben, so daß auch Verheiratete rote Röcke tragen konnten. An der Farbe des Rockes konnte man im Delbrückischen die Herkunft der Trachtenträgerin ablesen (grün aus Hövelhof, blau und orange aus Delbrück, Westerloh, helle, bunte Töne aus Steinhorst).

Bedeutung der Farben

Einflüsse mannigfacher Art, von außen kommend, haben auf die Gestaltung der Regionaltrachten eingewirkt. Das reiche Fürstenhaus Schaumburg-Lippe z. B. mit seiner gesteigerten Lebenshaltung und Prachtentfaltung wurde, da es eng mit seiner Bauernbevölkerung verbunden war, Vorbild für die schaumburgischen Trachtenlandschaften, war indirekter Anlaß für die Übersteigerung und Überbetonung von Formen, für die Häufung und den Reichtum kostbarer Stoffe. Andererseits hat eine religiöse Bewegung wie die sogenannte Erweckungsbewegung innerhalb der protestantischen Kirchspiele Frille und Dankersen[36] puritanische, strenge Züge der Tracht heraufbeschworen, wir denken an den schlichten Stoff, an die Einfachheit der Gestaltung, an die Bevorzugung dunkler Farbtöne.

Mehrere Personenkreise sind für die Tracht als Hersteller zuständig: Schneider und Schneiderinnen, Kappen- oder Mützenmacherinnen, Stickerinnen, darunter auch Nonnen – siehe Gertrudenberger Nonnen in Osnabrück –, Weißnäherinnen, Holzschuhmacher, Goldschmiede, Bernsteindreher, Stricker und Strickerinnen. Stoffe und Zutaten wurden von Arbeitern und Arbeiterinnen zum Teil maschinell in und außerhalb Deutschlands hergestellt. Von der Geschicklichkeit, dem besonderen Geschmack und der Eigenwilligkeit dieser Menschen hängt oft die Veränderung, die Neuschöpfung von Trachtenmoden ab, die sonst gar nicht erklärt werden können. Das hat sich zum Beispiel in den Haubenmoden des Hümmlings[37] gezeigt, die auf Kosten der dortigen Mützenmacherinnen gehen oder z. B. in den vielfältigen, sich wandelnden Stickmustern der Schaumburger Tracht, die nur durch die Tätigkeit der verschiedenen „Nahersken" erklärt werden können[38].

3. Geschichtliche Nachrichten

Über die westfälischen Trachten des 17. Jahrhunderts wissen wir so gut wie nichts. Erwünscht ist deswegen jeglicher Hinweis, jegliches Dokument schriftlicher oder bildlicher Art, das uns bei den Bemühungen um dieses Thema weiter hilft.

Als wichtige Quelle hat sich hier das „Ledenburgische Prothocolbuch", beginnend mit dem Jahre 1627, erwiesen[39], das uns Einblick in die Hinterlassenschaft, insbesondere Kleidung der zu der Wasser-

Das „Ledenburgische Prothocolbuch"

[35] Vgl. Mathilde Hain, Die Volkstracht. Deutsche Philologie im Aufriß. Berlin, Bielefeld, München 1962, Bd. III, Sp. 2885–2900.

[36] Vgl. Wilhelm Brepohl, Die Friller Tracht, S. 7. – Lothar Pretzell, Kostbares Volksgut aus dem Museum für Deutsche Volkskunde Berlin. Berlin 1967, Nr. 209: Konfirmandinnentracht aus Frille.

[37] Vgl. Eugen Bracht, Volksthümliches aus dem Hümmling, Fig. 1: Mädchenhaube; Fig. 5: Matronenhaube; Fig. 7: Nebelkappe; Fig. 11/12: Werktagshaube; Fig. 13: Strohhaube.

[38] Martha Bringemeier, Volkskunst in der Schaumburger Tracht. In: Volkswelt in Westfalen. Münster 1948, S. 43: Sie schildert u. a. einen Besuch bei einer „Nahersken". S. 48: Als Hilfsmittel gebraucht sie Munster (Muster), nämlich Schablonen, die sie sich in Papier ausgeschnitten hat. Nach einer solchen Schablone umreißt sie mit Kreide den äußeren Umriß der Blume, um dann andere kleine Schablonen, die ebenfalls mit Kreide übertragen werden, in diesen hineinzulegen. Vgl. auch Abb. 11: Umrißschablonen. – Karl Rumpf, Hessen, Deutsche Volkskunst, S. 16: Diese Nähterschen verwendeten als Grundlage ihrer Arbeiten die altgewohnten, urtümlichen Muster, wandelten sie aber je nach Können und Begabung individuell ab. S. 17: Jede hatte ihren Fundus von Einzelmotiven (Herzen, Tulpen, Vögel, Kreise, Sterne, Blumentöpfe, Vasen, Blumenkörbe usw.) als Umrißschablonen in allen Größen in Papier ausgeschnitten, mit denen sie ... die Muster arrangierte.

[39] Archiv Ledenburg (Kreis Osnabrück) A 6:
Anno 1628 gerdt kreken zu Sunssbecke ein Schwartz Linewandtz Wambs und Hoese, ein Schwartz Huedt, 4 Hembde unnd

burg Ledenburg, Kreis Osnabrück, gehörenden Landbevölkerung gibt. Wir erfahren da Einzelheiten der männlichen und weiblichen Tracht, die von großer Wichtigkeit für die historische Entwicklung der Tracht an sich sind. Da werden z. B. rote Futterhemden, Leinen- und Wollhemden, grüne Brustleibchen, schwarze Leinenwämser, grüne und rote Röcke, Hoiken, blaue linnene Füertücher, blaue oder rote Strümpfe, Mützen, Hüte, Pelzmützen, Holzschuhe und Halstücher genannt.

Der westfälische Raum umschließt im Norden eine Reihe von größeren und kleineren Trachtenlandschaften, die sich inselartig und bruchstückhaft aneinander reihen und die sich vom äußersten Westen zum äußersten Osten hinziehen. Merkwürdig ist die Tatsache, daß über das Sauerland als Trachtenland nur wenig auszusagen ist. Wenn Jostes[40] behauptet, „so viel ich habe feststellen können, hat dort, wo überhaupt Volkstracht bestanden hat, entweder die Paderborner oder die Münsterländer Haube geherrscht; allenfalls mag im westfälischen Teile Waldecks wie auch in Scherfede im südlichen Paderborner Land die Borgholzhauser Kappe getragen worden sein", so waren ihm die Bemerkungen von F. Schatzmann[41] aus dem Jahre 1803 über die Winterberger Tracht unbekannt. Wir lesen: „Auch findet man hier und in dieser Gegend eine Art Nationaltracht, besonders bei den Weibsleuten. Sie tragen rothe Röcke und rothe Strümpfe mit grünen, blauen und schwarzen Zwickeln und ein kleines kattunenes Mützchen, über dem schwarzen Halsbande ist der Hals öfters mit ein Viertelpfund schweren silbernen Kruzifixen behänget, und den Kopf zieret ein kleines Häubchen mit rothen Bändern." Unbekannt waren ihm auch die Bleistiftzeichnungen von Ludwig Emil Grimm[42], dem jüngsten der berühmten Brüder Grimm, eine Bauernfrau aus Deifeld im östlichen Sauerland aus dem Jahre 1828 in Profil und Rückenansicht darstellend. Die Tatsache, daß sie einen Faltenrock, eine Schürze, ein Schultertuch dreieckig gefaltet, eine Halskrause und eine kleine Bodenhaube mit Kopfband und Nackenschleife trägt, ist so eindrucksvoll und überzeugend, daß hier im östlichen Sauerland ebenfalls Tracht getragen wurde, nur daß diese Tracht dem städtischen Kostüm früher gewichen ist. Die Falge ist ja letzten Endes auch ein Trachtenstück, das Aussagekraft besitzt. Vielleicht, daß ein intensiveres Studium uns noch weitere Funde beschert, die den Begriff der Trachtenleere des Sauerlandes ein wenig korrigieren.

Quellen zur Tracht des Ostsauerlandes

Wir können abschließend nur die Forschungsergebnisse von Maria Rörig[43] bestätigen. Der westfälische Raum hat keine Neuerungen hervorgebracht, er steht mit Niedersachsen, Hessen und den

funf Kragenn, ... eine lange Buchse ...
Anno 1628 Gert für der Twelle: zwe Schartze Linen Wandts, eine Pells Mutzen mit folenbruner Wanne besetzt, ein alts Schwartz Wandes Leibstuck mit ... ein Allt Wandt Rock, ein grosz Alts Hoicke, ein Blauer Linen Vordoeck, eine ... Mütze, vier Oberkragen, ein klein Alt Pels ...
Anno 1668 Ernest Herbort: ein grauer Rock, eine blaue Hose, eine geflickte graue Hose, ein Linnen Wambs, ein Futterhembd, ein par Schue, ein par blawe u. 1 par linnen strümpfe, ein schwartzer Huet, funff Hembder, ...
Anno 1668 Ancke Auendorf: ein grün Brustleibichen, eine grüner Rock, ein rohter Rock, ein täglichs Schwartz schnürleib, ein tägliches rohtes Futterhemd, ein neuer rohter Rock, ein Schwartzer von Raß, ein Schwarz baumseiden Leibgen, ein neues bundgrünes Schnürleibgen, ein par blawer und zwey par rohter Strümpffe, fünff Hemder, eine blawe und eine weisse Schürtze, ein lakenweiß schnürleibgen, neun Halßtücher, sieben Mützen, sechs Oberhembden, ein Klein ...
Ancke Müller zu Sundbeck 1674: ein Schwartz wand Leibchen, ein Schwartzer wand Rock, ein alt Schnürleibchen, ein alter roter Rok, ein alt Leibchen, ein Schwartzes rasch'n Vortuch, eine alte Wandmütze, ein par walter Wandstrümpfe, drei Oberhemde, drei Unterhemde, vier Halßtücher drei Leinen Mützen, drei Leinen Strümpfe, ein par Leinen Strümpfe, ein par Schuh, ein par Holzschuh, ...
Anno 1674 Jasper in Depenthal: ein grauer Rock, eine graue Hose, ein Futterhemd, eine alte Linnen Hose, ein par blaue und ein par Linnen Strümpfe, ein par Schuh, ein par Holschen, ein Schwartzer Hut, vier Hemde, zwo Halßtücher, zwo alte Schnuptücher, ...
Anno 1675 Anna Backhaus: ein ehren Kleid von schwartzem Tuch mit der ... ein alter rohter Rock, ein grün Leibichen, ein grün Schnürleibichen, eine swartze Mütze, ein paar alter wandstrümpfe, zwo par blaue Strümpfe, 5 Schürtztücher, vier swartze und ein blauer, ein par Schuh, ein par Holzschuh, dri weisse Mützen, vier Halßtücher, drei Unterhemden, drei Oberhembden ...

[40] Franz Jostes, Westfälisches Trachtenbuch 2. Aufl., S. 164.
[41] F. Schatzmann, Beyträge für die Geschichte und Verfassung des Herzogthums Westphalen. Darmstadt 1803, S. 77 und 95.
[42] Maria Rörig, Hauben und Falgen im Sauerlande, S. 118, Abb. Taf. XIX.
[43] Maria Rörig, Stand und Aufgaben der westfälischen Trachtenforschung. Westf. Forschungen 4. Bd. 1941, S. 72.

Niederlanden in engem Konnex. Er ist den zeitlich wechselnden und räumlich verschieden einsetzenden Kultureinflüssen bald in Zusammenhang mit den nördlichen Niederlanden, Friesland, bald mit dem Wesergebiet mit Hessen[44], bald dem Rheinland, bald Flandern verhaftet.

4. Die Männertrachten

Abhängigkeit von Militär-

Die Männertrachten Westfalens, soweit erhalten, verraten in ihrem Habitus militärische Tendenzen des 18. und 19. Jahrhunderts. Weiß, rot und blau sind die Farben dieser Trachten. Eine gewisse Ausnahme macht das Artland mit seinen bürgerlichen Staatswesten: langen, seidenbrochierten Bekleidungsstücken, die an die Rokokozeit gemahnen. Die Mindener[45] Männertracht ist wohl mit Recht als Musterbeispiel bäuerlicher Empiretracht anzusehen. Bestimmte Farbzusammenstellungen lassen sich heute, weil die Männertrachten ja nur bruchstückhaft erhalten sind, mit Mühe ablesen. Weiße Leinenröcke, innen rot gefüttert, waren in Minden, Ravensberg, im Kreis Lübbecke Mode. Auch auf dem Hellweg wurden gegen Ende des 18. Jahrhunderts weiße Leinenröcke getragen.

und städtischer Mode

Die Abhängigkeit von der städtischen Mode wird augenscheinlich, andererseits aber macht sich der Einfluß auf die weiblichen Trachten bemerkbar, auch was die Hypertrophie der Kleidungsstücke anging. „Die Männer im Ravensbergischen haben ihre Westen, Röcke, Beinkleider mit mehreren Dutzend Knöpfen besetzt, tragen vier bis fünf Kamisöler und lassen in ihre Sonntagskleider eine unzählige Menge von Falten einnähen; auch die Weiber ahmen hierin die Männer nach, tragen an Feyer- und Sonntagen vier bis fünf Röcke, darin viele Falten . . .", so schreibt Weddigen.[46] Natürlich war die Tracht der jungen Menschen nach der des Vaters ausgerichtet[47]. Auch die männliche Trauertracht war durch besondere Kleidungsstücke und besondere Farbennuancen gekennzeichnet. Wir zitieren wieder Weddigen: „Die Trauerkleidung der Männer besteht in einem Unterkamisölchen von violettem Kattun oder schwarz und weiß gestreiftem Kamilotte und einer weiß und schwarz gestreiften Mütze."[48]

Der Leinenkittel

Zu den ältesten überlieferten Kleidungsstücken der westfälischen Männertrachten gehört der Leinenkittel, der Symbol für den westfälischen Fuhrmannsstand geworden ist. Es ist ein europäisches Trachtenstück, das viele Jahrhunderte überdauert hat. Gleichsam Variationen desselben Themas sind die Fuhrmannsbluse der Franzosen, der Russenkittel und das Schweizer Hirtenhemli. Seine Farbe war auch in Westfalen seit der Französischen Revolution blau[49], seine Schulterblätter waren bestickt, wie die Tradition aus dem Münsterland, dem Osnabrücker und Paderborner Land zu berichten weiß. „Manslüüe driäägen des Alldaages linnene Kittels, daa de Fuusthandsken achter in'n Schlippschlitze höngen", berichtet der Canzlei-Registrator Lyra zu Osnabrück im Jahre 1844[50]. Zur Delbrücker Männertracht um die Mitte des 19. Jahrhunderts gehörte zur Kniehose der Kittel aus blauem Leinen am Halsbund mit 2 Bändern oder Knopf und Trense, auch Silberschnalle in Eichelform geschlossen[51]. Auch die

[44] Rudolf Uebe, Westfalen, Deutsche Volkskunst Bd. IX, Weimar 1927, S. 30: Hessischer Einfluß auch in der Haartracht. – Vgl. auch Rose Julien, Deutsche Trachtengruppen im Reich nach dem Abzeichen weiblicher Kopftracht, Petermanns Mitteilungen 66, 1920, S. 48 und T. 18, weist auf die Verwandtschaft der Minden-Ravensberger Tracht mit Hessen.

[45] Rudolph Helm, Die bäuerlichen Männertrachten im Germanischen Nationalmuseum zu Nürnberg. Heidelberg 1932, S. 66.

[46] P. F. Weddigen, Historisch-geographisch-statistische Beschreibung der Grafschaft Ravensberg in Westphalen, S. 46.

[47] Lyra, Plattdeutsche Briefe, S. 116: Die Junge tröck (zog) sün beste Wemm'sken un süne Sondagesschoo un de niggen Schatthuasen (Strümpfe ohne Füßlinge) un Landströöfeln an, sett'de ruwwen Ellebutts-Müssen (Iltis) met'n langen Vosschwanze up . . . Siehe auch Rudolph Helm, Die bäuerlichen Männertrachten, S. 64 und 66: Konfirmandentracht aus Wietersheim bei Minden.

[48] Weddigen, S. 46.

[49] Helm, Die bäuerlichen Männertrachten, S. 41 und 73.

[50] Lyra, Plattdeutsche Briefe. – Uebe, Westfalen, S. 31: Ganz ausgestorben war der Kittel nicht. In Werl feierten 1892 noch die Ackerbürger stolz das Reiterfest im blauen Kittel, und heute noch ziehen in Büderich und Holtum am Hellweg beim Schützenfest die Schützen in ihren blauen Kitteln aus.

[51] Agnes Brirup, Von der Tracht im Delbrücker Land, S. 147.

Männer der fränkischen Hickendörfer Niederdresselndorf, Holzhausen, Oberdresselndorf, Lützeln im Siegener Land, kleideten sich in blaue Kittel gleich den Brüdern im Dillkreis. Zur Lingener Tracht[52] gehörte noch im 19. Jahrhundert außer der Kniehose, den Kniestrümpfen, der Weste (dem langen Zwilchrock im Winter), der Jacke aus Bomside, ein blauer Kittel, der sowohl von Jungen wie von Männern getragen wurde, dazu als Kopfbedeckung eine Zipfelhinkesmütze im Haus und ein Dreimaster (Lampe) bei Besuchen, bei festlichen Gelegenheiten ein Zylinder. Wir sehen ein buntes Gemisch von Trachtenteilchen, die aus verschiedenen Jahrhunderten stammen. Nachmittelalterlicher Herkunft, aus den Moden einer übergeordneten Schicht übernommen, sind Trachtenteile in der Sprache Lyras[53], wie Landströöfeln (kurze leinene Gamaschen), blaue saardookene Wämmse mit spialternen Kämpen (feine Tuchwämse mit Zinkknöpfen), lierene Bücksen und blaue Schärten, des Sonndaages dreetimpede Höve (dreieckige Hüte) im Osnabrückischen.

Landschaftliche Beispiele

Die Artländer Männertracht des 19. Jahrhunderts – leider nicht vollständig auf unsere Zeit überkommen – wird folgendermaßen beschrieben[54]: Die Hosen gingen eben übers Knie, woran an der Außenseite silberne Schnallen befestigt waren ... Man trug niedrige Schuhe, worauf silberne Schuhschnallen getragen wurden. Die Weste war zweireihig, sehr lang, aus Seide. An den Westen wurden Permutter- und silberne Filigranknöpfe getragen, doch waren auch noch andere Knöpfe gebräuchlich.

Überliefert sind uns außer langen Leinenhemden, lange Westen ohne Kragen aus Barchent mit breiten senkrechten Streifen in rot, olivgrün, weiß mit 10 Knöpfen, Knielederhosen mit Klappen, am Knie zu knöpfen oder zu binden, hellblaue zweireihige Ärmeljacken mit Kragen, dazu Dreispitze, geschwungene Zylinder mit breiten Krempen, Schirmmützen und lange blauweiße, geringelte Zipfelmützen als Kopfbedeckungen verschiedener Männergenerationen des 19. Jahrhunderts. Hier mischen sich überkommene Moden des 18. Jahrhunderts mit denen des 19. Jahrhunderts. Knielederhosen aus hellem, weichen Leder, wie sie uns Maria Heilmann für den Grönegau beschreibt, sind gleichfalls aus dem Artland erhalten. Im Grönegau wurden sie von in Melle ansässigen Weißgerbern mit Alaun gegerbt und auch gearbeitet. Prozesse zwischen der Schneidergilde und den verschiedenen Gerbern um 1750 geben darüber Auskunft[55]. Kniehosen, weiße Gamaschen, niedrige Spangenschuhe – der zweiteilig mit Knöpfen verzierte Wams mit kurzen Ärmeln und der breitrandige Hut, der zum Dreimaster aufgeschlagen werden konnte, waren Erscheinungsformen des späten 17. und 18. Jahrhunderts in der Veldhauser-Nordhorner Tracht, die seit dem Anfang des 20. Jahrhunderts ausgestorben ist.

Aufschlußreich ist in dieser Hinsicht eine auf unsere Zeit überkommene Konfirmandentracht aus Wietersheim bei Minden[56] im Germanischen Nationalmuseum zu Nürnberg. Eine grüne Zipfelmütze, ein niedriger Hut mit breitem Rand und Verschnürungen, ein Hemd mit Weißstickerei am Kragen und Ärmelbund, ein langer Leibrock mit hoher Taille, Stulpärmeln aus schwarzem, innen rot gefüttertem Tuch mit 10 Knöpfen, eine kurze zweireihige Weste mit niedrigem Stehkragen aus schwarzem, grün und violett geblümten Samt, dazu eine lange Hose mit schmaler Klappe aus schwarzem Tuch mit blauer Stickerei, schwarze Strümpfe und Schnürhalbschuhe und eine Krawatte zeigen ein modisches Trachtenleitbild um 1800, in das Elemente des 19. Jahrhunderts eingestreut sind. Fassen wir zusammen: Zur Männertracht gehörten im allgemeinen das weiße Leinenhemd, die zweireihige lange Weste, ein Kamisol von gleicher Länge aus Tuch oder einem Wollstoff, ferner die blaue Jacke mit langen Schößen, dem Schwalbensteert, die Kniehose, die langen Strümpfe, das Halstuch und als Kopfbedeckung der Dreispitz oder der Zylinder (1. Hälfte 19. Jahrhundert) und die Tuchmütze mit Schirm, schließlich noch die blauweiße Zipfelmütze (Artland).

[52] Der Kreis Lingen. Hrsg. vom Lehrer-Verein der Diözese Osnabrück. Lingen a. d. Ems, S. 160.
[53] Lyra, S. 72.
[54] Führer für das Artländer Trachtenfest zu Badbergen. Quakenbrück 1905, S. 54.
[55] Vgl. Maria Heilmann, Brauchtum und Sitte. Der Grönegau in Vergangenheit und Gegenwart. Melle 1968, S. 355.
[56] Helm, Die bäuerlichen Männertrachten S. 66, Abb. Taf. 9.

Goldkappe der Delbrücker Tracht. Westfälisches Freilichtmuseum Detmold

„Krolle", Festtagsmütze für Unverheiratete. Delbrücker Tracht. (Rückansicht) Volkskundliche Kommission des Landschaftsverbandes Westfalen-Lippe, Münster.

„Krolle", Festtagsmütze für Unverheiratete. Delbrücker Tracht. (Seitenansicht) Volkskundliche Kommission des Landschaftsverbandes Westfalen-Lippe, Münster.

Blenden wir nun das reine 18. Jahrhundert mit den in Kupfer gestochenen Trachtenbildern des Ingenieur-Geografen Le Rouge aus Paris um 1787 ein (Abb. 382), das uns Bauern in Tracht aus der Umgebung von Burgsteinfurt zeigt, und ziehen dazu die Beschreibung des Kanonikus Baston aus Rouen heran, so lesen wir: „Die Bauers kleiden sich, wie die unsrigen (Franzosen) sich vor einem halben Jahrhundert kleideten: Dreispitz, rötlicher Rock mit großen Aufschlägen und Falten, mit Knopflöchern und Knöpfen versehen, Westen, deren Vorderteil bis zu den Knien reicht, Hosen, in denen bequem zwei Platz finden könnten."[57] Hier also wird deutlich auf den konservativen Geist einer westfälischen Landschaft in der männlichen Trachtenmode angespielt, gesehen vom Standpunkt eines Franzosen.

Werfen wir noch einen letzten Blick auf die Männertrachten Westfalens und vergleichen sie mit denen der Frauen, so zeichnet sich deutlich als Charakteristikum ab: die Männertrachten sind einfacher und schlichter, sind nicht so sehr auf das dekorative Element, auf Stickerei und Zierat ausgerichtet; dennoch wäre es falsch zu sagen, daß sie nichts dergleichen aufweisen, wir denken nur an die Männerhemden aus dem Artland, aus Wietersheim bei Minden mit Rot- bzw. Weißstickerei, an die bestickten Hosen, an die bestickten Stulpen der Friller Männerkleidung (Abb. 381, Männerjacke aus Wietersheim im Germ. Nationalmuseum).

Konfession und Brauchtum, soziale Lage, Alters- und Lebensstufe, Herkunft und Gebundensein an den Raum, modische Vorbilder, handwerkliches Können – um es noch einmal zu wiederholen – und schließlich der Beruf, der Begriff der Arbeit, waren bei der Gestaltung der Tracht von wesentlicher Bedeutung. Bisher ist nur die rein bäuerliche Tracht gewürdigt worden. Wie aber steht es mit den anderen westfälischen Berufsschichten und ihren Trachten? Sie spielen, um es vorweg zu nehmen, nicht diese große Rolle, da sie Mann und Frau nicht zugleich umgreifen. Sie sind häufig nur auf einen bestimmten Raum und eine bestimmte Arbeit abgestimmt. Wir denken da an die Hümmlinger Schäfer mit ihren weiten, schweren, langherabfallenden weißen Schafsmänteln, die jeglicher Witterung trotzen, mit ihren Schlapphüten oder Schirmmützen, wir denken ferner an die westfälischen Fuhrleute[58] mit ihren Fuhrmannskitteln. Wir erwähnen besonders die Bilsteiner und Benolper Fuhrleute mit blauem, auf die Knie reichendem Kittel, weißen Gamaschen mit roten Kniebändern, hohen Schuhen, niedrigem Hut mit kugelrunder Kappe und breitem Rand. Auch die Altenaer Drahtzieher, „die Zöger", waren in ihrer Berufskleidung gekennzeichnet[59]. Typisch ihre farbigen, blauweißgestrickten Zipfelmützen, ihre Schnallenschuhe, weißen Kniestrümpfe, blauen Kniehosen, doppelreihigen Wämse und Ärmelröcke. Wir führen weiter die Hohenlimburger Leineweber an mit ihren blauen Wadenstrümpfen, ihren Schnallenschuhen, grünen Kniehosen, braunen Röcken, Dreieckshüten. Es sei nur erinnert an ein Porträt des Caspar Dietrich Brand aus der Zeit Friedrich des Großen im Schloßmuseum Hohenlimburg, ebenso sei der Tracht der Ravensberger Leineweber gedacht und an das Bild des Malers Jacobi aus dem Jahre 1842 erinnert. Man trug Kniehosen, Kamisol, „Wamschen" aus dunkelblauem, festen Tuch mit zwei Reihen von Knöpfen, einen langen Leinenrock mit blanken Metallknöpfen, weißwollene Kniestrümpfe, auch Cloppenburger genannt, Hüte mit breiten Hutkrempen[60]. Wir erwähnen ferner die „Strüchetüotten", die Packenträger, aus Hopsten[61], Mettingen, Recke und Riesenbeck und die Kiepenkerle.

Berufstrachten

[57] Vgl. Jostes, Westfälisches Trachtenbuch, 2. Aufl., S. 134.

[58] Uebe, Westfalen, S. 32: Die flache Pelzmütze aus Iltisfell hatte sich zuletzt noch bei den Osnabrücker Fuhrleuten erhalten. – Klemens Stracke, Auf den Spuren Benolper Frachtfahrer. In: Heimatstimmen aus dem Kreise Olpe. Olpe 1952, 9. Folge, S. 553: Gekennzeichnet durch blaue Kittel bis zum Knie, weiße Gamaschen über hohen Stiefeln, hatten diese Frachtfahrer gleich den modernen Autofahrern riesige Strecken innerhalb Mitteleuropas zu bewältigen, die durch die Städte Hamburg, Aachen, Mainz, Frankfurt, Naumburg, Halle, Berlin, Leipzig, Frankfurt, Warschau gekennzeichnet waren.

[59] Jostes, 2. Aufl., Abb. 229. Über die Zögertracht sind wir durch ein Aquarell von Prechtel, einem Schüler von Schadow, genauer unterrichtet.

[60] Eduard Schoneweg, Das Leinengewerbe in der Grafschaft Ravensberg. Bielefeld 1923, S. 208, Abb. 66.

[61] Hubert Rickelmann, Die Tüötten in ihrem Handel und Wandel und die Wolle- und Leinenerzeugung im Tecklenburger Land. Mettingen 1961, Abb. S. 137.

5. Trachtendarstellungen auf Bildern

Von Bedeutung für die Trachtenforschung sind die auf unsere Zeit überkommenen Ölgemälde, Zeichnungen, Aquarelle, Radierungen, Lithographien, die Trachten bewußt oder unbewußt widerspiegeln. Der Bogen spannt sich von Terborch[62] und Wenzel Hollar im 17. Jahrhundert über den Ingenieur-Geographen französischer Herkunft Le Rouge[63], den Hofmaler Wilhelm Strack im 18. Jahrhundert, über Ludwig Emil Grimm[64] und weiter J. J. Sickert[65], Otto Reinhardt, Jacobi, den Engländer Edward Henry Corbould, den Drechslermeister Funking aus Buer aus dem 19. Jahrhundert bis zu Johann Gehrts, Franz Hecker – Osnabrück im 20. Jahrhundert. Es sind Maler, Radierer, Kartographen, Lithographen, Sonntagsmaler, denen wir eine gewisse Kenntnis westfälischer Trachten verdanken. Die Vorläufer der Volkstrachten lernen wir in dem Trachtenbuch eines Hans Weigel von 1577 und weiter in den Zeichnungen der Gesina Terborch in der ersten Hälfte des 17. Jahrhunderts, die münsterische Frauen in der Kleidung ihrer Stadt zeigen, kennen.

Le Rouge Die Trachtenbilder des französischen Ingenieur-Geographen Le Rouge sind noch völlig im Geiste des 18. Jahrhunderts befangen. Die Bäuerinnen aus der Umgebung von Münster und Burgsteinfurt des Jahres 1787 tragen mehrere Faltenröcke mit Schürze, weit über die Hüfte reichende Schnürleiber mit halblangen Ärmeln, Brust- und Schultertücher, Hauben oder Strohhüte. Alltags-, Kirchgangs- und Festtagstracht sind voneinander unterschieden. Insbesondere fällt auf, daß das Schnürleibchen aus einem gemusterten Stoff besteht.

Männer- und Knabentracht sind gekennzeichnet durch Kniehosen mit hellen Strümpfen, Schnallenschuhe, lange Westen und lange Leibröcke mit vielen Knöpfen und Ärmelstulpen, dazu Dreimaster.

Strack Auch die Mindener und Bückeburger Trachtenbilder von Wilhelm Strack[66], einem Schüler von Anton Wilhelm Tischbein in Hanau und Quaglio in Mannheim (1758–1829, einstmals Professor der

[62] Vgl. Jostes, 2. Aufl., Abb. 133: Frau aus Dülmen im Stift Münster. Kupferstich von Wenzel Hollar; Abb. 134: Frauen aus Münster in Arbeitskleidung, die Rechte mit Haike, 1646; Abb. 135: Frau aus Münster in Arbeitskleidung, 1646. Beide Zeichnungen nach dem Gemälde von Gerard Ter Borch: Die Ankunft des holländischen Gesandten Adriaen Pauw in Münster. Wahrscheinlich 1646. Münster i. W., Landesmuseum. – Vgl. S. J. Gudlaugsson, Gerard Ter Borch. Den Haag 1959, Bd. 1, Abb. 43 und die gleichen Frauengestalten Bd. 2, Taf. VI Abb. 4, Gesina ter Borch nach einer Vorlage ihres Vaters. – Ferner Paul Pieper, Gerard Ter Borch in Münster. Das schöne Münster. 1961, S. 7.
Martha Bringemeier, Mulier plebeia Monasteriensis in Westphalia. Zeitschr. Westfalen 45. Bd. 1967, S. 153: Mit aller Zurückhaltung kann man vielleicht sagen, daß auf der Terborchschen Zeichnung ... bürgerliche und vornehme Kleidung als voneinander abweichend zu sehen sind. Die Frau zur Linken trägt herkömmliche spanische Tracht .... die Frau zur Rechten dagegen geht nicht mehr spanisch, sondern in der neuen Mode, die während des 30jährigen Krieges von Frankreich her aufkam. ... Im einfachen Bürgertum aber sind die Grundformen der spanischen Tracht noch lange beibehalten worden ... In den Volkstrachten, besonders im östlichen Westfalen, sind sie bis heute noch zu erkennen. Martha Bringemeier macht in dem gleichen Aufsatz auf einen Holzschnitt aufmerksam aus dem Trachtenbuch von Hans Weigel, Nürnberg 1577, mit der Darstellung einer Mulier plebeia Monasteriensis.

[63] Von besonderer Bedeutung sind die bei Jostes unter Abb. 143 bis 156 dargestellten dörflichen Kleidungen aus der Umgebung von Münster und Burgsteinfurt aus dem Jahre 1787, darunter Männer-, Frauen- und Kindertrachten, Alltags- und Festtagstrachten. Es sind kolorierte Kupferstiche nach Le Rouge, XVIII. et XIX. Cahier des jardins anglais contenant ceux du Bagno à Steinfort en Westphalie dédié à S. E. M. le Comte Louis du St. Empire Regnant de Bentheim, Steinfort etc. ... im Schloßarchiv, Fürstlich Bentheimische Domänenkammer Burgsteinfurt. (Le Rouge war Ingenieur-Geograph des Königs in Paris.) – Jostes bildet in seinem Buch unter S. 157 eine Lithographie von Romen ab, eine Ansicht von Freckenhorst aus dem Jahre 1830, mit Darstellung eines Bauern und zweier Bäuerinnen in der damaligen Münsterländer Tracht (Vgl. auch Schulte Kemminghausen, Westfalen, Ansichten aus alter Zeit. Köln 1955, Abb. 11).

[64] Ludwig Emil Grimm hat im Jahre 1828 eine Frau aus Deifeld im östlichen Sauerland gezeichnet, in Rückenansicht wie im Profil. Sie trägt Faltenrock, Schürze, Schultertuch, Halskrause, kleine Bodenhaube mit Kopfband und Nackenschleife. Vgl. Zeitschr. Westfalen 25. Bd. 1940, Taf. XIX 1 und 2.

[65] J. J. Sickert, Trachten der Landleute aus dem Fürstenthum Bückeburg und Umgegend. Gezeichnet, entw. und lth. v. J. J. Sickert, lith. Institut von Charles Fuchs Hamburg, 6 kolorierte Lithographien, um 1840.

[66] Wilhelm Strack hat uns zwei Hefte hinterlassen: Malerische Reise durch Westfalen. Hannover 1801, darunter: Blick auf Minden und die Porta Westphalica. Im Vordergrund ein Müller mit hellen Kniehosen, weißen Strümpfen, roter Weste, blauer Jacke und Zipfelmütze.

Zeichenkünste an der Militärakademie und dem Gymnasium in Bückeburg), gehören dem 18. Jahrhundert an, und seine Bilder stehen noch ganz im Banne des Rokoko.

Ganz anders das schöne Ölgemälde mit der Darstellung des Sends (Jahrmarkt) von Münster von dem Engländer Edward Henry Corbould aus dem Jahre 1857 mit seinen figurenreichen Volksszenen. Es zeigt in realistischer Art Münsterländerinnen in Tracht, von denen Max Geisberg zu berichten weiß, daß sie „die prächtigen reich gestickten Münsterländer Tellerhauben tragen, die durch die Genauigkeit der Wiedergabe als Illustrationen dem 1904 erschienenen Westfälischen Trachtenbuch von Jostes zur Zierde gereichen könnten. Auch die Röcke, Jacken und Umschlagtücher aller weiblichen Figuren des Bildes sind mit größter Sorgfalt nach den Originalen gezeichnet."[67] Mit diesem liebenswerten, künstlerisch wertvollen Ölgemälde darf sich das Aquarell des Drechslermeisters Funking aus Buer mit der Darstellung des Kirchplatzes Buer von 1852 keineswegs vergleichen (Taf. XII). Es ist die Arbeit eines Sonntagsmalers – also ein Denkmal der Volkskunst. Dargestellt sind Männer und Frauen des Grönegaues (Kreis Melle) in Tracht. Die Frauen mit roten, braunen, gelben Faltenröcken, blauen, roten und weißen Schürzen, braunen oder blauen Miedern, dunklen oder roten Umschlagtüchern, Halskrausen, Bindkenmützen mit Mundbändern und weißen Strichen. Die Männer erscheinen mit langen braunen, blauen oder weißen Hosen oder in Kniehosen, mit blauen Kitteln, langen Röcken in blau und braun, roten Westen, hohen breitkrempigen Hüten oder Dreimastern und in Leder- wie Holzschuhen. Es werden uns also die Übergänge der Tracht vom 18. zum 19. Jahrhundert in den einzelnen Lebensaltern geschildert.

Corbould

Funking

Welche Bedeutung die Tracht bis 1900 auch in einem städtischen Gemeinwesen wie Melle hatte, erkennen wir aus einer Federzeichnung von Arnold Bredemeyer aus Melle. Dargestellt ist die Heimkehr der Kirchgänger aus der evangelischen Petrikirche in Melle. Wir sehen Frauen in städtischer modischer Kleidung und in Tracht mit Bänderhaube und Strich, weitem Faltenrock und weißem Spitzen-Schultertuch[68].

Bredemeyer

Für den Trachtenforscher sind die Trachtenaquarelle von Johannes Gehrts (heute Landesmuseum Münster), für das westfälische Trachtenbuch von Franz Jostes geschaffen, mit die wichtigsten Urkunden nach 1900, weil sie die ersten mehr wissenschaftlichen Darstellungen sind. Der Maler Franz Hecker in Osnabrück hat seine Trachtenbilder in der 1. Hälfte des 20. Jahrhunderts in einem romantischen Sinn idealisiert wiedergegeben.

Gehrts, Hecker

Stadt- und Landansichten des 18. und 19. Jahrhunderts mit figürlicher Staffage, darunter Bilder mit Bauern und Bäuerinnen in Tracht, geben uns bisweilen einen kleinen Hinweis oder Anhalt über Verbreitung und Wandlung heimischer Volkstrachten. Leider ist dieses Bildmaterial in seiner Gesamtheit noch nicht erforscht. Erwähnt sei z. B. eine Stadtansicht von Dortmund[69], eine Lithographie von Dieckmann aus der 1. Hälfte des 19. Jahrhunderts mit Frauen in Tracht im Vordergrund. Ferner eine Stadtansicht von Minden[70] von 1850 von August Wenderoth und dem Engländer Jens Gray mit zwei Kiepen tragenden Bäuerinnen in Friller Tracht, und ebenfalls eine Ansicht des Marktplatzes von Lemgo[71] von Osterwald und Willmann mit einem bäuerlichen Paar im Vordergrund, einem Mann und einer Frau in Tracht. Die Zahl ließe sich sehr erweitern. So sei noch auf eine Ansicht von Anholt[72] hingewiesen, eine Lithographie von Adolf Esselbrügge mit einem Bauern zu Pferde im Vordergrund, ebenso eine Ansicht des Patroklidomes in Soest[73], ein Stahlstich aus dem Jahr 1843 von J. F. Lange und Kolb mit bäuerlichen Staffagefiguren.

Stadtansichten

Das Kapitel Tracht gehört im wesentlichen der Vergangenheit an. Wie stark dieser Wandlungsprozess ist, können wir aus der Tatsache entnehmen, daß in den stark konservativen reformierten Landstrichen

[67] Vgl. Max Geisberg, Das Sendbild von 1857. Zeitschr. Westfalen 26. Bd. 1941, S. 81.
[68] Vgl. Arnold Bredemeyer, Erinnerungen an meine kleine Stadt. Melle um 1900. Federzeichnungen. Melle 1968, Taf. Nr. 30.
[69] Vgl. Karl Schulte Kemminghausen, Westfalen. Ansichten aus alter Zeit. Köln 1955, Abb. 95.
[70] Ebda., Abb. 54.
[71] Ebda., Abb. 45.
[72] Ebda., Abb. 17.
[73] Ebda., Abb. 33.

Bentheims bis zum 2. Weltkrieg noch 30, sogar 40, bisweilen 50 Prozent aller Bäuerinnen beim Kirchgang oder bei der Beerdigung Trachtenträgerinnen waren.

Dilly In jüngster Zeit wird auf die Scherenschnitte eines Dilly aufmerksam gemacht, der vornehmlich im Artland tätig gewesen ist und genaue Milieu- und Trachtenbilder hinterlassen hat, die sich zum Teil im öffentlichen wie privaten Besitz befinden[74].

[74] Museumsdorf Cloppenburg. Alte Trachten aus Niedersachsen und Westfalen. Cloppenburg 1969. Mit Einführung von Gerda Schmitz. Vgl. Titelabbildung.

X. Bäuerlicher Schmuck

Mit dem Begriff Tracht ist der Schmuck unlösbar verbunden[1]. Noch stehen wir im Anfang der wissenschaftlichen Erkenntnisse dieses komplizierten Themas. Der Schmuck stammt zum größten Teil aus der Zeit des 18. bis 20. Jahrhunderts. Seine Merkmale sind Reichtum, Vielgestaltigkeit und Kompliziertheit des Aufbaus. Die verschiedensten Materialien wie Gold, Silber, Messing, Zinn und Kupfer, Blei, weiter Bernstein, wie Granat- und Glasperlen und Stoffe – wir denken nur an Samt- und Seidenbänder – treten in Erscheinung. Durch Männer wie Justus Möser[2], Lyra[3], Peter Florens Weddigen[4], von Donop[5] und Strack[6] werden wir über einzelne Schmuckstücke der Männer und Frauen in den verschiedensten Landschaften Westfalens unterrichtet. Heimische und Importware gehen nebeneinander her. Wir hören von großen silbernen Schnallen, von Messingkämmen in den Haaren, von Messingblechstreifen zum Zusammenhalten der Haarnesteln, von Brustnadeln, von silbernen Knöpfen und Hutschnallen, von Bernsteinkorallen, von Ohrringen, Fingerringen und anderem mehr[7]. Merkwürdigerweise taucht in den ganz armen Landschaften, wie im Hümmling, goldener Brust- und Halsschmuck auf. Mit den Bernstein-

Schmuckgegenstände und Material

[1] Walter Borchers, Bäuerlicher Schmuck in Westfalen und dem angrenzenden Niedersachsen. Rhein.-Westf. Zeitschr. f. Volkskunde Bd. VI 1959, S. 69–86.

[2] Justus Möser, Sämtliche Werke, Bd. IV, 1943, S. 186. Er schreibt in der Klage wider die Packenträger: „Der einzige Staat (der Viehmagd) war eine runde silberne Schnalle, womit sie ihr selbst gezeugtes Hemd befestigte ... Dem Knechte gefallen die schönen seidenen Halstücher, die großen silbernen Schnallen, der hübsche beschlagene Pfeifenkopf und andere entbehrliche Kleinigkeiten."

[3] F. W. Lyra, Plattdeutsche Briefe, Erzählungen und Gedichte mit besonderer Rücksicht auf Sprichwörter und eigenthümliche Redensarten des Landvolkes in Westphalen. 2. Aufl. Osnabrück 1856, S. 72: „Man trug ... mansiesterne Bücksen, missingene Kämme in den Haaren und Schoo met prinsmetallnen Spangen; un de Fruuslüüe nine drepannen Müssen, Stüütspangen (Messingblechstreifen zum Zusammenhalten der Haarnesteln), Püntnauteln (Brustnadeln), wullaakene un zersene Röcke met duusent Faulen (Falten), willigen Schrääerläckern (mit geräumigen, gefälligen Seitenschlitzen) und Magsachten (grobe Leinwandstücke, welche zur Ersparung von Tuch usw. an der Stelle in die Weiberröcke eingesetzt werden, wo die Schürze überhängt) ..."

[4] Peter Florens Weddigen, Historisch-geographisch-statistische Beschreibung der Grafschaft Ravensberg in Westphalen. Leipzig 1790, S. 46. – Derselbe, Westphälischer Nationalkalender zum Nutzen und Vergnügen Jg. 2. Leipzig 1801, S. 102. Weddigen erwähnt unter anderem, daß die begüterten Bauern noch Bernsteinkorallen, die sie an einem Band, das mit einer silbernen Schnalle versehen war, als Halsschmuck trugen, wofür oft 30 bis 40 Reichsthaler bezahlt wurden.

[5] W. G. L. von Donop, Historisch-geographische Beschreibung der Fürstl. Lippischen Lande in Westfalen. 2. Aufl. Lemgo 1790. Er berichtet, daß die Frauen sich einen goldenen Gürtel um den Leib legten und daß eine Korallenkette zum wichtigsten Bestandteil einer Tracht gehörte. Je größer die Bernsteinkorallen, je schwerer sie waren, um so vornehmer und bedeutender die Trägerin.

[6] W. Strack, Nationaltrachten verschiedener Völkerschaften Westdeutschlands. Bückeburg 1800, H. „Bauernfrau und Mädchen bey Minden".

[7] Vgl. Eines Lingener Landmanns Lebenslauf. In: Beiträge zur Heimatkunde des Reg.-Bez. Osnabrück. Lingen/Ems 1905, S. 161: An Werktagen sah man auf der Brust unserer Frauen ein schlichtes Kreuz von Gold und Silber. Alle Schul- und erwachsenen Mädchen trugen vergoldete Kreuze, die großen Mädchen an Sonntagen auch goldene. Die Frauen trugen ... bis etwa 1860 an Sonntagen ein Goldgeschmeide 5 cm breit und hoch, an dem unten ein Kruzifix hing, das im übrigen aus schönster Filigranarbeit bestand, das sogenannte Bengelwerk, jetzt viel gesucht, vor Jahrzehnten körbeweise eingeschmolzen, minderwertigen formlosen Broschen und plumpen Ketten das Feld räumend.
Eugen Bracht, Volksthümliches aus dem Hümmling, Mitt. aus d. Mus. f. Deutsche Volkskunde z. Berlin. Berlin 1897, S. 15: Von meinem Wirthe, Herrn Langen in Börger, erfuhr ich von Metallschmuck mit Namen Bengel, das zum Sonntagsstaat gehört: „ein handgroßes Geschmeide, das von Reichen aus Gold, von den minder Begüterten aus vergoldetem Silber oder Kupfer und von den Armen aus Blei getragen wurde ... ein solcher Schmuck besteht aus zwei getrennten Theilen: 1. dem eigentlichen Brustschmuck, 2. einer broschenartigen Agraffe ... Das Brustschmuck zerfällt in drei gesondert gearbeitete und mit Ringlein und Kettchen verbundene Theile. Oben ein halbmondförmiges Breittheil mit fünf Zacken, deren jede mit einem Perlenkleeblatt abschließt. Der Innenraum des Halbmondes wird durch blattförmige Flachmuster ausgefüllt, die von einem rosettenartigen zentralen Ornament ausgehen, während sämtliche Lücken mit zierlichem Filigranwerk gefüllt sind. An diesem Obertheil hängt an zwei Ringen ein geschweiftes Winkelornament, welches seinerseits wieder Träger des großen, reich ornamentierten Kreuzes ist, dasselbe ist außerdem oben an den Querarmen mittelst 4 facher Kettchen am Halbmond aufgehängt. In dem freien Raum des Mittelornaments hängen Herzen oder Doppelherzen, woraus hervorzugehen scheint, daß es sich öfters um Brautschmuck handelte. Es kommen auch mit Perlen, Steinchen und Email verzierte Mittelstücke vor. Außen, nahe den Enden des Halbmondes, hängen meist jederseits eine Flachkugel oder Eichel."

ketten[8] wurde gleicher Staat getrieben, sowohl im Ravensbergischen und Bückeburgischen als auch im Schaumburger Land. Das gilt auch für das Artland wie für einzelne Dörfer des Kreises Melle, des Lipper Landes und den Raum Lübbecke.

Soziale und

Soziale Stellung, Lebensalter und Konfessionszugehörigkeit finden gleichfalls ihren Niederschlag in dem Schmuck. Ringe, Ketten, Ohrschmuck, Brustschmuck treten gehäuft bei den verheirateten Frauen reicher Bauern auf. Katholische Frauen aus dem Emsland, dem Osnabrücker und dem Paderborner Land bevorzugen das Kreuz zu dem üblichen Schmuck, die Reformierten dagegen in den an die Niederlande angrenzenden Gebieten lehnten es strikt ab, Schmuck zu tragen. Aller Aufwand, dessen sie fähig waren, wurde auf die Ausstattung der Bibel und des Gesangbuches mit den Silberschließen und dem Deckelbeschlag verwendet.

geographische Verbreitung

Schmuck wurde also in den Trachtenlandschaften nördlich des Hellweges getragen, so im West- und Ostmünsterland, im Oldenburger Münsterland, im Saterland, im Hümmling, im Emsland, in der Grafschaft Bentheim, im Tecklenburgischen, im Osnabrückischen, in den Räumen Lübbecke, Minden, Ravensberg, weiter im Lippischen, im Paderbornischen, südlich der Lippe in der Soester Börde und weiter um Arnsberg und im ehemaligen kurkölnischen Amt Olpe. Zu betonen ist die Tatsache, daß die nördlichen und östlichen Randgebiete einen größeren Formenreichtum aufweisen und in der 2. Hälfte des 19. Jahrhunderts, als Tracht und Schmuck von der städtischen Mode mehr und mehr verdrängt und isoliert wurden, einen Hang zur Formenübersteigerung zeigten. Diesen Vorgang können wir ganz besonders bei den Schaumburger Trachten beobachten[9].

Noch eine wichtige Frage ist zu beantworten: Welcher Schmuck wurde getragen, wo wurde er angebracht, und welche Kleidungsstücke wurden dekoriert? Wir unterscheiden zwischen Kopf-, Hals-, Brust-, Ohr- und Fingerschmuck und weiter zwischen Hemd- und Halstuch-, Schürzen-, Gürtel-, Handtaschen-, Mantel- und Schuhschmuck sowie dem Kappenbandschmuck (Bentheim). Natürlich sind die Altersstufen von entscheidender Wichtigkeit hinsichtlich des Aussehens, der Größe oder Kleinheit oder der Aufwendigkeit des Schmucks.

Braut- und Hochzeitskronen

Braut- und Hochzeitskronen, im Brauchtum verankert und von ihm her bestimmt, blicken auf eine lange Tradition zurück. Sie sind typologisch abzuleiten von den kirchlichen Marienkronen oder Heiligenkronen des Mittelalters[10]. Besonders üppig und farbig sind die Brautkronen der Schaumburger und Mindener Tracht[11]. Aus den verschiedensten Materialien hergestellt, aufgewölbt zu einer Halbkugel,

[8] Führer für das Artländer Trachtenfest zu Badbergen, Quakenbrück 1905, S. 52: ... „so hatten die Schuhe (der Frauen und jungen Mädchen) kleine silberne Schnallen. Meistens wurde ein Gürtel getragen, wobei dann auch die Gürtelschnalle nicht fehlte. Als Halsschmuck wurden Bernsteinketten, goldene und silberne Ketten, woran eine Schleife war, worin ein Medaillon oder Kreuz hing, getragen. Runde Ohrringe aus Gold oder Silber in Filigranarbeit vervollständigten den Schmuck"; S. 54: „Die Hosen (der Männer und jungen Leute) gingen eben übers Knie, wo an der Außenseite silberne Schnallen befestigt waren ... Man trug niedrige Schuhe, worauf silberne Schuhschnallen getragen wurden. Die Weste war zweireihig, sehr lang, aus Seide ... In den Westen wurden Perlmutt- und silberne Filigranknöpfe getragen ..."; S. 55: „An der Uhr nach unten hängend befand sich eine silberne Kette ... mit Signet (Petschaft und Schlüssel). Ein langer Stock mit vergoldetem oder silbernem Beschlag waren die Begleiter ... des wohlhabenden Artländers."
Für die Kirchspiele Oesede und Hagen, vornehmlich das Dorf Gellenbeck bei Osnabrück vgl. August Suerbaum, Sitte und Brauch unserer Heimat, Osnabrück 1951, S. 63: „Weiter gehörten zur Tracht noch die seidene Schürze, die Ohrringe und das Halsgeschirr, die Halskette mit dem reichverzierten Kreuz und Schloß. Das silberne Halsgeschirr war ein schwarzes Halsband mit Silberperlen und Plättchen bestickt (Mädchen hatten nie ein Halsgeschirr)." – K. Rasche, Beiträge zur heimatlichen Volkskunde. Minden 1935, S. 39: Die Brautschuhe und der wertvolle Bernsteinschmuck, die „Krallen", sind Geschenke des Bräutigams. – Wilhelm Wollbrink, Zur Volkskunde von Enger. Ein Heimatbuch. Enger 1948, S. 168/169: „Hals und Schultern wurden von einem breiten, schön gefalteten weißen Kragen geschmückt, auf dem eine Kette aus dicken Bernsteinkorallen lag."

[9] Helmut Plath, Zur Typologie der Schaumburger und Stader Spangen. Bremer Beiträge zur niederdeutschen Volkskunde. 1959/60. Jahrb. d. Ver. f. Niedersachsen Bremen.

[10] Vgl. dazu Otto Bramm, Deutsche Brautkränze und Brautkronen. Ein Beitrag zu ihrer Typologie und der Symbolik ihres Schmuckes. Jahrb. f. hist. Volkskunde, Bd. 3/4, Berlin 1934, S. 167, 172–174.

[11] Mathilde Hain, Die Volkstracht. Deutsche Philologie im Aufriß. Bd. III, Berlin 1962, Sp. 2891: Der hochgebaute Kranz der Braut aus Schaumburg-Lippe ähnelt stark dem „Uffgesetz" der katholischen Hessenbraut und dem Kopfputz der „gschappelten" Schwälmerin.

besteckt mit Flitterkram, künstlichen Blumen und Blättern, der Kronreif mit Stoff überzogen und behängt mit größeren und kleineren Perlgehängen oder -schnüren und Brokat- und Seidenbändern mit Goldspitze, erscheinen diese hohen malerischen Brautkronen ein wenig altertümlich (Abb. 386). Sie sind verwandt mit Brautkronen aus dem hessischen Hüttenberg, aus Hersbruck in Franken und aus Siebenbürgen.

Die uns erhaltene Brautkrone aus der Soester Börde, aus der Kirche zu Lohne, hat eine andere Form und ist einer wirklichen Krone ähnlicher. Sie ist aus Filigran und Perlen gearbeitet (Abb. 385)[12]. Unser Wissen um die westfälischen Braut- und Hochzeitskronen[13] ist noch zu gering, um Endgültiges darüber sagen zu können. Kranz und Krone gehen nebeneinander her.

Ohrringe

Ohrringe in Lang- und Rundform im Oldenburger Münsterland, im Saterland, im Hümmling, Artland, Osnabrücker und Ravensberger Raum vertreten, haben ostfriesische Vorbilder oder sind direkt aus Friesland. Häufig von kompliziertem, kleinteiligem Aufbau, insbesondere die Rundformen mit gewelltem Bügel und mit angehängten, gedrehten Kettchen, Herzen, gezacktem Stern und facettierter Kugel, ist die Schauseite in Filigranarbeit besonders betont und mit Rosetten, Halbmonden, Scheiben mit Herzen, Buckeln geschmückt (Abb. 405)[14]. Die Langformen in Tropfengestalt als vielgliedrige Gehänge mit Stein besetzter Rosetten, abstrahierter Schleifen (Abb. 406, Beispiel aus Barkhausen bei Minden) oder mit Buckelrosetten und herumgelegtem Filigrandrahtwerk sind gleichfalls im östlichen Westfalen vertreten[15]. Zwischen Rund- und Langformen stehen bügelartige oder flachrunde Formen, deren Längsschauseite in Filigranarbeit mit Buckelrosetten, Herzformen, Blättern und farbigen Steinen aufgelöst ist (Abb. 404).

Halsketten

Komplizierter Schmuck steht neben der einfachen Spange, Schnalle oder dem schlichten Kreuz[16]. Zunächst der Halsschmuck (Abb. 387–390): Das waren zierliche, bewegliche Schild-Kettengebilde von 35–41 cm Länge oder starre, massive, hochstehende Halskragen aus Schilden mit unruhiger Konturlinie und aufgelegtem Filigranwerk, Halsbänder aus Platten und beweglichen Schmuckgliedern, Stoffbänder mit aufgenähten Tönnchen (Abb. 392) oder facettierten Ovalen zu zwei und drei Reihen (Abb. 391) mit den verschiedensten Schließen (rechteckig, herzförmig oder oval). Fünf- oder siebengliedrige Ketten wechseln ab mit einzelnen Platten oder Schilden, die Platten mit aufgelegter Filigranarbeit und gefaßten farbigen Steinen. Diese Halskragen oder Geschirre kommen alle aus dem ostfälischen, niedersächsischen Raum, aus dem Ravensberger, Mindener und Lübbecker Land wie dem Paderbornischen[17] und aus dem Osnabrücker Gebiet, insbesondere dem Grönegau. Ähnliche Halsgeschirre mit abwechselnden Gliedketten und Schilden mannigfacher Art kennen wir auch aus Niedersachsen[18], Friesland und Holland.

Das Halsgeschirr in Rahden, weniger massiv als im Osnabrücker und Ravensberger Land – schon Jostes hat darauf hingewiesen – ist mit grünen und roten Steinen besetzt und in der Regel von Rahdener Goldarbeitern angefertigt[19]. Ravensberger Halsketten des 19. Jahrhunderts sind häufiger signiert und tragen die Namen ihrer Verfertiger, wie der Goldschmiede Schwarz, Schlüter usw.

Der Bohnen- und Tönnchenschmuck ist außer in den Räumen Minden, Lübbecke, Ravensberg auch in Niedersachsen, in Bückeburg und Braunschweig[20], bekannt. Man kann also von zwei verschiedenen

[12] Adolf Clarenbach, Der Kreis Soest. Münster 1947, S. 53 Lohne: Die in der Kirche aufbewahrte Brautkrone aus Goldfiligran erinnert an den volkskundlich bemerkenswerten Brauch, daß bis vor 100 Jahren die Bräute zu ihrem Ehrentage sich mit dieser von der Kirche zu entleihenden Krone schmückten.

[13] Vgl. dazu Martha Bringemeier, Brautkronen im Münsterland. Rhein.-Westf. Zeitschr. f. Volkskunde Bd. XIV 1967, S. 73–82.

[14] Vgl. Jostes, Westfälisches Trachtenbuch 2. Aufl. bearb. u. erweitert v. Martha Bringemeier. Münster 1961. Abb. 123–127.

[15] Ebda., S. 267, Abb. 128.

[16] Walter Borchers, Bäuerlicher Schmuck in Westfalen, S. 69–86.

[17] Lothar Pretzell, Kostbares Volksgut aus dem Museum für deutsche Volkskunde. Berlin 1967, Nr. 273: Halsschmuck. Auf ein schwarzes Halsband sind zwischen schwarzen Spitzen 2 Reihen von je 18 großen Silberperlen aufgenäht. Das zweiteilige vergoldete Schloß aus Blechpalmetten mit feinem Filigran und zahlreichen roten und grünen Steinen. Westenholz, Kreis Paderborn.

[18] Erich Meyer-Heisig, Deutsche Volkskunst. München 1954, Abb. 64: Halsgeschirr aus der Gegend von Bückeburg.

[19] Jostes, Westfälisches Trachtenbuch, 2. Aufl., S. 154.

[20] F. Fuhse, Braunschweiger Bauernschmuck. In: Festschrift für Marie Andree-Eysn. München 1928, S. 130: Bohnenschmuck seit der Mitte des 18. Jahrhunderts; Abb. 41: Bohnenschmuck von 1765–1860

Schmuckformen sprechen, die einmal mit dem Westen, zum anderen mit dem Osten Beziehungen haben und nebeneinander vorkommen.

Besonders reizvoll sind die durchbrochenen in Filigrantechnik gearbeiteten Nackenschließen in Rosetten- und Herzform (Abb. 395–397). Sie tragen bisweilen Amsterdamer Beschauzeichen, kündigen somit ihre Herkunft an, sind also Importware.

Hemdspangen

Hemdspangen, die die feinen Leinenhemden der Frauen vorn am Halsbündchen schlossen, waren besonders hoch im Preise (Abb. 403). 200 Mark bezahlte man im Schaumburgischen für sie[21]. In Herz-, Rund- und Achteckform ist die Hemdspange im wesentlichen in Ostwestfalen anzutreffen[22]. Die Rundscheibe im Osnabrücker, Mindener, Lübbecker Raum ist mit feinem Filigranwerk besetzt, dazu kommen noch Rauten, die sich mit facettierten Längsbuckeln abwechseln. Die riesige Achteckscheibe ist auf Schaumburger Gebiet beschränkt und mit Messingornamentik auch figürlicher Art geschmückt. Die Herzspange, im norddeutschen Raum (im Alten Land, in Ratzeburg, Braunschweig) bis nach Jamund-Pommern verbreitet, kommt vereinzelt im Osnabrückischen vor. Bisher konnte die Frage nicht geklärt werden, ob hier Importware oder mitgebrachtes Gut vorliegt. Die Schaumburger Hemdspangen machten ebenso wie die Hemdspangen der Stader Geest im 19. Jahrhundert eine Entwicklung durch, die zur Übersteigerung der Form und des dekorativen Elements führte[23].

Brustschmuck

Der Brustschmuck ist ein kompliziertes Gebilde, das gar nicht den Eindruck eines kompakten oder massiven bäuerlichen Schmucks macht, sondern in seiner Vielgliedrigkeit und Aufgelockertheit seines Aufbaus leicht und zierlich wirkt[24]. Das Mittelstück dieses Brustgehänges ist eine waagerecht schwebende, durchbrochene, mondförmige Sichel, deren oberer Rand vierfach geschwungen und mit Kugeln, Rosetten, auch Muscheln an den Schnittpunkten besetzt ist. Ihre Fläche ist unten sanft gerundet und mit Ösen für Doppel- und Einfachketten verschiedener Länge eingerichtet, die zu einem Mittelpunkt hin geordnet sind, nämlich zu zwei geschwungenen, gekreuzten, teilweise in Filigranwerk gearbeiteten Blattwedeln oder -flügeln mit Anhängern. Diese haben die Gestalt eines Kreuzes. Weiter hängen an der Sichel kleinere Herzen, Eicheln, Sterne, Muscheln. Was die Sichel selbst anbelangt, so ist ihre Fläche aufgelöst durch gegenständiges ausgeschnittenes Blattwerk mit aufgerollten Filigranspiralen. Aufgelegtes Schmuckwerk in Gestalt von Muscheln und Ovalen bereichert die Sichelfläche (Abb. 410-413). Die an Ketten hängenden Kreuze[25] haben verschiedene Formen, es sind einmal reine flächige Balkenkreuze, schlicht oder graviert, oder Kreuze mit dem Corpus Christi und bisweilen auch mit dem Lamm Gottes.

Gadderken

Man spricht von „Krüzbengel" oder „Gadderken". Dieses so komplizierte Brustgehänge mit Filigranarbeit ist im Westmünsterland, im Saterland, Emsland, Hümmling, Artland und im Osnabrücker Land bekannt. Zweifellos ist es von Friesland und Holland her beeinflußt[26].

Die Sichel als Leitmotiv in Verbindung mit Ketten, Herzen, Kreuzen, Sternen, Eicheln, Filigranranken zeigen Musterbücher friesischer Goldschmiede, z. B. eines Anton Heinrich Orth um 1820 – 40 und Christian Meyer 1811–83 in Westerstede wie des Goldschmiedes Niermann in Sögel, Kreis Aschendorf (Abb. 415).

Das Brustkreuz[27] kann man als den westfälischen Schmuck schlechthin bezeichnen. Es unterscheidet

[21] Friedrich Gerloff, Die Schaumburger Tracht im Kreise Grafschaft Schaumburg, Schaumburger Heimat. Rinteln 1930, H. 1, S. 223.

[22] Jostes, Westfälisches Trachtenbuch, Abb. 101, 109

[23] H. Plath, Zur Typologie der Schaumburger und Stader Spangen. In: Bremer Beiträge zur niederdeutschen Volkskunde 1959/60. – Derselbe, Vom bäuerlichen Silberschmuck in Niedersachsen. Junges Landvolk. Jg. 1 Nr. 5. 1951, S. 13.

[24] Vgl. Jostes, Westfälisches Trachtenbuch, Abb. 83–88.

[25] Ebda., Abb. 85, 86, 87, 88.

[26] Hubert Stierling, Der Silberschmuck der Nordseeküste, hauptsächlich in Schleswig-Holstein, I, Neumünster 1935, S. 76 Abb. 91, 92. – Konrad Hahm, Deutsche Volkskunst. Berlin 1928, Taf. 153. – W. Lüpkes, Ostfriesische Volkskunde. Emden 1925, Nr. 53 a, Nr. 55 a. – Het gouden sieraad in de Nederlandse folklore. Gemeente 's-Gravenhage 24 Juni–5 September 1955 Abb. 11 Nr. 242: Kruis aan een plaque ... het kruis is door een dubbele ketting met de plaque verbonden. Gedragen: West-Brabant, Breda.

sich aber in den verschiedenen Landschaften Westfalens in vielen Einzelheiten. Wir kennen Kreuze aus Edelmetall, aus Zinn, Blei, Kupfer, Messing, wir kennen feste und durchbrochene Kreuze (Abb. 419 und 411), glatte, auch gravierte (Abb. 417), gewölbte und gebogene Kreuze, wir kennen Kreuze mit einfachen geraden Balkenenden, mit eingekerbten Balkenenden, mit lilienförmigen oder Malteser- und auch Vierpaßkreuzbalken (Münsterland, Osnabrücker Land, Paderborner Land, Sauerland) und weiter Kreuze in durchbrochenen Filigranrauten mit facettierten Kugeln oder Halbkugeln auf den Enden der Kreuzbalken (östliches Westfalen, Abb. 416) und schließlich Kreuze mit ausgeschnittenen und sich durchdringenden Herzen und einem vollplastischen, vorgewölbten Herz im Schnittpunkt der Balken mit dem gravierten Monogramm Christi oder Mariens (Münsterland, Kreis Tecklenburg, Osnabrücker Land, Abb. 407). Filigranwerk oder farbige Steine erhöhen den Reiz dieser Brustkreuze aus dem Ostmünsterland und Grönegau (Abb. 409). Es gibt auch doppelseitig aufklappbare Kreuze mit gravierter Vorder- und Rückseite. Barocke und klassizistische Stileinflüsse sind bei den einzelnen Brustkreuzen zu spüren. Die Biedermeierzeit ist gleichfalls als Stilfaktor zu beobachten. Kreuze

Zweifellos brachten Hollandgänger solchen Gold- und Silberschmuck nach dem Westen Deutschlands, ebenso lernten westfälische Goldarbeiter, Goldschmiedegesellen wie -meister von ihren Nachbarn die neue Mode und Technik, wie ja die hinterlassenen Musterbücher beweisen[28].

Westfalen ist in eine große Schmucklandschaft eingebettet, die nach Osten, Norden und Westen sich erstreckt und ihre wichtigsten Impulse aus dem Westen empfängt.

Die zeitliche Ansetzung des Brustgehänges ist außerordentlich schwierig, wenn nicht gewisse Stilmerkmale, wie Louis-seize-Schleifen, an denen das Mittelstück aufgehängt ist, ebenso klassizistische Vasenmotive, das zeitliche Dunkel auflichten würden. Wir haben es hier mit Arbeiten aus der zweiten Hälfte des 18. und dem Anfang des 19. Jahrhunderts zu tun[29].

Nicht so fein und elegant gearbeitet sind die Gürtel-, Schürzen- wie Mantelschließen mit aufgelegtem Filigranmuster und Steinverzierung aus Ostwestfalen. Sie sind den Halsschließen der großen Bernsteinketten ähnlich, die mit Daten und Initialen verziert sind (Abb. 398, 399, 401). Sie sind in der Regel von heimischen Goldschmieden angefertigt, insbesondere aus Bielefeld und Lübbecke, wenn auch friesische Stilmerkmale zu spüren sind. Gürtel-, Schürzen- und Mantelschließen

Fingerringe (Abb. 402) spielten in Westfalen keine so große Rolle, obwohl wir wissen, daß die münsterländischen Bauernfrauen viele Ringe zu tragen pflegten. Ringe waren zur Tracht nicht vorgesehen, so August Suerbaum[30] in seinem Buch über Sitte und Brauch in Gellenbeck, Kreis Osnabrück. Die wenigen uns überlieferten volkstümlichen Ringe waren in der Regel Treue-, aber auch Verlobungsringe, keine Eheringe. Viel wichtiger war das sogenannte True- oder Truwwestück, eine Schaumünze aus dem 18. Jahrhundert[31]. Die vorhandenen silbernen, teilweise vergoldeten Ringe sind recht bescheidene Erzeugnisse. Es handelt sich um schlichte Reifen mit profilierten Rändern, die Wandung mit Buckel- und Perlfriesen und Riefen geschmückt. Die betonte Mitte zeigt aufgelegte Schilde in Oval- und Herzform mit Kreuz, Herz und Anker verziert, ovale Kreise in Filigranarbeit, mit Händen und schließlich mit Heiligenfiguren (Antonius von Padua in Rankenwerk)[32]. Die meisten Ringe sind in Durchbrucharbeit mit Filigranwerk Fingerringe

[27] Jostes, Westfälisches Trachtenbuch, Abb. 102–11. – Borchers, Bäuerlicher Schmuck in Westfalen und dem angrenzenden Niedersachsen, S. 74/75 und Abb. 2–10. – Kreismuseum Bersenbrück. Bersenbrück 1970, Abb. Taf. 32: Brustschmuck Artland.

[28] Hubert Stierling, Abb. 88 aus dem Musterbuch der Goldschmiede Orth und Meyer in Westerstede, Landesmuseum Oldenburg.

[29] Borchers, Bäuerlicher Schmuck in Westfalen und dem angrenzenden Niedersachsen, S. 78.

[30] August Suerbaum, Sitte und Brauch unserer Heimat. Osnabrück 1951, S. 63.

[31] Maria Heilmann, Brauchtum und Sitte. Melle 1968, S. 353, Abb. 336. – Rudolf Schulte, Dat Trüwwestück – der Brauttaler. In: Land und Leute, Nr. 129, 1956, Abb.: Brauttaler aus Osnabrücker Besitz mit Darstellung einer Klucke mit Küchlein und Umschrift und eines Brautpaares in barocker Tracht vor Draperie und Umschrift. Dat. 1700.

[32] Justus Kutschmann, Volkstümliche Fingerringe. Rhein.-Westf. Zeitschr. f. Volkskunde Bd. XI 1964, S. 19. Von silbernen Ringen mit dem Bilde des heiligen Antonius von Padua befinden sich im Berliner Museum für Deutsche Volkskunde zehn Exemplare. Abb. 100–107, S. 20. Bei allen Berliner Antonius-Ringen ist Bayern oder einschränkend Oberbayern als Fundort

verziert, die zum Teil Verwandtschaft mit ostfriesischen Ringtypen aufweisen[33]. Ringe aus dem Kreise Halle, in ihrer Technik den Goldringen folgend, stehen unter niederländischem Einfluß. In Münsteraner Testamenten des 17. Jahrhunderts werden wir mit dem Begriff trewdraett konfrontiert[34]. Es sind mit Drahtwerk belegte Ringe, die im niedersächsischen, westfälischen, schleswigholsteinischen Gebiet häufig auftauchen. Die Ranken des Drahtwerkes sind aus gekörntem Draht, die Umrandung ist aus geflochtenem Draht gearbeitet und in Niet- und Splinttechnik mit der Platte verbunden.

Wie die Fingerringe des nördlichen und nordwestlichen Westfalens zeigen die Hutnadeln des Artlandes und Emslandes ostfriesische Beeinflussung.

Schuhschnallen

Was soll man nun zu den Schuhschnallen (Gaspen) sagen, die aus Silber, Blei, Messing gefertigt waren? Sie waren rechteckig oder oval ausgeschnitten, mit mehr oder weniger bewegten Rändern, bisweilen durchbrochen und mit Steinen besetzt und folgten der Geschmacksrichtung des 18. bzw. 19. Jahrhunderts. Man trug solche Schuhschnallen im Westmünsterland, in der Grafschaft Mark, im Artland (Abb. 408) und östlichen Osnabrücker Land, in Minden-Ravensberg[35].

Schmuckfeindlich ist die reformierte Grafschaft Bentheim. Ihre Bevölkerung lehnt Gold- und Silberschmuck als weltlichen Tand ab, und nur im kirchlichen Bereich, in der Ausstattung von Bibel und Gesangbuch, sind reiche Silberbeschläge und -schließen zugelassen.

Merkwürdigerweise haben die Frauen des Bentheimer Landes an ihren Hutbändern Metallspangen[36], in die die Frauen nach Jostes bei Wind den Daumen legten, um die Haube auf dem Kopf festzuhalten. In den Schmuckabwehrwillen hat niederländische Importware, Bügeltaschen mit silbernen Schlössern und Bügeln und kleine silberne Riechdöschen, bei der wohlhabenderen Bevölkerung eine Bresche geschlagen.

Über Alter und Verbreitung des Metallschmucks

Der Edelmetallschmuck mit seiner reichlichen Verwendung von Filigran stammt aus dem 18. und 19. Jahrhundert. Nirgends können wir Renaissanceformen nachweisen. Es gibt keine Anhaltspunkte für das Aussehen des bäuerlichen Schmuckes vor dem 18. Jahrhundert. Es gibt Formtypen wie die Hemdspange des östlichen Westfalens, die in das Mittelalter und die Vorgeschichte zurückzugreifen scheinen[37]. Wir können aber keine ununterbrochene Tradition nachweisen. Sicher ist, daß der westfälische Filigranschmuck gemeinsame Merkmale mit mittel- und südeuropäischem (Flandern, Schweiz, Südfrankreich, Spanien, Italien) wie asiatischem und afrikanischem Schmuck aufweist. Der Filigranschmuck ist, was Technik und Formenreichtum anbelangt, uralt, schon vorgeschichtlich in Kleinasien nachzuweisen. Er kennt kein Vaterland, keine Grenzen, wie Victor de Meyere einmal ausgesprochen hat[38]. Der Brustschmuck, z. B. der „pendeloque parure" des 18. Jahrhunderts, die Rund- und Langformen der Ohrringe scheinen internationale Mode zu sein, die über die Erdteile[39] hinweg Geltung bei den Frauen haben, natürlich mit Abwandlungen in Zeit und Raum[40].

angegeben. – Haberlandt bildet drei Antonius-Ringe aus Oberösterreich ab. Er spricht von Salzburger Antonius-Ringen im Salzburger Museum.

[33] Kutschmann, Abb. 130: Ringe aus Westfalen; Abb. 132–136: Buer, Kreis Melle; Abb. 137; 138: Versmold, Kreis Halle; Abb. 139: Borgholzhausen. – Jostes, Westfälisches Trachtenbuch, Abb. 113–121: Ringe aus Westfalen. Abb. 114: Rokokoring mit Heiligenfigur (Antonius mit Christuskind auf dem Arm).

[34] Maria Schmidt, Bürgerliche Fingerringe des 16. bis 18. Jahrhunderts. Rhein.-Westf. Zeitschr. f. Volkskunde Bd. VIII 1961, S. 83ff.: Seit dem 17. Jahrhundert werden die Bezeichnungen drat und ring pleonastisch zusammengefügt. Dann spricht man von trew rinck oder trewdraett ... In Hessen erhielt die Braut den Treuering noch bis vor 30–40 Jahren zur Verlobung. Dieser Treudraht symbolisiert die Treue, und es besteht vielfach der Glaube, daß er einerseits eben den Partner besonders fest binden würde, daß er aber andererseits zerspringen oder sich verändern würde, wenn die Treue gebrochen wird.

[35] Martha Bringemeier, Schaumburg-Lippe. In: Wolf Lücking (Hrsg.), Trachtenleben in Deutschland. Berlin 1958, Abb. 59–61: Schuhschnallen aus Silber.

[36] Jostes, Westfälisches Trachtenbuch, 2. Aufl. S. 141.

[37] Hans Karlinger, Deutsche Volkskunst. Berlin 1938, S. 110: Die Rundscheibe, deren Vorläufer im nordischen Schmuck der Völkerwanderungszeit und im frühen Mittelalter in der großen Metallspange bekannt sind, ist in dem Brautschmuck Niederdeutschlands (Westfalen, Niedersachsen und in Siebenbürgen) erhalten ...

[38] Victor de Meyere, L'art populaire flamand. Bruxelles 1934, S. 165.

Neben der Importware aus Holland und Friesland ist der Gold- und Silberschmuck im allgemeinen von heimischen Handwerkern, von Goldschmieden, Goldarbeitern hergestellt, so in Bielefeld, in Delbrück, Coesfeld, Minden, im Emsland. Wir kennen teilweise ihre Namen, wie Schwarz, Schlüter, Gläntzer, Tölle, Staudacker in Bielefeld, Hillers in Coesfeld, Lohmeyer in Burgsteinfurt, Schlamann in Minden, Niermann in Sögel weiter Wichmann, ebenfalls Sögel, weiter Anton Langen, Ludwig Buchholz, Johann Koop in Werlte, die Familie Münster in Haselünne[41]. Man arbeitete häufig für zwei verschiedene Käuferschichten, für das Stadt- wie das Landpublikum; moderner und im Geschmack schlechter für die Stadt, konservativ und handwerksgebundener für das Land. Goldschmiede

Betrachtet man das Kapitel Schmuck allgemein, so gewinnt man den Eindruck, daß das südliche Westfalen trachten- und schmuckgeschichtlich steril ist. Wir müssen die allgemeine Meinung dahin revidieren, daß dem Trachtenschmuck im Süden Westfalens nicht dieselbe Bedeutung wie im Nordwesten und Nordosten zukommt. Das Kreuz als Brustschmuck war in ganz Westfalen üblich. Im Kreis Warburg, im Regierungsbezirk Arnsberg, im Wittgensteinischen habe ich auf verschiedenen Reisen Stichproben gemacht und dabei festgestellt, daß z. B. Halsschmuck und Brustschmuck viel bescheidener sind, Messing- und Bleikreuze habe ich z. B. im Hochsauerland angetroffen, ebenso silberne Brustkreuze, die an einfachen silbernen Halsketten montiert waren. 1803 macht F. Schatzmann auf eine Art von Nationaltracht in Winterberg aufmerksam und schreibt zum Begriff Schmuck: Über dem schwarzen Halsbande ist der Hals öfters mit ein Viertelpfund schweren silbernen Kruzifixen behänget[42].

Vermutlich ist hier der Prozeß des Aufgebens des bäuerlichen Schmuckes schneller vorgeschritten, andererseits war die Armut, so insbesondere im Hochsauerland, so groß, daß man sich nicht kostbaren Gold- und Silberschmuck leisten konnte.

Aus dem Emsland kennen wir auch Granathalsketten, „Boerengranaat" in den Niederlanden genannt[43]. Mehrere Granatschnüre sind zu einer Einheit zusammengefaßt und mit goldenem Halsschloß in Rundform versehen. Es handelt sich um Importware aus Friesland und den Niederlanden (Abb. 423, Granatkette aus dem Emsland, Städt. Museum Osnabrück). Granat- und Bernsteinketten

Neben Gold-, Silber- und Granatketten sind Bernsteinhalsketten im Raume Westfalen getragen worden. Wir finden sie im Artland, teilweise im Raume Osnabrück, im Grönegau und vor allen Dingen in den östlichen Gebieten Westfalens, im Ravensberger, Mindener, Lübbecker Raum, im Lippischen Land und schließlich im schaumburgischen Trachtengebiet[44] (Abb. 400, 401).

Dicke facettierte Perlen oder „Korallen" wurden zu Halsketten aufgezogen, mit silbernen Verschlüssen versehen. Bernsteinschmuck, sogenannte „Flüötekrallen", ist in Norddeutschland wegen seines

[39] Michael und Arthur Haberlandt, Die Völker Europas und ihre volkstümliche Kultur. Stuttgart 1928. Die Filigrantechnik muß hier gleichfalls als eine in Europa ganz alte Technik genannt werden, die im Südosten und auf der Pyrenäenhalbinsel unzweifelhaft und mit höchster Wahrscheinlichkeit auch in Italien auf antiken Grundlagen fußt ... – Juan Subias Galter, El arte en Espana 1948, Abb. 369: Pinjantes de filigrana de labor gallega; Abb. 397: Pendientes de labor gallega.

[40] Het gouden sierad in de Nederlandse folklore, S. 3, unterscheidet drei Arten des Filigranwerks:
1. Plaat cantille. Gouden of zilveren platen worden mit cantille versierd: „greintjes" (uiterst kleine correltjes) spinnetjes ... krulletjes ... uit draad gevormde ornamentjes, worden op de plaat gesoldeerd ...
2. Ingespannen werk. Betrekkelijk dikke gouddraad wordt hier in een strakke contour bewerkt tot en open geheel, warin krulletjes en greintjes als versiering worden aangebracht ...
3. Openopgelegd cantille. Fijn gouddraad wordt hier in ranken of andre lichte vormen gelegd en bezet met spinnetjes, krulletjes etc. ...

[41] Theodor Kohlmann, Von den Goldschmieden in den Kreisen Meppen und Aschendorf-Hümmling. Jahrb. d. Emsländ. Heimatbundes Bd. 16, 1969, S. 116.

[42] F. Schatzmann, Beiträge für die Geschichte und Verfassung des Herzogthums Westphalen. Darmstadt 1803, S. 95.

[43] Vgl. Het gouden sieraad in de Nederlandse folklore. Nr. 175: Halsketting (boerengranaat) Overijssel, Huizen, Nr. 177: Halsketting (boerengranaat) Groningen, Drenthe, Twenthe.

[44] Führer für das Artländer Trachtenfest zu Badbergen. Quakenbrück 1905, S. 52: Als Halsschmuck wurden Bernsteinketten, goldene und silberne Ketten ... getragen. – Martha Bringemeier, Schaumburg-Lippe, Abb. 79–83. – K. Rasche, Beiträge zur heimatlichen Volkskunde. Minden 1935, S. 39. – W. Schmidt, Des Altmärkers Eigenart und altmärkische Bauernart. In: Die Altmark und ihre Bewohner. II. Bd. Stendal 1912, S. 105.

Goldglanzes, seiner geheimnisvollen Herkunft und seiner Heil- und Schutzkraft, vor allem gegen Krankheiten des Halses, besonders geschätzt worden.

Bernsteinketten waren auch in Niedersachsen, Braunschweig, in Hessen, in der Magdeburger Börde und weiter in der Mark Brandenburg und Pommern als Halsschmuck beliebt[45].

Bernstein kam aus dem damaligen deutschen Osten, aus Danzig, Königsberg und auch aus Stolp und wurde von den dortigen Paternosterschnitzern oder Bernsteindrehern bearbeitet und über weite Gebiete hinweg verkauft. „Mit Bernsteinkorallen wird viele Pracht getrieben und eine große Bauernfrau trägt wol für 30 Thaler, ohne das silberne Schloß daran", wird uns z. B. aus dem Ravensberger Land berichtet[46].

Männlicher Trachtenschmuck

Der männliche Trachtenschmuck ist recht bescheiden, gemessen an dem der Frauen. Was war das schon? Der Messingkamm[47] im Haar im 18. Jahrhundert im Osnabrückischen, die Schuhe mit unedlen, bisweilen auch mit silbernen Spangen[48], so im Artland und im Delbrücker Land. Die Knöpfe an den Feiertagswesten im Artland, im Ravensberger und Delbrücker Land waren bisweilen aus Gold oder Silber. Die Uhrkette im 19. Jahrhundert bestand aus geflochtenem Haarband, so im Grönegau, im Lippischen und Ravensbergischen, dazu gehörte ein silbervergoldetes Petschaft. Man trug schließlich noch einen langen Stock mit Silberknauf. Erwähnenswert sind schließlich noch die Hutschnallen im Ravensbergischen und die Silberschnallen zum Schließen des Halsbundes der blauen Kittel im Delbrückischen, in Form einer silbernen Eichel oder einer elfenbeinernen in Silberfassung[49]. Das war auch alles.

[45] F. Fuhse, Braunschweiger Bauernschmuck, S. 130. – Walter Borchers, Volkstrachten-Forschung in Pommern. Pommersche Heimatpflege Jg. 3 Stettin 1932, S. 177: Bernsteinkrallen kannte man in Mönchgut auf Rügen, im Lipper Winkel auf Usedom und im Weizacker.

[46] P. F. Weddigen, Westphälisches Magazin zur Geographie, Historie und Statistik, Bd. 2, H. 5, Bielefeld 1786, S. 63.

[47] Vgl. F. W. Lyra, Plattdeutsche Briefe, S. 72.

[48] Ebda., S. 72.

[49] In Delbrück gab es Gold- und Silberschmieden, in der die Schnallen für Männerschuhe bereitet wurden und ebenso die silbergefaßten Elfenbeineicheln. Vgl. Agnes Brirup, Von der Tracht im Delbrücker Land. Rhein.-Westf. Zeitschr. f. Volkskunde Bd. X 1963, S. 151.

XI. Religiöse Volkskunst

1. Die konfessionelle Prägung der religiösen Volkskunst

Lebendig und fruchtbar bis in die jüngste Zeit hinein ist die religiöse Volkskunst Westfalens. Das Christentum erweist sich als eine treibende Kraft, die neue Formenwelten, neue Bildinhalte vermittelt. So deutet die religiöse Volkskunst eine Sakrallandschaft an mit ihren besonderen Gesetzen, ihrer besonderen historischen Entwicklung. Die Volksfrömmigkeit belebt und bereichert über das Dogma hinaus das künstlerische Schaffen Westfalens.

Durch die besondere konfessionelle Gliederung des westfälischen Raumes – wir haben es hier mit den drei Konfessionen, mit Katholiken, lutherischen Protestanten und Reformierten zu tun – wird diese religiöse Volkskunst noch farbiger und facettenreicher. Doch muß gleich gesagt werden, daß der katholische Glaube sich auf dem Gebiet der Volkskunst am fruchtbarsten ausgewirkt hat. Dieses religiös gebundene Schaffen umschließt das gesamte Leben des Menschen, dringt nicht nur in die Kirchen, sondern auch in die Wohnhäuser, umgreift das tägliche Sein, zeigt sich an Bildstöcken, Wegekapellen, Kreuzwegstationen, an Grabdenkmälern, an dem täglichen Gerät und offenbart eine bisweilen recht eigenwillige und eigengeartete Kunstsprache.

Vorrang der katholischen Gebiete

Gnaden- und Andachtsbilder, Weihnachtskrippen und Hungertücher, silberne Votivgaben, Johannisschüsseln und vieles andere sind nur aus dem Glaubensbereich heraus zu erklären. Zahllos sind die Christus- und Mariendarstellungen. Berühmte Andachtsbilder der hohen Kunst auf westfälischem Gebiet werden häufig nachgeahmt, nachgeschnitzt, nachgemalt. Am Ende des 17. und im Verlauf des 18. Jahrhunderts wächst die Zahl der Darstellungen Christi, der Vesper-, Marien- und Heiligenbilder. Es entstehen ländliche Bildhauerwerkstätten im Norden und Süden Westfalens, die von sich reden machen. Besonders fruchtbar war die Werkstatt Papen in Giershagen, Kreis Brilon.

Im Gefolge des Paderborner Jesuitenbarocks bildet sich im 18. Jahrhundert ein religiöses Volkskunstschaffen heraus, das über weite Landstrecken des südlichen Westfalens hinweg ähnliche Züge aufweist. Bischöfliche Verordnungen unterstützen, fördern, ja reglementieren dieses Tun. Eine „Paderbornische Religions- und Kirchenordnung“ von 1626[1] schreibt vor: „An allen Creutzwegen / und wo man in den Prozessionen mit dem Hochheiligsten Sakrament und Reliquien pfleget still zustehen und zu rawen sol nach gelegenheit ein vestes unbewegliches verdecktes Altar / oder je vors erst ein gross holtzeren Creutz auffgerichtet werden. Dessgleichen soll auf grossen Feldern / und an den Grentzen aller Pfarren geschehen.“ Fürstbischof Christoph Bernhard von Galen ordnet für sein Bistum Münster die „Wiedererrichtung aller zerstörten oder beschädigten Bildwerke in erbaulicher und andächtiger Form“ an. Es bleibt nicht aus, daß solche Denkmäler, von frommen, aber nicht kunstbegabten Katholiken geschaffen, die Kritik ihrer geistlichen Behörden herausfordern. „Den Pfuschern und anderen ungebildeten Volksbildhauern solle in Zukunft keine Gelegenheit verbleiben, ihre rohen und unförmigen Arbeiten loszuwerden“, so das Dekret des Kölner Kurfürsten Maximilian Friedrich in seiner Eigenschaft als Fürstbischof zu Münster vom 3. März 1766[1a]. Diese und andere Dekrete haben das Volkskunstschaffen wohl beschneiden, aber nicht verhindern können.

2. Hungertücher

Ein wichtiges Kapital des religiösen Volkskunstschaffens Westfalens stellen die Hungertücher dar, volkstümlich „Smachtlappen“ genannt[2]. Stellvertretend für alle hat das Telgter Hungertuch schon allein dank seiner Größe einen Namen geschaffen. Dabei haben sich mehr als fünfzig Smachtlappen in West-

[1] Georg Wagner, Barockzeitlicher Passionskult in Westfalen. Münster 1967, S. 180. [1a] Ebda., S. 191.
[2] Paul Engelmeier, Westfälische Hungertücher vom 14. bis 19. Jahrhundert. Münster 1961.

falen feststellen lassen. Die Hungertücher, die heute so typisch für Westfalen scheinen, sind aus dem alten kirchlich-liturgischen Brauch entstanden, den Altar während der Fastenzeit mit weißen Tüchern zu verhüllen. Diese Sitte war aber nicht auf Westfalen allein beschränkt, sondern läßt sich auch in anderen Landschaften Deutschlands, so z. B. in Hessen und am Niederrhein, und in anderen Ländern Europas wie in England, Frankreich, Spanien, Italien, der Schweiz, in Österreich und in der Slowakei nachweisen[3].

Verbreitung

Das eigentliche Verbreitungsgebiet der westfälischen Hungertücher liegt im ehemaligen Oberstift Münster und im alten Herzogtum Westfalen.

Diese Smachtlappen – in ihren Ausmaßen schwankend, je nach der Größe des Altars wie der Weite und Höhe der Jochbögen der einzelnen Kirchen ausgerichtet – sind gestopfte Filettücher in Leinen, Baumwolle, auch Seide und mit figürlichen Szenen aus der Passion Christi geschmückt. Sie unterscheiden sich in ihrer Flächenaufteilung, in der geistigen Durchdringung, im Ikonographischen. Ausdruck der stilformenden Kraft der Renaissancezeit, in der Verbindung von Filetgrund und gestopften Flächen, sind diese Tücher des 17. Jahrhunderts mit ihren Passionsdarstellungen in Einzelfeldern mit größerem Mittelfeld additiv, symmetrisch und spiegelbildlich aufgebaut (Abb. 424–426). Die einzelnen Szenen sind mit der Nadel in einem zeichnerisch-archaischen Stil wiedergegeben, wobei die Technik des Stopf-, Gitter- und Kreuzstichs auf geknotetem Leinengarn oder Tüllgrund beherrschend ist. Bei einer zweiten Gruppe von Tüchern wird das figürliche Geschehen durch das Symbol ersetzt oder abgelöst (Hungertuch von Münster, St. Servatiikirche). Bei einer dritten Gruppe werden in Anlehnung an zeitgenössische Modellbücher eines Johann Sibmachers[4] Symbol und Schrift miteinander in Beziehung gesetzt und vereinigt. Diese Tücher sind in Südwestfalen beheimatet (Beispiele aus Hellefeld und Grevenstein, Kreis Arnsberg).

Ikonographie und Technik

Das barocke Zeitalter ändert Stil und Technik der Hungertücher. Das zeigt sich in der dynamischen Szenendarstellung, in der Auflockerung der Komposition, in der stärkeren Heraushebung der Konturlinien, in der Art der Stopfung und in der Betonung von Mimik und Gestik (Beispiele aus Marienfeld, Kreis Warendorf, und Havixbeck, Kreis Münster).

Diese Tücher, von adligen Frauen geschaffen – nur in Warendorf sind uns die Namen von zwei bürgerlichen Schwestern, Katharina und Lena Budde, als Spitzenklöpplerinnen übermittelt, die ein Hungertuch angefertigt haben –, in Technik und Bildart alten Überlieferungen folgend, in Komposition und formaler Einzelgestaltung, in der Umsetzung der Vorbilder die typischen Gesetze der Volkskunst offenbarend, gehören einem besonderen Kapitel der Volkskunstgeschichte Westfalens an. Es treten also hier keine Handwerker oder Frauen von Bauern und Ackerbürgern in Erscheinung, sondern Damen einer gehobenen Schicht, die in ihrer Arbeit den gleichen bäuerlichen Urgrund eines volkskundlichen Schaffens zeigen.

Das Telgter Fastentuch von 1623, das laut Inschrift von adligen Damen verfertigt ist, wohl das großartigste von allen westfälischen Hungertüchern, ist ein Paradebeispiel eines Volkskunstdenkmals. Die Liebe zur Fülle, der horror vacui, die Verbindung von Bild und Text, die Neigung zur Stilisierung, zur Symmetrie, die Wiederholung und Reihung bestimmter Formen bzw. Typen, die Schablonisierung und die selbstherrliche Zusammenfügung verschiedener Bildelemente, die Vorliebe für Dreierkompositionen,

[3] Paul Engelmeier, Bauernkunst im Münsterland. Münster 1940, S. 28. – J. Emminghaus, Westfälische Hungertücher aus nachmittelalterlicher Zeit und ihre liturgische Herkunft. Diss. Münster 1952. – Rudolf Uebe, Westfalen, Deutsche Volkskunst Bd. IX. Weimar 1927, Abb. 170–174: Hungertücher aus Westfalen, darunter Hungertücher aus Telgte, Capelle, Kreis Münster und Vreden, Kreis Ahaus. – Jahrb. d. Hamburgischen wissenschaftl. Anstalten, Hamburg 1910, Bd. 27, S. 17ff.: Hungertücher von Buldern. – Franz Krins, Verschollene Hungertücher in Westfalen. Zeitschr. Westfalen 43. Bd. 1965, S. 280–281. – Derselbe, Nachträge zu verschollenen Hungertüchern in Westfalen. Zeitschr. Westfalen 47. Bd. 1969, S. 83–85. Weitere Tücher aus Hessen im Marburger Universitätsmuseum. Hungertuch aus Vacha an der Werra. Stifterin oder Stickerin Anna Barbara Wentlerin 1696, 2. Hungertuch, Radehäuser Hof b. d. Amöneburg, 17. Jahrhundert. – Johanna Müller, Das Zehdenicker Fastentuch. Marburger Jahrb. Bd. 13, S. 103ff.

[4] Johann Sibmacher, Modelbuch in Kupfer. Darin allerhand Art neuer Modell von dünn, mittel und dick ausgeschnittener Arbeit, auch andern künstlichen Nehwerk zu gebrauchen, Nürnberg bei Michael Kuisner 1601.

das archaische Gestaltungsprinzip der sog. Isokephalie, der Gleichköpfigkeit, das Zurückgreifen auf Vorbilder der hohen Kunst, auf holländische Graphik und Kupferstiche von Goltzius, Sadeler, Martin de Voß und ihre Umformung, alles das ist dokumentarischer Ausdruck für wirkliches Volkskunstschaffen.

3. Kreuze und Bildstöcke

Kreuze als Andachts- und Gedenkzeichen

Zu den besonderen Leistungen des religiösen Volkskunstschaffens gehören die vielen Andachtsbilder[5], die Wege- und Hofkreuze, die Wetter- und Hagelkreuze, die Erinnerungs- und Mordkreuze, die Pestkreuze, die Kreuzsteine[6], gehören die Heiligen-Standbilder, die Hilligenpöstkes, und die Nepomuk-Standbilder auf den Brücken und an Gewässern. Die schlichten Steinkreuze, blockhaft und schwer, aus der lateinischen Grundform sich entwickelnd, haben viele Wandlungen durchgemacht. Sie ergreifen uns in ihrer unmittelbaren, betont einfachen Formensprache. Sie haben die Jahrhunderte überdauert. Die Bildstöcke[7] des 18. Jahrhunderts, die in großer Anzahl verbreitet sind, zeigen immer die gleiche Auf-

[5] Zur Definition des Andachtsbildes vgl. Walter Borchers, Bäuerliche Andachtsbilder und silberne Votivgaben im westfälischen Raum. Beitr. z. dt. Volks- u. Altertumskunde 2/3. Hamburg 1958, S. 124–125. Hier sind nur die außerhalb der Kirche aufgestellten Andachtsbilder gemeint.

[6] Wilhelm Brockpähler, Steinkreuze in Westfalen. Münster 1963, Abb. 22: Steinkreuz mit Wetzrillen in Lippramsdorf; Abb. 23: Kreuz aus Dorsten an der Feldhauser Straße; Abb. 42: Kreuze aus Ibbenbüren-Dörenthe; Abb. 55–58: Vorder- und Rückseiten der beiden Mordsteine von 1660, Senne II; Abb. 60: Rückseite des Pestkreuzes von Leiberg; Abb. 62: Kreuzstein im Hurn bei Blomberg; Abb. 72: Kreuzstein an der Holzhauser Straße in Ennigloh; Abb. 87: „Taternkreuz" in Sandebeck von 1687; Abb. 112: Steinkreuz Eikeloh, Kreis Lippstadt.

[7] Walter Borchers, Bäuerliche Andachtsbilder, S. 126, Anm. 13: Wir nennen hier einige Bildstöcke des 17. und 18. Jahrhunderts aus den verschiedensten Landschaften Westfalens.

Nordwalde, Kreis Steinfurt: Barocke hochrechteckige, zweiteilige, mit Nischen ausgestattete Bildstöcke aus Sandstein mit aufgesetzten Rundbögen,

a) im Sockelgeschoß dargestellt die sitzende Madonna mit den sieben Schwertern. In der Nische Christus am Kreuz zwischen Johannes und Maria,

b) auf dem Sockelgeschoß ein Doppelkreuz mit den Leidensmalen Christi und in der Nische die Beweinung Christi.

Borghorst, Kreis Steinfurt (Abb. 427): Hochrecheckiger Bildstock, Sandstein, mit aufgesetztem Volutengiebel, Kugel und schmiedeeisernem Kreuz, 18. Jahrhundert, mit den Leidensmalen Christi im Relief.

Neuenkirchen, Kreis Steinfurt: Hochrechteckiger, doppelteiliger Bildstock aus Sandstein mit Volutengiebel. In der Nische Relief, Die Siebenschwerter-Madonna, stehend.

Beverungen, Kreis Höxter: Barocker, vierseitiger, zweiteiliger, mit Nischenfiguren ausgestatteter Bildstock aus Sandstein mit Kuppelaufsatz. Ikonographische Themen: Madonna und Antonius-Darstellungen, datiert 1724.

Paderborn, Romskapelle: Bildstöcke, Sandstein, aus dem Jahre 1697

a) doppelt unterteilt, hochrechteckig, im Sockel Inschrift. In der zweiten Zone eine Eisenplatte nach oben abgerundet, mit der Darstellung der Verkündigung,

b) hochrechteckig, zweigeteilt, gußeisernes Relief, mit der Dastellung „Begegnung Maria und Elisabeth", am Sockel die Inschrift:

„Gebenedeyt bis du unter den weibern
und gebenedeyt ist die Frucht deines Leibes".
Wir bitten dich o Herr du wollest
deinen Dienern die gab der Himmlischen
gnad mittheilen, damit denjenigen
welchen die geburt der Seligen
Jungfrauen daß heils ein anfang
gewesen ist, die Feyerliche gedächtnusse
der heimsuchung der ...
Amen

c) Bildstock, Sandstein, mit gußeisernem Relief: „Jesus im Tempel", eingerahmt von Blumen und Blattgehängen und geflügelten Engelsköpfen.

Paderborn, am Husauer Weg: Bildstock, Sandstein, Relief: Schweißtuch der Veronika und Dornenkrönung".

Atteln, Kreis Büren: Heiligenpöstchen, Sandstein, aus dem Jahre 1743, mit kuppligem Pyramidendach, Sockelgeschoß mit Inschrift, darüber Nische und Darstellung „Johannes und Agathe" zu Füßen einer Sonnenmonstranz. Im kuppligen Pyramidendach das Monogramm Christi IHS. Auf dem Sockel Inschrift:

„zu Ehren des höchsten Guts des zarten
Fronleichnams unseres Herrn Jesu Christi
wie auch des Heiligen Johannes des Täuffers

Bildstöcke zur Christus- und Heiligenverehrung

teilung oder denselben Aufbau: Sockelgeschoß, darauf eine Mittelzone mit vergitterter Nische mit einer Plastik oder Reliefdarstellung und darüber die Verdachung mit schweren Profilen, Rundbogen mit aufgesetztem Kreuz (Abb. 427-432). Diese Bildstöcke sind entweder kubisch und von vier Seiten zu besichtigen (Abb. 430), oder sie haben die Gestalt einer Wange oder Stele. Die Barockzeit ist die schöpferische Epoche für diese Denkmäler aus Sandstein im Münsterland, Paderborner Land, Sauerland. Sie erheben sich in den Kreisen Warburg, Büren, Höxter, Burgsteinfurt oder Brilon, Olpe. Einige sind noch mit gußeisernen Reliefs mit religiösen Szenen geschmückt. Die ikonographischen Themen dieser Bildstöcke sind das Leiden Christi, die schmerzhafte Mutter-Gottes oder Darstellungen aus den Legenden bestimmter Heiligen.

Aber wer sind diese Heiligen? Wir nennen Lambertus, Liudger, Liborius, Hubertus, Donatus, Rochus, Nikolaus, Aloysius, Michael, Ignatius, Franziscus, Xaverius, Antonius, Josef, Anna, Agatha[8] und Barbara. An den Gewässern erheben sich die barocken Statuen eines Johannes von Nepomuk. Wir sehen, Westfalen gleicht in der Verehrung seiner Heiligen keineswegs anderen deutschen Landschaften, wir werden z. B. umsonst nach den bayrischen Heiligen Florian, Cosmas, Kolman, Blasius Umschau halten.

Die westfälischen Heiligenbildstöcke[9] sind gewissermaßen Symbole des Numinosen, die „Statue oder das Bild wird", wie Karel Šourek[10] gesagt hat, „wiederum ein Teil des Übernatürlichen und kann als materieller Gegenstand durch seine Kraft wirken." Westfalen steht innerhalb des deutschen Kulturraumes mit diesen Denkmälern nicht vereinzelt da. Wir kennen Bildstöcke, Hof- und Bildkapellen auch

ausserwehlten Schutzpatronen der löblichen Bruderschaft zu Atteln und der
Heiligen Jungfrauen und Martyrerinnen Agathe als Patronin",
wider alle unglückliche feuersbrunsten und dankopfer aufgerichtet.

Paderborn, auf den Dören: Bildstock, Sandstein, zweiteilig, leicht gerundet. In der Bildzone St. Aloysius, St. Antonius, über ihnen die Taube des Heiligen Geistes unter einem geschwungenen, profilierten Giebel mit aufgesetztem Kreuz.

Paderborn, am Paderwall (Abb. 432): Bildstock mit Darstellung des Werler Andachtsbildes auf der Rückseite zwischen zwei Engeln unter Baldachin.

Paderborn, am Neuhauser Tor: Kreuz dat. 1745 mit Darstellung des Andachtsbildes der Werler Mutter-Gottes.

Hövelhof, Kreis Paderborn: Heiligenpöstchen an der Straße nach Espeln, Sandstein, Rokoko, in Stelenform mit Darstellung des Friedensmahles.

Paderborn, Liborikapelle: Bildstock um 1740 mit Darstellung aus dem Leben des heiligen Liborius „Bischof Martin besucht Liborius auf dem Sterbebett".

Geseke, Kreis Paderborn: Bildstock mit Immaculata, 1. Hälfte 18. Jahrhundert.

Wever, Kreis Paderborn: Bildstock mit Darstellungen aus dem Leben des heiligen Liborius.

Beringhausen, Padberg, Giershagen, Kreis Brilon: Bildstöcke des 18. Jahrhundert. Arbeiten aus der Werkstatt der Familie Papen. – Vgl. Bau- und Kunstdenkmäler von Westfalen Bd. 45, Kreis Brilon. Münster 1952, S. 229, 30, 31.

Kreis Warburg: Bildstock an der Straße nach Siddessen, nördlich von Fronhausen, um 1750. Sandstein, zweiteilig, hochrechteckig mit Reliefs. Ikonographische Themen: Auf der Vorderseite die Madonna, seitlich Bartholomäus und Liborius.

Altenheerse, Kreis Warburg: Bildstock aus dem Jahre 1723, Sandstein, zweiteilig mit Nische. Am Sockel St. Michael, Antonius, Laurentius, Rückseite Pietà-Darstellung.

Gehrden, Kreis Warburg: Sandstein, gleiche Form wie Beverungen, mit Christus im Garten von Gethsemane, Geißelung, Pietà und heiliger Agathe. – Vgl. Bau- und Kunstdenkmäler von Westfalen Bd. 44, Kreis Warburg. Münster 1939, S. 150, 28, 123, 193.

Everswinkel, Kreis Warendorf: Bildstock mit Passionsszenen aus dem Jahre 1722. Die Bildstöcke des Münsterlandes reihen sich würdig denen der Kreise Höxter, Warburg, Paderborn, Steinfurt an. Ihre Zahl häuft sich um den Gnadenort Telgte. Das älteste Denkmal dieser Art stammt aus der 2. Hälfte des 17. Jahrhunderts, wurde, wie seine Inschrift bezeugt, 1683 erneuert und befindet sich am *Wallfahrtsweg von Kloster Vinnenberg, Kreis Warendorf, nach Telgte.* 70 Bildstöcke haben sich erhalten, um die sich besonders Fürstbischof Christoph-Bernhard von Galen von Münster in seiner Regierungszeit von 1650–78 bemüht hat. – Vgl. Paul Engelmeier, Maria Telgte. Münster 1954, S. 39. – Gertrud Stolte-Adelt, Wegbilder der Barockzeit im Münsterland. Wattenscheid 1936. Diss. Münster 1930. In: Lebensraum der Kunst, H. 4.

[8] Agatha wird als Schutzheilige gegen Feuersgefahr besonders häufig im Paderborner Land und im ehemals kurkölnischen Ostsauerland angerufen. Vgl. dazu Atlas der deutschen Volkskunde, N. F. hrsg. v. Matthias Zender, Karte 12 c.

[9] Elmar Hartmann, Alte Wegkreuze und Heiligenfiguren im Sauerland. Westfälischer Heimatkalender 1955, S. 163. – W. Tack, Hof- und Wegekreuze, Bildstöcke und Hofkapellen. In: Philipp Schniedertüns, unter Mitarbeit von Joh. Buschmeier, H. Kuhlmann, G. Pollkläsener, J. Strieve, W. Tack, Hövelhof. Paderborn 1952, S. 79–81. – Paul Michels, Hilligenpöstkes. Heimatbuch des Kreises Höxter. Bd. I 1925², S. 123, Abb. 1 und 2.

[10] Karel Šourek, Volkskunst in Bildern. Prag 1955, S. 176.

in Süddeutschland[11]. Eine Eigenart Westfalens sind vielleicht Passionsmarter oder Hahnensäulen, so in Metelen, Epe, Wessum, Billerbeck, eine Sitte, die es mit dem Rheinland und Niedersachsen teilt.

Kirchwegbilder aus Holz

Die Zahl der Klusen, der Heiligen-Häuser, der Kruzifixe, der Wegebildstöcke, der Fünf-Wunden- und -Waffen-Christi-Kreuze wächst um ein Vielfaches in der Zeit des Barock. Hier sei auf den Wegebildstock von Weese, Kreis Bersenbrück, hingewiesen, ein doppelseitig geschnitztes und bemaltes Holzrelief, giebelförmig abgedacht mit der Pietà-Darstellung in einem Oval, von 4 geflügelten Engelsköpfen umgeben auf der einen Seite und Christus am Gabelkreuz, von einem Wolkenkranz gerahmt, ebenfalls im Oval und gleichfalls von geflügelten Engelsköpfen begleitet, auf der anderen Seite. Dieses interessante Wegebild steht an der Straße von Voltlage nach Recke und stammt aus der zweiten Hälfte des 17. Jahrhunderts (Abb. 436–437).

Etwas Einmaliges stellen die sogenannten Kirchwegbilder aus dem Hümmling dar (Abb. 435–434), heute Wallfahrtskirche Rulle bei Osnabrück, und aus Ehren bei Löningen (heute Freilichtmuseum Cloppenburg). Es sind ursprünglich bemalte Eichenwangen mit giebeligem Abschluß, auf Pfählen, mit der Darstellung der Flucht nach Ägypten im Relief. Die Madonna sitzt auf einem Esel in ein großes Tuch gehüllt, gleicht einer Bauernfrau und hält in ihren Armen das Christuskind. Neben ihr steht breitbeinig der heilige Joseph mit kurzen Hosen, langem Rock, Umhang, flachem Hut, mit Schnurrbart und langem Haupthaar, en face gesehen, während der Esel im Profil dargestellt ist. Die Szene ist von naiver Ausdruckskraft und in der Formensprache stark vereinfacht.

Diese Kirchwegbilder aus der Endentwicklung des bäuerlichen Barocks sind gegen Ende des 18. Jahrhunderts vermutlich von demselben Künstler gearbeitet. Solche Bildstöcke mit dem Thema der Flucht nach Ägypten luden unterwegs zum Rasten und Beten ein, da die Anmarschstraßen zu den Kirchen im Hümmling und im Emsland sehr weit waren.

Naives bäuerliches Kunstschaffen kennzeichnet auch eine reliefierte Holzstele mit Darstellung der Sieben-Schmerzenmadonna aus Ramsdorf, Kreis Borken, aus dem Jahre 1802, heute im Heimatmuseum Ramsdorf (Abb. 433). Die Madonna – von vorn gesehen – sitzt in feierlicher Strenge auf einem kleinen Hügel, die Hände gefaltet, die Brust von 7 Schwertern symbolisch berührt.

Diese Darstellung ist letzthin Ausdruck der Symbolfreudigkeit des Barocks, die sieben Schmerzen der Madonna andeutend[12].

Hausaltäre, Heiligenstatuen

In vielen kleinen bäuerlichen Klusen, auch in Bauernhäusern, werden Heiligenstatuen und Altärchen aufbewahrt, die überwiegend aus dem 17. und 18. Jahrhundert stammen. So ein Kreuzigungsrelief, farbig bemalte Eiche – in Peingdorf, Kreis Melle (Abb. 440), eine Antoniusstatue aus dem gleichen Ort (Abb. 441) und ein Andachtsbild des heiligen Johannes Nepomuk aus der gleichen Zeit (Abb. 442), von einer bäuerlich handwerklichen Gestaltungskraft, die Vorbilder der hohen Kunst ins Bäuerliche umgewandelt hat.

Es gibt eine Fülle von solchen Denkmälern, die den geistlichen Herren bisweilen plump und roh vorgekommen sind, die sich aber trotz aller Dekrete, aller geistlicher Verordnungen erhalten haben, nach wie vor verehrt werden und als Zeugnisse einer zutiefst verankerten Frömmigkeit zu werten sind.

[11] Max Walter, Der Bildstock im bayerischen Odenwald. Bayerischer Heimatschutz. München 1930, S. 101 ff. – Josef Dünninger, Bildstöcke in Franken. Forschungsprobleme. Bayer. Jahrb. f. Volkskunde 1952, S. 45. – Max Walter, Vom Steinkreuz zum Bildstock. Karlsruhe 1923. – Handwörterbuch des deutschen Aberglaubens 1927, Bd. 1, S. 1302 ff. – L. Arntz, Wegekreuz und Wegebild. Zeitschr. f. christl. Kunst, Bd. 25, 1912, Sp. 69 ff.

[12] Georg Wagner, Barockzeitalter Passionskult in Westfalen, S. 138: Bildlichen Ausdruck in Gemälden und Relief fand die volkstümliche Verehrung der Sieben Schmerzen Mariens – und meist zugleich auch ihrer sieben Freuden in mehreren barocken Bildstockreihen in der westfälischen Landschaft.

4. Andachtsbilder, Votiv- und religiöse Ereignisbilder

Das bäuerliche Andachtsbild Westfalens steht häufig im Schatten bedeutender kirchlicher Kunstwerke des Mittelalters, die in berühmten Wallfahrtsorten zu finden sind. Dazu gehört in erster Linie das Telgter Gnadenbild, ein Vesperbild aus dem 14. Jahrhundert. Wir kennen viele bäuerliche Nachahmungen oder Umsetzungen dieses Kunstwerks in Holz und Stein, auf Leinwand (Abb. 451, 454) und Glas gemalt (Abb. 455), auf Papier dargestellt, in Kupferstichmanier gearbeitet, als Holzschnitt oder als Steindruck wiedergegeben, auf Leinen und Seide gestickt, als Blaudruck auf Leinen gedruckt, in Silber getrieben oder in Ton modelliert[13]. Wir erwähnen ferner das Werler Andachtsbild[14], eine sitzende Mutter-Gottes aus dem 13. Jahrhundert (Abb. 443, 445–447), und den Gabelkruzifixus in Coesfeld aus dem 14. Jahrhundert, das mittelalterliche Gnadenbild der Überwasserkirche zu Münster, das Heiligkreuz zu Stromberg um 1300 und das Warendorfer Marienbild (Abb. 448)[15]. Zahllos sind die Madonnendarstellungen aus Holz, ebenso die Vesperbilder, insbesondere des 18. Jahrhunderts. Wir erwähnen hier noch die Gnadenmadonna aus Verne, Kreis Büren, und aus Himmighausen, Kreis Höxter[16].

Das bäuerliche Andachtsbild und seine Vorbilder

Das gemalte religiöse Bild, das Votivbild wie das kirchliche Repräsentations- und Ereignisbild, hat gleichfalls seine Heimstätte in Westfalen. Diese Bilder kommen nicht so häufig vor wie im süddeutschen Raum, sind nicht so erregend im thematischen, nicht so erzählfreudig, auch nicht so lebendig und farbig, das gedämpftere norddeutsche Temperament ist hier zu spüren.

Votivbilder

Ex voto-Bilder[17], Gelübde- und Dankesbilder in Westfalen sind vom ästhetischen wie vom funktionellen, vom frömmigkeitsgeschichtlichen Standpunkt kaum gewürdigt worden. Die geistige Haltung, die Ursprünglichkeit des Gefühlsmäßigen, des Glaubens, der persönlichen Frömmigkeit teilt sich diesen Bildern mit, durchdringt sie und rührt uns an, auch wenn oder gerade weil ihre Formensprache des

[13] Paul Engelmeier, Marienbilder im Münsterland. Telgte 1964, Abb. 41: Telgter Gnadenbild. Bildstock aus Baumberger Sandstein, Wallfahrtsweg nach Telgte; Abb. 45: Nachbildung des Telgter Gnadenbildes im Festschmuck von 1754 aus Molbergen, Nachbildung in Eiche; Abb. 46: Das Telgter Gnadenbild im Festschmuck von 1754 mit Wappen der Familie von Twickel, Nachbildung, Öl auf Leinwand, Havixbeck, von Twickel; Abb. 47: Das Telgter Gnadenbild im Festschmuck um 1710, Nachbildung Öl auf Leinwand, Sudmühle, Familie Theodor Hovestadt; Abb. 48: Das Telgter Gnadenbild, Öl auf Leinwand, dat. 1709, Wegekapelle des Bauern Joseph Heinrichmann, Greven, Bauerschaft Bockholt; Abb. 49: Das Telgter Gnadenbild im Festschmuck von 1754, Nachbildung Museum für Kunst und Kulturgeschichte, Dortmund; Abb. 51: Das Telgter Gnadenbild, Kupferstich, veröffentlicht bei Theodor Raesfeld, Münster 1660; Abb. 52: Das Telgter Gnadenbild auf Glas gemalt; Abb. 53: Das Telgter Gnadenbild, Münster 1699; Abb. 54: Das Telgter Gnadenbild, erschienen bei Klauber, Augsburg.

[14] Rudolf Uebe, Westfalen. Deutsche Volkskunst, Abb. 150: Bäuerliche Nachbildung der Werler Madonna. – Waltram Schürmann, Dreihundert Jahre Wallfahrt nach Werl. 1661–1961. Werl 1961, S. 16 Abb.: Nachbildungen des Werler Gnadenbildes barocker Bildstock bei Lippborg, Kreis Beckum, und Relief eines Bildstocks am Paderwall, Paderborn, 18. Jahrhundert; S. 17: Madonna von Waltringhausen und Ölinghausen (Nachbildungen bzw. verwandte Darstellungen des Gnadenbildes von Werl); S. 18: Nachbildung des Werler Gnadenbildes aus einer Feldkapelle auf Hof Flerke bei Werl; S. 145: Madonna aus Wipperfürth, verwandt mit Nachbildung auf Hof Flerke bei Werl.
Wilfried v. Rüden, Wallfahrt nach Werl. Westf. Heimatkalender 1961, S. 100: Die meist bäuerlichen Nachbildungen sind sehr zahlreich. Sie befinden sich heute größtenteils im Besitz von Museen, aber auch in Privathand ... Im Westfälischen Landesmuseum in Münster befindet sich eine Nachbildung aus der Barockzeit, die um 1908 aus Freckenhorster Besitz dorthin gelangt ist, eine weitere im Märkischen Museum auf Burg Altena und eine im Mendener Heimatmuseum. Die letzte stand ursprünglich in einem Heiligenhäuschen zwischen Lendringsen und Oesbern ... Volkstümliche Nachbildungen befinden sich weiter in der Kirche von Körbecke am Möhnesee und in einem Bildstock vor dem Kirchlein Klosterbrunnen ... Drei Nachbildungen gibt es in Paderborn. Eine Sonderstellung nimmt ein Bildstock aus der Barockzeit zwischen Lippborg und Beckum ein. Auf ihm sind gleich zwei bekannte westfälische Heiligtümer dargestellt: Auf der Vorderseite das Werler Gnadenbild, auf der Rückseite das Heilige Kreuz von Stromberg.

[15] Paul Engelmeier, Marienbilder im Münsterland, Abb. 20: Das Warendorfer Gnadenbild mit zwei Engeln, im barocken Zeitkostüm. Öl auf Leinwand, Familie Dr. Veltmann Warendorf; Abb. 21: Das Warendorfer Gnadenbild in den Lüften. Unter ihm Betergruppe. Öl auf Leinwand, Warendorfer Privatbesitz.

[16] Rudolf Uebe, Westfalen. Abb. 156 und 157 (Diözesan-Museum Paderborn).

[17] Lenz Kriss-Rettenbeck, Das Votivbild. München 1958. – Derselbe, Bilder und Zeichen religiösen Volksglaubens. München 1963. Religiöse Volkskunst. Sammlung Erwin Richter, Wasserburg am Inn. Führer durch das Museum für Völkerkunde und das Schweizerische Museum für Volkskunde, Basel 1964, S. 21: Die alten Votivtafeln als gemalte Gebete.

technischen Könnens ermangelt und ungelenk scheint. In dem Bildaufbau wird das einzigartige Geschehen, die Rettung aus Not, Krankheit so dargestellt, daß der Heilungssuchende, der Gelübdeträger, der Votant dem gnadenbringenden Andachtsbild konfrontiert wird. Bisweilen wird auch die Heilung gezeigt. Ergänzend teilt eine Inschrift Einzelheiten über das Wunder mit, so Heilung des Taubstummen namens Theodor Westhoff aus Ahlen, Kreis Beckum, im Jahre 1712 (Abb. 453, Propstei Telgte), eines lahmen Kindes aus Gimbte, Kreis Münster, 1726, und des Dompropstes Mathias Korff, genannt Schmiesing, für Errettung vor Ertrinken 1688 durch Anrufung der Telgter Madonna (ebenfalls Propstei Telgte).

Wir nennen weiter ein Ölbild in der Propsteikirche zu Werl mit der Darstellung eines von einem Mistwagen überfahrenen und vor dem Heiligen Kreuz zu Stromberg, Kreis Beckum, wieder erweckten Kindes aus dem Jahre 1650.

Andererseits werden wir mit Votivbildern bekanntgemacht, die göttliche Personen verherrlichen, ohne daß der Votant selbst in Erscheinung tritt. Wieder erfahren wir durch eine Inschrift von der Heilung oder Errettung aus Krankheit, Not und Gefahr (Abb. 452). Als Beispiel sei ein Votivbild in der Kirche zu Stromberg genannt. Dargestellt ist die heilige Dreifaltigkeit Gottvater, Sohn und die Taube des Heiligen Geistes, und mit ihnen erscheint in den Lüften die Madonna, der Christus einen Kranz aufsetzt. Dazu lesen wir die Inschrift: Dieses Täflyn habe ich Joann Missinck in Miner zweren (schweren) Krancheit Der H. Drey falticheit Sampt der Mutter Godtes zu Milant (Mailand) in Italien Wesende Versprochen den H. Creutz zum Stromberch auff zu offeren Anno 1650.

Religiöse Ereignisbilder

Ganz anders dagegen ist das religiöse Ereignis- oder Wunderbild wie die Auffindung des Heiligen Blutes in der Wallfahrtskirche zu Rulle, Kreis Osnabrück, ein größeres Ölbild der Rokokozeit (Abb. 457), das vor dem Hintergrund des genau geschilderten Zisterzienserinnenklosters Rulle die Auffindung der Hostie mit dem Heiligen Blut Christi in einer Pyxis aus Bein und ihre Verwandlung „in fünf Stücklein Fleisches" schildert in Anwesenheit des Propstes Wedekind von Rockinhusen und der Äbtissin Adelheid von Diepholz umgeben von ihren Nonnen[18]. Dieses Ereignis datiert in das Jahr 1347. Die fromme, naive Darstellung eines Wunders aus dem hohen Mittelalter ist in das Rokoko-Zeitalter verlegt, wir haben es also hier mit einem historisierenden religiösen Ereignisbild zu tun. Diese Darstellung, wie ein anderes Bild aus Attendorn, Kreis Olpe, aus dem Jahre 1613, das Erwachen eines Scheintoten im Grabe zeigend, leitet in die Bezirke des Überwirklichen und stellt ein übersinnliches Geschehen in naiver Form dar und ist nicht nur eine frömmigkeitsgeschichtliche, sondern auch durch die Erfassung und Schilderung des Milieus eine nicht zu unterschätzende Bildquelle in volkskundlicher Sicht (Abb. 456).

Das fünfteilige Bild aus Attendorn zeigt im Mittelfeld den scheintoten Knaben Tonies Kallenboel im Leichenhemd stehend, links und rechts in zwei übereinander angeordneten Feldern Tod, Einsargung, Begräbnis, Wiedererwachen. Wir sehen den Leichnam des Knaben auf einer Bahre liegen, beweint von seinen Eltern, dazu die Unterschrift: „Also hat das leichnam gelegen 9 stundt." Darunter die Einsargung durch zwei Totenfrauen mit Unterschrift: „Also kalt und steiff ist er in eine laden gelegt und darin mit knien geprest worden." Auf der rechten Seite oben sehen wir den verschlossenen Sarg, umstanden von einem Geistlichen mit Ministranten und zwei Amtsträgern, dazu die Unterschrift: „Also ist er in der laden gestanden auff dem grabe mehr den eine halbe stundt." Darunter als letztes Bild: der Scheintote aus dem geöffneten Sarge auf dem Friedhof herkommend, mit Unterschrift: „In diesem grabe ist er verschlossen gewesen 5 stundt." Eine Gesamtunterschrift nimmt noch einmal Bezug auf das Wiedererwachen. Wir lesen „Anno 1613 d. 7. und 8. oktober ist dieß Wunderzeichen wahrhaftig geschehen in der stad Attendorn dargelegen in Westfalen unter dem Khurfürst von Köllen."

Dieses Bildschaffen, das zum Teil magisch und dämonologisch angefüllt und in anderen Zonen und Schichten verankert ist als die Werke der hohen Kunst, das bisweilen mit dem Zeitfaktor ein wenig spielerisch umgeht, wird häufig mit dem Begriff „naive, Handwerks-, auch Sonntagskunst" abgestempelt.

[18] Vgl.: Das Rullische Wunder-Werck wie es zu Osnabrück A 1678 von neuem in Druck gegeben mit kurtzen recht catholischen Anmerckungen noch in denselbigen Jahre vermehret.

5. Silberne Votivgaben

Mit den berühmten und den weniger bekannten Gnaden- und Andachtsbildern in Telgte, Werl, Coesfeld, Stromberg, Warendorf, Stadtlohn, Tungerloh (Kapelle bei Gescher), Hoetmar, Havixbeck. Hunteburg, Wietmarschen, Rulle und vielen anderen stehen silberne Votivgaben[19] in inniger Verbindung. Es sind silberne Schilde, in der Hauptmasse von heimischen Goldschmieden im 18. und 19. Jahrhundert geschaffen. Mit ihrer einfachen Bildersprache bewegen sie sich in dem Rahmen sonstiger Devotionalerzeugnisse. Diese Silberplatten, von verschiedener Größe und Gestalt, in Guß- und Treibarbeit, Graviertechnik sind Gelöbnis- und Dankesgaben. Mögen sie bisweilen in ihrem künstlerischen Niveau herabsinken, wo sie die Gestalt eines Beines, eines Auges, eines Ohres, einer Hand, eines Herzens oder sogar eines Wickelkindes annehmen, so bleiben sie doch stets dem Volksglauben eng verbunden (Abb. 475, 477, 478, 480).

Formen und Motive

Westfalen nimmt mit seinen von Münsteraner, Paderborner, Soester, Anholter Goldschmieden geschaffenen Silberschilden innerhalb der norddeutschen Volkskunst einen besonderen Platz ein. Sie sind stilistisch der Kunst des Barock, des Rokoko und des Klassizismus verhaftet, weisen bisweilen eine Rokokoumrahmung mit C-Bögen und Rocaillen auf oder sind von klassizistischen Säulen begleitet und mit Blüten- und Blattgehängen geschmückt. Sie sind graviert und mit Darstellungen aus dem Leben Christi (Abb. 473, 474) wie der Madonna verziert (Diözesanmuseum Paderborn: Madonna mit Kind, in der Rechten einen Lilienstab haltend, von dem Paderborner Goldschmied IS; in der Kirche zu Stadtlohn Madonna mit den 7 Schmerzen).

Wieder werden berühmte Andachtsbilder kopiert, wie z. B. der Coesfelder Kruzifixus, das Vesperbild von Telgte (Abb. 468, 469), die Madonna von Werl (Abb. 471, 472). Daneben erscheinen aber auch Heiligengestalten wie der heilige Antonius von Padua mit musizierenden Engeln oder der heilige Joseph (Abb. 470) oder die heilige Anna (Stadtlohn), dazu das Lamm Gottes, die Monogramme Christi und Mariens. Aber auch Schilde mit Tierdarstellungen sind bekannt geworden (Abb. 476)[20]. Mit diesen Platten besteckt man die Seidengewandungen der Andachtsbilder in solcher Fülle, daß die Bildwerke unter der Silberlast fast erdrückt werden. Die Telgter Gnadenkapelle ist über und über mit silbernen Platten und Schilden geschmückt, darunter Arbeiten von den Münsteraner Goldschmieden Heinrich Wilhelm Berghaus (1766–1838) und Franz Josef Dieminck (1765–71)[21]. In der Kirche in Stromberg werden gleichfalls Schilde und Kreuze aufbewahrt, ebenso in Stadtlohn und Ramsdorf.

Westfalen reiht sich mit diesen Votivgaben dem übrigen katholischen Deutschland ein. Welche Rolle die silberne Votivgabe in der katholischen Kirche überhaupt spielt, auf welches Alter sie zurückblickt, dafür hat Karl Gröber interessante Zeugnisse aus Süddeutschland beigebracht[22].

[19] Walter Borchers, Bäuerliche Andachtsbilder und silberne Votivgaben im westfälischen Raum, Abb. 6, 11, 12–14. – Derselbe, Kirche und Volkskunst in Westfalen. Zeitschr. f. Volkskunde 54. Jg. 1958, S. 239ff. Abb. 9, 10. – Hubert Rickelmann, Mettingen im Wandel der Zeiten. Mettingen 1953, S. 430: Devotionalien werden an hohen Festtagen auf zwei dunkelroten Sammettafeln aufgeheftet, zu beiden Seiten auf dem Marienaltar. 1. eine goldene Kette, ein buntes goldenes Facettenkreuz, vier bunte Filigran-Kreuze, drei schlichtgoldene Kreuze, ein Ring, eine silberne achteckige Platte trägt das Bildnis eines Heiligen und die Inschrift: A. E. Mohrmann, geb. Dickamp ... eine zweite Platte mit Inschrift Ave Maria zum Gedechtnisz vor Junf. Anna Alledt. Schultzes. Ist im Heren entschlafen in Mettingen den 5. Julius 1746. Außerdem 1 silbernes Kreuz von 1749, ferner Ringe und Kreuze von 1841–55. – Vgl. auch Hubert Rickelmann, Die Tüötten in ihrem Handel und Wandel und die Wolle- und Leinenerzeugung im Tecklenburger Land, Ibbenbüren 1961, S. 465, Abb.: Die angezogene Muttergottes in Mettingen.

[20] In der Laurentiuskirche Warendorf befinden sich unter den silbernen Votivgaben Darstellungen von Körperteilen Gottes. Besonders interessant ist ein silbernes Votivschild aus dem Jahre 1763 mit der Darstellung einer Kuh. Lauf Überlieferung wurde die letzte Kuh der Bauerschaft Vohren von der Pestseuche errettet. 200 Jahre Mariä Himmelfahrt-Feier in Warendorf 1752–1952, Warendorf o. J., S. 42 – Vgl. ferner Bau- und Kunstdenkmäler von Westfalen, Kreis Warendorf. Münster 1936, Abb. 636: Weihegeschenke (Alte, sogenannte Laurentius-Kirche).

[21] Paul Engelmeier, Das Telgter Gnadenbild in der Volkskunst. Heimatkalender f. d. Oldenburger Münsterland 1952, S. 75ff.

[22] Karl Gröber, Votivgaben auf alten Bildern. Bayer. Heimatschutz. Augsburg 1929, S. 113ff. – Vgl. auch Maria Angela König, Weihegaben an Unsere Liebe Frau von Altötting. München 1939, S. 1, Taf. 13: Silbervotive (Herzen, Hände, Füße). – Wolfgang Brückner u. Werner Braun, Einführung in die Ausstellung Bildwelt und Glaube. Volkstümliche Kulte und Ver-

6. Weihnachtskrippen, Kerzenstäbe, Kirchentrommeln

Zur religiösen Volkskunst Westfalens gehört natürlich auch die Weihnachtskrippe: die Darstellung der geheimnisvollen wunderbaren Geburt Christi. Die Krippe gehört, wie Rudolf Berliner einmal definiert hat, „als Kunstform zu dem rekonstruierenden Zweig der religiösen Kunst. Wir stehen frömmigkeitsgeschichtlich im Bezirk der Meditation, des nachdenkenden und nachfühlenden Vorstellens der Einzelheiten und Geschehnisse im Leben Christi."[23]

Die Sitte der Aufstellung einer Kirchenkrippe, zunächst im südlichen Europa in der Zeit von Weihnachten bis Mariä Lichtmeß (2. Februar) im 16. und 17. Jahrhundert allgemein bekannt, drang allmählich über die Alpen zum Norden, nicht zuletzt dank der Tätigkeit der Jesuiten[24].

Der Brauch wurde von Bauern und Bürgern übernommen, entfaltete sich aus der feierlich-kirchlichen Atmosphäre in den laizistischen Frömmigkeitsbereich und wurde in der Kunstsprache, in der künstlerischen Vorstellungswelt des Volkes umgeschmolzen, aufs neue interpretiert und mit neuen Zügen ausgestattet. Innerhalb des deutschen Sprachgebiets entstanden Krippenlandschaften, die sich in der Gestaltung der Weihnachtskrippen besonders hervortaten, so Tirol, Salzburg, Bayern und Baden. Westfalen ist leider nicht so bekannt geworden, sein Beitrag ist auch bescheidener. Natürlich gibt es Wachskrippen und Holzkrippen des 18. und 19. Jahrhunderts. Sie stehen frei in dem Raum, es fehlt aber die minuziöse und meisterhafte Darstellung des Ortes des Weihnachtsevangeliums, das Panorama des Heiligen Landes. Es fehlen die großen Krippenaufbauten aus Gips und Pappmaché und Holz. Mit dem eigentlichen Weihnachtsthema wurden Darstellungen der Verkündigung, der Flucht nach Ägypten usw. verbunden. Man berauschte sich an morgenländischen Kulissenlandschaften, an Stadtpanoramen und Felsenhöhlen. Alles das fehlt in Westfalen oder wird kaum dargestellt. Westfälisches Milieu, westfälische Bauern und Bürger, kostümiert in der Kleidung des 18. und 19. Jahrhunderts, erscheinen vor uns, naiv und manchmal ein wenig ungelenk. Die Themen der westfälischen Krippen sind die Geburt Christi, die Anbetung durch die Hirten und die Heiligen Drei Könige. Typisch westfälisch sind die Krippenkästen mit spitzem oder geschwungenem Giebel, die Vorderseite verglast, durch die man die dicht gedrängten Wachsfiguren mit ihren Seidenstoffen bewundern kann. Beispiele dieser Arte sind die Krippenkästen aus Zwillbrock bei Vreden und der Familien Sielemann in Coesfeld und Schwerbrock in Warendorf aus der zweiten Hälfte des 18. Jahrhunderts. Anstelle der Wachsfiguren weist der Krippenschrein des St. Emilienhauses in Telgte um 1780 Figuren in Applikationstechnik auf[25].

Westfälische Eigenzüge in der Krippen-darstellung

Man beschränkt sich in der Darstellung, distanziert sich von allen theatralischen Gebärden. Der Fabulierkunst sind Grenzen gesetzt, das zeigen Trachtenfiguren aus Rokoko- und Biedermeiergruppen im Landesmuseum Münster oder der Holzfigurenkrippe aus der Kirche in Vellern, Kreis Beckum, aus dem 19. Jahrhundert. Es sind uns sogar Namen der Krippenschnitzer überliefert, so des Goldschmiedes Ferdinand Schmitz und seines Sohnes in Warendorf. Die Kunst des Krippenschnitzens ist heute noch lebendig und nicht zum Erliegen gebracht, wie es bei so vielen Zweigen der westfälischen Volkskunst geschehen ist. Hier ist der christliche Glaube Motor des Schaffens.

ehrungsformen ... aus Beständen der Sammlung Kriss am Bayerischen Nationalmuseum München. Frankfurt 1957, S. 18: Silbervotive aus Süddeutschland, Italien und Griechenland, 18.–20.Jahrhundert, Abb. 21 (Augen, Zungen, Brüste, Arme, Beine, Eingeweide, Gebärmutter, Kröte usw.).

[23] Rudolf Berliner, Die Weihnachtskrippe. Jahrb. 23 München 1955, S. 14.

[24] Derselbe, Origine of the créche. Gazette des beaux arts, Bd. 30 1946, Bd. 30, S. 249/250.

[25] Paul Engelmeier, Die Weihnachtskrippe in der Münsterländer Volkskunst. In: Die Weihnachtskrippe, Jahrb. 12. Regensburg 1936, S. 1ff., Abb. Taf. 2: Krippenkasten Sielemann zu Coesfeld; Taf. 4: Krippenkasten. Schwerbrock zu Warendorf um 1730; Taf. 5: Krippe, St. Emilienhaus Telgte. – Derselbe, Westfälische Weihnachtskrippen einst und heute. Westfalenspiegel Nr. 12, 1953, S. 18f. – Autbert Stroick, Die Lembecker Wachsfigurengruppe. Die Weihnachtskrippe, Jahrb. 8. 1932, S. 37, Taf. 11. – Joseph Göken, Krippenbrauchtum im Kreise Warendorf/Ems. Die Weihnachtskrippe, Jahrb. 18, 1950, S. 36ff. – Rudolf Uebe, Westfälische Weihnachtskrippen. Die Heimat, Jg. 7, 1925, S. 408. – Derselbe, Westfalen, Deutsche Volkskunst, Abb. 166, 167, 168, 169. – Walter Borchers, Kirche und Volkskunst in Westfalen. Zeitschr. f. Volkskunde 54. Jg. 1958, S. 245.

Fahnen, Prozessionskreuze, Kerzenstäbe, Kirchentrommeln, von den Volkskunstforschern bisher übersehen, haben in Westfalen gleichfalls interessante Lösungen gefunden. Hier seien nur einzelne Beispiele herausgehoben, so die Fahnen des vereinigten Handwerksamtes Telgte von 1821 mit dem Schutzpatron St. Clemens in pontifikaler Kleidung mit Tiara, Kreuzstab und Anker, umgeben von den Handwerkssymbolen von vier Zünften, die Kerzenstäbe der Schuhmacher und Lohgerber in Büren[26] aus dem Jahre 1726 (Abb. 449) wie die der Schneider aus Büren aus dem 18. Jahrhundert. Beide Stäbe mit aufgesetzten gewölbten Schilden mit bizarren Konturen, farbig bemalt und mit den Emblemen der Gewerke geschmückt, bekrönt von drei gedrechselten Kerzenhaltern mit Dornen – der Kerzenstab der Schuhmacher ist noch besonders hervorgehoben durch einen kerzentragenden Königskopf. Stäbe dieser Art kennen wir aus vielen katholischen Landschaften Deutschlands. Grundform aller Kerzenstangen ist die gestabte Kerze[27].

Kerzenstäbe

Kirchentrommeln

Noch ein Wort zu den Kirchentrommeln. Aus Allagen, Kreis Arnsberg, kommt eine Trommel aus Messing, heute im Museum für Kunst- und Kulturgeschichte in Münster. Sie trägt das Datum 1711 und zeigt in einem Oval Johannes den Täufer aufrechtstehend mit Strahlengloriole, von vorn gesehen. Seine Füße stehen auseinander, in der rechten Hand hält er den Kreuzstab mit Fahne, Blattranken umrahmen ihn, und über ihm schwebt eine große Krone. Eine Unterschrift in Großbuchstaben verkündet: JOHANNES BAPTISTA. PATRON DER KIRCHEN ZU ALLAGEN. CASPARUS GROBLINOHOT PROVISOR(ET)? ANNO 1711 (Abb. 267).

7. Totentafeln, Grabdenkmäler

Das Thema Totenehrung erschöpft sich nicht mit dem Grabdenkmal, hier sind auch Totentafeln zu erwähnen, bemalte und beschriftete Konsolbretter, die in den Kirchen aufgehängt wurden und die Totenkronen aufnahmen. Diese Tafeln von rechteckiger Gestalt mit einem vorkragenden abgerundeten Brett am Kopfende, das mit einer kleinen Dockengalerie geschmückt war, um ein Herunterfallen der aufgewölbten Totenkronen aus Flitter, Stoffbändern und Blumen zu verhindern, waren in der Regel bunt bemalt. Überliefert ist z. B. eine Totentafel aus Beverungen, Kreis Höxter, für den verstorbenen Knaben Friedrich Carl August Evers, geb. 1877, gest. 1883. Außer Namen, Geburts- und Sterbedatum ist auch der Anfang des Psalms 23 V. 1 vermerkt: „Der Herr ist mein Hirte, mir wird nichts mangeln." Die Krone selbst ist aus grünen Stoffblättern und weißen Stoffröschen verfertigt. Solche Totentafeln mit Totenkronen in den Farben der Unschuld wurden in protestantischen Gegenden Westfalens im Mindener[28], Ravensberger, teilweise auch Osnabrücker Land gestiftet für Mädchen als symbolischen Ersatz für das, was ihnen im Leben entgangen war, nämlich die Hochzeitskrone. Diese Sitte wurde auch auf Knaben ausgedehnt. Totentafeln und Totenkronen sind im evangelischen Norddeutschland keine Seltenheit, sie sind in Mecklenburg, Brandenburg und im ehemaligen Pommern nachzuweisen[29].

Totentafeln und Totenkronen

[26] Das Schild zeigt auf der einen Seite den Doppeladler mit dem Datum 1726 als Symbol kaiserlicher Gnade für den tapferen Königsberger Schumachergesellen Hans von Sagan, der eine Schlacht des Deutschen Ordens gegen die Russen siegreich entschied. – Vgl. Margarete Pieper-Lippe, Geräte und Siegel der Gilden des Hochstifts Paderborn. Sonderdruck aus dem Geschäftsbereich der Volksbank Paderborn, 1965. Es wird noch auf einen dritten Kerzenstab des Leinweberamts von 1652 in der Pfarrkirche von Brakel aufmerksam gemacht.

[27] Stangesitzerheilige und große Kerzen-Stäbe, Kerzen und Stäbe der Brüderschaft und Zünfte in Bayern. Ulm 1969, S. 51.

[28] Rudolf Uebe, Westfalen. Deutsche Volkskunst, Abb. 214: Inneres der Kirche in Kleinenbremen, Kreis Minden, mit Totentafeln an der Emporenbrüstung.

[29] Werner Lindner, Mark Brandenburg. Deutsche Volkskunst Bd. II. München 1924, Abb. 228: Drei Totenbretter aus Ketzür, Kreis Westhavelland; Neuentempel, Kreis Lebus, und Stegelitz, Kreis Templin. – Walter Borchers, Volkskunst im Weizacker. Leipzig 1932, Abb. 10: Totentafeln aus Wittichow, Kreis Pyritz, von 1835, 1849 und 1853. Vgl. auch S. 86ff. – A. Haas, Sterbekrone aus Nipperwiese. Blätter f. pommersche Volkskunde Jg. 3, Nr. 9, Stettin 1895, S. 135. – Otto Lauffer, Der volkstümliche Gebrauch der Totenkronen in Deutschland. Mitt. a. d. Verein d. Kgl. Sammlung f. deutsche Volkskunde. Berlin 1916, Bd. 5, H. 11, S. 11–35.

Grabmäler

Die Vielfalt religiösen Volkskunstschaffens offenbart das Grabmal, ob Stele, Wange, Platte, Pfahl, Kreuz, ob aus Holz geschnitzt, aus Eisen geschmiedet oder gegossen, aus Sandstein, Granit, Schiefer gehauen und geglättet. Diese Denkmäler sind zu Unrecht vergessen oder vernachlässigt. Hölzerne Grabpfähle aus dem Kreis Lingen, schlichte Grabwangen mit Vasenbekrönung aus dem Kreis Lübbecke[30], Sandsteinstelen mit klassizistischen Stilmerkmalen aus dem Ravensberger Land, schmiedeeiserne Kreuze aus dem Paderborner Land oder dem Hochsauerland, Grabwangen aus dem heimischen Schiefer des Sauerlandes[31], fast eineinhalb Meter hoch, große gegossene Eisenplatten des Siegerlandes, riesige schlichte Sandsteinplatten im Tecklenburger Land seien nur als kleine Auswahl des immensen Formen- und Materialreichtums im westfälischen Raum genannt. Die Landschaft mit ihren Bodenschätzen, ob Sandstein, Schiefer, Eisen, Holz, und weiter der kirchliche Glaube, das kirchliche lokale Brauchtum und mit ihm die Stilmode formen und bilden das Grabmal, das im Norden, Osten, Westen und Süden des westfälischen Raumes so verschiedene Züge annimmt. Die Stelen- und Wangenform aus Sandstein ist über weite Strecken des nord- und mitteldeutschen Raumes verbreitet, sie löst eigentlich die einfache Platte ab[32] und erhält in der Zeit des Klassizismus ihre endgültige Gestalt. Das gleiche gilt auch für Wangen aus Holz.

Beispiele

Das Beispiel des Kirchhofs Bigge bei Brilon zeigt mit seinen Steinwangen aus dem 19. Jahrhundert den Begriff der Gemeinschaft auch auf dem Totenacker. Die Zeit des Barocks wie des Klassizismus haben treffliche Beispiele im Ravensbergischen und ebenso im Osnabrückischen hinterlassen, besonders schöne Sandsteinstelen sind auf den Friedhöfen in Bad Essen und Bünde anzutreffen. Lösungen, die Handwerker in vielen Jahrhunderten an denselben Orten gefunden haben, zeigen die ruhrländischen Grabsteine[33] aus Hohensyburg, Stiepel, Ümmingen, die aus dem heimischen Ruhrsandstein gefertigt, mit Namen, Hofmarken, Bibelworten, frommen Sprüchen, figürlichen Darstellungen wie Herzen und Engelsköpfen und schließlich Todessymbolen (Sanduhr, Totenkopf, gekreuzte Knochen, Krone von Palmwedeln umgeben) geschmückt sind.

In der allgemeinen Volkskunstforschung fast unbekannt sind gußeiserne Grabplatten des 18. Jahrhunderts aus dem Siegerland. Diese hohen schmalen Schrifttafeln mit sparsamen dekorativen Zugaben, wenig gegliedert in der Betonung des Schriftbildes, verraten die geistige Haltung des Siegerlandes reformierter Konfession und ihr ablehnendes Verhältnis zur sinnlichen Kunst. Zu den wenigen künstlerischen Motiven dieser Tafeln gehören das Symbol des Totenkopfes, der gekreuzten Beinknochen, der Kelch, das Stundenglas, ein aus den Wolken ragender Arm, der ein mit Blattranken umwundenes Schwert hält (Beispiele auf dem Friedhof Burbach aus dem Jahre 1787).

Diese langen schmalen Schriftplatten sind leider nur noch auf wenigen Friedhöfen des Siegerlandes zu sehen. Wir finden sie auch in anderen westfälischen Landschaften, so im Kreise Brilon, doch hier weit bild- und symbolfreudiger[34].

[30] Gustav Wolf, Friedhofswesen in Westfalen. Westf. Heimatkalender 1949, S. 157, Abb. 2: Friedhof zu Wehdem, Kr. Lübbecke.

[31] Rudolf Uebe, Westfalen, Abb. 215: Alter Olsberger Friedhof bei Bigge/Brilon mit Grabdenkmälern aus Schiefer. – Josef Schulze-Elmenhorst, Grabmäler auf unseren Friedhöfen. Westf. Heimatkalender 1952, S. 47, Abb.: Hölzerne Wange aus Wehdem von 1892, weitere Beispiele aus Levern (beide Kreis Lübbecke), Schieferstele aus Eversberg, Kreis Meschede, Sandsteinstele aus Gehlenbeck, Kreis Lübbecke, Abb. S. 48.

[32] Diedrich Steilen, Norddeutsche Grabmalkunst. Bremen 1938, S. 11.

[33] Heinrich Wefelscheid, Ruhrländische Grabsteine aus vier Jahrhunderten. Essen 1929, Abb. 54: Doppelgrabstein von 1672 aus Stiepel, mit Motiv Sanduhr und Schädel über gekreuzten Knochen. Weitere Grabsteine aus Hohensyburg, St.- Kreis Hagen; Stiepel, St.-Kr. Bochum; Ümmingen, St.-Kr. Bochum, aus den Jahren 1580–1807. – Vgl. dazu Freerk Haxe Hamkens, Sinnbilder auf Grabsteinen von Schleswig bis Flandern. Brüssel 1944, Abb. 62, 130/131, Gohfeld, Kreis Herford, 1839; Nordhemmern, Kreis Minden; Bergkirchen, Kreis Minden. – F. Langewiesche, Sinnbilder germanischen Glaubens im Wittekindsland. Eberswalde 1935, Abb. 80: Grabstein Stift Quernheim, 1783; Abb. 81: Gohfeld, Kreis Herford, 1839; Abb. 82: Gohfeld 1848; Abb. 84 und 85: Bergkirchen. (Alle Grabsteine ikonographisch im Sinne eines Germanophilen gedeutet), – Karlheinz Fischer, Die alten steinernen Grabkreuze im Kölner Raum. Diss. Bonn 1956.

[34] Bau- und Kunstdenkmäler von Westfalen, Kreis Brilon. Bearbeitet von Paul Michels, Münster 1952, Abb. S. 369: Grabplatte in der Stiftskirche Obermarsberg. Abb. S. 425: Gußeiserne Grabtafeln in Nehden bei Thülen. Schlichte Tafeln mit langen

8. Einlegebilder und Schriftmalerei

Das kleine Andachtsbild[35], ein Geschenk- auch Einlegeblatt für das Gebetbuch, muß im Zusammenhang mit der Allgemeinentwicklung der religiösen Volkskunst des katholischen Deutschlands betrachtet werden. Die weite Skala dieser Kunstgattung vom Pergamentspitzenbild, das meistens importiert war (vgl. Abb. 459) und dem geschnittenen Papierbild, vom gemalten Papierbild (Abb. 458), so mit Darstellung des hl. Liudger, des Friesenbischofs, bis zum Kupferstich- und Holzschnitt- wie Steindruckbild, ist hier zu prüfen. Dabei ist das aus berühmten Umschlagsorten und Produktionsstätten stammende Andachtsbild mit den verschiedensten ikonographischen Themen neben den im westfälischen Raum entstandenen Blättern zu betrachten. In Antwerpen, Augsburg, Prag, Nürnberg, München, Wien und vielen anderen Städten saßen Bildverleger, die dem Bildhunger der katholischen Gläubigen entgegenkamen. Ihre Erzeugnisse, genährt durch das Bilderzentrum Antwerpen, das von Jesuiten geleitet und gesteuert war, finden sich im ganzen westfälischen Raum. Neue Themen wie die Herz-Jesu-Verehrung, das Memento-mori, die christliche Blumensymbolik usw. werden modern und stellen sich neben die Verherrlichung des Lebens Christi, der Madonna und vieler Heiligen. Christliche Allegorien, christliche Symbole, die Namen Jesu und der Madonna und vieles andere lernen wir auf diesen Andachtsbildchen kennen.

Geschenk- und Einlegeblätter

Merkwürdigerweise wird der westfälische Raum als Erzeugerland dieser religiösen Bildchen erst spät im 19. Jahrhundert, ganz im Gegensatz zu vielen anderen deutschen Landschaften, aktiv. Unter den vielen kleinen Andachtsbildern, die man im Besitz westfälischer Familien vorfindet, fallen Nachbildungen von bekannten westfälischen Gnadenbildern auf, wie von dem schon genannten Telgter Vesperbild (Abb. 466, Steindrucke von Sig. Rudl in Prag und von Heywald in Prag, 19. Jahrhundert), von der Werler Madonna (Steindruck von R. Hamel, Kempen, 19. Jahrhundert), von dem Wallfahrtsbild in der Überwasserkirche zu Münster, einem mittelalterlichen Vesperbild (Abb. 461), von dem hl. Kreuz zu Stromberg, von dem Coesfelder Astkreuz (Abb. 462). Die westfälische Bildproduktion konzentrierte sich auf die Städte Münster und Warendorf. Man verfügte über ein reiches Repertoire, druckte auch Andachtsbilder für süddeutsche und polnische Kunden, wie die Steindrucke des Marien-Wunderbildes zu Dettelbach in Franken von der Firma Aschendorff (Abb. 463) und des Gnadenbildes der hl. Anna mit polnischer und deutscher Unterschrift von der Firma Auling (Abb. 465) in Münster anzunehmen erlauben.

Neben den beiden Firmen Aschendorff und W. Auling müssen wir noch die Verleger Hast und Riese und G. A. Hülswitt in Münster und schließlich Th. Möller in Warendorf nennen (Abb. 464). Alle diese Bildverleger machen die Entwicklung des kleinen Andachtsbildes mit, unterscheiden sich in ihrem Tun in keiner Weise von ihren Kollegen in Süddeutschland und Österreich, sowohl im Thema wie in ikonographischer und stilistischer Behandlung. Das zeigt beispielhaft das Andachtsbild mit Darstellung des auf dem Kreuz schlafenden Christuskindes[36], umgeben von den Leidenswerkzeugen und -merkmalen, ein Münsteraner Steindruck des 19. Jahrhunderts. Das „Schmerzenskind", ein sehr beliebtes Thema des 17. Jahrhunderts in Frankreich, gehört „zum festen Bestand der barocken und nachbarocken volkstümlichen Passionsdarstellungen"[37]. Das gleiche gilt für die Darstellung des hl. Joseph (Abb. 460).

Kalligraphie und Buchverzierung

Dem kleinen Andachtsbild der Katholiken sind auf protestantischer Seite vielleicht, wenn man das überhaupt tun kann, geschriebene und gemalte Gebets- und geistige Erbauungsbücher wie Seiten aus dem Neuen Testament mit großen verschnörkelten Initialen mit der Freude zur Kalligraphie und der Liebe zu farbigen Umrahmungen aus Blumen (Tulpe, Nelke, Blatt), Ranken, Engelsköpfen usw. entgegen-

Inschriften und wenigen ikonographischen Zutaten (Totenkopf, Meßkelch, Stundenglas, Kruzifix, Antlitz Christi und Familienwappen). – Vgl. auch Paul Michels, Alte Grabtafeln in der Pfarrkirche zu Brilon. Beitr. z. westf. Familienforschung 1959, S. 102–121.

[35] Adolf Spamer, Das kleine Andachtsbild vom 14.–20. Jahrhundert. München 1930.

[36] Walter Borchers, Kirche und Volkskunst in Westfalen. Abb. 5: Schlafendes Schmerzenskind.

[37] Georg Wagner, Barockzeitlicher Passionskult in Westfalen. Münster 1967, S. 111. Es findet sich besonders oft auf den sehr verbreiteten kleinen Andachtsbildern des 18. und 19. Jahrhunderts.

zustellen. Man kann von späten Nachfahren mittelalterlicher Buchmalerei sprechen, mit der Einschränkung, daß protestantischer Puritanismus die Bilderfreudigkeit bewußt einschränkte (vgl. Abb. 483, farbig bemalte und geschriebene Seite aus dem Markusevangelium von Joh. Hinrich Stuckenberg 1754, Kreismuseum Bersenbrück, weitere Beispiele im Museum Minden).

9. Patenbriefe und Bilderbogen, Gesangbuchschmuck

In evangelischen Landschaften Westfalens ist der Paten- oder Taufbrief, auch Zettel[38] genannt, verbreitet. Sie haben diese Bezeichnung erhalten, weil es sich um handgeschriebene[39] oder bedruckte, bemalte wie mit Kupferstichen geschmückte Papiere handelt, die mehrere Male gefaltet die Form eines kleinen quadratischen Briefes annehmen. Paten- oder Taufbrief werden sie deshalb genannt, weil sie von den Paten geschrieben oder bei vorgedrucktem Formular unterschrieben anläßlich der Taufhandlung dem Täufling mit einem kleinen Angebinde, dem Taufpfennig, zugesteckt werden[40].

Die gedruckten quadratischen Patenbriefe von 14 cm Seitenlänge werden zweimal übereck so gefaltet, daß sie ein noch kleineres Quadrat ergeben[41]. Dieses ist mit einem Bild geschmückt: der Taufe Christi im Jordan oder der Taufe des Kindes in Gegenwart des Pastors und der Paten vor dem Taufstein. Um dieses Zentralbild oder -thema gruppieren sich bei der zweimaligen Übereckfaltung des Zettels in den dreieckigen Zipfeln weitere Darstellungen: Die Tugenden Glaube, Liebe, Hoffnung, Geduld und schließlich Christus und seine Apostel Johannes, Petrus, Jakobus. Diese gedruckten Patenzettel sind zweifellos Massenkunsterzeugnisse, Importware aus anderen deutschen Landschaften. Wir haben nur ein Beispiel herausgehoben, es gibt andere Patenzettel mit einer neuen Themenanordnung und -gruppierung. In der Regel sind sie ohne Herstellervermerk. Doch konnte bei einigen Zetteln im Tecklenburgischen und Osnabrückischen der Verlag Schreibens Erben in Leipzig festgestellt werden, derselbe Verlag, der auch Patenzettel nach Pommern geliefert hat[42]. Die Sitte des Patenbriefes kennen wir auch aus dem Elsaß und ebenso aus Pennsylvanien, wohin sie deutsche Auswanderer brachten[43]. Gedruckte Bilderbogen, religiöse und weltliche Themen behandelnd, Haussegen und Himmelsbriefe, sind in Westfalen wie in allen anderen deutschen Landschaften zu finden. Man hat dieses Bildmaterial noch nicht genügend gesammelt und betrachtet. Wo systematische Untersuchungen vorliegen, wie in Bocholt und Umgebung, hat man auch einige Bilderbogen holländischen Ursprungs entdeckt. Es handelt sich um Bilderbogen in Holzschnitt- und Steindrucktechnik, die unter den Truhendeckeln eingeklebt, unser Interesse erwecken. Im Landesmuseum Münster befindet sich z. B. ein märkischer Koffer im Louis-seize-Stil im Innern des Deckels mit Bilderbogen religiösen Inhalts über und über beklebt (Abb. 490). Immer wieder stoßen wir auf Himmelsbriefe, genannt Gredoria (wird gedeutet aus Deo gloria und credo) von Gustav Kühn aus Neuruppin (Beispiel im Städtischen Museum Osnabrück). Wir lesen: Himmelsbrief, zu sehen in der Michaelis-Kirche zu St. Germain, wird genannt Gredoria. Der Bilderbogen zeigt einen kolorierten Holzschnitt mit

Patenbriefe

Bilderbogen: Himmelsbriefe

[38] Christa Pieske, Über den Patenbrief. Beitr. z. deutschen Volks- und Altertumskunde 2/3. Hamburg 1958, S. 85–121. – Walter Borchers, Vom Patenbrief zum Totenschiff. Das Bollwerk. 5. Jg. 1934, S. 125.

[39] Walter Borchers, Karl Kaiser, Leben und Sterben im pommerschen Volksbrauch. Stettin 1936, S. 7: Patenbrief aus Gützlaffshagen, Kreis Greifenberg, datiert 1849, bemalt und gefaltet.

[40] Kurt Heckscher, Bersenbrücker Volkskunde Bd. I. Münster 1968, S. 179.

[41] Christa Pieske, S. 93. – Lothar Pretzell, Volkskunst und Volkshandwerk. 75 Jahre Museum für Deutsche Volkskunde. Ausstellungskatalog. Berlin 1964, Abb. 646: Patenbrief von 1796 mit Darstellung der Taufe vor dem Taufbecken.

[42] Walter Borchers, Volkskunst im Weizacker. Leipzig 1932, S. 132/133.

[43] Konrad Hahm, Deutsche Volkskunst, Berlin 1928, Taf. 101. Gemalter Patenbrief aus dem Elsaß. – Vgl. dazu Erich Meyer-Heisig, Deutsche Volkskunst. München 1954, Abb. 84: Patenbrief von 1754. – Erwin O. Christensen, The Index of American Design. New York 1950, Abb. 14: Birth- and baptismal certificate, Fraktur Writing, Pennsylvania German. Whitehall Township. Lehigh (formerly Northampton) County, dat. 1808, S. 9: This certificate attest to the birth of Elisabeth Schlosser January 10, 1808, and her baptism by the Reverend Johannes Gebrecht. Baptismal certificates were favored by the Lutheran and Reformed Churches, but not by sectarians like the Amish or the Mennonites.

Typendruck von 1820. Holzstock und Text hat Gustav Kühn von Johann Bernhard Kühn übernommen. Es fällt auf: ein schwebender Engel mit Posaune und Palmenzweig über dem dreieckigen Auge Gottes oder vor Strahlensonne mit vier Strophen eines Gedichtes, das die Lehre Christi zum Ausgangspunkt allen Trachtens und Denkens macht und denen, die den Brief bei sich tragen oder zu Hause haben, Behütung vor Donnerwetter, Feuer und Wasser verheißt[44]. Dieser Himmelsbrief, wie alle Haussegen, rührt aus der außerkirchlichen Sphäre her, ist zutiefst verankert im Volksglauben und hielt sich im Volke trotz kirchlicher Verbote. Ein zweiter Schutzbrief von Gustav Kühn, der „Christliche Haus Segen nebst der 12 Stunden Gedächtnis", zeigt einen dekorativ angeordneten Holzschnitt (Beispiel im Städtischen Museum Osnabrück) mit zwölf Herzen, gelegt um ein großes Mittelherz, mit eingedruckten Gebeten auf. Nach Christa Pieske gehören diese Stundengebete „letztlich wie auch die geistliche Auslegung des Kartenspieles und die Deutung der Zahlenreihe 1–12 in den Volksliedern und Märchen zu einer Zahlenmystik, die auf die Gedankengebäude der Pythagoräer zurückgeht"[45].

In der Barockzeit saßen die großen Bildverleger in Nürnberg und in Augsburg. Im 19. Jahrhundert war es vor allem Gustav Kühn in Neuruppin, weiter Robrahn & Co. in Magdeburg, Eduard Gustav May in Frankfurt und schließlich F. C. Wentzel in Weißenburg/Elsaß, die weltliche und geistliche Themen in ihren Bilderbogen behandelten – wir denken nur an das neue Jerusalem (Beispiel im Städtischen Museum Osnabrück)[46].

Gesangbuch- und Bildschmuck

Eine typisch protestantische Sitte ist die Schmückung von Gesangbüchern mit dem Bild des Gekreuzigten, mit farbigen aufgeklebten Herzen, Initialen, Inschriften und Jahreszahlen, wie das Beispiel aus Salzuflen, Kreis Lemgo, zeigt (Abb. 486). Diese Sitte ist über den ganzen protestantischen Norden Deutschlands verbreitet gewesen[47].

In reformierten Gebieten Westfalens wird die Bibel ganz besonders reich verziert mit silbernen Beschlägen und -schließen, im Bentheimischen ist man in dieser Hinsicht stark von den benachbarten Niederlanden abhängig.

[44] Christa Pieske, Volkstümliche Graphik im kulturhistorischen Museum Stralsund. Greifswald-Stralsunder Jahrb. Bd. 2 1962 S. 231–232. – Vgl. auch C. Füngling, Himmelsbriefe. Rhein.-Westf. Zeitschr. f. Volkskunde Bd. VI 1959, S. 248. – Volkskunst, und Volkshandwerk. 75 Jahre Museum für Deutsche Volkskunde Berlin 1964, Nr. 636: Himmels-Brief. Wird genannt Gredoria.

[45] Pieske, S. 233.

[46] Adolf Spamer, Weißenburg im Elsaß als Bilderbogenstadt. In: Beiträge zur Kulturgeschichte der Rheinlande. Festschrift für Franz Schultze, Frankfurt a. M. 1938. – Derselbe, Arbeitsstand und Problemstellung der deutschen Bilderbogenforschung. In: Volkskundearbeit, Festschrift für Otto Lauffer. Berlin und Leipzig 1934. – Wilhelm Fraenger, Materialien zur Frühgeschichte Neuruppiner Bilderbogen. In: Jahrbuch f. hist. Volkskunde I. Bd. Berlin 1925. – Johannes Bolte, Bilderbogen des 16. und 17. Jahrhunderts. In: Zeitschr. d. Vereins f. Volkskunde Jg. 17, 19 und 20 (1907–1910).

[47] Walter Borchers, Volkskunst im Weizacker, S. 175. – Vgl. dazu Fritz Adler, Pommern. Deutsche Volkskunst Bd. XI, München o. J., Abb. 186.

XII. Graphik

Lehr- und Meisterbriefe

Naives Laienschaffen lernen wir in gemalten und geschnittenen Meisterbriefen (Abb. 489), Bauzeichnungen, Plänen kennen, in denen der Begriff Kalligraphie eine besondere Rolle spielt (vgl. auch gedruckte Anweisung der Schönschreibkunst des Hochgräfl. Lippischen Bottenmeisters und Aktuarius J. G. Weber, Abb. 488). Besonders eindrucksvoll und beispielhaft für eine ganze Gattung[1] ist der auf Pergament geschriebene Lehrbrief für Johan Gottfried Brück aus dem Jahre 1733 in seiner verschnörkelten Schönschreibschrift, ausgestellt von der Osnabrücker Kramerzunft. Kalligraphie ist Trumpf.

Neujahrs-, Abschieds- und Liebesbriefe

Zu Herzen gehend und liebevoll sind die Neujahrsglückwünsche (Abb. 487), ebenso die Abschieds- und Liebesbriefe (Friggebreiwekes, Abb. 485, 484)[2]. Da sendet im Jahre 1785 im Artland ein Kind an die hochgeehrteste und herzvielgeliebte Frau Mutter seinen Neujahrsglückwunsch und verziert ihn in barocker Manier, malt große Initialen mit vielem Schweifwerk, dazu zwei geflügelte Engelsköpfe und zwei gebogene, sich einander zuneigende Blattstauden mit Tulpen, die eine Kartusche um den Glückwunsch bilden, alles überhöht von einer Krone. Da schickt im Jahre 1798 eine Hinneriätte Wilhelmina Möller in Hohenlimburg, als sie nach Altena, um zu heiraten, verzieht, ihren Eltern einen kunstvoll geschnittenen, reich bemalten und ornamental geschriebenen Abschiedsbrief (Abb. 485). Um eine herzförmige Kartusche garniert sie in den Ecken vier Herzen, umrahmt sie mit Blütenranken, läßt zwei kleine Engelchen von oben herabschweben und Trompeten blasen und schreibt zierlich und fein in vielen Zeilen in das Mittelschild und in die vier Herzen ihr Anliegen, ihren Abschiedsgruß. Ganz anders gelöst ist ein mit der Schere geschnittener Liebesbrief in Durchbruchmustern von der Jungfer Anna Chatarina Rummenhol aus dem Jahre 1821 aus zusammengefaltetem Buntpapier im Museum Altena. Er zeigt ein auf die Spitze gestelltes und beschriebenes Quadrat, das von einem Herzfries aus acht Herzen eingerahmt wird. Alle geschnittenen Herzen sind gleichfalls beschrieben (Abb. 484).

Solche geschnittenen, bemalten und beschriebenen Briefe sind im Norden, Osten und Westen des Landes Westfalen bisher aufgefunden worden (heute in den Museen Bersenbrück, Osnabrück, Minden, Altena). Sie sind nach dem gleichen Gesetz des rhythmischen und symmetrischen Aufbaus geformt und zutiefst im Symbolischen verankert, wie andere deutsche Briefe dieser Art[3]. Sie unterstreichen die These von Karlinger[4], daß der Sinnbildschatz des Andenkenblattes am lebendigsten aus den dörflichen Liebesbriefen spricht. Westfalen macht hier keine Ausnahme.

Scherenschnitte

In neuer Zeit erst gewürdigt sind Schattenrisse und Scherenschnitte aus dem Ende des 18. und der ersten Hälfte des 19. Jahrhunderts. Häufig wurde das Silhouettenschneiden von wandernden „Allround-Künstlern" ausgeführt[5], die mehr oder minder geschickt in volkstümlicher Manier Männer und Frauen, Adelige, Bürger und Bauern in ihrer Kleidung, in ihrer Umgebung wiedergaben, bis zu dem Zeitpunkt, da die Fotographie diese ihre künstlerische Tätigkeit ablöste. So wissen wir z. B. von einem Silhouetteur Dilly, der im Artland im Anfang des 19. Jahrhunderts von Hof zu Hof zog und Silhouetten schnitt (Beispiele in dem Kreismuseum Bersenbrück, Freilichtmuseum Cloppenburg und Städt. Museum Osnabrück, ferner auf mehreren Artland-Höfen).

[1] Vgl. dazu Lothar Pretzell, Kostbares Volksgut aus dem Museum für Deutsche Volkskunde. Berlin 1967, Abb. 862: Lehrbrief Lübeck 1782.

[2] Wilhelm Quincke, Friggebreiwekes. In: Der Märker, Jg. 6, 1957, S. 483–86. – 1000 Jahre Gemarkung Lienen 965–1965. Lienen 1965: Hochzeitsglückwunsch in Herzform von 1865.

[3] H. E. Busse, Baden. Deutsche Volkskunst. Neue Folge, 2. Aufl. Weimar 1942, Abb. 179: Schwarzwälder Liebesbrief, geschnitten und bemalt.– Josef Ritz, Franken. Deutsche Volkskunst, Bd. VI. München o. J., Abb. 193: Neujahrsbrief, Feuchtwangen 1822; Abb. 194: Geschnittener u. bemalter Brautbrief, Feuchtwangen.– Karl Heinz Clasen, Ostpreußen. Deutsche Volkskunst. Bd. X. Weimar o. J., Abb. 188: Gemalter Neujahrswunsch aus der Gegend von Marienwerder.– H. B. Meyer, Danzig. Deutsche Volkskunst. Neue Folge. Weimar o. J., Abb. 146: Neujahrsbrief von 1820. – Volkskunst aus Deutschland, Österreich und der Schweiz. Katalog Köln 1969, Abb. 192: Neujahrswunsch, Vierlande 1744 (Kat. 1788); Abb. 193: Bindebrief 1796 (Kat. 1792).

[4] Hans Karlinger, Deutsche Volkskunst. Berlin 1938, S. 43 und Abb. 202.

[5] Christa Pieske, Schattenrisse und Silhouetteure. Darmstadt 1963, Abb. 12: Herr und Dienerin. Geschnittene und gemalte Silhouette von Dilly, 1819. Städt. Museum Osnabrück.

XIII. Volkskunst und Schützenwesen

Das Schützenwesen Westfalens hat sich als besonderer Hort der Volkskunst erwiesen. Die dichte Verbreitung der Schützenvereine im westfälischen Raum, ihre festgefügte Einheit, ihre ungebrochene Tradition ist der Grund für die Fülle der vorhandenen Volkskunstdenkmäler und vor allen Dingen auch der Grund für immer wieder neuerstehende Volkskunstarbeiten. Wir denken nur an die holzgeschnittenen, getischlerten und buntbemalten Schützenadler mit Krone, Reichsapfel und Reichszepter[1] (Abb. 237) und vor allen Dingen an die silbernen Schützenketten mit Vögeln und Anhängern, die mit kirchlichen und profanen Darstellungen, Sprüchen und Namen graviert sind. Wir denken an Schützenkleidung, Schützenfahnen und Schützentrommeln. Die Gleichförmigkeit mancher Schützenkleinodien, bedingt durch ein seit dem Spätmittelalter festgelegtes Brauchtum und Zeremoniell, wird durch eine gewisse Qualitätsstufung aufgelockert und variiert. Es sei nur an die Gestaltung mancher silberner Vögel (Adler, Tauben und Papageien als Ehrung für den, der den Vogel von der Stange geschossen hat) erinnert, die häufig von bedeutenden Goldschmieden geschaffen wurden.

Die Gegenstände

Als Beispiele seien genannt die Kleinodien der Schützen zu Dorsten mit Bischofrelief und zwei Wappenschilden oder zu Bocholt mit der Darstellung des hl. Georg. Es sei erinnert an den silbernen Vogel der Großen Schützen zu Münster, ebenso der Schützen von Dülmen aus dem Jahre 1509 oder der zu Osnabrück von 1582. Wie ganz anders dagegen: vereinfacht, auf die Grundform reduziert und abstrahiert, ein Werk der Volkskunst, der aus Messing gegossene Vogel an der Kinderschützenkette zu Wolbeck[2].

Schützenschilde

Die Königsschilde, mit denen die Ketten dicht behängt sind, von dem Stilwillen vergangener Zeiten zeugend und mit Sprüchen, Berufsemblemen und -hinweisen einstmaliger Schützenkönige geschmückt, sind häufig beredte Zeugnisse eines heimischen Volkskunstschaffens. Hier seien nur die Königsschilde von Senden erwähnt, von denen wir hier einige abbilden aus den Jahren 1787, 1789, 1798 (Abb. 492, 493 und 494) und aus Horstmar von 1827 (Abb. 495).

Es handelt sich um gravierte Schilde, die in den Umrissen bewegt sind und den Geschmack des Rokoko widerspiegeln. So zeigt das erste Schild gravierte Rocaillen, C-Bögen und Streublumen, die eine in der Mitte der Fläche dargestellte Rokokokartusche einrahmen: wir sehen ein aufgeschlagenes Notenbuch und eine brennende Kerze diagonal gekreuzt mit einem Kerzenlöscher mit Hütchen, dazu zwei gekreuzte Schlüssel (Abb. 492). Darunter steht der Name und Beruf des Schützenkönigs: I. H. BRÜGGEMAN, Custos in Senden, 1782, 1786 REX, 1787 und weiter M. A. LANGE Eh leute. Ein zweites Schild aus Senden (Abb. 493), auf den Namen des Schützenkönigs HERMANN CHRISTIAN BLUME, Chirurg in Senden, anspielend, zeigt einen Blumentopf mit Henkeln und daraus hervorsprießend drei Blumenstauden mit Tulpenblüten, dazu einen Spruch: Wir Brüder von / Einer Stengel alle Sind Ensprossen / Wie Blumen Balde, und dazu auf der Rückseite: Nun vivat Brüder insgemein / laßt uns drei Tage ohne Leichtsinn / ehrbar lustig sein. Amüsant und naiv zugleich in Thema und Darstellung ist ein drittes Silberschild aus Senden, gestiftet von dem Schützenkönig Johann Heinrich Mayknecht aus dem Jahre 1798. Er ist auf der Rückseite mit seiner Frau Maria Elisabeth in zeitgenössischer Tracht im Profil dargestellt, beide halten zwischen sich ein großes brennendes Herz. Über ihnen ist ein Spruch angebracht: Ein vernünftig weib / Erfrischet des mannes Hertz. Unter dem Ehepaar sind zwei schnäbelnde Tauben dargestellt.

[1] Vgl. Hermann Hartmann, Bilder aus Westfalen. N. F. Minden 1884, S. 57: Die Schützen stellten sich an dem Festsonntage Nachmittags auf dem Marktplatze (zu Osnabrück) auf, marschierten dann unter Führung eines Chefs aus, schossen 3 Tage lang nach dem Vogel, einem hochaufgerichteten hölzernen Adler, auf dessen einzelne Theile, wie Kopf, Krone, Kranz im Schnabel, Ring, beide Krallen, beide Flügel und Schwanz, Schußpreise gesetzt waren, und hoben dasjenige ihrer Mitglieder welches das letzte Stück vom Rumpfe des Vogels herunterschoß, auf die Schultern und trugen es zur Krönung in den Saal.

[2] Westfälisches Schützenwesen. Beiträge zur Geschichte und zum Brauchtum der Schützengesellschaften. Hrsg. vom Westfälischen Heimatbund. Münster 1953. – Darin: Paul Pieper, Schützenkleinodien aus Westfalen, S. 49ff.

Liebenswert ist auch das ovale Schild aus Horstmar aus dem Jahre 1827, eine Holzschachtel andeutend, die in abrißhafter addierender Bildersprache den Beruf des Schützenkönigs B. H. Weiper unter dem eingravierten Schützenvogel andeutet. Wir sehen Tonnen, Ballen, Gewichte, Waagen, Kennzeichen eines Kaufmanns. Vergleichen wir damit das barocke Königsschild aus Arnsberg von 1658 mit dem Adler mit gekreuzten Pfeilen auf der Brust in reliefierter Ovalkartusche, das Vogel und Inschrift zu einer Einheit bindet und die Sprache der hohen Kunst des Barock in die Volkssprache der Volkskunst ummünzt. Wieder die Vereinfachung und Vergröberung eines Vorbildes, in diesem Fall eines heraldischen Motivs, von der Hand des Goldschmiedes Rusche zu Meschede[3] (Abb. 491).

Diese wenigen Beispiele zeugen für ein reiches, lebendiges Brauchtum. Westfalen steht im nord- und mitteldeutschen Raum nicht isoliert da, sondern nimmt teil an der allgemeinen Entwicklung des deutschen Schützenwesens[4].

[3] K. Féaux de Lacroix, Die Arnsberger Schützengesellschaft im Wandel der Zeiten. Arnsberg 1924.

[4] August Edelmann, Schützenwesen und Schützenfeste der deutschen Städte vom 13. bis zum 18. Jahrhundert. Eduard Pohl, München 1890.

XIV. Brauchtümliches Backwerk

Mit zu den schnellebigen, aber liebenswerten Erzeugnissen des volkstümlichen Schaffens in Westfalen gehören die Gebäcke des Landes, von der Hand der Hausfrau oder des Handwerkers, des Bäckers, geschaffen. So saßen z. B. in Gehrde (Kreis Bersenbrück)[1], in Dissen und Borgholzhausen am Teutoburger Wald Lebküchler, Honigkuchenbäcker, deren Erzeugnisse auf den Jahrmärkten weit und breit gekauft wurden. Durch Drücken, Pressen und Kneten, durch Formen, Flechten und Einschneiden des Teiges werden seit Jahrhunderten die reizvollsten Gebäcke in immer gleicher Form hergestellt. Im Jahreslauf und im Rhythmus der Jahresfeste erscheinen sie immer wieder neu. Zutiefst durch das vorherrschende Brauchtum bestimmt, stehen die genannten Gebäcke im nordwestdeutschen Raum nicht isoliert da, sondern sind Ausdruck von kulturellen Zusammenhängen, die noch nicht in allen Einzelheiten überschaubar sind.

Brotsegen

Seit jeher ist das Brot als besonderes Nahrungsmittel erkannt; was liegt näher als daß der Mensch versucht, den Segen Gottes für diese Gabe zu erflehen. So ist der Brotsegen am Karsamstag zu Attendorn, Kreis Olpe, zu verstehen, an dem die Bevölkerung mit ihrem Brot zum Priester kommt, um es segnen zu lassen (Abb. 496).

Dreitimpenbrot

Wohl das interessanteste Gebäck ist das Dreitimpenbrot[2], ein dreieckiges Gebildbrot: Timpenstuten in Neuenkirchen (Kreis Melle) und Timpken in Enger (Kreis Herford) genannt, Kruiske in Ostfriesland, Dreiback im ehemaligen Pommern, Zimpelbrot oder Knüstchen im ehemaligen Ostpreußen, ein Gebäck, das schon im Mittelalter nachweisbar ist und das uns auf Siegelstempeln und Wappen in Herford, Bielefeld, Beckum, Hamm und Menden begegnet, das weiter in Attendorn erscheint und das auf mittelalterlichen Tafelbildern und im Codex Gisle, einer Handschrift nach 1300 im Besitz des Carolinums und des Osnabrücker Doms, dargestellt ist.

Neujahrs- und Fastnachtsgebäcke

Die Fülle der Gebäckformen kann nur gestreift, ihre Verbreitung nur angedeutet werden. Zur Gruppe der Neujahrsgebäcke gehören neben dem Isenkoken mit seinen zahlreichen Mustern ein Knaufgebäck, der Neujahrsweck aus Hefeteig in Knauf- oder Zopfform im westfälischen Land: in der Grafschaft Mark wie im Rheinland bekannt, ferner die Bubenschenkel[3] im westlichen Münsterland, in der Grafschaft Mark, im Sauerland, in der gleichen Gestalt wie im Rheinland üblich. Dazu gehören auch die Rädchen, die in Hessen am Vogelsberg üblich sind. Um die Warburger Neujahrgebäcke – ein Zopf- und Knaufgebäck – würfelten in den Bäckereien an den Laustagen (Lostagen) die Stadtbewohner und die Bauern der umliegenden Ortschaften. Die Jungen erhielten sie – häufig in der respektablen Größe von einem halben Meter – von ihrem Paten als Neujahrskuchen (ähnlich Bentheim).

Das Fastnachtsgebäck, die Heißbacken oder Hedewecken oder Hedwecken oder Weggen sind über den ganzen norddeutschen Raum verbreitet[4]. Enge Verwandtschaft zeigen die Fastnachtsgebildbrote des bergisch-märkischen Raumes.

[1] W. Hardebeck, Mitteilungen des Vereins für Geschichte und Altertumskunde des Hasegaus. H. 5, Lingen 1896, S. 39: In Gehrde vor 80 bis 100 Jahren wurde die Honigkuchenbäckerei von 25 Familien betrieben. Die Gehrder Krengel waren bekannt.

[2] Karl von Spieß, Grundlinien einer Formen- und Gestaltkunde der Gebildbrote. Jahrb. f. Hist. Volkskunde, Bd. 3/4. Berlin 1934, S. 407: Zimpel, Timpenbrot, Krustchen. – Helmuth Plath, Das Dreitimpenbrot. In: Deutsche Volkskunde. München 1950. Sonderdruck S. 4 (Nr. 166 Enger), vgl. auch Karte der Verbreitung des Gebäcks. – Paul Pelshenke, Gebäck in deutschen Landen. Alfeld 1949. – Rudolf Uebe, Altmünsterisches Backwerk. Heimatblätter der Roten Erde, Bd. 4, 1925, S. 550.

[3] Vgl. Hanna Kronberger-Frentzen, Die alte Kunst der süßen Sachen. Hamburg 1959, S. 9: Eintrag aus dem Verwaltungsbuch des Zehnthofes zu Esslingen (Besitz des Domkapitels Speyer): Verzeichnis der Speisenfolge, sexto datus caseus, bubenschenkel, poma, pira nuces. – H. Schauerte, Das Brot im Glauben und Brauch des Volkes. In: Brot und Gebäck, Jg. 11, H. 1, Bochum 1957, S. 7ff. – Elisabeth Wey, Rheinische Gebildbrote. Rhein. Vierteljahresschrift 1939, Jg. 9. Bonn, S. 105–108. – Langewiesche, Sinnbilder germanischen Glaubens im Wittekindsland. Eberswalde 1935, Abb. 115: Neujahrswerk, Knaufgebäck aus Bruchmühlen.

[4] Paul Sartori, Westfälische Volkskunde. Leipzig 1929, S. 146: Wan die Frau Äbtissin (Kloster Vinnenberg) auff Fastabent Hettewege gibt, mussen die Hern, die Junffren und Layschwestern ein Weißbrot von 6 Pf. haben, die Mägde, so in die Küche und Closter dihnen ... jede einen Heyewegge für 4 Pf.

Palmsonntags- und Nikolausbackwerk

Zu den Palmsonntagsgebäcken rechnen die Vogelgebäcke im Westmünsterland, die Pillegäuschen, die Duwen (Tauben, Abb. 498 und 499), wie sie am Niederrhein genannt werden, oder Gaössien in der Grafschaft Bentheim[5]. Die gleichen Formen kennt man in den Niederlanden, unter eendjes in Utrecht oder gansjes in Overijssel oder weitenhenetjes in Friesland und schließlich auch in Hessen. Diese abstrahierten Vogelgebäcke führen die Kinder an ihren Palmpauschen mit sich herum. Man kennt im westlichen Münsterland auch die Pälmkes, die Palmräder aus Hefegebäck[6]. Die Radgebäcke zu Ostern werden besonders durch das Ostergebäck aus Lügde, Kreis Höxter, demonstriert (Abb. 497).

Besonders reizvoll ist das Nikolausgebäck[7]. Der Stutemann oder Stouenkäals im Münsterland, der Bergmann mit Tonpfeife, der Weckmann, daneben auch eine Weckfrau mit Hase oder Hahn, der Nikolaus, der Knecht Rupprecht (in Holland sinterkloas genannt, in der Wallonie bouname, bon homme de couke), der Klaskerl in der Grafschaft Bentheim, im Osnabrückischen (Abb. 501 und 502). In der Grafschaft Bentheim und in der Mark gibt es neben dem Bergmann mit der Tonpfeife einen Reiter auf einem Pferd (Abb. 500). Weniger bekannt sind die Sunnerklaus-Häänken (St. Klaus-Hähnchen). Ähnliche sehr abstrahierte Festgebäcke aus Hefekuchenteig von 15 cm Länge und 8 cm Höhe sind in Mettingen am 6. Dezember hoch geschätzt. Schließlich dürfen wir auch nicht das Martinsbrauchtum[8] vergessen, zu dem Gebäck in Gestalt von Pfeffernüssen im Süden und in Minden, Bielefeld verbreitet waren. Im niederdeutschen Bereich ganz allgemein bekannt ist der Wecken zur sogenannten Kindkeshochtit oder Kilmer, den die Eltern und Geschwister neben Lebensmitteln und dem großen Wecken – ein rechteckiges Gebäck von 8 cm Dicke – in einem Kissenbezug mitbrachten. Fassen wir zusammen: Neben allgemein niederdeutschen Erscheinungsmerkmalen lassen sich bei dem westfälischen Gebäck im Westen rheinische, im Süden und Südosten hessische Einflüsse feststellen.

[5] Georg Kip, Grafschafter Festgebäck. Jahrb. d. Heimatvereins d. Grafsch. Bentheim 1954, S. 108ff. (Duwe), S. 112 Gaössien (Gänse), Gebäck des Palmpauschenstocks. – C. van de Graft, Palmzondag. Utrecht 1939, S. 54.

[6] Vgl. Irmgard Simon, Hamaland-Museum Vreden, Vreden 1969, S. 96/97: Palmräder, Gebäck aus Hefeteig, gebacken von Bäckermeister Ruhkamp, Vreden. – Am Vorabend des Palmsonntags wird der Palmstock mit Zuckerplätzchen, Rosinen- und Backpflaumenkränzen ... behängt. Nicht alle Palmstöcke (geschälte Holundergerten) sind so reich ausgestattet, fast jeder aber hat auf seiner Spitze ein Palmrad aus Hefegebäck sitzen (vgl. Abb. ein geflochtener Kranz mit drei in der Mitte sich kreuzenden Streifen).

[7] Georg Kip, Die Symbolik des vorweihnachtlichen Brauchtums. Jahrb. d. Heimatver. d. Grafsch. Bentheim 1956, S. 4: So backen die Bäcker auch heute noch große und kleine Sünderkloaskerle ... In meiner Kinderzeit wurden Sünderkloaskerle in fast Mannsgröße herausgestellt (in mannigfacher Gestalt als Wandersmann mit dem gefüllten Sacke auf dem Rücken, als Reiter mit seinem Pferd ...). – Der Bäcker stellte auch Gebäck in Gestalt eines Hahns, eines Lebensbaums aus. – Vgl. auch Emil Böhmer, Kreis Ennepe-Ruhr, Stadt Hagen. Münster 1948, S. 59: Zu Nikolaus Klaskerle und zu Neujahr die Sonnenrädchen als Gebildbrote.

[8] Atlas der Deutschen Volkskunde. Hrsg. von Heinrich Harmjanz und Erich Röhr. Liefg. Nr. 39: Martinsbrauchtum, Gebäck zum Martinsfest.

Allgemeine Ergebnisse

Die Volkskunst Westfalens ist Angelegenheit weiter Kreise, nicht nur in ihrer Eigenschaft als Konsumenten, sondern auch als Produzenten. Sie ist Angelegenheit beider Geschlechter und verschiedener Altersstufen. Sie ist durch die Begriffe „Hausfleiß und Handwerkskunst" bestimmt wie durch die Tätigkeit einzelner schöpferisch begabter Männer oder Frauen gekennzeichnet, die in ihrer Freizeit basteln, weben, schnitzen, stricken, sticken. Es sei nur erinnert an die in Warendorf geschnitzten Krippen oder an Palmpauschen in Osterkappeln, die von einem Friseur zur Osterzeit für den Palmsonntag für die ganze Umgebung geschnitzt werden.

Handwerk und Hausfleiß als Träger der Volkskunst

Schon die Kinder[1] treten in den Umkreis der Volkskunst mit ihren Geburtstagsglückwünschen und ihren geschriebenen, gemalten und geschnittenen Neujahrsgrüßen, wie sie aus dem Fürstentum Minden, dem Artland, aus dem Volmetal in der Grafschaft Mark bekannt geworden sind. Die jungen und verliebten Menschen beschenkten sich gegenseitig mit selbstgefertigten Gegenständen, oder sie bestellten ihre Minnegeschenke beim Handwerker, kauften sie auf den Jahrmärkten. Typische Minnegeschenke waren reichgeschnitzte Ellen, bemalte Spanschachteln, Löffelbretter, Mangelhölzer, Flachsbraken, Spinnräder, Neujahrseisen, farbige Gläser[2] und vieles andere mehr. Zur Hochzeit beschenkte der junge Bauer seine Angebetete mit einer Bernsteinkette. Die Frau, das junge Mädchen, webte, strickte, stickte. Justus Möser[3] sagt einmal: „Der Knecht hat die Hälfte seines Garnes, welches er bei Feierabend gesponnen, das er in einer Grube mit Eichenlaub gefärbt ... und die Webemagd hat ihm daraus ein buntes Zeug zum Wams gemacht, zur Belohnung, daß er ihr Flachs in die Röte und wieder rausgebracht hatte."

Stoff für Kleidungsstücke und die Leibwäsche wurden im Hause gewebt. Das Leinen, in allen Abstufungen und Qualitäten, war der Stolz der Hausfrau. Das Zubereiten und Spinnen der Wolle wie das Stricken der Strümpfe waren als häusliche Arbeit selbstverständlich. Der Mann, der Vater, schnitzte Löffel, Schalen, Kumms, Schultaschen für die Kinder, bisweilen auch die Kuhjoche und Schellenbögen für Schafe, so im Siegerland. Er bastelte das Kinderspielzeug: das Schaukelpferd, das Puppenhaus.

Für den Haushalt aber waren vor allem die Handwerker des Dorfes und der Stadt tätig: Die Weber, Färber, Schneider, Töpfer, Steinmetzen, Schlosser, Schmiede, Glasmacher, Zinngießer, Goldschmiede, Gold- und Silberarbeiter, Beckenschläger, Drechsler, Tischler, Böttcher, Ziegler. Gewerbsmäßig arbeiteten Frauen als Schneiderinnen, Stickerinnen und Kappenmacherinnen; sie hatten in dem ländlichen Modeschaffen ein gewichtiges Wort mitzureden. Schließlich müssen auch die Nonnen erwähnt werden, die sich in der Trachtenstickerei einen Namen gemacht haben, so in Osnabrück die Nonnen des Gertrudenbergklosters in der Bestickung der Goldkappen.

Zentren des Volkskunstschaffens waren in der Regel die Städte wie Münster, Warendorf, Ochtrup, Lünen, Minden, Hamm, Lippstadt, Paderborn, Osnabrück, Bielefeld, Soest, Beckum, Arnsberg, Höxter, Siegen usw. Das Kulturgefälle ging im wesentlichen von der Stadt zum Lande hin. Auf den großen Märkten wurden die Bedarfsgüter des Volkes umgesetzt, und eifersüchtig wachten die Zünfte und Gilden darüber, daß ihre Marktverordnungen eingehalten, daß Störer und Berufsfremde ausgeschlossen wurden.

Möser wendet sich gegen die Ausländer, die zunächst mit einigen Stücken Kammertuch aus der Champagne und dem Lütticher Land herumschlichen, dann mit Pariser Nippes reisten. Er weiß aber auch, daß die Bielefelder Linnenhändler ohne solche Packenträger oder Kiepenkerle längst den wichtigsten Teil ihres Handels verloren haben würden. Wandernde italienische Zinngießer waren ebenso unerwünscht

[1] P. F. Weddigen, Historisch-geographisch-statistische Beschreibung der Grafschaft Ravensberg in Westphalen. Leipzig 1790, Bd. I, S. 43: Seine (des Ravensberger Bauern) Kinder werden vom 5ten Jahre an zum Spinnen angehalten und wetteifern mit Greisen in der Arbeit.

[2] Es handelt sich um farbige Überfangscheiben in Flach- und Tiefschnitt mit Blumensträußen, Vasen, Liebesmalen, die von Glasbläsern und -schleifern in Gernheim bei Minden und Teutoburg bei Bielefeld für ihre Liebsten hergestellt wurden.

[3] Justus Möser, Sämtliche Werke, Patriotische Phantasien. Bd. V, S. 186.

wie niedersächsische Töpfer aus Lauenstein. Packenträger waren letzten Endes auch die Ochtruper Töpfer, die weit im Lande herumreisten bis tief nach Holland hinein und ihre Ware verkauften. Die Handwerker in den Städten gaben den Ton zugleich auch für die Berufskollegen auf dem Lande an.

Volkskunst und Brauchtum

Volkskunst ist über den reinen Zweck hinaus gestaltetes Leben einer in Sitte und religiöser Bindung festgefügten Gemeinschaft. Sie hat ihren Niederschlag gefunden in dem Brauchtum des Lebens- und Jahreslaufes, angefangen von dem Patenzettel, dem Liebesbrief, dem Gesangbuch[4], den Minne- und Hochzeitsgeschenken, dem Brautschaff, Hochzeitsbitterstab, dem Hochzeitswagen bis zur Hochzeitskrone[5], Abendmahlskleidung, zum Totenlaken und zur Trauerhaube im Bentheimischen, die formale Unterschiede zwischen Viertel-, Halb- und Volltrauer kennt, und schließlich der Totenkrone[6]. Sie zeigt sich weiter in Fensterbierscheiben, in den Neujahrseisen und gemalten Glückwünschen, dem Nikolausgebäck, den sogenannten Klaskerls, sie offenbart sich in der Fastnachtsbritsche[7] des Münsterlandes, in den zahlreichen Palmpauschen[8], in den farbig bemalten Ostereiern des südlichen Westfalen und weiter in der Tremse oder Pfingstkrone in Bentheim und Haselünne[9].

[4] Walter Borchers, Bäuerliche Kultur und Kunst des Osnabrücker Landes. Katalog d. Städt. Museums Osnabrück 1953: Gesangbuch mit Goldpressung und Gesangbuch aus Ravensberg. Die gleiche Sitte auch in anderen deutschen Landschaften. Vgl. dazu Fritz Adler, Pommern. Deutsche Volkskunst Bd. XI, München o. J., Abb. 186.

[5] Walter Borchers, Bäuerliche Kultur und Kunst des Osnabrücker Landes, Nr. 185: Geschirr eines Hochzeitswagens aus Wehdel, dat. 1776. Ein völlig erhaltener Hochzeitswagen in Bersenbrück, Kreismuseum, Nr. 186: Hochzeitskrone, Privatbesitz Wehdel; Nr. 475: Hochzeitsbitterstab von 1797 und den Initialen H. H. A. W. (Heinrich Hermann Allewelt, 1797); Nr. 498: Brauthahl aus Averfehrden; Nr. 160, 161: Wöchnerinnenschüssel (Zinn) aus dem Artland. – Rudolf Uebe, Westfalen. Deutsche Volkskunst, Bd. IX. Weimar 1927, Abb. 203: Brauttracht Lauenhagen, Kreis Schaumburg. – Martha Bringemeier, Schaumburg-Lippe. In: Trachtenleben in Deutschland. Berlin 1958, Abb. 69: Bauernmädchen als Brautjungfer. – Adolf Clarenbach, Der Kreis Soest. Münster 1947, S. 53: Die in der Kirche aufbewahrte Brautkrone aus Goldfiligran erinnert an den volkskundlich bemerkenswerten Brauch, daß bis vor 100 Jahren die Bräute zu ihrem Ehrentage sich mit dieser von der Kirche zu entleihenden Krone schmückten. Vgl. dazu Martha Bringemeier, Brautkronen im Münsterland. Rhein.-Westf. Zeitschr. f. Volkskunde Bd. XIV 1967, S. 73–82.

[6] Georg Kip, Das Totenlaken. Der Gebrauch des schwarzen Leichentuchs. Jahrb. d. Heimatver. d. Grafsch. Bentheim 1957, S. 33: Leichentuch mit eingesticktem Namen des Verstorbenen.

[7] H. Tümpel, Von Britschenbrettern und vom Britschenschlagen. Zeitschr. d. Ver. f. rhein. u. westf. Volkskunde 10, 1913,S. 103–106. – Franz Krins, Britzelbretter und Britzen. Zeitschr. Westfalen 24. Bd. 1939. S. 203–207.

[8] Die Sitte des Palmpauschens örtlich stark differenziert. Der Palmpauscherstock, ein gekrüllter (gespänter) Weiden-, Hasel- und Wacholderstab, einfach oder dreigeteilt, mit Buchsbaumbüscheln, Backwerk, Äpfeln, buntem Papier usw. hat in Westfalen verschiedenes Aussehen. – Vgl. ferner Herbert Schlenger, Die Sachgüter im Atlas der Deutschen Volkskunde. Berlin 1934, S. 383: Der Palmbusch. An Hand der Verbreitungskarte sind 2 Formengruppen zu unterscheiden: eine Kleinform von Sträußen mit Kreuz, Stern, Kugel, herzförmig angeordnetem Kranz oder gebundenen Zweigen, dann eine Großform 75 x 100 cm hoch, mit Büschen und Sträußen auf Stangen. Die Kleinformen waren im Rheinland und östlichen Westfalen, Eichsfeld, Maingebiet, Schlesien; die Großformen im Münsterland und Osnabrücker Land, Sauerland, Hessen, kath. Enklaven: Baden, Schwaben, Bayern verbreitet. – Vgl. dazu Palmpauschen in Frankreich. Joan Amades, Les branches et palmes décorés du dimanche des rameaux. Catalogue „Arts et traditions populaire". Paris 1953, S. 150–57, Fig. 2–3.

[9] Franz Krins, Tremse und Pfingstkronen im niederdeutsch-niederländischen Raum. Zeitschr. Westfalen 23. Bd. 1938, S. 290.Der Tremse ähnliche zum Teil gleiche Kronen sind im nordwestdeutschen Raum, vor allem aber in den angrenzenden Niederlanden unter dem Namen Pfingstkrone bekannt. In Haselünne ist die Feier des Pingstekrönchens mit dem Umzug der Pingstebrut verbunden. Die Pfingstkrone in Bentheim besteht genau so wie die Tremse in der Hauptsache aus ausgeblasenen Eiern. Vgl. dazu: Jan de Vries, Het Volksgeloof. In: Jan de Vries, Volk van Nederland, S. 221: De Pinksterkroon. – Dietmar Sauermann, Das Lambertusfest und verwandte Bräuche. Rhein.-Westf. Zeitschr. f. Volkskunde Bd. XV 1968, S. 111: Pfingstkranz und Pfingstkrone, Abb. 1: Lambertuspyramide aus Münster 1958; Abb. 2: Pfingstenkranz aus Oelde 1960; Abb. 3: Reigen um den Pfingstenkranz 1960; Abb. 4: Reigen unter der Tremse in Borken 1966; Abb. 5: Tremse in Borken 1957.

Hochzeitsbitterstab, Weissdorn mit den Initialen H. H. A. W. (Heinrich Hermann Allewelt) dat. 1797, aus Döhren, Kreis Melle. Privatbesitz

Sie kündigt sich ebenso an in den getischlerten und geschnitzten, farbig bemalten Papageien, Adlern, Tauben der Schützen[10], die jedes Jahr nach altem Vorbild aufs neue erstehen und immer wieder abgeschossen werden.

Sie zeigt sich in dem Erntehahn des Lipper Landes[11], des Delbrücker Landes und des Kreises Warburg. Volkskunstdenkmäler sind die weihnachtlichen Tunscheren des Hümmling[12] oder das Kinderspielzeug, das Vater oder Mutter arbeiten und zu Weihnachten auf den Gabentisch legen.

Tunschere aus Restrup, Kreis Bersenbrück, 20. Jahrhundert. Städtisches Museum Osnabrück
Gabelkreuz aus entrindetem Weidenholz mit langherabfallenden Splissen, die auf der Vorder- und Rückseite wirbelförmig gebunden und mit Kerzen und Kugeln geschmückt sind. Es wurde am Vorabend des Dreikönigstages in den Flur oder in die Tür gestellt. Man entfernte sich mit dem Ruf: „Tunschere, Tunschere", wurde gejagt, eingefangen, ins Haus gebracht und bewirtet. Brauch aus dem nördlichen Kreis Bersenbrück, dem Emsland und dem Oldenburger Münsterland.

[10] Joseph Prinz, Aus der älteren Geschichte des westfälischen Schützenwesens. Westfälisches Schützenwesen, Beiträge zur Geschichte und zum Brauchtum der Schützengesellschaften in Westfalen. Münster 1953, S. 17: Dortmunder Chronik von Dietrich Westhoff: In dessem jaer (1378) wort der armborstes schütten selschop ... ein ordnung gemakt ... und wer den papegoien afschot, dem gaf de raet ein guet armborst. S. 7: Im Fürstentum Münster wurde im 16. Jahrhundert offensichtlich in jeder Bauerschaft nach dem Vogel geschossen. – Ebda. vgl. auch Wilhelm Brockpähler, Brauchtum der westfälischen Schützengesellschaften, S. 27: Vom Vogelschießen hören wir z. B. 1368 in Dortmund, 1447 in Münster, 1449 in Rheine und Siegen, 1500 in Recklinghausen.
Max von Spiessen, Tante Kläres Raritäten nach einer alten Hauschronik von 1604: Dülmen, Vogelschießen auf St. Johann Baptist. Vor denen Musicis dem gesammten Zuge voraus schritt ein feiner Knabe in reicher Tracht. Der trüge auf einer kurzen Stangen den Schützenvogel oder Papagoyen, aus Torf ganz kunstvoll geschnitzt und mit bunten Farben prächtig bemalt. – A. Geck, Topographisch-historisch-statistische Beschreibung der Stadt Soest und der Soester Börde. Soest 1825, S. 102: Fast in jedem Dorf ist das Fest des Vogel- und Scheibenschießens üblich. – Vgl. dazu Holländische Verhältnisse. D. J. van der Ven, Silbertrachten und Schmuck der holländischen Pfingstbräute und Schützenkönige, S. 153ff. – Siehe auch Albert Marinus, Le folklore belge. Bruxelles 1939, S. 226: Schützengilden, Abb. 257–61: Schützenkleinodien.

[11] August Meier-Böke, Das Erntebrauchtum in Lippe. Mitt. aus der Lippischen Geschichte und Landeskunde Bd. 23, 1954, S. 258: Schon Wochen vor dem großen Tag holen die Mägde Hagebutten ein, pusten die Eier aus, reihen sie auf Bindfäden, hängen sie als Ketten unter den Holzhahn, den der Großknecht oder ein sonst dazu Begabter nach Feierabend oder während der Mittagssonne geschnitzt, angemalt und hier und da mit rückwärtigen Schwungfedern, arteigenen, echten oder solchen von Pfauen oder Puten (Schmedissen, Gr. Marpe ...) versehen hat. Meist erhebt er sich über zwei rechtwinklig sich kreuzenden Eichen-, Hülsen-, Tannen- oder Buchsbaumkränzen (ähnlich der Richtkrone bei Neubauten). Die Senner, die meist nur einen Kranz verwenden, verzierten die Kreisflächen, wie die benachbarten Delbrücker, mit Herz oder Zifferblatt.

[12] Maria Schlump, Wepelraut und Tunschere. Die Kunde. Jg. 4 Nr. 8/9 1936, S. 154: 31. Dezember Wepelrautenabend, d. 5. Januar Tunscherenabend. 4 Arten der Tunschere. In Grafeld, Bersenbrück, Lingen geweißte Weidenstäbe, von denen mit einem scharfen Messer Fasern abgezogen werden, die sich krüllen. Im Hümmling, Emsland, Oldenburger Land die Bogentunschere. In den Kirchspielen Löningen, Essen vielfältige Formen. Im Saterland werden die Geschenke mit der Tunschere identifiziert. Verbreitungsgrenze bildet der Regierungsbezirk Osnabrück, das Saterland, die Oldenburgischen Ämter Friesoythe und Cloppenburg. Große Moore bilden hier eine politische Grenze, die auch Konfessionsgrenze ist. Die südliche Grenze wird durch die Kreise Lingen und Bersenbrück bestimmt.

Besondere Leistungen der westfälischen Volkskunst

Die westfälische Volkskunstgeschichte kann auf viele Denkmäler aufmerksam machen, die zwar nicht für den westfälischen Raum allein zu belegen, aber als besondere Leistungen zu werten sind, wie der westfälische Goldschmuck, die Münsterländer Tellerhauben, die Osnabrücker Goldkappen, die geschnitzten und bemalten Möbel im nördlichen und östlichen Westfalen, die Glasschränke des Rokoko in der Grafschaft Mark, die schmiedeeisernen Wendebäume und Hahls im nordwestlichen Westfalen, das Herdgewände aus Baumberger Sandstein, die münsterländischen Britzelbretter, die Iserlohner Messingdosen. Ganz besonders zu erwähnen sind die westfälischen Hungertücher, die sauerländischen und paderbornischen Heiligenpöstkes, die silbernen Votivgaben, insbesondere des Münsterlandes. Natürlich dürfen die vielen reizvollen Fensterbierscheiben, die Zinngeräte, Kalt- und Wöchnerinnenschalen nördlich des Hellwegs nicht fehlen, ebenso wenig die Siegener und Wittgensteiner Tierjoche und die Siegener Herd- und Ofenplatten. Bewundernswert aber sind die holzgeschnitzten und bemalten, mehrere Jahrhunderte alten Eingangspforten der Häuser mit ihrem Spruchgut, den profanen und christlichen Symbolen im nordöstlichen Westfalen. Nur einige Erscheinungen sind herausgegriffen als Beispiele eines viele Jahrhunderte alten Schaffens, das im wesentlichen zum Erliegen gekommen ist, das Mutterboden und Ergänzung der hohen Kunst und wieder befruchtet und bereichert von der gleichen hohen Kunst, nachschaffend und zugleich umformend in Erscheinung getreten ist.

Einfuhr- und

Ein Vergleich der in den westfälischen Raum eingeführten Volkskunstgüter mit den ausgeführten Warengruppen zeigt auf der Importliste die anspruchsvolleren Güter und die feineren Qualitäten.

Eingeführt wurden z. B. Möbel aus Holland und dem bergischen Raum, Uhren aus dem Schwarzwald, aus Friesland und Amerika, Seiden, Samt, Tuche und Spitzen aus den westeuropäischen Ländern und dem Rheinland; desgleichen Tuche, Flanelle, Kattun, Posamenten- und Galanteriewaren aus Thüringen und Sachsen, Silber- und Goldschmuck aus Friesland und Holland, Kaminplatten aus Hessen und Niedersachsen, Gläser und Irdenware vorwiegend aus den südlichen Nachbarländern, aber auch aus Holland und Holstein (Kellinghusener Fayencen), Kacheln aus Holland, Messing- und Zinnwaren sowie die kunstvollen Hinterglasmalereien, Andachtsbilder oder die phantasievoll bemalten Spanschachteln vor allem aus dem süddeutschen Raum oder den Rheinlanden. Diese Aufzählung, die keinen Anspruch auf Vollständigkeit erheben kann, wirft ein Licht auf die Bedürfnisse des steigenden Wohlstandes im Lande, während eine Zusammenstellung der Volkskunstgüter, die zur Ausfuhr gelangten, erkennen läßt, daß Westfalen trotz der großen wirtschaftlichen Bedeutung mancher, bis zur industriellen Fertigung entwickelten Handwerkszweige, wie etwa der Textil- und der Eisenerzeugung, eine besondere Position in der Herstellung und im Export künstlerisch gestalteter Produkte nicht zu erringen vermochte.

Ausfuhr von Volkskunstgütern

Bei der Ausfuhr überwogen mengenmäßig die einfachen Erzeugnisse des Leinen- und Wollgewerbes aus Nordwestfalen und die Halbfertigfabrikate und Gebrauchsgeräte der Eisenindustrie des südwestfälischen Gebirgsraumes wie etwa die Olper Pfannen, Töpfe und Kessel. Kunstreiche Qualitätswaren, deren Export nachweisbar ist, waren bei der Textilerzeugung die feinen Leinen-, Baumwoll- und Damastgewebe des Ravensberger und Lipper Landes sowie des östlichen Münsterlandes, die Iserlohner Seidentücher und die Band- und Siamosenwebwaren aus dem Gebiet zwischen Ruhr und Enneper Straße. Bei der Eisenindustrie stellten die Siegener und Altenbekener Herd- und Ofenplatten Produkte von künstlerischem Wert dar, die ausgeführt wurden. Im holzverarbeitenden Handwerk trat Minden-Ravensberg, angeregt durch den Bedarf seines Textilhandwerks, mit einer großen Produktion von z. T. kunstvoll verzierten Spinn- und Webgeräten hervor, Sauerland und Wittgensteiner Land mit den in Heimarbeit gefertigten einfachen Schüsseln, Tellern und Löffeln. Auch die Emsdettener Wannen aus dem Münsterland gingen als Spezialerzeugnis weit über die Grenzen des Landes. Bei der Produktion der Glashütten des Weserberglandes oder bei den Ochtruper, Alfhausener und Natrup-Hagener Töpferwaren, die in den Nachbarländern gehandelt wurden, überwogen ebenfalls einfachere Formen und rustikaler Zuschnitt. Nur die Glasmaler von Bramsche und die Töpfer von Ochtrup erhoben sich mit phantasievolleren Gestaltungen über den Durchschnitt der Gebrauchswaren. Auch die malerischen Fensterbierscheiben

Nordwestfalens, die zuweilen künstlerische Qualität erreichten, erfreuten sich in den Nachbarlandschaften großer Beliebtheit. Örtliche Sonderproduktionen von z. T. hohem künstlerischem Wert waren die Iserlohner Schnupftabaksdosen, die, wie auch die Lemgoer Meerschaumpfeifen, weithin exportiert worden sind. Durch Packenträger wurden die fremden Erzeugnisse, häufig sehr schlechte Produkte, von auswärts eingeführt. Möser schreibt in seiner Klage wider die Packenträger: „Die Packenträger sind der Verderb des ganzen Landes, wie mancher Viehmagd kroch ehedem ihr braunes Haar unter einer mit Schraubschnur eingefaßten Mütze vor, die der Packenträger erst zu Lyoner Gold, drauf zu Kanten und zuletzt wohl gar zu Spitzen verführet hat? Kurz, der Packenträger ist der Modekrämer der Landwirtinnen und verführt sie zu Dingen, woran sie ohne ihn niemals gedacht haben würden."[13]

Packenträger, Hausierhandel

Es entwickelten sich Hausiererfamilien, die Tödden[14], die durch ganz Europa zogen und häufig die Gründer der großen Handelshäuser wurden. Wir denken nur an die Tödden in Mettingen und Hopsten, Kreis Tecklenburg. Die Tödden und die Hicken[15] aus dem Siegerland handelten mit heimischen Volkskunstwaren in vielen Ländern Europas.

Das gilt auch für die vielen Fuhr- und Handelsleute und Hausierer, die Pottkrämer des Sauerlandes, der Grafschaft Wittgenstein mit ihren Holz- und Eisenwaren, die Strumpfhändler nördlich der Lippe. Berühmt waren die Kiepenträger, die Ochtruper Töpfer, die Bielefelder Leinenkiepenträger, die Glashausierer aus dem Paderbornischen und Lippischen sowie Wanderhandwerker, wie die Ziegelgänger des Lipper Landes, die reine Saisonarbeiter waren. Wo die Bodenverhältnisse nur ein Leben in Armut gestatteten, zogen die Handwerker weit in die Lande. Das gilt für die Olper Pannenklopper, für die Schnitzer der waldreichen Grafschaft Wittgenstein, die diese Kunst als Hausfleiß betrieben, das gilt auch für die Emsdettener Wannenmacher und -flicker[16]. Dort, wo die Händler, Hausierer, Fuhrleute sich

[13] Justus Mösers sämtliche Werke. Abt. II Patriotische Phantasien und Zugehöriges. Hamburg 1956, Bd. 8, S. 113: Noch etwas gegen die Packen- und Bundträger. Die Ausheimischen, so aus anderer Herren Länder in diesem Stifte (Osnabrück) hausieren, lassen sich füglich in folgende Klassen teilen als: 1) Die, so ... mit genähten Hosen, Handschuhen, schwarzen und gelben, gestickten und ungestickten, herumgehen. Es kommen davon 6 aus dem kölnischen Sauerlande ... 3) Die mit Schneidemessern, Sensen, großen Sicheln, womit man an vielen Orten im Stifte das Getreide schneidet. Auch diese Leute kommen aus dem kölnischen Sauerlande, an der Zahl 20 ... 4) Die mit leinen Strümpfen, deren sind 6 aus Mettingen, Recke etc. 5) Die mit gemeinen groben wollenen Strümpfen für Kinder und Erwachsene herumgehen. Diese kommen, 20 an der Zahl, aus dem Amte Kloppenburg und Vechte, Hochstifts Münster ... 6) Die mit allerhand gemeinen kurzen Waren herumgehen, als Messern, Scheren, metallenen Knöpfen, Schnallen, Brillen, seidenem und leinenem Bandwerk, Spiegeln, Bohrern, Pfeifenköpfen und Röhren, Kämmen, Schnupftabaksdosen etc. aus Mettingen, Recke, Schapen und Beesten kommen davon 25. 7) Thüringer, Bayern etc., die ihre Waren in großen Dosen herumtragen, mit allerhand feinen kurzen Galanteriewaren als seiden Band, samtene Mannsmützen, Messer, Hemdeknöpfe, Garniturknöpfe, Schermessern, Scheren, Spiegel, dänische Manns- und Frauenhandschuhe etc. handeln. Deren sind 6 ... 8) Die mit allerhand feinen wollenen, auch baumwollenen Mützen und Strümpfen, seidenen Hals- und Taschentüchern, feinen Leinewand, Kanefasse, Manns- und Frauenhandschuhe handeln; dergleichen kommen 16 aus Mettingen, Recke, Schapen und Beesten. 9) Sachsen, Böhmen, Thüringer, Bayern, Tyroler, die ihren Karren meistenteils selbst schieben und selten fahren lassen, handeln mit allerhand großen und kleinen feinen Galanteriewaren, mit wollen und seiden Stoffen, feinen, auch seidenen Strümpfen und Tüchern, allerhand Manns- und Frauenhandschuhen, Halstüchern, Chaberaquen, gemachten Blumen, Hosenzeugen, gewebten Hosen, seiden und wollenen Westen, Kanefasse, Nesseltuch, Manschetten.

[14] Anita Nemitz, Ein Töddengeschäftsbuch. Nürnberg 1936, Nürnberger Beiträge zu den Wirtschafts- und Sozialwissenschaften. H. 58, S. 14: Die Handelsobjekte der Tödden bildeten allerlei Webwaren, Garne, Litzen, umsponnene Knöpfe und die sogenannten Kniefkes (Messer aus Raseneisentein). Doch am berühmtesten sind die Tödden wohl durch den Vertrieb der Leinwand geworden. – Vgl. P. F. Weddigen, Westphälisches Magazin 4. Bd. 1788, S. 55ff.: Ein Großhändler beschäftigt 200–300 Packträger, die durch Deutschland, Ost- und Nordeuropa gehen. – Ebenso Hubert Rickelmann, Die Tüötten in ihrem Handel und Wandel und die Wolle- und Leinenerzeugung im Tecklenburger Land. Ibbenbüren 1961.

[15] Karl Wilhelm Dahm, Voem Hickeground on voe de Hicke. Siegerländer Heimatkalender 1957, S. 34: Die von allen ihren Nachbarn durch Leibesgestalt, Kleidung und Dialekt und Lebensart noch immer sich auszeichnenden Bewohner des Hickengrundes, einer wahrscheinlich aus einer entfernten Gegend eingewanderten Kolonie, müssen sich schon seit alten Zeiten wie noch jetzt mit Fuhrwesen und Handel genährt haben. S. 37: Fuhrleute und Händler waren die Hicken über ein halbes Jahrtausend. Wer nicht wenigstens einmal mit zur Leipziger Messe gefahren war und wer nicht mindestens einmal in Holland mit Hopfen und Getreide gehandelt habe, galt nicht als ein rechter Hick.

[16] Kornwannen sind große, flache, aus Weiden geflochtene und mit zwei Henkeln ausgestattete, zum Rand hin hochgebogene Schwingen. Das Material sind in der Regel gespaltene Haselnuß- oder Weidenzweige.

massierten – wir denken an das Sauerland, an Winterberg –, konnte es nicht zur Bildung eines bäuerlichen Landschaftsstils kommen[17].

Volkskunst in Wohnung, Kleidung

Der Reichtum des Bodens führte zu einer stärkeren Repräsentation, gestattete im Ravensberger Land, im Artland, ebenso in der Soester Börde, in den ehemaligen Ämtern Beckum, Wolbeck, Stromberg, Neubeckum, Ennigerloh und auf den großen Höfen im Nordosten des Kreises Coesfeld, teilweise im Osnabrücker und Münsterland Wohnverhältnisse und eine Wohnkultur zu schaffen, die an bürgerliche Maßstäbe heranreichte oder sie gar übertrumpfte, wie im Artlande oder auf den Sattelmeierhöfen um Enger.

Der Reichtum des Bodens führte auch zu einer Übersteigerung im Formalen und Dekorativen. Das gilt für die imposanten Möbel des Ravensberger Landes, das gilt für die Schaumburg-Mindener Trachten. Typisch sind die überreichen Stickereien, die hypergroßen Schmuckstücke, die silbernen Brustplatten oder riesigen Bernsteinketten. Das gilt ebenso für die kostbaren Stoffe der Soester Börde, andererseits für die üppig geschnitzten Toreingänge im Herfordischen.

und Arbeitsgerät

Die Volkskunst umfaßt zu einem gewichtigen Teil auch zweckgebundene Gebrauchskunst, also Arbeitsgerät, das nicht nur durch seine Form, sondern auch durch seine dekorative Behandlung auffällt. Unter der Menge des anfallenden Materials sollen nur einige Beispiele ausgewählt werden: Wir erwähnen den Ablegestock[18] zum Aufnehmen des Kornes mit verziertem, ein wenig gekrümmtem Holzstiel mit Eisenhaken aus dem Oldenburger und westlichen Münsterland. Wir denken an Schwingböcke mit Pferdeköpfen aus dem östlichen Westfalen[19], an Haspeln mit Uhrwerk, auch Knackhaspeln genannt, aus der Umgebung von Lübbecke, Herford und dem Lippischen, an Spinnräder aus dem Münster- und Osnabrücker Land. Einzigartig ist ein Spinnrad in Gestalt eines Rehs aus dem 19. Jahrhundert im Museum zu Soest[20]. Wir erwähnen die geschnitzten und bemalten Flachshecheln im Ravensbergischen, im Osnabrücker Land, mit einfachen Kreisornamenten verziert und farbig bemalt. Wir denken an die verzierten Webstühle[21] um Dortmund, im Münsterland, im Artland und Lipper Land. Erwähnt werden müssen Waschklopfhölzer mit Kerbschnittmusterung aus dem westlichen Münsterland und dem Mindischen. Auf Mangelbretter[22] müssen wir noch hinweisen (Beispiel aus Enger aus dem Jahre 1714). Auch so kleine Geräte wie Webeschiffchen sind mit geometrischen und Tiermotiven in Punziertechnik geschmückt. Hobel (Beispiele in den Museen Vreden, Ramsdorf, Bentheim, Osnabrück), Hobelbänke, Häckelschneidladen (Burg Altena) entbehren nicht des künstlerischen Schmucks. Hackmesser sind gleichfalls verziert. Das Siegener Museum bewahrt ein solches reich graviertes Messer auf mit der Darstellung einer Kuh und dem Spruch: „Wer will Frikandellen kauen, muß das Fleisch mit mir zerhauen, Anno 1804."

Ja, auch Nußknacker unterliegen diesem Gestaltungstrieb wie in vielen anderen deutschen Landschaften. Das Museum Minden besitzt ein solches Beispiel aus dem 19. Jahrhundert. Gewichtige technische Denkmäler wie Käsepressen und Grützmühlen, Wachspressen, Windmacher sind ebenso künstlerisch gestaltet worden. Beispiele befinden sich im Emschertal-Museum in Herne und im Kreismuseum Bersenbrück, vor allem aber im Lippischen Landesmuseum Detmold. Hier sind eine Käsepresse von 1795, eine Grützmühle von 1798 und eine Wachspresse von 1841 vorhanden. Zweckmäßiges Denken,

[17] Josef Rüther, Heimatgeschichte des Landkreises Brilon. Münster 1956, S. 164: Voigt von Elspe weiß um 1700 vom Handel und der Umgegend zu erzählen, daß die Bewohner „seindt hölzerne Jubilierer gewesen und haben mit hölzerne wahre gehandelt und sich dieser gestalt ernehrt".

[18] Annemarie Wurmbach, Erntegerät und Erntebrauch in Westfalen. Münster 1956, S. 13: Ablegestock.

[19] Eduard Schoneweg, Das Leinengewerbe in der Grafschaft Ravensberg. Ein Beitrag zur niederdeutschen Volks- und Altertumskunde. Bielefeld 1923, Abb. 10 links: Schwingböcke aus Unshausen, Kreis Melsungen, mit Pferdekopf, Abb. 23: Haspel mit Zeiger, S. 68: Brauthaspel, dazu vgl. Abb. 23.

[20] Rudolf Uebe, Westfalen. Deutsche Volkskunst, Abb. 77.

[21] Im Dortmunder Museum verzierte Webstühle von 1670 vorhanden.

[22] Eduard Schoneweg, Das Leinengewerbe in der Grafschaft Ravensberg, Abb. 54: Mangelbrett aus Enger von 1714 sowie geschnitzter und gedrechselter Glättestock aus dem Schaumburg-Lippischen.

künstlerische Gestaltungskraft vereinigen sich in diesem technischen Gerät. Der Besitzerstolz kündigt sich durch Anbringen von Namen und Jahreszahlen an.

Die Beispiele zeigen uns, daß der Westfale in dem Arbeitsgerät mehr als nur den reinen Zweckgegenstand sieht, daß er mit dem Begriff des Nützlichen das rein Künstlerische verbindet. Ratio und künstlerische Phantasie, wenn auch bescheiden und häufig versteckt, gehen hier eine Ehe ein.

Motive und Symbole

Das Thema Symbol- und Sinnbildforschung, das in früheren Jahren einseitig im Sinne des Germanischen immer wieder Gegenstand einer pseudowissenschaftlichen Betrachtung wurde, hat für Westfalen eine erhebliche Bedeutung. Bedauerlicherweise gibt es immer noch keine Ikonographie der Volkskunst. Hier gilt es, urzeitliches und zeitliches, urtümliches, antikisch-mythologisches und christliches Motivgut genau zu bestimmen. Es ist allgemein bekannt, daß urtümliche Zeichen, wie Fünf-Sechs-Acht-Sterne, Rosetten, Wirbelräder, Rauten, Zickzackbänder, Bandverschlingungen, Spiralen, Sonnen, neben den von der Stilkunst geprägten Formelementen, wie gotisches Falt- oder Renaissance-Beschlagwerk, Rocaillen des Rokoko oder klassizistisches Mäanderornament, einhergehen. Zweifellos gibt es Stufen der Gestaltung, die vom reinen Ornament zum symbolgeladenen Zeichen und weiter zum Motiv führen.

Wie überall kommen in Westfalen profane, pflanzlich-figürliche, der Natur entlehnte (Herz, Baum, Tulpe, Paarvogel, Hirsch) allegorische und abstrakte sowie religiöse Schmuckformen vor.

Ikonographie

Das Alte und das Neue Testament mit den Themen: Adam und Eva und der Sündenfall, die Vertreibung aus dem Paradies, Josua und Kaleb mit der Weintraube, Christus und die Samariterin am Brunnen, Christus am Kreuz, die Pietàdarstellung, die Leidensmerkmale Christi, Christi Auferstehung, das himmlische Jerusalem und weiter christlich-allegorische Motive, wie das Auge Gottes, Anker, Kreuz und Kelch, das Lamm Gottes, der Schmetterling als Symbol des Todes, die rinnende Sanduhr, das flammende durchbohrte Herz, der Totenschädel, die gekreuzten Palmen, Christus- und Marienmonogramme sind immer wieder in den Jahrhunderten beliebte ikonographische Themen. Neben der Muttergottes, den Aposteln und Evangelisten sind besondere Heiligengestalten wie Josef, Nikolaus, Anna, Agatha, Liborius, Antonius, Joh. v. Nepomuk, Ludger für das katholische Westfalenland typisch. Profane heraldische Motive: die lippische Rose, der Sternberger Stern, das Osnabrücker Rad, der preußische Adler, daneben Handwerkszeichen und Embleme spielen eine gewisse Rolle. Geschichtliche Ereignisse aus dem Siebenjährigen Krieg, figürliche Motive aus dem Berufsleben der Soldaten, der Bauern, der Handwerker auf Tabaksdosen, Fensterbierscheiben, Aushängeschilden, Schützenschilden, Pfefferkuchenformen bereichern den Motivschatz. Ereignisse aus dem menschlichen Leben, wie Hochzeit, Hausbau, werden in das Bildprogramm einbezogen[23].

Bestimmte Blumen sind über das rein allegorisch-heraldische Moment beliebt. Die Nelke ist eine Heilpflanze[24] und hat apotropäischen Charakter. Sie erscheint eben nicht nur auf Hochzeitsbildern der hohen Kunst, sondern auch auf Denkmälern der Volkskunst. Vergessen wir nicht die Sonnenblume, die Lilie, Tulpe und Rose. Ein bekanntes und beliebtes Motiv ist das Lebensbaummotiv. Die sprießende Pflanze, Herz und paarige Vögel vereinigen sich zu einem Bildzeichen.

Es gibt bestimmte Bildvorlagen aus dem Brauchtum, die petrefaktengleich über längere Zeiten und Strecken erscheinen, so z. B. die Begrüßungsszene[25] mit dem Kredenzen eines Trunks durch eine Dame, die einem Reiter einen Becher reicht, oder der auf einem Pferd einherstürmende und wild in die Luft schießende Kavalier.

Die verschiedensten Tiere: Löwe, Hirsch, Eber, Storch, Pfau, Hahn, Pelikan, Adler treten auf, so der Delphin, der Drache, in der Renaissance-Kunst ein beliebtes Motiv, der Schmetterling, Symbol des

[23] Albert Walzer, Liebeskutsche, Reitersmann, Nikolaus und Kinderbringer. Volkstümlicher Bilderschatz auf Gebäckmodeln, in der Graphik und Keramik. Stuttgart 1963, S. 17, 29, 101, 167.

[24] Heinrich Marzell, Geschichte und Volkskunde der deutschen Heilpflanzen. Stuttgart 1938, S. 139ff.

[25] Wilhelm Schmitz-Veltin, Volkskunst und Brauchtum an niederrheinischen Hochzeitsschüsseln. Volkswerk. Jahrb. d. Staatl. Mus. f. Deutsche Volkskunde. Berlin 1942, S. 54.

ewigen Lebens, der Auferstehung auf Grabmälern des 19. Jahrhunderts, und viele andere. Der Doppelvogel, der Doppelhirsch sind häufige Bildvorlagen. Teile des menschlichen Körpers, wie Gesicht, Hände, Füße, Herz, spielen als Bildelemente gleichfalls eine Rolle. Nicht immer dürften wir diesen Bildzeichen symbolische Bedeutung unterlegen, sie sind häufig nur schmückendes, rein dekoratives Beiwerk. In Verbindung mit Minnegaben erhalten Baumdarstellungen als Lebenssinnbilder wohl eine gewichtige Bedeutung[26]. Hirsche auf Schüsseln, auf Klemmeisen oder Iserkoken, die ebenfalls Minnegaben waren, müssen wohl als Sinnbilder männlicher Lebenskraft gedeutet werden. Ebenso dürften wohl Eber- und Hahngebäcke, aus Modeln geformt, wie der Erntehahn im Lippischen, auf Fruchtbarkeitsvorstellungen beruhen.

Historische Ereignisse und Embleme auf Damasten, Messingdosen, Zinntellern und Pfefferkuchenformen sind sehr selten. Beliebt ist das Porträt Friedrichs des Großen. Seine Soldaten treten nicht nur auf Iserlohner Dosen in Erscheinung, sondern sind sogar auf Wandklappbetten des Sattelmeierhofes zur Müdehorst in Niederdornberg (Landkreis Bielefeld) im Relief geschnitzt zu sehen. Merkwürdigerweise erscheinen niemals Porträts oder Gestalten bedeutender westfälischer Männer oder Frauen.

Pflanzen und Tiere, Architekturmotive, naturalistisch und abstrahiert, sind recht häufig. Es ist klar, daß viele dieser ikonographischen Themen in ihrer Bedeutung, Herkunft und Geschichte nur in Verbindung mit dem Gerät oder Gegenstand, seinem Material und seiner Technik bestimmt werden können. Das gilt z. B. für die Sticktücher.

Das Blütenvasenmotiv, der Lebensbaum mit den paarigen Vögeln, auf koptischen Gewändern überliefert, wird erst durch italienische und süddeutsche Vorlagen-Stickmusterbücher wie überall in Europa so auch in Westfalen bekannt. Das gleiche gilt für Pfauen- und Schwanenmotive[27], letzten Endes auch für den Schriftenschmuck, für das Inschriftwesen der bäuerlichen Eingangspforten, die ohne Vorlagenbücher gar nicht verständlich wären.

Pflanzenmotive, wie die Tulpe, die persisch-indische Palmette, die Medaillon- und Rosenmotive, sind exotischer Herkunft. Die Tulpe, nach Gebhard 1559 zum ersten Mal aus Konstantinopel in Augsburg eingeführt, wurde in der Stick- wie Malkunst durch Vorlagebücher eingeführt. Die Tulpomanie der holländischen Kolonialherren im 2. Drittel des 17. Jahrhunderts ergriff alle Schichten und sorgte für die weiteste Verbreitung. Ein anderes Motiv, aus dem Tierreich genommen, wie der Delphin, wird in der Zeit der Renaissance und des Barock aus der Antike entlehnt, als Freund der Menschen, Retter der Schiffbrüchigen, Führer ins Totenreich und später als Symbol Christi und der Christen immer wieder in der Volkskunst dargestellt. Wir brauchen nur an die holländischen Kaminplatten, an Artländer Truhen zu denken.

Zurücktretendes Bildgut

Es ergeben sich weitere Fragen, wo sind die Grenzen der Aufnahmefähigkeit des Bildguts in dem Land Westfalen, was absorbiert die westfälische Volkskunst an Bildthemen, z. B. im Vergleich mit anderen deutschen Landschaften? Diese Fragen sind schwer zu beantworten. Es ist nur die Tatsache zu betonen, daß die Beziehungen zur Antike, zum vorderen Orient, Ostasien nur zweitrangig waren, daß sie nur über Vorlagebücher oder andere Mittlerinstanzen gingen. Es ist klar, daß die künstlerische

[26] Vgl. dazu Ernst Otto Thiele, Sinnbild und Brauchtum. Potsdam 1937 S. 43, weiter Karl von Spiess, Bauernkunst. Ihre Art und ihr Sinn. Berlin 1943. – Christian Rubi, Berner Bauernmalerei aus 3 Jahrhunderten. Bern 1948, S. 17 (Tulpen, Nelken, Sternblumen) und schließlich Ingeborg Wittichen, Der Hirsch. Lieblingsmotive niedersächsischer Volkskunst. Katalog Bomann-Museum Celle 1957. – Dieselbe, Das Pferd. Bomann-Museum Celle 1960. – Vgl. dazu T. Gebhard, Die volkstümliche Möbelmalerei in Altbayern. München 1937, S. 29.

[27] Vgl. Petra Julie Holm, Navne og andre laereklude i den gamle by. Købstadmuseet „Den gamle by". Årbog 1957 og 1958. Århus, S. 57: Påfuglen og svanen var taenkt som kongelige fugle symboler på majestaetik og ridderlig optraeden (Pfau wie Schwan werden als königliche Vögel aufgefaßt, Symbole für ein majestätisches und ritterliches Auftreten. – Vgl. Antonin Vaclacvik, Jaroslav Orel, Volkskunst und Gewebe. Prag 1956, S. 9: Ist schon die Problematik der Volkskunst selbst ein kompliziertes Gebiet, so gehört die Erläuterung des Volksornaments wohl zu den schwierigsten Aufgaben. Das Ornament jeder Gegend und Epoche ist aus so zahlreichen und vielfältigen Elementen gebildet, daß es recht schwierig ist, in dieser Wirrnis ein System zu finden.

Welt der arabischen Länder, weiter der Türkei, Persiens, Indiens, des fernen Ostens, mit der die hohe Kunst Mitteleuropas in vielen Kontakten stand, nur geringen Niederschlag finden konnte. Doch auch dort, wo das künstlerische Schaffen indirekt über Mittlerinstanzen mit dem fremden Motivgut in Berührung kam, wurde nicht alles kritiklos übernommen. Das Motivgut einer höfisch verfeinerten oder allzu gelehrten Welt wurde nicht angenommen, siehe Türkenmotive, Chinoiserien, schwer verständliche geistliche Emblemata der Barockzeit, galante Liebesidyllen französischer Prägung, dafür aber wiederum einfache Blüten- und Blattmotive Ostasiens, persisch-indische Palmetten und Rosetten.

Westfalen ist ein Binnenland. Die Folge ist also, daß die Welt der See – das Schiff und alles, was dazu gehört – ikonographisch nicht auftritt oder sehr selten. Es scheint also doch Begrenzungen zu geben, die aus der Geschichte und Lage des Landes erklärt werden können. Versuchen wir nunmehr, dieses Motivgut zeitlich zu umreißen und abzutasten. Ist es möglich, viele der auftauchenden urzeitlichen oder urtümlichen, abstrakten Motive, auch Formen als germanisch zu bezeichnen? Hier ist äußerste Zurückhaltung am Platze. Die Fragen, wie weit historische Persönlichkeiten, bedeutende westfälische Bischöfe oder Grafen oder historische Ereignisse, bedeutende Schlachten und Friedensschlüsse und schließlich politische Gegebenheiten, wie die Grenzen der Bistümer Münster, Minden, Osnabrück, Paderborn oder das Herzogtum Westfalen, die Grafschaften Mark, Tecklenburg auf das Volkskunstschaffen eingewirkt haben oder in ihm sichtbar werden, weiter wie weit sich politische und Volkskunstgrenzen decken oder alte Stammesgrenzen in den Verbreitungszonen von Volkskunstdenkmälern sichtbar werden, sind doch recht negativ zu beantworten.

Politische Grenzen von geringerem,

Wohl taucht die Gestalt Friedrichs des Großen in der westfälischen Volkskunst auf.

Man kann nicht von der Volkskunst des Bistums Münster oder des Bistums Paderborn sprechen, auch nicht von der Volkskunst des Herzogtums Westfalen. Man kann wohl behaupten, daß es im Münster- oder Paderborner Land gewisse eigentümliche Volkskunsterscheinungen gibt, wie z. B. das Britzelbrett oder die Liboriushäuschen. Wenn das westfälische Siegerland[28] und der hessische Dillkreis viele Gemeinsamkeiten aufzuweisen haben, so ist das aus ihrer gemeinsamen Herkunft zu erklären. Sie waren nassauische Lande bis 1806, und dennoch zeigen sich in der Schnitzerei des Bauernhauses wie in der Möbelkunst feine Unterschiede, die den Satz bekräftigen: daß die beiden oranischen Landesteile Dillenburg und Siegen bei all ihrer engen geschichtlich-kulturellen und sozialwirtschaftlichen Verbundenheit doch zwei eigene und geschlossene Raumindividuen waren, eine gegliederte, keine homogene Einheit.

Den Symbolwert und die Symbolträchtigkeit vieler Volkskunstarbeiten zu leugnen, wäre unsinnig; das gilt besonders für die religiös gefärbte Volkskunst. Vorchristliche Symbolwerte zu negieren, die ältere Glaubensschichten anrühren, hieße unhistorisch denken. Niemals aber sind die Schmuckformen der Toreingänge von Bauernhäusern um Herford oder Türen der Stadthäuser in Schwelm[29], die eine klare geschichtliche Entwicklung durchgemacht und lokale Züge innerhalb der Weserrenaissance oder des bergischen Klassizismus ausgebildet haben, Ausdruck einer germanischen Religion, sondern sie sind schlichte Zeugnisse eines Kunstschaffens, das mit seinen phantasievollen Zügen erst im 16. Jahrhundert entstanden ist oder im 18. Jahrhundert sich geformt hat.

Das Volkskunstschaffen in Westfalen hat in der Begegnung mit den drei Konfessionen, mit dem Katholizismus, dem lutherischen Protestantismus und der Kirche der Reformierten eine besondere Färbung, geistige Vertiefung, Symbolträchtigkeit und Bereicherung im Ikonographischen erfahren. Eigentlich steht das gesamte Schaffen des Volkes, besonders in den katholischen Landschaften, in dem Brennspiegel der Lehre Christi. Bäuerliche Architektur und Schnitzkunst, das Bauernhaus, das Möbel,

Konfessionsgrenzen von großem Einfluß auf die Volkskunst

[28] Franz Petri, Das Siegerland - geschichtliches Grenzland. In: Franz Petri, Otto Lucas, Peter Schöller, Das Siegerland. Münster 1955, S. 36ff., Peter Schöller, Einheit und Raumbeziehungen des Siegerlandes, ebda., S. 92.

[29] Emil Böhmer, Geschichte der Stadt Schwelm. Schwelm 1950, S. 22/23: ... Aber wir vermuten, daß die Irminsul noch fortlebt in einem Zierat unserer Haustüren. Im bergisch-märkischen Grenzgebiet, vielleicht auch darüber hinaus finden sich folgende Haustürformen. (Klassiz. Säule mit Kapitell und Basis wird so von den Tischlern in Schwelm und Breckerfeld verändert, daß sie nur schwer zu erkennen ist.)

das Kleingerät, Metallarbeiten, die textilen Künste, die Tracht, der Schmuck, alles steht mit der christlichen Empfindungs- und Erlebniswelt in irgendeinem Zusammenhang, stärker oder schwächer. Um nur einige Beispiele zu geben: die Hausinschriften mit dem Namen Christi, die Neujahrseisen mit dem Gotteslamm, die Blaudruckdecke mit der Auferstehung Christi, die Haustür mit dem Auge Gottes, der Hahl mit der eingravierten Darstellung der Pietà, der Schmuck mit dem Kreuzeszeichen – sie alle geben Zeugnis direkt und indirekt von unserem Glauben. Die besondere konfessionelle Aufgliederung hat natürlich in den einzelnen Jahrhunderten bestimmte Bildinhalte und damit im Gefolge auch bestimmte Verbreitungsräume oder Landschaften allgemeiner oder lokaler Bildformen geschaffen. Das zeigt sich in den Hausinschriften, Giebelkrönungen der katholischen, calvinistischen und evangelischen Landesteile, auch in der Tracht und im Schmuck. Schmülling[30] hat darauf hingewiesen, daß in den ostniederländischen Landschaften der Twente und des Achterhoeks, ebenso im benachbarten Kreise Borken, Giebelzierden mit der Zusammenstellung von Herz, Kreuz, Anker sich befinden und daneben in der Umgebung des holländischen Ortes Ootmarsum Kreuz, Kelch und Hostie; Giebelzierden, die merkwürdigerweise jedoch nicht im Westmünsterland anzutreffen sind, weil hier Kalvinismus und Katholizismus als die bestimmenden Faktoren einander gegenüber stehen und die letztgenannten Ausfluß einer katholisch bestimmten Landschaft sind.

Die reformierte Kirche hat als formgebende Kraft in der Ülsener und Nordhorner Tracht, in der Tracht der Grafschaft Bentheim besonders auf die Form der Haube eingewirkt, die nichts weiter ist als die holländische Knippmüsse. Sie hat eingewirkt auf den historischen Schnitt der Tracht, die betonte Schlichtheit, die dunkle Farbe. Das gilt auch für die Hickener Tracht, die sich von der benachbarten farbigen sauerländischen Tracht des übrigen Siegerlandes unterschied. Bunt wurde hier als köllsch bezeichnet. Köln als Zentrum des rheinischen Katholizismus war für die reformierten Hickener fremd und natürlich nicht tonangebend. Die Reformierten waren im Grunde ihrer Seele bilderfeindlich und deshalb äußerst sparsam in der Wahl ihrer Bildthemen; das zeigt sich besonders in den großen Totentafeln oder -platten aus Sandstein auf den Friedhöfen, die nur den Namen des Toten tragen, dazu in Schreibschrift einen Spruch (Beispiele auf den Friedhöfen Bentheim, Gildehaus).

Die Lutheraner kennen diese Zurückhaltung nicht, doch gemessen an dem Bilderreichtum des Katholizismus ist ihr Bilderschatz sehr begrenzt. Ihre Bildquelle ist vor allem das Alte und das Neue Testament. Diese Tatsache fällt bei den reich geschnitzten Toreinfahrten der lutherisch-protestantischen Landschaften nördlich der Lippe auf, die teilweise die Bildthemen der protestantisch bestimmten Weserrenaissance übernehmen. Sie offenbart sich weiter bei der Gestaltung der Möbel dieser Räume, bei den gußeisernen Herd- und Ofenplatten, ebenso an Einzelheiten der Tracht, bei den Sticktüchern, Blaudruckstöcken, Damastgeweben, auch bei den Grabplatten. Ihre Zangeneisen sind mit Darstellungen aus dem Alten Testament geschmückt, zum Beispiel dem Sündenfall, der Mannalese. Protestantische Damastweber und -färber bevorzugen bestimmte Themen des Alten Testaments: Erschaffung Evas, Josua und Kaleb mit der Weintraube, neutestamentliche Bildvorlagen, wie Christus und die Samariterin am Brunnen, die Hochzeit zu Kana, die Auferstehung Christi und das himmlische Jerusalem. Hessische protestantische Eisengießer haben gleichfalls das Alte und Neue Testament als Bildquelle für ihre Herd- und Ofenplatten geschätzt. Das Gesangbuch und die Bibel waren in reformierten wie auch lutherischen Kreisen als „die Bücher des Hauses" mit besonderem Nimbus umgeben. Sie waren geschmückt als Minnegeschenke. Die Samt- und Lederdeckel waren mit bunten Herzen beklebt, mit Kelch, Kreuz und Anker verziert und trugen Initialen und Jahreszahlen; ihre Schließen waren aus Silber gefertigt und in calvinistischen Häusern reicher geformt als es sonst die puritanische Lebenshaltung hier gestattete.

Politische Grenzen spielen nur eine bedingte Rolle. Die politische Grenzlandstellung zu den Niederlanden ist in keiner Weise trennend. Das zeigt sich z. B. im Westmünsterland. Ikonographisch können

[30] Wilhelm Schmülling, Hausinschriften in Westfalen und ihre Abhängigkeit vom Baugefüge. Münster 1951, S. 20.

Territorialgrenzen, das Zugehörigkeitsgefühl zum gleichen Land, durch heraldische Motive, durch das Wappen ausgedrückt werden, so im Lipper Land durch das häufige Auftreten der Lipper Rose und des Sternberger Sterns auf bäuerlichen Möbeln oder auf den Eingangspforten der Bauernhäuser. Wenn heute von der Volkskunst des Lipper Landes gesprochen wird, so bedeutet das zunächst eine einfache geographische Umschreibung. Viel gewichtiger sind konfessionelle Grenzen – das zeigt sich vor allem in gemischtkonfessionellen Gebieten –, die auf dem Trachtengebiet zu genauen Unterscheidungen zwischen protestantischen und katholischen Trachtenlandschaften führen; so gewinnen z. B. im Kreise Melle politische Grenzen erst dann an Kraft und Bedeutung, wenn das konfessionelle Element hinzutritt. Das beste Beispiel dafür ist die Grafschaft Bentheim. Die geistige Haltung des gläubigen Reformierten schafft Distanz zum lutherischen Protestantismus, zum Katholizismus. Tracht und Wohnkultur tendieren zum benachbarten Glaubensbruderland, nach Holland.

Das Zusammengehörigkeitsgefühl in Glaubensdingen schafft häufig höchste Konzentration, wenn die wirtschaftlichen Vorbedingungen vorhanden sind. Das gilt für das kleine, aber reiche evangelische Artland im katholischen Umland des Kreises Bersenbrück. Hier im Artland feierte die protestantisch betonte Weserrenaissance noch einmal besondere Triumphe.

Konfessionelle Grenzen werden sichtbar in dem Inschriftengut, in dem dekorativen Beiwerk der Eingangspforten der Bauernhäuser. Da scheiden sich katholische und evangelische Lande, so z. B. das katholische Vest Recklinghausen von der protestantischen Grafschaft Mark, das tut sich kund in dem östlichen Teil des Siegerlandes, der sich teilweise in seinen Volkskunstarbeiten an den nassauischen Dillkreis anlehnt, mit dem er ja früher eine Einheit bildete, und weiter in dem westlichen Siegerland, das nach dem Rheinland, nach Köln, tendiert.

Dieses Schaffen wurde vielfach geschützt und gestützt durch landesherrliche Verordnungen und Gesetze. Die geistlichen und weltlichen Herren, die Bischöfe von Münster, Paderborn, Osnabrück, die Kurfürsten von Köln, Fürsten in Lippe, die Grafen von Tecklenburg, Bentheim und schließlich auch die preußischen Herrscher wie der große Kurfürst von Brandenburg oder die Könige Friedrich Wilhelm II., Friedrich der Große und andere Könige von Preußen bemühen sich um Handwerk und Hausfleiß.

Soziale Orientierung an der Welt des Bürgers

Soziologisch gesehen orientierte sich diese Kunst an der Welt des Bürgers, nicht so sehr des Adels. Das Bürgerhaus bildete den Maßstab für das Wohnen des Bauern, nicht das Schloß des adligen Herrn. Ausnahmen bilden einzelne Steinwerke, Gräftenhöfe mit aufwendigen Saalkaminen, so in der Bauerschaft Heller bei Nottuln und in der Bauerschaft Stevern bei Nottuln, Landkreis Münster. Das Kulturgut des Bauern kannte keine Entlehnungen aus den Rittersälen oder Salons der Wasserburgen[31]. Nicht einmal in den getäfelten Prunkkammern der Artländer Bauern oder der Sattelmeier im Engerschen kannte man Ledertapeten, Gobelins, Kristallkronen, Ahnenbilder oder französisches Mobiliar oder kostbares Silbergerät. Wohl kommen in den westlichen Grenzbezirken Amsterdamer Standuhren, holländische Stühle, Schränke aus Nußbaum und Mahagoni vor, doch auch sie bilden eine Ausnahme.

Die Volkskunst Westfalens erscheint von Ostelbien her gesehen als homogen und einheitlich und unter starker Beeinflussung des Handwerks. Das urtümliche, naive, magisch ausgerichtete Schaffen tritt nur dann und wann hervor. Leitformen des Bürgertums werden akzeptiert und ins Bäuerliche umgedeutet. Wohlanständiges, gediegenes, nicht aus der gültigen Norm der Gemeinschaft herausragendes Formgut ist Trumpf. Das Tüfteln, das Abstrahieren von Formen, das mathematische Umdenken und Bilden der Friesen[32] liegt dem Westfalen, wie schon betont, im Grunde nicht.

[31] Josef Schepers, Westfalen-Lippe, Haus und Hof deutscher Bauern Bd. II. Münster 1960, S. 100, Abb. 57: Steinwerk des ehemaligen Haupthofes Schulte Bolling-Schenking, heute Hauling; Abb. Taf. 53, Schulze Westerath, genannt Stevermann, 1581.

[32] Ernst Schlee, Schleswig-Holstein. Deutsche Volkskunst. N. F., S. 12: Der Friese, Seefahrer mit Herz und Sinnen, verleugnet nicht seine Liebe zu allem, was mit Mathematik zusammenhängt und findet als Seemann im Bastelwerk, als Mathematiker etwa im Kerbschnittmuster einen echten Ausdruck seiner Art.

Verbindungen zur hohen Kunst

Das Volkskunstschaffen Westfalens steht nicht in einem luftleeren Raum. Es ist durch viele unsichtbare Fäden mit der hohen Kunst des Landes verbunden. Nicht immer wird diese Verknüpfung so klar wie bei der Gegenüberstellung des kirchlichen Gestühls, von Emporen, Paramentenschränken und bäuerlichen Möbeln des 17. und 18. Jahrhunderts im nördlichen und östlichen Westfalen.

Graphische Blätter, Vorlagebücher sind so entscheidend geworden. Die Kupferstiche eines Goltzius, Sadeler, Martin de Vos haben die figürlichen Szenen der Hungertücher beeinflußt. Venezianische und deutsche Stickmusterbücher, vornehmlich die des Johann Sibmacher, sind für die bäuerlichen Stickmusterbücher von hervorragender Bedeutung. Bedruckte Stoffe der Barockzeit tragen das Signum Augsburger Druckmusterbücher. Vorlageblätter der holländischen Ornamentstecher, vornehmlich die von Vredemann de Vries, haben auf die Dekorationselemente der Bauernhausarchitektur wie der Möbeltischlerei des östlichen Westfalens einen wichtigen Einfluß gehabt. Die Zeichenbücher der Goldschmiede Hollands und Ostfrieslands sind von gleicher Wichtigkeit für die Gestaltung des Gold- und Silberschmucks geworden. Gedruckte Anweisungen, Schreibbücher der neuesten Schönschreibkunst „in Kupfer gebracht" waren wichtig für die reichen Inschriften der Bauernhäuser[33].

Landschaftliche Unterschiede

Die dynamischen Gebiete des westfälischen Volkskunstschaffens finden sich im Westen, Osten und Norden des Landes. Das sind im Osten das Delbrücker, das Lipper und das Minden-Ravensberger Land, im Norden das Osnabrücker, Tecklenburger Land, Oldenburger Münsterland, im Westen die Grafschaft Mark und das Westmünsterland. Sie sind mit Zonen[34] zu vergleichen, die von anderen Kraftquellen gespeist und angereichert werden und ihre Kraftströme ungleich aussenden. So ergeben sich nicht klare eindeutige Kulturlinien. Die Schwellzonen im Westen werden wirksam im 18. Jahrhundert, die im Osten in der 2. Hälfte des 17. Jahrhunderts, die nördliche nach 1700. Im Oberwesergebiet, in Holland, Friesland und dem rheinisch-bergischen Land liegen die Energiequellen, weniger in Hessen. Das westfälische Land ist einem Talkessel zu vergleichen, dem von allen Seiten Ströme zuflossen.

Westfalen hat im Laufe seiner Volkskunstgeschichte mannigfache Berührung mit den europäischen Stilströmungen gehabt. Es hat nicht alles aufgenommen oder war dank seiner Mentalität nicht in der Lage, alles aufzunehmen. Das Barock- und Rokokozeitalter spielten nicht die führende Rolle wie in Süddeutschland, doch gilt das nicht für ganz Westfalen und auf allen Gebieten der Volkskunst. Der Klassizismus lag dem Menschen im nördlichen und östlichen Westfalen viel mehr, die Klarheit, Ordnung, Einfachheit dieser Stilepoche ging ihm ein und wurde darum auch besonders gepflegt.

Der westfälische Mensch hat Stilanregungen übernommen, hat ausgesondert und in seinem Sinne und gemäß seinen Anlagen umgeformt. Das gilt auch für die Gefäßformenkunde[35].

Norddeutsche und rheinische Grundformen werden verschmolzen. Die bäuerlichen Gefäße weisen im 17. und 18. Jahrhundert eine gewisse Vorliebe für stereometrische Formen auf. Es treten einfache konische Körper, Kugeln und abgeplattete Kugelformen auf. Ein weiteres Merkmal ist die ruhige Bogenlinie als Außenkontur bei der Topf- und Kannenform. Dexel spricht von der ruhigen, straffen Bogenlinie, der Mandorla, ohne ausgleichenden und vermittelnden Gegenschwung. Dabei ist interessant, daß die S-Kurve im norddeutschen Raum seltener vertreten ist als in der niederrheinischen Landschaft. Für rheinische Formen ist die dreifach geschwungene Kurvenlinie charakteristisch; typisch auch die Enghalsflaschen und -krüge, die sich nach unten verjüngen und vermutlich nach römischen Vorbildern gearbeitet

[33] Wir erinnern nur an das Büchlein des hochgräflich Lippischen Bottenmeisters und Aktuarius Johannes Gottfried Weber aus Detmold, geschrieben 1780, gedruckt und mit vielen Kupferstichtafeln versehen im Verlag der Helwingschen Universitäts Buchhandlung zu Duisburg am Rhein.

[34] Franz Petri, Beharrung und Wechsel in den historischen Räumen Nordwesteuropas. Westf. Forschungen 6. Bd. 1943–52, S. 10: Westfalen hat an vier natürlichen Großlandschaften, Süderbergland, Weserbergland, der Westfälischen Bucht und dem Westfälischen Tiefland teil. Sein geschichtliches Kennzeichen ist, daß es, zwischen der rheinischen Welt und dem Altsachsenland, der Küste und Mitteldeutschland eingelagert, zu allen in geschichtlich mannigfach wechselnder Weise in Beziehung steht.

[35] Vgl. Walter Dexel, Holzgerät und Holzform. Berlin-Dahlem 1943, S. 124/25.

sind. Fremdeinflüsse sind im norddeutschen Raum nicht nachzuweisen. Die Beschränkung auf das Notwendige, die Abneigung gegen das Überflüssige und sogar das Liebenswürdige sind die Grundtendenzen[36].

erkennbar in den Gefäßformen

Eine neue Frage erhebt sich: Gibt es Unterscheidungsmerkmale für die einzelnen Formentypen, die auf Landschaft und Stamm sich gründen? Nur ein Kenner wie Walter Dexel wagt diese Frage zu beantworten. Nach ihm erweist ein Vergleich der nordwestdeutschen mit den anderen norddeutschen Hauptformen ganz klar, daß Landschafts- und Stammesunterschiede für die Geräteformen wirklich vorhanden sind. Die schon angedeuteten Hauptformen des norddeutschen Raumes wie Doppelkegel, Zylinder, Walze, Kugel und Kegel spielen im Westen kaum eine Rolle. Das in Westfalen vorkommende Glas-, Keramik-, Kupfer-, Messing-, Zinn- und Eisengerät mit seinen verschiedensten Formentypen – wir denken z. B. an die Bronze- und Eisengrapen, an die Branntweinschüsseln, an die Zinnröhrchen, an die Siebensterngläser, an die Walzenkrüge aus Fayence, an die Ohrenschüsseln aus Ton, an die Fischeimer und Kupferkannen, Messingkrüge und -kessel – ist von Norden wie von Westen her beeinflußt.

Dieser Raum ist also in seinen Formentypen nur historisch zu erklären, da er das Erbe der Latènezeit, der Römerzeit, der Zeit der Begegnung der Germanen und Römer übernimmt. Dexel unterscheidet dabei bodenständige, an Land und Volk gebundene Dauerformen, die in langen Zeiträumen organisch und allmählich sich entwickelnd auf natürlichste Weise heranwachsen und Stilformen, die eines Tages erfunden, über Volkstum und Landschaft, über Werkstoff und Zweck sich hinwegsetzen[37].

Die Volkskunstgeschichte Westfalens ist eine immerwährende Auseinandersetzung fremder künstlerischer Ideen seit dem Mittelalter, nicht an den Ursprungsquellen, sondern jeweilig über ein Mittlerland; sie bedeutet Aufnahmebereitschaft nicht so sehr im Zentrum des Landes, weil es ja eben keines gab, sondern an seinen Rändern; sie bedeutet Umformungskraft und, landschaftlich gesehen, Einebnung in das Bestehende und Assimilierung an das Vorhandene, wobei der Rhythmus der Umschmelzung in den verschiedenen Zeiten und Landschaften sich nicht nur motorisch vollzieht. Die wechselnde Richtung der Aufnahme und Umsetzung aus Osten, Westen, Norden, Süden zeigt nicht die Starre eines historisch angejahrten Volkskörpers, sondern die Emotionalität, aber auch Labilität eines jungen Organismus. Die Ruhezeiten, die Hoch- und Tiefpunkte werden nicht nur vom Lande selbst bestimmt, sondern stehen mit dem norddeutschen wie gesamtdeutschen Volkskörper in Verbindung. Westfalens Volkskunst selbst bedeutet einen Teil des nord- und westdeutschen Volkskunstschaffens.

Westfalen nord- und westeuropäisch bestimmt

Innerhalb des nordwesteuropäischen Raums hat Westfalen mit Holland, Friesland, Schleswig-Holstein, Niedersachsen, Mecklenburg, Pommern viele gemeinsame Leitformen in seinem Schaffen aufzuweisen und darüber hinaus mit Skandinavien (dafür zeugen allein viele Möbeltypen). Es ist in seinen künstlerischen Aussagen trotz vieler südlicher Anregungen westeuropäisch betont, seine Verklammerung mit dem Süden Deutschlands oder gar Europas ist minimal. Wir denken nur an die Verbreitungszonen des Schemels oder der längsschwingenden Wiege. Westfalen ist Durchgangsland gewesen, zum Westen und zum Osten, aber auch zum Norden.

Kennzeichen der Volkskunst in Westfalen ist das völlige Fehlen von Stilformen, die vor der Gotik liegen. Die Kunst der Romanik ist ganz unbekannt. Im Gegensatz zu dem fast archaischen Gepräge der Volkskunst des Alpenlandes, auch Skandinaviens, ist die Westfalens durch jüngere Stilformen charakterisiert. Die Gotik meldet sich nur leise. Erst mit der Renaissance beginnt die Volkskunst Westfalens auf breiter Ebene sich zu entfalten. So schlug sich Schicht auf Schicht nieder, überlagerte und durchdrang sich, wuchs zusammen und ließ Neues entstehen. Es bildeten sich im Lande Zonen, die die Anregungen von außen filterten. Doch muß man sich immer wieder vor Augen halten, es gab kein absolutes, beherrschendes Zentrum, das in allen Jahrhunderten über alle westfälischen Gebiete tonangebend war. Es zeichnen sich immanente Kräfte ab, die über Raum und Zeit wirksam werden und im Süden, Westen,

[36] Walter Dexel, Das Hausgerät Mitteleuropas. Wesen und Wandel der Formen in zwei Jahrtausenden. Berlin 1962, S. 104.
[37] Ebda., S. 15.

Osten, Norden des Landes trotz vieler Unterschiede bestimmte Charakterzüge dieses Kunstschaffens offenbar werden lassen. Es wäre aber billig zu sagen, daß der westfälische Raum retardierend oder konservativ eingestellt sei, was übrigens auf jedes Volkskunstschaffen zutrifft und keineswegs die Situation trifft; denn hinsichtlich der Übernahme der Weser-Renaissanceformen ist Westfalen modern und gar nicht rückständig.

Unterschiedliches Schaffen im Nordosten und im Westen Westfalens

Es wäre auch einfach zu betonen: Diese Kunst ist deftig, derb, großformig, übersteigert und prahlerisch. Auch das stimmt nicht in dieser einseitigen Formulierung. Gewiß, in einzelnen Landschaften des Nordostens von Westfalen lassen sich zu gewissen Zeiten, unter bestimmten Voraussetzungen – alle diese Einschränkungen müssen gemacht werden – einige dieser Eigenheiten feststellen. Aber ist damit die Grundhaltung dieses Schaffens aufgedeckt? Nein, werfen wir nur einen Blick auf die Grafschaft Mark, schauen wir uns die Möbel des Rokoko im Volmetal an. Gerade das Gegenteil ist der Fall. Nein, es ist etwas anderes, und nur im Vergleich zu anderen Landschaften im Norden, Süden, Osten wird vielleicht diese Grundhaltung sichtbar. Zunächst unterscheidet sich Westfalen nur wenig von gewissen angrenzenden niedersächsischen Landschaften, schon mehr von dem Rheinland. In diesem Zusammenhang sind die Beobachtungen von Annaliese Ohm von großem Gewicht, die darauf hinweist, daß die niederrheinischen Möbel an den Grenzen Westfalens, ebenso die schmiedeeisernen Hahle, ein anderes Aussehen haben als die westfälischen selbst, daß sie zierlicher, kleiner und weniger stattlich sind.

Eine besondere Konstante in diesem Schaffen ist das Überwiegen der Ratio gegenüber dem Gefühl. Damit verbunden ist ein Ordnungsprinzip, das Klarheit und Nüchternheit verrät. Melodischer sich verschleifender Linienfluß weicht mehr additiv durchschaubaren Linienwerten. Ein schwerflüssiges Temperament erwirkt Verhärtung, Vergröberung oder Vereinfachung übernommener Stilformen, das gilt insbesondere für die Auseinandersetzung mit der Barockkunst, ganz besonders für die Landschaften nördlich der Lippe. Mit dem männlichen, nüchternen Intellekt paart sich bisweilen der Sinn für Größe, für Übersteigerung der Formen. Das absolut Niedliche und Verspielte hat in diesem Lande keinen Platz. Der Begriff Gediegenheit ist oberster Grundsatz. Mit der Liebe zum rein Konstruktiven, zu dem Tektonischen – das Illusionistische wird möglichst umgangen – geht einher die Betonung des Linear-Zeichnerischen. Der Sinn für das Malerische ist im Gegensatz zu süddeutschen Landschaften eigentlich schwach entwickelt. Die Farbe ist vielfach nur Ergänzungselement und dort, wo sie in der Bauernhausarchitektur, an Haustoren, in der Möbelkunst oder in der Tracht auftritt, ist sie von einer gewissen Buntheit, die das additive Zusammenstellen, aber nicht das Verschmelzen von Farbtönen, das Ineinandergehen und sich Durchdringen von Farbnuancen kennt; diese Einstellung ist erst spät im 18. und 19. Jahrhundert zu beobachten.

Enge Verwandtschaft mit Niedersachsen

Westfalen zeigt mit anderen norddeutschen Landschaften, wie den angrenzenden niedersächsischen Gebieten, große Übereinstimmung in der Grundhaltung seines Volkskunstschaffens. Gegenüber nordostdeutschen Landschaften, wie Mecklenburg, Pommern, dem ehemaligen Westpreußen und Ostpreußen, fällt die männliche Nüchternheit, Herbheit und Klarheit auf. Das wirklich Naiv-Irrationale, das Malerische und Lyrische des östlichen Schaffens ist unbekannt. Gesehen von Friesland, von Schleswig-Holstein weist die westfälische Kunst viele verwandte Züge auf. Nur fehlt ihr die Neigung der Friesen zum absolut Abstrakten, zur absolut mathematischen Form. Es fehlt die Neigung, Effekte in der Zurschaustellung seines Kunstschaffens zu erzielen. Diese Tatsache ist nur aus der Herbheit, Nüchternheit, Distanzierungskraft zu erklären. Vielleicht liegt das auch daran, daß das Volkskunstschaffen des westfälischen Volkes binnenländisch bestimmt und somit begrenzt ist, das die Weltoffenheit eines Seefahrervolkes nicht kennt. Vom Rheinland her ist der Wandel des Temperamentes, die Bereitschaft und der Rhythmus des Aufnehmens, Absorbierens, Abstoßens von Formenwelten, der Prozeß der Ernüchterung, Versteifung im Stilistischen deutlich zu erkennen.

Die charakteristischen Züge der westfälischen Volkskunst, die wir noch einmal hier nennen, sind Sinn für Technik, Klarheit des Aufbaus, Gediegenheit, Nüchternheit und Einfachheit, Neigung zum Linear-

Zeichnerischen, das Fehlen einer malerisch-illusionistisch und gefühlsmäßig betonten Schaffenskomponente. Sie erklären natürlich nicht alle Eigenheiten, die durch das Zusammenwirken der Begriffe Raum und Zeit ausgelöst werden. Es zeigen sich aber, ganz allgemein gesagt, die gleichen Wesenszüge, die Wellek[38] bei der Untersuchung der Musikbegabung des nord- und süddeutschen Menschen festgestellt hat. Der westfälische Mensch gehört zum großen Teil zu dem von ihm aufgestellten linearen Nordtyp, der analytisch begabt mit ausgesprochenem Beharrungsvermögen, weniger gefühlsmäßig betont, weniger kindmäßig naiv, messend und wägend aktiv, dem Wahrgenommenen gegenüber abständig und abgesetzt ist. Auf das bildnerische Schaffen übertragen heißt das, daß Stileinflüsse, Stilmerkmale, bestimmtes ikonographisches Gut nicht ohne weiteres übernommen werden, daß man diesen kritisch gegenübersteht. Erstaunlich ist z. B. die Tatsache, daß man in der westfälischen Volkskunst trotz der Nähe Hollands und seiner ostasiatischen Handelskompagnie keine Chinoiserien kennt, daß man bestimmte Bildvorlagen des galanten Rokokozeitalters übergeht, obwohl die Möbelkunst Aachen-Lüttich in rheinisch-bergischer Gewandung von der Grafschaft Mark zur Zeit des Rokokos und Louis-seize übernommen und umgeformt wird.

Wie schon betont: das naiv-urtümliche-phantasievolle Schaffen steht im Schatten eines technisch-konstruktiv-rechnerischen, klarempfindenden Bewußtseins. Das handwerklich-bildnerische Gestalten im Dienste des Bauerntums konnte so im Laufe der Geschichte Höchstleistungen erreichen und zu Ausdrucksformen gelangen, die dem Städtischen ebenbürtig, wenn nicht sogar überlegen waren, das war im Ravensbergischen und im Artländischen der Fall.

Das Volkskunstschaffen Westfalens bedeutet Auseinandersetzung mit Bewegungskräften aus verschiedenen Richtungen. Seine Stärke liegt in der Umdeutung, Umformung und Neuformung. Dieses künstlerische Gestalten steht räumlich gesehen nicht im Banne eines beherrschenden Zentrums, das allen anderen Landschaften Westfalens seinen Stempel aufdrückt. Im Gegenteil, nicht das uniforme, in allen Jahrhunderten von dem gleichen Mittelpunkt dirigierte Schaffen, sondern das vielfältige, zu verschiedenen Zeiten angeregte bildnerische Gestalten ist das Kennzeichen dieser Volkskunst. Grad und Rhythmus der Aufnahme, des Umschmelzens sind in den einzelnen Landschaften verschieden. Aber wie steht es mit dem Grad des Bewahrens? Dem Wort von Wilhelm Heinrich Riehl, daß Gebirgs- und Waldgegenden Bewahrer urtümlichen Volksguts und besonders schöpferisch seien, ist nur bedingt zuzustimmen.

Die Stilrichtungen der Renaissance, des Barock, Rokoko, Klassizismus haben mehr oder weniger stark aus verschiedenen Richtungen kommend auf das Schaffen eingewirkt. Wir müssen analog Schleswig-Holstein von einer Staffelung der Landschaft in zeitlichen Terrassen sprechen. Wir entdecken dann größere Kulturlandschaften, die sich regional differenzieren und lokale Sonderbildungen hervorrufen.

Räumliche und zeitliche Akzente der Volkskunstgeschichte Westfalens

Das Volkskunstschaffen im Raum Westfalen, eigenwillig, sinnverwirrend, gewinnt, in größeren Raumzeitzusammenhängen gesehen, an Bedeutung, Gewicht und Kraft. Jedenfalls ist es nicht flächig oder einheitlich auf einige Gemeinschaften oder Landesteile abgestellt, vielmehr vielschichtig zwischen den in frühe Zeiten der Menschheit lotenden Techniken und Dekorationsmethoden, Symbolen und Motiven und den aus der Zeit der Gotik und späteren Stilepochen sichtbarlich hervortretenden Kunstformen bis in das 20. Jahrhundert hinein ausgespannt. Formen und Bildgut des protestantischen Oberwesergebiets und die katholische Welt des Barock, gipfelnd in der Jesuitenkunst im Paderborner Land und kölnischen Sauerland, geben diesem Schaffen bestimmte Akzente. Ein neues Blatt in der westfälischen Geschichte ist die Übernahme des rheinisch-bergischen und des calvinistischen, holländischen Kunstguts des 18. Jahr-

[38] Vgl. Albert Wellek, Typologie der Musikbegabung im deutschen Volk. Grundlegung einer psychologischen Theorie in der Musik und Musikgeschichte. München 1939, S. 53 und 153; S. 158: Der Lineare ist Analytiker. Er geht messend, wägend, einordnend zu Werke ... Der Subjekt-Objekt-Gegensatz ist relativ ausgeprägt ... Die Wahrnehmung wird mehr gegenständlich als zuständlich erlebt. Die Eindrücke neigen zur Beharrung. Der Polare ist ganzheitlich, im Sinne von Gefühl ganzheitlich. Er ist locker, gelöst, aufgeschlossen, rezeptiv mitgehend, an die Wahrnehmung hingegeben, sich überlassend, nicht messend, sondern tastend, tappend intuitiv.

hunderts, die Assimilierung des Louis-seize-Stils französischer Prägung über den Umweg des Rheinlandes und des Bergischen Landes.

Die Volkskunstgeschichte in Westfalen deckt Quellen des genuinen Schaffens auf, sie offenbart die vielfältigen Verbindungen zur Stilkunst und gestattet Rückschlüsse auf frühere Formstufen, sie zeigt das allmähliche Aufsteigen der Volkskunst in die Bezirke der hohen Kunst. Sie ist mit einem Wort Spiegelbild der bäuerlichen Kultur eines Landes, von dem Ernst Moritz Arndt sagt: „Schwaben und Westfalen und die rheinischen Lande muß derjenige besuchen, der die Schlüssel zur Geschichte des Deutschen Volkes und die Auflösung seiner Bildung und Entwicklung finden will.“[39]

Dieses in Raum und Zeit vielfältige, auch in der Qualität unterschiedliche Schaffen beginnt erst im Mittelalter sich abzuzeichnen. Es entfaltet sich im 16. Jahrhundert, sinkt während des 30jährigen Krieges auf einen ungewöhnlichen Tiefstand, um im 18. Jahrhundert, vornehmlich nach 1750, seinen Höhepunkt zu erreichen und im 19. Jahrhundert, nach der Mitte zu, langsam oder schnell abzusinken je nachdem, wie stark der industrielle, technische Umwandlungsprozeß dieser Zeit vor sich ging, der bodenständige Mensch entwurzelte und eine neue Schicht, der Industriearbeiter, seine Forderungen anmeldet.

[39] Ernst Moritz Arndts Schriften für und an seine lieben Deutschen, 2. Teil, Leipzig 1845, in: Ernst Moritz Arndts ausgewählte Werke in sechzehn Bänden. Hrsg. u. mit Einl. u. Anm. versehen von Heinrich Meisner und Robert Geerds. 13 Bd. Kleine Schriften I. Leipzig [1908], S. 185

Literaturverzeichnis

Adler, Fritz, Pommern. Deutsche Volkskunst Bd. XI. München o. J.

Amades, Joan, Les branches et palmes décorés du dimanche des rameaux. Catalogue „Arts et traditions populaires". Paris 1953

Angermann, Gertrud, Truhenbänke aus Friedewalde. Rhein.-Westf. Zeitschr. f. Volkskunde Bd. III 1956, S. 217–223

Arens, Fritz, Meisterrisse und Möbel der Mainzer Schreiner. Mainz 1955

Arntz, Ludwig, Wegekreuz und Wegebild. Zeitschr. f. christl. Kunst Jg. 25 1912, S. 69–80

Atlas der deutschen Volkskunde. Hrsg. v. Heinrich Harmjanz u. Erich Röhr. Leipzig 1937 ff. Neue Folge hrsg. v. Matthias Zender. Marburg 1958 ff.

Bartling, Anton, Die Mode der Goldkappen. Dülmener Heimatblätter Jg. 1962, H. 2, S. 22–25

Bauche, Ulrich, Bestandsaufnahme von volkskundlichem Sachgut im Umkreis Dortmunds. Rhein.-Westf. Zeitschr. f. Volkskunde Bd. VII 1960, S. 211–215

Bauche, Ulrich, Die Schnitzwerke des Wilhelm Uebbemann, Hofbesitzer und Gemeindevorsteher zu Asseln. Rhein.-Westf. Zeitschr. f. Volkskunde Bd. VIII 1961, S. 162–168

Die Bau- und Kunstdenkmäler von Westfalen, bearb. v. A. Ludorff, Münster 1893–1914. Bearb. v. J. Körner 1926–1931

Bau- und Kunstdenkmäler von Westfalen. Im Auftrag des Provinzialverbandes hrsg. v. Wilhelm Rave. Münster 1932–1959
41. Bd. I–VI. Teil. Stadt Münster. Bearb. v. Max Geisberg. 1932–1941
VII. Teil. Register zu Teil I bis VI. Zusammengestellt von Margarete Pieper-Lippe. 1962
42. Bd. Kreis Warendorf. Bearb. v. Karl Hölker, mit geschichtl. Einl. v. Rudolf Schulze. 1936
43. Bd. Stadt Hamm. Bearb. v. Heinrich Ossenberg, mit geschichtl. Einl. v. Josef Lappe. 1936
44. Bd. Kreis Warburg. Bearb. v. Nikolaus Rodenkirchen, mit geschichtl. Einl. v. Gerhard Pfeiffer. 1939
45. Bd. Kreis Brilon. Bearb. v. Paul Michels unter Mitwirk. v. Nikolaus Rodenkirchen, mit geschichtl. Einl. v. Franz Herberhold. 1952
46. Bd. Kreis Borken. Bearb. v. Wilhelm Rave unter Mitwirk. v. Stephan Selhorst, mit geschichtl. Einl. von Anton Schmeddinghoff, Max Zelzner u. Willi Kohl. 1954
Im Auftrage des Landschaftsverbandes Westfalen-Lippe hrsg. v. Wilhelm Rave †
47. Bd. Kreis Unna. Bearb. v. Hans Thümmler, mit geschichtl. Einl. v. Helmut Richtering, Ernst Nolte u. Hans Beck. 1959
Im Auftrage des Landschaftsverbandes Westfalen-Lippe hrsg. v. Hermann Busen u. Hans Thümmler. Münster 1968 ff.
48. Bd. Teil I. Stadt Detmold. Bearb. v. Otto Gaul, mit geschichtl. Einl. v. Erich Kittel u. Beitr. v. Leo Nebelsiek, Peter Berghaus u. Konrad Ullmann. 1968

Beisenherz, H., Kulturbilder aus der alten Grafschaft Mark. In: Das sauerländische Bergland. Hrsg. v. Wilhelm Uhlmann-Bixterheide. Dortmund 1921

Beiträge zur Heimatkunde des Reg.-Bez. Osnabrück. Lingen/Ems 1905

Berendsen, Anne, Het Nederlandse interieur. Utrecht 1950

Berliner, Rudolf, Die Weihnachtskrippe. München 1955

Bernt, Walther, Volkskunst am Eisen, Kupfer und Messing. Jahrb. f. hist. Volkskunde III./IV. Bd. Berlin 1934, S. 237–251

Bernt, Walther, Die niederländischen Maler des 17. Jahrhunderts. München 1948

Bieting, Annemarie, Bäuerliche Stickereien aus der Winser Elbmarsch. Berlin 1941

Blotenberg, Johannes, Gesunde Vielfalt in Industrie und Handel. Monographie des Landkreises Wiedenbrück. Unter Leitung v. Elfriede Goretzki hrsg. v. Oberkreisdirektor. Gütersloh 1966

Böhmer, Emil, Kreis Ennepe-Ruhr, Stadt Hagen. Kreis- und Stadthandbücher des Westf. Heimatbundes. Münster 1948

Böhmer, Emil, Vom Iserkauken und Kaukenisen. Westf. Heimatkalender 1949, S. 173–174

Böhmer, Emil, Geschichte der Stadt Schwelm. Schwelm 1950

Böhmer, Emil, Sticktücher im Schwelmer Museum. Der Märker Jg. 4, 1955, S. 73–75

Böttger, Hermann, Auf den Hütten. Orts- und Industriegeschichte der Gemeinde Weidenau/Sieg. Siegen 1949

Bolte, Johannes, Bilderbogen des 17. und 16. Jahrhunderts. Zeitschr. des Vereins f. Volkskunde Jg. 17, 1907; 19, 1909; 20, 1910

Bomann, Wilhelm, Bäuerliches Hauswesen und Tagewerk im alten Niedersachsen. Weimar 1927, 2. Aufl. 1933

Bondekulturen. Nationalmuseets vejledninger. København 1951

Borchers, Walter, Volkskunst im Weizacker. Ein Beitrag zur volkskundlichen Struktur Mittelpommerns. Leipzig 1932

Borchers, Walter, Volkstrachtenforschung in Pommern. Pommersche Heimatpflege Jg. 3, 1932, H. 5, S. 1–18

Borchers, Walter, Neue Ergebnisse der Volkskunstforschung in Pommern. Pommersche Heimatpflege Jg. 4 1933, S. 1–25

Borchers, Walter, Vom Patenbrief zum Totenschiff. Das Bollwerk 5. Jg. 1934, S. 125ff.

Borchers, Walter und Karl Kaiser, Leben und Sterben im pommerschen Volksbrauch. Stettin 1936

Borchers, Walter, Volkskunst in Jamund und Labus. In: Das Bollwerk, 8, 1937, S. 287–292

Borchers, Walter, Erwerbungs- und Forschungsbericht des Pommerschen Landesmuseums Stettin, Volkskunde. Baltische Studien, N. F. Bd. XI 1938, S. 336–348

Borchers, Walter, Stickmustertücher aus Pommern. Pommerscher Bauernkalender 1939, S. 100

Borchers, Walter, Bäuerliche Kultur und Kunst des Osnabrücker Landes. Katalog d. Städt. Museums Osnabrück 1953

Borchers, Walter, Glashütten und bäuerliches Glas in Westfalen und dem westlichen Niedersachsen. Rhein.-Westf. Zeitschr. f. Volkskunde Bd. II 1955, S. 39–52

Borchers, Walter, Zur bäuerlichen Töpferkunst Westfalens. Rhein.-Westf. Zeitschr. f. Volkskunde Bd. II 1955, S. 155–164

Borchers Walter, Bäuerliche Andachtsbilder und silberne Votivgaben im westfälischen Raum. Beitr. z. deutschen Volks- u. Altertumskunde 2/3. Hamburg 1958, S. 123–134

Borchers, Walter, Bäuerliches Zinn in Westfalen und im angrenzenden Niedersachsen. Rhein.-Westf. Zeitschr. f. Volkskunde Bd. V 1958, S. 175–183

Borchers, Walter, Kirche und Volkskunst in Westfalen. Zeitschr. f. Volkskunde 54. Jg. 1958, S. 239–252

Borchers, Walter, Bäuerlicher Schmuck in Westfalen und dem angrenzenden Niedersachsen. Rhein.-Westf. Zeitschr. f. Volkskunde Bd. VI 1959, S. 69–86

Borchers, Walter, Das Bauern- und Fischermöbel auf Hiddensee, Ummanz, dem Darss und Mönchgut. In: Greifswald-Stralsunder Jahrb. 1, 1969, S. 184–201

Borchers, Walter, Den folkliga keramiken. In: Folkliga konst i tyg och lera. Ett urval från nordvästtyska museer. Katalog 1963/64

Borchers, Walter, Iserlohner Tabaksdosen. Zeitschr. Westfalen 45. Bd. 1967, S. 193–198

Bracht, Eugen, Volksthümliches aus dem Hümmling. Mitt. aus d. Museum f. Deutsche Volkskunde zu Berlin. Berlin 1897

Brackett, Oliver, Englische Möbel. Berlin 1927

Bramm, Otto, Deutsche Brautkränze und Brautkronen, Jahrb. f. hist. Volkskunde III./IV. Bd. 1934, S. 163–185

Bramm, Otto, Truhentypen. Volkswerk. Jahrb. d. Staatl. Museums f. Deutsche Volkskunde. Jena 1941, S. 154–186

Brandi, Karl, Stammesgrenzen zwischen Weser und Ems. Mitt. d. Ver. f. Geschichte u. Landeskunde v. Osnabrück 18. Bd. 1893, S. 1–14

Braun-Ronsdorf, Margarete, Alte Tafeldamaste. Darmstadt 1955

Bredemeyer, Arnold, Erinnerungen an meine kleine Stadt. Melle um 1900. Federzeichnungen. Melle 1968

Brepohl, Wilhelm, Spinnen und Weben im Mindener Lande. Bäuerlicher Hausfleiß in vergangenen Tagen. Mindener Heimatblätter Jg. 24 1952, Nr. 5/6

Brepohl, Wilhelm, Konfirmation im Kirchspiel Frille vor 60 Jahren. Mindener Heimatblätter Jg. 25 1953, Nr. 3

Brepohl, Wilhelm, Volkstracht im Mindener Lande. Mindener Heimatblätter Jg. 28 1956, Nr. 8/9

Brepohl, Wilhelm, Die Friller Tracht. Volkstracht als bildhafter Ausdruck alter dörflicher Lebensordnung. Museumsverband f. Niedersachsen, Mitteilungsblatt Nr. 6, 1968

Bringemeier, Martha, Näherinnen der Schaumburger Tracht. Westf. Forschungen 4. Bd. 1941, S. 180–189

Bringemeier, Martha, Stickerinnen und Stickereien der Schaumburger Tracht. Volkswerk. Jahrb. d. Staatl. Museums f. Deutsche Volkskunde. Jena 1943, S. 199–211

Bringemeier, Martha, Volkskunst in der Schaumburger Tracht. In: Volkswelt in Westfalen. Münster 1948, S. 43–53

Bringemeier, Martha, Die Abendmahlskleidung der Frauen und Mädchen in der Schaumburger und Mindener Tracht. Rhein.-Westf. Zeitschr. f. Volkskunde Bd. I 1954, S. 65–90

Bringemeier, Martha, Volkstracht in ihrem Endstadium. Rhein.-Westf. Zeitschr. f. Volkskunde Bd. II 1955, S. 73–83

Bringemeier, Martha, Schaumburg-Lippe. In: Wolf Lücking, Trachtenleben in Deutschland, Inst. f. deutsche Volkskunde a. d. Deutschen Akademie d. Wissensch. zu Berlin. Berlin 1958

Bringemeier, Martha, Brautkronen im Münsterland. Rhein.-Westf. Zeitschr. f. Volkskunde Bd. XIV 1967, S. 73–82

Bringemeier, Martha, Mulier plebeia Monasteriensis in Westphalia. Zeitschr. Westfalen 45. Bd. 1967, S. 149–153

Brinkmann, Matthias, Glaner Heimatbuch. Osnabrück 1950

Brinkmann, Matthias, Unsere Heimat. Heimatbuch für den Landkreis Osnabrück. Osnabrück 1951

Brirup, Agnes, Delbrücker Tracht. Die Warte 4, 1936, S. 40–42, 60–62, 83–86, 137–139, 208–210, 230–237

Brirup, Agnes, Von der Tracht im Delbrücker Land. Rhein.-Westf. Zeitschr. f. Volkskunde Bd. X 1963, S. 140–153

Broby-Johannsen, R., Den danske Billedbibel. De middelalderlige Kalkmalerier i de danske Kirker. København 1948

Brockpähler, Renate, Bestandsaufnahme von volkskundlichem Sachgut. Rhein.-Westf. Zeitschr. f. Volkskunde Bd. VII 1960, S. 208–211

Brockpähler, Renate, Zinngeschirr und Zinngießer in Coesfeld, Westf. Heimatkalender 1961, S. 175–177

Brockpähler, Wilhelm, Brauchtum der westfälischen Schützengesellschaften. In: Westfälisches Schützenwesen. Münster 1953, S. 23–48

Brockpähler, Wilhelm, Kreuze an unseren Wegen. Westf. Heimatkalender 1961, S. 46–50

Brockpähler, Wilhelm, Steinkreuze in Westfalen. Schriften d. volkskundl. Kommission d. Landschaftsverbandes Westfalen-Lippe H. 12. Münster 1963

Brückner, Wolfgang u. Werner Braun, Einführung in die Ausstellung „Bildwelt und Glaube. Volkstümliche Kulte und Verehrungsformen" aus Beständen der Sammlung Kriss am Bayerischen Nationalmuseum München. Frankfurt 1958

Brüning, Die Stadtlohner Töpfergewerbe. Ahauser Kreiskalender 1924, S. 42–46

Brunne, Karl, Haustüren. Westfalenspiegel H. 8 1955, S. 7–9

Büddemann, Werner, Westfälische Truhen. Die Heimat Jg. 7 1925, S. 49–55

Burgers, C. A., De verovering van Boeda-Pest en de geschiedenis van een damastpatron. Bulletin van het Rijksmuseum. 's-Gravenhage Jg. 10 1969, S. 126–134

Busse, H. E., Baden. Deutsche Volkskunst. 2. Aufl. Weimar 1942

Carrington, Noel and Clarke Hutton, Popular English Art. London, New York 1945

Cescinsky, Herbert, English Furniture. Michigan 1929

Christensen, Erwin, O., The Index of American Design. New York 1950

Claas, Wilhelm, Technische Kulturdenkmale im Bereich der ehemaligen Grafschaft Mark. Hagen 1958

Clarenbach, Adolf, Der Kreis Soest. Kreis- und Stadthandbücher des westf. Heimatbundes. Münster 1947

Clasen, Karl Heinz, Ostpreußen. Deutsche Volkskunst Bd. X. Weimar o. J. [1928]

Colleselli, Franz, Tiroler Bauernmöbel. Innsbruck, Wien, München 1967

Cramer, Maria, Trauergewand und Totenklage in Nordwesteuropa und ihre Parallelen im Orient. Rhein.-Westf. Zeitschr. f. Volkskunde Bd. III 1956, S. 1–20

Creutz, Max, Die Rheinlande. Deutsche Volkskunst Bd. III. Weimar 1924

Crusius, Eberhard, Osnabrück zur Möserzeit. Eine Ausstellung archivalischer Zeugnisse. Göttingen 1955

Crusius, Eberhard, Flensbergs Beschreibung des Niederstifts Münster aus dem Jahre 1781. Oldenb. Jahrb. Bd. 57 1958, S. 105–116

Dahm, Karl-Wilhelm, Voem Hickegrund on voe de Hicke. Siegerl. Heimatkalender 1957, S. 33–38

Demeufoe, G., La bassinoire en Lorraine. In: L'art populaire en France. Straßburg und Paris 1932, S. 75–82

Deneke, Bernward, Bauernmöbel. Ein Handbuch für Sammler und Liebhaber. München 1969

Dexel, Walter, Holzgerät und Holzform. Berlin 1943

Dexel, Walter, Das Hausgerät Mitteleuropas. Wesen und Wandel der Formen in zwei Jahrtausenden. Berlin 1962

von Donop, W. G. L., Historisch-geographische Beschreibung der Fürstlichen Lippischen Lande. Lemgo 1790

Dorweiler, Friedrich, Geschichte der Pfarre St. Otger und des Kirchspiels Stadtlohn 1137–1951. Stadtlohn 1951

Dresbach, Ewald, Geschichte der Grafschaft Mark im Abriß. Witten o. J.

Dubbe, B. B., Bijdrage tot de kennis van het zeventiende en achtiende eeuwse gebruiksaardewerk. In: Vrienden van de Nederlandse ceramiek. Mededelingenblad 26de maart 1962

Dünninger, Josef, Bildstöcke in Franken. Forschungsprobleme. Bayer. Jahrb. f. Volkskunde 1952, S. 45–49

Dütschke, G., Beiträge zur Heimatkunde des Kreises Schwelm. 1906

Edelmann, August, Schützenwesen und Schützenfeste der deutschen Städte vom 13. bis zum 18. Jahrhundert. München 1890

Eimers, John, Niederdeutsche Truhen. Zeitschr. Niedersachsen 31, 1926

Eitzen, Gerhard, Das Bauernhaus im Regierungsbezirk Osnabrück. Ausstellungskatalog „Bäuerliche Kultur und Kunst des Osnabrücker Landes". Osnabrück 1953

Eitzen, Gerhard, Die älteren Hallenhausgefüge in Niedersachsen. Zeitschr. f. Volkskunde 51. Jg. 1954, S. 37–76

Elias, J. S. Witsen, Nederlandsche Volkskunst. In: Jan de Vries (Hrsg.), Volk van Nederland. Amsterdam 1937, S. 351–372

Emminghaus, Johannes, Die westfälischen Hungertücher aus nachmittelalterlicher Zeit und ihre liturgische Herkunft. Diss. Münster 1949 (Ms.)

Endler, Carl August, Bäuerliche Kultur. In: Ernst Schulz (Hrsg.), Mecklenburg, ein deutsches Land im Wandel der Zeit. Rostock 1938, S. 173–180

Engelmeier, Paul, Die Weihnachtskrippe in der Münsterländer Volkskunst. In: Die Weihnachtskrippe. Jahrb. 12. Regensburg 1936, S. 1 ff.

Engelmeier, Paul. Bauernkunst im Münsterland. Münster 1940

Engelmeier, Paul, Das Telgter Gnadenbild in der Volkskunst. Heimatkalender f. d. Oldenb. Münsterland 1962, S. 75–77

Engelmeier, Paul, Westfälische Weihnachtskrippen einst und heute. Westfalenspiegel 1935, Nr. 12, S. 18–20

Engelmeier, Paul, Maria Telgte – Münsterländisches Muttergottesland. Ausstellungskatalog Telgte 1954

Engelmeier, Paul, Westfälische Hungertücher vom 14. bis 19. Jahrhundert. Münster 1961

Engelmeier, Paul, Marienbilder im Münsterland. Telgte 1964

Engelmeier, Paul, Westerwälder Steinzeugkrüge mit dem Monogramm GR. Keramos H. 44, 1969, S. 3–11

Engelstad, Norske navneduker, Oslo 1938

Erich, Oswald Adolf, Volkskunst und Volksindustrie. In: Handbuch der deutschen Volkskunde. Hrsg. v. Wilhelm Pessler. Bd. III. Potsdam 1941, S. 17–20

Erixon, Sigurd, Möbler och heminredning i svenska bygder. Stockholm 1925

Erixon, Sigurd, Timmermännen och lyteslaget. In: Svenska Kulturbilder, Del. VIII. Stockholm 1931

Erixon, Sigurd, Folklig möbelkultur i svenska bygder. Stockholm 1938

Ernst, Hans, Das Bauernhaus in Lippe, Minden-Ravensberg und im Kreise Halle. Diss. Münster 1946 (Ms.)

Evers, Elisabeth, Trachten der Grafschaft Bentheim. Jahrb. d. Heimatver. d. Grafsch. Bentheim 1956, S. 5–15

Eysn, Das Gadelmachen, eine Hausindustrie im Berchtesgadener Lande. Mitt. a. d. Museum f. deutsche Volkstrachten Bd. I 1897–1901, S. 289 ff.

von Falke, Otto, Niederrheinische Möbel mit Eisenbeschlag, Kunst und Kunsthandwerk Jg. 10 1907, S. 481–488

von Falke, Otto, Mittelalterliche Truhen. Amtl. Berichte a. d. Königl. Kunstsammlungen Bd. 27 1916, S. 233–244

von Falke, Otto, Deutsche Möbel des Mittelalters und der Renaissance. Stuttgart 1923

Fascies, B., Ein Linnentuchamt im alten Sendenhorst. Heimatbl. d. Glocke Nr. 36 1945, S. 143

Féaux de Lacroix, Die Arnsberger Schützengesellschaft im Wandel der Zeiten. Arnsberg 1924

Festschrift zur 150-Jahr-Feier des Landkreises Minden in Westfalen 1816–1966. Minden 1966

Feulner, Adolf, Kunstgeschichte des Möbels. Berlin 1927

Fincke, Heinrich, Branntweinkaltschale in Niedersachsen. Rhein.-Westf. Zeitschr. f. Volkskunde Bd. XII 1965, S. 151–172

Fischer, Karlheinz, Die alten steinernen Grabkreuze im Kölner Raum. Diss. Bonn 1956

Foerste, William, Niederdeutsche Bezeichnungen des Schrankbettes. Niederdeutsches Wort Bd. 2 1961, S. 23–64

Fraenger, Wilhelm, Materialien zur Frühgeschichte der Neuruppiner Bilderbogen. Jahrb. f. hist. Volkskunde I. Bd. Berlin 1925, S. 232–306

Fraenger, Wilhelm, Deutsche Vorlagen zu russischen Volksbilderbogen des 18. Jahrhunderts. Jahrb. f. hist. Volkskunde II. Bd. Berlin 1926, S. 126–173

Friedrich, Willy, Bis vor sechs Jahrzehnten Zinngegenstände aus Neuenhaus. Tinngeter-Aorends – eine angesehene Bürgerfamilie. Jahrb. d. Heimatver. d. Grafsch. Bentheim 1969, S. 25–27

Fritz, Rolf, Dortmunder Kunstbesitz. Museum für Kunst- und Kulturgeschichte. Erwerbungen 1934–1958. Dortmund 1958

Fritz, Rolf, Heinrich Aldegrever als Maler. Dortmund 1959

Fugger, Wolfgang, Ein nützlich und wohlgegründt Formular, Mancherley schöner schrieftenn ... Nürnberg 1553

Fuhse, F., Braunschweiger Bauernschmuck. In: Festschrift für Marie Andree-Eysn. München 1928

Führer für das Artländer Trachtenfest zu Badbergen. Quakenbrück 1905

Führer durch die Burg Altena. 1941

Füngling, Carl, Himmelsbriefe. Rhein.-Westf. Zeitschr. f. Volkskunde Bd. VI 1959, S. 248–249

Galter, Juan subias, El arte popular en Espana. Barcelona 1948

Gaul, Otto, Die steinernen Ziergiebel des 16. Jahrhunderts in Ostwestfalen und Lippe. Ein Beitrag zur Stilentwicklung der Spätgotik und Renaissance. Westfalen 29. Bd. 1951, S. 208–220

Gauthier, J. Stany, Le mobilier des vieilles provinces françaises. Paris 1933

Gauthier, J. Stany, La connaissance des meubles régionaux français. Paris 1952

Gebhard, Torsten, Die volkstümliche Möbelmalerei in Altbayern. München 1937

Gebhard, Torsten, Aufgaben der deutschen Bauernmöbelforschung. Volkswerk. Jahrb. d. Staatl. Museums f. Deutsche Volkskunde. Jena 1942, S. 19–36

Geck, A., Topographisch-historisch-statistische Beschreibung der Stadt Soest und der Soester Börde. Soest 1825

Geisberg, Max, Das Sendbild von 1857. Zeitschr. Westfalen 26. Bd. 1941, S. 78–83

Gerloff, Friedrich, Die Schaumburger Tracht im Kreise Grafschaft Schaumburg. Schaumburger Heimat. Rinteln 1939, H. 1

Gescher, Helmtrud, Gedanken um eine alte Truhe. Westf. Heimatkalender 1955 (Ausgabe Ahaus), S. 185–186

Gläntzer, Heinrich, Katalog, Ausstellung der Sammlungen Kirsch und Gläntzer. Museum für Kunst- und Kulturgeschichte Dortmund 1961

Gloag, John, English Furniture. London 1946

Göken, Josef, Krippenbrauchtum im Kreise Warendorf/Ems. Die Weihnachtskrippe. Jahrb. XVII 1950, S. 36ff.

Götting, Martha, Die Töpferei Rensing in Warendorf. Westf. Heimatkalender 1955 (Ausgabe Warendorf), S. 185–188

Grävemäter, Gerhard, Hausmarken im Kirchspiel Gildehaus. Jahrb. d. Heimatver. d. Grafsch. Bentheim 1956, S. 125–130

van de Graft, C. Cath., Palmzondag. Utrecht 1938

Grandjean, Bredo L., Dansk Kunst. København 1952

Gröber, Karl, Schwaben. Deutsche Volkskunst Bd. V. Weimar 1925

Gröber, Karl, Votivgaben auf alten Bildern. Bayerischer Heimatschutz. Augsburg 1929, S. 113ff.

Grossmann, Friedrich, Zur Geschichte der Stickmustertücher. Volkswerk. Jahrb. d. Staatl. Museums f. Deutsche Volkskunde. Jena 1942, S. 269–282

Gudlaugsson. S. J. Gerrard Ter Borch. 2 Bde. Den Haag 1959

Haas, A., Sterbekrone aus Nipperwiese. Blätter für Pommersche Volkskunde Jg. 3, Nr. 9, 1895, S. 135

Haberlandt, Michael und Arthur, Die Völker Europas und ihre volkstümliche Kultur. Stuttgart 1928

Haedeke, H.-U., Zinn. Braunschweig 1963

Hahm, Konrad, Deutsche Volkskunst. Berlin 1928 und Breslau 1932

Hahm, Konrad, Grundzüge der deutschen Volkskunst. In: Adolf Spamer (Hrsg.), Die deutsche Volkskunde Bd. I. Leipzig 1934, S. 400–413

Hahm, Konrad, Deutsche Bauernmöbel. Jena 1939

Hain, Mathilde, Die Volkstracht. Deutsche Philologie im Aufriß. Berlin, Bielefeld, München 1962, Bd. III, Sp. 2885–2900

Hamkens, Freerk Haxe, Sinnbilder auf Grabsteinen von Schleswig bis Flandern. Brüssel 1944

Handwörterbuch des deutschen Aberglaubens. Hrsg. v. Hans Bächtold-Stäubli unter bes. Mitwirk. v. E. Hoffmann-Krayer. Bd. 1–10. Berlin und Leipzig 1927–1942

Hanika, Josef, Gestalttypen in den europäischen Kopftrachten. In: Tracht und Schmuck im nordischen Raum. Hrsg. v. d. Nordischen Gesellschaft v. Alexander Funkenberg. 2. Bd. Leipzig 1938, S. 53–63

Hansen, Wilhelm (Hrsg.), Das deutsche Bauerntum. Seine Geschichte und Kultur. 2 Bde. Berlin 1938

Hansen, Wilhelm, Ländliches Tagewerk im alten Lippe. (Gerätesammlung des Lippischen Landesmuseums). Heimatland Lippe. Zeitschr. d. Lipp. Heimatbundes Jg. 1965, S. 213–228

Hansen, Wilhelm, Fachwerkbau im Oberweserraum. In: Kunst und Kultur im Weserraum 800–1600. Ausstellung des Landes Nordrhein-Westfalen Corvey 1966. I Beiträge zur Geschichte und Kunst, 2. Aufl. Münster 1966, S. 296–313

Hansen, Wilh., Lippisches Landesmuseum 1968, 1970

Hansen, Wilhelm, Arbeit und Gerät in volkskundlicher Dokumentation. Tagungsbericht der Kommission für Arbeits- und Geräteforschung der Deutschen Gesellschaft für Volkskunde, Schleswig 5.–8. 4. 1967. Schriften d. volkskundl. Kommission d. Landschaftsverbandes Westfalen-Lippe H. 19. Münster 1969

Hardebeck, W., Mitteilungen d. Vereins für Geschichte und Altertumskunde des Hasegaus H. 5. Lingen 1895

Hardebeck, W., Die Totenfeier auf dem Lande. In: Monatsblätter 1906, Nr. 14. S. 108

Harmjanz, Heinrich und Erich Röhr, Atlas der deutschen Volkskunde. Leipzig 1937-1939, 1. Lief. Nr. 17: Formen der Kinderwiege

Hartmann, August, Zur Geschichte der Berchtesgadener Schnitzerei. In: Volkskunst und Volkskunde 1, 1903, S. 61

Hartmann, Elmar, Alte Wegkreuze und Heiligenfiguren im Sauerland. Westf. Heimatkalender 1955 (Ausgabe Sauerland), S. 163–164

Hartmann, Hermann, Bilder aus Westfalen. Neue Folge, Minden 1884

Hauglied, Roar, Norwegen – Tausend Jahre Volkskunst. Oslo 1956

Heckermann, Wilhelm, Hellern-Hörne. Unsere Heimat, Heimatbuch für den Landkreis Osnabrück, hrsg. v. Matthias Brinkmann. Osnabrück 1951, S. 7ff.

Heckscher, Kurt, Die Volkskunde des germanischen Kulturkreises. Hamburg 1925

Heckscher, Kurt, Bersenbrücker Volkskunde Bd. 1. Münster 1968

Hedicke, Robert, Cornelis Floris und die Florisdekoration. Berlin 1913

Heilmann, Maria, Geschichte der Stadt Melle. Melle 1960

Heilmann, Maria, Brauchtum und Sitte. Der Grönegau in Vergangenheit und Gegenwart. Melle 1968

Heimat gestern und heute. Mitteilungen des Heimatbundes Bersenbrück H. 10, 1962

Unsere Heimat, Lesebogen für die Schulen des Kreises Lingen/Ems. Lingen 1954

Heimatkalender für die Herrlichkeit Lembeck 1930. Bocholt 1930

Helm, Rudolf, Die bäuerlichen Männertrachten im Germanischen Nationalmuseum zu Nürnberg. Heidelberg 1932

van Hemert, Maria, De handwerken op het eiland Marken. Arnhem 1960

Henze, Anton, Westfälische Kunstgeschichte. Recklinghausen 1957

Herford, ein Heimatbuch. Herford 1946

Hergeth, Elisabeth, Tracht und Mode im Landkreis Coesfeld. In: Der Landkreis Coesfeld 1816–1966. Beiträge zur Geschichte und Landeskunde. Zum 150jährigen Bestehen des Landkreises hrsg. v. d. Kreisverwaltung Coesfeld 1966, S. 132–143

Hermans, Will, Aachener Bildprinten – eine gebackene Volkskunde. Rhein.-Westf. Zeitschr. f. Volkskunde Bd. I 1954, S. 137–149

Hijlkema, Riet, Nederlandse Klederdrachten. Amsterdam o. J.

Hinnerks, W., Zimmermannszeichen an niederdeutschen Bauernhäusern der Niederbörde und ihre Auswertung. Heimatkalender d. Kr. Soest 1955, S. 27–31

Hoche, J. G., Reise durch Osnabrück und Niedermünster, in das Saterland, Ostfriesland und Groningen. Bremen 1800

Höhle, Das waldeckische Dorf. In: Waldeckische Landeskunde. Im Auftr. d. Geschichtsver. f. Waldeck u. Pyrmont hrsg. v. Victor Schultze. Mengeringhausen 1909, S. 213–247

Hörmann, Karl, Das Herdengeläut und seine Bestandteile. Hess. Blätter f. Volkskunde Bd. XII–XV

Hoffmeyer, Ludwig, Geschichte des Handwerks im Fürstentum Osnabrück, in Lingen, Meppen und Papenburg. In: 25 Jahre Handwerkskammer zu Osnabrück, 1900–1925. Osnabrück 1925

Holm, Petra Julie, Navne – og andere laereklude in den gamle by. Købstadmuseet „Den gamle by". Årbog 1957 og 58, Arhus 1958

Holsche, August Karl, Historisch-topographisch-statistische Beschreibung der Grafschaft Tecklenburg nebst einigen speziellen Landesverordnungen mit Anmerkungen, als ein Beitrag zur vollständigen Beschreibung Westphalens. Berlin und Frankfurt 1788

Jacobeit, Wolfgang, Jochgeschirr und Spanntiergrenze Deutsches Jahrb. f. Volkskunde 3. Bd. Teil 1 Berlin Jg. 1957, S. 119–144

200 Jahre Mariä Himmelfahrt-Feier in Warendorf 1752–1952. Warendorf 1952

75 Jahre Museum für Kunst und Kulturgeschichte Dortmund. Dortmund 1958

700 Jahre Quakenbrück. Quakenbrück 1935

Jaques, Renate, Deutsche Textilkunst in ihrer Entwicklung bis zur Gegenwart. Berlin 1942

Jaques, Renate, Deutsche Textilkunst. Krefeld 1953

Jeurink, Jan, Trachten der Heimat. Grafschafter Nachrichten 1949

Jones, M. E., British Samplers. Oxford 1948

Jostes, Franz, Westfälisches Trachtenbuch, die jetzigen und ehemaligen westfälischen und schaumburgischen Gebiete umfassend. Bielefeld, Berlin und Leipzig 1904

Jostes, Franz, Sechsschläfrige Betten. Zeitschr. Westfalen 4. Bd. 1912, S. 103–104

Jostes, Franz, Westfälisches Trachtenbuch. Volksleben und Volkskultur in Westfalen, die jetzigen und ehemaligen westfälischen und schaumburgischen Gebiete umfassend. 2. Aufl. bearb. u. erweitert v. Martha Bringemeier. Münster 1961

Julien, Rose, Deutsche Trachtengruppen im Reich nach dem Abzeichen weiblicher Kopftracht. Petermanns Mitteilungen 66, 1920, S. 48 u. T. 18

Karlinger, Hans, Deutsche Volkskunst. Berlin 1938

Kaufmann, Otto, Das Bauernhaus im Oberbergischen Kreis. Rhein.-Westf. Zeitschr. f. Volkskunde Bd. VI 1959, S. 129–180

Keiser, Herbert, Wolfgang, Die deutsche Hinterglasmalerei. München 1937

Kessler, H., Iserkoken oder Niejohrskoken. Heimatblätter für das Amt Marl April 1940 Jg. 2, Nr. 2, S. 9 u. 10

Keyser, Erich (Hrsg.), Westfälisches Städtebuch. Deutsches Städtebuch Bd. III, Teil 2. Stuttgart 1954

Killing, Margarete, Die Glasmacherkunst in Hessen. Marburg 1927

Kip, Georg, Grafschafter Festgebäck. Jahrb. d. Heimatver. d. Grafsch. Bentheim 1954, S. 108–115

Kip, Georg, Die Symbolik des vorweihnachtlichen Brauchtums. Jahrb. d. Heimatver. d. Grafsch. Bentheim 1956, S. 16–20

Kip, Georg, Das Totenlaken. Der Gebrauch des schwarzen Leichentuchs. Jahrb. d. Heimatver. d. Grafsch. Bentheim 1957, S. 33–35

Kippenberger Alfred, Philipp zum Frankenberg. Wetzlar 1926

Kippenberger, Alfred, Die Kunst der Ofenplatten. Düsseldorf 1928

Kippenberger, Alfred, Der Siegerländer Meister „P im Schild". Siegerland Bd. 13, H. 1 1931, S.2–5

Kippenberger, Alfred, Der künstlerische Eisenguß. Marburg 1958

Klaas, A., Die Holzwaren-Hausindustrie der vormaligen Reichsgrafschaft Sayn-Wittgenstein-Berleburg. Diss. Frankfurt 1925

Kleiner, Johann, Ein new Cantzleysch Fundamentbüchlein von mancherley geschriftenn und zierlichen Zügen beschrieben. Zürich 1548

de Kleyn, J., Volksaardewerk in Nederland 1600–1900. Zeist 1965

Klopmeyer, Gerhard, Handel und Verkehr in der Grafschaft Bentheim zu Anfang des vorigen Jahrhunderts. Jahrb. d. Heimatver. d. Grafsch. Bentheim 1956, S. 31–41

Knape, Anton, Die wichtigsten industriellen Unternehmungen des Paderborner Landes in fürstbischöflicher Zeit. Ein Beitrag zur Wirtschafts- und Verwaltungsgeschichte des ehemaligen Hochstifts Paderborn im 17. u. 18. Jahrhundert. Zeitschr. f. vaterländ. Geschichte u. Altertumskunde 70. Bd. 1912, S. 183–346

König, Maria Angela, Weihegaben an Unsere Liebe Frau von Alt-Ötting. München 1939

Kohlhaussen, Heinrich, Israhel van Meckenem als Schilderer niederrheinisch-westfälischen Lebens. In: Israhel van Meckenem. Bocholt 1953

Kohlmann, Theodor, Vom Zinngießerhandwerk in Cloppenburg. Volkstum und Landschaft Cloppenburg. Cloppenburg 1964

Kohlmann, Theodor, Zur Geschichte des Handwerks im Oldenburger Münsterland. Jahrb. f. d. Oldenburger Münsterland 1969, S. 34–46

Kohlmann, Theodor, Von den Goldschmieden in den Kreisen Meppen und Aschendorf-Hümmling. Jahrb. des Emsländischen Heimatbundes Bd. 16 1969, S. 116–123

Krawinkel, H. A., Die lippischen Glashütten. Mitt. aus d. Lipp. Gesch. u. Landeskunde Bd. XIV 1933, S. 56–93

Kreft, Herbert u. Jürgen Soenke, Die Weserrenaissance. Hameln 1964

Der Kreis Lingen. Hrsg. vom Lehrer-Verein der Diözese Osnabrück. Lingen o. J.

Kreisel, Heinrich, Die Kunst des deutschen Möbels von den Anfängen bis zum Hochbarock. München 1968

Krins, Franz, Tremse und Pfingstkronen im niederdeutsch-niederländischen Raum. Zeitschr. Westfalen 23. Bd. 1938, S. 88–293

Krins, Franz, Fastnacht in Westfalen (Anmerkungen zu einem westfälischen Fastnachtsbrauch: Britzelbretter und Britzen). Zeitschr. Westfalen 24. Bd. 1939, S. 194–207

Krins, Franz, Die Zinngießerfamilie Maranca in Minden. Mindener Heimatblätter Jg. 26 1954, Nr. 12

Krins, Franz, Der Versuch zur Bildung des Zinngießergewerks in Minden-Ravensberg im 18. Jahrhundert. Ravensberger Blätter H. 13 1956, S. 164–167

Krins, Franz, Verschollene Hungertücher in Westfalen. Zeitschr. Westfalen 43. Bd. 1965, S. 280–281. Nachträge 47. Bd. 1969, S. 83–85

Kriss, P. und L. Rettenbeck, Wallfahrtsorte. München 1950

Kriss-Rettenbeck, Lenz, Das Votivbild. München 1958

Kriss-Rettenbeck, Lenz, Bilder und Zeichen religiösen Volksglaubens. Rudolf Kriss zum 60. Geburtstag. München 1963

Kroh, Wittgensteiner Hausinschriften, Mitt. d. Vereins f. Geschichte und Volkskunde Wittgensteins Jg. 6, H. 1, S. 3–31

Kronberger-Frentzen, Hanna, Die alte Kunst der süßen Sachen. Backformen und Waffeleisen vergangener Jahrhunderte. Hamburg 1959

Krüger, Franz, Der Ziegelstein. Jahrb. f. hist. Volkskunde III./IV. Bd. Berlin 1934, S. 143–160

Krumbholtz, Robert, Die Gewerbe der Stadt Münster bis zum Jahre 1661. Publikationen aus den Kgl. Preußischen Staatsarchiven 70. Bd. Leipzig 1898

Kunstgut und landesgeschichtliche Denkwürdigkeiten. Bielefeld. Städt. Museum. Ausstellung 1951

Kuske, Bruno, Wirtschaftsgeschichte Westfalens in Leistung und Verflechtung mit den Nachbarländern bis zum 18. Jahrhundert. Veröff. d. Prov. Inst. f. westf. Landes- und Volkskunde R. I. H. 4. 2. Aufl. Münster 1949

Kutschmann, Justus, Volkstümliche Fingerringe. Rhein. Westf. Zeitschr. f. Volkskunde Bd. XI 1964, S. 1–30

Lagerberg, Carl, Till belysningsredskapens historia Göteborgs Museum Årstryck 1910. Göteborg 1910

Langenbach, Ernst, Bericht über Fußböden. Rhein. Westf. Zeitschr. f. Volkskunde Bd. V 1958, S. 229–232

Langewiesche, Fr., Sinnbilder germanischen Glaubens im Wittekindsland. Eberswalde 1935

Lauffer, Otto, Die Bauernstuben des Germanischen Museums. Mitt. d. Germ. Nat. Museums Nürnberg 1903, S. 53

Lauffer, Otto, Der volkstümliche Gebrauch der Totenkronen in Deutschland. Mitt. aus dem Verein d. Kgl. Sammlung f. deutsche Volkskunde Berlin 1916 Bd. 5, H. 11, S. 11–35

Lauffer, Otto, Niederdeutsches Bauernleben in Glasbildern der neueren Jahrhunderte. Berlin und Leipzig 1936

Lauffer, Otto, Wesen und Wirken der Volkskunst mit besonderer Rücksicht auf die Schachtelmalerei. Wossidlo-Festschrift. Neumünster 1939, S. 138–150

Lehmann, Otto, Deutsches Volkstum in Volkskunst und Volkstracht. Altona 1937 und Berlin 1938

Lehmann, Siegfried, Niedersächsische Stickmustertücher. Hannover 1936

Lerner, Franz, Vom Fensterbier. Eine kulturhistorische Studie über das bunte Fenster. Glasforum 2 1953, S. 35ff.

Linckenheld, E., Recherches sur les peinture sous verre en Alsace et en Lorraine. L'art populaire en France. Paris-Straßbourg 1934–1935, Jg. 6, S. 1ff.

Lindner, Werner, Die bäuerliche Wohnkultur in der Provinz Westfalen und ihren nördlichen Grenzgebieten. Beiträge z. Geschichte d. westfälischen Bauernstandes, hrsg. v. E. Kerckerinck zur Borg. Berlin 1912, S. 635–840

Lindner, Werner, Mark Brandenburg. Deutsche Volkskunst Bd. II. München 1924

Lindström, Märta, Duk och Damast. In: Kulturen 1958. Lund 1959, S. 158ff.

Linnhoff, Ochtruper Pottbäckerei. Münsterländer Heimatkalender 1. Jg. 1938, S. 72–74

Lippert, Karl, Einiges zur Geschichte der Glasindustrie im Kreise Büren. In: W. Schnettler, Heimatbuch des Kreises Büren. Büren 1923, S. 81–84.

Löber, Karl, Herdengeläute im Dillkreis. In: Volk und Scholle 1936, S. 359ff.

Löber, Karl, Beharrung und Bewegung im Volksleben des Dillkreises. Marburg 1965

Lotz, Arthur, Bibliographie der Modelbücher. Leipzig 1933

Lucas, Otto, Die Wirtschaftsstruktur des Siegerlandes. In: Franz Petri, Otto Lucas, Peter Schöller, Das Siegerland. Geschichte, Struktur und Funktionen. Veröff. d. Prov. Inst. f. westf. Landes- u. Volkskunde H. 8, S. 55–73

Lüpkes, W., Ostfriesische Volkskunde, Emden 1925

Lyra, F. W., Plattdeutsche Briefe, Erzählungen und Gedichte mit besonderer Rücksicht auf Sprichwörter und eigenthümliche Redensarten des Landvolks in Westphalen. Osnabrück 1845, 2. Aufl. 1856

Maier, Konrad, Die Dekorationsformen der Renaissancearchitektur im Wesergebiet und ihre Entwicklund bis etwa 1575. Ein Beitrag zur Geschichte der Baukunst des 16. Jahrhunderts in Nordwestdeutschland. Phil. Diss. Göttingen 1965 (Ms.)

Maier, Konrad, Die Wende in der Baukunst des 16. Jahrhunderts im Weserraum. In: Kunst und Kultur im Weserraum 800–1600. Ausstellung des Landes Nordrhein-Westfalen Corvey 1966. I Beiträge zur Geschichte und Kunst. 2. Aufl. Münster 1966, S. 280–295

Der Maler Derick Baegert und sein Kreis. Katalog des Landesmuseums. Münster 1937

Marell, B., Mord- und Sühnekreuze an Wegen und und im Walde. Heimatblätter der Roten Erde 5. Jg. 1926, S. 486–488

Marinus, Albert, Le folklore belge. Bruxelles 1939

Marschall, Frances, Old English Embroidery. Catalogue of Samplers. London 1894

Martin, W., De hollandsche schilderkunst in de zeventiende eeuw. Frans Hals en zijn tid. Amsterdam 1942

Marzell, Heinrich, Geschichte und Volkskunde der deutschen Heilpflanzen. Stuttgart 1938

Matschoss, Conrad u. Werner Lindner, Technische Kulturdenkmale. München 1932

Meblarstwo, Ludowe, Wamii mazur i Powisla. Katalog Wystawy. Olsztyn 1961

Meier, Karl, Geschichte der Stadt Lemgo. Lemgo 1952

Meier-Böke, August, Türsäulenlandschaften an der Weser. Germanenerbe Jg. 8, H. 5/6 1943, S. 84ff.

Meier-Böke, August, Das Erntebrauchtum in Lippe. Mitt. a. d. Lipp. Gesch. u. Landeskunde Bd. 23 1954, S. 244–276

Meier Oberist, Edmund, Kulturgeschichte des Wohnens. Hamburg 1956

Meister, Alois (Hrsg.), Die Grafschaft Mark. Festschrift zum Gedächtnis der 300jährigen Vereinigung mit Brandenburg-Preußen. 2 Bde. u. 1 Beiheft. Dortmund 1909

Meister, Alois, Seidenbau und Seidenindustrie in der Grafschaft Mark. Zeitschr. Westfalen 6. Bd. 1914, S. 1–17

Meister, Peter W. u. Hermann Jedding, Das schöne Möbel im Laufe der Jahrhunderte. Heidelberg 1958

Menne, F., Die Wedinghäuser Stollentruhe. Heimatblätter der Roten Erde Jg. 5 1926, S. 448–451

Meyer, Hans Bernhard, Danzig, Deutsche Volkskunst N. F. Weimar o. J. [1939]

Meyer-Heisig, Erich, Die deutsche Bauernstube. Art und Entwicklung der Stube im deutschen Bauernhaus. Nürnberg 1952

Meyer-Heisig, Erich, Deutsche Volkskunst. München 1954

Meyer-Heisig, Erich, Mit Drehscheibe und Malhorn. Ausstellung volkstümlicher Töpferarbeiten aus drei Jahrhunderten. Germanisches Nationalmuseum Nürnberg 1954

Meyer-Heisig, Erich, Deutsche Bauerntöpferei. Geschichte und landschaftliche Gliederung. München 1955

Meyer-Heisig, Erich, Weberei, Nadelwerk, Zeugdruck. München 1956

de Meyere, Victor, L'art populaire flamand. Bruxelles 1934

Michels, Paul, Hilligenpöstkes. Heimatbuch d. Kreises Höxter Bd. I 1925, S. 123–128

Michels, Paul, Bildstöcke des Paderborner Landes. Westf. Heimatkalender 1954, S. 161–163

Michels, Paul, Alte Grabtafeln in der Pfarrkirche zu Brilon. Beitr. z. westf. Familienforschung 1959, S. 102–121

Möser, Justus, Sämtliche Werke. Bd. 1–10 bearb. v. Ludwig Schirmeyer unter Mitwirkung v. Werner Kohlschmidt u. Eberhard Crusius. Hamburg, Berlin u. Oldenburg 1944–68. Bd. 12 bearb. v. Paul Göttsching. Oldenburg u. Hamburg 1964–65.

Moller, Kurze historisch-genealogisch-statistische Geschichte der Hauptstadt Hamm. Hamm 1800

Monographie des Landkreises Wiedenbrück, siehe Johannes Blotenberg

Mory, Ludwig, Schönes Zinn, Meister und Formen. München 1961

Moser, Oskar, Zwei Möltaler Dachtruhen. Ihre Stellung innerhalb der europäischen Frühformen des volkstümlichen Möbels. Carinthia I 150 1960, S. 193–228

Müller, Johanna, Das Zehdenicker Fastentuch. Marburger Jahrb. f. Kunstwissenschaft 13. Bd. 1944, S. 103–110

Museen, Aus westfälischen, Aus Anlaß des fünfzigsten Jahrestages der Gründung des Landesmuseums. Münster 1958

Museen, Staatliche Berlin, Die Gemäldegalerie. Die holländischen Meister. Berlin 1932

Museen, Westfälische. Veröff. a. d. Westf. Museen H. 2. Dortmund 1955

Museum des Siegerlandes. Siegen 1950

Nachrichten aus den Museen. Rhein.-Westf. Zeitschr. f. Volkskunde Bd. III, 1956, S. 120–130

Nemitz, Anita, Ein Töddengeschäftsbuch. Nürnberger Beitr. z. d. Wirtschafts- u. Sozialwissenschaften H. 58. Nürnberg 1936

Neukirch, Albert, Hameler Renaissance. Vom Schicksal einer niedersächsischen Stadtkultur. Hameln 1950

Newdorffer, Johann, Ein Gesprechbüchlein zweyer Schüler wie einer der andern Im Zierlichen schreyben untherweyst. Nürnberg 1549

Nübel, Otto. Das Landhandwerk des Münsterlandes um die Wende des 19. Jahrhunderts. Münster 1913

Ohm, Annaliese, Volkskunst am unteren rechten Niederrhein. In: Werken und Wohnen. Volkskundliche Untersuchungen im Rheinland Bd. III. Düsseldorf 1960

Ott, Margrith, Das Ornament im bäuerlichen Kunsthandwerk des Kantons Appenzell. Diss. Zürich 1945

Ottenjann, Heinrich, Münsterländische Bauernwiegen. Oldenburger Jahrb. 39 1935, S. 67–71

Ottenjann, Heinrich, Museumsdorf Cloppenburg. Oldenburg 1944

Ottenjann, Heinrich, Alte deutsche Bauernmöbel. Hannover 1954

Ottenjann, Heinrich, Bauernmöbel des Oldenburger Münsterlandes. Oldenburg o. J.

Overmann, Anton, Die Entwicklung der Leinen-, Woll- und Baumwollindustrie in der ehemaligen Grafschaft Mark unter Brandenburg-Preußischer Herrschaft. Münsterische Beitr. z. Geschichtsforschung N. F. XIX. Münster 1909

Pagendarm, Paul, Der Kreis Paderborn. Kreis- u. Stadthandbücher des Westf. Heimatbundes. Münster 1951

Patje, Chr. A., Kurzer Abriss der Fabriken, des Gewerbe- und Handlungszustandes in den Chur-Braunschweig-Lüneburgischen Landen. Göttingen 1796

Pelshenke, Paul, Gebäck aus deutschen Landen. Alfeld 1949

Person, Bengt-Arne, Vaggor. Kulturen. Arsbok Lund 1961, S. 124–152

Pessler, Wilhelm, Volkstumsatlas von Niedersachsen. Braunschweig 1933–57.

Pessler, Wilhelm, Niedersachsen. Deutsche Volkskunst Bd. I. Weimar 1923

Pessler, Wilhelm, Niedersächsische Bauernstuben. Niedersachsen 42 1937, S. 455–461

Petri, Franz, Beharrung und Wechsel in den historischen Räumen Nordwesteuropas. Westf. Forschunfen 6. Bd. 1943–1952, S. 7–28

Petri, Franz, Das Siegerland – geschichtliches Grenzland. In: Franz Petri, Otto Lucas, Peter Schöller, Das Siegerland. Geschichte, Struktur und Funktionen. Veröff. d. Prov. Inst. f. westf. Landes- u. Volkskunde H. 8. Münster 1955, S. 5–54

Pfingsten, Gustav, Iserlohner Tabaksdosen des 18. Jahrhunderts. Iserlohn. 700 Jahre Stadt. Festschrift Iserlohn 1957, S. 105–108

Pflug, Walter, Die Kinderwiege, ihre Formen und ihre Verbreitung. Archiv f. Anthropologie N. F. Bd. XIX Braunschweig 1923, S. 185–223

Pieper, Paul, Der Lukasaltar des Derick Baegert. Zeitschr. Westfalen 22. Bd. 1937, S. 233–235

Pieper, Paul, Schützenkleinodien aus Westfalen. In: Westfälisches Schützenwesen. Münster 1953, S. 49–87

Pieper, Paul, Gerard Terborch in Münster. In: Das schöne Münster H. 26 1961

Pieper-Lippe, Margarete, Westfälische Zunftsiegel. Veröff. d. Hist. Komm. Westfalens Bd. XXII, Gesch. Arb. z. westf. Landesforschung Bd. 8. Münster 1963

Pieper-Lippe, Margarete, Geräte und Siegel der Gilden des Hochstifts Paderborn. Sonderdruck a. d. Geschäftsbereich 1965 d. Volksbank Paderborn

Pieske, Christa, Über den Patenbrief. Beitr. z. deutschen Volks- und Altertumskunde H. 2/3. Hamburg 1958, S. 85–121

Pieske, Christa, Volkstümliche Graphik im kulturellhistorischen Museum Stralsund. Greifswald-Stralsunder Jahrb. Bd. 2 1962, S. 231–232

Pieske, Christa, Schattenrisse und Silhouetteure. Darmstadt 1963

Plath, Helmuth, Schlangenornamente auf nordwestdeutschen Möbeln. Die Kunde Jg. 4 Nr. 10 1936, S. 176–181

Plath, Helmuth, Das Dreitimpenbrot. In: Deutsche Volkskunde. Vierteljahresschr. d. Arbeitsgem. f. deutsche Volkskunde. München 1950

Plath, Helmuth, Vom bäuerlichen Silberschmuck in Niedersachsen. Junges Landvolk Jg. 1 Nr. 5, 1951, S. 13

Plath, Helmuth, Zur Typologie der Schaumburger und Stader Spangen. In: Heimat und Volkstum. Bremer Beitr. z. niederdeutschen Volkskunde 1959/60, S. 45–61

Plümpe, Th., Westfälische Schieferindustrie. Volkswirtschaftl. u. wirtschaftsgeschichtl. Abhandl. F. 3. H. 13. Leipzig 1917

van der Pluym, Willem, Het Nederlandsche binnenhuis en zijn meubles 1450–1650. Amsterdam 1943

Poppe Roswitha, Das Osnabrücker Bürgerhaus. Oldenburg 1944

Poppe, Roswitha, Der Landkreis Wittlage. Seine Bau- und Kunstdenkmäler. Wittlage 1966

Potthoff, Heinz, Das Ravensberger Leinengewerbe im 17. und 18. Jahrhundert. XXXV. Jahresber. d. Hist. Ver. f. d. Grafsch. Ravensberg. Bielefeld 1921

Pretzell, Lothar, Volkskunst und Volkshandwerk. 75 Jahre Museum für Deutsche Volkskunde. Ausstellungskatalog Berlin 1964

Pretzell, Lothar, Kostbares Volksgut aus dem Museum für Deutsche Volkskunde. Berlin 1967

Prinz, Joseph, Aus der Geschichte des westfälischen Schützenwesens. In: Westfälisches Schützenwesen. Münster 1953, S. 5–22

Quincke, Wilhelm, Friggebreiwekes. Der Märker Jg. 6 1957 H. 12, S. 483–486

Rasche, K., Beiträge zur heimatlichen Volkskunde (Lübbecke). Minden 1935

Rauers, Friedrich, Hänselbuch. Schleif-Vexier-Deponier-Tauf- und Zeremonien-Buch. Essen 1936

Reallexikon zur deutschen Kunstgeschichte. Hrsg. v. Otto Schmitt. 1. Bd. Stuttgart 1937ff.

Reckels, Hermann, Eine Ochtruper Chronik 1595–1822. Westf. Heimatkalender 1953, S. 172–173

Redlich, Friedrich A., Die Wiegen der baltisch-deutschen Volksgruppe und die Wiegen ihrer fremdvölkischen Nachbarschaft. Veröff. d. volkskundl. Forschungsstelle Herder Inst. Riga Bd. 8. Riga 1938

Redslob, Edwin, Thüringen. Deutsche Volkskunst Bd. VII. Weimar 1926

Reichelt, Rudolf, Das Textilornament. Berlin 1956

Reinecke, Wilhelm, Lüneburger Zinn. Lüneburg 1947

Remmert, Otto, Säulen und Sonnentüren. Der Märker 1. Jg. 1951/52, H. 5, S. 115–116

Richter, Helmut, Das Siegerländer Haus. Siegerland. Blätter des Siegerländer Heimatvereins Bd. 29 1952, S. 81–96

Richter, Helmut, Von Haus und Hausrat in der Grafschaft Wittgenstein. In: Wittgensteiner Blätter d. Wittgensteiner Heimatvereins Jg. 44 Bd. 20, H. 1/2 1956, S. 12–16

Rickelmann, Hubert, Mettingen im Wandel der Zeiten. Mettingen 1953

Rickelmann, Hubert, Die Tüötten in ihrem Handel und Wandel und die Wolle- und Leinenerzeugung im Tecklenburger Land. Ein Beitrag zur Geschichte des Kreises Tecklenburg. Ibbenbüren 1961

Riewerts, Theodor u. Paul Pieper, Die Maler tom Ring. München 1955

Ritz, Josef, Franken. Deutsche Volkskunst Bd. VI. München o. J.

Ritz, Josef Maria, Bauernmalerei. Leipzig 1935

Ritz, Josef Maria, Bauernmöbel, Leipzig 1939

Ritz, Josef Maria, Deutsche Bauernmöbel. Darmstadt 1957

Rögele, Rötenbacher Hinterglasmalerei. Festschrift zur Ausstellung der Rötenbacher Hinterglasmalerei 1925

Rörig, Maria, Zur westfälischen Haubentracht des 19. Jahrhunderts. Ein Arbeitsbericht. Westfalen 24. Bd. 1939, S. 178–193

Rörig, Maria, Hauben und Falgen im Sauerlande. Ein Beitrag zur westfälischen Trachtengeschichte. Zeitschr. Westfalen 25. Bd. 1940, S. 115–119

Rörig, Maria, Haus und Wohnen in einem sauerländischen Dorfe. Schriften d. volkskundl. Kommission i. Prov. Inst. f. westf. Landes- und Volkskunde H. 5. Münster 1940

Rörig, Maria, Stand und Aufgaben der westfälischen Trachtenforschung. Westf. Forschungen 4. Bd. 1941, S. 69–73

Rolevinck, Werner, De laude antiquae Saxoniae nunc Westphaliae dictae. Hrsg. v. Hermann Bücker. Münster 1953

Rosen, Anton, Ibbenbüren einst und jetzt. Ibbenbüren 1952

Rothert, Hermann, Heimatbuch des Kreises Bersenbrück. Quakenbrück 1923

Rothert, Hermann, Geschichte der Stadt Osnabrück im Mittelalter. Mitt. d. Ver. f. Gesch. u. Landeskunde v. Osnabrück 58. Bd. 1938

Rubi, Christian, Berner Bauernmalerei aus 3 Jahrhunderten. Bern 1948

von Rüden, Wilfried, Wallfahrt nach Werl. Westf. Heimatkalender 1961, S. 96–102

Rüther, Josef, Heimatgeschichte des Landkreises Brilon. Münster 1956

Ruhkamp, Heinrich u. Wilhelm Elling, Töpferei in Vreden. Westf. Heimatkalender 1964, S. 158–163

Rumpf, Karl, Alte bäuerliche Weißstickereien. Marburg 1937

Rumpf, Karl, Eine deutsche Bauernkunst. Marburg 1943

Rumpf, Karl, Hessen. Deutsche Volkskunst. N. F. Marburg 1951

Sagebiel, Fritz, Aus der Geschichte der bergischen Zinngießer. Rhein.-Westf. Zeitschr. f. Volkskunde Bd. III 1956, S. 196–216

Sager, Ludwig, Die Grafschaft Bentheim in der Geschichte. Nordhorn o. J.

Salin, Bernhard, Djur-og Växtmotivens Utvecklinshistoria. Stockholm 1890.

Sartori, Paul, Westfälische Volkskunde. Leipzig 1929

Sauermann, Dietmar, Das Lambertusfest und verwandte Bräuche. Rhein.-Westf. Zeitschr. f. Volkskunde Bd. XV 1968, S. 69–118

Schaefer, Karl, Deutsche Bauernstühle. In: Mitt. aus d. Germanischen Nationalmuseum. Nürnberg 1897, S. 74–79

Schatzmann, F., Beyträge für die Geschichte und Verfassung des Herzogthums Westphalen. Darmstadt 1803

Schauerte, Heinrich, Die volkstümliche Heiligenverehrung. Münster 1948

Schauerte, Heinrich, Das Brot im Glauben und Brauch des Volkes. In: Brot und Gebäck Jg. 11, H. 1 Bochum 1957, S. 3–8

Schauerte, Heinrich, Schieferbergbau im Sauerlande. Rhein.-Westf. Zeitschr. f. Volkskunde Bd. V 1958, S. 47–75

Schauerte, Heinrich, Brot und Gebäck im westfälischen Glauben und Brauch. Rhein.-Westf. Zeitschrift f. Volkskunde Bd. VII 1960, S. 66–82

Scheele, Norbert, Die Schmiedezunft in Olpe. Heimatstimmen aus dem Kreise Olpe 1948, 1. Folge, S. 15–26

Scheele, Norbert, Siegener und Olper Eisenhändler in Worms, Speyer und Frankenthal 1614. Heimatstimmen aus dem Kreise Olpe 1954, 16. Folge, S. 925–927

Schepers, Josef, Fachwerkgestaltung am westfälischen Bauernhaus. Westfalen 20 Bd. 1935, S. 49–61

Schepers, Josef, Hausformen im Ruhrgebiet. Westfälische Forschungen 2. Bd. 1939, S. 318–324

Schepers, Josef, Die hausgeschichtliche Stellung des Oberwesergebietes. Westf. Forschungen 3. Bd. 1940, S. 135–144

Schepers, Josef, Das Bauernhaus in Nordwestdeutschland. Schriften d. volkskundlichen Kommission i. Prov. Inst. f. westf. Landes- und Volkskunde H. 7, Münster 1943

Schepers, Josef, Stand und Aufgaben der nordwesteuropäischen Hausforschung. Rhein. Jahrb. f. Volkskunde 4, 1953, S. 7–68

Schepers, Josef, Stand und Aufgaben der Bauernhausforschung in Nordwestdeutschland. Westf. Forschungen 7. Bd. 1953–1954, S. 202–210

Schepers, Josef, Ofen und Kamin. Festschrift für Jost Trier. Meisenheim/Glan 1954, S. 339–377

Schepers, Josef, Westfalen-Lippe. In: Haus und Hof deutscher Bauern. Hrsg. v. Gustav Wolf. Bd. II, Münster 1960

Schepers, Josef, Westfalen in der Geschichte des nordwestdeutschen Bürger- und Bauernhauses. In: Der Raum Westfalen Bd. IV, 2. Münster 1965, S. 125–228

Scheuermeier, Paul, Bauernwerk in Italien, der italienischen und rätoromanischen Schweiz. Eine sprach- und sachkundliche Darstellung landwirtschaftlicher Arbeiten und Geräte. Zürich 1943. Bd. II Bern 1956

Schier, Bruno, Hauslandschaften und Kulturbewegungen im östlichen Mitteleuropa. Reichenberg 1932

Schierenberg, Heinz, Blüte und Verfall der lippischen Leinenindustrie, Diss. Münster. Detmold 1914

Schilstra, J. J., Koekplanken. Bussum 1961

Schlabow, Karl, Ein neuer Moorfund gibt Aufschluß über Form und Faltenfall des germanischen Mantels. Die Kunde. N. F. Jg. 1950, S. 8–12

Schlee, Ernst, Die Herdstelle im niederdeutschen Hallenhaus. Zeitschr. f. Volkskunde 51. Jg. 1954, S. 77–87

Schlee, Ernst, Schleswig-Holstein. Deutsche Volkskunst. N. F., Weimar o. J.

Schlenger, Herbert, Die Sachgüter im Altas der deutschen Volkskunde. Jahrb. f. hist. Volkskunde Bd. III/IV, Berlin 1934, S. 348–390

Schlicht, Elisabeth, Vom bäuerlichen Kunsthandwerk – ein vorläufiger Bericht über die Bestandsaufnahme von altem Hausrat –. Jahrb. d. emsländischen Heimatvereins Bd. 8. Meppen 1961, S. 45–53

Schlump, Maria, Wepelraut und Tunschere. Die Kunde Jg. 4, Nr. 8/9 1936, S. 154–156

Schmelzer, Josef, Olpe, das Städtchen der Pannenklopper. In: Das sauerländische Bergland. Hrsg. v. Wilhelm Uhlmann-Bixterheide. Dortmund 1921, S. 402–410

Schmidt, Erich, Die Leineweberzunft in der Grafschaft Wittgenstein. In: Das schöne Wittgenstein Nr. 10 1938

Schmidt, Ferdinand, 2200 Jahre Buntmetallgewerbe in der Mark. In: Der Märker Jg. 1 1951/52, S. 103–107, 126–130, 153–154, 178–179, 194–196

Schmidt, Leopold, Das deutsche Votivbild. Erscheinung und Geschichte eines Volkskunsthandwerks. Handbuch der Geisteswissenschaften, 4. Lief., Wien 1948, H. 2, S. 103–126

Schmidt, Leopold, Farbige Möbel in Niederösterreich. Jahrb. f. Landesk. v. Niederösterreich 36, 1964, S. 803–831

Schmidt, Maria, Bürgerliche Fingerringe des 16. bis 18. Jahrhunderts. Rhein.-Westf. Zeitschr. f. Volkskunde Bd. VIII 1961, S. 81–92

Schmidt, Maria, Das Wohnungswesen der Stadt Münster im 17. Jahrhundert. Schriften d. volkskundl. Kommission d. Landschaftsverbandes Westfalen-Lippe H. 15, Münster 1965

Schmidt, Maria, Ein westfälisches bäuerliches Inventar aus dem 17. Jahrhundert. Rhein.-Westf. Zeitschr. f. Volkskunde Bd. VIII 1961, S. 110–112

Schmidt. Robert, Mittelalterliche Truhen aus Niedersachsen. Pantheon 13 1934, S. 184–188

Schmidt, W., Des Altmärkers Eigenart und altmärkische Bauernart. In: Die Altmark und ihre Bewohner. II. Bd. Stendal 1912, S. 1–136

Schmitz, Gerda, Zur Einführung Museumsdorf Cloppenburg. Alte Trachten aus Niedersachsen und Westfalen. Cloppenburg 1969

Schmitz, Wilhelm, Blaudruck in alter und neuer Zeit. Münster 1936 u. 1942

Schmitz-Veltin, Wilhelm, Volkskunst und Brauchtum an niederrheinischen Hochzeitsschüsseln. Volkswerk, Jahrb. d. Staatl. Museums f. deutsche Volkskunde. Jena 1942, S. 54–65

Schmolitzky, Oskar, Thüringer Volkskunst. Weimar 1950

Schmülling, Wilhelm, Hausinschriften in Westfalen und ihre Abhängigkeit vom Baugefüge. Schriften d. volkskundl. Kommission i. Prov. Inst. f. westf. Landes- und Volkskunde H. 9, Münster 1951

Schnettler, W. (Hrsg.), Heimatbuch des Kreises Büren. Büren 1923

Schnettler, W. u. P. Pagendarm (Hrsg.), Heimatbuch des Kreises Büren. Büren 1930

Schniedertüns, Philipp, unter Mitarbeit v. J. Buschmeier, H. Kuhlmann, G. Pollkläsener, J. Strieve u. W. Tack, Hövelhof. Paderborn 1952

Schöpp, Alexander, Alte deutsche Bauernstuben. Berlin 1934

Schoneweg, Eduard, Das Leinengewerbe in der Grafschaft Ravensberg. Ein Beitrag zur niederdeutschen Volks- und Altertumskunde. Bielefeld 1923

Aus den Schreinsakten des Kirchspiels Lüdenscheid im Staatsarchiv Münster Bd. II. In: Zeitschr. Süderland 1937

Schreppeler, Jörg, Ein Künstlich Alphabet, sambt derselben Ramen, auch klein und grosse geschrifften, vormals dergleichen nit ausgegangen. Straßburg 1568

Schröder, Albert, Bemalter Hausrat in Nieder- und Ostdeutschland. Leipzig 1939

Schröder, Hans, Gotische Truhen des Mittelalters. Festblätter des Museumsvereins für das Fürstentum Lüneburg. Lüneburg 1932, Nr. 4

Schröter, Hermann, Gute Nachbarschaft. Wirtschaftsbeziehungen des Osnabrücker Raums zu den Niederlanden. Osnabrücker Heimatblätter Jg. 2, Nr. 11

von Schrötter, Statistische Beschreibung des Kreises Wittgenstein. Berleburg 1875

Schubert, Alfred, Alte Volkskunst am Niederrhein. Düsseldorf 1938

Schuchhardt, Wolfgang, Textilien. In: Adolf Spamer, Die deutsche Volkskunde, Berlin 1934 Bd. I, S. 447–468

Schuchhardt, Wolfgang, Bilddamaste der deutschen und europäischen Volkskunst. In: Volkswerk, Jahrb. d. Staatl. Museums f. deutsche Volkskunde. Jena 1941, S. 200–226

Schürmann, Waltram, Dreihundert Jahre Wallfahrt nach Werl 1661–1961. Werl 1961

Schulte, Eduard, Der Lakehof und seine Erbmeier. Lippische Geschichtsbilder aus fünf Jahrhunderten. Bochum 1954

Schulte, Rudolf, Dat Trüwwestück – der Brauttaler. I: Land und Leute Nr. 129, 1956

Schulte, Wilhelm, Iserlohn. Die Geschichte einer Stadt. 2 Bde. Iserlohn 1951

Schulte Kemminghausen, Karl, Westfalen – Ansichten aus alter Zeit. Köln 1955

Schulze, Otto, Bäuerliche Holzschnitzereien und Kleinmöbel aus Norddeutschland. Elberfeld 1924

Schulze-Elmenhorst, Josef, Grabmäler auf unseren Friedhöfen. Westf. Heimatkalender 1952, S. 47–51

Schwedt, Herbert, Zur Geschichte des Problems Volkskunst. Zeitschr. f. Volkskunde 65. Jg. 1969, S. 169–182

Schwarze, Wolfgang, Wohnkultur des 18. Jahrhunderts im Bergischen Land. Wuppertal-Barmen 1964

Schwindrazheim, Hildamarie, Führer durch die Bauernstuben des Altonaer Museums 2, o. J.

Schwindrazheim, Hildamarie, Überlieferung und eigene Gestaltung in niederdeutschen Stickmustertüchern. Zeitschr. Nordelbingen Bd. 19

Schwindrazheim, Oskar, Deutsche Bauernkunst. Leipzig 1937

Sibmacher, Johann, Modelbuch in Kupfer. Nürnberg bei Michael Kuisner 1601

Sickert, J. J., Trachten der Landleute aus dem Fürstenthum Bückeburg und Umgegend. Gezeichnet, entw. und lth. v. J. J. Sickert. Lith. Institut von Charles Fuchs Hamburg, 6 kolorierte Lithographien. Um 1840

Simon, Irmgard, Altwestfälisches Fastnachtsbrauchtum. Westfalenspiegel 2. Jg. 1953, S. 10–13

Simon, Irmgard, Volkskundliches über den Holzschuh. Rhein.-Westf. Zeitschr. f. Volkskunde Bd. II 1955, S. 248–252

Simon, Irmgard, Fastnachtsbräuche in Westfalen, Quellen und Arbeiten. Rhein.-Westf. Zeitschr. f. Volkskunde Bd. VI 1959, S. 56–69

Simon, Irmgard, Hamaland-Museum Vreden. Kulturgeschichtliche Zeugnisse aus Stadt und Land. Vreden 1969

Simonett, Christoph, Dachtruhen in Graubünden. Bündner Monatsblatt 1954, S. 344–346

Sluytermann, K., Huisraad en Binnenhuis in Nederland in vroegere eeuwen. s'-Gravenhage 1918

Sommer, Rolf, Die Industrie im mittleren Lennetal. Ist das Tal eine Industriestraße? In: Spieker, Landeskundliche Beiträge und Berichte 7, Münster 1956, S. 23–72

Šourek, Karel, Volkskunst in Bildern. Prag 1955

Spamer, Adolf, Das kleine Andachtsbild vom XIV. bis zum XX. Jahrhundert. München 1930

Spamer, Adolf, Arbeitsstand und Problemstellung der deutschen Bilderbogenforschung. In: Volkskundearbeit. Hrsg. v. Ernst Bargheer u. Herbert Freudenthal. Otto Lauffer z. 60. Geburtstag. Berlin und Leipzig 1934, S. 109–132

Spamer, Adolf, Die deutsche Volkskunde. Bd. I u. II Leipzig 1934 u. 1935

Spamer, Adolf, Weissenburg im Elsaß als Bilderbogenstadt. In: Beitr. z. Kulturgeschichte d. Rheinlande. Festschrift für Franz Schultze. Frankfurt a. M. 1938

Spamer, Adolf, Hessische Volkskunst. Jena 1939

Spamer, Adolf, Sachsen. Deutsche Volkskunst. N. F. Weimar 1943

Specht, Heinrich, Geschichte des Handwerks in der Grafschaft Bentheim. In: 25 Jahre Handwerkskammer zu Osnabrück 1900–1925. Osnabrück 1925

Spiegel, J., Handwerk und Handel im alten Schwerte. In: Der Märker Jg. 8, 1959, S. 12–16

von Spiess, Karl, Grundlinien einer Formen- und Gestaltkunde der Gebildbrote. Jahrb. f. hist. Volkskunde III./IV. Bd. Berlin 1934, S. 391–416

von Spiess, Karl, Bauernkunst, ihre Art und ihr Sinn. Berlin 1943

von Spiessen, Max, Tante Kläres Raritäten nach einer alten Hauschronik von 1604

Stadtlohn in Wort und Bild 1137–1951, siehe Friedrich Dorweiler

Steensberg, Axel, Danske Bondemøbler. København 1949

Stengel, Walter, Alte Wohnkultur in Berlin und der Mark im Spiegel der Quellen des 16.–19. Jahrhunderts. Berlin 1958

Steilen, Diedrich, Norddeutsche Grabmalkunst. Bremen 1938

Stierling, Hubert, Aus dem Musterbuch der Goldschmiede Orth und Meyer in Westerstede. Landesmuseum Oldenburg

Stierling, Hubert, Der Silberschmuck der Nordseeküste, hauptsächlich in Schleswig-Holstein, I Neumünster 1935

Stille, Ulrich, Haus und Hausrat, Tracht und Schmuck in Niedersachsen. Niedersächisches Heimatmuseum Hannover 1953

Stimmer, Christoph d. J., Vier künstliche Alphabet oder ABC allen Cantzeley und Guldenschreibern nützlich und lüstig zu gebrauchen. Frankfurt a. M. 1552

Stolte-Adelt, Gertrud, Wegbilder der Barockzeit im Münsterland, Phil. Diss. Münster 1930. Wattenscheid 1936

Stoss, Veit, Kurtze Fürweisung Künstlichs unnd Zierlichs schreibens daraus dann ein jeder den rechten grundt artlichs schreibens mit sonnderm vortheil lernen und begreifen mag. Nürnberg 1559

Strack, Wilhelm, Malerische Reise durch Westfalen. Hannover 1801

Strack, W., Nationaltrachten verschiedener Völkerschaften Westdeutschlands. H. „Bauernfrau und Mädchen bey Minden"

Stracke, Klemens, Auf den Spuren Benolper Frachtfahrer. Heimatstimmen aus dem Kreise Olpe 1952, 9. Folge, S. 553–561

Stroick, Autbert, Die Lembecker Wachsfigurengruppe. Die Weihnachtskrippe. Jahrb. 8, 1932, S. 37ff.

Stukenbrock 1153–1953. Paderborn 1953

Suerbaum, August, Sitte und Brauch unserer Heimat. Osnabrück 1951

Sylvanus, Erwin, Der Modelschnitzer von Dödesberg., Westfalenspiegel Jg. 1956, Nr. 4, S. 17–21

Tack, W., Hof- und Wegekreuze, Bildstöcke und Hofkapellen. In: Philipp Schniedertüns, Hövelhof. Paderborn 1952, S. 79–81

Teenstra, Anno, met medewerking van Hil Bottema, Henk Braber, G. C. E. Crone, P. van Oordt en D. F. Lunsingh Scheurleer, ingeleid door J. de Vries, Nederlandse Volkskunst. Amsterdam 1941

Theiss, Victor, Steiermark. Deutsche Volkskunst. N. F. Weimar 1940

Thiele, Ernst, Sinnbild und Brauchtum. Potsdam 1937

Thiele, Ernst, Waffeleisen und Waffelgebäcke in Mitteleuropa. Köln 1959

Thiele, Karl J., Die Hausinschriften des ehemaligen Fürstentums Corvey. Höxter 1931

Thomsen, Helmuth, Bäuerliche Stuhlformen an der Niederelbe. Ein Beitrag zur Geographie der niederdeutschen Volkskunst. Museum für hamburgische Geschichte. Hamburg 1939, S. 79–93

Tilgner, Lydia, Iserkoken-Kokendage. Westf. Heimatkalender 1956 (Ausg. Sauerland), S. 170–174

Tilgner, Lydia, Brautgeschenke im alten Westfalen. Westf. Heimatkalender 1957, S. 86–91

Trimpe, G., Das alte Bauernhaus im Artlande. Mitt. d. Ver. f. Geschichte und Altertumskunde des Hasegaues H. 3 1884. Quakenbrück 1925

Tümpel, H., Von Britschebrettern und vom Britscheschlagen. Zeitschr. f. rheinische und westfälische Volkskunde 10. Jg. 1913, S. 103–106

Tumbrägel, Anton, Hausinschriften des Oldenburger Münsterlandes. Rhein.-Westf. Zeitschr. f. Volkskunde Bd. VI 1959, S. 1–56

Uebe, Rudolf, Bauernmöbel. Heimatblätter der Roten Erde 3. Jg. 1922, S. 282–288

Uebe, Rudolf, Altmünsterisches Backwerk. Heimatblätter der Roten Erde 4. Jg. 1925, S. 550–554

Uebe, Rudolf, Westfälische Weihnachtskrippen. Die Heimat Jg. 7 1925, S. 408–410

Uebe, Rudolf, Deutsche Bauernmöbel. Berlin 1924

Uebe, Rudolf, Neujahrskuchen und Waffeleisen. In: Die Heimat Jg. 8 1926, S. 2–9

Uebe, Rudolf, Westfalen. Deutsche Volkskunst Bd. IX. Weimar 1927

Uebe, Rudolf, Westfälische Wiegen. Die Heimat Jg. 9 1927, S. 17–21

Uhlmann-Bixterheide, Wilhelm, Eingegangene Zweige der märkischen Industrie. In: Das sauerländische Bergland. Hrsg. v. W. Uhlmann-Bixterheide. Dortmund 1921, S. 92–98

Vaclacvik, Antonin u. Jaroslaw Orel, Volkskunst und Gewebe. Prag 1956

Vageding, H., Aus alten Akten. Mitt. d. Kreisheimatbundes Bersenbrück. Quakenbrück 1935, S. 41/42

Velmelage, Grete, Von der Flachsbereitung, vom Spinnen und Weben. Aus Berichten des Archivs für westfälische Volkskunde. Rhein.-Westf. Zeitschr. f. Volkskunde Bd. VII 1960, S. 229–238

van der Ven, D. J., Silbertrachten und Schmuck der holländischen Pfingstbräute und Schützenkönige

Verster, A. J. G., Das Buch vom Zinn. Hannover 1963

Vincke, Johannes, Die Hausinschriften des Kirchspiels Belm. Eine Einführung in das Hausinschriftenwesen des Osnabrücker Landes. Osnabrücker Mitteilungen Bd. 63 1948, S. 152–250

Völker, Chr., Aus dem religiösen Volksleben des Fürstbistums Paderborn. Paderborn 1937

Volkskunst aus Deutschland, Österreich und der Schweiz. Ausstellung in der Kunsthalle Köln vom 9. 11. 1968–6. 1. 1969. Katalog Köln 1969

Volkskunst im Rheinland. Führer des rheinischen Freilichtmuseums in Kommern, siehe Adelhard Zippelius

Volkskunst und Volkshandwerk. 75 Jahre Museum für deutsche Volkskunde. Siehe Lothar Pretzell

Volkskunst in Westfalen, Katalog Landesmuseum Münster 1955

Volkskunst, Westfälische, Museum für Kunst und Kulturgeschichte Dortmund. Kleiner Führer Nr. 2 Burg bei Magdeburg 1949

Voye, E., Die Industrie im südlichen Teil der Grafschaft Mark. In: Die Grafschaft Mark, Hrsg. v. A. Meister. Dortmund 1909, S. 463–534

Voye, E., Aus der Entwicklung der märkisch-sauerländischen Industrie. In: Das sauerländische Bergland. Dortmund 1921, S. 43–51

de Vries, Hans Vredemann, Architektura oder Bawung der Antiquen aus dem Vitruv. Antwerpen 1577

de Vries, Jan, met medewerking van P. W. J. van den Berg, L. Couturier, F. van Thienen, Cl. Trefois, J. van der Ven, L. van Vuuren, J. Waterink en J. S. Witsen Elias, Volk van Nederland. Amsterdam 1937

Vydra, Josef, Die Hinterglasmalerei. Prag 1957

Wagner, Georg, Volksfromme Kreuzverehrung in Westfalen. Schriften d. volkskundlichen Kommission des Landschaftsverbandes Westfalen-Lippe H. 11. Münster 1960

Wagner, Georg, Barockzeitlicher Passionskult in Westfalen. Forschungen zur Volkskunde, begründet v. Georg Schreiber, hrsg. v. Bernhard Kötting und Alois Schröer H. 42/43. Münster 1967

Wallmeyer, Fritz, Das Bauernhaus am mittleren Hellweg. Eine volkskundliche Untersuchung. Schriften d. volkskundlichen Kommission i. Prov. Inst. f. westf. Landes- und Volkskunde H. 2. Münster 1939

Walter, Max, Vom Steinkreuz zum Bildstock. Karlsruhe 1923

Walter, Max, Die Kunst der Ziegler. Oberdeutsche Zeitschr. f. Volkskunde I, Jg. 1927, S. 5–19

Walter, Max, Der Bildstock im bayrischen Odenwald. Bayerischer Heimatschutz. München 1930. S. 101 ff.

Walzer, Albert, Liebeskutsche, Reitersmann, Nikolaus und Kinderbringer. Volkstümlicher Bilderschatz in der Graphik und Keramik. Stuttgart 1963

Weddigen, Peter Florens, Historisch-geographisch-statistische Beschreibung der Grafschaft Ravensberg in Westphalen. 2 Bde. Leipzig 1790

Weddigen, Peter Florens (Hrsg.), Westphälisches Magazin zur Geographie, Historie und Statistik Bd. 1–4. Bückeburg, Leipzig, Dessau 1784–1788; Neues Westphälisches Magazin. Geographie, Historie und Statistik Bd. 1–3. Bielefeld, Leipzig, Lemgo 1788–1792

Weddigen, Peter Florens (Hrsg.), Westphälischer historisch-geographischer National-Kalender zum Nutzen und Vergnügen 1.–4. Jg. Leipzig 1800, 1801, 1804 u. 1805

Wefelscheid, Heinrich, Ruhrländische Grabsteine aus vier Jahrhunderten. Beitr. z. Landeskunde des Ruhrgebietes H. 1. Essen 1929

Wegener, Anton, Ochtrup. Ein Heimatbuch. o. J.

Weinhold, Rudolf, Töpferwerk in der Oberlausitz. Berlin 1958

Weiser, Johanna, Die Haubenschachtel. Katalog staatl. Museum Schwerin 1958

Wellek, Albert, Typologie der Musikbegabung im deutschen Volk. Grundlegung einer psychologischen Theorie in der Musik und Musikgeschichte. München 1939

Wellingholzhausen. Aus der Geschichte des Kirchspiels und der katholischen Pfarre. Wellingholzhausen 1957

Wendt, Ralf und Voß, Marianne, Volkskundliche Sammlungen. Bauernkultur in Mecklenburg II.

Das Mobiliar. Staatl. Museum Schwerin. Putbus o. J. 1967

Werland, Walter, 1000 Jahre Harsewinkel. Münster 1965

Wey, Elisabeth, Rheinische Gebildbrote. Rhein. Vierteljahresschrift Jg. 9 1939, S. 105–108

Wichert-Pollmann, Ursula, Das Glasmacherhandwerk im östlichen Westfalen. Eine volkskundliche Untersuchung. Schriften d. volkskundlichen Kommission d. Landschaftsverbandes Westf.-Lippe H. 13, Münster 1963

Wied, Werner (Hrsg.), Feudingen 1218–1968. Ein Wittgensteiner Dorfbuch. Feudingen 1968

Wildhaber, Robert, Hinterglasmalerei. Zeitschr. Schweizer Volkskunde Jg. 46, Nr. 6, Basel 1956, S. 82

Wildhaber, Robert, Küchengeräte. Basel 1962

Wille, Hermann, Fastnachtssitten in Henglarn. In: W. Schnettler u. P. Pagendarm (Hrsg.), Heimatbuch des Kreises Büren. Büren 1930, S. 125–126

Wiswe, Hans, Die Branntweinkaltschale. Beitr. z. deutschen Volks- und Altertumskunde Jg. 8 1964, S. 61–86

Wittichen, Ingeborg, Niederdeutsche Stickereien aus sieben Jahrhunderten. Vaterländisches Museum Celle. Katalog 1952

Wittichen, Ingeborg, Der Hirsch. Das Pferd. Lieblingsmotive niedersächsischer Volkskunst. Bomann-Museum Celle. Kataloge 1957 und 1960

Wörterbuch der deutschen Volkskunde. Begründet v. Oswald A. Erich u. Richard Beitl. 2. Aufl. neu bearb. v. Richard Beitl. Stuttgart 1955

Wolf, Gustav, Friedhofswesen in Westfalen. Westf. Heimatkalender 1949, S. 91–92

Wollbrink, Wilhelm, Zur Volkskunde von Enger. Ein Heimatbuch. Enger 1948

Wormstall, Albert, Studien zur Kunstgeschichte Münsters. In: O. Hellinghaus, Quellen und Forschungen zur Geschichte der Stadt Münster I. Münster 1898, S. 163–269

Wühr, Hans, Alte Küchen und Küchengeräte. Darmstadt o. J.

Wurmbach, Annemarie, Das Bauernhaus des Siegerlandes als baugeschichtliches Denkmal einer Grenzlandschaft. Diss Münster 1955 (Ms.)

Wurmbach, Annemarie, Erntegerät und Erntebrauch in Westfalen. Katalog Landesmuseum Münster 1956

Wurmbach, Annemarie, Der Ofen im westfälischen Bauernhause. Rhein.-Westf. Zeitschr. f. Volkskunde Bd. III 1956, S. 226–232

Wurmbach, Annemarie, Erntegerät in Westfalen. Rhein.-Westf. Zeitschr. f. Volkskunde Bd. IV 1957, S. 40–61

Wurmbach, Annemarie, Backen und Backwerk in Westfalen. Münster 1957

Wurmbach, Annemarie, Kuchen, Fladen, Torten. Zeitschr. f. Volkskunde 56. Jg. 1960, S. 20–40

von Zaborsky, Oskar, Die Trachten der ehemaligen Mark Brandenburg. Deutsches Jahrb. f. Volkskunde 2. Bd. Berlin 1956, S. 91–140

Zelenin, D., Russische ostslawische Volkskunde. Berlin und Leipzig 1927

Zender, Matthias (Hrsg.), Atlas der deutschen Volkskunde, Neu Folge. Marburg 1958ff.

Zink, Herbert, Städtisches Gustav-Lübcke-Museum Hamm. Hamm 1965

Zink, Theodor, Die Pfalz, Deutsche Volkskunst Bd. XII. München o. J. [1931]

Zippelius, Adelhard, Das Bauernhaus am unteren deutschen Niederrhein. In: Werken und Wohnen. Volkskundliche Untersuchungen im Rheinland. Hrsg. v. Matthias Zender, Bd. I. Wuppertal 1957

Zippelius, Adelhard, Volkskunst im Rheinland. Führer des Rheinischen Freilichtmuseums in Kommern. Düsseldorf 1969

Zuhorn, Wilhelm, Die Tonwarenfabrikation der Familie Rensing, eine eingegangene Warendorfer Industrie. Warendorfer Blätter f. Orts- und Heimatkunde Nr. 8 1910, S. 30ff.

Sachregister

Namensindex

tümlichkeiten. Sie vermeiden bewegtes auffälliges Rankenwerk, sie sind streng, ein wenig schwerfällig, unelegant, bisweilen sogar plump aufgebaut, wobei zu betonen ist, daß es leise Nuancen von Osten nach Westen zum Rhein hin fortschreitend in einer bestimmten Auflockerung und stärkeren Gefälligkeit des Dekors gibt. Beispiele dafür sind schmiedeeiserne Herbergsschilde aus Schwelm, Soest, Herford.

Das Zeitalter des Barocks oder Rokoko, das in Süddeutschland in der Schmiedekunst so bezaubernde Beispiele einer illusionistischen Kunst mit bewegten Konturen und verschiedenen Perspektiven hinterlassen hat, ist in Westfalen von ganz anderer Formkraft und Wirkungsart. Das Beschlagwerk einer Koffertruhe von dem Hofe Bonekamp, Herne-Baukau, im Emschertalmuseum, aus dem Jahre 1743, mit seinen durchbrochenen, geradlinigen, schwerflüssigen Bändern und den figürlich gestalteten in Form von fast kindlich gezeichneten plumpen, dicken Pferden, zeigt schlagend, wie man barocke Stileinflüsse verarbeitet.

Die schmiedeeisernen Bänder der gotischen Stollentruhen und der barocken Koffer, die schlichten Maueranker, die einfachen geschwungenen Türangeln und Beschläge aus der Zeit der Gotik, die Durchsteckarbeiten der Renaissance und die Schlösser des Klassizismus, in denen sich Form und Zweck vermählen, die schlichten, bauchigen oder zylindrischen Blendlaternen des 18. und 19. Jahrhunderts, die glatten schmiedeeisernen Kantstäbe oder Ellen des Schneiderhandwerks, die Fassungen der Eiersanduhren in den Kirchen Herfords, Lemgos, sie alle kräftig und männlich gearbeitet, künden in ihrem flächenhaften linearen Formenspiel von herber Wesensart.

3. Eisenguß

Ein besonderes Kapitel der Eisenverarbeitung muß noch behandelt werden, das ist der Eisenguß. Reliefierte Kamin- und Ofenplatten kennen wir aus den verschiedensten Landschaften Deutschlands, aus Lothringen, der Eifel, dem Harz, besonders aber aus Hessen und dem Siegerland. In Schlössern, Bürger- und Bauernhäusern begegnen uns wieder Kaminplatten und Eisenöfen, im Volksmund „verlorener Sohn" genannt nach dem biblischen Thema, das sie schmückt. Es sind Kastenöfen auf niedrigen schmiedeeisernen Stützen, sogenannte Bilegger, die von einer Seite gefeuert wurden und zwei Räume heizten. Weiter sind hier die gußeisernen, reliefierten Tackenplatten oder Füertacken zu nennen (französisch taque), die hinter der Feuerstätte in der Brandmauer eingelassen waren und die Wärme, die von dem Feuer ausging, durch eine Nische in die nahegelegene Stube leiteten. Solche Kamin- und Ofenplatten aus Gußeisen waren im Relief besonders oft mit Motiven aus der Bibel geschmückt. Hessische Formschneider wie der bekannte Philipp Soldan zum Frankenberg[34], seine Schüler Heinrich Bunsen, Jost Luppold von Treysa, Conrad Luckeln, Jost Schilling und der aus dem Harz stammende Ronnung wie der Ofengießer Conrad Scharphe zeichneten für die Reliefs wie den Guß verantwortlich. Soldan und seine Schüler schnitzten Holzmodelle, die merkwürdigerweise als Matrizen wenig abgeändert Allgemeinbesitz vieler Hütten wurden, und zwar in der Regel in Anlehnung an Kupferstiche und Holzschnitte berühmter Meister wie Albrecht Dürer, Lucas Cranach, Aldegrever usw.[35]. Diese Vorlagen wurden immer wieder nachgeschnitten und vereinfacht. So sind diese Bilderöfen in ihrer volkstümlichen Ausstrahlungskraft mit den illustrierten Volksbüchern zu vergleichen.

Kamin- und Ofenplatten, Öfen

Neben diesen hessischen Formenschneidern ist der Siegerländer Meister P. im Schild bekanntgeworden (Hans Pender, der um 1520–42 Öfen und Grabplatten goß)[36].

[33] Renate Brockpähler, Bestandsaufnahme von volkstümlichem Sachgut im Kreise Coesfeld. Abb. 3: Koffertruhe mit Eisenbeschlag, 1705, Schulze Hillert, Coesfeld-Stevede. – Westfälische Volkskunst. Museum für Kunst und Kulturgeschichte Dortmund, Kleiner Führer 2, S. 31, Abb. 32: Brauttruhe aus dem Münsterland mit reichem Beschlag. – Vgl. dazu Paul Engelmeier, Bauernkunst im Münsterland, S. 7 Abb.: Münsterländer Brautkoffer von 1743.

[34] Alfred Kippenberger. Philipp zum Frankenberg. Wetzlar 1926.

[35] Derselbe, Die Kunst der Ofenplatten. Düsseldorf 1928. – Derselbe, Der künstlerische Eisenguß. Marburg 1958.

[36] Derselbe, Der Siegerländer Meister „P im Schild". Siegerland Bd. 13, H. 1 1931, S. 2–5.

Themen der Darstellung

Beliebte Themen der Eisenplatten des 16. und 17. Jahrhunderts aus hessischen Werkstätten, die auf westfälischem Boden sehr verbreitet waren, sind die Erschaffung Evas aus der Rippe Adams, der Sündenfall, die Vertreibung aus dem Paradies, Kain und Abel, Opferung Isaaks, das salomonische Urteil (Abb. 254), Bathseba im Bade und die Alten, Judith mit dem Haupt des Holophernes, die Schlacht von Bethulien, Elisa in Sarepta, die Geburt Christi, die heiligen drei Könige, Christi Taufe im Jordan durch Johannes, die Hochzeit zu Kana, Christus und die Sünderin am Brunnen, der verlorene Sohn, der reiche Mann und der arme Lazarus, die Auferstehung Christi, das jüngste Gericht und viele andere biblische Themen. Man redet deshalb auch vom Bibelofen.

In der Barockzeit tauchen neue Themen auf, die aus der Antike, aus der Mythologie herrühren. Man spricht von holländischen Platten, obwohl die niederländische Herkunft völlig unbewiesen ist. Mit gerundetem Kopfteil, mit Delphinenschmuck, Schlangenleibern oder aufgesetztem vegetabilen Rankenwerk und Muscheln fallen sie durch ihre barocke Formengebung auf. Perlschnurfriese rahmen das eigentliche Thema ein. Dargestellt werden z. B. der Raub des Ganymed, das Parisurteil, Diana und Aktäon, die Europa (Abb. 256), die „Caritas", die „Hollandia", eine sitzende Frau mit Federhut innerhalb eines geflochtenen Zaunes, den Geusenhut auf einer Stange haltend, mit ihr das Wappentier Hollands, der aufgerichtete Löwe mit Schwert (Abb. 255). Diese Platten, in neuester Zeit aus stilistischen Gründen für siegerländisch gehalten[37], sind im westfälischen Raum sehr verbreitet, weniger aber Ofenplatten aus Harzer Hütten mit Darstellungen wie dem Wappen des Welfenhauses oder dem springenden Pferd über einer Stadtansicht (Abb. 257), weiter dem Monogramm F = Friedrich von York, Bischof von Osnabrück und dem sich für seine Jungen aufopfernden Pelikan unter Palmen und schließlich mit Blütenstrauß in Rokokovase.

Produktionszentren

Im Siegerland, im Sauerland und Paderborner Land wurden Öfen gegossen bis ins 19. Jahrhundert hinein. Man spricht direkt vom „Suerländer". Im Paderbornischen, in fürstbischöflicher Zeit, goß man Öfen in Altenbeken, die sich durch besondere Güte und Dauerhaftigkeit auszeichneten. „... Man stellte zweierlei Typen her, einfache oder ‚ordinaire' und doppelte oder Aufsatzöfen, die alle reichlich mit Bildern und Zieraten geschmückt waren. Ihre Größenverhältnisse waren, wie das verschiedene Gewicht beweist, schon im 17. Jahrhundert sehr verschieden. Um 1660 wurden Öfen der kleineren Art im Gewicht von $4^1/_2$–$6^1/_2$ Zentnern gegossen. Die doppelten oder Aufsatzöfen wogen damals 9, $9^1/_2$, $10^1/_2$ bis $16^1/_2$ Zentner."[38]

Westfalens Stärke ist seine Eisenerzeugung und seine Eisenbearbeitung. Zahllos sind die Gefäße und Arbeitsgeräte aus Schmiede- und Gußeisen. Das Repertoire reicht vom Schlüssel und Türbeschlag zur Kassette, vom Kucheneisen und Hahl zum Kochtopf und Grapen, vom Leuchter zum Feuerbock und zur Feuerstülpe, vom Pflug zur Waffe, von der Kamin- und der Tackenplatte zur Grabplatte, vom Herbergsschild zum Kirchturmhahn. Westfalen hat weithin seine Eisenerzeugnisse exportiert. Das westliche Westfalen, die Grafschaft Mark, das Sauerland und das Siegerland waren in dieser Beziehung herrschend und tonangebend. Auf dem Gebiet des Eisengusses, insbesondere was Kaminplatte und Eisenofen angeht, ist es stark von Hessen beeinflußt.

[37] Annaliese Ohm, Volkskunst am unteren rechten Niederrhein, Düsseldorf 1960, S. 234: Typen, Figuren und Schmuck weisen zu den Niederlanden, die Kompositionselemente in den Hessisch-Siegener Kreis ... In der Literatur werden sie allgemein als holländische Platten bezeichnet, ohne Angabe eines Entstehungsortes.

[38] Anton Knape, die wichtigsten industriellen Unternehmungen des Paderborner Landes in fürstbischöflicher Zeit. Zeitschr. f. vaterländ. Gesch. u. Altertumskunde 70. Bd. 1912, S. 288: An Gußwaren wurden neben den verschiedensten Bedarfsgegenständen wie Platten ... großen und kleinen Töpfen, Rosten ... Säulen usw., in der Hauptsache Öfen fabriziert. S. 289: Im Jahre 1660 konnte auf eine wöchentliche Produktion von ca. 70 Zentnern Öfen hingewiesen werden.

Volkskunstliteratur 1970-75. Nachtrag.

Das Thema Volkskunst ist in den letzten Jahren zur Zeit der Drucklegung dieses Buches immer wieder diskutiert und neu durchdacht worden. Neue Theorien wurden aufgestellt. Vor allem gaben die soziologischen Thesen eines Theodor W. Adorno neue Denkanstöße in der Betrachtung des alten Themas.

Das Kunstwerk ist nun in erster Linie in seiner sozialen Bindung und Verflechtung Forschungsgegenstand, geschichtliche und stilkritische, ästhetische, rein volkskundliche Betrachtungsweisen und Analysen treten zurück, ein neues Vocabularium, gewonnen aus der Soziologie, verdrängt die alten überlieferten Sprachbilder und Thesen.

In der Kunstzeitschrift Pantheon erschien 1975 ein bemerkenswerter Aufsatz von Lenz Kriss-Rettenbeck[1], der sich von neuem des alten Themas „Was ist Volkskunst" annimmt, ausgehend von einer Schnitzarbeit, dem Hund Greif, von der Hand des Bauern Fischer von Seidenhof bei Kulmbach, und kritisch Stellung nimmt zu den einzelnen alten und neuen Interpreten des Phänomens Volkskunst und ihren Thesen wie Adolf Spamer, Wilhelm Fraenger, Leopold Schmidt, Martin Scharfe, Elke Schwedt, Wolfgang Brückner usw. Man wird in Zukunft an diesem Aufsatz nicht vorbeigehen können.

Von der allgemeinen zur regionalen, zur westfälischen Volkskunst übergehend sei hier auf einige Neuerscheinungen der Jahre 1970–1975 zu den Themen Bauernhaus-Architektur, Möbelkunst, Metallgerät, Töpferwaren, Trachten, Brauchtum, religiöse Volkskunst hingewiesen.

Eine westfälische Region, das Lipper Land, hat eine einzigartige Würdigung gefunden, so facettenreich, daß auch das Thema Volkskunst vielfach Nutzen daraus zieht. Es ist das Buch von Wilhelm Hansen, „Das lippische Landesmuseum", Detmold 1972.

Das Schrifttum über Hausinschriften wird bereichert durch einen umfangreichen Beitrag von Herbert Clausz[2] über Hausinschriften des Kreises Bersenbrück 1973. Er gibt einen Überblick über die Entfaltung des Inschriftenbrauches im ehemaligen Kreis Bersenbrück vom 16.–20. Jahrhundert, weiß vor allem etwas über die Schnitzer und über die Schriftformen zu berichten.

Gertrud Angermann[3] untersucht in einer sorgfältig gearbeiteten Studie das Phänomen der geschnitzten und farbig bemalten Engel an Torbögen von Ravensberger Bauernhäusern des 18. bis 20. Jahrhunderts. Durch die wechselnde Fragestellung wird das zunächst rein ikonographische Thema vor dem Hintergrund kunstgeschichtlicher, wirtschaftlicher, sozialer, religiöser Zusammenhänge ausgeweitet und so Blüte und Ende einer bäuerlichen Kunstausübung und ihre Annäherung an städtische, bürgerliche, industrielle Gegebenheiten aufgezeichnet. Kunstgeschichtlich wäre noch einzublenden, daß diese Arbeit durch die Kenntnis des umfangreichen Artikels „Engel" von Karl August Wirth im Reallexikon zur deutschen Kunstgeschichte, 51./52./53. Lieferung, S. 342–555, noch gewonnen hätte. Das paarige Engelmotiv als Bildchiffre oder Bildformel, von der höfischen Kunst von Burgen, Palästen, Bürgerhäusern übernommen und teilweise profaniert mit Girlanden, Blütenkränzen in den Händen, zeigt sich hier an protestantischen Bauernhäusern ohne liturgische Gewandung durch seine Beigaben in einem neuen Licht.

Das Kapitel Bauernmöbel weist eine wichtige Neuerscheinung auf. Elfriede Heinemeyer und Helmut Ottenjann nennen ihr Werk „Bauernmöbel aus dem nordwestlichen Niedersachsen". Es versucht in Fortführung des 1954 erschienenen Buches von Vater Heinrich Ottenjann, „Alte deutsche Bauernmöbel", den Radius um die Sammlung des Cloppenburger Freilichtmuseums zu vergrößern und Friesland und den Osnabrücker Raum in das Forschungsprogramm einzubeziehen. Dabei wird das eigentliche Thema Bauernmöbel eingeschränkt, und nur die Möbeltypen Truhe und Schrank werden erforscht. Die Prägnanz und Genauigkeit der Aussage für Möbelformen des Oldenburger Raumes vermißt man für das übrige Gebiet, ganz besonders für die Osnabrücker Landschaft. Die Frage der Ausstrahlungskraft und Bedeu-

[1] Kriss-Rettenbeck, Der Hund Greif und die Frage „Was ist Volkskunst", Pantheon III. Jg., XXXII, 1975, S. 145 ff.

[2] Clausz, Herbert, Hausinschriften des Kreises Bersenbrück, Ankum 1973 (Mitt. des Kreisheimatbundes Bersenbrück, H. 17).

[3] Angermann, Gertrud, Engel an Ravensburger Bauernhäusern. Ein Beitrag zum Wandel des Dekors vom 18. bis 20. Jahrhundert. Münster 1974. In: Beiträge zur Volkskultur in Nordwestdeutschland.

[4] Heinemeyer, Elfriede, und Ottenjann, Helmut, Alte Bauernmöbel aus dem nordwestlichen Niedersachsen, Leer 1974.

tung von Bremen für das westliche Niedersachsen wird in keiner Weise berührt. Neue Teilergebnisse insbesondere auf dem Gebiet der Möbelmalerei machen dieses Buch zu einer wichtigen Neuerscheinung[5].

Seit Alfred Kippenbergers Forschungen über den künstlerischen Eisenguß, über die Kunst der Ofenplatten – sein Buch liegt in 2. Auflage, Düsseldorf 1973, vor –, ist die Literatur über dieses Thema angewachsen. Wir nennen hier nur die Arbeit von Wilhelm Elling, „Ofen- und Herdplatten in Vreden und Umgebung", Vreden 1973 (Beiträge des Heimatvereins Vreden zur Landes- und Volkskunde 2). Es ist eine Bestandsaufnahme in Katalogform des an die Niederlande grenzenden westlichen Münsterlandes, des Kreises Ahaus mit dem Zentrum Vreden. Ungefähr 300 Platten wurden systematisch untersucht. Bildthemen, Inschriften, Signaturen werden verglichen. Elling weist auf holländische, rheinische, hessische, westfälische Eisenplatten in öffentlichem und privatem Besitz hin. Bei diesen Vergleichen zeigt sich, daß dieselben Platten in Eisengießereien in Hessen, im Harz, in Westfalen immer wieder nachgegossen werden. Vielleicht wird es in Zukunft möglich sein, durch die Kenntnis der einzelnen Initialen der Platten ihre genaue Herkunft zu eruieren.

Das Kapitel Zinnguß hat für Westfalen und seine Randgebiete neue Bedeutung erlangt. Hier seien drei Veröffentlichungen genannt: 1. Kohlmann, Theodor, „Zinngießerhandwerk und Zinngerät in Olden. burg" ,Ostfriesland„ und Osnabrück (1600–1900), Schriften zur niederdeutschen Volkskunde, Bd. V, Göttingen 1972; 2. Kohlmann, Theodor, „Altes Zinn aus dem westlichen Niedersachsen", Sammlung Museumsdorf Cloppenburg, Cloppenburg 1972; 3. Pieper-Lippe, Margarete, „Zinn im südlichen Westfalen", Münster 1974. Das erste Buch (vgl. meine Kritik in den Osnabrücker Mitteilungen, Bd. 80, 1973, S. 232–235) ist in jeder Hinsicht durch seine minutiöse Erfassung und Kenntnis der schriftlichen und der gedruckten Quellen, der Zunftbriefe, Privilegien wie durch die Kenntnis des Zinnbestandes – mit Abstrichen des Osnabrücker Raumes – von Bedeutung und als Nachschlagewerk für Zinngießermarken zu empfehlen. Die zweite Arbeit von seiner Hand mit dem überwiegend volkskundlichen Inhalt ist für den Typenforscher eine Fundgrube und wichtig wieder durch sein Zinngießerverzeichnis. Das dritte Buch von Margarete Pieper-Lippe, schon in seiner Aufmachung gefallend, mehr kunstgeschichtlich orientiert, erschließt ein Gebiet, das die Territorien der alten Reichsstadt Dortmund, Soest, Grafschaft Mark, Hochstift Paderborn, kurkölnisches Herzogtum Westfalen und Nassau-Siegen umfaßt. Wichtig sind die beigegebenen, vorzüglich dargestellten Zinngießermarken – Meister- und Stadtmarken.

Noch sei hingewiesen auf mehr allgemeine Werke wie den Zinnkatalog der Stadt Köln von Hanns-Ulrich Haedeke, Köln ²1968, auf das Buch von dem gleichen Autor, „Zinn, Zentren der Zinngießerkunst von der Antike bis zum Jugendstil", Leipzig ³1973, auf das Werk von Ludwig Mory, „Schönes Zinn, Geschichte, Formen und Probleme", München 1972. Alle drei Bücher berühren westfälische Verhältnisse, westfälische Städte.

Zu dem Kapitel Messing-Kupfergerät sei eine kleine, 1969 in Wien erschienene Arbeit über Iserlohner Dosen erwähnt, als Heft 99 der Leobener grünen Hefte gedruckt. Verfasser dieser Arbeit sind Franz Kirnbauer und Richard Steiskal-Paur. Nennenswert ist das Signaturenverzeichnis der in Iserlohn tätigen Meister mit allen Abkürzungen, ebenso die Aufzählung all ihrer Dosen mit den verschiedensten historischen Darstellungen und Sprüchen.

Ein Teilgebiet westfälischer Volkskunst ist in letzter Zeit mehr und mehr aus dem Dunkel getreten. Keramikfunde, systematische Grabungen und Archivforschungen haben unser Wissen bereichert und alte feststehende Meinungen umgeworfen. Der Keramik- und Glasfund in Höxter, veröffentlicht von Hans Georg Stephan in der Zeitschrift Westfalen, Bd. 50, 1972, S. 149ff., unter dem Titel „Hausrat aus einem Abfallschacht der Frührenaissance in Höxter", zeigt eine ungewöhnliche Vielschichtigkeit, stellt uns vor viele Probleme, weist in verschiedene Ursprungsländer. Hier sind nicht alle Probleme

[5] Vgl. auch meine Kritik in: Osnabrücker Mitteilungen, Bd. 81, 1974, S. 236/37

gelöst, das gilt vor allem für die Irdenware. Dem Verfasser müssen wir für die Akribie seiner Forschungen dankbar sein.

Systematische Grabungen in Lünen und im Osnabrücker Land brachten neue wesentliche Erkenntnisse. Wingolf Lehnemann zeichnet in seinem Aufsatz „Beiträge zur Geschichte des Töpferhandwerks in Westfalen, besonders in Lünen" in der Rheinisch-Westfälischen Zeitschrift für Volkskunde, Jg. 17, 1970, S. 101–127, ein neues Bild dieses Handwerkszweiges. Wichtig sind seine Beobachtungen über Scherben, formale und farbliche Behandlung der Lünener Töpferware. Datierte Scherbenfunde geben uns Möglichkeiten, die Entwicklung besser zu überschauen. Lehnemann nennt weiter mehrere Töpferproduktionsstätten und fügt dazu noch ein Verzeichnis von Töpfererzeugnissen aus Lünen an.

Neue Ergebnisse zum Thema Irdenware des Osnabrücker Landes im 19. und 20. Jahrhundert zeigte die sorgfältig vorbereitete Ausstellung von Helmut Segschneider im kulturgeschichtlichen Museum Osnabrück, 1973, gegründet auf Ausgrabungen im Osnabrücker Raum und archivalischen Studien im Staatsarchiv Osnabrück. Sein Katalog, vorbildlich für ähnliche Untersuchungen, behandelt Geschichte und Verbreitung der Töpfereien im Osnabrücker Land in Tütingen, Sitter, Berge, Rulle, Bottun, Schlichthorst, Eye, Alfhausen, Thiene, Hellern, Iburg, Dissen, Hilter, Hagen; er gibt dazu eine Verbreitungskarte. Die Abschnitte Arbeit und Arbeitsgerät, Bezeichnung der Ware, Form und Funktion sind besonders zu loben.

Überschaut man das abgebildete Material, so möchte man von einem Auslaufen der Produktion, von einem Endstadium sprechen, das künstlerisch gesehen eine gewisse Verarmung und Primitivität des Schaffens bedeutet. Jetzt gilt es weitere, aber ältere Töpferware aufzuspüren in Verbindung mit Töpferwerkstätten des 17. und 18. Jahrhunderts, um ein endgültiges Urteil fällen zu können.

Die Osnabrücker Fayencemanufaktur aus den Jahren 1726–1728, Von Walter Kaufmann in den Mitt. d. V. f. G. u. L. von Osnabrück, Bd. 62, 1947, S. 137-165, beschrieben, hat uns nur ein einziges authentisches Stück hinterlassen, ein einfaches blaubemaltes Tintenfaß von der Hand des „Porcelainen Meisters" Johann Helferich Auer, ehemals Hanau.

Weitere Osnabrücker Produkte, nur archivalisch erfaßbar, und zwar in der Hinterlassenschaft des Osnabrücker Fürstbischofs Ernst August II., können also nicht berücksichtigt werden.

Welche Bedeutung der heimischen Töpferproduktion des 18. Jahrhunderts beizumessen ist, das zeigt vielleicht der Entwurf oder Abriß eines Prunkofens in Blaumalerei (Abb. 350) eines bei dem Osnabrücker Maler Ahmann arbeitenden, nichtgenannten Töpfergesellen vom 3. April 1727 mit dem Anerbieten, „dergleichen Ofens zu brennen, zu mahlen und zu setzen." Es handelt sich um einen barocken, auf kräftigen bemalten Stützen stehenden hochrechteckigen, abgestuften und abgesetzten Ofen mit Säulenrahmung und gewölbtem, sich verjüngendem haubenartigen Aufsatz mit Vasenbekrönung. Reiche Blaumalerei: als Hauptakzent ein Türkenkampf in paßförmiger Kartuschenrahmung, von Blattwerk umspielt, Landschaften mit Figurenstaffage, Atlanten, allegorische Figuren, Büsten, Blattfriese, Muschelornamente, Bandelwerk, alles das vereinigt sich zu einem prunkvollen Ensemble.

Wir stehen am Anfang der Keramikforschung unseres Landes und müssen uns dauernd revidieren.

Das gilt vor allem für Telgte und Warendorf. Peter Ilisch macht uns mit seinem „Beitrag zum Töpferwesen im Münsterland", Rhein.-Westf. Zeitschrift für Volkskunde, 20. Jg., 1973, S. 25–30, mit Rechnungsbelegen von 1771, 1773, 1774 bekannt, die sich auf Telgte beziehen. Namen von Drehern, Töpfern, Malern lernen wir kennen, ebenso hören wir einiges über ihre Erzeugnisse als da sind: Schalen, Teller, Näpfchen, Butterdosen, Tintenfässer, Apothekergefäße, Salzfässer, Weihwasserbecken, Ohrenkümpken (Ohrenschüsseln), bunte Teetassen, grüne und blaue Serviceteller, braune Schalen usw. Wie nun das alles in Wirklichkeit ausschaut, wissen wir nicht.

Die graublauen Steinzeugkrüge mit dem Monogramm G. R. aus Warendorf gehören der Vergangenheit an. Wingolf Lehnemann, Lünen, bestätigt in seinem Aufsatz „Die Herkunft der salzglasierten Steinzeugkrüge, mit dem Monogramm G. R.", Rhein.-westf. Zeitschr. f. Vk., 18./19. Jg., 1971/72, S. 103ff., die Forschungsergebnisse von Paul Engelmeier und somit die rheinische, die Westerwälder Herkunft der Krüge.

Das Töpferwesen der Renaissance und der Barockzeit liegt völlig im dunkeln, so ist jeder urkundliche Hinweis, jeder Scherbenfund von Bedeutung. Im Jahrbuch der Grafschaft Bentheim von 1975, S. 221, erfahren wir vom Pöttger Johann Hermans, der laut Trauregister der reformierten Gemeinde Bentheim von 1693 Fenne ter Einhorst heiratet. In einer anderen Urkunde des Jahres 1640 heißt es, daß der Bentheimer Töpfer Johann „solle auch alle Jahre so lange Er und seine Nachkommen Potte backen einen worff potte (dem Landesherrn) geben". Eine dritte Urkunde, eine Haushaltsrechnung der Burg Altena in Schüttorf aus dem Jahre 1622 weist eine Ausgabe von 1 Reichstaler an Heinrich den Pöttker von Ochtorff (Ochtrup) für Lieferung von „steinern Potten".

Unerläßlich ist die Kenntnis des Kataloges der staatlichen Kunstsammlungen Kassel von Joachim Naumann über Meisterwerke hessischer Töpferkunst, über Wanfrieder Irdenware um 1600, Kassel 1974, hat doch Wanfried auch westfälische Orte, wie z. B. Soest, beliefert. Genauso wichtig ist das Buch von Mechthild Scholten-Neeß und Werner Jüttner, „Niederrheinische Bauerntöpferei, 17.–19. Jahrhundert", Düsseldorf 1971, ist doch die niederrheinische Importware im angrenzenden westfälischen Raum sehr begehrt gewesen. Wer rheinisches Steinzeug, mit dem Westfalen durch mehrere Jahrhunderte beliefert wurde, genauer kennenlernen will, für den ist der gewichtige Katalog des Kunstgewerbemuseums der Stadt Köln, „Steinzeug", bearbeitet von Gisela Reineking-von Bock, Köln 1971, Bd. IV, ein unentbehrlicher Ratgeber und Helfer. Weiter ist hinzuweisen auf „Volkskunst im Rheinland", Führer und Schriften Nr. 4, Rheinisches Freilichtmuseum in Kommern, bearbeitet von Bernhard Beckmann, Gisela von Bock, Dorothea Heckenrath, Rudolf Taubert, Rolf Venator, Adelhart Zippelius, Düsseldorf 1969. Wichtig sind für den Westfalenforscher die Abschnitte über Steinzeug, Kamin- und Ofenplatten und Gebäckmodeln.

Das Thema Glas, Glasbläserei und Glasmalerei ist nach wie vor ein Stiefkind der westfälischen Volkskunstforschung. Hier dürfen wir auf einen Aufsatz von Rainer Marggraf im Jahrbuch 1975 des Heimatvereins der Grafschaft Bentheim, „Glasmalerei des 18. Jahrhunderts in Bauernhäusern der Niedergrafschaft", S. 131–140, aufmerksam machen. Die hier veröffentlichten Scheiben aus den Jahren 1788 und 1792, z. T. im Format 17 x 24 cm, sind mit niederländischen Texten versehen und datiert. Sie beziehen sich auf Familien der Niedergrafschaft. Es handelt sich um Fensterbierscheiben mit den üblichen Darstellungen des dahinstürmenden und schießenden Reiters, des Kredenzen eines Trunkes durch ein Mädchen und des dahinrollenden Hochzeitswagens.

Ein neues Thema sei angeschlagen. Zum Kapitel Tracht ist ein wesentlicher Katalog von Gerda Schmitz erschienen, „Alte Trachten aus Niedersachsen und Westfalen", Museumsdorf Cloppenburg 1969, der die einzigartige Trachtensammlung von Hermann Jennebach umfaßt. Hier werden detaillierte Angaben zur Bückeburger, Lindhorster, Friller, Delbrücker, Scheeßeler, Friedewalder, Artländer Tracht gemacht. Wir lesen viele Einzelheiten über bisher unbekannte, weil nicht gesammelte Trachtenstücke.

Ein reichbebilderter Aufsatz über Niedergrafschafter Frauentrachten (Grafschaft Bentheim) ist von Jan Jeurink im Bentheimer Jahrbuch, Nordhorn 1975, S. 105–117, erschienen. Die Arbeits-, Sonntags-, Kirchgangs-, Werktagstracht, die Wintertracht, das Regenkleid, die Trauertracht in ihren Abstufungen werden untersucht. Besondere Aufmerksamkeit wird den Hauben und Mützen geschenkt.

Über seine Neuerwerbungen, über Einzelheiten der Bückeburger, Lindhorster und Friller Frauentrachten, berichtet das Museum für Deutsche Volkskunst Berlin: Lebendiges Gestern, Erwerbungen von 1959–1974, Berlin 1975, S. 127ff. Ein beliebtes Thema der Forschung ist immer wieder das Stickmustertuch. Wir nennen die Arbeit von Willy Timm, „Stickmustertücher. Ein Beitrag zur Volkskunde", Mitt. d. Hellwegmuseums der Stadt Unna, 1970, Mitt. 9.

Das Kapitel Volkskunst und Schützenwesen ist durch einen wesentlichen richtungweisenden Aufsatz von Gerda Schmitz bereichert. Er lautet „Schützensilber im Kreise Tecklenburg" und ist erschienen in den Beiträgen zur Volkskunde des Tecklenburger Landes, zusammengestellt von F. E. Hunsche und F. Schmedt, Tecklenburg 1974, S. 254–276. Erwähnt sei in diesem Zusammenhang der Katalog „Schützenkleinodien, westfälisches und niederrheinisches Grenzgebiet", Arbeitsgemeinschaft Achterhoek-Westmünsterland im Kulturkreis Schloß Raesfeld, Ausstellung Dezember 1973/Januar 1974 in Borken, mit Beiträgen von M. Pieper-Lippe und Renate Brockpähler.

Das Kapitel „Religiöse Volkskunst", durch geschichtliche Vorgänge und konfessionelle Streitigkeiten belastet, wird von Georg Wagner in seinem Aufsatz „Wegebilder im Spannungsfeld religiöser Bekenntnisse", mit dem Untertitel „Ein Beitrag zur Denkmalkunde des Amtes Reckenberg", genauer beleuchtet, vgl. Rhein.-Westf. Zs. f. Volkskunde, Bd. XVII, 1970, S. 79ff. Es handelt sich um unerfreuliche Geschehnisse der Jahre 1717 und 1768, die eine Einbuße von religiösen Wegemalen, Hofkreuzen und Heiligenhäuschen, also von Volkskunstdenkmälern bedeutete.

Zum Abschluß dieses Literaturnachweises berühren wir ein Thema, das wenig in der volkskundlichen Forschung in Erscheinung tritt. Es ist das festliche Gebäck, das über das rein formale Schaffen und Gestalten hinaus durch die Berührung mit dem Brauchtum, der Handwerks- und Sozialgeschichte uns neue Perspektiven erschließt. Erst Helmut Segschneider unterzieht sich dieser Aufgabe in dem Katalog „Festliches Backwerk im Jahreslauf, Osnabrück 20. Jahrhundert", anläßlich einer Ausstellung des Jahres 1975 im kulturgeschichtlichen Museum Osnabrück.

Volkskunstliteratur 1975-78

Anläßlich der dritten Auflage seien einige neue Veröffentlichungen, Bücher wie Aufsätze des Zeitraumes 1975-1978, die sich mit dem Thema Volkskunst in Westfalen befassen, erwähnt. Nachzutragen für das Jahr 1974 ist das gewichtige Buch von *Stefan Baumeier* über *das Bürgerhaus von Warendorf* mit dem Untertitel: „*Ein volkskundlicher Beitrag zur Geschichte des Profanbaus in Westfalen.*" Sorgfältig untersucht sind Außen- wie Innenarchitektur, Einzelheiten wie Wandgliederung, Fenster, Portale, Türen, Spruchbalken, Balkengefüge, Knaggen, Treppenanlagen, Deckenmalereien, Kamine, eingebaute Schränke, Betten und anderes. Die einzelnen Bauten werden gewissermaßen geröntgt und so offenbaren sich die einzelnen Jahrhunderte, die verschiedenen Stile, die ineinander übergehen und sich miteinander verbinden und so ein reizvolles Ensemble ergeben.

Der Volkskunstforscher erhält durch *Josef Schepers* wichtige Hinweise in dem Aufsatz: *Der lippische Meierhof im Westfälischen Freilichtmuseum bäuerlicher Kulturdenkmale in Detmold* mit dem Untertitel: *Geschichte seiner Einzelbauten und dokumentarischer Wert der musealen Baugruppen*, erschienen Münster 1978 in der Festschrift für Wilhelm Hansen: Museum und Kulturgeschichte. Die bäuerliche Architektur wie das bewegliche Mobiliar werden mit gleicher Liebe und Sorgfalt untersucht.

In der gleichen Festschrift erschien ein reich bebilderter Aufsatz von *Helmut Ottenjann: Möbeltischlerei im nordwestlichen Niedersachsen.* Diese Arbeit hat gleiche Bedeutung für das Westfalenland. *Städtische Einflüsse und ländliches Eigenverhalten* werden nebeneinander gehalten und genauer erforscht. Dabei stützt sich der Verfasser auf neues Bildmaterial, insbesondere auf Möbelzeichnungen, auf Meisterrisse, so der Oldenburger und der Bremer Tischlerzunft und Zeichnungen aus Wehdel, Ldkr. Osnabrück. Er kommt in seinen Untersuchungen zu überraschenden Schlüssen und betont, daß die Fülle des noch vorhandenen großen Möbelmaterials nur zu erklären ist durch die übergroße Anzahl von ländlichen Werkstätten im Artland, die durch mehrere Generationen hindurch ungestört bäuerliche Möbel mannigfacher Art geschaffen haben. Dieser Aufsatz ist mehr als richtungweisend für die heimische Forschung.

Gehen wir zur Keramik über. Die Keramikforschung hat in dem Buch von *Wingolf Lehnemann: Irdentöpferei in Westfalen 17.-20. Jahrhundert*, Münster 1978 (in: Schriften der Volkskundlichen Kommission für Westfalen Bd. 24) neuen Auftrieb erhalten. Systematisch ist hier altes Material aufgearbeitet worden. Mit Hilfe von alter überlieferter aber unbekannter Heimatliteratur, durch persönliche Forschungen, durch Angraben von Töpferabwurfhalden konnten neue schon vergessene Töpferproduktionsstätten festgestellt werden. Man hat seine Freude an dem Bildmaterial, das zwar durch andere Veröffentlichungen schon bekannt ist, so aus Ochtrup, Gellenbeck. Vielleicht werden wir in Zukunft Beispiele aus Werl, Werther, Wickede, Lemgo, Anholt, Arnsberg, Driburg, Berleburg, Coesfeld, Dortmund, Detmold usw. mit Hilfe der Heimatforschung kennenlernen. Man hat seine Freude an diesem Buch, ist es doch das erste im norddeutschen Bereich, das so umfassend das Thema Bauerntöpferei behandelt.

Zu erwähnen ist noch ein zweites Buch, das das Töpferhandwerk eines einzelnen Ortes zum Gegenstand seiner Untersuchung macht. Die Geschichte eines Töpferortes am Rande des Ruhrgebietes wird aufgerollt, insbesondere auf seine „ungewöhnlich späte Blüte (1860-1900)" hingewiesen. *Helmut Müller* ist der Verfasser dieses Buches: *Töpferei in Schermbeck*, Volkskundliche Kommission für Westfalen. Münster 1976. Die Anfänge dieses örtlichen Handwerks um 1700 bis zum Niedergang kurz vor dem 2. Weltkrieg werden dargelegt.

Wir machen noch auf einen Aufsatz von *Dietrich Maschmeyer* in dem Jahrbuch des Emsländischen Heimatbundes 1978 Bd. 24 aufmerksam, der zwei Töpfer-Anschreibbücher: *Produktion und Absatz der Töpferei Berndsen in Freren-Ostwic* in Auszügen offenlegt.

Auch das Thema bäuerlicher Schmuck hat neue Denkanstöße erhalten. Wir verweisen auf den Aufsatz von *Margot Linde: Nachlaßinventare als Quelle volkskundlicher Sachforschung, dargestellt am Beispiel der Bernsteinketten der Vesterten Tracht.* Festschrift für Wilhelm Hansen: Museum und Kulturgeschichte, Münster 1978 S. 321 ff. Sie revidiert manche überlieferte Anschauungen der volkskundlichen Forschung für diesen Ort. Sie baut dabei auf einen früheren Aufsatz mit dem Titel: Bernsteinketten in der Vesterten Tracht. Stellung in der Volksmedizin-Übereignungsmodus-Anlegungsbrauch. Rheinisch-Westfälische Zeitschrift für Volkskunde 1977 S. 101 ff.

Hat Margot Linde das Thema Schmuck mehr von der Seite des Brauchtums erfaßt, so geht *Bernward Deneke* von volkskunstgeschichtlichen Aspekten aus. Die Akribie seines Kataloges: *Volkstümlicher Schmuck aus Nordwestdeutschland* Museumsdorf Cloppenburg 1977 ist mehr als lobenswert. Vielleicht wird in Zukunft unser Wissen durch die genaue Kenntnis von holländisch- französischem- dänischem und südschwedischem Schmuck so erweitert, daß wir zu genauen Ergebnissen gelangen. Für Südschweden denke ich nur an den Aufsatz von *Sigfrid Svensson: Sydsvenska silversmycken Kulturen 1952* S. 41 ff. (Halslås = Halsketten, Spangen, Schuhspangen).

Wir beenden diese Übersicht mit dem Aufsatz von *Hermann Dettmer: Beispiele für die konkrete Verwendung von Bilderbogen in Westfalen* in der schon mehrmals zitierten Festschrift für Wilhelm Hansen (S. 343-48). Er erweitert unsere Kenntnis der volkstümlichen Graphik religiöser und profaner Art, ihrer Herkunft, Verbreitung und Verwendung. Es sind die gleichen religiösen Bildthemen, die im katholischen Deutschland gang und gäbe sind, auch die profanen unterscheiden sich nicht sehr von dem übrigen deutschen Sprachgebiet. Das gilt auch für die Sitte: Bilderbogen in das Innere von Kleiderkästen oder in die Innendeckel von Truhen zu kleben.

TAFELTEIL

Abb. 1 Geck von einem Bauernhaus aus Schwagstorf, Kr. Bersenbrück
Städt. Museum Osnabrück

Abb. 2 Giebelhaus, Teilansicht, Krahnstraße 7, Osnabrück, dat. 1586

Abb. 3 Giebel mit Spruchbalken über der Eingangstür, Robke, Oldorf, Gem. Damme, Kr. Vechta, 1819, mit dem Meisternamen J. Heinrich Schumacher

Abb. 4 Teil eines Torbogens aus Herringhausen, Kr. Herford, von 1827

Abb. 5 Teil eines Torbogens aus Diebrock, Kr. Herford Meister Peter Rottmann, von 1885

Abb. 6 Torbogen aus Neuenheerse, Kr. Warburg, von 1706

Abb. 7 Torbogen aus Entrup, Kr. Höxter, von 1705

Abb. 8 Teil eines Torbogens aus Sundern, Kr. Herford, von Meister H. H. Rottmann, 1826

Abb. 9 Teil eines Torbogens aus Bermbeck, Kr. Herford, 1887

Abb. 10 Teil eines Torbogens aus Röntorf, Kr. Lemgo, 1794

Abb. 11 Torbogen aus Beverungen a. d. Weser, Kr. Höxter, Weserstraße 146, von 1693

Abb. 12 Torbogen aus Bredenborn Nr. 29, Kr. Höxter, von 1798

Abb. 13 Tür aus Kirchhundem, Kr. Olpe, 2. Hälfte 18. Jahrhundert. Märkisches Heimatmuseum Burg Altena

Abb. 14 Doppeltür aus Lippstadt, 2. Hälfte 18. Jahrhundert

Abb. 15 Rokokotür, Landesbank in Quakenbrück, Kr. Bersenbrück, um 1770

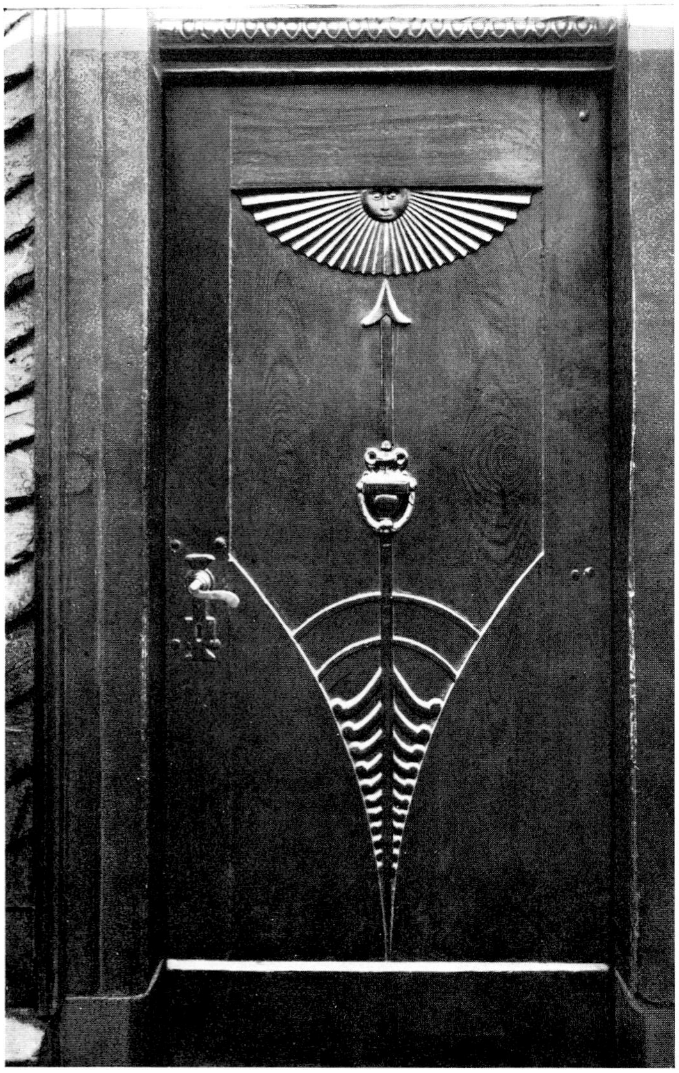

Abb. 16 Klassizistische Haustür aus Schwelm, Ennepe-Ruhr-Kreis, 19. Jahrhundert

Abb. 17 Rähm aus der Kreyenburg, Barenaue bei Engter, ehem. Kr. Bersenbrück, 18. Jahrhundert. Städt. Museum Osnabrück

Abb. 18 Tür aus der Nordwand des Stübchens im Sattelmeierhof Meier zur Müdehorst in Niederdornberg, Kr. Bielefeld von 1794, mit Darstellung des Begriffs „Selbsterkenntnis"

Abb. 19 Nordwand des gleichen Stübchens mit verschiedenartigen Darstellungen (Gerechtigkeit, friederizianische Soldaten, Husaren, springendes Pferd, Herz, Blüten usw.)

Abb. 20 Aus der Upkamer des Hofes Mönk
in Bardüttingdorf, Kr. Herford,
2. Hälfte 18. Jahrhundert
Museum für Kunst- und Kulturgeschichte Dortmund

Abb. 21 Teilstück aus der Südwand des
Stübchens auf dem Sattelmeierhof
Meier zur Müdehorst mit
Darstellung des Sündenfalles, 1794

Abb. 22 Getäfel·des Hofes Berner in Wulften, Kr. Bersenbrück, Artland, 18. Jahrhundert

Abb. 23 Wandbett oder Durtich mit Schiebetüren, Hof Kreuzmann in Vehs, Kr. Bersenbrück, Artland, 18. Jahrhundert

Abb. 24 Wandbett vom Hof Heinrich Wesselmann, Eggeberg, Kr. Halle, 19. Jahrhundert

Abb. 25 Wandgetäfel in Insingdorf, Kr. Melle, 19. Jahrhundert

Abb. 26 Wandschrank aus dem Priorschen Hause in Melle, 18. Jahrhundert

Abb. 24 Wandbett vom Hof Heinrich Wesselmann, Eggeberg, Kr. Halle, 19. Jahrhundert

Abb. 25 Wandgetäfel in Insingdorf, Kr. Melle, 19. Jahrhundert

Abb. 26 Wandschrank aus dem Priorschen Hause in Melle, 18. Jahrhundert

Abb. 27 Wandschrank im Louis-seize-Stil aus Schwelm, 18. Jahrhundert
Städt. Heimatmuseum Schwelm

Abb. 28 Stollentruhe mit Eisenbeschlag aus dem Ravensberger Land, um 1500
Städt. Museum Bielefeld

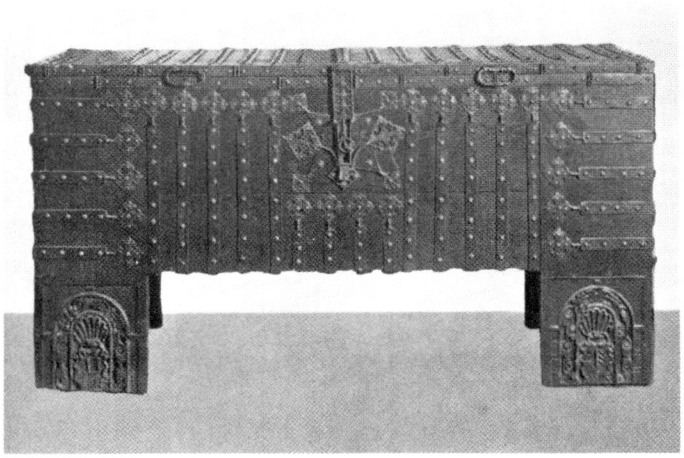

Abb. 29 Stollentruhe mit Eisenbeschlag, Meyer zu Borgsen, Ravensberger Land, 16. Jahrhundert
Städt. Museum Bielefeld

Abb. 30 Stollentruhe mit Eisenbeschlag, nach 1500 (Stollen erneuert)
Städt. Gustav-Lübcke-Museum Hamm

Abb. 31 Mittelalterliche Stollentruhe
aus Verne, Kr. Büren,
16. Jahrhundert
Kreisheimatmuseum
Wewelsburg

Abb. 32 Stollentruhe, nachmittelalterlich, aus dem Münsterland
Landesmuseum Münster

Abb. 33 Gotische Seitstollentruhe, Handwerkstruhe, Attendorn, Kr. Olpe, 15. Jahrhundert, Seitenansicht. Heimatmuseum Attendorn

Abb. 34 Seitstollentruhe mit Schablonenmalerei, Wiblingwerde, Kr. Altena, dat. 1594. Märkisches Heimatmuseum Burg Altena

Abb. 35 Seitstollentruhe, teilweise farbig bemalt, Liesborn, Kr. Beckum, 18. Jahrhundert. Westfälisches Freilichtmuseum Detmold

Abb. 36 Innersauerländische Seitstollentruhe mit Reliefschnitzerei, Serkenrode, Kr. Meschede, dat. 1804. Westfälisches Freilichtmuseum Detmold

Abb. 37 Seitstollentruhe, sauerländisch, 1735
Sauerländer Heimatmuseum Arnsberg

Abb. 38 Innersauerländische Seitstollentruhe mit gotisierendem Eisenschloß und Eisenbändern mit Rosetten, Listernohl, Kr. Olpe, 18. Jahrhundert
Westfälisches Freilichtmuseum Detmold

Abb. 39 Stark zerstörte und teilweise restaurierte romanische Stollentruhe, ehemals Dom Osnabrück
Diözesanmuseum Osnabrück

Abb. 40 Vorgetäuschte Vorderstollentruhe in altertümlicher Manier mit Punktkreisen verziert aus dem Volmetal, Sauerland, nachmittelalterlich Märkisches Heimatmuseum Burg Altena

Abb. 41 Vorderstollentruhe mit Drudemännkenmotiven, Artland, 17. Jahrhundert Städt. Museum Osnabrück

Abb. 42 Stollentruhe aus der Samtgemeinde Dissen, Kr. Osnabrück, 17./18. Jahrhundert Städt. Museum Osnabrück

Abb. 43 Vorderstollentruhe, Amt Salzkotten-Boke, Kr. Büren, dat. 1680
Kreisheimatmuseum Wewelsburg

Abb. 44 Vorderstollentruhe aus Thüle, Kr. Büren, dat. 1676
Kreisheimatmuseum Wewelsburg

Abb. 45 Vorgetäuschte Vorderstollentruhe aus dem Lipper Land, 18. Jahrhundert
Museum Lemgo

Abb. 46 Vorgetäuschte Vorderstollentruhe aus dem Lipper Land, 18. Jahrhundert Museum Lemgo

Abb. 47 Vorderstollentruhe aus dem Lipper Land, dat. 1726 Lippisches Landesmuseum Detmold

Abb. 48 Vorderstollentruhe aus dem märkischen Sauerland, dat. 1748 Städt. Heimatmuseum Menden

Abb. 49 Vorderstollentruhe aus dem Lippischen, dat. 1754 Lippisches Landesmuseum Detmold

Abb. 50 Vorderstollentruhe aus dem Sattelmeierhof zur Müdehorst, Niederdornberg, Kr. Bielefeld, dat. 1703
Museum für Kunst- und Kulturgeschichte Dortmund

Abb. 51 Vorderstollentruhe, Sattelmeierhof zur Müdehorst, Niederdornberg, Kr. Bielefeld, dat. 1714
Städt. Museum Bielefeld

Abb. 52 Vorderstollentruhe, sogenannte Leinentruhe, aus dem Kreis Lübbecke, Seitenansicht, dat. 1814 Landesmuseum Münster

Abb. 53 Die gleiche Stollentruhe, Vorderansicht

Abb. 54 Artländer Korntruhe, Dachtruhe mit Stollen, dat. 1752. Städt. Museum Osnabrück

Abb. 55 Bentheimer Dachtruhe mit reich verzierter Schauseite von 1786. Städt. Museum Osnabrück

Abb. 56 Vorderstollentruhe aus Riemsloh, Kr. Melle, 19. Jahrhundert. Privatbesitz Büderich Rheinland

Abb. 57 Sockeltruhe mit verdeckten Stollen aus dem Artland, 18. Jahrhundert. Städt. Museum Osnabrück

Abb. 58 Zwickelstollentruhe, Schmies-Hof, Hohenlimburg-Elsey, Kr. Iserlohn, nach 1700. Schloßmuseum Hohenlimburg

Abb. 59 Zwickelstollentruhe aus Allendorf, Kr. Arnsberg, 18. Jahrhundert. Privatbesitz

Abb. 60 Zwickelstollentruhe aus Nahne, Kr. Osnabrück, 1. Hälfte 18. Jahrhundert. Privatbesitz

Abb. 61 Westf. Zwickelstollentruhe, niederrheinisches Grenzgebiet, Anfang 19. Jahrhundert. Landesmuseum Münster

Abb. 62 Kufentruhe aus dem Artland mit Rosetten, dat. 1683. Privatbesitz

Abb. 63 Vorderseite einer Kufentruhe (Ausschnitt) mit Rosetten und Drudemännkenmotiv, aus dem Artland, Anfang 18. Jahrhundert Städt. Museum Osnabrück

Abb. 64 Kufentruhe aus Fladderlohausen, Kr. Vechta, dat. 1702. Privatbesitz

Abb. 65 Kufentruhe mit Arkadenbögen in vier Feldern aus dem Artland, dat. 1711. Städt. Heimatmuseum Menden

Abb. 66 Kufentruhe aus der Umgebung von Geseke, Kr. Lippstadt, 17./18. Jahrhundert. Hellwegmuseum Geseke

Abb. 67 Kufentruhe aus dem Lipper Land, 18. Jahrhundert
Lippisches Landesmuseum Detmold

Abb. 68 Vorderseite einer Kufentruhe der Familie Rodefeld-Lindhorst in Natrup-Hilter, Kr. Osnabrück, von 1786, Ausschnitt
Privatbesitz

Abb. 69 Farbig bemalte Kufentruhe aus Fürstenau, Kr. Bersenbrück, dreifeldrig in Rahmenwerk und Füllung gearbeitet, um 1700. Privatbesitz

Abb. 70 Kufentruhe mit Drudenmännkenmotiven und starken aufgesetzten Holzfacetten in den vier Feldern, aus dem Artland, dat. 1770 Kreismuseum Bersenbrück

Abb. 71 Vierfeldrige Kufentruhe, Hofstall, Wehdel, Kr. Bersenbrück, Artland, 18. Jahrhundert Privatbesitz

Abb. 72 Truhe mit Achteckfeldern und Lisenengliederung auf (neuen) Kugelfüßen, Warnefeld, Talge, Kr. Bersenbrück, Artland, 18. Jahrhundert. Privatbesitz

Abb. 73 Dachtruhe mit reichgegliederter Vorderfläche aus Mettingen, Kr. Tecklenburg, Anfang 18. Jahrhundert (Stützen abgefault). Privatbesitz

Abb. 74 Dachtruhe mit gekoppelten Arkadenbögen, auf Kufen, Detmold, Anfang 18. Jahrhundert
Lippisches Landesmuseum Detmold

Abb. 75 Dachtruhe mit Rechteckfüllungen, auf Kufen, Engter, Kr. Bersenbrück, 2. Hälfte 18. Jahrhundert
Städt. Museum Osnabrück

Abb. 76 Koffer mit Eisenbeschlag aus dem Münsterland, dat. 1695. Städt. Gustav-Lübcke-Museum Hamm

Abb. 77 Koffer mit Eisenbeschlag aus dem Münsterland mit Längsstützen, dat. 1750. Landesmuseum Münster

Abb. 78 Koffer mit Längsstützen, Rollen und Eisenbeschlag, Münsterland, Mitte 18. Jahrhundert
Museum für Kunst- und Kulturgeschichte Dortmund

Abb. 79 Koffer mit Längsstützen und Eisenbeschlag (z. T. figürlich), Herne-Baukau, dat. 1743
Emschertalmuseum Herne

Abb. 80 Koffer mit Längsstützen und Eisenbeschlag, Sauerland, dat. 1744
Sauerländer Heimatmuseum Arnsberg

Abb. 81 Lippischer Koffer mit Eisenbeschlag, auf neuen Kugelfüßen, 18. Jahrhundert. Lippisches Landesmuseum Detmold

Abb. 82 Koffer mit Eisenbeschlag, Germete, Kr. Warburg, dat. 1699. Westfälisches Freilichtmuseum Detmold

Abb. 83 Dachtruhe mit Rokokoschmuck im Relief, auf Längsstützen, dat. 1784, ehemals Hof Kleving, Dortmund-Brünninghausen. Dortmund-Aplerbeck, ev. Kindergarten

Abb. 84 Dachkoffer mit Längskufen, Reliefschnitzerei und Bemalung aus dem Sauerland, 2. Hälfte 18. Jahrhundert Sauerländer Heimatmuseum Arnsberg

Abb. 85 Märkischer Dachkoffer mit eingeschnittenen Längsfeldern, auf Längskufen, Schünadel, Menden, Kr. Iserlohn, 2. Hälfte 18. Jahrhundert. Städt. Heimatmuseum Menden

Abb. 86 Märkischer Dachkoffer mit Längsstützen, dat. 1803
Museum für Kunst- und Kulturgeschichte Dortmund

Abb. 87 Märkischer Dachkoffer mit Längsstützen, Bauer Feldhof-Bäingsen, Deilinghofen, Kr. Iserlohn, dat. 1805
Städt. Heimatmuseum Menden

Abb. 88 Märkischer Rundkoffer mit Eisenbeschlag, Coesfeld, Ende 18. Jahrhundert
Privatbesitz

Abb. 89 Rundkoffer aus der Familie Schmidt-Brockhaus, Allendorf, Kr. Arnsberg, dat. 1800. Privatbesitz

Abb. 90 Koffer im Stil des Rokokos mit Reliefschnitzerei und Eisenbeschlag aus dem Kreis Altena Märkisches Heimatmuseum Burg Altena

Abb. 91 Koffer aus Meschede, 2. Hälfte 18. Jahrhundert Privatbesitz Tecklenburg

Abb. 92 Koffer mit Reliefschnitzerei und Eisenbeschlag, aus Attendorn, Kr. Olpe, 2. Hälfte 18. Jahrhundert Museum Attendorn

Abb. 93 Farbig bemalte Koffertruhe
Ravensberger Land, dat. 1803
Kreisheimatmuseum Bünde

Abb. 94 Farbig bemalter Koffer aus Geseke,
Kr. Lippstadt, dat. 1826
Hellwegmuseum Geseke

Abb. 95 Farbig bemalter Koffer aus dem Kreis Melle, dat. 1803
Privatbesitz

Abb. 96 Kiste mit geschnitzten vertieften Feldern, Winterberg, Kr. Brilon, Sauerland, 19. Jahrhundert
Westfälisches Freilichtmuseum Detmold

Abb. 97 Kiste mit Reliefschnitzerei und farbiger Bemalung in Feldern, auf dem vertieften Flachdeckel Sterne im Relief, 18./19. Jahrhundert, Frankenberg-Eder
Westfälisches Freilichtmuseum Detmold

Abb. 98 „Kasten", Schapdetten, Kr. Münster, 18. Jahrhundert
Westfälisches Freilichtmuseum Detmold

Abb. 99 Farbig bemalte Kastentruhe mit Kufen aus Darum, Kr. Osnabrück, dat. 1829. Städt. Museum Osnabrück

Abb. 100 Farbig bemalte Kastentruhe der Marie Louise Christine Meier aus Päpinghausen (Jahreszahl später zugesetzt) aus dem Kreis Minden. Kunsthandel

Abb. 101 Kufentruhe aus dem Westmünsterland, niederrheinische Grenze, Anfang 19. Jahrhundert
Landesmuseum Münster

Abb. 102 Kufentruhe aus Herzebocholt, Kr. Borken, Anfang 19. Jahrhundert. Privatbesitz

Abb. 103 Kiste mit Rosetten und christlichem Symbol, auf eingerückten Kufen, aus dem Paderborner Land, dat. 1808
Altertumsmuseum Paderborn

Abb. 104 Kufenkiste aus dem Paderborner Land, dat. 1799
Altertumsmuseum Paderborn

Abb. 105 Kufenkiste aus dem Paderborner Land, dat. 1819
Hellwegmuseum Geseke

Abb. 106 Kufentruhe mit geschnitzter Schauseite und leicht gebogenem Dach, rot gestrichen, Hümmling, 19. Jahrhundert
Städt. Museum Osnabrück

Abb. 107 Hümmlinger Kufentruhe mit Feldergliederung und Blütenschnitzerei, Ende 18. Jahrhundert
Historisches Museum Hannover

Abb. 108 Kufentruhe aus Gr. Ging, Gem. Lindern, Kr. Cloppenburg (Grenze des Hümmling), dat. 1769
Historisches Museum Hannover

Abb. 109 Anrichte aus dem Kreis Bersenbrück, dat. 1789. Städt. Museum Osnabrück

Abb. 110 „Pottschrank“ aus einem Hof bei Bad Salzuflen, dat. 1703
Lippisches Landesmuseum Detmold

Abb. 111 Anrichte mit Einlegearbeit aus dem Münsterland, dat. 1770
Landesmuseum Münster

Abb. 112 Anrichte aus der Grafschaft Mark, 2. Hälfte 18. Jahrhundert
Museum für Kunst- und Kulturgeschichte Dortmund

Abb. 113 Anrichte aus Boke, Kr. Büren, 2. Hälfte 18. Jahrhundert
Kreisheimatmuseum Wewelsburg

Abb. 114 Geschnitzte und farbig bemalte Anrichte aus Solterwisch bei Exter, Kr. Herford, dat. 1822
Museum für Kunst- und Kulturgeschichte Dortmund

Abb. 115 Brotschrank aus dem Kreis Bersenbrück, 17. Jahrhundert
Kreismuseum Bersenbrück

Abb. 116 Brotschrank aus dem Artland, dat. 1643
Städt. Museum Osnabrück

Abb. 117 Brotschrank, Artland, 17. Jahrhundert, im Renaissancestil mit Arkadenbögen und Drudemännken. Privatbesitz Dissen

Abb. 118 Milch- und Brotschrank aus dem Artland, 17./18. Jahrhundert
Privatbesitz Münster

Abb. 119 Milch- und Brotschrank aus dem Artland, dat. 1723
Landesmuseum Münster

Abb. 120 Milch- und Brotschrank aus dem Artland, 17./18. Jahrhundert
Karl-Ernst-Osthaus-Museum Hagen

Abb. 121 Brotschrank aus Scharmede, Kr. Büren, 18. Jahrhundert
Kreisheimatmuseum Wewelsburg

Abb. 122 Milch- und Brotschrank, Ahden, Kr. Büren, 18. Jahrhundert. Kreisheimatmuseum Wewelsburg

Abb. 123 Dreitüriger Küchenschrank im Rokokostil, Füße modern, Kreis Soest, 2. Hälfte 18. Jahrhundert. Westfälisches Freilichtmuseum Detmold

Abb. 124 Klassizistischer „Glasenschap“ aus dem Kreise Wittlage, Anfang 19. Jahrhundert
Städt. Museum Osnabrück

Abb. 125 Glasschrank, Silschede bei Gevelsberg, Ennepe-Ruhr-Kreis, 2. Hälfte 18. Jahrhundert
Westfälisches Freilichtmuseum Detmold

Abb. 126 Verglaster Schrank aus der Grafschaft Mark aus einem Reidemeisterhaus in Brunscheid bei Lüdenscheid, 2. Hälfte 18. Jahrhundert Märkisches Heimatmuseum Burg Altena

Abb. 127 Verglaster Schrank aus Schwelm, Ennepe-Ruhr-Kreis, 2. Hälfte 18. Jahrhundert Städt. Heimatmuseum Schwelm

Abb. 128 Verglaster Küchenschrank aus der Grafschaft Mark, 2. Hälfte 18. Jahrhundert. Privatbesitz

Abb. 129 Bergisch beeinflußter Glasschrank vom Hofe Schulte-Barop in Dortmund-Barop,
2. Hälfte 18. Jahrhundert
Museum für Kunst- und Kulturgeschichte Dortmund

Abb. 130 „Prahlhaus" aus Grönloh/Artland, Kr. Bersenbrück, unter holländischem Einfluß stehend, 2. Hälfte 18. Jahrhundert
Privatbesitz

Abb. 131 Verglaster Schrank aus der Wasserburg Strünkede, Stadtkreis Herne,
2. Hälfte 18. Jahrhundert
Emschertalmuseum der Stadt Herne

Abb. 132 Verglaster Küchenschrank, Vreden, Kr. Ahaus, um 1800. Westfälisches Freilichtmuseum Detmold

Abb. 133 Zweitüriger Schrank mit Renaissancedekoration aus dem Lipper Land, 17. Jahrhundert
Lippisches Landesmuseum Detmold

Abb. 134 Dreitüriger Schrank, Stocklarn, Kr. Soest, 18. Jahrhundert
Westfälisches Freilichtmuseum Detmold

Abb. 135 Barocker zweitüriger Kleiderschrank aus dem Artland, Eiche, reich geschnitzt, mit Einlegearbeit, auf Kugelfüßen, Kapitelle der einrahmenden Pilaster figürlich, um 1700 Städt. Museum Osnabrück

Abb. 136 Kleiderschrank aus Dortmund-Holthausen, 18. Jahrhundert
Privatbesitz

Abb. 137 Kleiderschrank aus dem Münsterland, 18. Jahrhundert
Landesmuseum Münster

Abb. 138 Kleiderschrank aus Bredenborn, Kr. Höxter, 18. Jahrhundert (ohne Füße)
Westfälisches Freilichtmuseum Detmold

Abb. 139 Kleiderschrank aus dem Kreis Wittlage, 2. Hälfte 18. Jahrhundert
Museum für Kunst- und Kulturgeschichte Dortmund

Abb. 140 Kleiderschrank aus Hudenbeck, Kr. Lübbecke, 18. Jahrhundert
Privatbesitz

Abb. 141 Kleiderschrank aus dem Kreis Melle mit eingelegten Sternen, 2. Hälfte 18. Jahrhundert
Kunsthandel

Abb. 142 Kleider- und Wäscheschrank aus dem Umgebung von Salzuflen, Kr. Lemgo, 18. Jahrhundert
Lippisches Landesmuseum Detmold

Abb. 143 Kleiderschrank aus der Rentei Wünnenberg, Kr. Büren, 18. Jahrhundert
Kreisheimatmuseum Wewelsburg

Abb. 144 Kleiderschrank aus Brenken, Kr. Büren, Ende 18. Jahrhundert
Kreisheimatmuseum Wewelsburg

Abb. 145 Schrank aus der Burg Sternberg, Kr. Lemgo, 18. Jahrhundert
Lippisches Landesmuseum Detmold

Abb. 146 Schrank aus Berlebeck, Kr. Detmold, 18. Jahrhundert
Lippisches Landesmuseum Detmold

Abb. 147 Kleiderschrank aus Melbergen, Kr. Minden, dat. 1751
Kreisheimatmuseum Bünde

Abb. 148 Kleiderschrank aus Rothenuffeln, Kr. Minden, dat. 1839
Privatbesitz

Abb. 149 Kleider- und Wäscheschrank, nördlicher Landkreis Osnabrück, dat. 1792. Privatbesitz

Abb. 150 Geschnitzter und mit Landschaften und Blumen bemalter Kleiderschrank aus dem Ravensberger Land, 18. Jahrhundert
Museum für Kunst- und Kulturgeschichte Dortmund

Abb. 151 Geschnitzter und mit Landschaften und Figuren bemalter Kleiderschrank aus dem Ravensberger Land, dat. 1731
Museum für Kunst- und Kulturgeschichte Dortmund

Abb. 152 Geschnitzter und mit Blumen bemalter Kleiderschrank aus dem Ravensberger Land, dat. 1772
Museum für Kunst- und Kulturgeschichte Dortmund

Abb. 153 Geschnitzter und bemalter Kleiderschrank aus dem Ravensberger Land, dat. 1792
Kreisheimatmuseum Bünde

Abb. 154 Reich geschnitzter und farbig bemalter Kleiderschrank aus dem Kreis Herford, dat. 1721
Museum für Kunst- und Kulturgeschichte Dortmund

Abb. 155 Kleiderschrank aus Isingdorf, Kr. Halle, Hof Redeker, genannt Strunk, dat. 1824
Museum für Kunst- und Kulturgeschichte Dortmund

Abb. 156 Kleiderschrank aus dem Artland, dat. 1816
Städt. Museum Osnabrück

Abb. 157 Kleiderschrank aus Brockhausen, Kr. Wittlage, dat. 1839
Privatbesitz

Abb. 158 Kleiderschrank aus der Grafschaft Mark, 2. Hälfte 18. Jahrhundert. Märkisches Heimatmuseum Burg Altena

Abb. 159 Kleiderschrank aus der Grafschaft Mark,
2. Hälfte 18. Jahrhundert
Museum für Kunst- und Kulturgeschichte Dortmund

Abb. 160 Kleiderschrank aus der Grafschaft Mark,
18. Jahrhundert
Museum für Kunst- und Kulturgeschichte
Dortmund

Abb. 161 Kleiderschrank aus Hohenlimburg, Kr. Iserlohn, im Louis-seize-Stil, 2. Hälfte 18. Jahrhundert
Westfälisches Freilichtmuseum Detmold

Abb. 162 Märkischer Schreibschrank um 1800
Museum für Kunst- und Kulturgeschichte Dortmund

Abb. 163 Holländisch beeinflußter Wäscheschrank aus dem Bentheimischen, 18. Jahrhundert
Städt. Museum Osnabrück

Abb. 164 Vorder-, Seitenansicht und Aufsicht eines Schreibschrankes, Möbelzeichnung des Warendorfer Tischlers Budde, 2. Hälfte 18. Jahrhundert
Kreisheimatmuseum Warendorf

Abb. 165 Schreibschrank, Grafschaft Mark, 2. Hälfte 18. Jahrhundert
Märkisches Heimatmuseum Burg Altena

Abb. 166 Himmelbett aus dem Lipper Land, dat. 1793
Lippisches Landesmuseum Detmold

Abb. 167 Bemaltes Himmelbett, Stadtkreis Bochum, Ende 18. Jahrhundert
Städt. Museum Bochum

Abb. 168 Himmelbett aus Neuenkirchen, ehem. Kr. Melle, 19. Jahrhundert. Städt. Museum Osnabrück

Abb. 169 Bemaltes und geschnitztes Himmelbett aus dem Ravenberger Land von 1826
Bauernhausmuseum Bielefeld

Abb. 170 Bemaltes und geschnitztes Himmelbett aus dem Meierhof zu Jöllenbeck von 1802, mit den Namen Johann Herman Kindermann und der Anerbschen Anna Margreta Elisabeth Pepmeyers
Museum für Kunst- und Kulturgeschichte Dortmund

Abb. 171 Längs- und Querkufenwiege aus dem Osnabrücker Land, dat. 1777
Städt. Museum Osnabrück

Abb. 172 Querwiege, Jöllenbeck,
Kr. Bielefeld, dat. 1817
Museum für Kunst und Kulturgeschichte
Dortmund

Abb. 173 Längs- und Querkufenwiege, Soest,
18. Jahrhundert
Privatbesitz

Abb. 174 Hängewiege aus der Umgebung
Osnabrücks im Stil der
Weserrenaissance, 18. Jahrhundert
Städt. Museum Osnabrück

Abb. 175 Sauerländische Längswiege von 1787, Vorderseite
Sauerländer Heimatmuseum Arnsberg

Abb. 176 Rückseite

Abb. 177 Längswiege aus dem Siegerland von dem Zimmermann Jung in Dahlbruch, Kr. Siegen, 18. Jahrhundert
Museum des Siegerlandes, Siegen

Abb. 178 Längs- und Querwiege, Ramsdorf, Kr. Borken, 18./19. Jahrhundert, mit Korb des 20. Jahrhunderts
Heimatmuseum Ramsdorf

Abb. 179 Biedermeierquerwiege aus Oesbern, Kr. Iserlohn, 19. Jahrhundert
Städt. Heimatmuseum Menden

Abb. 180 Biedermeierhängewiege, Eversberg, 19. Jahrhundert
Heimatmuseum Eversberg, Kr. Meschede

Abb. 181 Sitztruhe aus Friedewalde, Kr. Minden, dat. 1812. Museum für Kunst und Kulturgeschichte Dortmund

Abb. 182 Sitztruhe aus dem Ravensberger Land, dat. 1833. Kreisheimatmuseum Bünde

Abb. 183 Friesische Uhr, „Stühlchenuhr“ aus dem Osnabrückischen, 18. Jahrhundert
Städt. Museum Osnabrück

Abb. 184 Standuhr, Kastenuhr aus Meschede, 18. Jahrhundert
Privatbesitz

Abb. 185 Rokoko-Standuhr aus der Umgebung von Schwelm, um 1770
Städt. Heimatmuseum Schwelm

Abb. 186 Rundtisch aus Quakenbrück, Artland, farbig bemalt mit Darstellung der Sonntagsbuchstaben, spätmittelalterlich
Museum für Kunst- und Kulturgeschichte Dortmund

Abb. 187 Dreibeiniger Rundtisch, Artland, gotisierend, 18. Jahrhundert
Landesmuseum Münster

Abb. 188 Barocker Eßtisch, Längstisch mit Balusterbeinen und Mittelsteg, Artland, 18. Jahrhundert. Privatbesitz

Abb. 189 Eßtisch, Längstisch mit Rahmensteg, Thüle, Kr. Büren, 18. Jahrhundert. Kreisheimatmuseum Wewelsburg

Abb. 190 Ovaler Klapptisch, Grönloh, Kr. Bersenbrück, 18. Jahrhundert. Privatbesitz

Abb. 191 Ovaler Klapptisch mit gedrechselten Beinen aus dem Osnabrücker Land, 18. Jahrhundert. Städt. Museum Osnabrück

Abb. 192 Aufgeklappter Stuhltisch aus dem nördlichen Westfalen, 18. Jahrhundert
Privatbesitz Soest

Abb. 193 Heruntergeklappter Stuhltisch aus Lemgo, 18. Jahrhundert
Museum der Stadt Lemgo

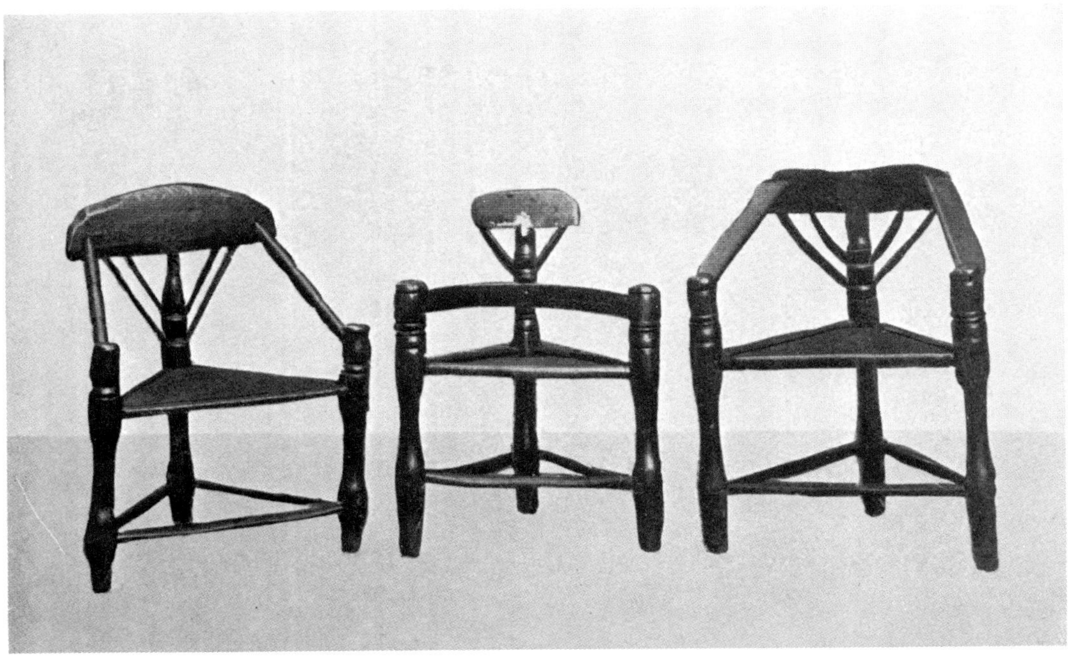

Abb. 194 Dreibeinsessel in gotisierenden Formen aus dem nördlichen Westfalen, 18. Jahrhundert
Museum für Kunst- und Kulturgeschichte Dortmund

Abb. 195 Gotisierender Dreibeinsessel aus dem Osnabrücker Land, 18.–19. Jahrhundert
Städt. Museum Osnabrück

Abb. 196 Mannsätel oder Mannsetel (Hausherrenbank) in spätmittelalterlicher Formgebung aus dem Artland, 17. Jahrhundert
Privatbesitz

Abb. 197 Brettstuhl aus Schwelm, 18. Jahrhundert
Städt. Heimatmuseum Schwelm

Abb. 198 Brettstuhl vom Rankenhof in Hohenlimburg-Elsey, 19. Jahrhundert
Schloßmuseum Hohenlimburg

Abb. 199 Brettstuhl aus der Umgebung von Lemgo, dat. 1843
Museum der Stadt Lemgo

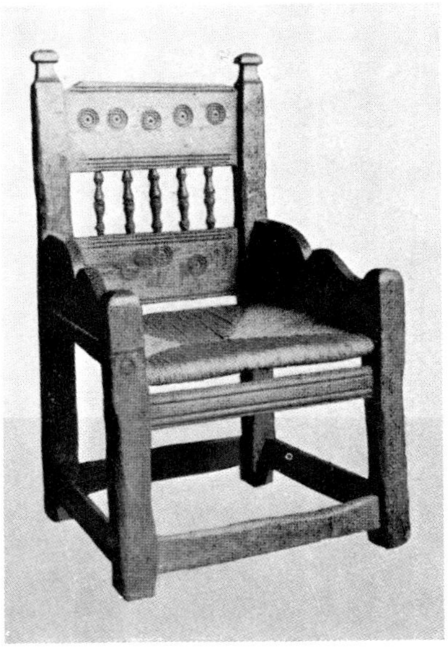

Abb. 200 Vierkantsessel, mittelalterliche Form, 18. Jahrhundert
Märkisches Heimatmuseum Burg Altena

Abb. 201 Vierpfostensessel aus Werther, Kr. Halle, 19. Jahrhundert
Museum für Kunst- und Kulturgeschichte Dortmund

Abb. 202 Lippischer Spinnstuhl, 19. Jahrhundert
Lippisches Landesmuseum Detmold

Abb. 203 Lippischer Backensessel, 19. Jahrhundert
Lippisches Landesmuseum Detmold

Abb. 204 Rückenlehnstühle und Armlehnstuhl mit geflochtenen Sitzen, Artland, 19. Jahrhundert
Privatbesitz

Abb. 205 Schemel aus dem Siegerland („Schabellenstuhl"), 19. Jahrhundert
Museum des Siegerlandes, Siegen

Abb. 206 Schemel aus dem Siegerland, 19. Jahrhundert
Museum des Siegerlandes, Siegen

Abb. 207 Nußknacker, Birnbaumholz bemalt, abstrahiertes menschliches Gesicht, 19. Jahrhundert
Heimatmuseum Minden

Abb. 208 Salzkasten aus dem Osnabrücker Land, Eiche, dat. 1740
Städt. Museum Osnabrück

Abb. 209 Salzkasten mit Flachdeckel aus dem Kreis Herford, 19. Jahrhundert
Heimatmuseum Bünde

Abb. 210 Salzkasten in Giebelform mit Inschrift aus Huchzen, Kr. Lübbecke, dat. 1822
Privatbesitz

Abb. 211 Salzkasten aus dem Kreis Herford, dat. 1720
Heimatmuseum Bünde

Abb. 212 Salzkasten aus Enger, Kr. Herford, dat. 1840
Privatbesitz

Abb. 213 Löffelbrett, durchbrochen mit geometrischen Mustern aus Ramsdorf, Kr. Borken, dat. 1838
Heimatmuseum Ramsdorf

Abb. 214 Löffelbrett aus dem westlichen Westfalen mit Leidenswerkzeugen Christi, durchbrochen, 19. Jahrhundert
Städt. Gustab-Lübcke-Museum Hamm

Abb. 215 Bemaltes Löffelbrett aus dem Ravensberger Land, 19. Jahrhundert
Museum für Kunst- und Kulturgeschichte Dortmund

Abb. 216 Handtuchhalter mit der lippischen Rose aus dem Lipper Land, dat. 1715
Lippisches Landesmuseum Detmold

Abb. 217 Handtuchhalter mit Docken- und Vasenmotiven, Artland, 19. Jahrhundert
Städt. Museum Osnabrück

Abb. 218 Handtuchhalter mit religiösen Motiven aus Delbrück, Kr. Paderborn, 2. Hälfte 18. Jahrhundert
Westfälisches Freilichtmuseum Detmold

Abb. 219 Häckselbank aus der Grafschaft Mark, dat. 1780
Märkisches Heimatmuseum Burg Altena

Abb. 220 Reichgedrechselte und bemalte Knackhaspel aus dem Kreis Herford, 18. Jahrhundert
Heimatmuseum Bünde

Abb. 221 Bört zum Tellerabtrocknen aus dem Ravensberger Land, 18. Jahrhundert
Museum für Kunst- und Kulturgeschichte Dortmund

Abb. 222 „Erntebiertöte“ aus Wehdel, Kr. Bersenbrück, dat. 1821
Privatbesitz

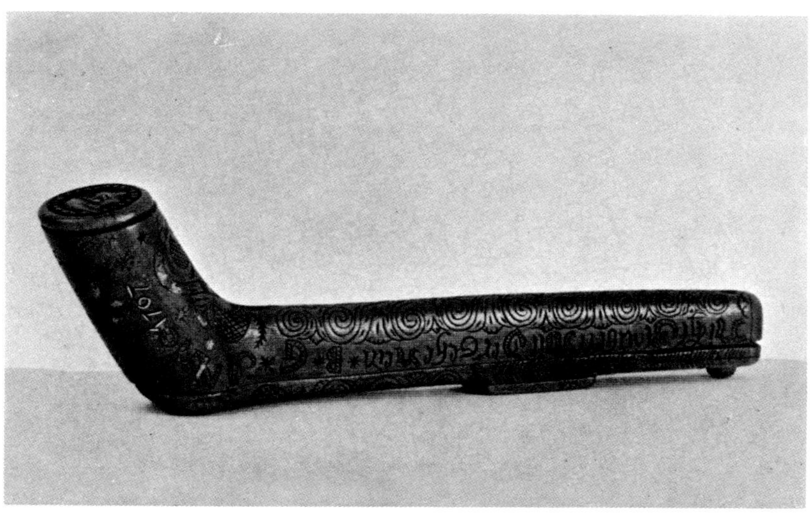

Abb. 223 Geschnitzte Hülle für Tonpfeife aus dem Artland von 1707
Privatbesitz

Abb. 224 Stövken, holzgeschnitzt, Ende 18. Jahrhundert
Städt. Gustav-Lübcke-Museum Hamm

Abb. 225 Druckmodel „Auferstehung Christi", Herford
18. Jahrhundert
Kreisheimatmuseum Herford

Abb. 226 Druckmodel „Das himmlische Jerusalem", Herford,
18. Jahrhundert
Kreisheimatmuseum Herford

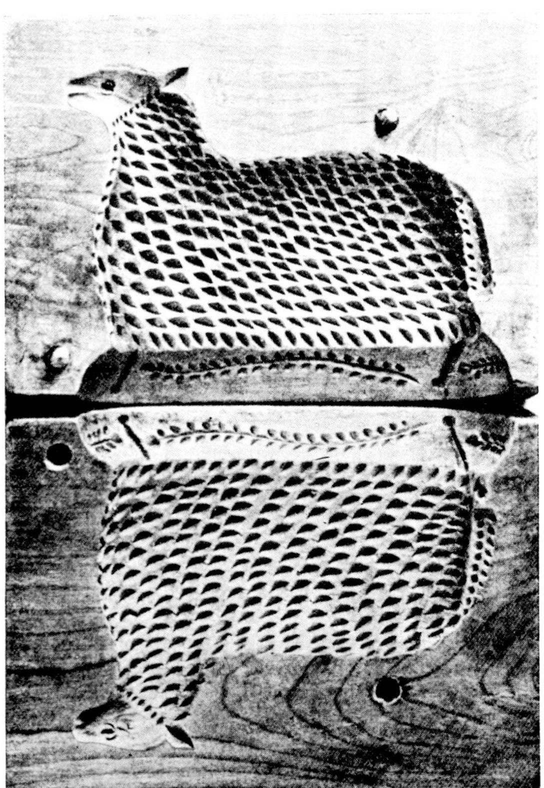

Abb. 227 Hochzeitsbuttermodel, Klappform,
Gellenbeck, Kr. Osnabrück, 19. Jahrhundert
Privatbesitz

Abb. 228 Gebäckmodel aus der Grafschaf Bentheimt, 18./19. Jahrhundert
Schloßmuseum Bentheim

Abb. 229 Geschnitzte Hobel aus der Grafschaft Bentheim, dat. 1731, 1735, 1757, 1792
Schloßmuseum Bentheim

Abb. 230 Ochsenjoch aus der Umgebung von Attendorn, 19. Jahrhundert. Heimatmuseum Attendorn

Abb. 231 Schellenbogen aus dem Siegerland, 19. Jahrhundert
Museum des Siegerlandes, Siegen

Abb. 232 Schellenbogen aus dem Siegerland, 19. Jahrhundert
Museum des Siegerlandes, Siegen

Abb. 233 Faßboden aus Marsberg, dat. 1800
Märkisches Heimatmuseum Burg Altena

Abb. 234 Pfeifenkopf, bärtiger Männerkopf mit Turban, Lemgoer Drechslerarbeit, 19. Jahrhundert
Tabak- und Zigarrenmuseum Bünde

Abb. 235 Hutschachtel mit Darstellung eines Liebespaares aus dem Artland, Importware, 18. Jahrhundert
Städt. Museum Osnabrück

Abb. 236 Hutschachtel mit Fabeldarstellung (Fuchs und Hase) aus dem Kreis Osnabrück, Importware, 18. Jahrhundert
Städt. Museum Osnabrück

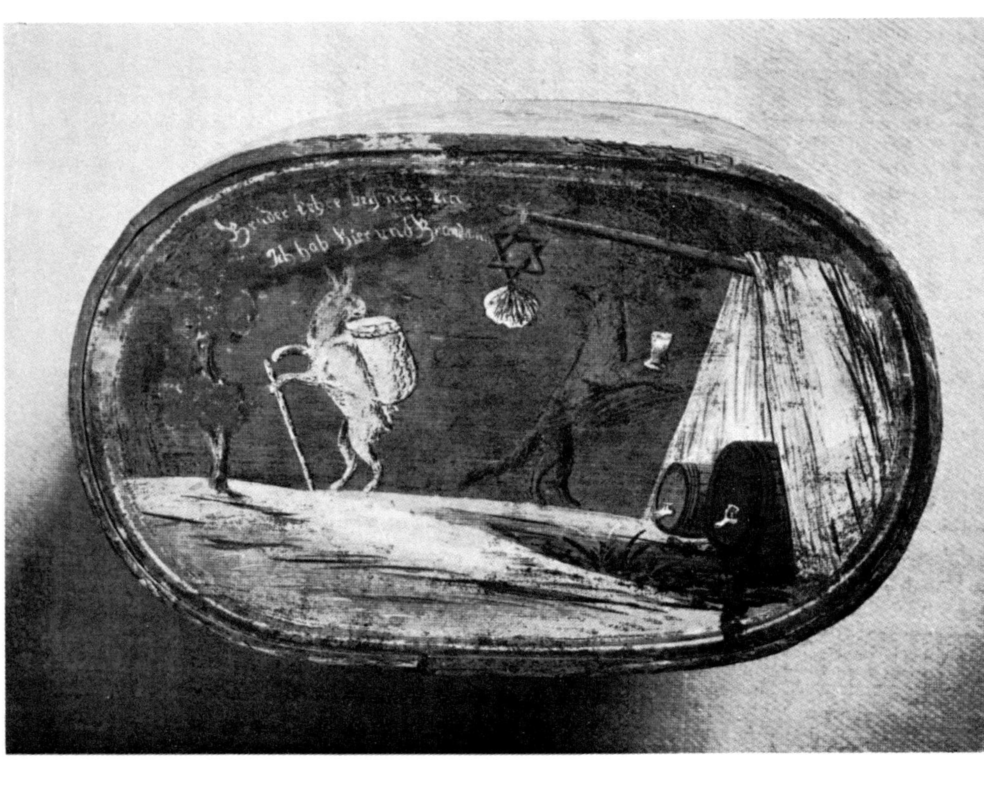

Abb. 237 Großer geschnitzter und bemalter Schützenadler von dem Tischlermeister Brinkmann, Schollhof, Gem. Dissen, Kr. Osnabrück, 1953, seit 1836 gleichbleibende Form und Bemalung
Städt. Museum Osnabrück

Abb. 238 Töte, gedrechseltes Erntebiergefäß, aus dem Artland, 19. Jahrhundert
Städt. Museum Osnabrück

Abb. 239 Kuchenmodel von Winkhaus in Carthausen, Gem. Halver, Kr. Altena, 18. Jahrhundert
Märkisches Heimatmuseum Burg Altena

Abb. 240 Flachsbrake aus dem Kreis Herford, 19. Jahrhundert
Kreisheimatmuseum Bünde

Abb. 241 Westfälisches Herdgerät aus verschiedenen Jahrhunderten Landesmuseum Münster

Abb. 242 Westfälischer Sägehahl, verziert, mit Messingknöpfen, dat. 1804. Landesmuseum Münster

Abb. 243 Lichthahl mit Öllampe, Menden, 18. Jahrhundert
Städt. Heimatmuseum Menden

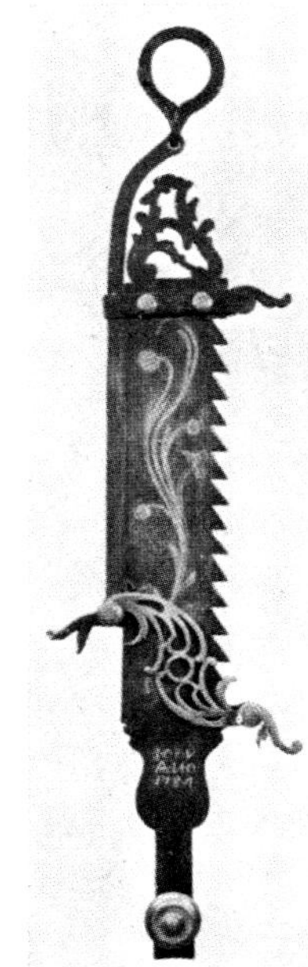

Abb. 244 Sägehahl, dat. 1781
Privatbesitz

Abb. 245 Sägehahl aus dem Landkreis Osnabrück, 18. Jahrhundert
Städt. Museum Osnabrück

Abb. 246 Westfälischer Sägehahl mit dem Gnadenbild von Kevelaer, dat. 1774
Museum für Kunst- und Kulturgeschichte Dortmund

Abb. 247 Schmiedeeiserner Feuerkorb oder Stülpe aus dem Artland, 19. Jahrhundert
Städt. Museum Osnabrück

Abb. 248 Nachmittelalterlicher Feuerbock, Hof Jürgensmann, Tiefendorf, Gem. Berchum, Kr. Iserlohn
Schloßmuseum Hohenlimburg

Abb. 249 Schmiedeeiserne Röste aus Ramsdorf, Kr. Borken, 19. Jahrhundert
Heimatmuseum Ramsdorf

Abb. 250 Schmiedeeiserne Röste aus Ramsdorf, Kr. Borken, 19. Jahrhundert
Heimatmuseum Ramsdorf

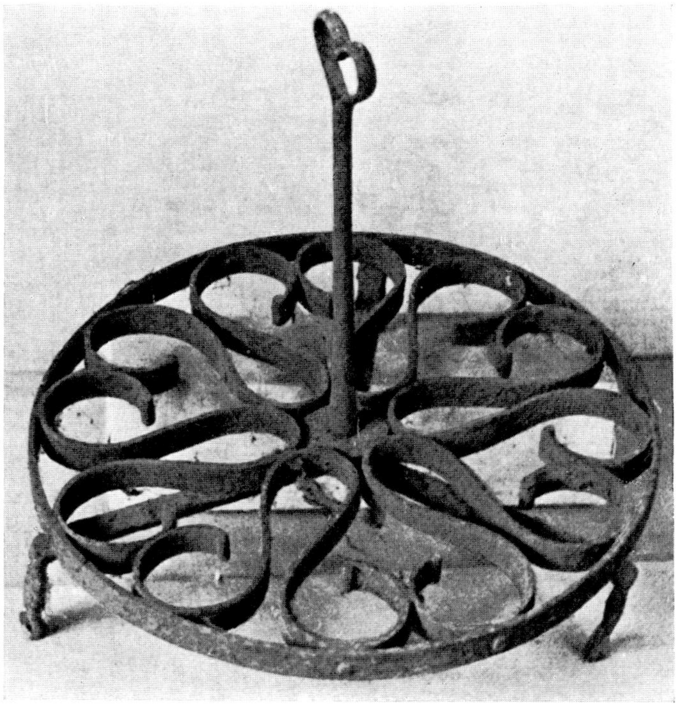

Abb. 251 Kucheneisen (Hälfte) mit Lebensbaummotiv, aus Belm, Kr. Osnabrück, 19. Jahrhundert
Städt. Museum Osnabrück

Abb. 252 Kucheneisen mit Bergknappendarstellung aus dem Siegerland, 19. Jahrhundert
Museum des Siegerlandes, Siegen

Abb. 253 Sanduhren aus der Nikolaikirche in Lemgo, 18. Jahrhundert

Abb. 254 Kaminplatte mit Darstellung des salomonischen Urteils, 1662, Hessischer Eisenguß
Heimatmuseum Eversberg

Abb. 255 Kaminplatte mit Darstellung der Hollandia, 1729, vermutlich Siegerländer Eisenguß
Städt. Gustav-Lübcke-Museum Hamm

Abb. 256 Kaminplatte mit Darstellung der Europa, Ende 17. Jahrhundert, vermutlich siegerländisch
Städt. Gustav-Lübcke-Museum Hamm

Abb. 257 Ofenplatte mit Darstellung des springenden Pferdes, Harzer Guß, aus dem Kreis Bersenbrück, 18. Jahrhundert
Städt. Museum Osnabrück

Abb. 258 Herbergszeichen der Lemgoer Schmiedezunft, 1805
Lippisches Landesmuseum Detmold

Abb. 259 Herbergsschild aus Schwelm,
2. Hälfte 18. Jahrhundert

Abb. 260 Wetterfahne von Schloß Oberhundem, Kr. Olpe, dat. 1669

Abb. 261 Wetterfahne aus Menden, dat. 1669
Heimatmuseum Menden

Abb. 262 Wetterfahne vom oberen Schloß in Siegen, dat. 1685
Heimatmuseum des Siegerlandes, Siegen

Abb. 263 Plätteisen, Messingguß, mit Delphingriff, aus dem Osnabrücker Land, dat. 1644
Städt. Museum Osnabrück

Abb. 264 Türklopfer, Messingguß, um 1770, ehemals Osnabrück, Krahnstraße
Städt. Museum Osnabrück

Abb. 265 Türgriff, Messingguß, aus Venne b. Osnabrück, 19. Jahrhundert
Privatbesitz

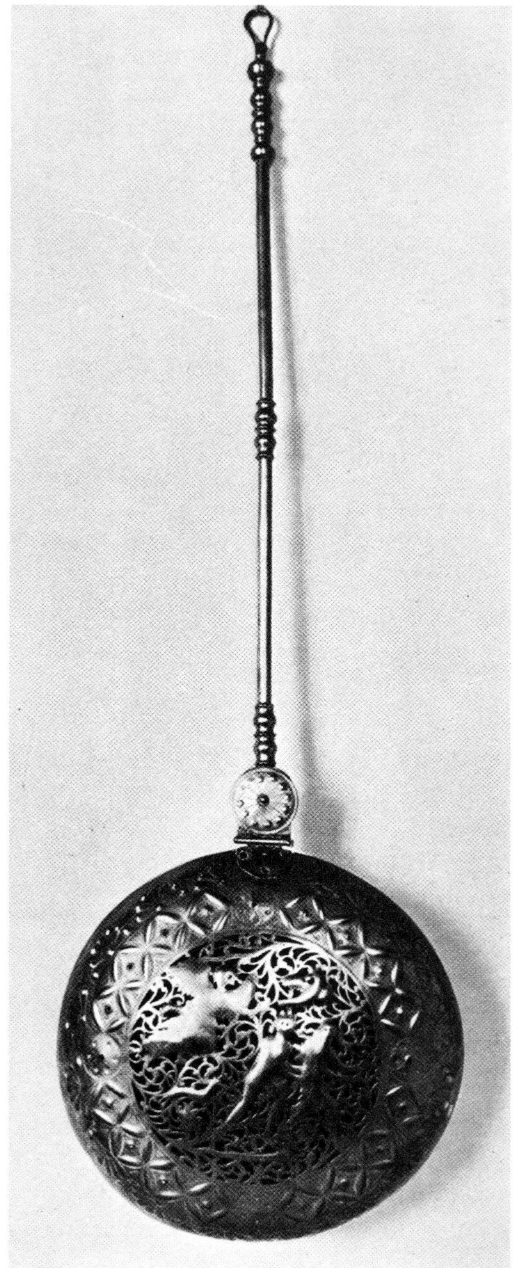

Abb. 266 Bettpfanne, Messing, 18. Jahrhundert, mit Darstellung der Vertreibung Adams und Evas aus dem Paradies
Museum für Kunst- und Kulturgeschichte Dortmund

Abb. 267 Kirchentrommel, Messing getrieben, Allagen/Möhne, Kr. Arnsberg, dat. 1711, mit Darstellung des Kirchenpatrons Johann Baptista und Inschrift
Landesmuseum Münster

Abb. 268 Messingtrommel, Bauerschaft Grosse-Mimmelage, Kr. Bersenbrück, dat. 1827
Städt. Museum Osnabrück

Abb. 269 Messingstövken aus dem Osnabrücker Land, 18. Jahrhundert
Städt. Museum Osnabrück

Abb. 270 Messingstövken aus dem Münsterland von 1772
Landesmuseum Münster

Abb. 271 Fischeimer aus Menden, Messing, 18./19. Jahrhundert
Städt. Heimatmuseum Menden

Abb. 272 Dröppelminna, Messing, aus Menden, 18. Jahrhundert
Städt. Heimatmuseum Menden

Abb. 273 Ofenstülpe, Messing, Solinger Arbeit aus Menden, Anfang 19. Jahrhundert
Städt. Heimatmuseum Menden

Abb. 274 Wasserkessel, Messing-Kupfer aus dem Artland, 19. Jahrhundert
Städt. Museum Osnabrück

Abb. 275 Dofpott, Kupfer-Messing, aus dem Osnabrückischen, Ende 18. Jahrhundert
Städt. Museum Osnabrück

Abb. 276 Messinglaterne aus Osnabrück, 19. Jahrhundert
Städt. Museum Osnabrück

Abb. 277 Iserlohner Schnupftabaksdose von Johann Heinrich Giese, mit Brustbild Ferdinand Wilhelms von Schaumburg-Lippe und Darstellung der Eroberung von Marburg und Münster, 2. Hälfte 18. Jahrhundert
Privatbesitz Hamburg

Abb. 278 Johann Heinrich Giese, Iserlohner Dose mit Brustbild Friedrichs des Großen und Darstellung der Schlachten von Lobositz, Reichenberg, Prag, Rossbach, Lissa, Zorndorf, 2. Hälfte 18. Jahrhundert
Privatbesitz Hamburg

Abb. 279 Johann Heinrich Hamer, Iserlohner Dose mit Darstellung der Eroberung der Insel Martinique, 2. Hälfte 18. Jahrhundert. Privatbesitz Hamburg

Abb. 280 Johann Heinrich Bekker, Iserlohner Dose mit Darstellung Friedrichs des Großen, 2. Hälfte 18. Jahrhundert Privatbesitz Hamburg

Abb. 281 Johann A. Keppelmann, Iserlohner Dose mit Darstellung Daniels in der Löwengrube, 2. Hälfte 18. Jahrhundert. Landesmuseum Münster

Abb. 282 Johann Heinrich Giese, Iserlohner Dose mit Darstellung der Schlacht bei Minden, 2. Hälfte 18. Jahrhundert. Privatbesitz Hamburg

Abb. 283 Johann Heinrich Giese, Iserlohner Dose mit Darstellung der Jagd und des Fischfangs, 2. Hälfte 18. Jahrhundert. Landesmuseum Münster

Abb. 284 Johann Heinrich Hamer, Iserlohner Dose mit Darstellung des Friedens von Fontainebleau von 1762, 2. Hälfte 18. Jahrhundert Privatbesitz Hamburg

Abb. 285 Johann Heinrich Hamer, Iserlohner Dose mit Darstellung der Stadt Rotterdam, 2. Hälfte 18. Jahrhundert. Landesmuseum Münster

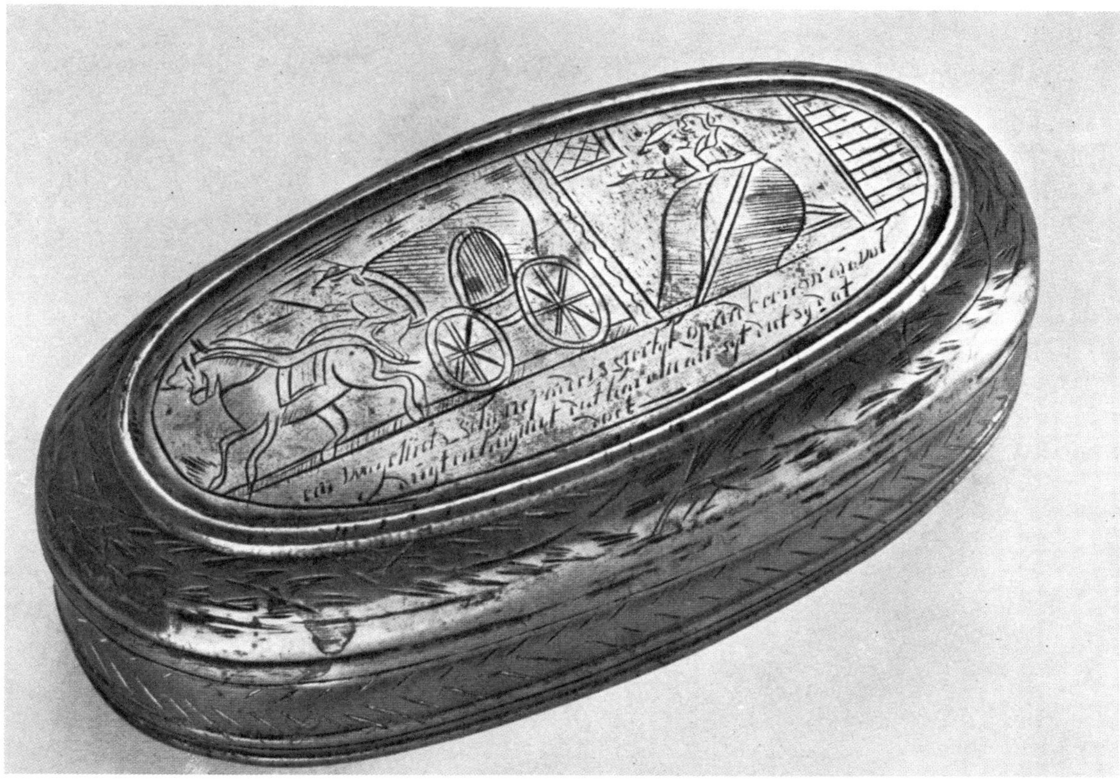

Abb. 286 Holländische Schnupftabaksdose aus dem Osnabrücker Land, Messing, 18. Jahrhundert
Städt. Museum Osnabrück

Abb. 287 Holländische Schnupftabaksdose aus der Grafschaft Bentheim, 18. Jahrhundert. Schloßmuseum Bentheim

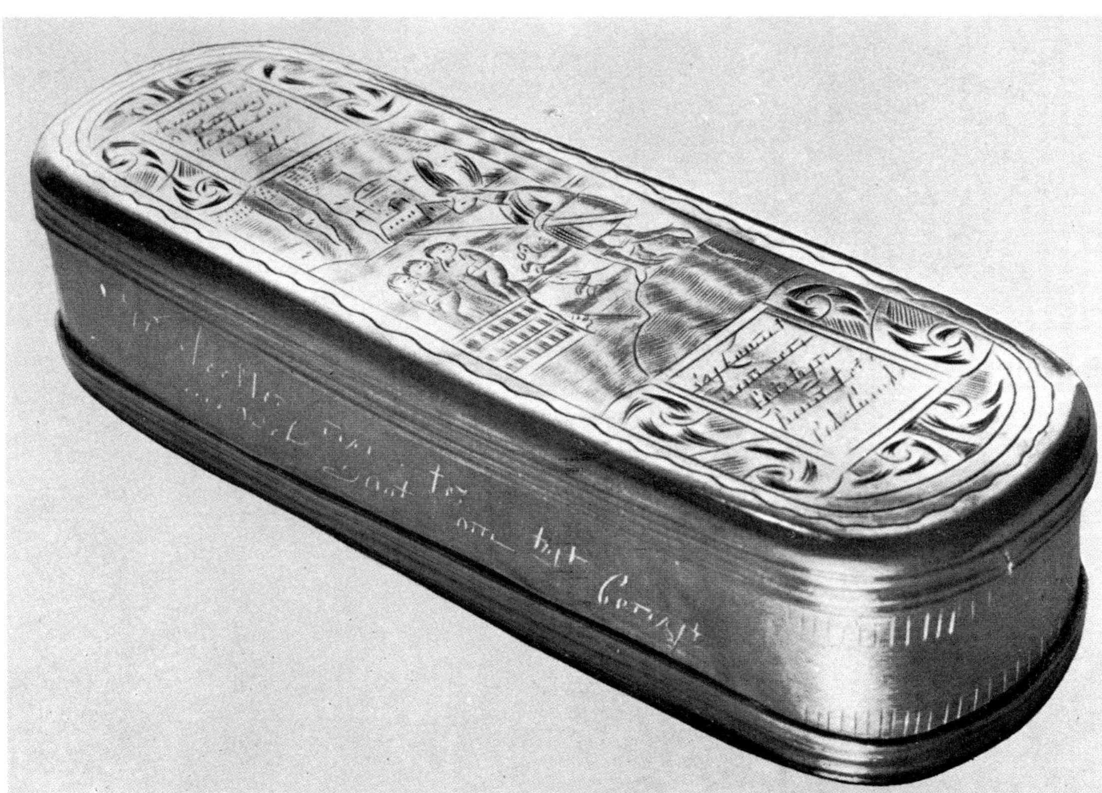

Abb. 288 Großer Kupferkessel, Artland, 18. Jahrhundert. Städt. Museum Osnabrück

Abb. 289 Kupferner Wassertopf mit Deckel, auf Eisenfüßen, aus Bramsche, Kr. Bersenbrück, 19. Jahrhundert Städt. Museum Osnabrück

Abb. 290 Kupferner Kaffeekessel, Soester Börde, 18./19. Jahrhundert. Landesmuseum Münster

Abb. 291 Kupferner Wasserkessel aus dem Kreis Bersenbrück, 19. Jahrhundert. Städt. Museum Osnabrück

Abb. 292 Eierpfanne, Kupfer, mit Eisenstiel und Eisenfüßen, nördliches Westfalen, frühes 19. Jahrhundert Landesmuseum Münster

Abb. 293 Eierpfanne aus dem Kreis Bersenbrück, Kupfer Anfang 19. Jahrhundert Städt. Museum Osnabrück

Abb. 294 Kupfernes Salzfaß, 18. Jahrhundert
Städt. Museum Bielefeld

Abb. 295 Kupfernes Salzfaß, Bielefeld, 18. Jahrhundert
Städt. Museum Bielefeld

Abb. 296 Kupferne Puddingform, Rückseite, 19. Jahrhundert
Städt. Heimatmuseum Menden

Abb. 297 Kupferne Puddingform aus Menden, 19. Jahrhundert
Städt. Heimatmuseum Menden

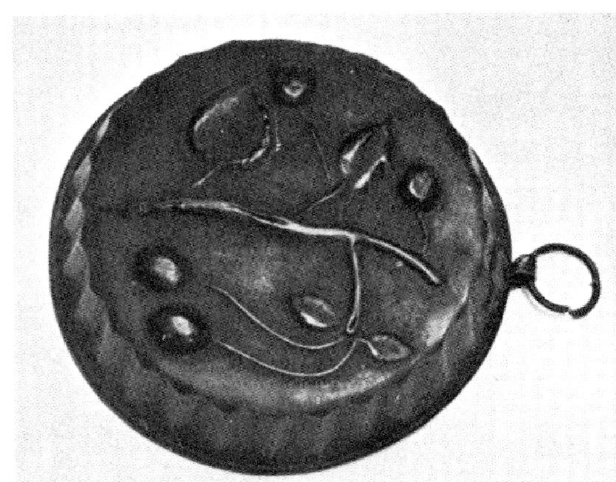

Abb. 298 Backform für Topfkuchen, Kupfer, Landkreis Osnabrück, 19. Jahrhundert. Städt. Museum Osnabrück

Abb. 299 Kaffeemühle mit Kupferbeschlag aus dem Ravensberger Land, Ende 18. Jahrhundert. Städt. Museum Bielefeld

Abb. 300 Hochzeitsbutterschüssel, Zinn, aus dem Artland, Ende 18. Jahrhundert
Privatbesitz Gieske, Talge, Kr. Bersenbrück

Abb. 301 Gemüseschüssel von 1764, Zinn, Artland, spätere Inschrift H. Gieske
Privatbesitz Gieske, Talge

Abb. 302 Gemüse-Henkelschüssel von dem Hammer Zinngießermeister Christofer Bonn, 2. Hälfte 18. Jahrhundert
Städt. Gustav-Lübcke-Museum Hamm

Abb. 303 Eckbört mit Zinngeschirr, Grönloh, Kr. Bersenbrück (Artland), 18./19. Jahrhundert
Privatbesitz

Abb. 304 Wöchnerinnenterrine aus dem Artland, 2. Hälfte 18. Jahrhundert
Städt. Museum Osnabrück

Abb. 305 Westfälisches Zinngerät, 18. Jahrhundert
Landesmuseum Münster

Abb. 306 Rosinenkaltschale von 1765, Arbeit des Quakenbrücker Zinngießers Lubbert Diedrich Bahlmann
Städt. Museum Osnabrück

Abb. 307 Gravierte Kaltschale oder Brannwiensköppke „Söte Pöttken", Zinn, 18. Jahrhundert, Kr. Höxter Privatbesitz

Abb. 308 Gravierte Branntweinschale, westfälisch, Ende 18. Jahrhundert Landesmuseum Münster

Abb. 309 „Brutbaakje", Brautschale für Rosinenschnaps, Zinnguß, holländische Form aus der Grafschaft Bentheim, 18. Jahrhundert. Schloßmuseum Bentheim

Abb. 310 Rosinenkaltschalen, Zinnguß, innen und außen graviert,
Lubbert Diedrich Bahlmann, Quakenbrück, 2. Hälfte 18. Jahrhundert

Abb. 311 Wärmeflasche (sog. Bettjuffer) aus Zinn, um 1800, Riesenbeck, Kr. Tecklenburg
Privatbesitz

Abb. 312 Dröppelminna, Zinn, Ende 18. Jahrhundert
Museum des Siegerlandes, Siegen

Abb. 313 Stangenglas aus der Glashütte Siebenstern bei Driburg, Kr. Höxter, 18. Jahrhundert Kreisheimatmuseum Herford

Abb. 314 Pokalglas aus der Glashütte Siebenstern, dat. 1791 Kreisheimatmuseum Herford

Abb. 315 Pokalglas aus der Glashütte Siebenstern, Ende 18. Jahrhundert Lippisches Landesmuseum Detmold

Abb. 316 Flasche und Trinkgläser der Fleischerinnung Lippstadt, 19. Jahrhundert Kreisheimatmuseum Lippstadt

Abb. 317 Emaillierte Schnapsflasche aus Döhren bei Melle, dat. 1790
Privatbesitz

Abb. 318 Schnapsflasche, Glashütte Pömser Grund, zwischen Bad Driburg und Brake, Ende 18. Jahrhundert. Privatbesitz

Abb. 319 Emaillierte Schnapsflasche aus Opmünden, Kr. Soest, dat. 1795
Städt. Gustav-Lübcke-Museum Hamm

Abb. 320 Schnapsfiasche aus Opmünden, Rückseite

Abb. 321 Bemalte Scheibe, ehemals Dominikanerkloster Osnabrück, 1725
Landesmuseum für Kunst- und Kulturgeschichte Oldenburg

Abb. 322 Bemalte Scheibe aus Osterkappeln, Kr. Wittlage, 1. Hälfte 18. Jahrhundert
Pfarrhaus Osterkappeln, Kr. Wittlage

Abb. 323 Fensterbierscheibe aus Bochum, dat. 1661
Landesmuseum Münster

Abb. 324 Bemalte Scheibe aus der Kirche zu Brochterbeck, dat. 1706. Kreisheimatmuseum Lingen

Abb. 325 Bemalte Scheibe aus Tecklenburg, dat. 1703. Kreisheimatmuseum Lingen

Abb. 326 Fensterbierscheibe, Markendorf, Kr. Melle, dat. 1613, mit pflügendem Bauer, Frau und Kind
Privatbesitz Markendorf

Abb. 327 Fensterbierscheibe des Meyer zu Strohe, Kr. Wittlage, 18. Jahrhundert
Privatbesitz

Abb. 328 Fensterbierscheibe mit Hochzeitswagen und holländischer Inschrift aus der Grafschaft Bentheim von 1743. Schloßmuseum Bentheim

Abb. 329 Fensterbierscheibe mit Schulmeisterszene aus Hüsede, Kr. Wittlage, um 1700. Städt. Museum Osnabrück

Abb. 330 Fensterbierscheibe, zusammengesetzt, dat. 1678
Museum für Kunst- und Kulturgeschichte
Dortmund

Abb. 331 Fensterbierscheibe aus dem Kreis Melle,
2. Hälfte 17. Jahrhundert
Privatbesitz

Abb. 332 Bemalte Fensterbierscheibe aus Vlotho, Kr. Herford, um 1730
Landesmuseum für Kunst- und Kulturgeschichte Oldenburg

Abb. 333 Bemalte Fensterbierscheibe des Salzsieders „Strathmann aus Rothenfelde", Kr. Osnabrück, dat. 1780
Heimatmuseum Rothenfelde

Abb. 334 Farbig glasierte Irden-Grapen, Bodenfunde aus Osnabrück, 17. Jahrhundert. Städt. Museum Osnabrück

Abb. 335 Töpferware des 19. Jahrhunderts aus Geseke, Kr. Lippstadt. Hellweg-Museum Geseke

Abb. 336 Irdenes Milchkännchen, Hagen-Gellenbeck, Kr. Osnabrück, 20. Jahrhundert
Städt. Museum Osnabrück

Abb. 337 Nachtigall, Tonpfeife unglasiert, aus Hagen-Gellenbeck, 20. Jahrhundert
Städt. Museum Osnabrück

Abb. 338 Tabaktopf, Hagen-Gellenbeck, dat. 1878
Städt. Museum Osnabrück

Abb. 339 Tabaktopf („Tabakkachel") mit Reliefauflagen,
Hagen-Gellenbeck, 19. Jahrhundert
Museum für Kunst- und Kulturgeschichte Dortmund

Abb. 340 Schüsseln, zwei mit Henkeln, unglasierte Irdenware aus Oberrode, Kr. Hersfeld, dat. 1773, 1799, 1803, Importware
Museum für Kunst- und Kulturgeschichte Dortmund

Abb. 341 Irdenschüsseln aus Alfhausen,
1. Hälfte 19. Jahrhundert
Kreisheimatmuseum Bünde

Abb. 342 Irdenschüssel aus Hagen-Gellenbeck, Kr. Osnabrück,
20. Jahrhundert
Städt. Museum Osnabrück

Abb. 343 Tiefe Ochtruper Schüssel mit Henkelkranz von 1818. Landesmuseum Münster

Abb. 344 Ochtruper Schüssel mit Reliefkopf im Fond von 1842 Landesmuseum Münster

Abb. 345 Ochtruper Kachel mit Darstellung des hl. Petrus, Ende 18./Anfang 19. Jahrhundert
Sammlung der Stadt Ochtrup, Kr. Steinfurt

Abb. 346 Ochtruper Schmuckplatte mit Darstellung Christus am Kreuz zwischen Maria und Johannes, um 1800
Landesmuseum Münster

Abb. 347 Ochtruper Schmuckplatte von 1806 mit Darstellung der Mutter Gottes mit Kind
Landesmuseum Münster

Abb. 348 Ochtruper Schüssel, mit Christus am Kreuz zwischen Maria und Johannes, dazu Gnadenbild von Kevelaer, dat. 1791
Landesmuseum Münster

Abb. 349 Ochtruper Schüssel mit Reliefkopf, grünbraun auf gelbem Grund, dat. 1807
Landesmuseum Münster

Abb. 350 Entwurf eines Ofens in Blaumalerei mit Darstellung eines Türkenkampfes, von einem Osnabrücker Töpfergesellen, dat. 1727
Staatsarchiv Osnabrück

Abb. 351 Bemalter Steinzeugkrug aus Stadtlohn, nach Westerwälder Vorbild, 19. Jahrhundert
Landesmuseum Münster

Abb. 352 Graublauer Steinzeugkrug des Schützenvereins Hamm, Westerwälder Ware, 1840
Städt. Gustav-Lübcke-Museum Hamm

Abb. 353 Graublauer Steinzeugkrug des Schützenvereins Hilbeck, Kr. Unna, Westerwälder Ware, 19. Jahrhundert
Städt. Gustav-Lübcke-Museum Hamm

Abb. 354 Steinzeugkrug aus Vreden, Kr. Ahaus, 17. Jahrhundert
Hamaland-Museum Vreden

Abb. 355 Steinzeugkrug mit Ritzdekor, Westerwald, nach 1714
Landesmuseum Münster

Abb. 356 Steinzeugkrug, Westerwald, 18. Jahrhundert
Landesmuseum Münster

Abb. 357 Kienspanhalter aus Ton, Lipper Ziegelware, 19. Jahrhundert
Städt. Gustav-Lübcke-Museum Hamm

Abb. 358 Stövken („Hulkepott"), roter Ziegelton, aus Rinkerode, Kr. Münster, mit Stempelornamenten, Lipper Ziegelware, 19. Jahrhundert
Städt. Gustav-Lübcke-Museum Hamm

Abb. 359 Stövken, roter Ziegelton mit eingestempelten Mustern, aus Natrop bei Drensteinfurt, Kr. Lüdinghausen, 19. Jahrhundert
Städt. Gustav-Lübcke-Museum Hamm

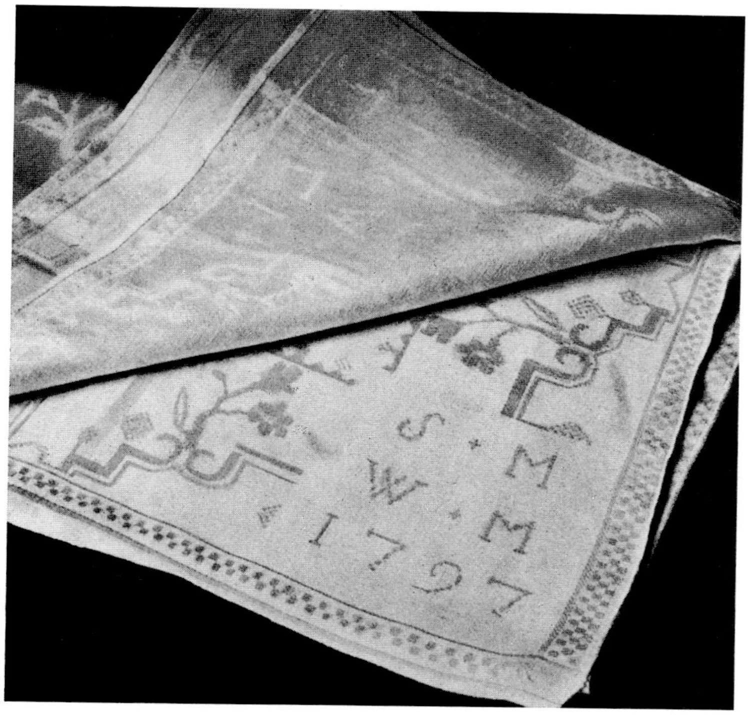

Abb. 360 Damasttuch aus der Bielefelder Manufaktur, von 1797
Privatbesitz Bielefeld

Abb. 361 Detail aus einem Damasttuch,
Kaiser Leopold I. zu Pferde vor
Budapest, um 1700,
ehemals Schelenburg, Landkreis
Osnabrück
Städt. Museum Osnabrück

Abb. 362 Stickmustertuch der Rahel Evers von 1803

Abb. 363 Blaudruck, Leinen, Artland, Ende 18. Jahrhundert. Städt. Museum Osnabrück

Abb. 364 Filetstickerei eines Paradehandtuchs mit christlichen und weltlichen Motiven, vom Hof Vogtsmeier in Druffel, Kr. Wiedenbrück, dat. 1777

Abb. 365 Filetstickerei der Sibylla Margareta Quambus aus dem Jahre 1750 mit den Initialen aus dem 42. Psalm, Vers 2: „Wie ein Hirsch schreit nach frischem Wasser, so schreit meine Seele o Gott zu Dir". Städt. Heimatmuseum Schwelm

Abb. 365a Filetstickerei aus Schwelm, dat. 1769 Städt. Heimatmuseum Schwelm

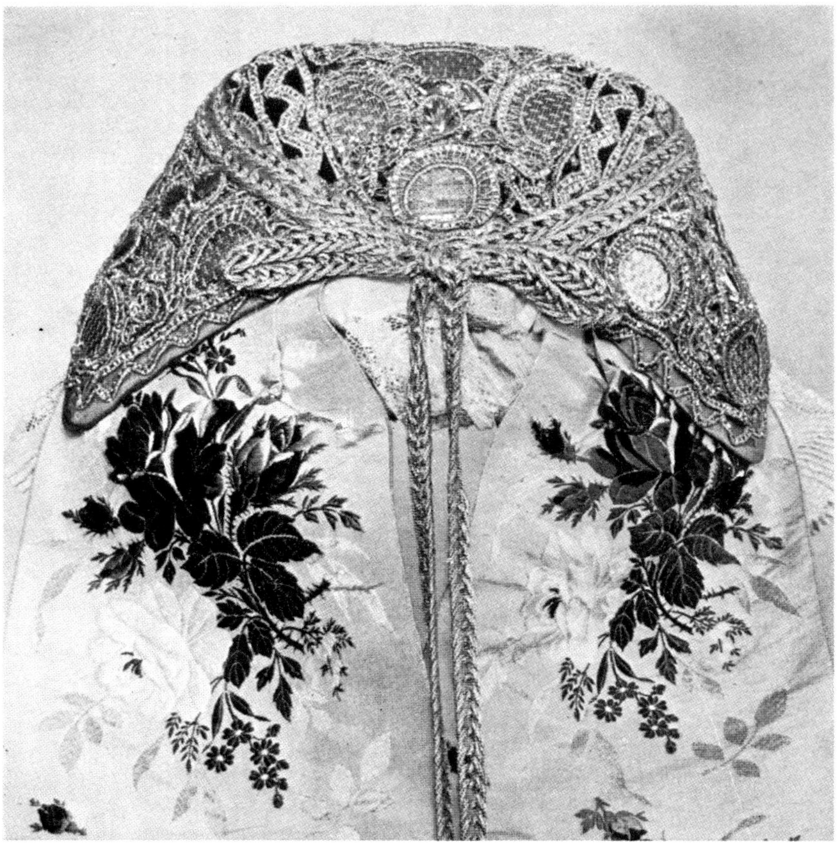

Abb. 366 Dreistückige Osnabrücker Goldkappe mit seidenbroschierten Mundbändern und langen geflochtenen Goldbändern, getragen von evangelischer Bäuerin im Kreis Melle, 19. Jahrhundert. Städt. Museum Osnabrück

Abb. 367 Dreistückige Osnabrücker Silberkappe mit plissiertem Strich aus dem ehem. Kreis Melle, getragen von evangelischer Bäuerin, 19. Jahrhundert Städt. Museum Osnabrück

Abb. 368 Osnabrücker Goldkappe, getragen von katholischer Bäuerin im Kreis Melle (mit großem plissiertem „Strich" und gerafften, geflochtenen Goldbändern), 19. Jahrhundert
Städt. Museum Osnabrück

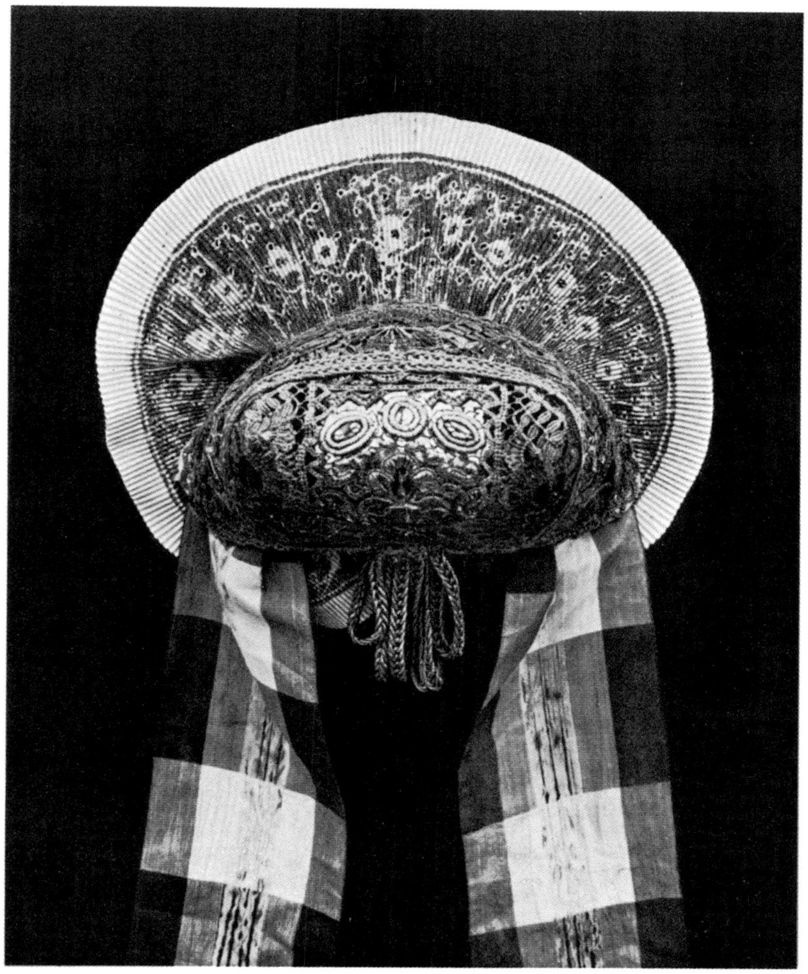

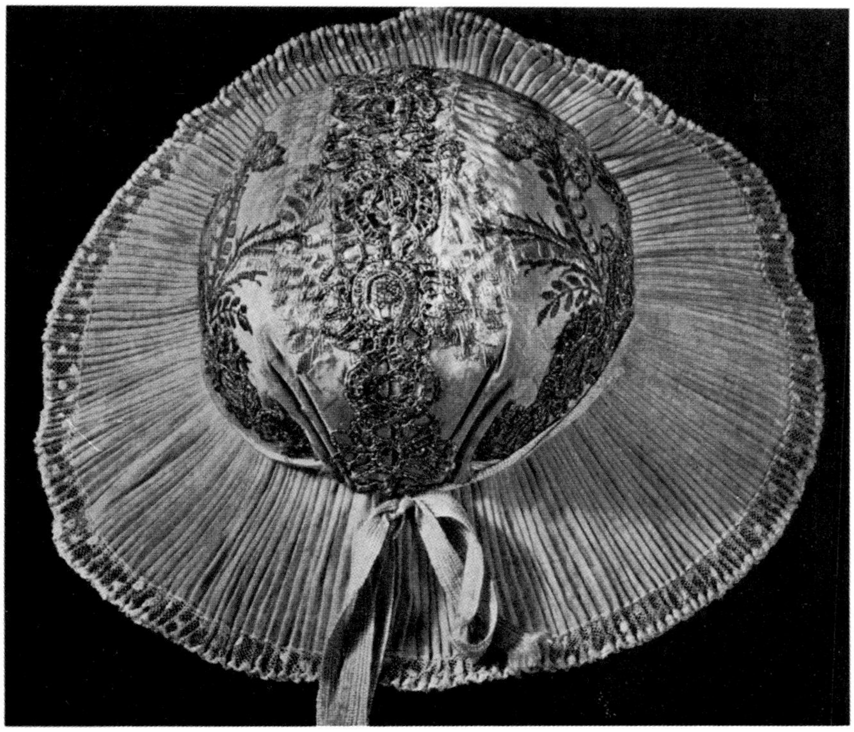

Abb. 369 Zweistückige Kappe mit breitem plissiertem „Strich" aus Wehdel, Kr. Bersenbrück, Artland, 19. Jahrhundert
Städt. Museum Osnabrück

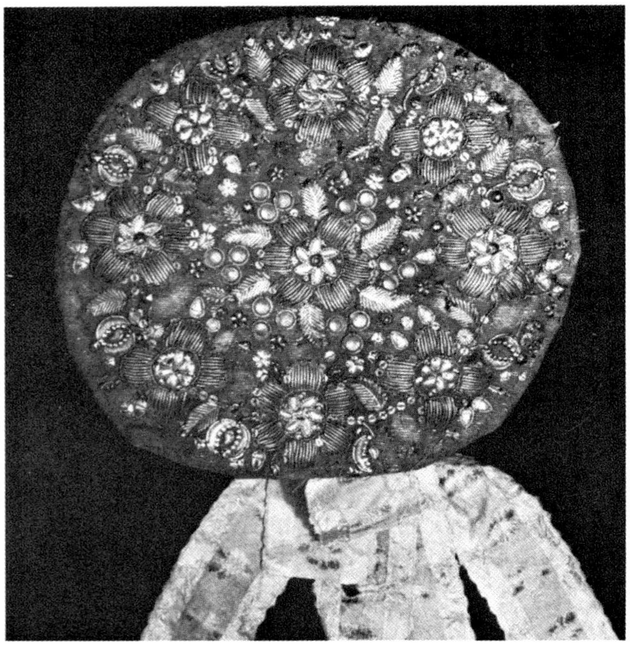

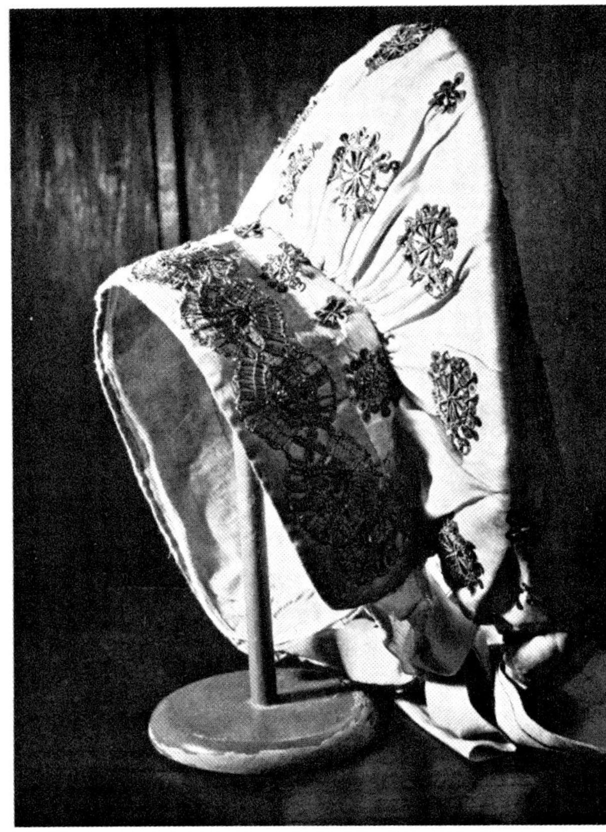

Abb. 370 Münsterländer Tellerhaube. Brokatseide mit Goldstickerei. Platte 25 x 22 cm. Aus dem westlichen Münsterland. Mitte 19. Jahrhundert. Privatbesitz

Abb. 370a Münsterländer Tellerhaube. Weiße Seide, Bänder in Rosa und Weiß. Goldstickerei und Belag aus Goldspitze. Platte 30,5 x 38 cm. Coesfeld, 19. Jahrhundert. Privatbesitz

Abb. 371 Altfrauenkappe mit kurzen Seidenbändern aus Freren, Kr. Lingen, 19. Jahrhundert
Trauerkappe mit Girlandenbändern aus dem Kreis Meppen, 19. Jahrhundert. Städt. Museum Osnabrück

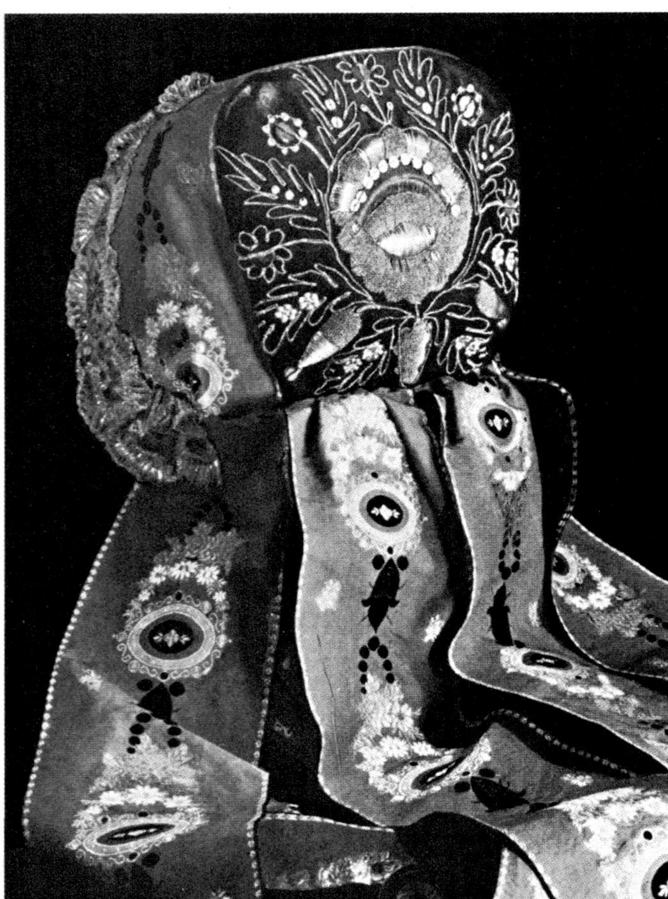

Abb. 372 Münsterländer Tellerhaube mit Paillettenstickerei, 19. Jahrhundert
Germanisches Nationalmuseum Nürnberg

Abb. 373 Münsterländer Tellerhaube aus Ibbenbüren, Kr. Tecklenburg, 19. Jahrhundert
Germanisches Nationalmuseum Nürnberg

Abb. 374 Kappe, Delbrück, Kr. Paderborn, 19. Jahrhundert
Germanisches Nationalmuseum Nürnberg

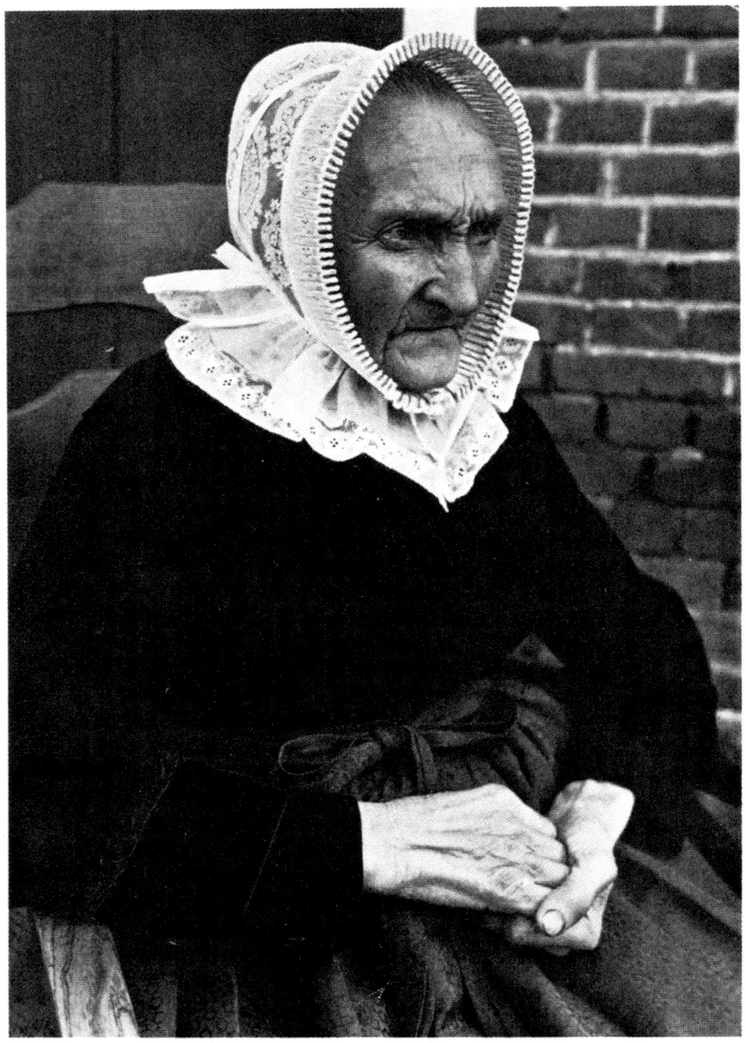

Abb. 375 Frau Dina Arends aus Emlichheim, Kr. Grafschaft Bentheim, mit Knipp- oder Spitzenmütze, 1953

Abb. 376 Frau Arends, Emlichheim, in der Alltagstracht, 1953

Abb. 377 Frau Arends, Emlichheim, in der Kirchtracht mit Spitzenmütze und Federhut, 1953

Abb. 378 Trachten aus dem Delbrücker Land, verheiratete Frau in der Austrauer und junges Mädchen in der Festtagskleidung, 1935

Abb. 379 Trachten aus dem Delbrücker Land von 1935:
1. Trauernde Frau im Sonntagskleid
2. Mann im Sonntagsanzug
3. Frau in Feiertagstracht
4. Mann im Sonntagsanzug
5. Frau in Sonntagstracht
6. Frau in Feiertagstracht

Abb. 380 Bäuerin aus Nettelstedt, Kr. Lübbecke, mit „Hannöverske" Mütze, 1955

Abb. 381 Bauer in Tracht aus Klein-Bremen bei Minden. Litho von F. Hiddemann, aus: Blätter für Kostümkunde, N.F., Berlin 1876–77. Bl. 42

Abb. 381a Abendmahls-Tülltuch, Umschlagtuch, Teilstück, aus Tittingdorf, ehem. Kr. Melle, 19. Jahrhundert. Privatbesitz

Abb. 382 „Costume des Villageois des Environs de Steinfort“. Bauern und Bäuerinnen aus der Umgebung von Burgsteinfurt und Frauen aus der Umgebung von Münster. Kupferstiche nach Le Rouge, Paris 1787

Abb. 382a „Costume des Femmes des Environs de Munster“

Abb. 383 Gesticktes Umschlagtuch aus Todtenhausen b. Minden, 19. Jahrhundert Germanisches Nationalmuseum Nürnberg

Abb. 384 Heuke, Haike oder Hocke der Louise Möllersmann, Neuenkirchen, ehem. Kr. Melle, 19. Jahrhundert. Plissierte Schürze, schwarz-grün, wurde bei Trauer über den Kopf gezogen

Abb. 385 Brautkrone aus Lohne, Soester Börde, 19. Jahrhundert
Evangelische Kirchengemeinde Lohne

Abb. 386 Brautkrone mit Perlen, Kunstblüten und seidenen Bändern aus Bückeburg, 19. Jahrhundert
Landesmuseum Münster

Abb. 387 Platten-Kettenhalsband, 1. Hälfte 19. Jahrhundert, Hemdspange von 1862, Ravensberger Land
Museum für Kunst- und Kulturgeschichte Dortmund

Abb. 388 Silbernes Platten-Kettenhalsband, mit Meisterzeichen I TV, ostwestfälisch, 19. Jahrhundert
Historisches Museum Hannover

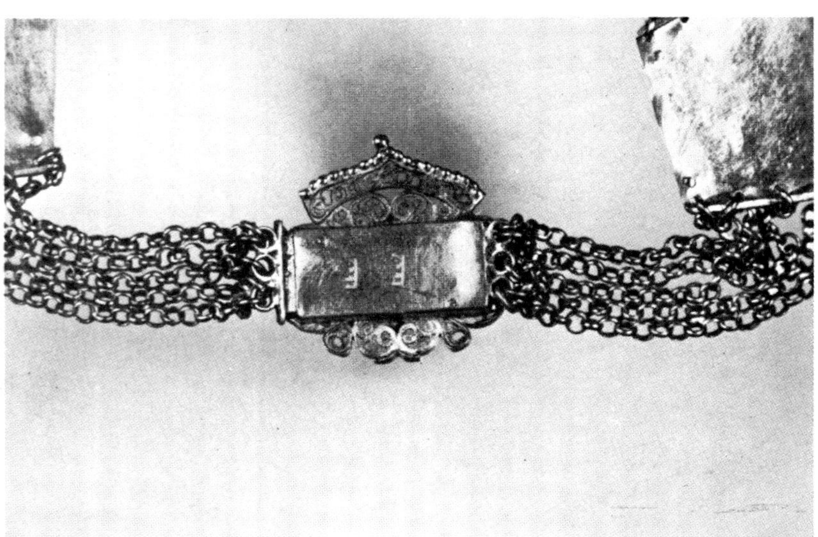

Abb. 389 Silbernes Platten-Kettenhalsband, ostwestfälisch, 19. Jahrhundert
Historisches Museum Hannover

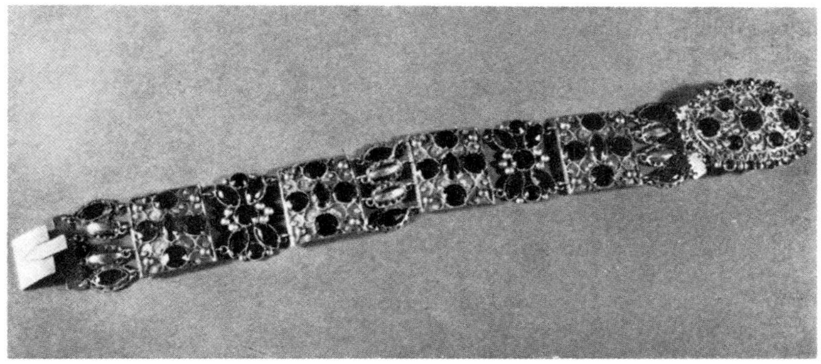

Abb. 390 Halsband aus Platten und beweglichen Schmuckgliedern, silbervergoldet mit Filigranarbeit (und farbigen Steinen), ostwestfälisch, 19. Jahrhundert. Museum für Kunst- und Kulturgeschichte Dortmund

Abb. 391 Halsband aus facettierten Ovalen auf Stoff mit herzförmiger Nackenschließe, Silber, Ravensberger Land, 1. Hälfte 19. Jahrhundert
Museum für Kunst- und Kulturgeschichte Dortmund

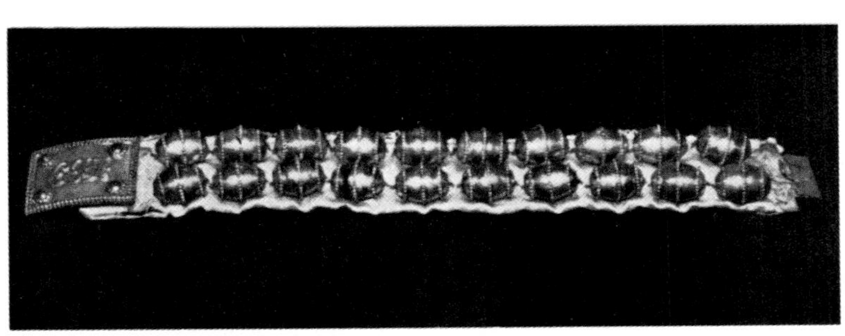

Abb. 392 Stoffhalsband mit aufgenähten, silbernen Tönnchen, Ravensberger Land, 19. Jahrhundert. Städt. Museum Herford

Abb. 393 Halskragen (Halsgeschirr) aus Platten, Silberfiligran und Messing, teilweise vergoldet, aus Minden-Ravensberg, 19. Jahrhundert Landesmuseum Münster

Abb. 394 Hemdspange und Halsband aus Silber aus dem Landkreis Osnabrück, 19. Jahrhundert. Städt. Museum Osnabrück

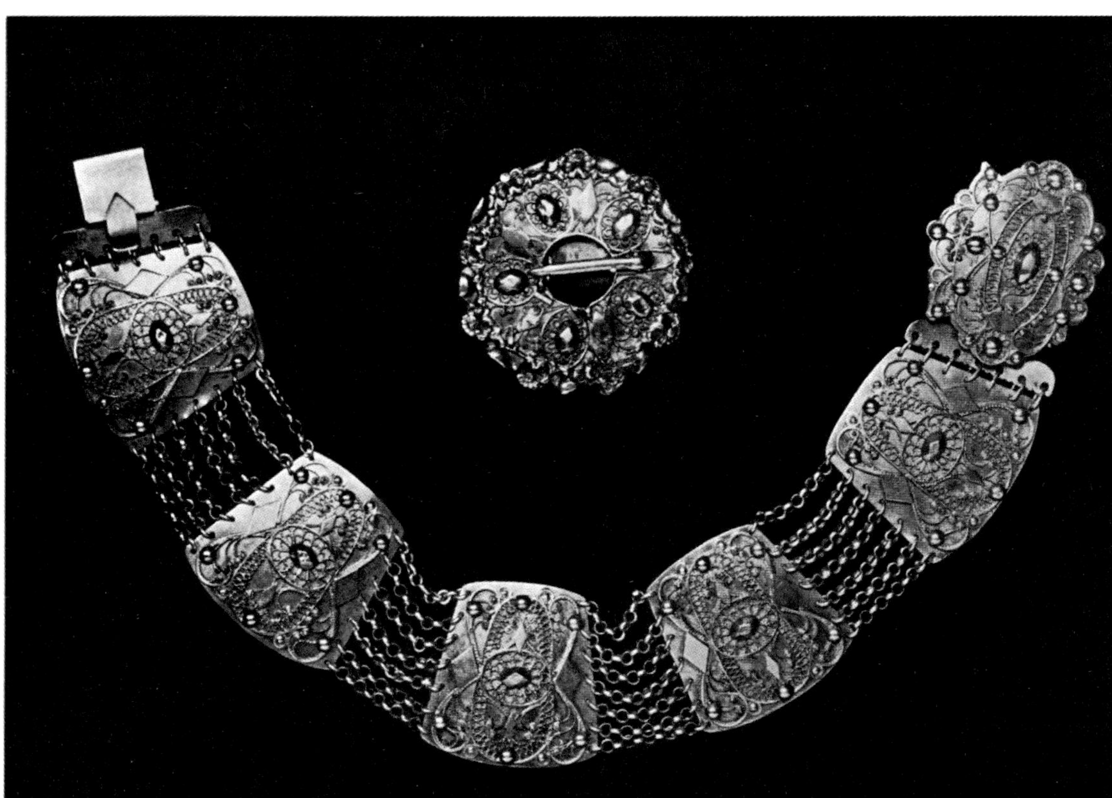

Abb. 395 Nackenschließe für Halsschmuck, Silberfiligran mit farbigen Steinen, ostwestfälisch, 19. Jahrhundert
Landesmuseum Münster

Abb. 396 Halsschließe, Vorderseite, Kreis Lübbecke, mit Amsterdamer Beschauzeichen, 19. Jahrhundert
Historisches Museum Hannover

Abb. 397 Halsschließe, Rückseite, Kreis Lübbecke, mit Amsterdamer Beschauzeichen, 19. Jahrhundert
Historisches Museum Hannover

Abb. 398 Gürtelschnalle, silbervergoldet, mit aufgelegtem Filigran und farbigen Steinen, östliches Westfalen, 19. Jahrhundert
Landesmuseum Münster

Abb. 399 Gürtelschließe, silbervergoldet, mit farbigen Steinen, östliches Westfalen, 19. Jahrhundert
Landesmuseum Münster

Abb. 400 Bernsteinkette mit Verschluß, aus Herford, Ravensberger Land, 19. Jahrhundert
Germanisches Nationalmuseum Nürnberg

Abb. 401 Bernsteinkette mit herzförmiger Schließe (Silberfiligran und farbige Steine), Frille, Kr. Minden, 1911
Privatbesitz Minden

Abb. 402 Fingerringe, silbervergoldet, Artland und Landkreis Osnabrück, 19. Jahrhundert; der 4. aus Holte, Landkreis Osnabrück, 18. Jahrhundert. Städt. Museum Osnabrück

Abb. 403 Hemdspangen, Silberfiligran, vergoldet, aus Bielefelder Werkstatt, 19. Jahrhundert. Landesmuseum Münster

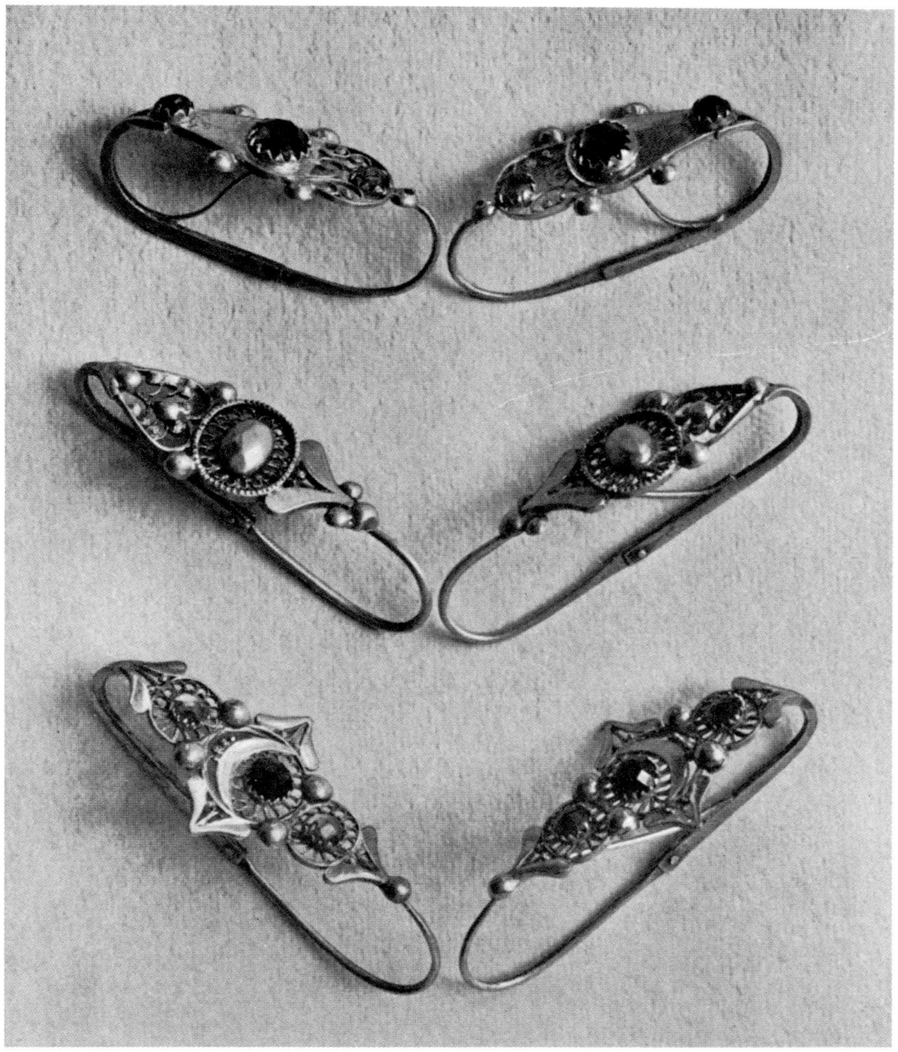

Abb. 404 Ohrringe, Langform, silbervergoldet, Filigran mit farbigen Steinen, Länge 5,5 und 4,5 cm, ostwestfälisch, 19. Jahrhundert. Landesmuseum Münster

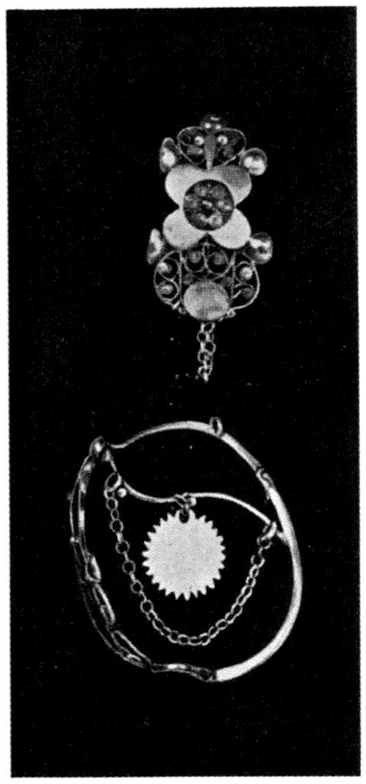

Abb. 405 Ohrringe, Rundform, von vorn und von der Seite gesehen, silbervergoldet mit Filigran, ehem. Kreis Melle, 19. Jahrhundert. Städt. Museum Osnabrück

Abb. 406 Ohrringe, Langform, silbervergoldet mit farbigen Steinen, Barkhausen b. Minden, 19. Jahrhundert Landesmuseum Münster

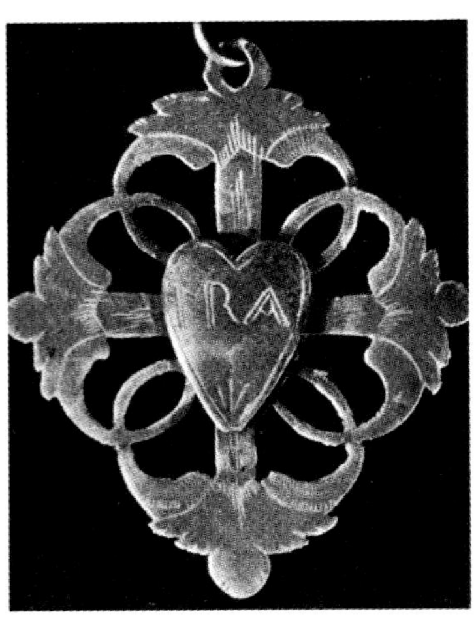

Abb. 407 Anhänger, Brustkreuz, Silber, graviert, 19. Jahrhundert, Votivgabe für die Kirche in Hunteburg, Kr. Wittlage

Abb. 408 Schuhschnallen, silbervergoldet, mit roten Steinen, Artland, 19. Jahrhundert. Städt. Museum Osnabrück

Abb. 409 Brustkreuze, Filigran, silbervergoldet, aus dem Grönegau (ehem. Kr. Melle), 19. Jahrhundert. Heimatmuseum Melle

Abb. 410 Brustschmuck, Goldblech mit Filigranarbeit, Anhänger einer Halskette aus dem Emsland, 19. Jahrhundert
Landesmuseum Münster

Abb. 411 Goldener Brustschmuck „Gadderken" oder „Bengelwerk" aus dem Hümmling, 19. Jahrhundert
Städt. Museum Osnabrück

Abb. 412 Silbervergoldete Halskette mit Anhänger aus dem Emsland, 19. Jahrhundert
Privatbesitz

Abb. 413 Goldener Brustschmuck, Anhänger aus dem Emsland, 19. Jahrhundert
Städt. Museum Osnabrück

Abb. 414 Brustkreuz, Silberfiligran, 19. Jahrhundert, Votivgabe für die Kirche in Hunteburg, Kr. Wittlage

Abb. 415 Gezeichnete Muster für Brust- und Halsschmuck aus dem Musterbuch des Goldschmieds Niermann, Sögel, Kr. Aschendorf

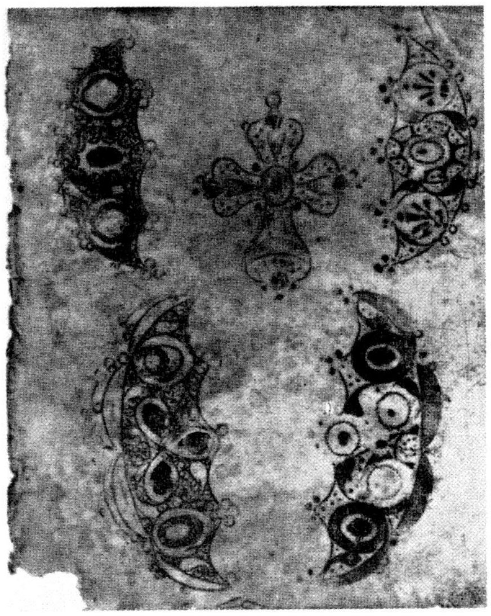

Abb. 416 Brustkreuz, Silber, Votivgabe für die Kirche in Hunteburg, Kr. Wittlage, 19. Jahrhundert

Abb. 417 Gravierte silberne Brustkreuze, 19. Jahrhundert
Diözesanmuseum Paderborn

Abb. 418 Münsterländisches Brustkreuz mit lilienförmigen Balken,
Silber, graviert, 19. Jahrhundert
Museum für Kunst- und Kulturgeschichte Dortmund

Abb. 419 Graviertes silbernes Brustkreuz an Louis-seize-Schleif
mit Eicheln, Votivgabe, um 1800
Pfarramt Stadtlohn

Abb. 420 Gravierte silberne Brustkreuze, Münsterland, 19. Jahrhundert. Landesmuseum Münster

Abb. 421 Brustkreuz, Silber, graviert, zum Aufklappen, 19. Jahrhundert Museum für Kunst- und Kulturgeschichte Dortmund

Abb. 422 (rechts) Brustkreuz, mit Corpus Christi im Relief, 19. Jahrhundert Museum für Kunst- und Kulturgeschichte Dortmund

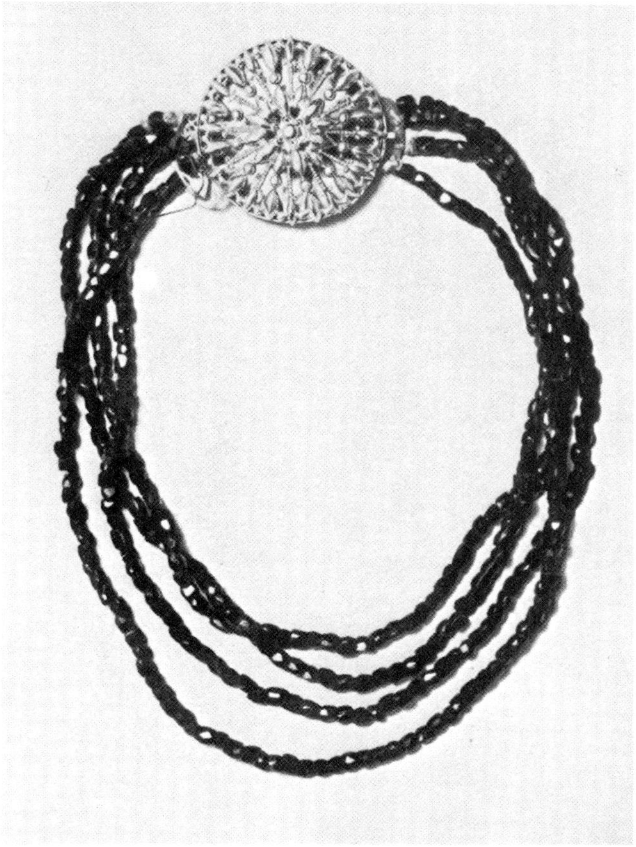

Abb. 423 Granatkette mit Goldschließe aus dem Emsland, friesische Importware, 19. Jahrhundert
Städt. Museum Osnabrück

Abb. 424 Hungertuch Freckenhorst, Kr. Warendorf, Filetarbeit, Leinen, Ausschnitt „Dornenkrönung", Neuanfertigung von 1925 nach altem Vorbild. Stifts- und Pfarrkirche Freckenhorst

Abb. 425 Hungertuch aus Vreden, Kr. Ahaus, Filetarbeit, Leinen, 1616, Ausschnitt „Gefangennahme Christi“ und „Judaskuß“
Pfarrkirche Vreden

Abb. 426 Hungertuch aus Buldern, Kr. Coesfeld, ehemals Alte Pfarrkirche, Filetarbeit, Fragment, 1. Hälfte 17. Jahrhundert, Geißelung und Ölbergszene. Landesmuseum Münster

Abb. 428 Oberteil eines Heiligenpöstchens aus Hövelhof, Kr. Paderborn, mit Abendmahlsszene, Sandstein, 2. Hälfte 18. Jahrhundert

Abb. 427 Bildstock, Fünfwundenbild Christi, Borghorst, Kr. Steinfurt, Sandstein, 18. Jahrhundert

Abb. 429 Heiligenpöstchen, Atteln, Kr. Büren, Sandstein, dat. 1743

Abb. 430 Bildstock, Beverungen, Kr. Höxter, Sandstein, dat. 1724

Abb. 431 Heiligenpöstchen aus Hövelhof, Kr. Paderborn, mit Darstellung: Bischof Martin besucht den hl. Liborius am Sterbebett, Sandstein, Oberteil, 18. Jahrhundert

Abb. 432 Bildstock, Paderborn, Am Paderwall, Sandstein, Ausschnitt, Rückseite mit Nachbildung des Werler Gnadenbildes, begleitet von Engeln, 18. Jahrhundert

Abb. 433 Siebenschmerzenmadonna, Holzstele, Ramsdorf, Kr. Borken, dat. 1802
Heimatmuseum Ramsdorf

Abb. 434 Kirchwegbild, Holzrelief, Flucht nach Ägypten, aus Ehren b. Löningen, Kr. Cloppenburg, 18. Jahrhundert
Freilichtmuseum Cloppenburg

Abb. 435 Kirchwegbild aus dem Hümmling, Eichenholzrelief, 18. Jahrhundert
Wallfahrtskirche Rulle, Kr. Osnabrück

Abb. 436 Wegbildstock, Weese, Kr. Bersenbrück, an der Straße von Voltlage nach Recke, doppelseitig geschnitzt und bemalt, Vorderseite Christus am Astkreuz, 2. Hälfte 17. Jahrhundert

Abb. 437 Bildstock von Weese, Rückseite Pietà, umgeben von vier geflügelten Engelsköpfen

Abb. 438 Hopsten, Kreuz Nr. 5

Abb. 438a Ibbenbüren-Laggenbeck, beim Hofe Steingröver

Abb. 439 Grabdenkmäler, Sandstein, Hohensyburg b. Hagen, 18. Jahrhundert

Abb. 440 Kreuzigungsrelief, Eiche, farbig bemalt,
Peingdorf, Kr. Melle, 1. Hälfte 18. Jahrhundert
Privatbesitz Peingdorf

Abb. 441 Antonius-Statue aus
Peingdorf, Kr. Melle,
Eiche, farbig bemalt,
18. Jahrhundert
Privatbesitz Peingdorf

Abb. 442 Andachtsbild, hl. Nepomuk, Eiche, Peingdorf, Kr. Melle, 2. Hälfte 18. Jahrhundert Privatbesitz Peingdorf

Abb. 443 Nachbildung des Gnadenbildes in Werl, Weichholz, bemalt und vergoldet
Museum für Kunst- und Kulturgeschichte Dortmund

Abb. 444 Silbergekrönte Mutter Gottes mit Jesuskind und Szepter in der Tracht des 18. Jahrhunderts, westfälisch
Museum für Kunst- und Kulturgeschichte Dortmund

Abb. 445 Barocke Nachbildung des Gnadenbildes in Werl, Lindenholz mit farbiger Fassung, nach 1661
Landesmuseum Münster, ehemals Freckenhorst

Abb. 446 Nachbildung des Werler Gnadenbildes, Holz bemalt, stark stilisiert, aus einem Heiligenhäuschen zwischen Lendringsen und Oesbern, Kr. Iserlohn, 18. Jahrhundert. Städt. Heimatmuseum Menden

Abb. 447 Nachbildung des Werler Gnadenbildes, Weichholz, stark zerstört, 18. Jahrhundert
Diözesanmuseum Paderborn

Abb. 448 Gnadenbild (Mutter Gottes als Himmelskönigin mit Christuskind) in modischer Kleidung des 18. Jahrhunderts, aus der Laurentiuskirche in Warendorf

Abb. 449 Prozessionskerzenstab der Schuhmacher von Büren, dat. 1720 Kreisheimatmuseum Wewelsburg

Abb. 450 Ölbild mit dem Motiv des Werler Gnadenbildes, 18. Jahrhundert
Sauerländer Heimatmuseum Arnsberg

Abb. 451 Ölbild mit der Darstellung des Telgter Gnadenbildes, um 1710
Theodor Hovestadt, Sudmühle bei Münster

Abb. 452 Votivtafel, Kirche in Stromberg, Kr. Beckum, gestiftet von Joh. Missing in Beckum, dat. 1650
Kirche in Stromberg

Abb. 453 Votivbild, Heilung des taubstummen Theodor Westhoff aus Ahlen durch das Gnadenbild in Telgte, 1712
Propstei Telgte, Kr. Münster

Abb. 454 Ölbild, Darstellung des Telgter Gnadenbildes mit Mantel und Silberschilden, im Festschmuck von 1754 Museum für Kunst- und Kulturgeschichte Dortmund

Abb. 455 Hinterglasbild (Spiegel) mit Darstellung des Telgter Gnadenbildes aus der Tschechoslowakei, Wallfahrtsandenken, um 1840. Heimathaus Münsterland, Telgte, Kr. Münster, 18. Jahrhundert

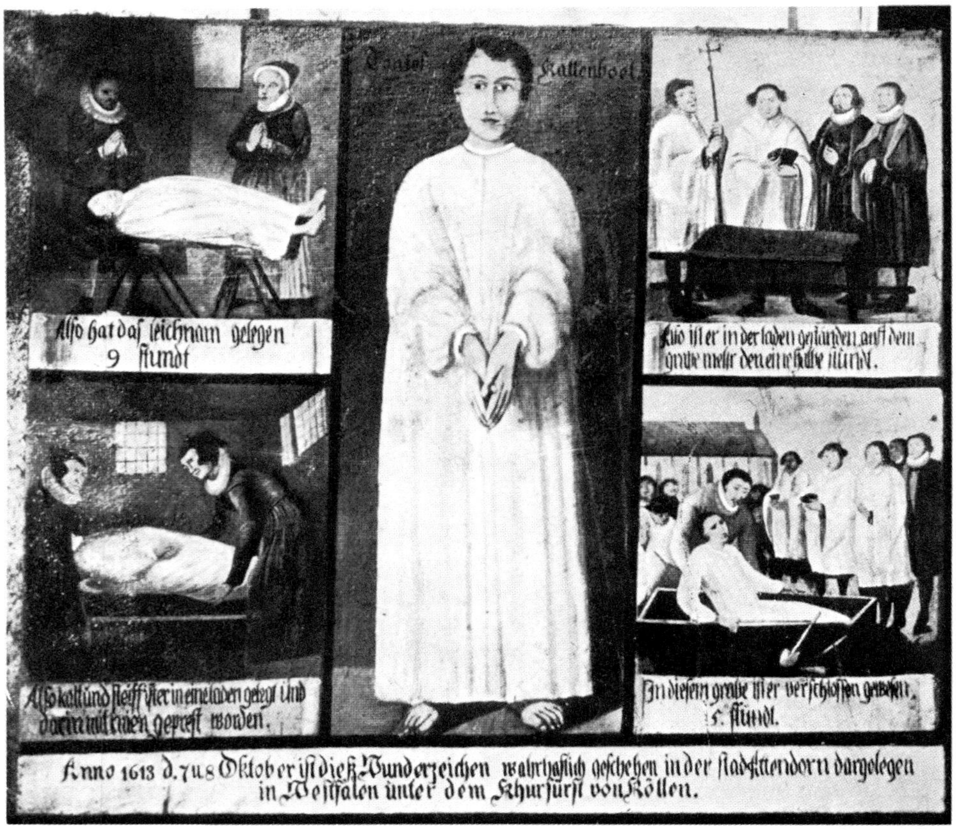

Abb. 456 Tafel zur Erinnerung an die Beerdigung des Scheintoten T. Kattenhoet aus dem Jahre 1613
Stadtkirche Attendorn, Kr. Olpe

Abb. 457 Auffindung des hl. Blutes, Öl auf Leinwand, 18. Jahrhundert
Wallfahrtskirche Kloster Rulle, Kr. Osnabrück

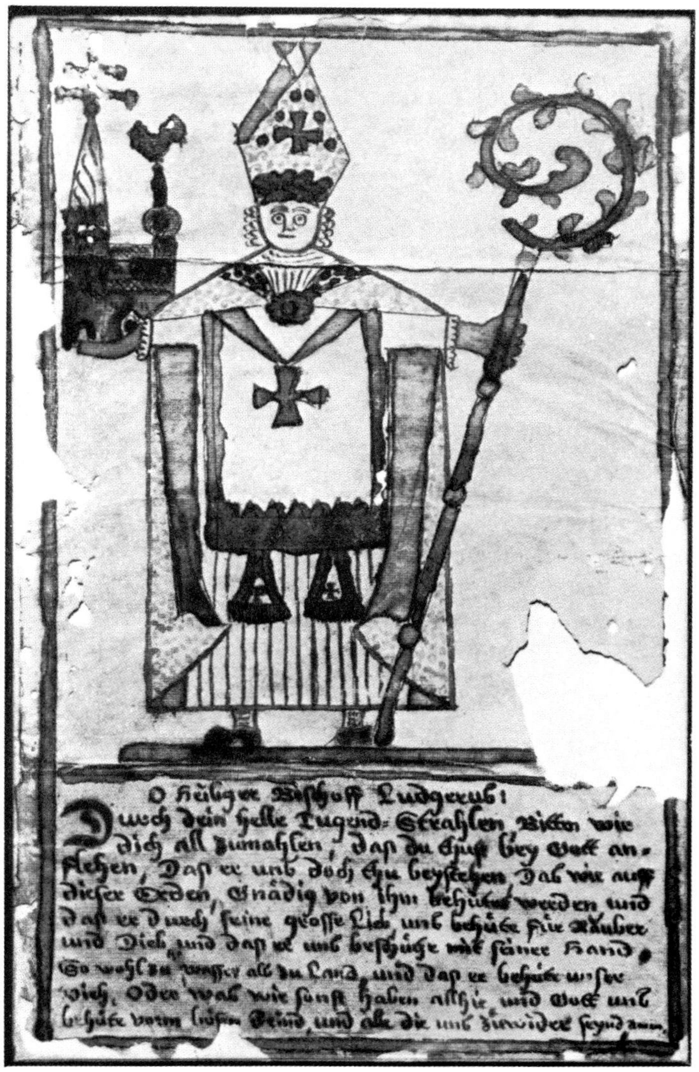

Abb. 458 Der hl. Liudger, Papier, farbig bemalt, von einem Truheninnendeckel, teilweise zerstört, 18. Jahrhundert
Privatbesitz Otto Goltermann Osnabrück

Abb. 458a Marienbild zu Telgte mit Papierspitzenumrahmung, Steindruck, Prag (Heywald), 19. Jahrhundert. Privatbesitz

Abb. 459 Pergament-Spitzenbild, aus dem Landkreis Osnabrück, dat. 1719, vermutlich süddeutscher Import
Städt. Museum Osnabrück

Abb. 460 Kleines Andachtsbild mit Darstellung des hl. Joseph, Holzschnitt, Münster, 18. Jahrhundert
Privatbesitz Glandorf, Kr. Osnabrück

Abb. 461 Kleines Andachtsbild mit Darstellung des Vesperbildes der Überwasserkirche Münster, Holzschnitt von H. Strübl, München, 18. Jahrhundert
Privatbesitz Glandorf

Abb. 462 Kleines Andachtsbild mit Darstellung des Coesfelder Cruzifixus, Steindruck, Münster, 19. Jahrhundert. Privatbesitz

Abb. 463 Andachtsbild, Marienbild zu Dettelbach, Franken, Steindruck, verlegt bei Aschendorff, Münster, 19. Jahrhundert. Privatbesitz

Abb. 464 Christus am Kreuz, Steindruck, Th. Möller, Warendorf, 19. Jahrhundert Privatbesitz

Abb. 465 Andachtsbild mit polnischer und deutscher Unterschrift, Steindruck, W. Auling, Münster, 19. Jahrhundert Privatbesitz

Abb. 466 Abbildung des Marienbildes zu Telgte, Kr. Münster, Steindruck 19. Jahrhundert Privatbesitz Glandorf, Kr. Osnabrück

Abb. 467 Kupferner Weihwasserkessel mit verziertem Eisenbügel aus der Kirche in Huntemühlen, 18. Jahrhundert. (aus Walter Borchers, Grönegau-Museum Melle, Melle 1971)

Abb. 468 Silbernes Votivschild von 1785 mit Darstellung des Telgter Gnadenbildes, Arbeit des Münsteraner Goldschmieds H. W. Berghaus
Telgter Wallfahrtskapelle, Kr. Münster

Abb. 469 Silbernes Votivschild, 1754, mit Darstellung der Kirchen von Roxel und Albachten (beide Kr. Münster) mit ihren Patronen und dem Telgter Gnadenbild in den Lüften. Telgter Wallfahrtskapelle

Abb. 470 Silbernes Votivschild mit Darstellung des hl. Joseph, 18. Jahrhundert. Diözesanmuseum Paderborn

Abb. 472 Rechteckiges, silbernes Votivschild mit Darstellung des Werler Gnadenbildes, 18. Jahrhundert Wallfahrtskirche Werl

Abb. 471 Ovales silbernes Votivschild mit Darstellung des Werler Gnadenbildes, 18. Jahrhundert Wallfahrtskirche Werl, Kr. Soest

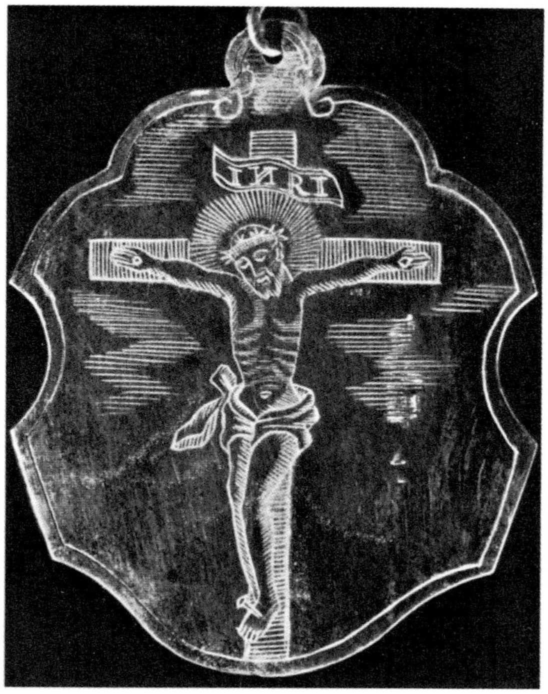

Abb. 473 Silbernes Votivschild mit Darstellung: Christus am Kreuz, 18. Jahrhundert, aus der Wallfahrtskirche Rulle, Kr. Osnabrück

Abb. 474 Silbernes Votivschild mit Madonnendarstellung, kath. Kirche in Hunteburg, Kr. Wittlage, 18. Jahrhundert

Abb. 475 Silbernes herzförmiges Votivschild, 18. Jahrhundert
Diözesanmuseum Paderborn

Abb. 476 Silbernes herzförmiges Votivschild von dem St.-Annen-Bild in der Kirche zu Darfeld, Kr. Coesfeld, 18. Jahrhundert

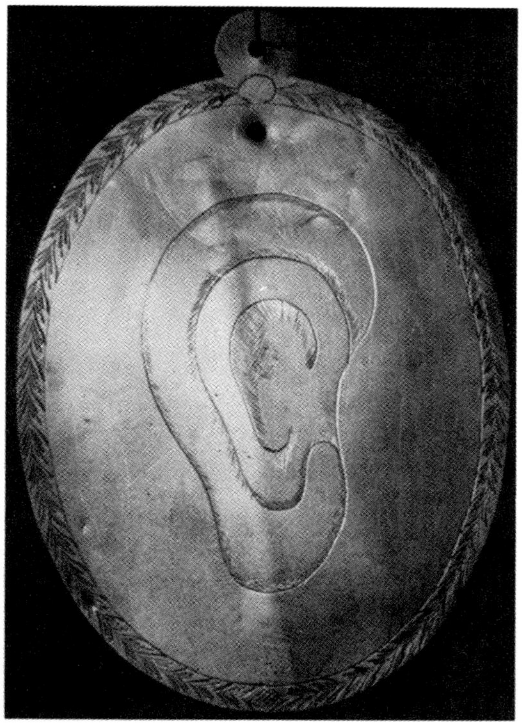

Abb. 477 Silberne Votivgabe mit Ohrdarstellung aus der Laurentiuskirche zu Warendorf, 19. Jahrhundert

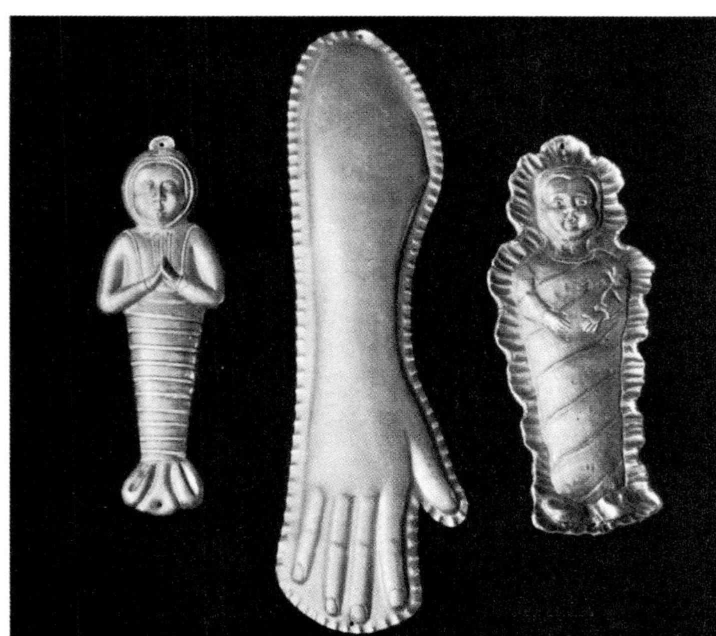

Abb. 478 Silberne Votivgaben (Wickelkinder und Hand mit Unterarm), 18. Jahrhundert
Wallfahrtskapelle Telgte, Kr. Münster

Abb. 479 Silberne Votivgaben des 17.–19. Jahrhunderts, Ramsdorf, Kr. Borken
Pfarrkirche Ramsdorf

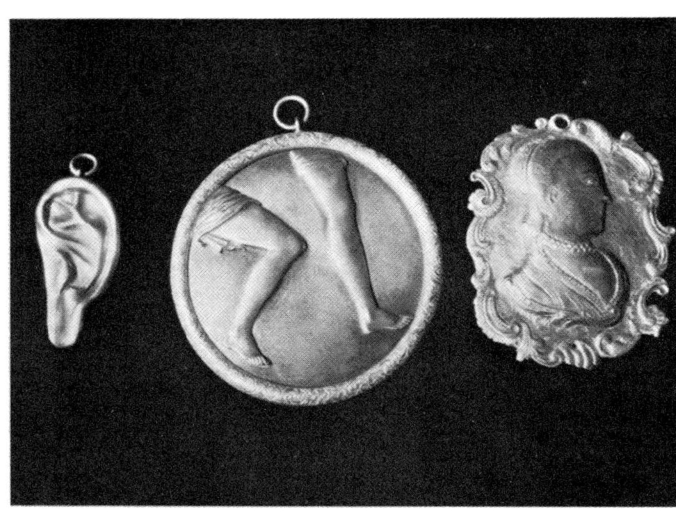

Abb. 480 Silberne Votivgaben, 2. Hälfte 18./Anfang 19. Jahrhundert
Wallfahrtskapelle Telgte, Kr. Münster

Abb. 481 Warendorfer Hauskrippe,
Mitte 19. Jahrhundert
Kreisheimatmuseum Warendorf

Abb. 482 Krippenfiguren, Wachs, 18. Jahrhundert, Kloster Lage, Kr. Bersenbrück (Gewänder modern)
Städt. Museum Osnabrück

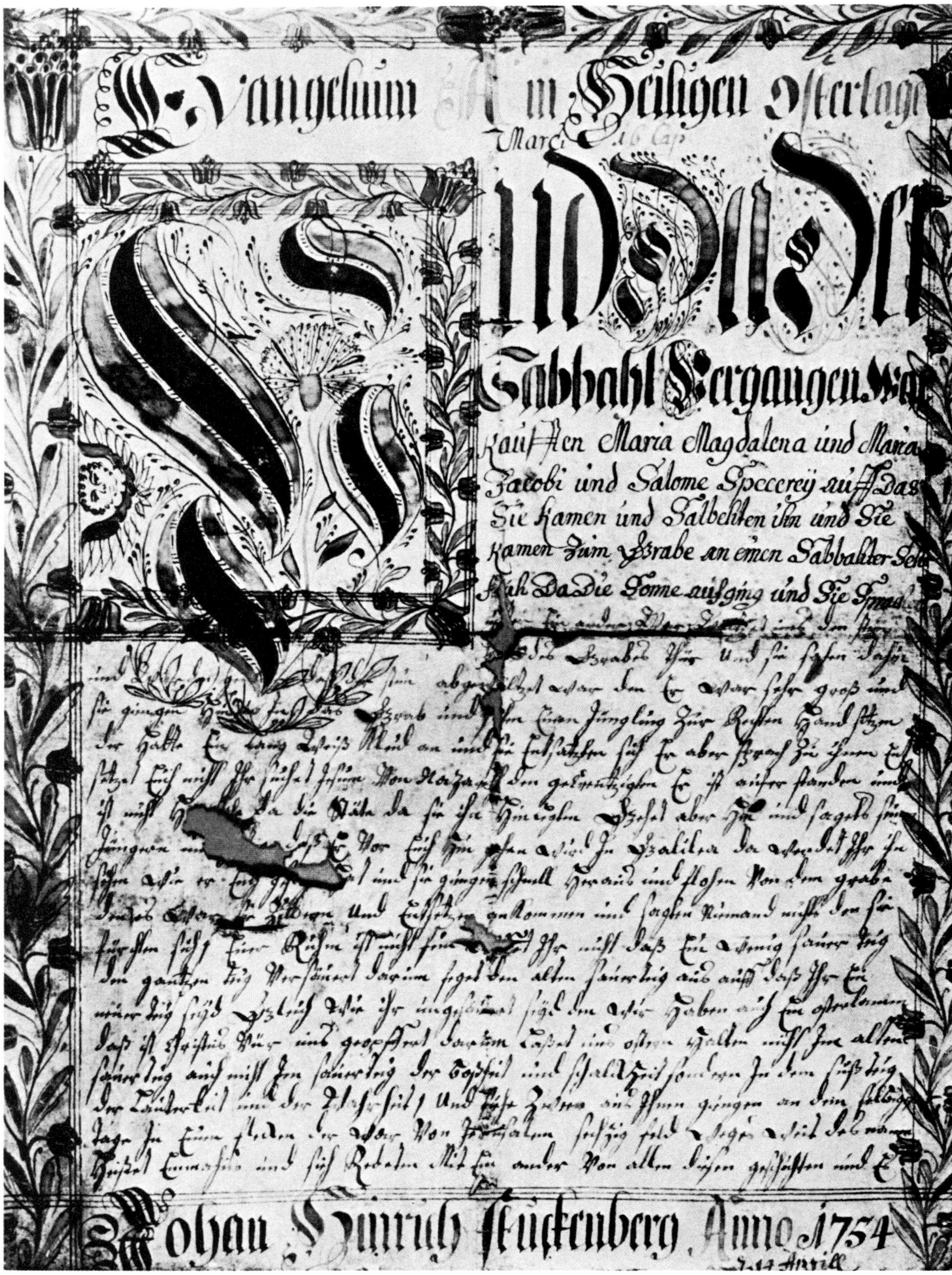

Abb. 483 Seite aus dem Markusevangelium, geschrieben und bemalt von Joh. Hinrich Stuckenberg, 1754
Kreisheimatmuseum Bersenbrück

Abb. 484 Geschnittener und bemalter Liebesbrief von A. C. Rummenhol, dat. 1821. Märkisches Heimatmuseum Burg Altena

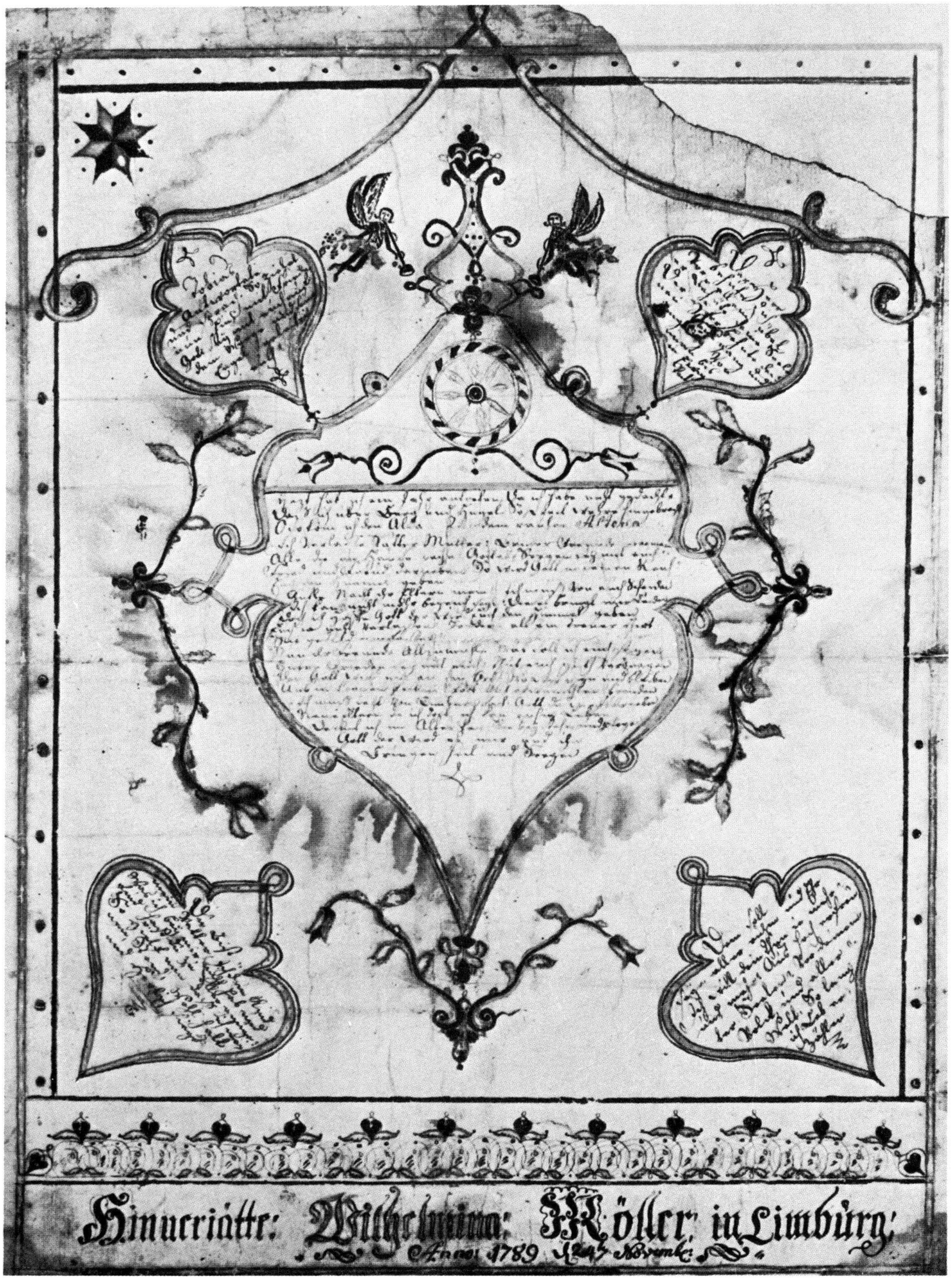

Abb. 485 Abschiedsbrief der Henriette Wilhelmine Möller in Limburg an ihre Eltern, Papier, farbig bemalt und beschrieben, von 1789. Märkisches Heimatmuseum Burg Altena

Abb. 486 Evangelisches Gesangbuch mit aufgeklebten Herzen, eingeprägte Initialen D. C. A. K. A. H. (Dorothea Christina Annaliese Kleine, Adolf Hartmann) und Jahreszahl 1821 aus Salzuflen, Kr. Lemgo. Privatbesitz E. A. Titgemeier, Osnabrück

Abb. 487 Neujahrsglückwunschbrief, Papier farbig bemalt, dat. 1785, Artland
Städt. Museum Osnabrück

Abb. 487a Neujahrsglückwunschbrief, dat. 1785
Städt. Museum Osnabrück

Abb. 488 Gedruckte Anweisung der Schönschreibkunst des Hochgräfl. Lippischen Bottenmeisters und Aktuarius J. G. Weber von 1780 Lippisches Landesmuseum Detmold

Abb. 489 Lehrbrief über sechsjährige Tätigkeit des Johan Gottfried Brück, ausgestellt von der Osnabrücker Kramerzunft, Pergamenturkunde, 1773. Städt. Museum Osnabrück

Abb. 490 Märkischer Rundkoffer im Louis-seize-Stil (2. Hälfte 18. Jahrhundert), bergisch beeinflußt, Füße erneuert. Im Innern des Deckels eingeklebte, gedruckte Andachtsbilder, teilweise farbig. Landesmuseum Münster

Abb. 491 Silbernes Schild der Schützenbruderschaft Arnsberg von 1658
Schützenbruderschaft Arnsberg

Abb. 492 Silbernes Schützenschild, Senden 1787
Schützenbruderschaft Senden, Kr. Lüdinghausen

Abb. 493 Silbernes Schützenschild, Senden 1789
Schützenbruderschaft Senden

Abb. 494 Silbernes Schützenschild, Senden, 18. Jahrhundert
Schützenbruderschaft Senden

Abb. 495 Silbernes Schützenschild, Horstmar 1827
Schützenbruderschaft Horstmar, Kr. Steinfurt

Abb. 496 Brotsegen, Karsamstag, Attendorn, Kr. Olpe, vor der Mitte des 20. Jahrhunderts

Abb. 497 Ostergebäck, Lügde, Kr. Höxter, 20. Jahrhundert

Abb. 498 „Duwen" (Tauben) für „Pälmkes" (Palmpauschen) aus dem Westmünsterland, 20. Jahrhundert

Abb. 499 „Duwen" für „Pälmkes", Westmünsterland, 20. Jahrhundert

Abb. 500 Nikolausgebäck, Kreis Grafschaft Bentheim, 20. Jahrhundert

Abb. 501 „Klausenkerl", Hagen b. Osnabrück, 20. Jahrhundert

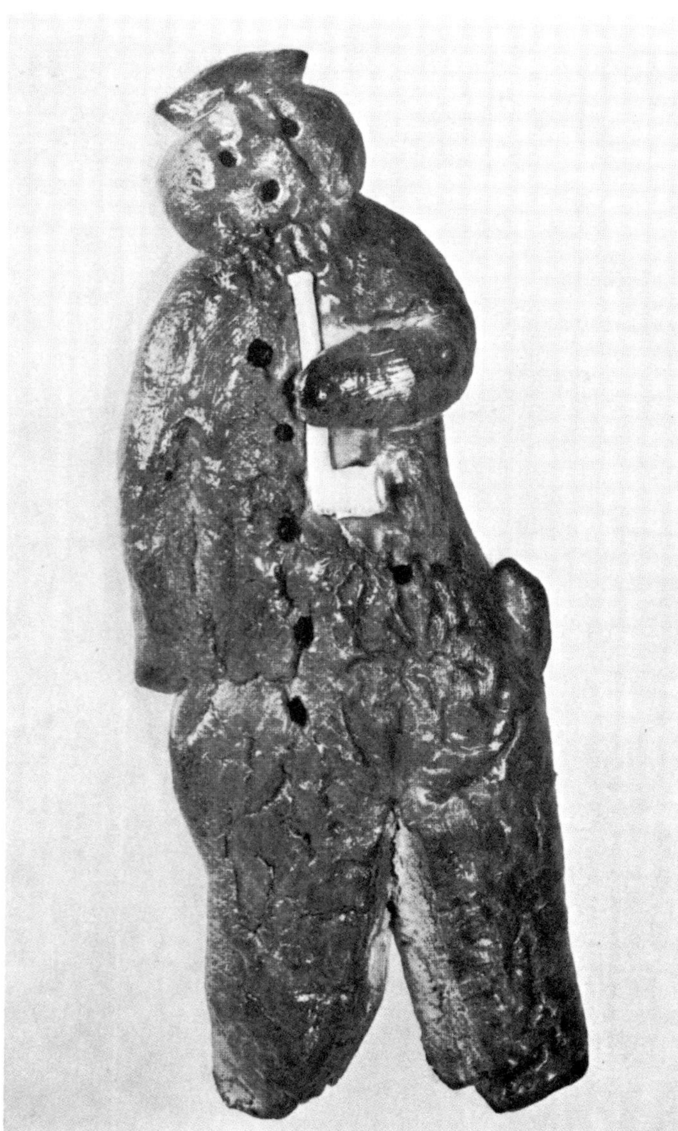

Abb. 502 „Klaskerl", Osnabrück, 20. Jahrhundert

Bildnachweis

Der Verfasser und die Herausgeber danken allen Stellen, die an der Beschaffung von Klischees und Fotos für diesen Band beteiligt waren.

Klischees haben zur Verfügung gestellt:

Volkskundliche Kommission des Landschaftsverbandes Westfalen-Lippe für die Abbildungen 3, 136, 313, 314, 315, 316, 323, 324, 325, 326, 327, 330, 334, 335, 336, 339, 340, 342, 344, 345, 346, 351, 355, 356, 357, 378, 379, 380, 386, 387, 390, 391, 392, 395, 398, 402, 406, 407, 408, 411, 414, 415, 417, 418, 419, 421, 422, Textabb. S. 113, Taf. XIII
veröffentlicht in: Rheinisch-Westfälische Zeitschrift für Volkskunde Bd. II, 1955 Abb. 313, 314, 315, 316, 323, 324, 325, 326, 327, 330, 334, 335, 336, 339, 340, 342, 344, 345, 346, 351, 355, 356, 357, 380; Bd. VI, 1959 Abb. 3, 386, 387, 390, 391, 392, 395, 398, 402, 406, 407, 408, 411, 414, 415, 417, 418, 419, 421, 422; Bd. VII, 1960 Abb. 136; Bd. V 1958 Textabb. S. 113

Städtisches Museum Osnabrück für die Abbildungen 1, 69, 109, 116, 117, 124, 135, 149, 168, 171, 208, 222, 223, 235, 237, 244, 268, 301, 304, 306, 310, 317, 322, 328, 329, 338, 361, 363, 366, 367, 368, 369, 371, 375, 380, 384, 394, 405, 407, 413, 435, 440, 441, 442, 444, 459, Textabb. S. 62, 83, 94, 189, 190, Taf. XIV
veröffentlicht in: Faltblatt des Städtischen Museums Osnabrück Abb. 1, 116, 171, 208, 237, 268, 310, 329, 368, 413; Bäuerliche, Kultur und Kunst des Osnabrücker Landes. Katalog 1953 Abb. 69, 109, 117, 124, 149, 168, 222, 223, 235, 244, 301, 304, 317, 322, 328, 338, 369, 371, 375, 380, 384, 394, 405, 407, 435, 440, 441, 442, 444, 459, Textabb. S. 62, 83, 94, 189, 190; Erwerbungen des Städtischen Museums Osnabrück 1947–1958 Abb. 135, 306; Stoffe aus mehreren Jahrtausenden. Katalog 1955 Abb. 361, 363; Rheinisch-Westfälische Zeitschrift für Volkskunde Bd. II. 1955 Abb. 317, 328; Bd. VI, 1959 Abb. 405

Landesmuseum für Kunst und Kulturgeschichte Münster für die Abbildungen 61, 187, 195, 207, 241, 242, 305, 343, 347, 348, 349, 393, 399, 403, 404, 410, 420, 445
veröffentlicht in: Volkskunst in Westfalen. Katalog des Landesmuseums. Münster 1955 (außer Abb. 207); Aus westfälischen Museen. Katalog des Landesmuseums. Münster 1958 Abb. 207

Museum für Kunst- und Kulturgeschichte Dortmund für die Abbildungen 20, 114, 129, 170, 172, 186, 266, 350, 443, 444, 454
veröffentlicht in: Kleiner Führer 2 – Westfälische Volkskunst. Hrsg. v. Museum f. Kunst- u. Kulturgeschichte Dortmund Abb. 20; Westfälische Volkskunst – Schloß Cappenberg. 1962 Abb. 114, 170, 350, 444, 454; Dortmunder Kunstbesitz – 75 Jahre Museum für Kunst- und Kulturgeschichte Dortmund Abb. 129, 266, 443

Hamburger Museumsverein für die Abbildungen 427, 432, 440, 442, 452, 457, 461, 462, 468, 476, 477
veröffentlicht in: Beiträge zur deutschen Volks- und Altertumskunde 2/3, 1958

Verlag Kohlhammer für die Abbildungen 267, 416, 438, 453, 479, 480, 481
veröffentlicht in: Zeitschrift für Volkskunde, Jg. 54, 1958

Kreisverwaltung Wiedenbrück für die Abbildung 364 und die Tafeln V, VI, X, XI
veröffentlicht in: J. Blotenberg, Industrie und Handel, Monographie des Landkreises Wiedenbrück. Gütersloh 1966

Westfälischer Heimatbund für die Abbildungen 492, 493, 494, 495
veröffentlicht in: Westfälisches Schützenwesen. Münster 1953

Städtisches Heimatmuseum Schwelm für die Abbildungen 365, 365a

Landesverband Lippe für die Tafel I, veröffentlicht in: Lippe und sein Landesverband. Detmold 1970

Dülmener Heimatverein für die Abbildung 370, veröffentlicht in: Dülmener Heimatblätter, Jg. 1962, H. 2

Reproduziert aus Zeitschrift Germanenerbe Jg. 8, 1943, H. 5/6 die Abbildungen 11, 12

Folgende Abbildungen sind bereits in anderen Veröffentlichungen des Verlages Aschendorff erschienen: Abbildungen 424, 425, 426 in: P. Engelmeier, Westfälische Hungertücher. Münster 1961; Abbildungen 277–285 in der Zeitschrift „Westfalen". 45. Bd. 1967, H. 2/3, Beitrag W. Borchers, Iserlohner Tabaksdosen

Bildnachweis

Fotoaufnahmen für die Abbildungen des Tafelteils im Anhang:

Bauer, Bad Rothenfelde 333; Bockelmann, Menden 261, 272, 296, 297, 446; Bodemann, Quakenbrück 15; Borges, Münster 424, 425; Brandt, Herne 79, 131, 498, 499; Brepohl, Wietersheim 401; Brockpähler, Münster 492, 493, 494, 495; Busker, Borken 178; Carroux, Arnsberg 80, 84, 450; Diözesanmuseum, Paderborn 470; Eberhard, Osnabrück 483; Eickhoff, Arnsberg 37, 254; Eisen, Geseke 335; Engelbrecht, Bünde 153, 182, 211, 220, 234, 240; Freilichtmuseum, Cloppenburg 434; Westfälisches Freilichtmuseum Bäuerlicher Kulturdenkmale, Detmold 35, 36, 38, 39, 82, 96, 97, 98, 123, 125, 132, 134, 138, 161, 218; Glänzer, Bielefeld 318; Grunewald, Paderborn 449; Städtisches Gustav-Lübke-Museum, Hamm 30, 76, 214, 224, 244, 255, 256, 319, 320, 353, 357, 358, 359, 362; Hamalandmuseum, Vreden 354; Märkisches Heimatmuseum, Burg Altena 13, 34, 40, 90, 158, 169, 219, 233, 239, 484, 485; Heimatmuseum, Attendorn 230; Städtisches Heimatmuseum, Bochum 167; Heimatmuseum, Eversberg 180; Städtisches Heimatmuseum, Herford 225, 226, 313, 314, 392; Städtisches Heimatmuseum, Menden 48, 65, 85, 87, 179, 243, 271, 273; Heimatmuseum, Ramsdorf 433; Städtisches Heimatmuseum, Schwelm 185, 364, 365; Hellwegmuseum, Geseke 66, 94, 105; Hodes, Tecklenburg 91, 184; Johanneskirche, Attendorn 456; Karwarth, Ramsdorf 213, 249, 250; Keltner, Werl 471, 472; Volkskundliche Kommission des Landschaftsverbandes Westfalen-Lippe, Münster 59, 83, 88, 89, 136, 300, 307, 311, 323, 324, 331, 336, 345, 355, 356, 380, 382, 419, 423, 452; Kreisbildstelle, Arnsberg 175, 176, 491; Kreisbildstelle Bersenbrück 22, 23, 70, 71, 72, 115, 130, 190, 196, 204, 303; Kreisheimatmuseum, Bünde 93, 209, 341; Kreisheimatmuseum Lingen 325; Kreisheimatmuseum Warendorf 481; Landesamt für Denkmalpflege, Münster 14, 16, 27, 51, 118, 140, 169, 173, 192, 197, 316, 406, 426, 427, 438, 439, 451, 453, 455, 468, 469, 478, 479, 480; Landesbildstelle, Münster 448; Landesmuseum für Kunst und Kulturgeschichte, Münster 32, 52, 53, 61, 77, 101, 111, 119, 137, 187, 207, 241, 242, 267, 270, 281, 283, 285, 290, 292, 305, 308, 343, 344, 346, 347, 348, 349, 351, 386, 393, 395, 398, 399, 403, 404, 410, 420, 445, 490; Landesmuseum für Kunst und Kulturgeschichte, Oldenburg 321, 332; Lippisches Landesmuseum, Detmold 47, 49, 67, 74, 81, 110, 133, 142, 145, 146, 166, 202, 203, 216, 258, 315, 488; Langewiesche, Bünde 4, 5, 8, 9, 10, 210, 212; Lehmacher, Hagen 120; Lichtenberg, Osnabrück 306; Lindemann 378, 379; Linnhoff, Soest 385; Löckmann, Osnabrück 1, 39, 54, 55, 116, 168, 171, 183, 191, 195, 217, 228, 229, 237, 247, 257, 264, 265, 268, 286, 287, 291, 301, 302, 309, 310, 317, 322, 328, 329, 338, 342, 361, 366, 368, 369, 402, 408, 414, 457, 460, 461, 462, 463, 464, 465, 466, 467, 473, 474, 482; Meier-Böke, 11, 12; Meinders & Elstermann, Osnabrück 17; Metten, Osnabrück 62, 64, 188; Mewes, Büren 31, 43, 44, 113, 114, 121, 122, 143, 144, 189; Michels, Paderborn 6, 7, 103, 104, 417, 418, 428, 429, 430, 431, 432, 447, 475; Moissner-Krieger, Melle 26; Historisches Museum, Hannover 107, 108, 388, 389, 396, 397; Museum für Kunst- und Kulturgeschichte Dortmund, Cappenberg 18, 19, 20, 21, 24, 25, 50, 78, 86, 112, 114, 129, 139, 150, 151, 152, 154, 155, 159, 160, 162, 170, 172, 181, 186, 194, 201, 215, 221, 246, 266, 330, 339, 350, 387, 390, 391, 418, 421, 422, 443, 444, 454; Museum des Siegerlandes, Siegen 177, 205, 206, 231, 232, 252, 262, 312; Städtisches Museum, Bielefeld 28, 29 294, 295, 299; Städtisches Museum, Osnabrück 39, 63, 135, 208, 477; Nass, Hamburg, 278, 279, 280, 282, 284; Germanisches Nationalmuseum, Nürnberg 372, 373, 374, 381, 383, 400; Nolting, Bünde 147, 340; Ohle, Lemgo 45, 46, 193, 199, 253; Otto, Attendorn 92, 260; Pattberg und Lots, Altena 126; Poppe, Osnabrück 157; Rottmann, Attendorn 33; Schäfer, Hohenlimburg 58, 198; Schlechtriem 102; Schloßmuseum, Hohenlimburg 248; Friedrich Schmidt, Osnabrück 75, 99, 106, 245, 251, 269, 274, 275, 276, 277, 288, 289, 293, 298, 304; Schneider, Schwelm 127, 259; Schneiders, Bad Schachen 2; Schomaker, Langenteilen über Damme 3; Seelig-Bothe, Osnabrück 41, 42, 56, 57, 68, 73, 95, 100, 109, 117, 124, 128, 141, 148, 149, 156, 163, 164, 174, 222, 223, 227, 235, 236, 263, 334, 337, 363, 367, 371, 375, 376, 377, 384, 394, 405, 407, 411, 413, 415, 435, 440, 441, 442, 459, 486, 487, 489, 500, 501, 502; Strenger, Osnabrück 458; Titgemeier, Osnabrück 326, 327; Wiegard, Osnabrück 436, 437; Wolf, Melle 409; Wolter, Bad Hönningen 200; Privat 60, 69, 238, 360, 412, 476, 477, 496, 497.

Fotoaufnahmen für die Abbildungen der Texttafeln:

Vinzent Böckstiegel, Werther, Kr. Halle, Tafel I
Ursula Haustein, Museum für Kunst- und Kulturgeschichte Dortmund in Cappenberg, Tafel III
Th. A. Krüger, Osnabrück, Tafel IX
Rudolf Lichtenberg, Osnabrück, Tafel XII
H. von Rouppert, Wiedenbrück, Tafeln X, XI
Gerda Schmitz, Volkskundliche Kommission des Landschaftsverbandes Westfalen-Lippe, Münster, Tafel XIII
Strenger, Osnabrück, Tafeln IIa, b, c, d, XIV
Aufn. Pollmann, 1970, Tafel II A
Westf. Landesamt für Denkmalpflege, Münster, Tafel II B
Westfälisches Freilichtmuseum Bäuerlicher Kulturdenkmale, Detmold, Tafel XIV A
Gerda Schmitz, Volkskundliche Kommission des Landschaftsverbandes Westfalen-Lippe, Münster, Tafel XIV B